Sur l'auteur

Né en 1966, David Nicholls a d'abord envisagé une carrière d'acteur avant de se tourner vers l'écriture. Il a été scénariste pour la télévision, signant notamment les adaptations BBC de *Beaucoup de bruit pour rien* et de *Tess d'Uberville*, et, pour le cinéma, les adaptations de la pièce de Sam Shepard, *Simpatico*, des *Grandes Espérances*, ainsi que de deux de ses romans, *Pourquoi pas ?* et *Un jour*. Après le succès critique et commercial international d'*Un jour* et la découverte de ses premiers romans, *Pourquoi pas ?* et *Pour une fois*, *Nous*, sélectionné pour le prestigieux Man Booker Prize, est son quatrième roman à paraître en France. David Nicholls vit à Londres avec son épouse et leurs deux enfants.

Vous pouvez consulter le site de l'auteur à l'adresse suivante :
www.davidnichollswriter.com

DAVID NICHOLLS

NOUS

Traduit de l'anglais
par Valérie Bourgeois

10 18

BELFOND

Tous les personnages de cet ouvrage sont fictifs et toute ressemblance avec des personnes réelles, vivantes ou mortes, serait pure coïncidence.

Titre original :
US
publié par Hodder & Stoughton, Londres.

En mémoire de mon père, Alan Fred Nicholls

« Toi seule m'as appris que j'avais un cœur – toi seule as mis en lumière les profondeurs et les hauteurs de mon âme. Toi seule m'as révélé à moi-même ; car sans ton aide, je n'aurais connu de moi à tout le mieux que mon ombre, que j'aurais regardée trembloter sur le mur, et dont j'aurais confondu les rêveries avec mes propres actes...

Maintenant, très chère, comprends-tu ce que tu as fait pour moi ? Et n'est-il pas un peu effrayant de songer qu'un infime concours de circonstances aurait pu nous empêcher de nous rencontrer ? »

Nathaniel Hawthorne,
lettre à Sophia Peabody
4 octobre 1840

livre 1

le grand tour

partie 1

ANGLETERRE

[...] la douce habitude qu'ils avaient
l'un de l'autre avait commencé à dessiner
des lignes autour de la bouche d'Agnes,
des lignes qui ressemblaient à des guille-
mets – comme si tout ce qu'elle disait
avait déjà été dit[1].

Lorrie Moore, Déroutes.

1. © Éditions de l'Olivier, 2010 pour la traduction française, *Points*, 2010.

1. les cambrioleurs

L'été dernier, peu de temps avant que mon fils quitte la maison pour entrer à l'université, ma femme m'a tiré du sommeil au beau milieu de la nuit.

Au début, j'ai cru que c'était à cause des cambrioleurs. Depuis qu'on avait déménagé à la campagne, elle avait tendance à se réveiller en sursaut au moindre craquement, grincement et autre froissement. J'essayais de la rassurer. Ce sont les radiateurs, je lui disais. Ou les solives qui se contractent – quand elles ne se dilataient pas. Ou encore des renards. À quoi elle répondait : ben voyons. Et ce sont des renards aussi qui embarquent l'ordinateur portable et qui prennent les clés de la voiture ? Allongés dans notre lit, nous tendions l'oreille. Il y avait bien le bouton déclencheur de notre système d'alarme, tout près de nous, mais jamais je n'aurais osé l'actionner de peur que la sirène ne dérange quelqu'un – un cambrioleur, par exemple.

Je ne suis pas un gars particulièrement courageux, ni physiquement imposant, mais cette nuit-là, en notant l'heure – un peu plus de 4 heures du matin –, j'ai soupiré, bâillé et je suis descendu au rez-de-chaussée.

J'ai enjambé notre bon à rien de chien, j'ai progressé sans bruit de pièce en pièce, j'ai vérifié les fenêtres et les portes. Après quoi je suis remonté dans notre chambre.

— Tout va bien. C'est probablement juste un peu d'air dans la tuyauterie.

— Mais qu'est-ce que tu racontes ? a répondu Connie en se redressant.

— Ne t'inquiète pas. Je n'ai vu aucune trace d'un cambrioleur.

— Je n'ai jamais dit qu'il y avait un *cambrioleur*. J'ai dit que notre mariage était arrivé en bout de course. Douglas, je crois que j'ai envie de te quitter.

Je suis resté assis un moment au bord du lit.

— Eh bien, au moins, on ne s'est pas fait cambrioler, ai-je lâché.

Mais aucun de nous n'a souri, et cette nuit-là, nous ne nous sommes pas rendormis.

2. douglas timothy petersen

Notre fils Albie allait quitter la maison en octobre, et ensuite, à un intervalle bien trop rapproché, ma femme en ferait autant. Ces deux événements paraissaient indissociables, au point que, malgré moi, je songeais que si Albie avait foiré ses examens et s'était retrouvé obligé de les repasser, nous aurions peut-être eu une belle année de mariage supplémentaire.

Mais avant que je m'étende sur ce sujet et sur les autres incidents qui se sont produits cet été-là, il faudrait que je vous parle un peu de moi et que je vous brosse, juste en quelques mots, une sorte de portrait. Il ne devrait pas y en avoir pour très longtemps. Je m'appelle Douglas Petersen et j'ai cinquante-quatre ans. Vous voyez ce « e » intrigant à la fin de Petersen ? Il paraît que c'est un legs scandinave, l'héritage de quelque arrière-grand-père. Pour autant, je ne suis jamais allé en Scandinavie et je n'ai aucune histoire intéressante à raconter sur cette région. En général, les Scandinaves sont blonds, beaux, robustes et désinhibés – bref, tout mon contraire. Je suis anglais. Mes parents, tous deux décédés aujourd'hui, m'ont élevé à Ipswich. Mon père était médecin et ma mère, professeur de biologie. Mon prénom, Douglas, vient de son affection nostalgique pour Douglas Fairbanks, l'idole hollywoodienne. Encore un leurre, donc. Des tentatives ont été faites au fil des ans pour l'abréger en « Doug », « Dougie » ou « Doogie ». Ma sœur Karen, détentrice autoproclamée de la seule « forte personnalité » de la famille Petersen, me donne du « D », « Big D », « D-D » ou « professeur D » – d'après elle, c'est ainsi qu'on me surnommerait si d'aventure je me retrouvais un jour en prison. Sauf qu'aucun de ces sobriquets n'a connu un franc succès et je suis donc resté Douglas. Mon deuxième prénom est Timothy, soit dit en passant, mais personne n'a jamais vraiment rien gagné à s'appeler ainsi. Douglas Timothy Petersen, c'est donc moi. Et je suis biochimiste de formation.

Le physique, maintenant. Juste après notre rencontre, à ce stade de la relation où chacun de nous se sentait obligé en permanence de faire des commentaires sur l'autre – ses traits, sa personnalité, ce qu'il lui trouvait d'*adorable*, etc., etc. –, ma femme m'a dit que j'avais un « visage tout à fait joli ». Voyant ma déception, elle a vite ajouté que j'avais aussi « des yeux très doux » – comprenne qui pourra. Et ma foi, c'est vrai que j'ai un visage tout à fait joli, des yeux qui pourraient fort bien être « doux », mais qui sont surtout très marron, un nez de taille raisonnable, et ce type de sourire qui vous pousse à jeter toutes vos photos. Que dire d'autre ? Un soir, lors d'un dîner, nous avons joué à « Qui interpréterait ton rôle dans un film sur ta vie ? ». On s'est beaucoup amusés et on a bien ri en se comparant les uns et les autres à diverses stars de cinéma et personnalités de la télévision. Dans le cas de Connie, ma femme, c'est le nom d'une obscure actrice européenne qui a été cité, et même si elle a protesté – « elle est bien trop belle et glamour », etc. –, j'ai vu qu'elle était flattée. Le jeu a continué, mais lorsque mon tour est venu, il y a eu un silence. Les invités ont siroté leur vin, se sont tapoté le menton. On n'entendait plus que la musique qui passait en fond sonore. Apparemment, je ne ressemble à personne de connu ou de remarquable dans toute l'histoire de l'humanité – ce qui, je suppose, signifie que je suis unique. À moins que ce ne soit tout le contraire.

— Qui veut du fromage ? s'est empressé de demander notre hôte.

Et nous avons rapidement enchaîné sur les mérites de la Corse comparée à la Sardaigne, ou un truc du genre.

Enfin bref. J'ai cinquante-quatre ans – l'ai-je déjà dit ? – et un fils, Albie, surnommé « Poussin », à qui je suis dévoué, mais qui me traite parfois avec un tel mépris que j'en reste muet de tristesse et empli de regrets.

C'est donc une famille réduite et quelque peu rabougrie que la mienne, et de temps en temps, j'ai l'impression que chacun de nous la juge trop petite et aimerait qu'il y ait quelqu'un d'autre pour absorber une partie des coups durs. Connie et moi avons aussi eu une fille, Jane, mais elle est morte peu après sa naissance.

3. la courbe parabolique

Une croyance très répandue, je crois, veut que les hommes deviennent plus beaux avec l'âge – du moins jusqu'à un certain point. Si c'est le cas, alors j'ai entamé la descente de cette courbe parabolique.

« Mets de la crème hydratante ! » ne cessait de me répéter Connie lorsque nous nous sommes rencontrés. Autant me demander de me faire tatouer le cou. Résultat, j'ai maintenant le teint de Jabba le Hutt. J'ai aussi l'air ridicule en tee-shirt depuis quelques années déjà, mais pour ce qui est de ma santé, en revanche, j'essaie de me maintenir en forme. Je fais attention à ce que je mange afin de ne pas connaître le même sort que mon père, mort d'une crise cardiaque à un âge où cela paraît encore prématuré. En gros, son cœur a « explosé », comme l'a dit son médecin, avec une satisfaction bien déplacée à mon goût. Voilà pourquoi je me suis mis au jogging – sporadiquement, timidement, et sans trop savoir quoi faire de mes mains. Les nouer dans mon dos, peut-être. J'aimais jouer au badminton avec Connie avant, malgré sa tendance à rire et à faire des pitreries au motif que ce sport était « un peu bête ». C'est un préjugé partagé par beaucoup de gens. Il manque au badminton la superbe des jeunes cadres d'entreprise adeptes du squash et le côté romanesque du tennis – ce qui ne l'empêche pas d'être le sport de raquette le plus populaire au monde et de compter parmi ses praticiens des athlètes de niveau mondial, des vrais tueurs.

— Un volant peut se déplacer jusqu'à 350 km/h, ai-je dit à Connie un jour qu'elle était pliée en deux au-dessus du filet. Un peu de sérieux !

— Mais ce machin a des *plumes*, et ça me gêne, moi, de donner des coups de raquette dedans. C'est comme si on essayait de tuer un petit oiseau.

Et elle a ri de plus belle.

Quoi d'autre encore ? Pour mes cinquante ans, Connie m'a acheté un beau vélo de course, et j'en fais parfois le long de rues verdoyantes tout en admirant la symphonie de la nature et en imaginant l'effet que produirait sur mon corps une éventuelle collision avec un poids lourd. Pour mes cinquante et un ans, j'ai eu droit à la panoplie du joggeur. Pour mes cinquante-deux, à un coupe-poils de nez – un objet qui aujourd'hui encore m'horrifie et me fascine à la fois, tant il m'évoque une sorte de minuscule tondeuse à gazon dont les ricanements résonnent jusqu'au fond de mon crâne. Le message derrière tous ces cadeaux était le même : bouge-toi, essaie de ne pas vieillir, ne tiens rien pour acquis.

Mais bon, il faut voir la réalité en face : je suis un homme d'âge mûr. Je m'assois pour enfiler mes chaussettes, je couine lorsque je me redresse et j'ai développé une conscience aiguë et déstabilisante de ma prostate, laquelle, à peu de chose près, me fait l'effet d'une noix coincée entre mes fesses. On m'avait toujours laissé croire que vieillir était un processus lent et progressif, un glacier avançant en toute discrétion. Aujourd'hui, je m'aperçois que ça vous tombe dessus très vite, comme la neige qui s'écroule d'un toit.

À l'opposé, ma femme me semble à cinquante-deux ans aussi séduisante qu'au premier jour. Si je le lui avouais à voix haute, elle me répondrait : « Douglas, ce ne sont que de belles paroles. Personne ne préfère les rides. Personne ne préfère les cheveux gris. » À quoi je répliquerais : « Mais tout ça n'a rien d'une surprise, quand même. Moi, je m'attends à te regarder vieillir depuis l'instant où on s'est rencontrés. Pourquoi veux-tu que ça me perturbe ? C'est ton visage en soi que j'aime, pas celui que tu avais à vingt-huit ou trente-quatre ou quarante-trois ans. C'est ce visage-*là*. »

Peut-être aurait-elle aimé me l'entendre dire, mais je n'en avais jamais eu l'occasion. Je supposais que j'avais le temps. Seulement là, assis au bord du lit à 4 heures du matin, la menace des cambrioleurs tout oubliée, j'avais bien peur qu'il soit trop tard.

— Depuis combien de temps tu… ?

— Un moment déjà.

— Et quand penses-tu… ?

— Je ne sais pas. Pas tout de suite. Pas avant qu'Albie ait quitté la maison. J'attendrai la fin de l'été. Ou l'automne. Ou le Nouvel An, peut-être ?

Et moi, enfin :

— Je peux te demander pourquoi ?

4. avant et après

Pour que ma question et la réponse qui l'accompagne fassent sens, il faudrait probablement que je situe un peu le contexte. D'instinct, je sens que ma vie se divise en deux parties bien nettes – il y a un avant et un après Connie, tout comme il y a un avant et un après Jésus-Christ, et si je veux raconter en détail ce qui s'est passé cet été, il ne serait sans doute pas superflu que je livre d'abord un récit de notre rencontre. Ceci est une histoire d'amour, après tout. Forcément, l'amour y joue un rôle.

5. en quatre lettres, commence par un « s » et se termine par un « l »

« Seul » est un mot dérangeant, on ne le balance pas comme ça sans façon. Trop souvent associé à toutes sortes d'adjectifs plus sombres, comme « triste » ou « bizarre », il met les gens mal à l'aise. J'ai toujours été apprécié, je crois, bien considéré et respecté aussi, mais avoir peu d'ennemis, ce n'est pas pareil qu'avoir beaucoup d'amis, et force m'était de constater que j'étais un jeune homme sinon « seul », du moins plus solitaire que je ne l'aurais souhaité.

Chez la plupart des gens, la période entre vingt et trente ans marque une sorte d'apogée de l'instinct grégaire. Ils se lancent dans toutes sortes d'aventures, trouvent leur voie, mènent des vies sociales actives et passionnantes, tombent amoureux, se vautrent dans la drogue et le sexe. J'avais conscience de toute cette activité autour de moi. J'entendais parler de boîtes de nuit, de vernissages, de concerts et de manifestations. Je voyais bien les gueules de bois, les mêmes habits portés au boulot plusieurs jours d'affilée, les baisers dans le métro et les larmes à la cantine, mais j'observais ça comme à travers du verre renforcé. Je pense surtout à la fin des années 1980 qui, malgré les difficultés et les remous, semblaient une époque plutôt excitante. Les murs s'écroulaient, au propre comme au figuré. Le paysage politique se renouvelait. J'hésite à employer le terme de révolution ou à dépeindre ce temps-là comme une aube nouvelle – il y avait tout de même des guerres en Europe et au Moyen-Orient, des émeutes et des crises économiques –, mais il flottait dans l'air un sentiment d'imprévisibilité, de changement. Je me souviens d'avoir lu beaucoup d'articles à propos d'un second « Summer of Love » dans les suppléments illustrés des magazines. J'étais trop jeune pour avoir connu le premier, et j'ai traversé celui-là le nez dans ma thèse consacrée aux interactions protéines-ARN et au repliement des protéines lors de leur traduction. « Le seul acide qu'on puisse trouver ici, ainsi que j'aimais le répéter au laboratoire, c'est l'acide désoxyribonucléique » – allez savoir pourquoi, cette blague n'a jamais vraiment rencontré le succès qu'elle méritait.

Mais à mesure que la décennie tirait à sa fin, il m'apparaissait évident que les choses bougeaient. Ailleurs et pour d'autres que moi, certes, mais il n'empêche, je me demandais en mon for intérieur si un changement allait se produire dans ma vie à moi aussi, et comment je pouvais faire pour le provoquer.

6. drosophila melanogaster

Le Mur de Berlin était toujours debout lorsque j'ai emménagé à Balham. J'approchais la trentaine, j'étais docteur en biochimie, je vivais dans un petit appartement semi-meublé sur High Road pour lequel je m'étais lourdement endetté, et je croulais sous le travail et les intérêts d'emprunt immobilier. Pour mes débuts en tant que post-doc, je passais tous les jours de la semaine et une grande partie de mes week-ends à étudier la mouche du vinaigre, ou Drosophila melanogaster, en utilisant notamment des mutagènes et des cribles génétiques classiques. C'était une période exaltante pour la recherche sur les droso-philes, avec l'apparition d'instruments permettant de lire et de manipuler les génomes des organismes et, sur un plan professionnel à défaut de personnel, j'ai vécu là une sorte d'âge d'or.

Je vois rarement des mouches ailleurs que sur des fruits maintenant. Je suis passé dans le secteur privé commercial – « du côté obscur de la force », comme dit mon fils –, et je travaille en tant que directeur de la recherche et du développement, un titre assez ronflant, mais qui signifie que je ne savoure plus la liberté et l'excitation propres à la science fondamentale. Ces derniers temps, je remplis une fonction organisationnelle, stratégique, et autres qualificatifs du même genre. Nous finançons la recherche universitaire afin de profiter au maximum de l'expertise, de l'innovation et de l'enthousiasme de ce milieu, mais tout doit être « translationnel » aujourd'hui, tout doit avoir des applications pratiques. J'aime mon boulot, je suis bon dans mon domaine et je continue à me rendre dans des laboratoires, seulement je suis payé pour coordonner et manager des personnes plus jeunes qui font ce que je faisais autrefois. Je ne suis pas un monstre, je suis un employé compétent à qui son poste dans une entreprise a apporté la réussite et la sécurité. Simplement, je ne suis plus aussi passionné qu'avant.

Parce que, oui, c'était vraiment passionnant de travailler toutes ces heures durant avec un petit groupe de gens engagés et exaltés. La science me semblait enivrante alors, stimulante et essentielle. Vingt ans plus tard, ces expériences sur les mouches du vinaigre mèneraient à des innovations médicales que nous n'aurions jamais pu imaginer, mais à l'époque, nous étions motivés par la curiosité, le goût du jeu, presque. On s'éclatait, tout simplement, et je n'exagère pas en disant que j'adorais mon sujet de recherche.

N'allez pas croire pour autant qu'on n'avait pas notre lot de corvées terre à terre. Dans ces années-là, les ordinateurs n'étaient guère plus que des calculatrices encombrantes, capricieuses et rudimentaires, beaucoup moins puissantes que le téléphone que j'ai aujourd'hui dans ma poche. Saisir des données s'avérait épuisant et fastidieux. Et si la mouche du vinaigre présentait beaucoup d'avantages en tant qu'organisme expérimental – fécondité, cycle court de reproduction et morphologie distinctive –, elle péchait par son manque de personnalité. On en gardait une comme mascotte dans l'insectarium du labo, à l'intérieur d'un bocal qui lui était réservé, avec un tout petit tapis et des meubles de poupée, jusqu'à ce qu'elle arrive à la fin de son cycle de vie et qu'on la remplace par une autre. Bien qu'il soit difficile de déterminer le sexe de ces insectes, on l'appelait Bruce. Mesdames et messieurs, veuillez voir là un exemple emblématique, s'il en est, de l'humour des biochimistes.

Ces petites distractions nous étaient nécessaires parce que anesthésier une population de drosophiles, puis les examiner une à une avec un fin pinceau et un microscope en cherchant à repérer d'infimes changements dans la pigmentation de leurs yeux ou la forme de leurs ailes, c'est franchement abrutissant. Un peu comme si on se lançait dans un puzzle gigantesque. Au début, on pense que ça va être « sympa ». On met la radio, on se fait un petit thé. Mais très vite, on s'aperçoit qu'il y a beaucoup trop de pièces et qu'en plus, elles ont toutes la même forme et la même couleur.

Tout ça pour dire que j'étais bien trop fatigué pour aller à la fête organisée par ma sœur ce vendredi-là. Et pas seulement fatigué. Je me méfiais aussi, et ce pour plusieurs bonnes raisons.

7. l'entremetteuse

Déjà, je me méfiais de ses talents culinaires, lesquels se bornaient invariablement à la préparation d'un gratin de pâtes tubulaires avec du fromage bon marché calciné en surface et du thon en boîte ou des petits lardons tapis sous la croûte fondue. Ensuite, je me méfiais de ses fêtes, et de ses dîners en particulier, parce qu'ils m'avaient toujours évoqué un combat impitoyable de gladiateurs au terme duquel des couronnes de laurier étaient accordées au plus spirituel, au plus prospère, au plus séduisant des invités, tandis que les cadavres des vaincus gisaient ensanglantés sur le parquet en bois peint. Je trouvais, et je trouve d'ailleurs toujours paralysant cette obligation de se montrer sous son meilleur jour dans de telles circonstances, et pourtant ma sœur insistait pour me faire entrer dans l'arène, encore et encore.

— Tu ne peux pas rester cloîtré chez toi jusqu'à la fin de ta vie, D.

— Je ne reste pas cloîtré chez moi. Je n'y suis même presque jamais...

— Tu es toujours seul dans ce taudis minable.

— Ce n'est pas un... Je suis très heureux tout seul, Karen.

— Tu n'es pas heureux ! Pas du tout ! Comment pourrais-tu l'être, D ? Tu n'es pas heureux ! Tu ne l'es pas !

Je devais bien reconnaître que, avant ce soir de février, mon quotidien ne débordait pas d'allégresse, rien en tout cas qui justifie de grandes explosions de joie, ou des claques dans le dos. J'aimais bien mes collègues, ils m'aimaient bien, mais le samedi après-midi en général, je disais au revoir à Steve, le type de la sécurité, et je ne prononçais plus un seul mot jusqu'au lundi matin, moment où mes lèvres se détachaient l'une de l'autre avec un bruit de bouchon parfaitement audible, pour lui dire bonjour cette fois.

— Vous avez passé un bon week-end, Douglas ? me demandait-il.

— Oh, tranquille, Steve, très tranquille.

Mais quand même, j'éprouvais du plaisir et de la satisfaction à faire mon travail, je participais à une soirée jeux au pub une fois par mois, je partageais une pinte avec mes collègues le vendredi soir, et si je sentais de temps à autre qu'il manquait quelque chose dans mon existence, ma foi… cela ne valait-il pas pour tout un chacun ?

Pas pour ma sœur. À plus de vingt ans, Karen ne se montrait pas très regardante quant au choix de ses amis et fréquentait ce que mes parents appelaient « des saltimbanques » : de pseudo-acteurs, dramaturges, poètes, musiciens et danseurs, des jeunes gens fascinants qui s'étaient lancés dans des carrières impossibles, se couchaient à pas d'heure et passaient ensuite leurs journées à se raconter leurs états d'âme devant une tasse de thé pendant que le commun des mortels trimait au boulot. Pour ma sœur, la vie s'apparentait à une longue étreinte collective et, chose bizarre, cela semblait l'amuser de m'exhiber devant ses amis les plus jeunes. Elle aimait dire que j'avais zappé ma jeunesse pour sauter à pieds joints dans l'âge mûr et que j'avais déjà quarante-trois ans dans le ventre de ma mère. Et j'imagine qu'on pourrait en effet dire sans trop se tromper que je n'avais jamais maîtrisé l'art d'être jeune. Mais alors, pourquoi tenait-elle tant à ce que je vienne ?

— Parce qu'il y aura des filles…

— Des filles ? Des filles… Ah oui, j'ai entendu parler de cette espèce.

— Et notamment une…

— Je connais des filles, Karen. J'en ai déjà rencontré et je leur ai parlé.

— Mais aucune comparable à celle-là. Fais-moi confiance.

J'ai soupiré. Pour je ne sais quelle raison, Karen était obsédée par l'idée de « me caser avec quelqu'un », et elle s'y employait avec un mélange charmant de condescendance et de coercition.

— Tu veux rester seul toute ta vie ? C'est ça ? Hein ?

— Je n'ai pas l'intention de rester seul toute ma vie.

— Et où vas-tu rencontrer quelqu'un, D ? Dans ton armoire ? Sous le canapé ? Tu vas faire pousser une fille dans ton labo ?

— Je n'ai pas très envie de poursuivre cette conversation.

— Si je dis ça, c'est uniquement parce que je *t'aime* !

L'amour était le grand alibi de Karen, celui qui justifiait toutes sortes de comportements exaspérants.

— Je te réserve une place à table. Si tu ne viens pas, ma soirée sera gâchée !

Après quoi elle a raccroché.

8. gratin de pâtes au thon

Ce soir-là, donc, dans un tout petit appartement de Tooting, j'ai été attrapé par les épaules et poussé vers une cuisine encore plus petite où seize personnes s'étaient serrées autour d'une table branlante montée sur des tréteaux – de celles qui servent à encoller le papier peint. Au centre, l'un des gratins notoirement célèbres de ma sœur fumait comme un météore en dégageant une odeur de pâtée pour chat carbonisé.

— Écoutez-moi, tout le monde ! Voici mon adorable frère, Douglas. Soyez gentils avec lui, il est timide !

Karen n'aimait rien tant que montrer du doigt les gens timides et les désigner comme tels en braillant. « Bonsoir », « hello », « salut, Douglas », ont répondu mes concurrents, avant que je me contorsionne pour m'asseoir sur une minuscule chaise pliante entre un bel homme velu en collant noir et gilet de costume rayé, et une femme extrêmement séduisante.

— Moi, c'est Connie.

— Ravi de faire ta connaissance, Connie, ai-je articulé avec précision.

Et c'est ainsi que j'ai rencontré ma femme.

Nous sommes restés silencieux un moment. J'ai bien pensé lui demander de me passer le plat de pâtes, mais j'aurais été obligé d'en manger, alors à la place…

— Qu'est-ce que tu fais dans la vie, Connie ?

— Bonne question, a-t-elle répliqué – même si ce n'était pas vrai. Je suppose que je suis une artiste. C'était l'objet de mes études, en tout cas, mais ça fait toujours un peu prétentieux…

— Pas du tout, l'ai-je coupée, tout en songeant, *une artiste, il manquait plus que ça.*

Si elle avait dit « biologiste cellulaire », rien n'aurait pu m'arrêter, seulement je ne rencontrais pas souvent des biologistes – pas chez ma sœur, en tout cas. Une *artiste.* Je ne détestais pas les arts, loin de là, mais plutôt mon ignorance dans ce domaine.

— Et, euh… tu fais des aquarelles ou des peintures à l'huile ?

Elle a éclaté de rire.

29

— C'est un peu plus compliqué que ça.

— Hé, moi aussi je suis un artiste, si on veut bien ! s'est interposé sans façon l'homme à ma gauche. Un artiste trapéziste !

Que dire après ça ? Jake, le type velu en collant et gilet de costume, était donc un acrobate amoureux de son travail, et encore plus de sa petite personne. Comment aurais-je pu lutter contre un homme qui gagnait sa vie en défiant les lois de la pesanteur ? Je suis donc resté assis en silence et j'ai observé Connie du coin de l'œil en notant les détails suivants :

9. sept choses à son sujet

1) Elle avait de très beaux cheveux. Bien coupés, propres, brillants, d'un noir presque artificiel, les pointes ramenées vers l'avant par-dessus ses oreilles (on dit bien « pointes » ?) de façon à encadrer son merveilleux visage. Décrire une coiffure n'est pas mon fort – le vocabulaire me fait défaut –, mais il y avait un côté « star des années 1950 » dans la sienne, un truc que ma mère appellerait « un style », tout en étant tendance et moderne. « Tendance » – qui aurait pu croire que je m'exprimerais ainsi un jour ! Enfin bref, j'ai aussi senti son shampooing et son parfum lorsque j'ai pris place auprès d'elle. Non pas que j'aie reniflé sa nuque comme un gros blaireau – je n'étais pas assez bête pour ça –, mais la table était vraiment très, très petite.

2) Connie écoutait les gens. Pour ma sœur et ses amis, « discuter » signifiait en fait parler de soi à tour de rôle, alors que Connie, elle, prêtait vraiment attention aux propos de notre artiste trapéziste, une main posée sur la joue et le petit doigt replié contre

la commissure de ses lèvres. Réservée, calme, elle laissait transparaître une intelligence discrète et, si concentrée fût-elle, son expression n'était pas dénuée d'une pointe de condamnation et d'amusement, de sorte qu'on n'aurait su dire si elle jugeait ce type impressionnant ou ridicule – une attitude qu'elle a observée tout au long de notre mariage.

3) D'accord, je la trouvais charmante, mais elle n'était pas la plus belle femme à notre table. Il est de coutume, je sais, lorsqu'on décrit la première rencontre avec l'être aimé, de suggérer qu'il émanait de cette personne une aura particulière. « Son visage illuminait la pièce » ou « je ne pouvais détacher d'elle mon regard ». En réalité, si, je le pouvais, je l'ai même fait, et je dirais que, du moins selon des critères conventionnels, Connie était peut-être la troisième plus belle femme dans cette pièce. Ma sœur, avec sa « forte personnalité » tant vantée, aimait s'entourer de gens extrêmement beaux et « cool », mais ces qualités vont rarement de pair avec la gentillesse, et côtoyer des individus souvent consternants, cruels, prétentieux ou idiots était à ses yeux un faible prix à payer au vu de leur charisme, lequel charisme ne manquait pas de rejaillir sur elle. Voilà pourquoi j'étais content d'être assis à côté de Connie, même s'il y avait beaucoup d'invitées attirantes ce soir-là, et même si, au premier abord, elle n'était pas effervescente, incandescente, lumineuse, etc.

4) Elle avait une voix très séduisante – basse, sèche, un peu rauque, avec un accent londonien très marqué. Elle l'a perdu au fil des ans, mais à l'époque, c'était flagrant, elle avalait les consonnes. D'habitude, cela trahit une origine sociale modeste. Pas dans l'entourage de ma sœur, cependant. L'un de ses amis jurait comme un charretier alors même que son père était l'évêque

de Bath et de Wells. Connie, elle, posait des questions sincères et intelligentes, derrière lesquelles affleurait un peu d'ironie et d'amusement. « Les clowns font-ils autant rire dans la vraie vie que sur la piste ? » et autres sorties du même genre. Elle avait le phrasé instinctivement rythmé d'une comédienne, et aussi le don d'être drôle sans sourire, ce que je lui ai toujours envié. Moi, dans les rares occasions où je raconte une blague en public, je grimace comme un chimpanzé effrayé – Connie, elle, reste de marbre.

— Et donc, a-t-elle demandé, impassible, quand tu voles dans les airs vers ta partenaire, tu n'es jamais tenté au dernier moment de lui faire…

Et là, elle a porté son pouce à son nez en agitant les autres doigts. J'ai trouvé ça tout simplement génial.

5) Elle buvait beaucoup et remplissait son verre avant qu'il soit vide, comme si elle craignait que le vin vienne à manquer. L'alcool n'avait sur elle aucun effet visible, hormis peut-être une certaine intensité dans sa manière de participer à la conversation qui donnait à croire que celle-ci nécessitait toute sa concentration. Elle faisait ça joyeusement, presque avec l'assurance de celle qui vous défie de ne pas rouler sous la table avant elle. De toute évidence, on s'amusait bien en sa compagnie.

6) Elle était très élégante, mais pas de façon luxueuse ou ostentatoire. Il y avait quelque chose de *pile comme il faut* chez elle. À l'époque, la mode était aux vêtements amples, et tous les invités autour de la table ressemblaient à des enfants qui auraient porté les tee-shirts de leurs parents. Connie, elle, apparaissait soignée et très stylée dans ses vieux habits bien coupés et confortables (des habits « vintage », ainsi que je l'ai appris plus tard), qui soulignaient ses… *courbes* – je crains qu'il n'y ait pas d'autre mot.

Elle était classe, originale, à la fois en avance sur son temps et démodée comme un personnage dans un film en noir et blanc. Par opposition, l'image que j'essayais de renvoyer, avec le recul, était une non-image. Ma garde-robe à ce moment-là couvrait toute la gamme des couleurs qui va du taupe au gris (en gros, celles du monde des lichens) et il y a fort à parier qu'on y trouvait aussi quelques chinos. Mais bon, mon camouflage devait être efficace, parce que…

7) Cette femme à ma droite ne me prêtait absolument aucune attention.

10. « the daring young men on the flying trapeze »

Quoi de plus logique, du reste ? Jake l'artiste trapéziste était un homme qui regardait la mort en face, alors que moi, la plupart du temps, c'était ma télé que je regardais en face. Et il n'appartenait pas à n'importe quelle famille d'acrobates, mais à la branche *punk*, une sorte de nouvelle vague du cirque – celle qui jonglait avec des tronçonneuses et mettait le feu à des bidons d'huile avant de tambouriner dessus. Le cirque était devenu sexy. Les éléphants danseurs avaient cédé la place à des contorsionnistes nus, à l'ultra-violence et, ainsi que me l'a expliqué Jake, à « une sorte d'esthétique anarchique et post-apocalyptique à la *Mad Max* ».

— Tu veux dire que les clowns ne conduisent plus des chariots dont les roues se détachent ? a demandé Connie, toujours pince-sans-rire.

— Non ! Toute cette merde, c'est terminé ! Leurs chariots *explosent*, maintenant ! On se produit à

Clapham Common la semaine prochaine. Je vous filerai des billets à tous les deux, comme ça vous pourrez venir voir.

— Oh, on n'est pas ensemble, l'a-t-elle corrigé un peu trop rapidement. On vient juste de se rencontrer.

— Ah, a lâché Jake, l'air de dire « je comprends mieux ».

Un silence a suivi, que j'ai tenté de remplir :

— Au fait, c'est pas trop compliqué pour un trapéziste de trouver une bonne assurance voiture ?

Le pourcentage varie, mais la plupart de mes remarques n'ont aucun sens pour moi. Peut-être voulais-je plaisanter. Peut-être espérais-je imiter le style laconique de Connie, haussement de sourcils et sourire ironique inclus. Si oui, c'était un bide : elle n'a pas du tout ri et s'est contentée de reprendre du vin.

— Non, parce que je ne dis pas ce que je fais aux assureurs, a répondu Jake d'un ton crâne et rebelle.

D'accord l'anarchiste, eh bien on s'en reparle quand tu devras faire une demande d'indemnisation...

Non content d'avoir réorienté la conversation vers les primes d'assurance, je me suis ensuite servi une grosse cuillérée de gratin, brûlant au passage les mains de Connie avec des bouts bien gras de cheddar fondu semblables à de la lave en fusion. Pendant qu'elle les détachait de sa peau, Jack a continué à blablater en se penchant devant moi afin de remplir son verre. Pour autant que je me sois jamais intéressé aux trapézistes, je me suis toujours représenté des types larges d'épaules, du genre Burt Lancaster, imberbes, gominés et en justaucorps. Jake m'évoquait plutôt un homme des bois couvert d'une luxuriante toison de la couleur d'un ballon de basket, mais bon, il était quand même franchement beau avec ses traits marqués, son tatouage celtique autour du biceps, sans oublier l'enchevêtrement de ses cheveux roux réunis en chignon par le truchement d'un chouchou graisseux. Lorsqu'il parlait – et il parlait beaucoup –, il posait sur Connie un regard enflammé qui passait à travers moi sans me voir, et force m'était de reconnaître que j'assistais à une scène de séduction flagrante. En désespoir de cause, j'ai tendu la main vers la salade. Rudimentaire, aspergée généreusement de vinaigre de malt et d'huile de cuisson, elle témoignait d'un des rares talents culinaires de ma sœur : celui de donner à la laitue le goût d'un sachet de chips.

— Cet instant où on est dans les airs, racontait Jake en s'étirant vers le plafond. Celui où on commence à tomber, mais en ayant l'impression de voler. Rien ne vaut cette sensation-là. On essaie de s'y accrocher, mais elle est tellement… éphémère. Comme un orgasme qu'on voudrait prolonger. Tu vois ce que je veux dire ?

— Si je le vois ? a répliqué Connie, très sérieuse. C'est précisément ce que je suis en train de faire.

J'ai éclaté de rire, mais devant le regard hostile de Jake, je me suis empressé de passer à la ronde l'infâme saladier.

— Un peu de laitue ? Quelqu'un veut de la laitue ?

11. les produits chimiques

Le gratin de pâtes au thon a été avalé aussi laborieusement qu'un bloc d'argile brûlante et Jake a poursuivi son monologue bien après l'arrivée du « dessert » – sorte de diplomate recouvert d'assez de crème en boîte, de Smarties et de bonbons gélifiés pour vous coller un diabète de type 2. Connie et lui se penchaient l'un vers l'autre, juste sous mon nez, et tandis qu'une brume de phéromones les enveloppait, des ondes érotiques repoussaient ma chaise de plus en plus loin de la table, jusqu'à ce que je me retrouve pratiquement dans l'entrée au milieu de vélos et de piles d'annuaires. Connie a dû finir par s'en apercevoir parce qu'elle s'est tournée vers moi :

— Et toi, Daniel, qu'est-ce que tu fais ?

« Daniel ». Elle ne s'était pas trompée de beaucoup.

— Eh bien, je suis un scientifique.

— Oui, ta sœur me l'a dit. Il paraît que tu as rédigé une thèse. Dans quel domaine ?

— La biochimie. Mais pour le moment, j'étudie les drosophiles – les mouches du vinaigre.

— Continue.

— Tu veux que je continue ?

— Dis-m'en plus. Sauf si c'est top secret.

— Non, c'est juste que les gens ne cherchent pas à en savoir davantage, en général. Comment pourrais-je… OK, on utilise des agents chimiques pour induire des mutations génétiques…

Jake a poussé un grognement audible et j'ai senti quelque chose frôler ma joue lorsqu'il a saisi la bouteille de vin. Pour certains, le mot « scientifique » évoque soit un cinglé au regard halluciné, soit le laquais en blouse blanche d'une organisation fanatique quelconque, un personnage secondaire d'un *James Bond*. Clairement, Jake me prenait pour l'un d'eux.

— Des *mutations* ? s'est-il indigné. Pourquoi vouloir faire muter une mouche ? Tu ne peux pas la laisser tranquille, mon salaud ?

— Mais les mutations ne sont pas fondamentalement contre nature. C'est juste un autre mot pour désigner l'évolu...

— Je trouve ça mal de trafiquer la nature, m'a-t-il coupé en prenant toute la table à témoin. Les pesticides, les fongicides – tout ça, ce sont des produits diaboliques.

Dans le genre improbable, son hypothèse se posait là.

— Je ne suis pas sûr qu'un produit chimique puisse être diabolique en soi. Il arrive qu'on l'utilise de manière irresponsable ou stupide, et malheureusement cela a parfois été le...

— Ma copine, elle a un petit jardin ouvrier à Stoke Newington. Il est entièrement bio et ses légumes sont superbes, vraiment superbes...

— Je n'en doute pas. Mais je ne crois pas qu'il y ait des nuées de locustes à Stoke Newington, ni des sécheresses annuelles, ni un manque de nutriments dans le sol...

— Les carottes devraient avoir un goût de carotte ! a-t-il tonné.

Pareil illogisme défiait l'entendement.

— Désolé, je ne comprends...

— Les produits chimiques. C'est la faute à tous ces produits chimiques !

Encore une remarque absurde.

— Mais... tout est chimique. La carotte elle-même est composée d'éléments chimiques. Cette salade est chimique – surtout celle-là. Et toi aussi, Jake.

Il a paru personnellement offensé.

— Non, pas du tout !

Connie s'est mise à rire.

— Désolé, mais si. Tu es composé de six éléments majeurs – 65 % d'oxygène, 18 % de carbone, 10 % de...

— C'est parce que les gens font pousser des fraises dans le désert. Si on mangeait tous des produits locaux, cultivés naturellement et sans produits chimiques...

— C'est bien joli, tout ça, mais si ta terre manquait de nutriments essentiels, si ta famille mourait de faim à cause des pucerons ou d'un champignon, tu serais peut-être heureux de pouvoir compter sur quelques-uns de ces produits diaboliques.

Je ne sais plus très bien ce que j'ai dit d'autre. J'étais passionné par mon travail, que je considérais utile et bénéfique. Mais là, mon idéalisme se teintait peut-être d'une pointe de jalousie. J'avais un peu trop bu, et après une soirée interminable passée à être tantôt traité avec condescendance, tantôt snobé, je n'éprouvais plus la moindre sympathie pour mon rival, membre de cette école qui croyait que d'interminables concerts de rock étaient le meilleur remède à la maladie et à la famine dans le monde.

— Il y a largement assez de nourriture pour tous les habitants de la Terre. Elle est juste entre de mauvaises mains.

— Oui, mais ce n'est quand même pas la faute de la science ! Ça relève de la politique, de l'économie, ça ! La science n'est pas responsable de la sécheresse, de la famine et des maladies, mais ces fléaux existent bel et bien, et c'est là qu'intervient la recherche scientifique. Nous avons le devoir de...

— De nous donner plus de DDT[1] ? Plus de Thalidomide[2] ?

1. DDT : insecticide utilisé dans les années 1940 et 1950 et accusé d'être cancérigène et d'avoir des effets nocifs sur l'environnement. (*Toutes les notes sont de la traductrice.*)
2. Médicament prescrit aux femmes enceintes dans les années 1950 et 1960, à l'origine de graves malformations congénitales.

L'air prodigieusement satisfait de cette dernière accusation, Jake a décoché un beau sourire à son public, comme s'il se réjouissait que le malheur des autres lui ait fourni un si bon argument. Ces drames auxquels il faisait allusion étaient certes terribles, mais je n'avais pas le souvenir de les avoir causés, ni moi, ni mes collègues du reste – tous des gens bien, responsables et humains, et tous sensibilisés aux enjeux éthiques et sociaux de nos travaux. Et puis, ces cas étaient des anomalies comparés à toutes les découvertes extraordinaires que la science nous avait offertes, et j'ai eu soudain une vision très nette de moi-même tout en haut d'un cirque, dans l'ombre du chapiteau, en train de m'acharner sur une corde avec un canif.

— Que se passerait-il, me suis-je interrogé à voix haute, si – Dieu nous en préserve – tu tombais de ton trapèze, si tu te brisais les jambes et si tu développais ensuite une grave infection ? Parce que tu vois, Jake, ce jour-là, ça me ferait très plaisir de venir à ton chevet avec des antibiotiques et des antalgiques, de les tenir juste hors de ta portée et de te dire : « Je sais que tu souffres le martyre, mais je ne peux pas te donner ça vu que ce sont des produits chimiques créés par des scientifiques, et je suis vraiment désolé, mais je crois que je vais devoir t'amputer des jambes. Et sans anesthésie ! »

12. silence

Étais-je allé trop loin ? Je voulais me montrer passionné, je n'avais réussi qu'à me faire passer pour un désaxé. Il y avait eu de la malveillance dans mes propos, et personne n'apprécie la malveillance lors d'un dîner – surtout si elle est manifeste. Cela valait notamment pour ma sœur, qui me fusillait du regard en tenant à la main la cuillère dégoulinante de crème avec laquelle elle faisait le service.

— Eh bien, Douglas, espérons qu'on n'en arrivera pas là, a-t-elle dit d'une voix faible. Quelqu'un veut encore du gâteau ?

Le plus fâcheux dans tout ça, c'était que je me discréditais devant Connie. Même si on ne s'était pas beaucoup parlé, cette femme me plaisait énormément et j'avais très envie de lui faire bonne impression. Non sans une certaine appréhension, j'ai jeté un coup d'œil à ma droite. Le menton appuyé sur une paume, elle affichait une mine totalement impassible et indéchiffrable, mais je l'ai trouvée encore plus jolie qu'avant lorsqu'elle a détaché sa main de son visage pour la poser sur mon bras en souriant.

— Je suis vraiment désolée, Douglas, je crois que je t'ai appelé Daniel, tout à l'heure.

Et là, ma foi, c'est comme si tout s'était illuminé autour de moi.

13. l'apocalypse

Notre mariage est arrivé en bout de course, a-t-elle dit. *Je crois que j'ai envie de te quitter.*

J'ai conscience de m'être éloigné de mon sujet et de me complaire dans l'évocation d'une époque plus heureuse. J'en brosse peut-être un tableau trop idyllique. Je sais que les couples ont tendance à embellir la légende de leur rencontre avec toutes sortes de détails auxquels ils veulent donner du sens. On façonne et on présente de manière sentimentale ces premiers instants pour en faire des mythes de la création et nous rassurer nous-mêmes, ainsi que notre progéniture, sur le fait que tout était en quelque sorte « écrit », et maintenant que j'ai bien ça en tête, il est peut-être préférable que je m'arrête là pour l'instant et que je revienne à mon point de départ – c'est-à-dire cette fameuse nuit, un quart de siècle plus tard, où la même femme intelligente, drôle et séduisante m'a réveillé pour m'expliquer qu'elle serait peut-être plus heureuse, qu'elle aurait un avenir plus étoffé, plus riche, et que, tout compte fait, elle se sentirait plus « vivante » en se séparant de moi.

— J'essaie de nous imaginer seuls tous les soirs, sans Albie. D'accord, il nous rend dingues, mais la raison qui fait qu'on est là, toujours ensemble, c'est quand même lui...

Était-ce lui, vraiment ? Uniquement lui ?

— ... et je suis terrifiée à l'idée qu'il quitte la maison, Douglas. Je suis terrifiée à l'idée de ce... de ce *trou béant.*

Quel trou ? Était-ce de moi qu'elle parlait ?

— Pourquoi veux-tu qu'il y ait un trou ? Il n'y en aura pas.

— Juste nous deux, perdus dans cette grande maison...

— On ne sera pas perdus ! On fera des trucs. On s'occupera, on travaillera, on aura des activités ensemble. On... on comblera ce trou.

— J'ai besoin de prendre un nouveau départ, de changer plus ou moins de décor.

— Si tu veux déménager, on déménagera.

— Ce n'est pas la maison, le problème. C'est la perspective qu'on reste à jamais scotchés ensemble. Ça me fait penser... à une pièce de Beckett.

Je n'avais jamais vu de pièce de Beckett, mais j'ai supposé que la comparaison n'était pas flatteuse.

— C'est vraiment si... horrible, Connie, de te projeter seule avec moi ? Parce qu'il me semblait qu'on était heureux...

— On l'était, et on l'est. J'ai été très heureuse avec toi, Douglas. Très. Mais l'avenir...

— Alors pourquoi tu veux envoyer promener tout ça ?

— J'ai juste l'impression qu'en tant que couple, en tant que mari et femme, on a rempli notre mission. On a fait de notre mieux, maintenant on peut passer à autre chose. Notre boulot est terminé.

— Ça n'a jamais été du boulot pour moi.

— Je ne peux pas en dire autant. Parfois, si, ça y ressemblait. Du coup, j'aimerais vivre le départ d'Albie comme le début d'une nouvelle aventure, pas comme le début de la fin.

Le début de la fin. Parlait-elle de moi, là aussi ? À l'entendre, on aurait pu croire que j'incarnais une sorte d'apocalypse.

La conversation s'est poursuivie ainsi. Connie était exaltée par ces aveux, tandis que moi, sonné et incapable de réfléchir, je peinais à assimiler la nouvelle. Depuis combien de temps lui inspirais-je de tels sentiments ? Était-elle si accablée, si désabusée ? Je comprenais son besoin de « se redécouvrir », mais pourquoi ne pouvait-elle pas le faire en me gardant près d'elle ? Parce que, disait-elle. Elle estimait que notre boulot était terminé.

Notre boulot était terminé. Nous avions élevé un fils qui était... bon, au moins, il était en bonne santé. Et de temps à autre, lorsqu'il s'imaginait que personne ne le regardait, il avait l'air heureux. Il était populaire à l'école, jouissait apparemment d'un certain charme. Et bien sûr, il était exaspérant au possible. Il avait toujours paru être le fils de Connie avant d'être le mien. Plus proche d'elle, il prenait invariablement son parti, et même s'il me devait la vie, je le soupçonnais de considérer que sa mère aurait pu faire un meilleur choix. Pour autant, était-il réellement le seul but, le seul produit, le seul résultat de vingt années de mariage ?

— Je croyais… ça ne m'avait jamais traversé l'esprit… j'ai toujours supposé…

Épuisé, j'avais du mal à m'exprimer.

— J'ai toujours supposé qu'on était ensemble parce qu'on le voulait et qu'on était heureux la plupart du temps. Je pensais qu'on s'aimait. Je pensais… Visiblement, c'était une erreur, mais je me réjouissais à l'idée qu'on vieillisse ensemble. Je nous voyais vieillir et mourir ensemble.

Connie s'est tournée vers moi, la tête sur l'oreiller.

— Douglas, quel être sain d'esprit pourrait bien se réjouir d'une chose pareille ?

14. la hache

Il faisait jour à présent, c'était un beau mardi de juin. Bientôt, on se lèverait avec lassitude, on prendrait notre douche, on se laverait les dents côte à côte devant le lavabo, laissant le cataclysme en suspens le temps d'affronter le quotidien. On avalerait notre petit déjeuner, on crierait au revoir à Albie, on écouterait son pas traînant et son grognement qui passait pour un salut. Puis on s'étreindrait brièvement dans l'allée gravillonnée…

— Je ne vais pas faire mes valises tout de suite, Douglas. On en reparlera.

— D'accord. On en reparlera.

… et ensuite je me rendrais en voiture à mon bureau pendant que Connie irait à la gare prendre le train de 08 h 22 pour Londres, où elle travaillait trois jours par semaine. Je dirais bonjour à mes collègues, rirais de leurs blagues, répondrais à des mails, déjeunerais légèrement – juste un peu de saumon et de cresson – avec des professeurs en visite, je les écouterais exposer le fruit de leurs travaux, et tout en hochant la tête, je ne cesserais d'entendre ces mots :

Notre mariage est arrivé en bout de course. Je crois que j'ai envie de te quitter.

C'était comme essayer de remplir mes tâches habituelles avec une hache logée dans le crâne.

15. les vacances

J'y suis arrivé, bien sûr. Il n'aurait pas été professionnel d'afficher mon désespoir en public. Ce n'est que pendant la dernière réunion de la journée que j'ai commencé à m'effondrer. Je ne tenais pas en place, je transpirais, je triturais mes clés dans ma poche. Avant même que le compte rendu de la réunion ait été approuvé, j'ai saisi mon téléphone, marmonné de vagues excuses, puis je me suis précipité vers la porte en trébuchant et en emportant presque ma chaise avec moi.

Nos bureaux et nos labos s'organisent autour d'une cour ridiculement baptisée la Piazza, qu'un esprit fort ingénieux a conçue de telle sorte qu'elle ne reçoit jamais le moindre petit rayon de soleil. Des bancs hostiles en béton y parsèment une pelouse clairsemée, marécageuse et détrempée en hiver, desséchée et poussiéreuse en été, et j'ai fait les cent pas sur cet espace désolé, au vu et au su de mes collègues, une main devant ma bouche.

— Il faut qu'on annule le Grand Tour.

Connie a soupiré.

— On verra.

— On ne peut pas maintenir ce voyage en Europe dans des conditions pareilles. Quel plaisir y prendrait-on ?

— Je pense qu'on devrait tout de même le faire. Pour Albie.

— Ah, oui, évidemment. Du moment que lui, il est heureux…

— Douglas. On en reparlera quand je rentrerai du boulot. Je dois y aller, maintenant.

Connie travaille pour le département éducatif d'un grand et célèbre musée londonien, où elle est chargée de coordonner les programmes pédagogiques à destination des écoles, de collaborer avec des artistes et de remplir diverses autres missions qui m'échappent un peu. Brusquement, je l'ai imaginée papoter à voix basse avec un de ses collègues, Roger, Alan, ou encore Chris, le petit Chris, toujours tiré à quatre épingles avec son gilet de costume et ses lunettes. *Je lui ai enfin parlé, Chris. Comment l'a-t-il pris ? Pas très bien. Chérie, tu as fait ce qu'il fallait. Enfin, tu vas pouvoir fuir ce Trou…*

— Connie, il y a quelqu'un d'autre ?

— Oh, Douglas…

— C'est ça, hein ? Tu me quittes pour un autre ?

— On discutera à la maison. Mais pas devant Albie.

— Réponds-moi, Connie.

— Ça n'a rien à voir avec qui que ce soit d'autre.

— C'est Chris ?

— Pardon ?

— Le petit Chris, l'homme au gilet !

Elle a éclaté de rire. Mais comment osait-elle, alors que j'avais cette hache plantée dans le crâne ?

— Douglas, tu as déjà rencontré Chris. Je ne suis pas folle. Il n'y a personne d'autre dans ma vie, et certainement pas lui. Toute cette histoire ne concerne que toi et moi.

Était-ce une bonne nouvelle, ça, j'en doutais.

16. pompéi

Il faut dire que je portais à ma femme un amour inexprimable – et donc rarement exprimé. Mais la question ne me préoccupait guère et je supposais que cela ne nous empêcherait pas de finir notre vie ensemble. D'accord, c'est un désir très futile, parce que, à moins d'une catastrophe, il y en a forcément un qui doit partir en premier. Parmi les restes retrouvés à Pompéi – où nous avions l'intention d'aller durant notre Grand Tour cet été-là – figurent ceux, très connus, de deux amants enlacés, emboîtés l'un dans l'autre comme des cuillères, et figés dans cette position semblable à un point d'interrogation par le nuage toxique qui a dévalé les pentes du Vésuve pour les étouffer sous des cendres brûlantes. Ce ne sont pas des momies ni des fossiles, contrairement à ce que croient certains, mais des moules en trois dimensions du vide laissé par leurs corps lorsqu'ils se sont décomposés. Bien sûr, rien ne permet d'affirmer que c'était un mari et sa femme. Il s'agissait peut-être d'un frère et de sa sœur, d'un père et de sa fille, voire d'un couple adultère. Seulement pour moi, tout dans cette image suggère le mariage, le réconfort, l'intimité, la protection face à la tempête de soufre. On peut sans doute faire plus joyeux pour promouvoir la vie conjugale, mais ce n'est pas non plus un mauvais symbole. Si leur fin était horrible, au moins l'ont-ils vécue ensemble.

Reste que les volcans sont rares dans notre coin du Berkshire. Quitte à choisir, j'avais espéré en toute sincérité que ce serait moi qui partirais le premier. Je me rends bien compte du côté morbide de mon propos, mais cela me semblait juste et raisonnable, parce que, ma foi, ma femme m'avait apporté tout ce que j'avais toujours souhaité, tout ce que j'avais connu de bon et d'appréciable, et nous avions traversé tant d'épreuves ensemble. Envisager la vie sans elle était pour moi inconcevable. Au sens propre du terme. Je n'étais pas capable de concevoir ça.

En conséquence, j'ai décidé que je ne pouvais pas m'y résigner.

partie 2

FRANCE

« Et à la maison, près du feu, chaque fois que vous lèverez les yeux, je serai là… et chaque fois que je lèverai les yeux, vous serez là. »

[…]

Elle perdit un peu contenance et demeura silencieuse[1].

Thomas Hardy,
Loin de la foule déchaînée.

1. Traduction de Thierry Gillybœuf. Éditions Sillage, Paris, 2011.

17. notes pour moi-même

Quelques recommandations pour réussir un Grand Tour de l'Europe :

1. De l'énergie ! Ne jamais être « trop fatigué » ou « pas d'humeur ».

2. Éviter les confits avec Albie. Encaisser les taquineries sans se venger avec des remarques vachardes ou d'amères récriminations. Faire preuve d'entrain en toute circonstance.

3. Il n'est pas nécessaire de montrer qu'on a raison en tout et sur tout, même si c'est vrai.

4. Être ouvert d'esprit et disposé à tenter de nouvelles choses. Par exemple, les plats insolites sortant de cuisines crasseuses, les œuvres d'art expérimentales, les opinions inhabituelles, etc.

5. Être amusant. Échanger des petites plaisanteries avec C et A.

6. Essayer de se détendre. Ne pas penser à l'avenir pour le moment.

7. Être organisé, mais…

8. Savoir s'amuser et rester spontané.

9. Être attentif à Connie en permanence. L'écouter.

10. Essayer de ne pas se disputer avec Albie.

18. un voyage *so chic*

Ces vacances, c'était l'idée de Connie.

— Un Grand Tour pour te préparer à entrer dans l'âge adulte, comme au XVIIIe siècle.

Cela ne m'évoquait pas grand-chose, à moi. D'après Connie, la coutume voulait autrefois que les jeunes hommes d'un certain niveau social se lancent dans un pèlerinage culturel sur le continent en suivant des itinéraires bien établis et en allant admirer des sites et des œuvres d'art antiques avec des guides locaux, avant de s'en retourner en Grande-Bretagne, plus raffinés, plus civilisés et plus sages. Sauf qu'en pratique, cela n'était qu'un prétexte pour boire, fréquenter des prostituées et se faire arnaquer, et lorsqu'ils s'en retournaient chez eux, ils étaient surtout plus riches de divers objets pillés, de quelques bouteilles d'alcool local et de maladies vénériennes.

— Pourquoi je ne peux pas tout simplement aller à Ibiza ? a demandé Albie.

— Fais-moi confiance. Ce voyage-là sera beaucoup, beaucoup plus amusant.

Nous étions assis à la table de la cuisine, un dimanche matin – en des temps plus heureux, avant que ma femme ne m'annonce la nouvelle –, devant mon vieil *Atlas* du *Times* ouvert sur une carte de l'Europe de l'Ouest. Il émanait de Connie une sorte de jubilation que je ne lui avais pas vue depuis un moment.

— N'oublie pas que tout ça se passait avant l'ère des reproductions mécaniques bon marché. Le Grand Tour était la seule occasion qu'avaient ces jeunes gens d'admirer des tas de chefs-d'œuvre autrement que sous forme de mauvaises gravures en noir et blanc. Toutes les merveilles de l'Antiquité et de la

Renaissance, la cathédrale de Chartres, le Duomo de Florence, la place Saint-Marc, le Colisée. Ils prenaient des cours d'escrime, traversaient les Alpes, exploraient le Forum romain, contemplaient le cratère du Vésuve et arpentaient les rues de Naples. Et oui, ils buvaient, fréquentaient des prostituées et se laissaient entraîner dans des bagarres, mais quand ils rentraient, ils étaient des *hommes*.

— OK, j'irai à Ibiza.

— Allez, Poussin, sois sympa.

Comme un général conquérant, Connie a fait glisser son doigt sur les pages de l'atlas.

— Regarde. On commencera par Paris et ses incontournables : le Louvre, le musée d'Orsay, les Monet et les Rodin. Ensuite, on ira en train à Amsterdam voir les Rembrandt au Rijksmuseum et les Van Gogh. Puis on se débrouillera pour traverser les Alpes – sans prendre l'avion ni la voiture – jusqu'à Venise, parce que c'est Venise, quoi. Après ça, direction Padoue et la chapelle des Scrovegni. Vicence et les villas de Palladio. Vérone – c'est très joli, Vérone – et *La Cène* à Milan. Florence, pour les tableaux de Botticelli à la Galerie des Offices, et aussi juste pour Florence. Et Rome ! Rome, c'est magnifique. Un arrêt à Herculanum et à Pompéi, et terminus à Naples. Bien sûr, dans un monde idéal, on ajouterait Vienne à la liste pour visiter le Kunsthistoriches Museum, sans oublier Berlin, mais il faudra d'abord voir si ton père tient le coup.

Occupé à vider le lave-vaisselle, j'avoue que je me souciais davantage du faible niveau du liquide de rinçage et du coût exorbitant de tous ces voyages. Mais Connie semblait vraiment emballée par son projet, et peut-être que ça nous changerait de nos dernières vacances familiales, qu'on avait passées à s'ennuyer ferme au bord de la piscine d'une villa hors de prix ou à jouer des coudes sur la plage pour avoir notre toute petite part du gâteau côtier méditerranéen.

Albie restait sceptique.

— En gros, je vais voyager en train d'un pays à un autre avec ma maman et mon papa.

— Exact, a répondu Connie. Tu en as de la chance.

— Mais l'idée, c'est de me faire vivre un grand rite initiatique, non ? Il ne risque pas de tomber à l'eau si vous êtes là tous les deux ?

— Non, Poussin, parce que tu t'instruiras sur le plan artistique. Autrefois, quand on voulait sérieusement se lancer dans la peinture, un tel voyage tenait lieu de formation, d'études universitaires. C'est pareil aujourd'hui. Tu pourras dessiner, prendre des photos, t'imprégner de tout ça. Si tu veux en faire ton gagne-pain, tu dois voir ces œuvres...

— Rien que des vieux maîtres. Rien que des Européens blancs, tous décédés.

— ... même si c'est pour mieux les rejeter ensuite. Et puis, Picasso est un artiste européen blanc et décédé, et ça ne t'empêche pas de l'adorer.

— On ira voir *Guernica* ? Ce serait chouette, ça !

— *Guernica* est à Madrid. Ce sera pour une autre fois.

— Ou vous pourriez juste me filer du fric et j'irais tout seul !

— Avec nous, ce sera plus pédagogique.

— Et avec nous, tu te lèveras le matin, ai-je dit.

Albie a grogné et posé la tête sur ses bras croisés. Connie s'est penchée vers lui pour enrouler une mèche de ses cheveux autour de son doigt. Ils font souvent ça, tous les deux. Ils se papouillent mutuellement, comme des primates.

— On s'amusera bien, aussi. Je veillerai à ce que ton père prévoie des pauses.

— Tous les quatre jours, c'est trop ? ai-je lancé en refaisant face au lave-vaisselle.

Il n'y avait pas que le niveau du liquide de rinçage qui me contrariait. Le sel régénérant aussi. Il était trop corrosif, et je me suis demandé comment ajuster les réglages de l'appareil.

— Tu auras aussi l'occasion de rencontrer des filles et de te soûler, a dit Connie. Simplement, on te surveillera pendant ce temps-là. Et on te montrera du doigt.

Albie a soupiré et appuyé la joue contre son poing.

— Ryan et Tom vont en Colombie, eux.

— Tu iras, toi aussi ! L'année prochaine.

— Non, pas question ! ai-je crié dans le lave-vaisselle. Pas la Colombie.

— Tais-toi, Douglas. Poussin, mon chéri, ce sera probablement nos dernières vacances ensemble.

J'ai levé la tête et me suis cogné brutalement contre le rebord du plan de travail. Les dernières ? Vraiment ?

— Après, tu feras ce que tu veux tout seul, a continué Connie. Mais en attendant, essayons de prendre du bon temps en famille cet été, tu veux bien ? Juste une dernière fois ?

Peut-être qu'elle planifiait déjà sa fuite, à ce moment-là.

19. affrontements champêtres

Quand ma femme m'a dit qu'elle partirait à l'automne, ma vie s'est-elle arrêtée ? Me suis-je écroulé ou retrouvé incapable d'affronter chaque jour qui passait ?

Bien sûr, il y a eu d'autres nuits d'insomnie, d'autres larmes et accusations à l'approche du voyage, mais je n'avais pas le temps de faire une dépression. Et puis, Albie terminait ses « cours » d'art et de photographie, et comme il rentrait toujours épuisé après avoir fait quelques impressions d'écran ou verni un pot, nous sommes restés discrets. Nous sortions promener notre chien, un labrador vieillissant du nom de M. Jones, et nous attendions d'être dans les champs, à une certaine distance de la maison, pour nous affronter.

— Je n'arrive pas à croire que tu aies pu m'annoncer un truc pareil sans crier gare.

— Je ne te l'ai pas annoncé *sans crier gare*. Ça fait des années que j'y pense.

— Tu n'as rien dit !

— Je n'aurais pas dû avoir à le faire.

— M'annoncer ça à cette période…

— Je suis désolée, j'ai essayé d'être aussi honnête que…

— Je maintiens qu'on devrait annuler le Grand Tour.

— Pourquoi ?

— Tu as toujours envie de faire ce voyage ? Avec une séparation au bout du chemin ?

— Je crois, oui…

— Tu parles d'un cortège funèbre pour traverser l'Italie.

— On n'est pas obligés de le vivre comme ça. On pourrait aussi bien s'amuser.

— Si tu veux annuler les réservations d'hôtel, il faut le dire maintenant.

— Je viens de te l'expliquer, j'ai envie qu'on fasse ce voyage. Pourquoi tu n'écoutes jamais… ?

— Parce que si tu vis vraiment un enfer sur terre…

— Ne sois pas si mélodramatique, chéri. Tu ne fais pas avancer la situation.

— Je ne comprends pas pourquoi tu as lancé cette idée si tu ne voulais pas…

— Je le voulais, et je le veux toujours ! m'a-t-elle coupé en s'arrêtant pour prendre ma main. Laissons cette décision en suspens jusqu'à l'automne. On partira tous ensemble et on passera des super vacances avec Albie…

— Et ensuite ? On rentrera et on se dira au revoir ? Tu n'auras même pas besoin de défaire ta valise. Tu n'auras qu'à la fourrer dans un taxi et filer…

À ce stade, en général, elle soupirait et enroulait son bras autour du mien, comme si tout allait bien.

— On verra. On verra comment tourneront les choses.

Après quoi, nous ramenions M. Jones à la maison.

20. cartes

Un itinéraire a pris forme : Paris, Amsterdam, Munich, Vérone, Venise, Florence, Rome et Naples. Bien sûr, Connie avait déjà visité la plupart de ces villes au cours d'une odyssée épique qui l'avait vue fumer du cannabis, embrasser des garçons autochtones et travailler tour à tour comme serveuse, guide touristique et fille au pair durant quelques années avant d'entamer ses études artistiques. Au tout début de notre relation, lorsque mon travail et nos maigres finances le permettaient, nous prenions parfois des vols à bas prix vers des capitales européennes, et en repérant un banc, un bar ou un café, Connie se laissait aller à rêver de la semaine en Crète durant laquelle ses amis et elle avaient dormi sur une plage, ou d'une fête délirante dans une usine abandonnée à la sortie de Prague, ou du garçon anonyme dont elle était tombée amoureuse à Lyon en 1984, un mécanicien de chez Citroën aux bras musclés, au nez cassé et aux cheveux imprégnés d'une odeur d'huile de moteur. Lorsque je la surprenais à sourire, je m'empressais de changer de sujet, mais clairement, l'expression « avoir roulé sa bosse » avait pour elle un sens particulier. « Un homme dans chaque port », avions-nous coutume de plaisanter. Pour elle, l'Europe, c'était les premières amours, les couchers de soleil, le vin rouge bon marché et les tripotages haletants.

Pour ma part, je n'avais pas eu droit à un tel rite de passage – en partie à cause de mon père, un farouche patriote qui fulminait contre tous ces gens qui refusaient de bosser sérieusement, d'apprendre à bien parler anglais et de vivre comme nous. Tout ce qui évoquait « l'étranger » le rendait méfiant : l'huile d'olive, le système métrique, les repas en plein air, le yaourt, les mimes, les couettes, le plaisir. Et sa xénophobie ne se limitait pas à l'Europe, non. Elle était internationale et ne connaissait aucune frontière. Lorsque mes parents sont venus à Londres pour fêter ma thèse, j'ai commis l'erreur de faire étalage de mon cosmopolitisme en les emmenant dans un restaurant chinois de Tooting. Le Chiang Mai satisfaisait les principales exigences de mon père, à savoir un éclairage brutal (« j'aime voir ce qu'on bouffe ») et des prix si peu élevés que c'en était déstabilisant, mais je revois encore sa mine quand le serveur lui a tendu une paire de baguettes en bois. Il les a pointées vers lui comme une épée.

— Un couteau et une fourchette. UN COUTEAU ET UNE FOURCHETTE !

Évidemment, on s'est disputés. Le tunnel sous la Manche, selon lui, revenait à « laisser notre porte grande ouverte ». Que craignait-il, au juste ? lui ai-je demandé. Qu'une horde gigantesque de toréadors, de serveurs de trattoria et de vendeurs d'oignons en maraude affluent dans les rues de Folkestone, dans le Kent ? À sa décharge, il convient de préciser qu'il avait perdu son père en Belgique en 1944, et peut-être fallait-il chercher là la raison profonde de son hostilité. Mais tout de même, cet homme si rationnel affichait un comportement qui ne l'était pas du tout. Pour lui, l'expression « à l'étranger » renvoyait à un lieu bizarre et incompréhensible, où le lait avait un goût curieux et une durée de conservation anormalement longue.

Donc, je n'avais pas beaucoup « roulé ma bosse ». En fait, je connaissais à peine l'Europe avant de rencontrer Connie. Mais peu importe où on allait, elle s'y était déjà rendue. Sa carte du vieux continent était couverte de punaises rouges évocatrices de sacs à dos volés, de vols ratés, de baisers langoureux dans des parcs ornementaux, de frayeurs à l'idée d'être enceinte, d'oranges cueillies sur les arbres et d'ouzo au petit déjeuner. Lors de ma toute première visite chez elle, j'avais aperçu plusieurs photos collées à la porte de son frigo, sur lesquelles ses amies des beaux-arts et elle, en pleine période new-wave avec leurs permanentes laquées, soufflaient des baisers vers l'objectif ou fumaient topless – topless ! et une cigarette au bec, en plus ! – sur un balcon en Sicile.

Ma toute première visite chez elle. J'avance trop vite, là. Après tout, je ne suis pas encore parti de chez ma sœur, où Connie discute toujours avec Jake.

21. les sièges éjectables

Une fois le pseudo-diplomate à la crème anglaise expédié, nous avons tous été encouragés à échanger nos places pour « nous mêler les uns aux autres ». Connie et Jake ont libéré leurs chaises aussi vite que si elles avaient été des sièges éjectables. « Se mêler aux autres », est-il apparu, équivalait pour eux à poursuivre leur conversation juste un peu plus loin autour de la table, et j'ai regardé l'acrobate sortir de je ne sais où – de son collant, peut-être – un petit sachet zippé rempli de bonbons poussiéreux qu'il a tendu à Connie. Elle a accepté d'un hochement de tête, presque résignée, avant de passer le sachet à ma sœur et à ses voisins. Ces bonbons ne devaient pas être terribles parce que tout le monde les a fait passer avec de l'eau et en grimaçant. Je me suis bientôt retrouvé assis entre deux acteurs camés, une position qui, comme me l'ont confirmé depuis un certain nombre de publications validées par mes pairs, est précisément la pire où puisse se trouver un biochimiste. L'un de ces types interprétait quelques extraits de son one-man show – lequel comptait à mon avis un homme de trop –, et lorsque le sachet nous est parvenu, il s'est interrompu et l'a agité sous mon nez. J'ai aperçu ma sœur qui hochait frénétiquement la tête au bout de la table, les yeux écarquillés en signe d'encouragement.

— Non, merci.

— Non ? a dit l'acteur avec une mine boudeuse. Tu devrais ! Lâche-toi et prends-en une moitié. C'est agréable, tu verras.

— Désolé, mais le seul acide que j'aie chez moi, c'est le désoxyribonucléique…

— Hé, quelqu'un a un chewing-gum ?

Sur ce, j'ai quitté la table.

Karen m'a intercepté dans sa chambre, où je farfouillais parmi des piles de manteaux.

— Tu pars ? Il n'est même pas 22 heures !

— Je crois que ce n'est pas mon truc, Karen.

— Tu ne peux pas savoir tant que tu n'as pas essayé.

Elle avait l'air très contente d'elle, ma sœur. Comme elle n'était pas assez courageuse pour se rebeller devant nos parents, elle aimait me faire jouer leur rôle. J'étais tout simplement le seul vieux croûton rabat-joie à portée de main.

— Pourquoi tu es toujours aussi chiant, D ?

— Oh, je m'entraîne tous les jours.

— Ça me rend dingue.

— Raison de plus pour que je m'en aille.

Après avoir enfin déniché mon manteau, j'ai enroulé mon écharpe autour de mon cou.

— Reste et essaie.

— Non.

— Pourquoi ?

— Parce que je n'en ai pas envie, espèce de dealeuse ! Pourquoi est-ce que tu tiens tellement à me faire agir contre ma volonté ?

— Parce que je pense que tu devrais tester de nouveaux trucs ! Ça dévoilerait peut-être une facette inconnue de ta personnalité.

— Eh bien, navré de te décevoir, mais ma personnalité est telle que tu la vois. Tout est là, il n'y a rien de caché.

Karen a appuyé une main sur moi.

— Je pense que Connie t'aime bien.

— Oh. Vraiment.

— En fait, elle me l'a dit.

— Tu es une sacrée menteuse, Karen.

— Elle t'a trouvé très intéressant, et ton baratin sur les sciences aussi, même. D'après elle, ça la change de rencontrer quelqu'un qui se passionne pour autre chose que sa petite personne.

— Je ne vois pas mon autre gant. Il doit y avoir un gant quelque part…

— Et elle a dit que tu étais très séduisant.

J'ai éclaté de rire.

— La drogue devait déjà faire effet, alors.

— Je sais ! J'étais aussi surprise que toi.

— Et qu'est-ce qui te fait croire que je l'apprécie ?

— Tu baves devant elle. Et puis tu serais fou de ne pas l'apprécier. Tout le monde adore Connie. C'est une fille géniale.

— Si tu tombes sur mon autre gant, tu pourras me le garder, s'il te plaît ? Il est… eh bien, c'est le même que celui-là, forcément.

Karen m'a bloqué le passage vers la porte et m'a ôté mon écharpe.

— Reste. Juste une demi-heure. Dès que les autres commenceront à se tripoter, tu pourras partir.

22. une photo brouillée

Il n'a pas fallu longtemps à la 3,4-méthylène-dioxy-methamphétamine pour se frayer un chemin à travers le gratin de pâtes au thon. C'était comme si une présence invisible avait déambulé dans la pièce en tapotant les gens sur la tête avec une baguette magique pour les transformer en crétins.

— Allons à côté, on sera mieux, a ordonné ma sœur, les yeux exorbités.

Les invités ont quitté la cuisine. J'ai mis le plat en Pyrex à tremper avant d'être traîné vers le minuscule salon, réaménagé en une sorte de harem estudiantin avec des oreillers par terre, des bougies qui chatouillaient dangereusement le bas des rideaux et un air saturé par la fumée des cigarettes. *Tapestry*, de Carole King, a été remplacé par un autre titre qui mêlait une caisse claire à la sonorité métallique et des notes de piano saccadées. Le mot « basse » y rimait avec « face » et, bientôt, les invités se sont mis à danser. L'une des amies de Karen était topless sous sa salopette.

Je me sentais de plus en plus bête, un peu comme le type qui aurait fait la queue devant un grand huit dans lequel il n'avait aucune intention de monter. Pourquoi suis-je resté dans un coin, à mener une conversation guindée avec un dramaturge ? Ma seule motivation était affalée sur un fauteuil poire, avec Jake roulé à ses pieds tel un gros chat roux. Karen avait raison. Cette fille m'avait tout de suite plu. J'aimais son intelligence évidente, l'attention aiguë qu'elle portait aux autres. J'aimais aussi l'amusement qui se lisait en permanence au coin de ses lèvres et dans ses yeux barbouillés de noir. Et je la trouvais séduisante, bien sûr – son visage, son corps…

Aujourd'hui, le corps de Connie fait l'objet de soins permanents et de disputes récurrentes et insolubles – *je suis affreuse, mais pas du tout, si je suis affreuse, non tu es magnifique* –, sorte de cycle infernal et sans fin qu'il m'est impossible de briser. Elle se juge et s'est toujours jugée trop grosse. J'ai beau lui jurer qu'elle est superbe, elle balaie mon avis d'un haussement d'épaules. J'ai l'air d'une photo floue de moi-même, dit-elle. On ne voit plus mes pommettes. Comme si c'était ce qu'on recherchait dans un visage. La vérité, c'est que j'éprouve pour elle les mêmes sentiments qu'autrefois – des sentiments très forts. Nous n'avions presque rien en commun, et pourtant elle me semblait avoir plus d'esprit, de grâce et de *vie* en elle que n'importe qui d'autre dans cette pièce bondée, ou même parmi tout mon entourage à l'époque. Pour finir, elle m'a surpris à un moment où je la dévisageais et elle m'a décoché un sourire merveilleux. Jake a suivi son regard. La mine contrariée, il a tenté de l'attraper par le poignet lorsqu'elle s'est levée – en titubant un peu, ai-je noté. Elle s'est dégagée et a traversé le salon dans ma direction.

Je me suis excusé auprès du dramaturge.

23. les aimants

— Tu es encore là ! m'a-t-elle chuchoté à l'oreille.

— Pas pour très longtemps, ai-je murmuré à la sienne.

— Je voulais m'excuser. On n'a pas vraiment eu l'occasion de se parler pendant le dîner. Jake est très intéressant, mais le sens de l'humour n'est pas son fort. Ni la curiosité.

— J'avais remarqué.

— J'ai bien aimé quand tu as menacé de l'amputer des jambes.

— J'ai fait ça, moi ? C'est vrai ?

— Je te regardais à ce moment-là. Tu étais éloquent, passionné. Bon, je n'ai pas compris la moitié de ce que tu racontais. Je suis nulle en sciences. Je ne sais pas quel truc tourne autour de quel autre, ni pourquoi le ciel est bleu, ni quelle est la différence entre un atome et une molécule. C'est gênant, je t'assure. J'ai emmené ma nièce au bord de la mer l'été dernier. Quand elle m'a demandé pourquoi la marée montait et descendait, je lui ai dit que ç'avait quelque chose à voir avec les aimants.

Cela m'a fait rire.

— Ma foi, c'est une théorie, je suppose.

— Ce sont bien des aimants ? s'est-elle inquiétée en me saisissant le bras. S'il te plaît, dis-moi que oui.

Je lui expliquais la force d'attraction de la Lune sur les grosses masses d'eau quand elle a plaqué ses mains sur sa poitrine en ouvrant les yeux en grand.

— Désolée, je viens juste d'avoir un flash. Tu le sens, toi aussi ?

— À cause de la drogue ? Je ne consomme pas vraiment ce genre de substance.

— Sage, très sage décision.

Nous avons examiné la pièce. Les cachets semblaient avoir un effet dévastateur sur les invités, qui dodelinaient de la tête, le dos voûté, en se livrant à une sorte de chorégraphie disco hyper-tendue. Ma sœur en particulier fronçait le nez comme un écureuil et pinçait les lèvres tout en agitant des petits maracas imaginaires avec la plus grande concentration.

— Regarde-les, a soupiré Connie. Les gens disent toujours : *Prends ça, bois ça, tu perdras toutes tes inhibitions.* Ce qu'il faudrait, c'est un truc qui les leur rende. *Tiens, essaie, tu deviendras tout raisonnable.* On s'éclaterait beaucoup plus. Tu imagines ce que ce serait de se réveiller le matin en disant : « Putain, j'étais grave inhibé la nuit dernière » ?

— Je vais être franc avec toi : c'est précisément ce que je fais.

Elle a ri – pour la première fois, je crois.

— Quel veinard. Ç'a l'air cool.

Un bref moment s'est écoulé pendant lequel nous n'avons fait que sourire. Puis :

— Il y a trop de bruit ici et je boirais bien un verre d'eau, moi, a-t-elle déclaré. On peut aller dans la cuisine ?

À cet instant, j'ai aperçu Jake qui me fusillait du regard sous ses paupières tombantes, comme pour défendre son territoire.

— Eh bien, je m'apprêtais à rentrer chez moi.

— Douglas, a-t-elle lancé par-dessus son épaule, tu abandonnes beaucoup trop facilement.

Tout en me demandant ce qu'elle entendait par là, je lui ai emboîté le pas.

24. la spatule

Dans la cuisine, j'ai lutté contre une envie de nettoyer toutes les surfaces.

— Ta sœur m'a dit que tu étais une sorte de génie.

— Avec elle, il suffit de pas grand-chose pour être un « génie ». Elle considère que presque toutes les personnes présentes ici ce soir le sont aussi.

— Et pourtant, c'est différent, non ? Dans leur cas, on devrait plutôt employer le mot talent – et encore, pour la plupart d'entre eux, ce n'est même pas ça. Ils ont de l'assurance, rien de plus. Quand elle les qualifie de « génies », elle veut dire en fait qu'ils parlent très fort. Toi, tu as de vraies connaissances. Explique-moi encore cette histoire de mouche du vinaigre.

J'ai fait de mon mieux pour lui exposer mon travail en termes simples pendant que, appuyée contre l'évier, elle buvait d'un trait un verre à bière rempli d'eau. Puis elle est restée immobile, la tête rejetée en arrière, en laissant une bonne partie du liquide couler le long de son cou.

— … et ensuite, on prend la génération suivante et on examine comment les agents chimiques ont altéré… euh… ça va ?

Elle s'est ressaisie et a secoué la tête en clignant des yeux.

— Moi ? Ouais, ça va, j'ai un peu trop bu et maintenant…

Avec un soupir, elle a passé ses mains sur son visage.

— Putain, quelle brillante idée j'ai eue. Faut dire que je viens de rompre avec quelqu'un, alors…

— Oh, je suis désolé.

— Non, j'ai pris la bonne décision. On avait une relation catastrophique. C'est juste que… elle a quand même duré quatre ans, tu vois ?

— Ça fait long.

— Continue à me parler, tu veux bien ? Ne t'en va pas.

Je n'avais l'intention d'aller nulle part.

— Donc, on cherche des altérations dans le phéno…

— Tu as quelqu'un dans ta vie, Douglas ?

— Moi ? Non, pas pour le moment. Pas depuis quelque temps. Je travaille beaucoup, ai-je dit, comme si ceci expliquait cela.

— Je savais que tu étais célibataire.

— C'est si flagrant ?

— Non, ta sœur me l'a dit. Je crois qu'elle essaie de nous caser ensemble.

— Oui. Oui, j'en suis navré.

— Ne t'excuse pas. Ce n'est pas ta faute. Elle est persuadée que ça te ferait du bien d'être avec moi. À moins que ce ne soit l'inverse ? Enfin bon, dans un cas comme dans l'autre, il ne se passera rien.

— Oh, ai-je répondu, tout en jugeant cette remarque inutilement blessante. Non, je m'en doutais un peu, bien sûr.

— Désolée, désolée, ça n'a rien à voir avec toi – tu as l'air super sympa –, mais tu comprends, j'ai besoin de temps pour remonter la pente et tout et tout. Je suis un peu...

Il y a eu un silence.

— Je suppose que tu es plus attirée par...

— Jake ? Certainement pas !

— C'est pourtant l'impression que j'ai eue durant le dîner.

— Vraiment ? Je suis désolée, je voulais discuter avec toi, mais il n'y avait pas moyen de le faire taire et... Jake ? Alors là, non, ce n'est pas mon genre. Tu imagines un grand ours teint au henné qui volerait dans les airs, les bras tendus vers toi ? Moi, filet de sécurité ou pas, je garderais les mains dans les poches.

Elle a versé du vin rouge dans son verre et l'a avalé comme une vulgaire eau citronnée.

— Si j'avais voulu un egocentrique, j'aurais appelé mon ex, a-t-elle enchaîné, avant de pointer vers moi un doigt mal assuré. Ne me laisse surtout pas lui téléphoner, à celui-là !

— D'accord.

Un blanc a suivi, durant lequel elle a souri. Son rouge à lèvres avait cédé la place à des traces de vin sombres, et la sueur collait sa frange noire à son front. Avec leurs pupilles dilatées, ses yeux étaient magnifiques. Elle a tiré sur l'avant de sa robe.

— Il fait chaud ici, ou c'est moi ?

— C'est toi.

Je me demandais depuis un moment quel effet ça ferait de l'embrasser. D'un autre côté, je me demandais aussi quel effet ça ferait de rater le dernier métro. Le baiser me paraissait envisageable, mais je trouvais indélicat de profiter de l'action de divers agents chimiques sur ses critères de sélection – des critères clairement revus à la baisse à en juger par la requête qu'elle m'a adressée juste après, toujours tremblante et souriante.

— S'il te plaît, ne te méprends pas sur moi, Douglas, mais ça t'ennuierait de… de me serrer simplement contre toi ?

Pile à cet instant, une tornade poilue a déboulé dans la cuisine, l'a soulevée dans ses bras et l'a balancée sur son épaule.

— Tu me fuis, ma jolie ?

— Euh, tu veux bien me reposer, Jake ?

— Se faire la malle avec le Dr Frankenstein…, a-t-il dit la calant un peu mieux, comme si elle avait été un vulgaire tapis roulé. Viens danser avec moi. Tout de suite !

— Arrête, s'il te plaît !

Gênée, le teint rouge, elle ne semblait pas du tout ravie.

— Jake, je crois qu'elle veut…

— Hé, regarde. Tu sais faire ça, docteur Frankenstein ?

Et avec une facilité que j'aurais trouvée admirable si Connie avait été consentante, il l'a jetée en l'air – en lui heurtant la tête sur le plafonnier au passage – et l'a rattrapée sur la paume des mains, les coudes bloqués. Un sourire sans joie aux lèvres, elle a rabattu sa robe noire sur ses jambes.

— J'ai dit : REPOSE-LA !

J'avais presque du mal à croire que cette voix était la mienne, de même que cette main qui brandissait une spatule en plastique à laquelle étaient toujours collées quelques pâtes au thon gratinées. Jake nous a fixés tour à tour, la spatule et moi, puis il a éclaté de rire et reposé Connie par terre avant de quitter la cuisine d'un petit bond aérien de trapéziste.

— Allumeuse ! a-t-il persiflé au passage.

— J'espère qu'on t'enlèvera ton filet de sécurité ! a crié Connie en tirant sur l'ourlet de sa robe. Connard !

— Ça va ? ai-je demandé.

— Moi ? Oui, je vais bien. Merci.

J'ai suivi son regard. Je n'avais pas lâché la spatule.

— Qu'est-ce que tu comptais faire avec ça, Douglas ?

— S'il ne t'avait pas reposée, je lui aurais fait avaler quelque chose.

Elle a ri et roulé les épaules en appuyant une main sur son cou, comme pour évaluer les dégâts.

— Je me sens mal. Il faut que je sorte.

— Je viens avec toi.

— En fait… plus que ça, même, il faut que je rentre chez moi.

— Y a plus de métros, à cette heure-ci.

— Tant pis. Je marcherai.

— Où habites-tu ?

— À Whitechapel.

— Whitechapel ? Ça fait au moins quinze bornes.

— Pas grave, ça me dit bien. J'ai des chaussures de rechange. Ça ira. C'est juste que…

Elle a posé les mains sur sa poitrine avant de reprendre :

— J'ai besoin de marcher pour évacuer, mais si je rentre seule, je risque de me vautrer sur quelque chose. Ou quelqu'un.

— Je t'accompagne.

Une pause.

— Merci. Ça me ferait plaisir.

— Je vais dire au revoir aux autres.

— Non, a-t-elle protesté en me prenant la main. Filons à l'anglaise.

— Qu'est-ce que c'est ?

— C'est quand on part sans dire au revoir.

— Je n'avais jamais entendu parler de ça.

Filer à l'anglaise. Sans un « merci de m'avoir invité », sans un « j'ai passé une très bonne soirée ». Simplement partir, tranquille, décontracté. En étais-je capable ?

25. m. jones

Le matin du départ, nous nous sommes levés à 5 h 30 et nous avons tendrement dit au revoir à M. Jones, dont nos voisins, Steph et Mark, devaient s'occuper tout le mois que durerait notre Grand Tour. Nous étions toujours surpris de constater combien il nous en coûtait de le laisser. Même selon des critères purement canins, il est ni plus ni moins qu'un demeuré et passe son temps à foncer dans les arbres, à tomber dans les fossés et à bouffer des jonquilles. Connie appelle ça « avoir un certain sens de l'humour ». Quand on lance un bâton à M. Jones, il y a de fortes chances pour qu'il revienne avec un slip abandonné. Il pète aussi énormément – de véritables bombes puantes. Mais il est fou, loyal et affectueux, et Connie lui est très attachée.

— Salut, mon vieux. On t'enverra une carte, a-t-elle roucoulé, le nez dans son cou.

— Je n'en vois pas l'intérêt. Il ne fera que la manger.

Elle a poussé un profond soupir.

— Je ne comptais pas vraiment lui en envoyer une.

— Non, non, bien sûr. J'avais compris.

Depuis qu'elle m'avait annoncé son départ, chacun s'obstinait à interpréter de travers les plaisanteries de l'autre. Le sujet affleurait dans le moindre de nos propos, si innocent fût-il. Même un simple au revoir à M. Jones portait en creux la question de sa garde future.

Nous avons réveillé notre fils, pour qui se lever avant 8 heures constituait une violation de ses droits fondamentaux, et nous sommes allés en taxi jusqu'à Reading afin de nous entasser dans un train de banlieue à destination de Paddington. Durant tout le trajet, Albie a dormi – ou du moins fait semblant.

Malgré mes bonnes résolutions, on s'était disputés la veille au soir, cette fois au sujet de la guitare acoustique qu'il tenait à tout prix à traîner avec lui à travers l'Europe – une coquetterie ridicule qui allait nous embarrasser plus qu'autre chose, selon moi. Comme toujours, cela s'est terminé par le bruit lourd de ses pas dans l'escalier et le soupir familier de Connie, qui, selon sa légendaire habitude, a secoué lentement la tête.

— J'ai peur qu'il joue dans la rue, ai-je dit.

— Et alors ? Il y a quand même de pires bêtises à craindre de la part d'un jeune de dix-sept ans !

— J'ai peur qu'il les commette, celles-là aussi.

Mais sa guitare était apparemment aussi indispensable que son passeport. Inutile de préciser que c'est moi qui ai dû trimbaler l'étui au moment de passer les tourniquets et les contrôles de sécurité du terminal de l'Eurostar, puis le caser dans l'espace inadéquat réservé aux bagages lorsque nous nous sommes installés dans le train, avant d'éponger avec des serviettes en papier le café brûlant que j'avais renversé sur mon poignet. Les voyages s'accompagnent toujours d'une certaine saleté. On part douché, frais et dispo, vêtu d'habits propres et confortables, plein d'entrain, persuadé que l'on vivra un moment hollywoodien, avec force rayons de soleil tapant sur la fenêtre, têtes appuyées sur des épaules, rires et mines joyeuses, tout ça accompagné d'une discrète bande-son jazzy. Mais dans la réalité, la crasse s'installe avant même qu'on ait franchi les contrôles. Le col et les poignets de votre chemise se salissent, votre haleine sent le café, la transpiration dégouline dans votre dos, puis viennent les bagages trop lourds, les distances trop grandes, les monnaies mélangées dans votre poche, les conversations hésitantes et abruptes, l'absence de tranquillité et d'espace.

— Bon, eh bien, au revoir l'Angleterre ! ai-je dit pour meubler le silence. À dans un mois !

— On n'est pas encore partis, a fait remarquer Albie – ses premiers mots en douze heures.

Et sur ces belles paroles, il a sorti son Nikon pour photographier en gros plan la semelle de sa chaussure.

26. albert samuel petersen

Albie est brun, comme sa mère. Ses cheveux, qu'il a longs et emmêlés, lui balaient la figure en effleurant sa cornée, ce qui me donne sans cesse envie de me pencher pour les repousser. Il a de grands yeux marron et humides – « expressifs », pour reprendre un terme employé à tout bout de champ –, des cernes de la couleur d'un hématome, un nez allongé et des lèvres charnues d'un rouge sombre. À tous égards, c'est un jeune homme séduisant. L'une des amies de Connie lui a trouvé l'air d'un voyou assassin tout droit sorti d'un tableau du Caravage – une comparaison dont la pertinence m'a totalement échappé jusqu'à ce que je me renseigne sur ce peintre. Mais, clairement, il y a un créneau en ce bas monde pour les vauriens phtisiques à barbe clairsemée de la fin de la Renaissance, parce que les filles sont a priori séduites par sa personne et ont le sentiment qu'elles peuvent « vraiment lui parler ». C'est ainsi que j'ai renoncé depuis longtemps à tenir le compte des Rina, Nina, Sophie et autres Sita pour qui la maussaderie, l'irresponsabilité et une hygiène corporelle douteuse sont autant d'atouts irrésistibles.

Mais il est *cool*, disent-elles. Il est *profond*. Les gens sont attirés par lui et, sur ce point comme sur tous les autres, il est bien le fils de sa mère. Il n'est pas « naturellement porté vers les études », dixit son professeur principal, mais « il possède une incroyable *intelligence émotionnelle* » – une formule qui m'a fait grincer des dents. L'intelligence émotionnelle. Un parfait oxymore !

— Comment mesure-t-on l'intelligence *émotion-nelle* ? ai-je demandé à Connie en rentrant chez nous ce jour-là. Et quelle qualification ça t'apporte ? Peut-être qu'il faut passer une sorte de QCM grandeur nature. On te met dans une pièce avec six personnes et on te dit de trouver celle que tu dois serrer dans tes bras.

— Ça signifie qu'il a de l'empathie pour les autres, a-t-elle répliqué sèchement. Ça signifie qu'il est sensible et qu'il s'intéresse à ce qu'ils éprouvent.

Tout ce qu'Albie a hérité de mon côté se résume-rait donc à la grande taille et à la maigreur de mon père, mais il semble gêné et plein de rancœur même devant un si petit legs – legs auquel il doit aussi ses épaules rondes, son dos voûté, sa longue foulée et ses bras ballants, incapables dirait-on de supporter le poids de ses mains. Oh, et il tient aussi de mon père son addiction au tabac. Étant donné mes vues sur la question, il s'efforce de le faire en cachette, mais ce n'est pas non plus un secret jalousement gardé si j'en juge par le nombre de briquets et de paquets de papier à cigarette qu'il laisse traîner partout, ou encore par l'odeur de ses habits et les brûlures sur le rebord de la fenêtre de sa chambre.

— D'où viennent-elles, Albie ? l'ai-je interrogé. Ce sont les hirondelles qui les ont faites, peut-être ? Des hirondelles qui fument des Duty Free ?

Il a éclaté de rire et m'a claqué la porte au nez. Oh, et en plus de l'emphysème, du cancer et des problèmes cardiaques qu'il doit couver en son sein gringalet, il est affligé d'une pathologie qui lui impose des nuits d'au moins douze heures – même si, chose étonnante, il est incapable de les commencer avant 2 heures du matin.

Quoi d'autre ? Il aime les tee-shirts avec des cols en V qui descendent ridiculement bas, au point d'exposer en permanence son sternum à la vue de tous, et il a pour habitude de croiser les bras en fourrant ses mains sous ses aisselles à l'intérieur de ses manches. Il refuse de porter un manteau – une afféterie ridicule, comme si les manteaux étaient « ringards », pas cool du tout, ou comme si c'était « tendance » de souffrir d'hypothermie. Contre quoi se rebelle-t-il ? La chaleur ? Le confort ?

— Lâche-le, me dit Connie lorsqu'il sort marcher en plein vent avec la cage thoracique à l'air. Ça ne le tuera pas.

Faux, ça pourrait le tuer, et dans le cas contraire, c'est moi qui mourrais de toute cette frustration accumulée. Prenez par exemple sa chambre, une pièce si crasseuse qu'elle est devenue de facto une zone interdite, une immense boîte de Pétri remplie de miettes de pain duveteuses, de canettes de bière et de chaussettes dans un état inimaginable qui devront un jour être scellées dans un sarcophage en béton, comme celui de Tchernobyl. Ce n'est pas simplement de la paresse de sa part. Non, un véritable effort a dû être consenti afin de créer une situation dont le seul objet est d'être la plus exaspérante possible. Pour moi ! Pas pour sa mère, mais pour moi, moi ! Plus qu'une chambre, c'est une marque criante de mépris.

En plus de tout ça, il s'exprime en marmonnant et en avalant les mots. Il a beau avoir passé les six dernières années dans un très joli coin du Berkshire, il a l'intonation traînante et désabusée d'un Londonien, parce qu'il ne faudrait surtout, surtout pas laisser croire que son père s'en est bien sorti ou a travaillé dur, ou que lui, Albie, vit confortablement, bichonné et aimé par ses deux parents, même s'il ne semble désirer et requérir l'attention que de l'un d'entre eux.

Pour résumer, mon fils me donne l'impression d'être son beau-père.

J'ai fait l'expérience d'un amour non payé de retour par le passé, et ça n'avait rien d'agréable, je peux vous l'assurer. Mais aimer en vain le seul enfant qu'il vous reste, c'est comme une lente brûlure à l'acide, ça n'a pas d'équivalent.

27. helmut newton

Le train s'était enfin mis en branle et Albie avait cessé de braquer son objectif intrépide et impitoyable sur ses lacets défaits pour se concentrer sur les murs des tunnels de l'est londonien, parce que, c'est bien connu, on n'a jamais assez de photos d'un mur sale en béton chez soi.

— J'espère que tu mitrailleras la tour Eiffel, Poussin, ai-je dit d'un ton affectueux et taquin. Avec ta mère et moi juste devant, le pouce en l'air, par exemple ?

Connie et moi avons joint le geste à la parole en guise d'illustration.

— Ou bien – encore un tuyau –, je pourrai mettre ma main à plat, comme ça, pour avoir l'air de soutenir la tour…

— Ce n'est pas de la photographie, ça, ce sont *des clichés de vacances*.

La tendance à interpréter volontairement les plaisanteries de travers doit être contagieuse. Connie m'a fait un clin d'œil, puis pressé le genou sous la table.

Mon fils allait bientôt étudier la photographie en entamant à nos frais un cursus de trois ans, et même si ma femme, qui s'y connaissait dans ce domaine, affirmait qu'il avait du talent et « l'œil » pour réussir, tout ça m'emplissait d'une angoisse contre laquelle je luttais au quotidien. À un moment donné, il avait envisagé de se consacrer au théâtre – au théâtre ! –, mais au moins avais-je réussi à étouffer cette ambition dans l'œuf. Sauf qu'il a ensuite décidé de devenir photographe, la dernière d'une longue série de vocations éphémères – après artiste de rue, skateur, DJ et batteur dans un groupe – dont les rebus encombraient la cave, le grenier et le garage, à côté de l'optimiste « Kit du parfait chimiste », sitôt offert et sitôt jeté, du microscope plein d'espoir, mais jamais déballé, et du coffret poussiéreux « Crée tes propres cristaux ! ».

On ne pouvait pas nier son enthousiasme, en revanche. Albie et son appareil photo, c'était quelque chose à voir. Il s'accroupissait et tordait son long corps en forme de point d'interrogation, comme pour se glisser dans la peau d'un « pro ». Parfois, il mitraillait son sujet à bout de bras, dans un style qu'on appelle le « gangster style », je crois, quand il ne se mettait pas sur la pointe des pieds, le dos arqué tel un toréador. Au début, je commettais l'erreur de me lever et de sourire dès qu'il brandissait son appareil, mais j'ai vite compris qu'il n'appuierait pas sur le déclencheur tant que je ne serais pas sorti du cadre. En fait, sur les milliers de clichés qu'il a pris, parmi lesquels figurent beaucoup de portraits aimants de sa mère – ses yeux, son sourire – et son répertoire habituel de cartons mouillés, de blaireaux écrasés par des voitures, etc., il n'y a pas une seule photo de moi. Pas de mon visage, en tout cas. Juste un très gros plan contrasté et en noir et blanc du dos de ma main, qu'il avait réalisé pour un projet scolaire intitulé « Déchets & Pourritures », ainsi que je l'ai découvert plus tard.

La passion d'Albie pour la photographie avait été la cause d'autres tensions. J'avais une imprimante couleur dans mon bureau, un modèle haut de gamme qui se caractérisait, entre autres, par une lenteur sidérante et un coût de fonctionnement exorbitant. Autant dire que j'ai été plus qu'agacé lorsque, un jour où je rentrais du travail, j'ai entendu la machine mouliner avec insistance. Je me suis penché sur le tirage au format 13×16 qui se trouvait au sommet d'une pile déjà conséquente. Cela ressemblait à une impression en noir et blanc très détaillée et très contrastée d'une sorte de mousse noire, et ce n'est qu'en l'étudiant de plus près que je me suis rendu compte qu'il s'agissait de la photo d'une femme nue, prise de profil, pour ainsi dire. J'ai laissé tomber la feuille, avant d'examiner avec précaution la suivante. En noir et blanc, elle aussi, mais dans des tons délavés, elle aurait pu représenter une vague chaîne de montagnes enneigées, n'était le téton pâle qui coiffait celle-ci. Pendant ce temps, une nouvelle image avait commencé à émerger bruyamment de l'imprimante, et à en juger par ce que j'en voyais déjà, il y avait de fortes chances pour que ce soit cette fois une paire de fesses.

J'ai appelé Connie.

— Tu as vu Albie ?

— Il est dans sa chambre. Pourquoi ?

J'ai brandi les photos. Comme il fallait s'y attendre, elle a porté une main à sa bouche en riant.

— Oh, Poussin. Qu'est-ce qu'il a encore fait ?

— Pourquoi il ne peut pas photographier des visages, juste pour une fois ?

— Parce qu'il a dix-sept ans, Douglas. C'est ce que font les garçons de cet âge.

— Pas moi. Je photographiais la nature. Les oiseaux, les écureuils et les forteresses du Moyen Âge.

— Raison pour laquelle tu es biochimiste et lui, photographe.

— Ça ne m'ennuierait pas tant que ça s'il ne vidait pas mes cartouches d'encre. Il a une idée de leur prix ?

Mais Connie était concentrée sur la paire de fesses.

— Je suis prête à parier que c'est Roxanne Sweet, a-t-elle dit en approchant le cliché de la lumière. Je les trouve plutôt bonnes, moi, ces photos. Bien sûr, il pique toutes ses idées à Bill Brandt, mais ce n'est pas si mal.

— Notre fils, le pornographe.

— Ce n'est pas de la *pornographie*, c'est une étude de nu. S'il peignait la même chose dans un cours de dessin avec des modèles vivants, tu l'accepterais sans broncher, a-t-elle rétorqué en accrochant le tirage sur le mur de mon bureau. Enfin, j'espère que tu l'accepterais, mais il est vrai qu'on ne peut plus jurer de rien, hein ?

28. la passion

Peu de temps après, Albie nous a donc annoncé son intention de consacrer sa vie à un hobby. Pourquoi, ai-je demandé à Connie, ne pouvait-il pas étudier un sujet plus pragmatique et faire ce qu'il aimait le soir et le week-end, comme tout le monde ? Parce que ce n'est pas ainsi que marche l'enseignement artistique, m'a-t-elle répondu. Il faut qu'il soit mis à l'épreuve, qu'il développe son fameux « œil », qu'il apprenne à se servir de son matériel. Mais ne serait-ce pas moins cher et plus rapide de lire le manuel d'utilisation ? J'aurais pu comprendre si les gens utilisaient encore des chambres noires, comme moi quand j'étais jeune, mais tout ce savoir-faire était obsolète, et comment espérait-il exceller dans un domaine où n'importe qui doté d'un téléphone et d'un ordinateur portable pouvait se montrer globalement compétent ? Et pour couronner le tout, il n'avait même pas envie d'être photoreporter ou de réaliser des commandes pour des journaux, des publicités ou des catalogues. Il ne s'intéressait pas aux mannequins, aux mariages, aux athlètes, aux lions chassant des gazelles – toutes ces images susceptibles de se vendre. Non, ce qu'il voulait, c'était devenir un *artiste*, photographier des voitures brûlées et l'écorce des arbres, prendre des photos sous des angles tels qu'elles ne ressemblaient plus à rien. Qu'allait-il faire pendant trois ans, à part fumer et dormir ? Et quelle profession pouvait-il espérer exercer à la fin ?

— Photographe ! a dit Connie. Il sera photographe !

On faisait les cent pas dans la cuisine en nettoyant furieusement les plans de travail – et quand je dis « furieusement », ce n'est pas un vain mot. On avait bu du vin, il se faisait tard et on était à la fin d'une longue dispute qu'Albie avait provoquée avant de la fuir, comme à son habitude.

— Tu ne vois donc pas ? a-t-elle continué en jetant les couverts dans leur tiroir. Peu importe que ce soit dur, il doit essayer ! S'il aime ça, on n'a pas le droit de lui refuser sa chance. Pourquoi faut-il toujours que tu brises ses rêves ?

— Je n'ai rien contre ses rêves du moment qu'ils sont réalisables.

— Mais ce ne seraient plus des rêves, alors !

— Voilà pourquoi il perd son temps ! Dire aux gens qu'ils peuvent accomplir tout ce qui leur passe par la tête, c'est bien beau, mais dans les faits, et en toute objectivité, c'est inexact. Sinon, il n'y aurait plus que des danseuses étoiles et des rock stars dans le monde.

— Albie n'a pas envie d'être une rock star. Il veut juste prendre des photos.

— Mon argument reste valable. Il est tout simplement faux de prétendre qu'on peut faire n'importe quoi à condition d'aimer ça. Faux et archifaux. La vie impose ses limites, et plus vite il l'acceptera, mieux ça vaudra !

Enfin, c'est ce que j'ai expliqué. Je croyais avoir ses intérêts à cœur, raison pour laquelle je m'exprimais avec tant de véhémence. Je voulais qu'il ait un métier sûr, une bonne vie. Mais depuis sa chambre où il m'écoutait, nul doute qu'il avait capté toutes mes paroles et aucune de mes intentions.

Reste que cette dispute n'a pas été mon heure de gloire. Je parlais d'un ton criard et dogmatique, mais j'ai tout de même été surpris de découvrir que Connie se tenait immobile, un poignet appuyé contre son front.

— Depuis quand tu fais ça, Douglas ? a-t-elle demandé. Depuis quand est-ce que tu étouffes toute *passion* autour de toi ?

29. world of wonder

— Pourquoi tu as choisi une carrière scientifique ?

— Parce que je n'ai jamais vraiment eu envie de faire autre chose.

— Mais pourquoi… désolée, j'ai oublié le sujet…

— De mon doctorat ? La biochimie. Littéralement, la chimie de la vie. Je voulais savoir comment on fonctionne. Pas seulement nous, mais tous les êtres vivants.

— Tu avais quel âge ?

— Onze ou douze ans.

Connie a ri.

— Moi, je rêvais de devenir coiffeuse.

— Ma mère était professeur de biologie et mon père, généraliste. Je ne suis pas allé pêcher ma vocation bien loin.

— Tu ne voulais pas être médecin ?

— J'y ai pensé, mais j'avais peur de ne pas avoir un bon contact avec les patients. Et puis, le gros avantage de la biochimie sur la médecine, disait mon père, c'est que personne ne vous demande d'examiner son anus.

Elle a éclaté d'un rire immensément gratifiant à mes yeux. Clapham High Street en fin de soirée n'est pas l'itinéraire le plus pittoresque qui soit, et un peu après 1 heure du matin, le trajet n'est pas sans danger même, mais j'aimais discuter avec Connie, ou du moins lui parler, parce qu'elle était de son propre aveu trop « déchirée » pour faire grand-chose d'autre à part écouter. Dans cette nuit glaciale, elle s'accrochait à mon bras – pour se tenir chaud, je suppose. Elle avait troqué ses talons hauts contre des grosses baskets et portait un vieux manteau noir superbe avec une sorte de col à plumes. Je me sentais très fier, très protecteur, et curieusement invulnérable aussi à mesure que défilaient devant nous des ivrognes, des petites frappes et autres bandes de fêtards sortis enterrer des vies de garçons ou de jeunes filles.

— Je suis barbant ?

— Pas du tout, a-t-elle répondu, les paupières lourdes. Continue.

— Mes parents m'achetaient un magazine, *World of Wonder* ou un truc dans ce goût-là. Tous les autres – les titres plus loufoques comme *Dandy*, *Whizzer and Chips* et compagnie – étaient bannis de la maison. Du coup, je lisais cette revue ringarde et affreusement austère, remplie de projets, de diagrammes et autres joyeux articles sur le vinaigre et le bicarbonate de soude, la manière de fabriquer une pile avec un citron…

— Tu sais faire ça ?

— J'ai ce pouvoir, oui.

— Tu es un génie !

— Grâce à *World of Wonder* et sa rubrique « Rions un peu ». Tu savais que le césium a pour nombre atomique 55 ? Etc. Et quand on est gosse, on n'est rien qu'une grosse éponge, du coup j'absorbais tout.

Mais ce que je préférais, c'était cette petite BD, « La vie des grands scientifiques ». Il y en a eu une sur Archimède, je pourrais te la dessiner les yeux fermés : Archimède dans son bain, qui fait le lien entre le volume et la densité et qui s'en va danser nu dans la rue. Ou Newton et sa pomme, ou Marie Curie… J'aimais cette idée d'une prise de conscience soudaine et magnifique. Une ampoule qui s'allume littéralement dans le cas d'Edison. Un individu est pris d'une intuition foudroyante, et le monde change du tout au tout.

Je n'avais pas parlé autant depuis des années. Le silence de Connie me faisait espérer qu'elle me trouvait incroyablement intéressant, mais lorsque je l'ai regardée, ses pupilles avaient roulé sous ses paupières, ne laissant plus voir que le blanc de ses yeux.

— Ça va ?

— Désolée. J'ai un putain de flash, là…

— Oh. OK. Vaut-il mieux que je me taise ?

— Non, j'adore t'écouter. Tu me fais redescendre sur terre, mais de façon positive. Wouaouh. Tes yeux ont l'air énormes, Douglas. Ils mangent tout ton visage.

— D'accord. Donc… je continue ?

— Oui, s'il te plaît. J'aime bien ta voix. On dirait celle des prévisions de la météo marine.

— Une voix assommante.

— Non, rassurante. Marchons encore. Et dis-m'en plus sur toi.

— Ces histoires étaient ridicules pour la plupart, ou bien alors très, très simplifiées. Les progrès scientifiques passent en général par un travail laborieux, et le plus souvent, ils naissent d'un dialogue mené au sein d'une communauté, grâce à des tas de gens qui sont sur la même longueur d'onde et qui avancent petit à petit. Il n'y a pas de grands éclairs de génie. Newton a bien vu tomber une pomme, mais il réfléchissait à la gravité depuis longtemps. Pareil avec Darwin. Il ne s'est pas réveillé un matin en se disant : c'est la sélection naturelle ! Il a fallu des années et des années d'observations, de discussions et de débats avant ça. Un bon scientifique progresse lentement, rigoureusement, en s'appuyant sur des preuves. Une méthode. Des résultats. Une conclusion. Comme le disait mon vieux directeur de thèse : « Dans le mot conjecture, il y a d'abord un con. »

Optimiste, j'ai espéré qu'elle rirait, mais elle fixait le bout de ses doigts en les remuant, la bouche ouverte.

— Il n'empêche que j'étais fasciné. Je prenais ça pour de l'héroïsme, ou du moins une forme d'héroïsme qui m'était peut-être accessible. Les garçons normaux aspiraient à devenir footballeurs, chanteurs ou soldats. Moi, je me voyais en scientifique, parce que, quand même, ce serait incroyable de vivre un moment pareil ! Avoir une idée totalement originale. Trouver un remède, être pris d'une illumination sur le temps et l'espace, inventer un moteur à eau.

— Et ça t'est arrivé ?

— Pas encore.

— Tu n'en es qu'au début de ta carrière, Douglas !

— Évidemment, tout était beaucoup plus facile autrefois. C'est bien plus simple d'entrer dans l'histoire à une époque où les gens croyaient encore que le Soleil tournait autour de la Terre et qu'il y avait quatre humeurs corporelles. Il est peu probable que je réalise ce genre de découverte majeure, maintenant.

— Oh non ! a-t-elle protesté avec véhémence. Ce n'est pas vrai !

— J'ai bien peur que si. La science, c'est une course, il faut finir premier. Il n'y a pas de second prix. Regarde Darwin : ces idées-là flottaient dans l'air, mais il a été le premier à les publier. La seule façon pour moi de laisser mon empreinte serait de remonter le temps… disons jusqu'en 1820. Je rédigerais vite fait quelques notes sur la théorie de l'évolution. J'expliquerais au Collège royal des chirurgiens pourquoi exactement se laver les mains est une bonne idée. J'inventerais le moteur à combustion, l'ampoule électrique, l'avion, la photographie, la pénicilline. Si je pouvais revenir en 1820, je serais le plus grand scientifique que le monde ait jamais connu, plus grand même qu'Archimède, Newton, Pasteur ou Einstein. Mon seul problème, c'est d'être arrivé cent soixante-dix ans trop tard.

— Y a pas à tortiller, il faut que tu inventes une machine à remonter le temps.

— Ce qui est en théorie impossible.

— Et voilà, tu recommences à être négatif. Si tu sais faire une pile avec un citron, où est la difficulté ? Je suis sûre que tu en es capable.

— Tu me connais à peine.

— Je le sens. J'ai un don, Douglas. Un jour, tu accompliras quelque chose d'étonnant.

Elle était loin d'être sobre, bien sûr, mais, ne serait-ce qu'un instant, j'ai cru qu'elle le pensait vraiment. Et qu'elle avait peut-être bien raison, même.

30. des tunnels et des ponts

Nous avons poursuivi notre voyage tous les trois, dans un silence que j'ai choisi de juger convivial.

Après avoir quitté Londres discrètement, comme par la porte de service, on a refait surface dans une campagne cafardeuse, entre des pylônes et des autoroutes, non loin d'un fleuve que l'on n'a fait qu'entrevoir – le Medway ? – et des plaisanciers boudeurs qui s'y agglutinaient sous le ciel couvert de l'été anglais. Des forêts clairsemées leur ont succédé, puis de nouveau une autoroute. Très vite, le chef de bord a annoncé que nous allions entrer dans le tunnel sous la Manche et les passagers ont sagement regardé par la vitre dans l'espoir d'admirer... quoi ? Des bancs de poissons colorés nageant derrière la paroi d'un aquarium ? Un tunnel sous la mer n'est jamais aussi visuellement splendide qu'on s'y attend, mais il n'en reste pas moins une prouesse. Qui a conçu celui sous la Manche ? Personne ne le sait. Il n'y a plus de Brunel, plus de Stephenson. Du fait même de leur nature, les tunnels ne reçoivent jamais autant d'attention que les grands ponts, et pourtant celui-là représente un énorme exploit. J'ai exprimé cette pensée à voix haute – combien les tunnels étaient sous-estimés et combien il était miraculeux, vraiment, d'imaginer toute cette masse rocheuse et aquatique au-dessus de nos têtes, et malgré ça de se sentir en sécurité.

— Je ne me sens pas en sécurité, moi, a répondu Albie.

Je me suis renfoncé sur mon siège. L'ingénierie. Pourquoi mon fils ne s'était-il pas intéressé à l'ingénierie ?

De retour dans la lumière du jour, nous avons découvert un paysage militarisé parsemé de clôtures, de bunkers bétonnés et d'escarpements, puis la plaine agricole qui s'étend uniformément jusqu'à Paris. C'est bien sûr une illusion de croire que traverser des frontières tracées arbitrairement sur une carte devrait se traduire par un changement d'humeur et de tempérament. Un champ est un champ et un arbre est un arbre. Mais quoi qu'il en soit, ceci ne pouvait être que la France, et l'atmosphère dans le train a changé, me semble-t-il, les passagers français exsudant la satisfaction de rentrer chez eux, et les autres le plaisir d'être officiellement « à l'étranger ».

— Nous y sommes ! La France !

Et là, même Albie n'a pas pu me contredire.

Je me suis endormi, le cou tordu, les mâchoires serrées et le crâne vibrant contre la vitre, avant de me réveiller en début d'après-midi alors que nous pénétrions dans la banlieue parisienne – à la vue des graffitis et de la crasse urbaine, Albie a repris vie. Je leur ai distribué à Connie et à lui des chemises en polypropylène de format A4 contenant nos itinéraires pour la partie de notre voyage qui se déroulerait au nord de l'Europe, avec les adresses des hôtels, les numéros de téléphone et les horaires des trains, ainsi qu'une vague liste d'événements et d'activités.

— Des indications plus que des directives.

Albie a tourné et retourné les feuilles.

— Pourquoi elles ne sont pas plastifiées ?

— C'est vrai, ça. Pourquoi ? a renchéri Connie.

— Papa se laisse aller.

Ma femme et mon fils aimaient me taquiner. Comme cela leur faisait plaisir, j'ai souri et joué le jeu, certain qu'ils apprécieraient mon initiative au bout du compte.

Une fois descendus du train, on s'est sentis revigorés, et je n'ai même pas été contrarié par l'étui de guitare qui me heurtait les genoux, le café qui me brûlait l'estomac et cette tension particulière propre à la gare du Nord.

— Surveillez bien vos bagages, ai-je dit.

— Prends n'importe quelle gare, n'importe où dans le monde, a lancé Connie à Albie, et tu peux être sûr que ton père te conseillera de surveiller tes bagages.

À l'extérieur, le ciel s'est dégagé, devenant bleu et lumineux pour nous saluer.

— Tu es content ? ai-je demandé à mon fils en montant dans un taxi.

— Je suis déjà venu à Paris, a-t-il répondu avec indifférence.

À l'autre bout de la banquette arrière, Connie a croisé mon regard et m'a fait un clin d'œil tandis que nous partions en direction de la Seine, pilant et redémarrant sans cesse dans le cœur dur et laid de la ville. Serrés comme des sardines – une proximité physique inhabituelle pour Albie et moi –, nous avons regardé les magasins des Grands Boulevards céder la place à l'élégance poussiéreuse du jardin des Tuileries, puis au Louvre, si joli et ridicule, puis aux ponts de la Seine. Le pont de la Concorde ? Le pont Royal ? Contrairement à Londres, qui ne compte que deux ou trois ouvrages décents, tous les points de traversée de la Seine me semblent merveilleux, avec des vues dégagées bien préservées, et Connie et moi avons tourné la tête d'un côté et de l'autre en fixant avidement ce décor pendant qu'Albie gardait les yeux rivés sur son téléphone.

31. sur le london bridge

Nous avons traversé le London Bridge peu après 2 h 45. La City était assez différente en ce temps-là. Plus ramassée sur elle-même, moins insolente qu'aujourd'hui, elle avait tout d'un mini Wall Street de province. Et d'une terre inconnue pour qui ne s'aventurait presque jamais à l'est de Tottenham Court Road. Le quartier était désert, comme avant une catastrophe imminente, et nos voix ont résonné clairement dans l'air nocturne lorsque nous sommes passés devant la station Monument pour longer Fenchurch Street en échangeant ce genre d'histoires qu'on aime raconter à quelqu'un que l'on vient juste de rencontrer.

Ayant recouvré la parole, Connie me décrivait sa grande famille chaotique. Sa mère, une ancienne hippie agitée, alcoolique et émotive. Un père biologique depuis longtemps aux abonnés absents, qui ne lui avait rien laissé à part son nom de famille. Et quel était ce nom ? Moore. Connie Moore – *un nom génial*, ai-je pensé. *On dirait un village irlandais*. Son beau-père n'aurait pas pu être plus différent. Homme d'affaire chypriote, il dirigeait un certain nombre de kébabs douteux à Wood Green et Walthamstow, si bien qu'elle faisait désormais figure d'anomalie dans sa famille, elle, la fille intelligente et portée sur les arts.

— J'ai trois frères à moitié chypriotes, de vrais petits bulldogs. Ils bossent tous dans l'entreprise familiale et n'ont aucune idée de ce que je fais. Pareil pour mon beau-père. Lui, il suffit qu'il voie le parc des Yorkshire Dales à la télé, ou bien un coucher de soleil ou un olivier en vacances pour qu'il me dise…

Là, elle a reproduit le phrasé de son beau-père – elle a toujours été douée pour imiter les accents :

— « Connie, tu as vu ça ? Dessine-le ! Dessine-le vite ! » Ou alors il essaie de me passer des commandes. « Dessine ta mère, c'est une belle femme. Peins-la. Je te paierai. » Pour Kemal, c'est ça, le summum de la réussite artistique. Dessiner deux yeux qui regardent bien dans la même direction.

— Ou des mains.

— Exactement. Des mains. Si tu arrives à caser tous les doigts sur un tableau, tu es Titien.

— Tu sais dessiner des mains ?

— Non. Mais je l'adore – Kemal, je veux dire. Et mes frères aussi. Ils sont gagas de ma mère, qui est loin de s'en plaindre. C'est juste que je ne me reconnais pas en eux, ni même en elle, d'ailleurs.

— Et ton père ? Le biologique…

— Il a quitté la maison quand j'avais neuf ans, a-t-elle répondu en frissonnant. Je n'ai pour ainsi dire pas le droit de l'évoquer parce que ça met ma mère dans tous ses états. Un type très beau, je le sais. Très charmant. Il était musicien et il a filé en Europe. Il est… là-bas… quelque part, a-t-elle fait avec un geste en direction de l'est. Je m'en fiche un peu. Changeons de sujet. Interroge-moi sur autre chose.

Les biographies que l'on s'attribue dans une telle situation ne sont jamais neutres, et l'image que Connie a choisi de donner d'elle était celle d'une âme plutôt solitaire. Elle n'était pas mièvre et ne s'apitoyait pas sur elle-même, pas du tout, mais à présent que son côté bravache avait disparu, elle semblait moins confiante, moins sûre d'elle, et je me suis senti flatté par son honnêteté. J'ai adoré la conversation que nous avons eue cette nuit-là, surtout à partir du moment où elle a cessé d'avoir des hallucinations. J'avais tout un tas de questions à lui poser, et j'aurais été heureux de l'écouter me raconter sa vie en temps réel, heureux de continuer à marcher, de laisser derrière nous Whitechapel et Limehouse, et de poursuivre jusque dans l'Essex et même jusqu'à la mer si elle l'avait voulu. Et elle aussi se montrait curieuse à mon égard, ce que personne n'avait fait depuis un certain temps. Nous avons parlé de nos parents et de nos frères et sœurs, de notre travail et de nos amis, de nos écoles et de notre enfance – l'idée derrière tout ça étant que nous aurions besoin de ces informations à l'avenir.

Évidemment, près d'un quart de siècle plus tard, nous avons fait le tour de nos passés lointains, et les seules questions qu'il nous reste sont « Ç'a été, aujourd'hui ? », « Tu rentreras quand ? » et « Tu as sorti les poubelles ? ». Nos biographies sont si étroitement imbriquées désormais que nous figurons côte à côte sur presque toutes les pages. Nous connaissons les réponses parce que nous étions là. Pour cette raison, la curiosité devient difficile à préserver et cède le pas, je suppose, à la nostalgie.

32. beaucoup de chevaux bizarres dans notre chambre salée

En préparant notre voyage, j'avais d'abord pris le parti de dépenser sans compter – jusqu'à ce que j'additionne tous nos frais et que je me ravise en optant cette fois pour la politique du « confortable mais sans chichis ». C'est ainsi que nous avons atterri au bien mal nommé hôtel Bontemps, dans le 7e arrondissement. La chambre 602 résultait clairement d'un pari lancé pour dénicher le plus petit espace capable d'accueillir un matelas deux places. Cuivré et vulgaire, le cadre de lit avait dû être assemblé à l'intérieur même de la pièce, comme la maquette d'un bateau dans une bouteille. Et à y regarder de plus près, cet endroit semblait aussi servir de réceptacle à tous les poils pubiens de l'Europe.

— À tout prendre, j'aurais préféré un chocolat sur l'oreiller, a commenté Connie en les époussetant.

— Peut-être que ce sont des fibres du tapis, ai-je répliqué avec optimisme.

— Il y en a partout ! À croire que la femme de chambre est venue *vider* un sac tout entier !

Soudain las, je me suis laissé tomber en arrière sur le lit, où Connie m'a rejoint. L'électricité statique faisait crépiter les couvertures comme un générateur de Van de Graaff.

— Pourquoi on a choisi cet endroit, déjà ? a-t-elle dit.

— Tu trouvais qu'il avait l'air décalé sur son site internet. Les photos t'ont fait rire.

— Ce n'est plus si drôle, maintenant. Oh, merde. Désolée.

— Non, c'est ma faute. J'aurais dû faire plus attention.

— Non, ce n'est pas ta faute, Douglas.

— Je tiens à ce que tout se passe *bien*.

— Ce n'est rien. On demandera à ce que le ménage soit refait.

— Comment dit-on « poil pubien » en français ?

— Je ne l'ai jamais appris. La question ne s'était pas encore posée à moi. Ou du moins rarement.

— Je pencherais pour quelque chose du style : « *Nettoyer tous les cheval intimes, s'il vous plaît*[1]. »

— Les *cheveux*, m'a corrigé Connie en me prenant la main. Oh, tant pis. On ne passera pas beaucoup de temps ici, de toute façon.

* En français dans le texte, comme tous les passages suivis d'un astérisque. *(N.d.T.)*

— C'est juste un endroit où dormir.

— Exactement. Un endroit où dormir.

Je me suis redressé.

— On devrait peut-être y aller.

— Non, fermons les yeux. Là.

Elle a appuyé la tête sur mon épaule, nos jambes pendant par-dessus le bord du lit comme si nous étions sur la rive d'un cours d'eau.

— Douglas ?

— Hm ?

— Tu sais… notre conversation…

— Tu veux parler de ça maintenant ?

— Non, non. Ce n'est pas ce que j'allais dire. On est à Paris, il fait beau, on est ensemble tous les trois, en famille. Ne parlons pas de ça, justement. Attendons la fin des vacances.

— D'accord. Ça me va.

Et c'est ainsi que le condamné à mort, à l'heure de son dernier repas, se voit rappeler que le cheesecake au moins est délicieux.

Nous nous sommes assoupis. Un quart d'heure plus tard, un texto de notre fils dans la chambre à côté nous a réveillés. Il comptait « vivre sa vie » jusqu'au dîner. Nous nous sommes levés, étirés, et après un petit brossage de dents, nous sommes sortis. À la réception, dans un français si truffé de fautes, de supputations et d'erreurs de prononciation qu'il en devenait presque une nouvelle langue, j'ai informé l'employé de l'hôtel que « j'étais vraiment détruit, mais qu'il y avait beaucoup de chevaux bizarres dans notre chambre et que celle-ci était très salée ». Sur ce, nous sommes partis dans les rues de Paris.

33. à la recherche du temps perdu

Connie riait encore lorsque nous avons longé le côté ensoleillé de la rue de Grenelle en direction du 6e arrondissement.

— Où as-tu appris à parler français comme ça ?

— J'ai plus ou moins improvisé. Pourquoi ? Qu'est-ce qui n'allait pas ?

— Le vocabulaire, l'accent, la syntaxe. Tu t'emmêles toujours les pinceaux avec les « est-ce que ». « Est-ce qu'il est possible que le taxi pour l'hôtel est-ce qu'il nous prenne ? »

— Peut-être que si j'avais étudié cette langue, moi aussi…

— Je ne l'ai pas étudiée ! Je l'ai apprise au contact des Français.

— Des garçons français. Des garçons français de dix-neuf ans.

— Tout à fait. J'ai retenu comment dire « pas si vite » et « je t'aime bien, mais seulement comme un ami ». Et aussi « puis-je avoir une cigarette ? » et « je te promets de t'écrire ». *Ton cœur brisé se réparera rapidement*.

— Ce qui est très utile.

— Quand j'avais vingt et un ans, oui. Ça ne l'est plus autant aujourd'hui.

Cette remarque a flotté un instant entre nous tandis que nous atteignions le boulevard Saint-Germain. Lors de notre premier séjour à Paris, à l'époque où on parlait de « week-ends cochons » sans aucune ironie, on était grisés par cette ville, enivrés par sa beauté, par le fait d'y être ensemble – et le plus souvent aussi, enivrés tout court. Paris était tellement… Paris. J'étais captivé par toutes ces merveilleuses inconvenances – les polices de caractères inhabituelles, les marques au supermarché, les dimensions des briques et des pavés. Ces enfants, et si jeunes en plus, qui parlaient couramment français ! Ces fromages à la pelle, mais sans aucun cheddar en vue, et ces noix dans la salade. Et toutes ces chaises au jardin du Luxembourg ! Tellement plus dignes, plus élégantes que les transats et leur forme avachie. Et les baguettes ! Ou les « bâtons français », comme je les appelais alors, ce qui amusait Connie. On en avait rapporté une brassée entière dans l'avion du retour, et on riait en les tassant dans les compartiments au-dessus de nos têtes.

Mais les Body Shop sont presque les mêmes partout dans le monde, et le boulevard Saint-Germain ne me semble parfois pas si différent d'Oxford Street. L'accoutumance, la mondialisation, les voyages bon marché et la lassitude, tout simplement, avaient atténué notre sentiment d'être étrangers. La ville nous était plus familière qu'on ne le souhaitait et, tout en marchant en silence, j'ai compris qu'il ne serait pas si simple de rappeler à Connie combien on s'était amusés autrefois, et combien on pourrait encore le faire à l'avenir.

— Les pharmacies ! Non mais, regarde-moi toutes ces pharmacies ! ai-je observé de mon ton acerbe. Comment font-elles pour s'en sortir ? Vu leur nombre, on pourrait croire que les Français sont perpétuellement grippés. Les pharmacies sont aux Français ce que les boutiques de téléphonie mobile sont aux Anglais !

Mais Connie n'a pas réagi. En traversant une petite rue, j'ai remarqué que de l'eau s'écoulait vivement le long des caniveaux, dont les bouches stratégiques avaient été bloquées par des sacs de sable. J'avais toujours été impressionné par cette innovation en matière d'hygiène urbaine, qui n'existait apparemment nulle part ailleurs.

— On dirait qu'ils rincent une baignoire géante !

— Oui, tu le répètes à chaque fois. Et ta remarque sur les pharmacies aussi.

Vraiment ? Je ne m'en étais pas rendu compte.

— On en est à combien de séjours ici, à ton avis ?

— Je ne sais pas. Cinq ou six.

— Tu pourrais les citer tous ?

Connie a froncé les sourcils. Notre mémoire à tous les deux se détériorait et, depuis quelques années, l'effort requis pour nous rappeler certaines personnes ou certains incidents devenait presque épuisant physiquement, comme quand on vide un grenier. Les noms propres en particulier nous échappaient. Les adverbes et les adjectifs viendraient ensuite, jusqu'à ce qu'il ne nous reste plus que des pronoms et des verbes conjugués à l'impératif. Mange ! Marche ! Dors, maintenant ! Mange !

— Regarde, des bâtons français ! ai-je dit en lui donnant un petit coup de coude à la vue d'une boulangerie.

Elle est restée perplexe.

— La première fois qu'on est venus à Paris, je t'ai dit : « Allons acheter des bâtons français », et tu as ri en me traitant de provincial. Je t'ai expliqué que c'était le nom que leur donnait ma mère. Mon père, lui, les trouvait barbares. « Il n'y a que de la croûte ! »

— Ça lui ressemble bien, en effet.

— Cette fois-là, on a acheté une vingtaine de baguettes et on les a rapportées avec nous dans l'avion.

— Je m'en souviens. Tu m'as enguirlandée parce que je grignotais les croûtons.

— Je ne t'ai certainement pas « enguirlandée ».

— Tu disais que le pain devenait tout sec, après.

Le silence est retombé entre nous et nous avons bifurqué vers le nord en direction de la Seine.

— Je me demande ce que fabrique Albie, a dit Connie.

— Il dort, je parie.

— Et il en a bien le droit.

— Ou alors il essaie de comprendre pourquoi il n'y a pas de tasses couvertes de moisissures sur le rebord de sa fenêtre. Si ça se trouve, il est en train de faire des trous dans les rideaux avec sa cigarette en ce moment. Allô, la réception ? Faites-moi porter trois peaux de bananes et un cendrier débordant…

— Douglas, c'est précisément ça qu'on voulait éviter en venant ici.

— Je sais, je sais.

Connie s'est brusquement arrêtée. Nous étions rue Jacob, près d'un petit hôtel quelque peu délabré.

— Regarde, c'est le nôtre, a-t-elle dit en me prenant le bras.

— Tu t'en souviens…

— Ce voyage-là, oui. Quelle chambre avions-nous ?

— Celle à l'angle, au deuxième étage. Les rideaux jaunes. Là.

Connie a appuyé la tête contre mon épaule.

— Peut-être qu'on aurait dû revenir ici.

— J'y ai pensé. Mais je me suis dit que ce serait un peu bizarre vu qu'on est accompagnés par Albie.

— Non, ça lui aurait plu. Tu aurais pu lui raconter cette histoire. Il est assez grand pour l'entendre, maintenant.

34. l'hôtel de la rue jacob

Cela devait remonter à dix-huit ans.

L'anniversaire de la naissance de notre fille approchait à grands pas, suivi trop vite après par cet *autre* anniversaire. Je savais que la période serait difficile pour Connie. Sa douleur, je l'avais remarqué, tendait à se manifester par vagues, et même si l'intervalle entre chaque creux augmentait, une nouvelle tempête était à craindre.

À ma manière – certes pas très subtile et naturelle –, j'essayais de lui faire conserver son entrain en affichant une sorte de gaieté démente – la joie perpétuelle et jacasseuse d'un animateur radio, les interminables appels pleins d'amour passés depuis le boulot, et toujours ces gestes larmoyants, toutes ces caresses, ces étreintes et ces baisers sur la tête. Mais cette affectation sentimentale – putain, pas étonnant qu'elle ait été déprimée – alternait avec une rage secrète et des envies de donner des coups de poing dans les murs à l'idée que je ne pouvais rien faire pour lui remonter le moral. Ou même le mien, car n'étais-je pas aussi accablé qu'elle par la culpabilité et la tristesse ?

J'aurais logiquement pu espérer que ses nombreux amis fidèles prendraient le relai là où j'avais échoué, mais partout autour de nous, les gens exhibaient des bébés et de jeunes enfants, et cet étalage nous était presque insupportable. Et puis, notre présence semblait mettre les nouveaux parents mal à l'aise. Connie avait toujours été très aimée et perçue comme une personnalité drôle, mais son malheur… il avait quelque chose d'offensant pour les autres, surtout quand il douchait leur propre joie et leur fierté. Et c'est ainsi que, sans même en discuter, nous nous étions retranchés dans notre petit monde, seuls tous les deux. On se promenait, on travaillait. On regardait la télé le soir. On buvait un peu trop, peut-être, et pour une mauvaise raison.

Bien sûr, j'avais envisagé qu'un autre enfant puisse tout arranger. Connie n'aspirait qu'à retomber enceinte, mais malgré la tendresse et l'affection qu'on avait l'un pour l'autre, malgré nos liens à certains égards plus forts qu'avant, ce n'était pas simple. Nous avions renouvelé nos « tentatives » pour avoir un bébé à de très, très nombreuses reprises, avec tout le stress et la pression que cela supposait. Et avec le souvenir de ce qui s'était produit, aussi. Bon, je ne vais pas rentrer dans les détails, mais disons juste que la colère, la culpabilité et la douleur sont de piètres aphrodisiaques, et que notre vie sexuelle, autrefois tout à fait harmonieuse, s'apparentait désormais à un devoir accompli consciencieusement et obstinément. Ce n'était plus aussi drôle. Comme tout le reste, d'ailleurs.

Paris, donc. Peut-être que Paris au printemps serait la solution. Quel cliché, je sais, et le simple souvenir de tout le mal que je me suis donné pour que ce séjour soit parfait me donne envie de me pendre. Le voyage en première classe, les fleurs et le champagne dans la chambre d'hôtel, le bistro hors de prix et chichiteux que j'avais réservé – tout ça avant l'avènement d'internet, à une époque où organiser de telles escapades impliquait des recherches dignes d'une thèse et des appels crispants menés dans une langue que, nous sommes bien d'accord là-dessus maintenant, je ne parlais ni ne comprenais.

Mais la ville était belle en mai, absurdement belle, même, et nous avons déambulé dans les rues, tout endimanchés, avec cette l'impression de jouer dans un film. On a passé l'après-midi au musée Rodin, puis on est rentrés à l'hôtel et on a bu du champagne, serrés tous les deux dans la minuscule baignoire de notre salle de bains. On en est ressortis un peu éméchés déjà, pour nous rendre dans un restaurant où j'étais allé auparavant en repérage, un établissement raffiné et tranquille, de style français mais sans rien de caricatural. Si je ne me rappelle pas tout ce qu'on a dit, je me souviens en revanche très bien de ce qu'on a mangé : du poulet aux truffes qui ne ressemblait à rien de ce qu'on avait pu goûter jusque-là, et du vin choisi au petit bonheur la chance sur la carte, si bon qu'il nous a fait l'effet d'un breuvage tout nouveau. Et pour parachever ce film à l'eau de rose, on s'est pris la main par-dessus la table, on est retournés à l'hôtel de la rue Jacob et on a fait l'amour.

Plus tard, sur le point de m'endormir, j'ai été surpris d'entendre Connie pleurer. Le mélange sexe et larmes a de quoi déconcerter, et je lui ai demandé si j'avais fait quelque chose de mal.

— Pas du tout, m'a-t-elle dit. Bien au contraire.

Et en me retournant, j'ai vu qu'elle riait aussi.

— Qu'est-ce qui te fait rire ?

— Douglas, je crois qu'on y est arrivés. Mieux, je le *sais*.

— On est arrivés à quoi ? Qu'est-ce qu'on a fait ?

— Je suis enceinte. Je le sais.

— Moi aussi, je le sais, ai-je dit, et on est restés allongés là en riant.

Bien sûr, je me dois de faire observer qu'il nous était impossible de le « savoir ». À cet instant précis, ce n'était probablement même pas vrai, vu qu'il faut un peu de temps aux gamètes pour entrer en contact et former le zygote. Le sentiment qu'avait Connie d'avoir conçu était un exemple de ce qu'on appelle un « biais de confirmation » – un désir de privilégier les preuves qui soutiennent ce que nous avons envie de croire. Beaucoup de femmes se prétendent sûres d'être enceintes après un rapport sexuel. Le plus souvent, il s'avère qu'elles ne le sont pas et elles oublient tout de suite leur précédente certitude. Mais dans les rares cas où elles ont raison, elles y voient la confirmation d'une sorte de sixième sens surnaturel. D'où le biais de confirmation.

Quinze jours plus tard cependant, un test de grossesse a corroboré ce que nous « savions » tous deux déjà, et trente-sept semaines après, Albert Samuel Petersen a débarqué dans notre vie et a chassé notre tristesse.

35. le petit rayon de soleil

— Bon sang, Albie !

— C'est quoi, le problème ?

— Pourquoi tu ne veux pas venir avec nous ?

— J'ai envie de faire des trucs de mon côté !

— Mais j'ai réservé une table pour trois !

— Ça ne les dérangera pas. Vas-y avec maman. Vous mangerez les yeux dans les yeux, ou comme vous voulez, peu importe.

— Et toi, qu'est-ce que tu feras ?

— Je me promènerai, je prendrai des photos. Peut-être que j'irai aussi écouter de la musique.

— Dans ce cas, si on venait avec toi ?

— Non, papa, ce n'est pas une bonne idée. En fait, c'est même tout le contraire d'une bonne idée.

— Mais l'intérêt de ce voyage – *tout* son intérêt –, ce n'était pas qu'on passe du temps ensemble, comme une vraie famille ?

— On passe plein de temps ensemble tous les jours !

— Pas à Paris !

— En quoi est-ce que ça change de la maison ?

— Eh bien, puisque je dois répondre à cette question… Tu te rends compte de ce que coûte ce séjour ?

— Si tu te souviens bien, je voulais aller à Ibiza.

— Tu n'iras pas à Ibiza.

— D'accord, alors dis-moi combien tout ça coûte. Combien ? Vas-y.

— Ça n'a pas d'importance.

— Il faut croire que si, vu que tu n'arrêtes pas de ramener la question sur le tapis. Dis-moi combien, divise ça par trois et je te rembourserai.

— Je me moque du prix, je voulais juste… *nous* voulions juste passer des vacances familiales.

— Putain, papa ! Je serai là demain !

— Albie !

— On se verra demain matin.

— OK. Très bien. À demain matin. Mais pas de grasse matinée. Sois prêt à 8 h 30 précises, sinon on devra faire la queue.

— Papa, je te le promets, je ne me détendrai pas un seul instant durant ces vacances.

— Bonsoir, Albie.

— *Au revoir. À bientôt**. Et, euh… papa ?

— Quoi ?

— Il va me falloir un peu d'argent.

36. tripadvisor

Le restaurant où nous avions mangé notre fameux poulet aux truffes était fermé le temps de l'exode annuel des Parisiens vers les gîtes de la Loire, du Luberon et de la région Midi-Pyrénées. J'ai toujours admiré malgré moi le culot de cette évacuation de masse. C'est un peu comme arriver à un dîner pour découvrir que les hôtes sont partis sans rien vous laisser d'autre qu'un plateau de sandwiches. À la place, on s'est rabattus sur un bistro si « parisien » qu'il tenait presque d'un décor de sitcom : bouteilles de vin à peine visibles sous des cascades de cire de bougie, Piaf en fond sonore et aucun pan de mur qui ne soit pas recouvert par un poster publicitaire vantant les Gauloises ou le Perrier.

— *Pour moi, je voudrais pâté et puis l'onglet et aussi l'épinard. Et ma femme voudrait le salade et le morue, s'il vous plaît**.

— *The beef, and the cod for madam. Certainly, sir*, a répondu le serveur.

— Pourquoi tout le monde s'adresse à moi en anglais quand je parle français ? ai-je demandé à Connie après son départ.

— À mon avis, ils soupçonnent que le français n'est pas ta langue maternelle.

— Mais *à quoi le devinent-ils* ?

— Mystère, a-t-elle dit en riant.

— Pendant la guerre, si j'étais tombé derrière les lignes ennemies, combien de temps se serait-il écoulé avant qu'on comprenne que j'étais anglais ?

— Je dirais avant même que tu ouvres ton parachute.

— Alors que toi…

— J'aurais sillonné le pays sans me faire repérer en faisant sauter des ponts.

— Et en séduisant de jeunes mécaniciens dans des garages Citroën.

Elle a secoué la tête.

— Tu as une image déformée de mon passé. Ce n'était pas ça. Pas tout à fait. Et même quand ça l'était, je ne m'amusais pas vraiment. Je n'étais pas très heureuse, à l'époque.

— Quand l'es-tu devenue, alors ?

— Douglas, a-t-elle dit en m'attrapant le bout des doigts. Ne cherche pas à en savoir plus.

Heureusement, nous avions atteint ce stade de la vie conjugale où on ne se sent plus obligé d'entretenir en permanence la conversation. Entre deux plats, Connie a lu son roman et j'ai consulté mon guide pour vérifier les heures d'ouverture du Louvre et autres détails pratiques, avant de suggérer quelques restaurants pour le déjeuner et le dîner du lendemain.

— On pourrait simplement se balader et voir ce qu'on trouve, a-t-elle répondu. Ce serait plus spontané.

Connie désapprouvait les guides de voyage, et ce depuis toujours.

— Pourquoi veux-tu vivre les mêmes expériences que tout le monde ? Pourquoi se joindre au troupeau ?

Il est vrai que ça parlait majoritairement anglais aux tables voisines, et le personnel du restaurant semblait s'attacher à nous apporter ce que nous voulions et espérions.

Mais une fois servis, les plats se sont révélés bons, et beurrés et salés à l'excès – précisément ce qui rend la cuisine des restaurants si délicieuse. On a bu un peu plus de vin que de raison, et assez de cognac pour que j'oublie temporairement le désir de ma femme de me quitter. En fait, on était même franchement joyeux le temps de regagner notre toute petite chambre, et, avec la légère surprise qui tendait maintenant à précéder la chose, on a fait l'amour.

La vie sexuelle des autres, c'est un peu comme les vacances des autres : on est content qu'ils se soient bien amusés, mais on n'était pas là et on n'a pas nécessairement envie de regarder les photos. À nos âges, l'abus de détails ne provoque rien d'autre que des regards absents et des mines embarrassées. Et ne parlons même pas du problème du vocabulaire. Les termes scientifiques, bien que cliniquement exacts, ne traduisent pas vraiment l'intensité ténébreuse et enivrante de l'instant, etc., etc., et j'aimerais autant éviter les comparaisons et les métaphores – les vallées, les orchidées, les jardins et compagnie. Bien sûr, je n'ai pas non plus l'intention d'utiliser tout un tas de mots grossiers. Je me contenterai donc de dire que tout s'est bien passé pour toutes les parties concernées, qui plus est avec un agréable sentiment de satisfaction, comme si on venait de découvrir qu'on était encore capables d'accomplir une roulade avant. Puis nous sommes restés étendus, nos corps enchevêtrés.

— Nos corps enchevêtrés.

D'où sortais-je une telle expression ? Peut-être de l'un de ces romans que Connie m'encourage à lire. *Ils s'endormirent, leurs corps encore enchevêtrés.*

— Tels des jeunes mariés en lune de miel, a ajouté Connie tout près de moi, le regard pétillant, en riant de ce rire qui n'appartient qu'à elle.

Une vague de tristesse m'a soudain submergé.

— Il n'y a jamais eu de problème, à ce niveau-là, hein ?

— Quoi ?

— Ce… cet aspect de notre relation.

— Mais oui. Tu le sais bien, enfin. Pourquoi cette question ?

— Je viens juste de me rendre compte qu'un jour, on fera l'amour pour la dernière fois, c'est tout.

— Oh, Douglas, a-t-elle dit en riant de plus belle contre son oreiller. Bravo, tu as tout gâché.

— Cette pensée m'a traversé l'esprit à l'instant.

— Douglas, tout le monde passe par là.

— Je sais, mais pour moi, ça arrivera un peu plus tôt que prévu.

Elle m'a embrassé et a glissé sa main derrière mon cou, ainsi qu'elle le fait souvent.

— Ne t'inquiète pas. Je suis presque certaine que ce n'était pas la dernière fois, loin de là.

— C'est déjà ça, je suppose.

— Je te préviendrai le moment venu. Je sonnerai le glas. Je porterai un linceul et on fera jouer une marche funèbre.

On s'est embrassés.

— Je te le promets, a-t-elle ajouté ensuite. Quand ce sera la dernière fois, tu le sauras.

37. la première fois

La première fois qu'on a fait l'amour, ç'a été une tout autre paire de manches. Là encore, je ne rentrerai pas dans les détails, mais si je devais choisir un seul mot en guise de résumé, ce serait « génial », et bien que Connie puisse sans doute trouver un meilleur adjectif, je me plais à croire qu'elle serait d'accord avec moi. Ce qui en surprendra plus d'un, peut-être. Sans vouloir me vanter, j'ai toujours été meilleur qu'on l'imagine dans ce domaine. Je suis enthousiaste, pour commencer, et je jouais aussi beaucoup au badminton à l'époque, de sorte que j'étais plutôt en forme. Par ailleurs, et il est important de garder cela en tête, Connie était toujours sous l'influence de certains stimulants artificiels – un facteur qui, je le reconnais volontiers, a peut-être joué un rôle. Il y avait une « alchimie » entre nous, si vous préférez. Un jour, je lui ai fait remarquer qu'elle ne m'aurait pas ramené chez elle si elle avait été sobre. Au lieu de le nier, elle a ri.

— Tu as sûrement raison. C'est un argument de plus pour les campagnes de lutte contre la toxicomanie.

Nous sommes arrivés devant une maison mitoyenne sans prétention, derrière Whitechapel Road, peu avant 4 heures du matin. Apparemment, le quartier est devenu à la mode au fil des ans, et peut-être que ce sont Connie et ses amis qui ont semé les germes de sa transformation, mais en ce temps-là, pour quelqu'un comme moi, il s'apparentait à une contrée inexplorée. Nous étions loin des bars stylés et des Pizza Express de Hammersmith, Putney et Battersea, ces coins quelque peu excentrés où habitaient la plupart de mes amis et collègues.

— Il y a surtout des Bangladais, et aussi une petite partie de la population historique de l'East End. Moi, j'adore. On retrouve ici la ville telle qu'elle était autrefois, avant que les yuppies viennent s'y installer.

Elle a ouvert la porte. Étais-je censé la suivre à l'intérieur ?

— Euh… je ferais bien d'y aller, je crois.

Elle a éclaté de rire.

— Il est presque 4 heures du mat' !

— Je peux marcher.

— Jusqu'à Balham ? Ne sois pas bête. Entre.

— Je réussirai bien à attraper un bus de nuit. Si j'arrive à rejoindre Trafalgar Square, je n'aurai plus qu'à prendre le N77…

— Bon sang, Douglas ! Pour un thésard, tu es franchement bouché.

— Je ne voulais pas faire de conjecture.

— Dans « conjecture », il y a d'abord un con.

Puis elle s'est penchée vers moi en glissant sa main derrière mon cou et elle m'a embrassé avec une certaine force. Et ça… ça aussi, c'était génial.

38. citron vert, vodka et chewing-gum

Il régnait chez elle un désordre organisé. « Muséal », dirait Connie. Les murs étaient entièrement recouverts de reproductions, de cartes postales, de posters de groupes de musique et de clubs, de photos et de dessins. Quant aux meubles, on aurait pu les qualifier d'« éclectiques » : un banc d'église, des chaises d'écoliers, un immense canapé en cuir clair partiellement enfoui sous un amoncellement d'habits, de magazines, de livres et de journaux. J'ai aussi avisé un violon, une guitare basse, un renard empaillé.

— Je me sers une vodka ! a crié Connie depuis la cuisine – dont je n'osais pas imaginer dans quel état elle se trouvait. Mais je n'ai pas de glaçons. Tu en veux une aussi ?

— Juste une petite.

Lorsqu'elle est revenue avec nos verres, j'ai remarqué qu'elle s'était remis du rouge à lèvres quelque part entre les deux pièces, et cela m'a donné envie de chanter.

— Comme tu peux le constater, la femme de ménage vient de passer.

J'ai pris mon verre.

— Il y a une tranche de citron vert là-dedans, ai-je commenté.

— Je sais. Ça fait plus sophistiqué, a-t-elle répondu en mordant la sienne. On appelle ça un Club Tropicana.

— Il y a des tableaux qui sont de toi, ici ?

— Non. Ceux-là, je les enferme à double tour.

— J'aimerais beaucoup les voir.

— Demain peut-être.

Demain ?

— Où est Fran ?

Elle m'avait longuement parlé de Fran, sa colocataire, qui, comme toutes les colocataires à travers les âges, était « complètement cinglée ».

— Chez son copain.

— Oh. Très bien.

— On est seuls tous les deux.

— OK. Et comment tu te sens ?

— Un peu mieux. Je suis désolée d'avoir pété les plombs comme ça. Je n'aurais pas dû avaler cette pilule, c'était une mauvaise idée. Mais j'apprécie que tu m'aies tenu compagnie. J'avais besoin… d'une présence apaisante.

— Et maintenant ?

— Maintenant… je vais parfaitement bien.

On a souri.

— Je dors donc dans le lit de Fran ?

— Putain, j'espère bien que non !

Elle m'a pris la main et on s'est de nouveau embrassés. Elle avait un goût de citron vert et de chewing-gum – et du reste, elle en avait un dans la bouche, ce qui en toute autre occasion m'aurait rebuté.

— Désolée, c'est dégoûtant de s'échanger ce truc, a-t-elle dit en le retirant.

— Ça ne me dérange pas.

Elle l'a collé sur l'encadrement de la porte. J'ai senti sa main dans mon dos et surpris la mienne sur sa cuisse, sur sa robe, puis en dessous. Je me suis interrompu le temps de reprendre mon souffle.

— Je croyais qu'il ne devait rien se passer entre nous ?

— J'ai changé d'avis. Ou plutôt, tu m'as fait changer d'avis.

— Parce que je sais fabriquer une pile à partir d'un citron ? ai-je dit, et elle a ri pendant qu'on continuait à s'embrasser.

Oh, oui, j'étais un sacré boute-en-train.

— Ma chambre est un champ de bataille, m'a-t-elle prévenu en se détachant de moi. Au propre comme au figuré.

— Je m'en fiche.

Et je l'ai suivie à l'étage.

Ai-je l'air inhabituellement décontracté dans mes propos ? Ai-je l'air détaché, nonchalant ? En vérité, mon cœur me faisait l'effet d'un poing qui martelait ma cage thoracique pour essayer d'en sortir – non pas sous le coup de l'excitation, même si tout ça était exaltant, mais parce que enfin, enfin ! il me semblait que quelque chose de bien allait m'arriver. Je sentais un changement tout proche dans ma vie, juste au moment où j'y aspirais plus que tout. Est-il encore possible d'éprouver une telle sensation, je me le demande. À moins que l'on ne puisse connaître ça qu'une seule fois ?

39. une brève histoire de l'art

D'abord les peintures rupestres. Les statues d'argile, puis de bronze. Ensuite, durant près de 1 400 ans, rien que des peintures saisissantes mais rudimentaires de la Vierge Marie à l'Enfant ou de la Crucifixion – jusqu'au jour où un génie s'est aperçu que les objets paraissaient plus petits vus de loin, ce qui a entraîné de nets progrès dans ces mêmes représentations de la Vierge et de la Crucifixion. Soudain, tout le monde a été doué pour dessiner les mains et les expressions faciales. Dans le même temps, les statues ont été réalisées en marbre. Des chérubins grassouillets ont fait leur apparition, tandis qu'ailleurs la mode était aux intérieurs domestiques et aux femmes à leur fenêtre plongées dans des travaux d'aiguille. On passe ensuite aux faisans morts et aux grappes de raisin avec plein de petits détails. Puis, disparition des chérubins au profit de paysages fantaisistes et idéalisés, de portraits d'aristocrates à cheval, et enfin d'énormes toiles consacrées à des batailles ou des naufrages. Retour à des femmes étendues sur des sofas ou sortant du bain, plus troubles cette fois, moins détaillées, et supplantées ensuite par des bouteilles de vin et des pommes à la pelle, et après ça encore par des danseuses de ballet. Les tableaux ont pris un aspect « barbouillé » – terme critique –, au point qu'ils ressemblaient à peine à ce qu'ils étaient censés figurer. Puis quelqu'un a signé un urinoir, et tout a dégénéré. À des carrés bien nets de couleurs primaires ont succédé de grands aplats réalisés avec des émulsions, et après ça des soupes en conserve. Quelqu'un a pris une caméra, quelqu'un d'autre a fait couler du béton, et tout s'est fracturé irrémédiablement jusqu'à ce qu'il n'y ait plus qu'une sorte de grand foutoir abscons.

40. le philistin

Telle était ma vision de l'histoire de l'art – de son « déroulé », devrais-je dire – avant de rencontrer ma femme. Mais bien que j'aie appris deux ou trois choses depuis, juste de quoi faire illusion, cette perception s'est à peine affinée, de sorte que mon jugement dans ce domaine ne vaut pas mieux aujourd'hui que ma maîtrise du français. Au début de notre relation, Connie a prêché la bonne parole et m'a acheté plusieurs ouvrages – des exemplaires d'occasion, on était dans notre phase « vivons pauvres mais vivons heureux ». *L'Histoire de l'art*, de Gombrich comptait parmi eux, de même que *The Shock of the New*, offert dans le but précis de mettre un terme à mes *tss-tss* réprobateurs devant l'art moderne. Bon, dans les premiers temps d'une relation, quand l'être aimé vous dit de lire telle ou telle chose, vous le faites, et j'admets que ces deux bouquins sont géniaux, même si je n'en ai presque rien retenu. Peut-être que j'aurais dû donner à Connie un manuel d'apprentissage sur la chimie organique en retour, mais elle n'a jamais manifesté le moindre intérêt pour ce sujet.

Reste que je me suis toujours senti un peu perdu en matière d'art, comme si chez moi une qualité manquait à l'appel, ou comme si elle n'avait jamais été là – j'hésiterais à l'avouer à Connie, mais elle doit s'en douter. Je sais apprécier la technique d'un dessinateur ou son choix judicieux des couleurs, je saisis le contexte social et historique, cependant, malgré tous mes efforts, mes réactions me semblent fondamentalement superficielles. Je ne sais pas vraiment quoi dire, ni même quoi éprouver. Placé devant un portrait, je cherche une ressemblance avec un de mes proches – « Regarde, c'est l'oncle Tony ! » – ou une star du cinéma. Une appréciation digne de Madame Tussaud, en somme. Face aux œuvres réalistes, je me concentre sur un détail. « Regarde ces cils ! » dis-je en admirant stupidement la finesse du coup de pinceau. « Regarde le reflet dans son œil ! » Dans l'art abstrait, je guette la couleur – « J'adore ce bleu » –, comme si les œuvres de Rothko et Mondrian n'étaient guère plus que d'immenses graphiques peints. Je conçois le plaisir simpliste de voir les objets en chair et en os, pour ainsi dire, et cette approche touristique qui réunit le Grand Canyon, le Taj Mahal et la chapelle Sixtine dans une liste d'éléments à cocher. Je comprends aussi la rareté et l'unicité, et cette école de pensée qui consiste à se demander « combien ça vaut ? » devant chaque œuvre.

Et bien sûr, je suis sensible à la beauté. Je la vois tous les jours au boulot : dans la division symétrique d'un œuf de grenouille fécondé, dans les cellules souches tachées d'un embryon de dard-perche ou dans la micrographie électronique de l'*Arabidopsis*, l'arabette de Thalius. Je distingue les mêmes formes et les mêmes schémas, la même symétrie et les mêmes proportions plaisantes dans les tableaux. Mais s'agit-il des bons tableaux ? Ai-je du goût en la matière ? Quelque chose m'échappe-t-il ? Tout est subjectif, évidemment, et il n'y a pas de bonnes ni de mauvaises réponses, mais dans un musée, j'ai toujours l'impression que le personnel de sécurité attend de me pousser sans ménagement vers la sortie.

Ma femme et mon fils connaissent peu ces incertitudes. En tout cas, ils n'en ont montré aucune dans la galerie italienne du Louvre, où ils ont joué tous les deux à qui fixerait le plus longtemps la même œuvre – une fresque de Botticelli craquelée aux couleurs délavées, certes très jolie, mais justifiait-elle une si longue contemplation ? J'ai patienté pendant qu'ils se repaissaient de ce tableau, des coups de pinceau, du jeu des ombres et des lumières, tous ces détails que je n'avais pas notés. Enfin, un mouvement les a agités, et nous avons recommencé à déambuler devant toutes sortes de crucifixions, de nativités et de martyrs fouettés ou transpercés de flèches, dont un saint nonchalant avec une épée fichée dans le crâne et une scène dans laquelle Marie – toujours elle, en général – reculait devant un ange traînant un nuage de fumée dans son sillage.

— Un Braccesco, apparemment. Tiens, un ange à réacteur ! ai-je dit sans rime ni raison.

La visite s'est poursuivie.

On est passés devant une formidable scène de bataille réalisée par un dénommé Uccello, dans laquelle des soldats massés les uns contre les autres formaient une sorte de porc-épic noir, les fissures et les déchirures de la toile ajoutant bizarrement à sa majesté. Puis, dans le grand couloir central, mon attention a été attirée par le portrait d'un homme barbu dont le visage, à l'examiner de plus près, se composait de pommes, de champignons, de raisins et d'une citrouille, ainsi que d'une grosse poire mûre en guise de nez.

— *L'Automne*, d'Arcimboldo. Tu as vu, Albie, son visage est fait de fruits et de légumes !

— C'est kitch, a décrété Albie, qui par sa mine m'a décerné le prix de la « Remarque la plus banale jamais faite dans une galerie d'art ».

Peut-être est-ce pour cette raison que les audioguides rencontrent un tel succès dans les musées. Une voix rassurante vous chuchote à l'oreille ce que vous devez penser et ressentir. *Sur votre gauche, veuillez noter… s'il vous plaît, observez bien…* Si seulement cette voix pouvait nous guider aussi en dehors du musée, durant toute la vie !

Nous avons continué à avancer. J'ai aperçu un joli de Vinci un peu flou, comme vu à travers des lunettes sales, qui représentait deux femmes penchées sur un petit Jésus, mais il n'a pas paru intéresser Connie et Albie et je n'ai pu m'empêcher de remarquer que plus une œuvre était célèbre et connue de tous, moins ils passaient de temps à l'admirer. Et c'est ainsi qu'ils ont ignoré la *Joconde*, ce Hard Rock Café de l'art de la Renaissance, exposée royalement dans une immense salle haute de plafond, entre des panneaux mettant en garde les touristes contre les pickpockets, et sous l'œil furieux des autres toiles négligées. Même en ce début de journée, une foule s'était déjà massée devant et les gens affichaient ce sourire incrédule si particulier de ceux qui ont réussi à enrouler un bras autour des épaules d'une célébrité.

— Albie ! Albie ! tu peux prendre une photo de ta mère et moi…

Mais Connie et Albie avaient snobé la *Joconde* au profit d'une petite toile située de l'autre côté du mur – un Titien sombre, tout entier dominé par deux femmes nues et imposantes occupées à donner un concert. Ils l'ont fixé, encore et encore, et je me suis demandé ce que j'étais censé en conclure. Que voyaient-ils ? Une fois de plus, j'ai été frappé par cette capacité qu'ont les grandes œuvres d'art à me faire éprouver un sentiment d'exclusion.

De retour dans l'aile principale, Albie s'est arrêté devant un petit portrait de Piero Della Francesca et a sorti un luxueux carnet à croquis relié en cuir pour le reproduire au fusain. Cela m'a fichu un bon coup au moral. On pourrait sans doute rédiger un article scientifique sur les raisons qui font qu'arpenter une galerie est beaucoup plus épuisant que, par exemple, gravir l'Helvellyn. Je suppose qu'il y a un rapport avec l'énergie requise pour maintenir les muscles contractés et l'effort mental que l'on fournit en s'interrogeant sur ce qu'il convient de dire. Quoi qu'il en soit, je me suis effondré sur une banquette, épuisé, et j'ai observé Connie, la manière dont sa jupe s'étirait sur ses fesses, le mouvement de ses mains, son cou lorsqu'elle a levé la tête vers un tableau. C'était de l'art, juste devant moi. C'était de la beauté.

Elle m'a jeté un coup d'œil, a souri et a traversé la pièce pour venir appuyer sa joue contre la mienne.

— Fatigué, papy ? Ce doit être à cause de la nuit dernière.

— Il y a trop d'œuvres. Je ne sais plus lesquelles admirer.

— Tu voudrais un code : pouces pointés vers le haut ou vers le bas ?

— J'aimerais qu'on m'indique les bons tableaux.

— Peut-être les « bons » ne sont-ils pas les mêmes pour tout le monde.

— Je n'ai pas la moindre idée de ce qu'il faut dire.

— Tu n'es pas obligé de faire des commentaires. Réagis simplement à ce que tu vois. Ressens les choses.

Elle m'a tiré sur mes pieds et nous avons cheminé à travers ce vaste entrepôt royal, au milieu d'objets en verre, de marbres et de bronzes de l'Antiquité, pour nous diriger vers l'art français du XIXe siècle.

41. le jugement artistique

La nostalgie sexuelle est un vice auquel il vaut mieux s'adonner en secret, mais une chose est sûre : notre premier week-end ensemble a été une révélation. Les jours en ce mois de février étaient sombres et venteux, et c'est à contrecœur que nous sommes sortis de la petite maison de Whitechapel. Bien sûr, il n'était pas question que je retourne au labo un samedi. On a fait la grasse matinée, regardé des films et discuté, puis on s'est dépêchés d'aller chercher à manger chez un traiteur indien où Connie était connue de tous les employés et où on a été abreuvés de galettes indiennes et de ces petits tubes d'oignons crus qui ne font jamais vraiment envie à personne.

— Qui est ce beau jeune homme ? a demandé le serveur en chef.

— Mon otage, a répondu Connie. Il ne cesse de vouloir s'échapper, mais je ne le laisserai pas partir.

— C'est vrai, ai-je dit.

Pendant qu'elle passait commande, j'ai écrit « Aidez-moi ! » sur une serviette que j'ai ensuite brandie en l'air. Tous ont ri, y compris Connie, et cela a fait naître en moi une immense vague de chaleur et d'affection – assortie toutefois d'une pointe de jalousie devant la vitalité et la joie qui pouvaient émaner du quotidien d'autrui.

Le dimanche matin a été plus mélancolique, comme le dernier jour de vacances merveilleuses. On est allés acheter des journaux et du bacon à l'épicerie du coin, avant de nous réfugier au lit. Bien sûr, tout ne se résumait pas au sexe entre nous, même si cela nous a beaucoup occupés. On a bavardé, Connie m'a fait écouter ses disques préférés, et elle a énormément dormi aussi – à des moments aléatoires du jour et de la nuit, me semble-t-il. J'en profitais pour m'extraire de l'enchevêtrement des couvertures, des couvre-lits et des édredons pour explorer les lieux.

La chambre était glauque et mal éclairée, et les plinthes disparaissaient derrière des centaines de livres : des ouvrages sur les beaux arts, les albums annuels des aventures de l'ours Rupert, des romans classiques et des œuvres de référence. Ses habits étaient suspendus à une simple barre – Connie n'avait pas d'armoire –, et, frappé par cette installation génialissime à mes yeux, j'ai aspiré secrètement à passer tous les vêtements en revue en insistant pour qu'elle les essaie devant moi. Il y avait aussi de grandes pochettes à dessins, et bien qu'elle m'eût interdit de le faire, j'ai dénoué les rubans pour en examiner le contenu pendant qu'elle dormait.

Il y avait là essentiellement des portraits, certains stylisés, aux traits quelque peu de travers, d'autres plus réalistes, avec des contours marqués par de fins traits à l'encre qui s'étiraient sur la peau, à la manière d'un graphique en trois dimensions. Des yeux baissés, des visages tournés vers le sol. Son travail était plus accessible que je ne m'y attendais, conventionnel même, et si lugubre fût-il, il me plaisait vraiment beaucoup. Enfin bon, du moment que c'était d'elle, j'aurais tout aimé, même une liste de courses.

Au rez-de-chaussée, le salon était élégamment délabré et dépareillé, comme si quelqu'un s'était donné beaucoup de mal pour choisir l'énorme pile de jeux de société pour enfants, l'enseigne de restaurant chinois, les anciens meubles de rangement et tout le bric-à-brac des années 1970. Dans la cuisine, la moquette épaisse couleur moutarde cédait la place à des carreaux adhésifs au milieu desquels trônait un immense jukebox où l'on retrouvait le même mélange incompréhensible de « bon » et de « mauvais » goût : d'obscurs groupes électroniques et punks associés à des titres fantaisistes des années 1970, et des chansons de Frank Zappa, Tom Waits et des Talking Heads à côté d'ABBA, d'AC/DC et des Jackson Five.

Je me suis senti paumé. Était-ce l'ironie qui faisait toute la différence ? À défaut d'être très pointus, mes goûts culturels étaient sincères, alors comment aurais-je pu différencier ce qui relevait ou pas d'un mauvais goût de bon aloi ? Comment prend-on une œuvre musicale au second degré ? Comment ajuste-t-on son oreille ? Dans mes mains, un album d'ABBA aurait prêté à sourire, tandis qu'il devenait branché dans celles de Connie. Et pourtant, il s'agissait des mêmes couplets enchaînés aux mêmes refrains. Les disques vinyles étaient-ils dotés de qualités différentes selon la personne qui les écoutait ? Par exemple, je défendais depuis longtemps la musique de Billy Joel, en particulier les albums qui allaient de ses débuts jusqu'au milieu de sa carrière, ce qui m'avait valu d'être raillé par des biochimistes plus avant-gardistes et raffinés que moi. Ils le jugeaient inconsistant, passe-partout, trop sage. Mais voilà que je découvrais Barry Manilow dans le jukebox de Connie, un artiste pourtant nettement moins subtil. Qu'avait-elle fait à « Mandy » pour le rendre *cool* ?

La même remarque s'appliquait au décor. Le fourbi qui conférait une crédibilité artistique à Connie et à sa colocataire – le squelette de fac de médecine, les mannequins démembrés, les animaux empaillés – m'aurait fait passer pour un serial killer. Je redoutais le jour où elle verrait mon appartement de Balham – les meubles en kit et les murs rose pâle, sans rien dessus, le yucca comateux et la télévision trop imposante. Mais, plus que ça encore, je redoutais que notre relation ne nous mène pas jusque-là.

42. *cartes postales**

Bien sûr, elle serait mortifiée qu'on lui rappelle tout ça. Le mauvais goût n'acquiert jamais de dimension ironique dans une confortable maison familiale, où un téléphone en forme de homard a peu de chances d'arracher un sourire à quelqu'un. Ce flambeau-là a été repris par Albie, sans cesse en quête de panneaux de signalisation intéressants ou de têtes de poupée sectionnées.

120

Mais ce que Connie et lui partagent toujours, c'est une passion fétichiste pour les cartes postales. Albie en a recouvert les murs de sa chambre – la tapissant de facto d'un papier peint hors de prix –, et j'ai donc sacrifié au détour obligé par la boutique de souvenirs du Louvre, où sa mère et lui en ont choisi tout un tas. J'ai tenté de jouer le jeu en sélectionnant une carte sur les présentoirs – *Le Radeau de la Méduse*, de Géricault, un tableau que j'avais apprécié de voir en vrai à cause de sa formidable tension dramatique. Il figurait parmi les tableaux français de grand format, à côté de toiles immenses illustrant des batailles de l'ancien monde, des villes en feu, le couronnement de Napoléon et la retraite de Moscou, autant dire l'école Ridley Scott des arts, pleine d'effets, de lumières fortes et de figurants. Nous étions restés plantés tous les trois devant l'immense radeau. « Je serais curieux de savoir combien de temps il a fallu pour peindre… », « Regardez ce type, là. Il est mal barré ! » et « Je me demande comment on s'en sortirait, nous, dans la même situation » – tels avaient été mes commentaires. J'ai montré la carte à Albie, mais la puissance du tableau était amoindrie par ce format réduit. Il a haussé les épaules en me tendant sa sélection, Connie a fait de même, et je me suis dirigé vers la caisse.

43. cartes postales

À Whitechapel, les cartes recouvraient un mur entier de la cuisine, superposées les unes aux autres à certains endroits, et mélangées avec des Polaroïds où apparaissaient les amis de Connie aux beaux-arts. Il y avait beaucoup de filles plus ou moins punks qui posaient en fumant, mais je suis resté interdit devant le nombre de beaux jeunes hommes exposés là, en général accompagnés de Connie et Fran qui les étreignaient avec adoration et qui soufflaient des baisers vers l'objectif. Des hommes en tenue militaire ou en salopette maculée de taches de peinture. Des hommes à la pilosité faciale excentrique. Des hommes intimidants, à la mine sévère, et l'un d'eux en particulier, aux airs de petite frappe, le crâne rasé, les yeux très bleus, une cigarette au bec et une bière à la main. Un mercenaire tout droit sorti d'un film d'action, qui fixait l'objectif pendant que Connie s'accrochait à lui, embrassait son crâne ou appuyait sa joue contre la sienne avec une moue faussement boudeuse. Sa passion pour lui était impossible à ignorer – et insupportable à voir, aussi.

— Je crois que je ferais bien de les enlever, a-t-elle dit derrière moi.

— C'est… ?

— Angelo. Mon ex.

Angelo. Même son prénom était un camouflet. Comment un Douglas pouvait-il rivaliser avec un Angelo ?

— Il est très beau.

— En effet. Mais il ne représente plus rien pour moi. Je te l'ai dit, je vais ôter ces photos.

Elle a arraché celle qui se détachait le plus des autres sur le mur et l'a rangée dans la poche de sa robe de chambre. Pas dans la poubelle, mais dans sa poche de poitrine, tout contre, euh… eh bien, sa poitrine.

Il y a eu un silence. Nous avions tenu jusqu'au dimanche après-midi, ce moment de la semaine qui menace toujours de vous faire sombrer dans une mélancolie presque insoutenable, et j'avais très envie de partir sur une note positive.

— Je ferais peut-être bien d'y aller.

— L'otage s'enfuit.

— Si je file en courant, tu me rattraperas ?

— Je ne sais pas. Tu veux que je le fasse ?

— Ça ne me gênerait pas.

— D'accord. Dans ce cas, retournons nous coucher.

44. comme dans les comédies romantiques

Affligeant, n'est-ce pas ? Il fut un temps, pourtant, où l'on se parlait ainsi. C'était une nouveauté pour moi. Quelque chose avait changé, et lorsque, tout endolori et ridiculement débraillé, je suis enfin sorti de chez elle d'un pas mal assuré le dimanche soir pour rentrer à Balham dans des trains vides, il ne faisait aucun doute à mes yeux que j'étais amoureux de Connie Moore.

Il n'y avait pas de quoi s'en réjouir, loin de là. Je m'étais déjà demandé plus d'une fois pourquoi tomber amoureux était toujours considéré comme un événement merveilleux vécu au son d'une musique pleine d'allégresse, alors que tout ça conduisait la plupart du temps à l'humiliation, au désespoir ou à des actes de cruauté innommables. Au vu de mon expérience, le thème des *Dents de la mer* aurait été plus approprié – ça, ou bien les violons de *Psychose*.

Bien sûr, j'avais déjà eu deux ou trois relations « sérieuses » qui avaient légèrement excédé la durée de conservation d'une demi-douzaine d'œufs, mais si elles s'étaient accompagnées de quelques moments de bonheur et d'affection, aucun cœur ne s'était enflammé. Et sinon, oui, j'étais aussi « sorti » avec des filles, mais toujours avec l'impression de passer un entretien d'embauche pour décrocher un poste qui ne m'intéressait guère – sans compter qu'on se voyait souvent au cinéma parce qu'on y était moins obligé de faire la conversation. En général, j'étais de retour chez moi à 21 h 45, barbouillé par tous les Maltesers avalés durant la séance. L'amour et le désir intervenaient peu dans ces rencontres, contrairement à la gêne et à la timidité, et ce malaise allait croissant à chaque nouveau rendez-vous, jusqu'à ce que l'une des deux parties craque et bafouille un « restons amis » standard. Après quoi on se séparait, parfois en courant. Quant à l'amour romantique, le vrai, je l'avais éprouvé un jour, mais penser à Liza Godwin, c'est comme penser à un iceberg quand on a été capitaine du *Titanic*.

On s'était rencontrés le jour de notre entrée à l'université, où elle étudiait les langues modernes, et on était tout de suite devenus des amis inséparables, jusqu'à ce que je commette l'erreur de lui faire des avances lors d'une soirée arrosée qui avait dérapé. Elle avait réagi à ma tentative de baiser en se baissant – et pas qu'un peu –, puis s'était éloignée vivement, comme quelqu'un qui aurait voulu éviter les pales d'un hélicoptère. Cela a jeté un froid sur notre amitié. Très vite, je lui ai écrit des mots et des lettres que je glissais sous la porte de sa chambre dans sa résidence universitaire, mais notre intimité, autrefois source de plaisir mutuel, était devenue si problématique pour elle qu'elle a changé de logement. Qu'importe, j'ai commencé à lui téléphoner tard le soir, pas tout à fait sobre, car qu'y a-t-il de plus charmant, de plus audacieux et de plus susceptible de faire fondre une femme qu'un coup de fil passé après minuit par un cinglé ?

Il est tout à son honneur qu'elle soit restée compatissante et compréhensive devant mes sentiments, mais le jour est venu où plusieurs membres de l'équipe de rugby m'ont suggéré de « dégager » durant quelque temps. Leur intervention a levé toute ambiguïté et, dans la bataille qui opposait l'amour et la violence, c'est la violence qui l'a emporté. Je n'ai plus jamais adressé la parole à Liza Godwin. Pour autant, j'ai peur d'avoir très mal encaissé cette histoire. J'hésite à employer le mot « overdose ». Parler de mépris pour les règles de sécurité serait plus exact. J'avais des cachets d'aspirine solubles et il fallait un volume d'eau considérable pour en prendre plusieurs d'un coup – cinq, si je me souviens bien. Résultat, je me suis réveillé avec une grosse envie pressante et les idées parfaitement claires. Avec le recul, il m'apparaît que tout cela ne me ressemble pas. Cette crise mélodramatique digne d'un adolescent, la seule à mon actif, m'embarrasse même. Qu'est-ce que j'espérais ? On peut difficilement assimiler mon geste à un appel au secours – je n'aurais pas osé faire autant de bruit. Un toussotement pour attirer l'attention, peut-être. Un raclement de gorge.

J'avais donc de bonnes raisons de craindre la résurgence d'un mal dont les symptômes étaient l'insomnie, les vertiges et la confusion, le tout suivi d'une dépression et d'un cœur brisé. Le temps que la rame de la Northern Line entre avec fracas dans la station de Balham, les doutes s'amoncelaient déjà en moi. La décision de Connie n'avait pas été le fruit d'un esprit rationnel, et il semblait peu probable que la passion qu'elle avait éprouvée à 3 heures du matin soit toujours vivace le jeudi suivant, jour que nous avions choisi pour nous revoir et où nous serions cette fois sobres et pas très à l'aise. Et puis, il y avait Angelo, tapi à cet instant même dans la poche de sa robe de chambre, tout contre sa poitrine.

Rien ne pouvait être tenu pour acquis. Gagner et garder Connie Moore serait un défi qu'il me faudrait relever en permanence, jusqu'à cet après-midi à Paris…

45. *pelouse interdite**

… où on a digéré notre déjeuner en sommeillant au jardin du Luxembourg, un parc si élégant et bien ordonné que je m'attends toujours vaguement à ce qu'on me demande d'enlever mes chaussures. S'étendre sur l'herbe n'est autorisé que sur une portion exiguë du parc à l'extrémité sud, à laquelle les gens s'accrochent comme à la coque d'un navire qui aurait chaviré. La bouche pâteuse après le vin et le canard, on étanchait notre soif à tour de rôle en buvant de l'eau gazeuse et salée qui avait cessé depuis longtemps de pétiller.

— Comment font les Français ?

— Comment font-ils quoi ? a répondu Connie, la tête appuyée sur mon ventre.

— Pour boire du vin le midi. J'ai l'impression d'avoir été anesthésié.

— Je ne suis pas sûre que ce soit toujours dans leurs habitudes. À mon avis, c'est plus un truc de touristes, maintenant.

À notre gauche, quatre étudiants en italien étaient penchés sur les barquettes en plastique d'un traiteur chinois, et l'odeur du sirop et du vinaigre flottait dans l'air brûlant et immobile. À notre droite, trois Russes maigrichons écoutaient du hip-hop slave grâce au haut-parleur de leur téléphone portable en passant leurs mains sur leur crâne rasé et en hululant par intermittence comme des loups.

— Dire qu'on est dans la ville de Proust, a soupiré Connie. La ville de Truffaut et Piaf.

— Tu savoures quand même ce moment, hein ?

— Oui. Beaucoup.

Elle a tendu le bras derrière elle en cherchant ma main, mais l'effort était trop grand et elle l'a laissée retomber.

— Tu crois qu'Albie est content ? ai-je demandé.

— De se promener partout dans Paris aux frais de son père ? Bien sûr que oui. N'oublie pas que montrer qu'il est heureux va à l'encontre de ses principes.

— Où est-il fourré encore ?

— Peut-être qu'il a des amis ici.

— Quels amis ? Il n'en a pas en France.

— L'amitié n'a pas le même sens aujourd'hui qu'à notre époque.

— Comment ça ?

— Il lui suffit d'aller sur internet et d'écrire : « Hé, je suis à Paris ! » Quelqu'un d'autre lui répond : « Hé, moi aussi ! » ou bien « J'ai un copain là-bas, tu devrais aller le voir ». Et c'est ce qu'il fait.

— C'est flippant.

— Je sais. Toutes ces rencontres, toute cette spontanéité…

— Moi, je trouvais déjà bien assez difficile d'avoir un correspondant.

Connie a roulé sur le ventre. Elle tenait quelque chose d'inédit.

— Tu as eu un correspondant, toi ?

— Günther, un garçon de Düsseldorf. Il est venu chez nous, mais ça n'a pas été une réussite. Il n'arrivait pas à manger ce que lui servait ma mère. Il dépérissait à vue d'œil, et j'étais terrifié à l'idée qu'on ait des ennuis si on renvoyait un enfant sous-alimenté dans son pays. Au bout du compte, mon père l'a pratiquement attaché à une chaise jusqu'à ce qu'il ait fini tout son foie aux oignons.

— On peut dire que tu as de beaux souvenirs d'enfance, toi. Tu as été invité à Düsseldorf ?

— Non. Curieux, n'est-ce pas ?

— Tu devrais rechercher son adresse, essayer de le retrouver.

— Je le ferai peut-être. Et toi, tu avais un correspondant aussi ?

— Une Française. Élodie. Elle portait un soutien-gorge qui ne lui servait à rien et m'a appris à rouler des cigarettes.

— Il y avait donc bien un intérêt pédagogique dans tout ça.

Connie s'est de nouveau retournée et a fermé les yeux.

— Ce serait sympa de le croiser, quand même, ai-je ajouté. Au moins de temps en temps.

— Günther ?

— Notre fils.

— On le verra ce soir. J'ai tout arrangé. Maintenant, laisse-moi dormir.

On s'est assoupis, bercés par le hip-hop des Russes – des chansons dans lesquelles, curieusement, seuls les jurons étaient en anglais, sans doute pour offenser le plus large public possible. En fin d'après-midi, Connie s'est redressée en bâillant, puis a proposé de louer des vélos. Encore un peu éméchés, on a enfourché ces engins municipaux aussi difficiles à manier que des brouettes et on a longé les rues au hasard, en choisissant celles qui nous paraissaient engageantes.

— Où va-t-on ?

— On va faire exprès de se perdre ! a crié Connie. Interdiction de consulter un guide ou une carte !

Et malgré mon cerveau trop embrumé pour faire du vélo du mauvais côté de la route, j'ai adopté une conduite libre et insouciante, heurtant du genou les rétroviseurs extérieurs des voitures, ignorant les poings brandis vers moi par des chauffeurs de taxi, sans cesser durant tout ce temps de sourire, sourire et sourire encore à m'en décrocher la mâchoire.

46. françois truffaut

Ce bel état d'esprit s'est prolongé jusque dans la soirée. Ayant repéré un cinéma en plein air dans un parc, pas très loin de la place d'Italie, Connie a décidé que nous irions regarder un film là-bas. Un couvre-lit volé à l'hôtel Bontemps nous a servi de couverture pour notre pique-nique. Il y avait du rosé, du pain et du fromage, le ciel était dégagé et il faisait chaud. Même Albie semblait content d'être là.

— Ce sera en français ? a-t-il demandé alors que nous installions notre camp devant l'écran.

— Albie, ne t'inquiète pas, tu comprendras tout. Fais-moi confiance.

Le film s'intitulait *Les Quatre Cents Coups*, et je le recommande. Mes propres goûts me portent plus vers le thriller, la science-fiction et la fantasy, mais malgré l'absence de coups proprement dits, l'histoire s'avère très distrayante. Elle raconte les mésaventures d'Antoine, un jeune garçon intelligent, quoique irresponsable, qui finit par avoir des ennuis avec la justice. Son charmant papa, un homme trompé par sa femme, perd patience et l'envoie dans une sorte de maison de redressement. Il s'en échappe, s'enfuit en direction de la mer – qu'il n'a jamais vue –, et ensuite, eh bien, le film s'arrête là, sur une image d'Antoine qui regarde la caméra en face d'un air plein de défi, presque accusateur.

En termes d'intrigue, ça ne valait pas *La Mémoire dans la peau*, mais je n'ai pas boudé mon plaisir. Il était question dans ce film de poésie, de rébellion, de l'exaltation et de la confusion de la jeunesse – pas forcément celle que j'ai connue, plutôt celle des autres –, et cela faisait forte impression à Albie, si fasciné qu'il en a temporairement oublié de boire à l'excès. Agenouillé, le dos bien droit et les mains en appui sur les cuisses, il se tenait dans une posture que je ne lui avais jamais vue que sur les tapis de gymnastique de son école primaire.

Le ciel s'est assombri et l'image a gagné en netteté. Des hirondelles ont volé devant l'écran, semblables à de petites taches noires sur la pellicule – mais peut-être était-ce des chauves-souris, ou bien les deux. Immobile, Albie paraissait s'identifier violemment au personnage principal du film, même si, il faut quand même bien le reconnaître, il a eu une enfance assez stable pour sa part. De temps à autre, je me tournais pour observer son profil, tout blanc à la lueur de l'écran monochrome, et je me suis surpris à éprouver une tendresse incroyable pour lui, et pour Connie aussi, pour nous, les Petersen, un élan d'amour et d'affection, une conviction que notre mariage, notre famille, n'étaient pas si mal finalement, mieux même que la plupart des autres, et qu'on s'en sortirait.

Enfin bref, il régnait une ambiance très agréable, mais trop vite, tout a été terminé. L'image finale s'est figée, Antoine Doinel nous a fixés depuis l'écran et Albie s'est frotté les joues avec la paume de ses mains, comme pour faire rentrer des larmes dans ses yeux.

— Putain, c'est le film le plus génial que j'aie vu de toute ma vie !

— Albie, tu es vraiment obligé de jurer autant ?

— Et les éclairages étaient mortels !

— Oui, moi aussi, j'ai beaucoup aimé les éclairages, ai-je dit avec espoir.

Mais sa mère et lui étaient déjà dans les bras l'un de l'autre, et Albie la serrait fort en riant avec elle. L'instant d'après, il filait dans la nuit estivale. Trop ivres pour nous risquer à remonter sur des vélos, Connie et moi avons alors entamé à pied la traversée des 13ᵉ, 5ᵉ, 6ᵉ et 7ᵉ arrondissements, main dans la main, tels de parfaits amoureux.

47. de la difficulté intrinsèque du deuxième rendez-vous

Malgré ma thèse, j'avais complètement buté sur cet algorithme complexe qui consistait à déterminer quoi faire lors d'un deuxième rendez-vous. Tous les restaurants me semblaient soit trop formels et prétentieux, soit trop décontractés et bas de gamme. C'était la fin février, il faisait donc trop froid pour aller à Hyde Park, et mon option habituelle préférée, le cinéma, n'était pas non plus une solution. Nous ne pourrions pas nous parler là-bas. Et je ne la verrais pas.

Nous avons décidé de nous rejoindre dans la cour du campus, devant le laboratoire où je travaillais comme post-doc. Depuis qu'elle avait fini ses études, Connie, elle, était employée quatre jours par semaine dans une galerie d'art de St. James Park. Elle s'était plainte amèrement de cet endroit, des œuvres pourries, des clients qui avaient plus d'argent que de goût. Ce job n'avait pas d'autre intérêt pour elle que de lui permettre de payer son loyer et de peindre ses propres tableaux dans un petit studio de l'Est londonien qu'elle partageait avec des amis – leur « coopérative », disaient-ils –, où tous attendaient de connaître la gloire. Pour un plan de carrière, tout ça me paraissait désespérément peu structuré, mais au moins parvenait-elle ainsi à se loger et à se nourrir. Au cours d'un appel téléphonique balbutiant, je lui avais détaillé les différents trajets en bus qu'elle pouvait effectuer et le fonctionnement précis des lignes 19, 22 et 38.

— Douglas, j'ai grandi à Londres, m'avait-elle répondu. Je sais prendre le bus. On se retrouve à 18 h 30.

Dès 18 h 22, planté sous la tour de l'horloge, je fixais le dernier numéro du *Biochimist*, mes yeux glissant sur la page sans rien enregistrer. À 18 h 40, toujours figé dans cette pose, je l'ai entendue avant même de la voir. Le *tap-tap* de ses talons hauts n'était pas un bruit très courant dans cette partie du campus.

À l'ère numérique qui est la nôtre, nous avons les moyens électroniques de faire surgir l'image de quelqu'un plus ou moins à volonté, mais dans ces années-là, les visages étaient comme les numéros de téléphone : on essayait de mémoriser les plus importants. Et là, mes clichés mentaux du week-end précédent avaient commencé à s'estomper. Chaste et sobre par une journée venteuse et grise de la semaine, ne risquais-je pas d'être déçu ?

Eh bien pas du tout. Lorsque j'ai aperçu Connie, la réalité a dépassé de loin mes souvenirs. Un merveilleux visage encadré par le col relevé d'un long manteau noir. Une sorte de robe démodée en dessous, couleur rouille. Un maquillage soigné – des yeux cernés de noir, le rouge à lèvres assorti à la robe. L'assiette de scampi au Rat and Parrot n'était plus une option envisageable.

On s'est embrassés quelque peu maladroitement – sur le lobe de l'oreille pour moi, sur les cheveux pour elle.

— Tu es très classe.

— Quoi, dans cette tenue ? Oh, je porte ça pour le boulot, a-t-elle répliqué, l'air de dire : *je ne l'ai pas fait pour toi.*

Huit secondes seulement s'étaient écoulées et on en était déjà à un baiser raté et un affront supposé. La soirée s'étirait devant nous comme une corde raide tendue au-dessus d'un vaste canyon. Pour marquer l'importance de cette occasion, j'avais mis ma plus belle veste, un pantalon en velours marron chocolat à l'effet canaille et une cravate tricotée couleur prune. La main de Connie est remontée vers le nœud pour l'ajuster.

— Très joli. Wouahou, tu as même un stylo dans ta poche de poitrine.

— En tant que scientifique, j'y suis obligé. Ça fait partie de mon uniforme.

Elle a souri.

— C'est ici que tu travailles ?

— Oui. Dans le labo qui est là-bas.

— Et les mouches du vinaigre ?

— Elles sont à l'intérieur. Tu veux entrer ?

— J'en ai le droit ? J'ai toujours cru que les laboratoires étaient des lieux top secret.

— Seulement dans les films.

— Alors il faut que je voie ça !

48. l'insectarium

Apparemment fascinée, elle a contemplé les nuées de mouches, le visage tout près de la paroi en verre qui la séparait de ces dernières. J'aurais tout aussi bien pu l'avoir emmenée devant l'enclos d'une licorne.

— Pourquoi des mouches ? Pourquoi pas des fourmis, des cafards ou des phasmes ?

Je n'aurais su dire si son intérêt était sincère, exagéré ou feint. Peut-être considérait-elle l'insectarium comme une sorte d'installation artistique – je sais que certaines personnes en sont capables. Mais peu importe ce qui l'avait motivée, sa question était de celles que j'espérais, et je lui ai expliqué le cycle court de reproduction des mouches du vinaigre, les soins minimes qu'elles nécessitaient, leur phénotype distinctif.

— C'est-à-dire… ?

— Leurs caractéristiques observables, les traits qui découlent de leur génotype et de leur environnement. Chez la mouche du vinaigre, ça se traduit par des ailes plus courtes, une pigmentation des yeux, des changements dans l'architecture génitale.

— « L'architecture génitale. » Ça me parle, ça.

— En clair, tu peux voir apparaître des signes d'une mutation en très peu de temps. Les mouches du vinaigre incarnent l'évolution en action – c'est pour ça qu'on les adore.

— L'évolution en action. Et comment fais-tu pour étudier leur architecture génitale ? S'il te plaît, ne me dis pas que tu les tues toutes ?

— En général, on les assomme.

— Avec des petites matraques ?

— Avec du dioxyde de carbone. Et à la fin, elles se relèvent et recommencent à s'envoyer en l'air.

— Comme moi le week-end, en général.

Il y a eu un silence.

— Je peux en prendre une ? a-t-elle demandé ensuite en appuyant un doigt contre la paroi. Celle-là, là-bas.

— Ce ne sont pas des poissons rouges dans un aquarium. Ce sont des outils pour la science.

— Mais regarde… Elles m'aiment vraiment bien !

— Peut-être parce que tu sens la banane pourrie.

Nouveau silence.

— Non, tu ne sens pas la banane pourrie. Je suis désolé, je ne comprends pas pourquoi j'ai dit ça.

Elle m'a jeté un coup d'œil par-dessus son épaule en souriant, et je lui ai présenté Bruce, notre mascotte, pour lui prouver que les étudiants en art n'étaient pas les seuls à savoir s'amuser.

49. prudence

La visite s'est poursuivie. Je lui ai montré la chambre froide, où nous avons noté combien il faisait froid, puis la chambre à 37 °C.

— Pourquoi 37 °C ?

— Ça correspond à la température du corps humain. C'est la chaleur qu'on ressent quand on est à l'intérieur de quelqu'un.

— Comme c'est glamour, a commenté Connie d'un ton pince-sans-rire.

Et nous avons enchaîné. Je lui ai fait voir de la neige carbonique et une centrifugeuse en marche. Avec un microscope, on a examiné des coupes transversales de la langue d'un rat qui avait été infecté par des vers parasites. Oh oui, c'était un rendez-vous galant de nature à entrer dans les annales, et j'ai commencé à noter les mines amusées de mes collègues qui restaient souvent travailler tard. Bouche bée, les sourcils pointés vers le haut, ils lorgnaient ouvertement cette charmante jeune femme qui inspectait le contenu des fioles et des éprouvettes.

J'ai offert à Connie quelques boîtes de Pétri pour qu'elle puisse y mélanger ses peintures, et quand elle en a eu assez de cette visite, on est allés sur sa suggestion dans un tout petit restaurant slave devant lequel j'étais souvent passé, mais sans jamais imaginer que j'y mettrais un jour les pieds. Avec ses teintes défraîchies et son décor mal éclairé, il donnait l'impression de pénétrer dans une photo sépia. Un vieux serveur au dos voûté a pris nos manteaux avant de nous conduire à une table. Toujours à l'initiative de Connie, on a bu de la vodka dans des petits verres épais, on a mangé un velouté à la teinte rouge bordeaux, de délicieuses boulettes de pâte bien denses et des pancakes. Puis on a savouré un vin rouge sirupeux, assis côte à côte dans un angle de la salle quasi déserte, tant et si bien qu'on s'est vite retrouvés tout chose, heureux et presque à l'aise, même. Il pleuvait dehors, il y avait de la buée sur les carreaux, le foyer électrique flamboyait – c'était merveilleux.

— Tu sais ce que j'envie à la science ? a lancé Connie. Ses certitudes. Tu n'as pas à te soucier des goûts et des modes, ni à attendre l'inspiration ou un coup de chance. Il y a… une méthodologie – c'est un mot scientifique, ça ? Enfin bon, tu peux te contenter de travailler dur, de buriner à n'en plus finir, et au final tu obtiendras des résultats.

— Ce n'est pas aussi facile. Et puis toi aussi, tu travailles dur.

Elle a haussé les épaules.

— Avant, oui.

— J'ai vu quelques-uns de tes dessins. Ils m'ont scotché.

— Quand les as-tu vus ? a-t-elle demandé, l'air contrarié.

— Ce week-end. Pendant que tu dormais. Ils sont magnifiques.

— C'était sûrement ceux de ma colocataire.

— Non, c'était les tiens. Les siens ne m'ont pas du tout plu.

— Fran a énormément de succès. Ses œuvres se vendent très bien.

— Je ne vois pas du tout pourquoi.

— Elle a beaucoup de talent et c'est mon amie.

— Bien sûr, mais j'ai quand même adoré tes dessins. Je les ai trouvés très…

J'ai cherché un terme artistique.

— … très beaux. Enfin, je ne suis pas spécialiste…

— Mais tu sais ce que tu aimes ?

— Voilà. Et puis tu réussis carrément bien les mains.

Elle a souri, observé sa main, puis l'a posée grande ouverte sur la mienne.

— Arrêtons là avec l'art. Et avec les mouches du vinaigre aussi.

— D'accord.

— Si on parlait plutôt du week-end dernier ? De ce qui s'est passé, plus précisément.

— Très bien, ai-je acquiescé, tout en songeant : *ça y est, je vais recevoir le coup de grâce.* Que voulais-tu me dire ?

— Je ne sais pas. Ou plutôt, je croyais le savoir.

— Vas-y.

Elle a hésité.

— Toi d'abord.

— OK, ai-je déclaré après un instant de réflexion. C'est très simple. J'ai passé un super moment. J'ai adoré faire ta connaissance. Je me suis beaucoup amusé. J'aimerais qu'on se revoie.

— C'est tout ?

— C'est tout.

En fait, non, ce n'était pas tout, mais je ne voulais pas l'alarmer.

— Et toi, Connie ?

— J'ai pensé… j'ai pensé la même chose. J'ai passé un *bon* moment, ce qui est inhabituel pour moi. Tu as été très mignon. Non, je ne voulais pas dire ça. Tu as été attentionné, intéressant et j'ai aimé coucher avec toi, aussi. Beaucoup. C'était sympa. Ta sœur avait raison, tu étais pile ce dont j'avais besoin.

J'avais déjà vécu cette situation suffisamment de fois pour sentir l'arrivée imminente d'un « mais »…

— Mais je n'ai pas de très bons antécédents amoureux. Je n'associe pas les relations au bonheur – certainement pas la dernière, en tout cas.

— Angelo ?

— Oui. Angelo. Il n'était pas très gentil avec moi et il m'a rendue… je suppose que j'ai envie… de faire attention. J'ai envie d'avancer avec prudence.

— Mais tu veux avancer ?

— Avec prudence, oui.

— Avec prudence. C'est-à-dire ?

Elle a médité ma question un moment en se mordant la lèvre, puis elle s'est penchée vers moi.

— C'est-à-dire que si on réglait l'addition là, maintenant, si on sortait prendre un taxi et si on rentrait chez toi se mettre au lit, je serais très heureuse.

Et elle m'a embrassé.

...
...
...
...
...
— Serveur !

50. nuit de folie
dans la chambre 603

La fête a commencé à l'heure où l'on pourrait raisonnablement espérer qu'une fête se termine, et le *boom-tsk boom-tsk* habituel de la musique électronique s'est bientôt estompé au profit d'une basse rythmique et d'un bourdonnement semblable à celui que l'on peut produire en soufflant à travers les dents d'un peigne recouvert de papier.

— C'est… c'est de l'accordéon ?

— Han-han, a marmonné Connie.

— Mais Albie ne sait pas en jouer.

— Alors c'est qu'il y a un accordéoniste dans sa chambre.

— Oh, merde…

Le souffle asthmatique de l'instrument a cédé la place à quatre accords mineurs familiers joués en boucle, les percussions étant fournies par mon fils à grands renforts de battements de pied et de tapes sur les cuisses.

— C'est quoi, cette chanson ? Je la connais.

— « Smells Like Teen Spirit », je crois.

— Hein ?

— Écoute !

Et bien sûr, c'était ça.

Lorsque je pensais aux accordéonistes – ce qui ne m'arrivait pas souvent, à vrai dire –, j'imaginais des hommes au teint olivâtre portant une marinière. Mais là, cette dénonciation de l'aliénation juvénile était beuglée par une voix féminine primitive, une sorte de crieuse publique très expressive qu'Albie accompagnait à présent à la guitare – mais avec toujours un léger temps de retard dans ses changements d'accord.

— Je crois qu'on appelle ça un bœuf, ai-je dit.

— Tu parles d'une boucherie, a répliqué Connie.

La nuit allait être très longue, j'ai donc allumé ma lampe et pris mon livre, une histoire de la Seconde Guerre mondiale, pendant que Connie coinçait sa tête en sandwich entre deux oreillers en mousse et adoptait la position de sécurité recommandée dans les avions, mais à l'horizontale. L'accordéon, comme la cornemuse, fait partie du cercle fermé des instruments qui rendent les gens prêts à payer fort cher pour ne plus les entendre, mais durant les quarante-cinq minutes qui ont suivi, la mystérieuse invitée de mon fils a repoussé les limites musicales du piano à bretelles en gratifiant une grande partie des 5e, 6e et 7e étages de l'hôtel Bontemps de diverses interprétations, notamment un « Satisfaction » tapageur, un « Losing My Religion » guilleret et un « Purple Rain » si long et si répétitif qu'il semblait étirer le temps lui-même. « On apprécie le concert, Albie, ai-je écrit dans un texto, mais il est un peu tard. » J'ai ensuite envoyé le message et attendu qu'il le reçoive.

Un bip signalant son arrivée sur le portable de mon fils a retenti de l'autre côté du mur. Il y a eu une pause, puis les premières notes de « Moondance » se sont élevées, entonnées semblait-il par des guêpes emphysémateuses.

— Peut-être qu'il n'a pas lu mon texto.

— Hmm.

— Et si j'appelais la réception pour me plaindre ? Comment dit-on « faire partir l'accordéoniste de la chambre 603 » en français ?

— Hmm.

— Mais ce serait un peu déloyal de me plaindre de mon propre fils.

— Ça ne t'a pas toujours dérangé.

— Ou si j'allais simplement frapper à… ?

— Douglas, je me fiche de ce que tu fais du moment que tu te tais !

— Hé, ce n'est pas moi qui joue de l'accordéon !

— Parfois, je me demande si je ne préfère pas l'accordéon.

— Qu'est-ce que tu veux dire ?

— Rien du tout. Il est 2 h 30 et…

Le bruit s'est arrêté.

— Merci, mon Dieu ! s'est exclamée Connie. Maintenant, dormons.

Mais notre agacement n'a pas disparu pour autant et nous sommes restés sous son nuage, en songeant aux autres nuits qu'on avait passées ainsi, ressassant une méchanceté, un moment d'impatience ou d'inattention. *Notre mariage est arrivé en bout de course. Je crois que j'ai envie de te quitter.*

Puis un coup a résonné, comme s'il y avait eu une grosse caisse derrière nous, aussitôt suivi par le *boum-boum-boum* particulier et insistant d'une tête de lit heurtant un mur.

— Le bœuf est de retour, ai-je dit.

Hilare, Connie a appuyé son avant-bras sur ses yeux.

— Oh, Albie… C'est le bouquet.

51. l'accordéoniste rock

Nous avons rencontré la charmante musicienne le lendemain matin au petit déjeuner, servi dans une salle sinistre du sous-sol de l'hôtel. Une fois n'étant pas coutume, Albie s'était levé avant nous, mais il nous a d'abord été difficile de distinguer le visage de la fille, ventousé qu'il était à celui d'Albie.

— Bonjour ! Vous devez être Douglas et Connie ! Wouahou, Connie, vous êtes superbe ! Pas étonnant que votre fils soit canon. Vous êtes une *beauté*.

Elle s'exprimait d'une voix grave teintée d'un accent océanien.

— Et vous, a-t-elle continué en me prenant la main, vous êtes très bel homme aussi, Dougie ! Ha ! On avait commencé à prendre le petit dej'. Il est *extra*, ici. Et tout est gratuit !

— Euh, pas exactement…

— Attendez, je vais virer Steve.

Steve était apparemment le nom de son accordéon. Il avait sa propre chaise, où il se tenait assis, souriant de toutes ses touches.

— Allez, Steve, laisse la place à ce pauvre M. Petersen, il a l'air complètement défoncé.

— Nous avons apprécié votre concert cette nuit.

— Oh, merci !

Elle a souri, avant de passer ses doigts sur son visage pour se composer la mine d'un clown triste.

— Mais c'était peut-être ironique ?

— Vous jouez très bien, est intervenue Connie. On y aurait juste pris davantage de plaisir si vous l'aviez fait avant minuit.

— Oh non ! Je suis désolée. Pas étonnant que vous ayez une sale tête, monsieur Petersen. Il faudra venir m'écouter à une heure raisonnable, la prochaine fois.

— Vous donnez vraiment des concerts ? a demandé Connie avec une pointe d'incrédulité.

— Concert, c'est un grand mot. Je joue devant le centre Pompidou.

— Vous êtes une musicienne ambulante ?

— Je préfère « artiste de rue », mais oui, c'est ça !

Je ne pense pas m'être décomposé – j'ai essayé de ne rien laisser paraître –, mais j'avoue que je me méfiais de tout ce qui était suivi de ce mot, « rue ». L'art de la rue, les vendeurs de rue, le théâtre de rue : dans tous les cas, il qualifiait une activité qu'il aurait bien mieux valu mener entre quatre murs.

— Son interprétation de « Purple Rain » est incroyable, a marmonné Albie, avachi en diagonale sur sa banquette, telle la victime d'un vampire.

— Oh, on sait, Albie, on sait, a répondu Connie, qui fixait l'accordéoniste en plissant les yeux.

La fille, pendant ce temps, vidait un tas de petits pots de confiture dans un croissant.

— Je déteste ces machins, pas vous ? D'un point de vue écologique, ça craint. Et c'est tellement frustrant ! a-t-elle dit en fourrant sa langue dans l'un d'eux.

— Désolé, on n'a pas saisi votre…

— Cat. Comme un chat… chapeauté ! a-t-elle plaisanté en tapotant le chapeau melon en velours noir qu'elle portait incliné vers l'arrière.

— Et vous êtes australienne, Cat ?

— Néo-Zélandaise, m'a corrigé Albie d'un ton réprobateur.

— C'est du pareil au même ! a-t-elle répliqué en éclatant d'un rire tonitruant. Hé, vous feriez mieux de manger quelque chose avant que je finisse tout. Le premier arrivé au buffet a gagné !

52. de l'éthique pratique
dans le système des buffets

Au fil des ans, des conférences et des séminaires, j'ai eu l'occasion de bien expérimenter le système des buffets – notamment au petit déjeuner – et j'ai remarqué que lorsqu'on les plaçait devant une table de mets ostensiblement « gratuits », certains se comportent avec modération, et d'autres comme s'ils n'avaient jamais mangé de bacon de leur vie. Cat comptait parmi ces gens qui croient que l'expression « buffet à volonté » est un défi à relever. Devant le distributeur de jus de fruits, elle a rempli son verre, l'a vidé d'un trait, l'a rempli et vidé encore. J'appelle ça biberonner, et je me suis demandé *pourquoi ne pas simplement ouvrir le robinet et fourrer sa bouche en dessous ?* J'ai souri au serveur, qui a secoué lentement la tête, et il m'est soudain apparu que si la direction de l'hôtel faisait le rapprochement entre la séance d'accordéon de cette nuit-là et la femme qui empilait à présent un gros tas de fraises et de quartiers de pamplemousse dans son bol, nous risquions d'avoir des problèmes.

Nous avons avancé le long du buffet.

— Qu'est-ce qui vous a amenée dans la Ville éternelle, Cat ?

— Ce n'est pas Paris, la Ville éternelle, a dit Connie. C'est Rome.

— Et Rome n'est pas éternelle, a renchéri Albie. Elle donne juste l'impression de l'être.

Cat a ri et essuyé le jus qui coulait de sa bouche.

— Je ne vis pas ici, je ne fais que passer. Je bourlingue en Europe depuis que j'ai quitté la fac. Un jour ici, l'autre là-bas. Aujourd'hui Paris, demain Prague, Palerme, Amsterdam – qui sait ?

— Exactement comme nous.

— Sauf que notre itinéraire à nous est plastifié, a commenté Connie en contemplant le plateau des pamplemousses, désormais vide.

— Non, il n'est pas plastifié. Ce que je voulais dire, c'est que nous partons à Amsterdam demain.

— Quelle chance ! J'adore Amsterdam – même si je finis toujours par faire un truc que je regrette, si vous voyez ce que je veux dire. C'est la ville de l'éclate !

Cat remplissait une deuxième assiette qu'elle avait posée en équilibre sur son avant-bras, comme une pro. Concentrée cette fois sur les protéines et les glucides, elle a soulevé l'abattant du plateau de bacon frit et respiré le fumet de la viande, les yeux fermés.

— Je suis strictement végétarienne, mais je fais une exception pour les viandes fumées, a-t-elle expliqué en entassant des petits rouleaux dégoulinants de graisse sur son assiette déjà débordante de fromage, de saumon fumé, de brioches, de croissants…

— C'est un sacré petit déjeuner que vous prenez là ! ai-je dit avec un sourire crispé.

— Je sais ! Cette nuit nous a bien ouvert l'appétit, à Albie et moi.

Et dans un éclat de rire graveleux, elle lui a donné un petit coup sur les fesses avec la pince du plateau à bacon. Albie a fixé sa propre assiette en souriant avec embarras.

— De toute façon, j'en garderai une bonne partie pour plus tard.

Ça, pour moi, c'était la ligne à ne pas franchir. Le buffet n'était pas un distributeur de pique-niques, ni un garde-manger ouvert à tous. J'avais décidé d'être sympa avec les nouveaux amis d'Albie et de tolérer leurs excentricités, mais là, c'était du vol, purement et simplement, et quand une banane a rejoint un pot de miel dans les grandes poches du short en velours de cette fille, je n'ai pas pu me contenir plus longtemps.

— Vous ne pensez pas que vous devriez reposer ça, Cat ? ai-je suggéré d'un ton léger.

— Pardon ?

— Les fruits, les pots de miel. Il ne vous en faut qu'un, deux tout au plus.

— Papa ! a protesté Albie. Je n'arrive pas à croire que tu fasses une remarque pareille !

— Eh bien, c'est juste que je trouve un peu excessif…

— La honte ! a piaillé Cat d'une voix suraiguë et mélodramatique.

— Elle ne compte pas manger ça maintenant ! l'a défendue Albie.

— C'est bien ce qui me pose problème.

— Non, non, pas de souci, vous avez raison. Tenez…

Et Cat a commencé à jeter les pots, les fruits et les croissants en pagaille sur la table.

— Gardez ce que vous avez pris. Je disais juste qu'il n'était pas nécessaire de vous remplir les poches…

— Tu comprends maintenant, Cat ? a dit Albie en faisant un geste de la main vers moi.

— Albie…

— Je te l'ai dit, il est toujours comme ça !

— Albie, ça suffit ! Assieds-toi.

C'était Connie qui s'exprimait, cette fois, et en affichant sa mine la plus sévère. Albie savait quand il était préférable de ne pas discuter, et nous sommes retournés nous asseoir à notre table, où nous avons écouté Cat…

53. le chat chapeauté

… nous dire combien elle adorait la Nouvelle-Zélande, combien ce pays était magnifique, mais aussi combien la banlieue d'Auckland où elle avait grandi était ennuyeuse, et terne, et bourgeoise, et parsemée de maisons identiques à perte de vue. Il ne se passait jamais rien, là-bas – ou plutôt, si, il se passait des choses, des trucs horribles, mais personne n'en parlait jamais, les gens se contentaient de fermer les yeux et de continuer à mener des vies mornes, conventionnelles et barbantes en attendant la mort.

— Ça ressemble à chez nous, a commenté Albie.

Connie a soupiré.

— Albie, je te défie de citer un événement traumatisant qui se serait produit dans ta vie. Rien qu'un. Cat, ce pauvre chou est meurtri parce qu'on ne l'a pas laissé manger des Choco Pops en 2004.

— Tu n'es pas au courant de tout ce qui me concerne, maman !

— Il se trouve que si.

— Non, pas du tout ! a insisté Albie, qui de toute évidence s'estimait trahi. Et depuis quand est-ce que tu défends autant le coin où on habite, maman ? Tu disais que tu le détestais, toi aussi.

Première nouvelle.

— Cat, a poursuivi Connie sans s'arrêter à cette réflexion. Mon fils se donne des airs pour vous. Reprenez. Vous disiez… ?

Cat fourrait du salami dans un morceau de pain avec son pouce sale.

— Eh bien, mon père – un connard de première – a voulu que je fasse des études à la fac pour devenir ingénieur. Une belle perte de temps, croyez-moi…

Albie m'a fixé avec un grand sourire, mais j'ai refusé de croiser son regard et me suis resservi du café.

— Ce n'est pas tout à fait une perte de temps, ai-je fait observer.

— Quand on déteste ça, si. Je voulais vivre des expériences, voir des trucs.

— Qu'avez-vous étudié à la place ?

— Le ventriloquisme, a-t-elle répondu, avant de porter un pot de confiture à son oreille et de faire entendre une petite voix qui disait : aidez-moi ! aidez-moi ! De là, je suis passée à l'art des marionnettes et à l'improvisation, et j'ai rejoint une troupe de théâtre de rue qui avait monté un spectacle avec des marionnettes géantes. On a pris la route, on a voyagé à travers l'Europe, et on s'est éclatés jusqu'à ce qu'ils se dégonflent tous et qu'ils rentrent chez eux retrouver leur petit boulot, leur petite maison et leur petite vie sans intérêt et sans surprise. Du coup, j'ai continué seule. Et j'adore ça ! Je n'ai pas vu mes parents depuis quatre ans déjà.

— Oh, Cat, c'est terrible ! s'est écriée Connie.

— Pas du tout ! Pour moi, c'est génial. Pas d'attaches, pas de loyer à payer, et plein de rencontres avec des gens incroyables. Je peux vivre où je veux. Sauf au Portugal. Je n'ai plus le droit d'aller là-bas, pour des raisons que je ne suis pas libre de vous divulguer...

— Mais... et vos parents ?

— J'envoie des cartes postales à ma mère. Je l'appelle deux fois par an, pour Noël et les anniversaires. Elle sait que je vais bien.

— Le sien ou le vôtre ?

— Pardon ?

— Vous disiez que vous l'appeliez pour Noël et les anniversaires. Vous le faites pour son anniversaire à elle ou pour le vôtre ?

La question a visiblement déconcerté Cat.

— Le mien, bien sûr.

Connie a hoché la tête.

— Et votre père ? ai-je demandé.

— Il peut aller se faire foutre, a-t-elle déclaré fièrement en enfournant son pain dans sa bouche.

J'ai noté qu'Albie peinait à contenir son admiration.

— Vous n'êtes pas très tendre avec lui.

— Vous ne le connaissez pas. Sinon, vous en feriez encore tout un plat !

Elle nous a de nouveau gratifiés de son rire, le genre de ceux qu'on entend dans les films et qui dénotent la folie. Le regard du serveur s'est durci. Malgré toute ma bonne volonté, j'avais du mal à la trouver sympathique. Elle était un peu plus âgée qu'Albie, ce qui me donnait ridiculement envie de protéger ce dernier, et sa peau paraissait irritée, comme si elle avait été frottée avec une sorte de produit abrasif – les joues de mon fils, je suppose. Elle avait aussi des traînées noires autour des yeux qui la faisaient ressembler à un panda, le contour de la bouche barbouillé de rouge – là encore à cause de mon fils – et des sourcils arqués et haut perchés qu'on aurait dit tracés au crayon. À quoi me faisait-elle penser ? Lorsque je suis entré à l'université, j'ai assisté à une projection costumée du *Rocky Horror Picture Show* avec la susnommée Liza Godwin, et cela reste l'une des soirées les plus fatigantes et les plus barges que j'aie jamais été obligé de subir. Ce qu'on ne fait pas par amour ! Je ne suis pas très porté sur la religion, mais je me revois très bien assis sur mon siège, vêtu d'une paire de collants déchirés appartenant à Liza, un rictus dessiné au rouge à lèvres sur la figure, et priant *s'il vous plaît, mon Dieu, si vraiment vous existez, faites qu'on ne recommence pas la danse du saut dans le temps*.

Oui, Cat, par certains côtés, me rappelait le *Rocky Horror Picture Show*, raison pour laquelle, probablement, elle plaisait à notre fils, qui avait posé une main dans le bas de son dos, tandis que ses doigts à elle exploraient les genoux déchirés de son jean. Tout ça était assez perturbant, et je dois avouer que j'ai été soulagé de la voir prendre congé.

— OK, braves gens, c'était un plaisir de vous rencontrer. Quel beau garçon vous avez là ! a-t-elle lancé en soulignant son propos d'une grande claque sur la cuisse d'Albie.

— Nous en avons conscience, a dit Connie.

— Profitez bien des attractions touristiques ! Et toi, jeune homme, raccompagne-moi à la porte. Je n'ai pas envie que la police du buffet me plaque au sol et m'inflige une fouille au corps.

Son rire gras a résonné de nouveau, suivi du raclement de sa chaise lorsqu'elle a soulevé Steve l'accordéon et plaqué son chapeau melon sur ses boucles. L'instrument a laissé échapper une trille aiguë. L'instant d'après, Albie et elle étaient partis.

Nous avons observé le genre de silence qui succède à une collision.

— Ne jamais faire confiance à une femme qui porte un chapeau melon, a fini par dire Connie.

On a ri en savourant le doux plaisir conjugal d'une antipathie partagée.

— « Maman, papa, j'aimerais vous présenter ma future femme. »

— Douglas, ne plaisante pas avec ça !

— Je l'ai bien aimée, moi.

— C'est pour ça que tu lui as demandé de reposer son petit déjeuner ? s'est amusée Connie.

— Je suis allé trop loin ?

— Pour une fois, je dirais non.

— Mais qu'est-ce qu'il lui trouve ? Personnellement, je crois que c'est son rire.

— Je ne pense pas qu'il n'y ait que ça. Le sexe explique probablement bien des choses aussi. Oh, Albie, a-t-elle soupiré avec une tristesse poignante en appuyant la tête sur mon épaule. Notre fils est devenu grand, Douglas.

54. sur-déballage, sous-déballage

J'avais espéré qu'on passerait notre dernière journée à Paris tous les trois ensemble, mais Connie se sentait fatiguée et elle a fait valoir, assez sèchement du reste, qu'elle aimerait bien avoir un petit moment rien que pour elle, juste un tout petit moment, si ça ne nous gênait pas et si la loi ne l'interdisait pas. Seuls en compagnie l'un de l'autre, mon fils et moi avions tendance à paniquer, mais nous nous sommes armés de courage et nous avons pris la direction du musée d'Orsay.

Le temps avait changé, la ville baignait dans une atmosphère humide sous des nuages denses et bas.

— Une tempête se prépare.

Pas de réaction de la part d'Albie.

— On a bien aimé Cat.

— Papa, tu n'es pas obligé de faire semblant, tu sais, je m'en fous.

— Mais c'est vrai ! On l'a trouvée très intéressante. Et stimulante.

Puis, quelques mètres plus loin :

— Vous allez rester en contact ?

Albie a froncé le nez. Nous n'avions pas passé beaucoup de temps jusque-là à discuter de ses affaires de cœur, mon fils et moi. Certains de nos amis – ceux de Connie, surtout – avaient des échanges d'une franchise étonnante avec leurs enfants, des conciliabules incessants sur des canapés affaissés, durant lesquels il était question de relations amoureuses, de sexe, de drogues, de bien-être affectif et psychique, et non contents de faire ça, ils saisissaient aussi la moindre occasion de se promener tout nus devant eux, parce que n'est-ce pas ce que les ados rêvent de voir, au fond ? Des preuves des ravages du temps exhibées sous leur nez ? Mais tout en jugeant cette attitude vaniteuse et peu naturelle, j'avais admis que je pouvais m'améliorer un peu et faire des efforts pour surmonter mes réticences. Jamais mon père n'avait été si près de « s'ouvrir » à moi de ces sujets que le jour où il avait laissé sur mon oreiller, bien étalées en éventail, quelques brochures du ministère de la Santé sur les maladies sexuellement transmissibles – son cadeau d'au revoir avant que j'entre à l'université –, avec à l'intérieur toutes les informations dont je pouvais avoir besoin sur le fonctionnement du cœur humain. Ma mère, elle, changeait de chaîne chaque fois que deux personnes s'embrassaient à la télé. Ils avaient traversé les années 1960 sans être affectés par leur permissivité et auraient tout aussi bien pu vivre dans les années 1860. Franchement, je me demande comment il est possible que ma sœur et moi soyons là aujourd'hui.

Mais n'avais-je pas justement décidé de travailler ma franchise émotionnelle ? Peut-être était-ce le moment de discuter avec Albie des tourments de l'adolescence, à la suite de quoi je pourrais lui confier quelques-uns des hauts et des bas de la vie conjugale. Avec cette idée en tête, j'ai fait un petit détour par la rue Jacob afin de passer devant l'hôtel où Connie et moi avions séjourné dix-huit ans plus tôt. Là, je me suis arrêté et j'ai pris Albie par le bras.

— Tu vois cet hôtel ?

— Oui.

— Cette fenêtre, là-haut ? À l'angle du deuxième étage, celle avec les rideaux jaunes ?

— Oui, et alors ?

J'ai posé une main sur son épaule.

— Cette chambre, Albert Samuel Petersen, est celle où tu as été conçu !

Peut-être était-ce trop, et trop tôt. J'avais espéré qu'il y aurait quelque chose de poétique dans cet instant, dans cette vision de l'endroit exact où un spermatozoïde et un ovule avaient fusionné et où il avait soudain jailli au monde. Je m'étais figuré qu'il trouverait ça amusant d'imaginer ses parents plus jeunes, si différents de leur incarnation actuelle, moins insouciante. Peut-être même serait-il touché par ma nostalgie devant l'acte d'amour qui avait conduit à sa création et qui, dans mon souvenir du moins, avait été empreint d'émotion et d'attention.

Mais peut-être aussi aurais-je dû réfléchir un peu plus.

— *Quoi ?*

— Pile à cet endroit. Dans cette chambre. C'est là que tout a commencé pour toi.

Ses traits se sont tordus en un masque de dégoût.

— Bravo, c'est une image que je n'arriverai plus jamais à m'ôter de la tête !

— Parce que tu t'imaginais avoir été conçu autrement ?

— Je sais *comment* j'ai été conçu, mais je n'ai pas envie qu'on m'oblige à y *penser* !

— Je croyais que ça te ferait plaisir de l'apprendre. Je croyais que tu…

— Pourquoi tu fais ça ? a-t-il lancé en s'éloignant.

— De quoi tu parles ?

— Pourquoi tu me racontes des trucs pareils ? C'est carrément bizarre, papa.

— Ce n'est pas bizarre, c'est juste une conversation amicale.

— On n'est pas potes, toi et moi. Tu es mon père.

— Ça ne signifie pas… Disons qu'on est des adultes, alors. On est tous les deux des adultes, maintenant, et j'ai supposé qu'on pourrait avoir une conversation d'adultes.

— Ouais, eh bien merci pour ce sur-déballage, papa.

Nous avons repris notre marche, et j'ai médité le concept de « sur-déballage » en me demandant ce que pouvait bien être par opposition un « sous-déballage », et s'il était jamais possible de trouver un juste milieu entre les deux.

55. *épater le bourgeois**

Nous nous sommes vite retrouvés au musée d'Orsay, dans le hall extraordinaire de cette ancienne gare ferroviaire.

— Vise-moi cette horloge ! ai-je dit, impressionné.

Trop flegmatique pour manifester la moindre admiration, Albie a avancé en embrassant du regard les œuvres exposées là. J'aime bien les impressionnistes, tout en ayant conscience que ce penchant n'est pas très « tendance », mais Albie affichait son indifférence avec ostentation, comme si c'était moi qui avais peint ces peupliers, ces jeunes filles assises au piano.

Puis nous sommes tombés sur quelque chose de plus à son goût : *L'Origine du monde*, de Gustave Courbet. Le style et la technique étaient de ceux qu'on aurait pu voir appliqués à des danseuses de ballet ou des coupes de fruit, mais là, le tableau représentait les jambes écartées d'une femme dont le visage sortait du cadre. C'était une image déconcertante, crue et inflexible, et je n'en raffolais pas. D'une manière générale, je n'aime pas être choqué. Je ne suis pas prude, mais tout ça me semble si puéril et facile.

— Où vont-ils pêcher leurs idées ? ai-je dit en jetant un œil à la toile avant de passer à la suivante.

Sauf qu'Albie ne pouvait pas rater cette occasion de me mettre mal à l'aise. Il s'est arrêté pour fixer le tableau – le fixer longuement, *très* longuement. Déterminé à ne pas passer pour quelqu'un de coincé, j'ai fait demi-tour et je suis revenu vers lui.

— Si ça, ce n'est pas du déballage, ai-je ironisé.

Pas de réaction.

— C'est tout de même très agressif, non ?

Albie a reniflé avec mépris et incliné la tête, comme si cela changeait quelque chose à sa vision de l'œuvre.

— Je n'en reviens pas que ce tableau ait été peint en 1866.

— Pourquoi ? Tu crois que les femmes nues étaient différentes à l'époque ? a-t-il craché en faisant quelques pas vers la toile pour l'examiner de près, si près que j'ai eu peur que le personnel de sécurité n'intervienne.

— Non, je voulais juste dire qu'on a tendance à avoir une image fondamentalement conservatrice du passé. C'est intéressant de noter que l'outrage n'est pas une invention de la fin du XXe siècle.

C'était *bien*, ça, me suis-je félicité. Presque le genre de remarque que Connie aurait pu faire. Mais Albie a froncé les sourcils.

— Je ne trouve pas ça outrageant, moi. Je trouve ça beau.

— Moi aussi, ai-je dit sans conviction. C'est un tableau. Magnifique.

Une fois de plus, je me suis raccroché à la légende.

— *L'Origine du monde*, ai-je lu à voix haute – quand je suis nerveux, j'ai tendance à faire ça, lire les choses à voix haute, les légendes, les panneaux, et souvent à plusieurs reprises. *L'Origine du monde*. C'est spirituel.

Et j'ai soufflé par le nez pour montrer combien je jugeais ça foutrement hystérique, en fait.

— Je me demande ce qu'en a pensé le modèle. Je me demande si elle a contourné le peintre pour voir la toile et si elle a dit : « Gustave, c'est comme se regarder dans un miroir ! »

Mais Albie avait déjà sorti son carnet à dessin de son sac, parce que, clairement, ça ne lui suffisait pas de fixer les parties intimes de cette inconnue, il lui fallait aussi les reproduire.

— On se rejoint à la boutique de souvenirs, ai-je dit.

Et je l'ai laissé là, tout occupé à hachurer et ombrer furieusement sa feuille.

56. la zone de confort

Pour notre dernière soirée à Paris, nous sommes allés dans un restaurant vietnamien, mais j'ai dû partir plus tôt après avoir été blessé par ma soupe.

J'ai toujours eu de mauvaises expériences avec les plats très épicés, et je suis convaincu – non sans raison – que si une substance me brûle les doigts, je n'ai pas intérêt à la mettre dans mon estomac. Bien sûr, Albie adore tout ce qui vous calcine les papilles, au motif que cela reflète sa personnalité orageuse, ou ses idées politiques, ou je ne sais quoi d'autre. Quant à Connie, elle était d'une humeur un peu meilleure depuis le grand bazar du petit déjeuner-buffet, mais elle se lassait des bistros.

— Je te jure, si je vois encore une cuisse de canard, je vais hurler.

Albie avait donc suggéré de manger vietnamien, et n'étais-je pas censé essayer de nouvelles choses et sortir de ma prétendue « zone de confort » ? Nous sommes donc partis en un convoi branlant de vélos jusqu'à un restaurant dans le quartier de Montparnasse.

— *Authentiquement épicé**, a dit Albie en lisant le menu avec approbation. En gros, ça arrache.

J'ai commandé une sorte de soupe au bœuf en spécifiant « *pas trop chaud, s'il vous plaît** », mais mon bol, lorsqu'il est arrivé, comportait une saleté de petit piment rouge à si forte dose que j'ai envisagé la possibilité d'un canular. Peut-être qu'Albie en avait fait la demande, ou peut-être que les chefs cuisiniers avaient le nez collé au petit hublot donnant sur la salle et qu'ils se marraient bien. Dans tous les cas, j'ai dû boire une grande quantité de bière pour apaiser mon palais.

— C'est trop fort pour toi, papa ?

— Juste un peu, ai-je répondu avant de commander une autre bière.

— Tu vois ? a souri Connie. Tout ce qui n'est pas de la viande bouillie avec de la sauce…

— Ce n'est pas vrai, Connie, et tu le sais, ai-je répliqué, un peu sèchement peut-être. En fait, c'est délicieux.

Sauf que très vite, ça ne l'a plus été. J'avais essayé d'éviter les piments en filtrant la soupe entre mes dents, mais l'un d'eux a dû réussir à se frayer un chemin à travers, j'ai bientôt eu la bouche en feu. J'ai vidé ma bière d'un trait et, en reposant le verre, j'ai heurté la grosse louche en céramique de la soupière, dont le contenu a été catapulté dans mon œil droit. La mixture contenait une telle dose de jus de citron vert et de piment que je me suis retrouvé un instant aveuglé. J'ai cherché à tâtons une serviette sur la table, saisi celle d'Albie, laquelle était barbouillée de sauce au piment provenant de ses travers de porc, frotté ensuite mon œil irrité et, sans que je sache comment, l'autre aussi. S'il n'avait pas été en train de rire, Albie m'aurait sûrement prévenu, mais il était trop tard, des larmes coulaient sur mes joues à présent, et l'amusement de mon fils et de ma femme a viré à la gêne et à l'inquiétude lorsque je me suis dirigé en titubant vers les sanitaires, heurtant plusieurs clients au passage, fonçant dans le rideau de perles à l'entrée des toilettes, celles pour femmes d'abord – *désolé ! désolé* !* –, celles pour hommes enfin, jusqu'à ce que je localise le lavabo le plus petit et le moins pratique du monde, que je m'érafle le front contre le robinet en tentant de caser ma tête dessous, et que je fasse couler de l'eau bouillante, puis froide, sur mon œil. J'ai continué à la laisser gicler tant bien que mal sur mon visage et dans ma bouche – heureusement désensibilisée à ce stade –, le dos tout tordu, en sentant un goût chimique intermittent qui m'a rappelé l'extraction d'une molaire incluse, des années plus tôt.

Je suis resté ainsi un moment.

À la fin, je me suis redressé et j'ai examiné mon reflet dans la glace, ma chemise trempée qui collait à mon torse, mon front en sang, ma langue enflée, mes lèvres qui semblaient barbouillées de rouge et mon œil droit hermétiquement fermé. J'ai soulevé la paupière et découvert une sclérotique couleur tomate zébrée de multiples petits vaisseaux. En fixant le plafond, j'ai également remarqué qu'une sorte d'éraflure pareille à un cheveu sur la lentille d'un appareil photo était apparue à l'angle de mon champ de vision, où elle s'est mise à danser de-ci de-là en se volatilisant parfois quand j'essayais de mieux l'examiner. Une cicatrice. *Ça*, ai-je pensé, *c'est ce qui fait qu'on a des zones de confort. Parce qu'elles sont confortables. Que peut-on bien avoir à gagner à en sortir ?*

Lorsque je suis retourné à table, Albie et Connie m'ont observé de cet air grave qui précède les grands éclats de rire. Et ça n'a pas raté. J'ai tenté de me joindre à eux, parce que je préférais être drôle plutôt que risible. J'avais même préparé une réplique à cet effet :

— Vous voyez ? C'est pour ça qu'on porte des lunettes protectrices au labo.

Mais ma plaisanterie n'a pas vraiment fait mouche.

— Tu as l'air d'un type qu'on aurait attaché sur une chaise pour le tabasser, a dit Connie.

— Je vais bien. Très bien ! ai-je répondu en souriant et en repoussant mon assiette. Tenez, finissez-la.

— Je trouve la nourriture extra, moi.

— J'en suis ravi. Mais personnellement, je préfère les plats qui ne me blessent pas.

— Douglas, a soupiré Connie. Tu n'as pas été *blessé*.

— Si ! J'ai la cornée égratignée. À partir d'aujourd'hui, chaque fois que je poserai les yeux sur une surface blanche, je verrai cette soupe.

Ils ont de nouveau explosé de rire à ces mots. Soudain, j'en ai eu assez. Ne faisais-je pas des efforts ? N'y mettais-je pas du mien ? J'ai vidé ma bière – la troisième ou quatrième, je crois – et je me suis levé en raclant ma chaise par terre.

— Je rentre.

— Douglas, a dit Connie en me retenant par le bras. Ne sois pas comme ça.

— Non, non, vous vous amuserez mieux sans moi. Voilà…

J'ai tiré des billets de mon portefeuille et les ai jetés avec colère sur la table, ainsi que je l'avais vu faire dans des films.

— Ça devrait suffire. Le train pour Amsterdam est à 9 h 15, il faudra partir tôt. Ne soyez pas en retard.

— Douglas, assieds-toi. Attends-nous, s'il te plaît…

— J'ai besoin de prendre l'air. Bonsoir. Bonsoir. Je retrouverai le chemin pour rentrer.

57. *je suis désolé, mais je suis perdu* *

Je me suis perdu, bien sûr. Le gros bloc noir sinistre de la tour Montparnasse s'est dressé derrière moi, puis devant, puis à ma gauche, puis à ma droite, comme s'il sautillait. Passant d'une petite rue à une autre, j'ai rejoint une avenue à deux fois deux voies, large, et morne, et déserte, qui menait au périphérique. Je marchais donc vers une autoroute, imbibé de bière, de soupe, d'eau et de sueur, ivre et borgne, ni aimable, ni aimant, sans rien éprouver hormis de l'agacement, de la frustration et de la commisération pour moi-même, et perdu, si perdu, dans cette ville stupide. La Ville lumière. Cette foutue, foutue Ville lumière.

Je n'avais pas osé m'appesantir sur cette idée, mais en entreprenant ce voyage, j'espérais qu'il restaurerait en quelque sorte mon couple, ou même qu'il incite-rait Connie à revenir sur sa décision. Je *crois* que je veux te quitter, avait-elle dit. Le verbe « croire » n'implique-t-il pas un certain doute, la possibilité d'une persuasion ? Dans un nouvel environnement, elle se rappellerait peut-être l'époque où nous aussi, nous étions nouveaux l'un pour l'autre. Mais il était absurde de s'imaginer qu'une ville pourrait changer la donne, ou que des peintures à l'huile, des statues de marbre et des vitraux influeraient sur une telle situa-tion. Le cadre n'avait rien à voir dans cette histoire.

J'ai aperçu le grand dôme doré des Invalides qui se détachait sur le ciel pourpre et le faisceau lumineux de la tour Eiffel qui fondait sur la ville, comme pour traquer un fugitif. Il y avait dans l'air cette électricité qui précède les orages d'été, et je me suis rendu compte que j'étais encore à bonne distance de l'hôtel. Ils devaient être couchés à cette heure-ci et dormir tranquillement. Ma famille. La famille que j'allais bientôt perdre, si ce n'était pas déjà fait. Et j'ai conti-nué à avancer d'un pas lourd le long de cette avenue morne et déserte en me demandant pourquoi il était inévitable que mes projets échouent.

J'ai tourné à droite après le musée Rodin. À travers un interstice dans le mur, j'ai vu une sculpture représentant cinq hommes serrés les uns contre les autres, qui gémissaient et geignaient, tous dans une posture exprimant le désespoir. Autant dire un décor parfait pour me reposer. Je me suis assis sur le trottoir. Mon téléphone sonnait – Connie, évidemment. J'ai envisagé de ne pas répondre, mais je n'ai jamais été capable d'ignorer un appel de Connie.

— Hello.

— Où es-tu, Douglas ?

— Il semblerait que je sois devant le musée Rodin.

— Qu'est-ce que tu fous là ?

— Je regarde une exposition.

— Il est 1 heure du matin.

— Je me suis un peu perdu, c'est tout.

— Je pensais que tu nous attendrais à l'hôtel.

— Je serai bientôt là. Va te coucher.

— Je ne pourrai pas dormir sans toi.

— Ni avec moi, j'ai l'impression.

— Non. Non, en effet. C'est… un dilemme.

Un moment a passé.

— Je me suis un peu… énervé tout à l'heure. Je m'excuse.

— Non, c'est moi. Je sais qu'Albie et toi, vous aimez vous provoquer, mais je n'aurais pas dû prendre part au jeu.

— N'en parlons plus. Demain, Amsterdam.

— Un nouveau départ.

— Exactement. Un nouveau départ.

— OK. Rentre vite, maintenant. Il va y avoir un orage.

— Je n'en ai pas pour longtemps. Essaie de…

— On t'aime, tu sais. On ne le montre pas toujours, j'en ai conscience, mais on t'aime.

J'ai inspiré profondément.

— Bon. Je te le répète, je serai bientôt là.

— Super. Dépêche-toi.

— Salut.

— Salut.

— Salut.

Je suis resté assis un moment, puis je me suis péniblement relevé et je suis reparti en pressant le pas, déterminé à éviter l'averse qui menaçait. Demain, Amsterdam. Peut-être que les choses se passeraient autrement là-bas. Peut-être que tout irait bien.

partie 3

PAYS-BAS

« Je ne sais pas ce qu'en dit le monde, mais il me semble pour ma part n'avoir été qu'un garçon qui jouait sur la plage et se divertissait de temps à autre en découvrant un galet mieux poli ou un coquillage plus beau que les autres, cependant que le grand océan de la vérité s'étendait devant moi dans tout son mystère. »

Isaac Newton.

58. une expérience sur un oiseau dans une pompe à air

Mais, ô, la joie ! la joie, la félicité et la fièvre de chaque jour, sans commune mesure avec tout ce que j'avais connu avant. C'était grisant, vraiment, d'être enfin amoureux. Parce que c'était la première fois, je le savais à présent. Tout le reste avait été une erreur de diagnostic – une tocade, une obsession peut-être, mais un état très éloigné de celui-là. Là, c'était un ravissement. Quelque chose de transformateur.

Et cette transformation avait débuté avant même notre deuxième rencontre. Ma vie suivait une mauvaise pente depuis quelque temps et mon triste appartement de Balham en était le reflet. Les murs rose pâle et nus, les meubles en kit, les abat-jour en papier couverts de poussière et les ampoules de 100 watts… Une femme aussi sophistiquée que Connie Moore ne le supporterait pas. Tout devait disparaître et céder la place à… bon, je ne savais pas quoi encore, mais j'avais vingt-quatre heures pour le décider. Et c'est ainsi que le soir précédant notre rendez-vous, j'ai quitté tôt le labo, pris le bus pour Trafalgar Square et suis allé à la boutique de souvenirs de la National Gallery pour acheter de l'art en gros.

J'ai pris des cartes postales des œuvres de Titien et de Van Gogh, de Monet et de Rembrandt, un poster de la *Baignade à Asnières*, de Seurat, et un autre de la *Vierge à l'Enfant avec sainte Anne*, de Léonard de Vinci. J'y ai ajouté une reproduction des *Tournesols* de Van Gogh et, pour jouer sur le contraste, l'*Expérience sur un oiseau dans une pompe à air*, de Joseph Wright of Derby, un tableau assez morbide de l'époque des Lumières qui montrait un homme étouffant un cacatoès, mais qui mêlait parfaitement nos intérêts respectifs pour l'art et la science. Remontant ensuite Regent Street au pas de course vers les grands magasins, j'ai choisi des cadres clipsables et des coussins – mes tout premiers coussins –, ainsi que des petits tapis, des jetés de canapé (était-ce le bon terme, un jeté de canapé ?) et des verres à vin dignes de ce nom, de nouveaux sous-vêtements et des chaussettes, sans oublier, dans un surcroît d'optimisme, une nouvelle parure de lit : simple et élégante, pour la substituer à celle au motif de papier quadrillé que ma mère m'avait offerte au milieu des années 1980. Au rayon des articles de toilette, j'ai fait le plein de rasoirs, de lotions et de baumes. J'ai acheté des soins exfoliants sans savoir à quoi ils servaient, du fil dentaire et une solution pour bains de bouche, des savons et des gels qui sentaient la cannelle, le bois de santal, le cèdre et le pin – tout un arborétum de parfums. J'ai dépensé une fortune et j'ai tout rapporté chez moi en taxi – un taxi noir ! – parce qu'il n'y avait pas de place dans un bus pour mon nouveau moi.

De retour à Balham, j'ai passé la soirée à répartir ce nouveau moi dans tout l'appartement, en m'efforçant autant que possible de donner l'impression que j'avais toujours vécu ainsi. J'ai éparpillé des livres et jeté les jetés çà et là. J'ai disposé des fruits frais dans ma nouvelle corbeille à fruits, j'ai viré mon triste yucca et mes plantes grasses desséchées afin de les remplacer par des fleurs – des fleurs fraîches ! Des tulipes, je crois – et j'ai transformé en vase une fiole conique en Pyrex de 500 ml que j'avais soustraite au labo… un truc bon marché *et* amusant ! En supposant – en *supposant* – qu'elle mette un jour le pied dans mon appartement, Connie me prendrait pour un autre, c'est sûr. Un célibataire aux goûts raffinés et aux besoins simples, indépendant et sûr de lui, un homme du monde qui possédait des reproductions des tableaux de Van Gogh et des coussins et qui fleurait bon les arbres. Dans les comédies au cinéma, il y a parfois une scène où le personnage principal doit se travestir en deux temps trois mouvements, et cette soirée me faisait un peu cet effet-là. Si la perruque était légèrement de travers, si la moustache se détachait, si l'étiquette figurait toujours sur la corbeille à fruits, si le déguisement n'était pas à la bonne taille et devait être maintenu par du Velcro, eh bien, ma foi, j'arrangerais ça quand je le pourrais.

59. les tournesols

Comme il fallait s'y attendre, l'inspection a eu lieu le matin qui a suivi notre fructueux rendez-vous. Tout en préparant du thé, j'ai regardé Connie enfiler un vieux tee-shirt – oh, mon Dieu, quel spectacle – dans la pièce à côté, puis prendre une pomme dans la corbeille, examiner celle-ci et arpenter l'appartement, le fruit coincé entre ses dents tandis qu'elle sortait des pochettes d'album, examinait la tranche des livres, des cassettes et des vidéos, scrutait les cartes postales fixées si nonchalamment au nouveau tableau en liège ainsi que les copies de tableaux encadrées et accrochées au mur.

— Il y a une image ici d'un homme qui étouffe un cacatoès.

— Joseph Wright of Derby ! ai-je crié, comme si c'était un test de culture générale. *Expérience sur un oiseau dans une pompe à air.*

— Et tu aimes beaucoup Van Gogh !

L'aimais-je vraiment ? Y avais-je intérêt ? Était-ce une bonne chose ? En avais-je trop fait ? Je croyais que tout le monde aimait Van Gogh, mais cela le rendait-il indésirable ? J'ai remis ma moustache en place.

— J'adore. Pas toi ?

— Si, mais pas ce tableau-là.

Dans ce cas, Connie, je l'enlèverai, ai-je pensé.

— Et Billy Joel aussi, tu l'aimes beaucoup, apparemment.

— Ses premiers albums sont géniaux !

Mais le temps que je porte le thé dans le salon – de l'Earl Grey en vrac dans de la porcelaine blanche toute simple et du lait dans un nouveau petit pot –, elle avait disparu. Peut-être la vue des *Tournesols* l'avait-elle poussée à se jeter par la fenêtre. Puis j'ai entendu l'eau couler dans la douche, et durant huit à douze minutes peut-être, je suis resté planté comme un idiot au milieu de la pièce avec mon thé qui refroidissait sur son plateau, en me demandant si je pouvais la rejoindre, si j'avais gagné ce droit. Pour finir, elle a ouvert la porte de la salle de bains, une de mes nouvelles serviettes de toilette enroulée autour d'elle, les cheveux mouillés, le visage débarbouillé. Ou exfolié. Quoi qu'il en soit, elle était belle.

— Je t'ai préparé un thé, ai-je dit en lui tendant la tasse.

— Tu as plus de produits de toilette que presque tous les hommes que j'ai rencontrés.

— Oh, tu sais…

— Et le plus bizarre, c'est qu'ils sont tous neufs.

Je n'avais pas de réponse à lui apporter, mais heureusement, cela n'avait plus d'importance puisqu'on avait commencé à s'embrasser – un baiser auquel elle donnait un goût de pomme et de menthe.

— Pose ton plateau, non ?

— Bonne idée.

On s'est laissés tomber sur le canapé.

— Ce n'est pas si moche que ça, ici, hein ?

— Non, j'aime bien. J'aime bien ce côté ordonné. Tout est si propre ! Chez moi, on ne peut pas traverser une pièce sans marcher sur un vieux kébab ou sur quelqu'un. Mais ici, c'est si… bien rangé.

— J'ai franchi l'étape de l'inspection, alors ?

— Pour le moment. On peut toujours procéder à des améliorations.

Et c'est précisément ce qu'elle a entrepris de faire.

60. pygmalion

J'ai tendance à penser que, passé un certain âge, nos goûts, nos instincts et nos penchants ne varient plus d'un iota. Mais j'étais jeune en ce temps-là, ou du moins plus jeune, je faisais preuve d'un peu plus de bonne volonté et de malléabilité et, entre les mains de Connie, je me suis transformé en pâte à modeler.

Au cours des semaines et des mois qui ont suivi, elle s'est lancée avec moi dans une vaste entreprise d'éducation culturelle dans les galeries d'art, les théâtres et les cinémas de Londres. Elle-même n'avait pas été jugée assez « douée » pour entrer à l'université, et cela la rendait parfois peu sûre d'elle – même si personnellement, je ne voyais pas ce qu'elle pensait avoir raté. En matière de culture, elle avait vingt-sept ans d'avance sur moi. L'art, le cinéma, la fiction, la musique – elle paraissait avoir presque tout lu, vu et écouté, avec la passion et le jugement franc et libéré de toute interférence de l'autodidacte.

La musique, par exemple. Mon père aimait la musique classique légère et le jazz traditionnel, si bien que mon enfance a été bercée par « The Dam Busters March », puis par « When the Saints Go Marching In », puis de nouveau par « The Dam Busters March ». Il appréciait « un bon rythme », « un air entraînant », et le samedi après-midi, il s'asseyait et montait la garde près de la chaîne hi-fi, une pochette d'album dans une main, une cigarette dans l'autre, tapant la mesure du pied de manière erratique et fixant Acker Bilk droit dans les yeux. Le regarder savourer ces morceaux-là, c'était comme le regarder porter un chapeau en papier à Noël : j'étais gêné pour lui et j'aurais voulu qu'il l'enlève. Quant à ma mère, elle se vantait de pouvoir se passer de toute musique. Ils étaient les derniers Anglais à être sincèrement horrifiés par les Beatles, et écouter les *Greatest Hits* des Wings à un niveau sonore raisonnable a été mon grand acte de rébellion plus ou moins punk.

Connie, en revanche, se sentait mal à l'aise dans une pièce silencieuse. Son père disparu, musicien de son état, n'avait laissé derrière lui que sa collection de vieux 33-tours – du blues, du reggae, du violoncelle baroque, des enregistrements de chants d'oiseaux, des artistes produits par la Stax ou la Motown, des symphonies de Brahms, du be-bop et du doo-wop, que Connie me passait dès qu'elle en avait l'occasion. Elle usait des chansons comme d'autres – elle y compris – usaient de l'alcool ou de la drogue : pour manipuler ses émotions, se remonter le moral ou s'inspirer. À Whitechapel, elle nous servait d'énormes cocktails, mettait un vieux disque obscur et grésillant, puis elle dodelinait de la tête et dansait et chantait, et moi aussi j'étais enthousiaste, ou disons plutôt que je feignais avec enthousiasme d'apprécier ça. Quelqu'un a dit un jour que la musique était un ensemble de sons organisés, mais une bonne partie de ceux-là me semblaient pour le moins foutraques. Et quand je demandais qui chantait, elle se tournait vers moi, bouche bée.

— Tu ne connais pas ?

— Non.

— Comment peux-tu ne pas connaître cette piste, Douglas ?

Eh oui, elle parlait de « piste », pas de chanson.

— C'est bien pour ça que je te pose la question !

— Qu'est-ce que tu as fait de ta vie ? Qu'est-ce que tu as écouté ?

— Je te l'ai dit, je n'ai jamais été un grand amateur de musique.

— Mais comment peut-on ne pas aimer la musique ? C'est comme ne pas aimer manger ! Ou faire l'amour !

— J'aime ça. Simplement, je ne suis pas aussi calé que toi.

— Tu sais, disait-elle alors en m'embrassant, tu as beaucoup de chance que j'aie débarqué dans ta vie.

Et c'était vrai. J'avais beaucoup de chance.

61. le forum de la danse contemporaine

Mon éducation culturelle ne s'est pas limitée à la musique. Elle a englobé jusqu'à la danse contemporaine, une forme d'expression artistique totalement incompréhensible à mes yeux. Il semblait n'y avoir aucun langage pour ça. Qu'étais-je censé dire ? « J'ai bien aimé la manière dont ils se sont jetés contre le mur » ?

— La question n'est pas de savoir si tu as aimé ou pas, me répliquait Connie. Elle est de savoir ce que tu as éprouvé.

Mais le plus souvent, je n'éprouvais que le sentiment d'être ridicule et conventionnel. Cela valait aussi pour le théâtre, qui m'était toujours apparu comme le pendant lugubre de la télévision. Qui, depuis l'époque des Grecs, était déjà sorti d'une représentation en disant : « Je regrette juste que ça n'ait pas duré plus longtemps » ? Clairement, j'étais passé à côté des bonnes productions. Nous avons donc vu des pièces jouées dans des salles minuscules au-dessus de pubs, nous avons déambulé dans des entrepôts pour suivre des spectacles mouvants, nous avons assisté à un *Songe d'une nuit d'été* ensanglanté dans un abattoir, à une version pornographique des *Amants terribles*, et jamais je ne me suis ennuyé. Comment l'aurais-je pu ? Il n'était pas rare dans ces soirées théâtre que quelqu'un brandisse un godemiché, et au fil du temps, je me suis aguerri, ou du moins, j'ai appris à cacher ma stupeur. Car il ne s'agissait pas seulement d'une éducation culturelle, c'était aussi une sorte d'audition. Je voulais aimer ce que Connie aimait parce que je voulais qu'elle m'aime. Les choses ont donc cessé d'être « farfelues » pour devenir « avant-gardistes ».

En toute honnêteté, j'ai apprécié un grand nombre de ces manifestations culturelles, en particulier les films (ou plutôt les « œuvres cinématographiques »), qui s'avéraient très différents des histoires purement distrayantes ayant eu jusque-là mes faveurs, et qui comportaient très rarement un voyage interstellaire, un serial killer en liberté ou un compte à rebours avant l'explosion d'une bombe. Désormais, on allait au cinéma pour lire. De préférence dans des petites salles indépendantes qui vendaient du café et des cakes à la carotte et qui projetaient des films étrangers sur la barbarie, la pauvreté et le chagrin. Avec parfois des scènes de nu, et très souvent des scènes de violence. Pourquoi, me demandais-je, les gens cherchaient-ils une représentation de ces mêmes expériences qui, dans la vraie vie, les rendraient fous de désespoir ? L'art ne devrait-il pas être un moyen de s'évader, de rire, de se réconforter, de frissonner ? Non, répondait Connie. S'exposer à ces expériences permettait de les comprendre. En se confrontant aux pires traumatismes de la vie, on pouvait en démêler le sens et leur tenir tête, et sur ces belles paroles, on s'en retournait voir une nouvelle pièce sur la cruauté de l'homme envers l'homme. En parlant de cruauté, on allait aussi à des spectacles musicaux – cela amusait Connie de m'entendre désigner ainsi les concerts –, où je m'efforçais autant que possible de sautiller et de faire du bruit quand on me le disait.

Et l'opéra, aussi. Connie avait une amie qui travaillait à l'opéra – le contraire m'aurait étonné – et qui nous procurait des billets bon marché pour aller écouter Verdi, Puccini, Haendel, Mozart. J'adorais ces soirées, souvent plus que Connie, et si le metteur en scène avait transposé l'action de *Così fan tutte* dans une agence pour l'emploi de Wolverhampton, je pouvais toujours fermer les yeux, prendre la main de Connie et écouter ces sons merveilleusement bien organisés.

Ai-je l'air d'un philistin ? D'un type fruste et peu raffiné ? Peut-être l'étais-je, mais pour chaque film interminable et sans concession sur la vie au goulag, il s'en trouvait un autre, stylé celui-là, intelligent, et capable de m'affecter comme rarement les films projetés dans les multiplexes. Même la danse était belle à sa manière, et j'en étais reconnaissant à Connie. Ma femme m'éduquait – un phénomène répandu, je crois, et rarement admis, ou alors à contre-cœur, par les hommes mariés de mon entourage. En tant que scientifique, j'avais parfois été sceptique et rancunier devant les grands bienfaits attribués aux arts – l'horizon élargi, l'esprit plus ouvert, l'imagination libérée –, mais si la culture améliorait les gens, alors oui, je m'améliorais. Et peu importe qu'Hitler aussi ait adoré l'opéra, je sentais fortement que ma vie avait subi une altération indéfinissable. J'hésite à employer le mot « âme ». Certes, la vie me semblait plus riche, seulement était-ce dû à la danse contemporaine ou à la personne à mes côtés ?

Je suis troublé par cet emploi du passé. « Connie était… », « Autrefois, Connie… », « Connie faisait ceci ou cela ». Au début de notre relation, nous nous étions juré de ne jamais être trop fatigués pour sortir, de toujours « faire un effort », mais c'était l'une de ces promesses solennelles vouées à être brisées. Peut-être y avait-il tout simplement moins de choses que Connie tenait à me montrer. Nous sommes devenus moins aventureux après notre mariage, après avoir quitté Londres, après être devenus parents. C'était inévitable, je suppose. On ne peut pas sortir en amoureux tous les soirs pendant vingt-quatre ans, ce n'est pas tenable. Et qui aurait envie d'aller à un concert aujourd'hui ? Que mangerait-on, où s'assoirait-on, que ferait-on de nos mains ? En revanche, on pouvait s'occuper autrement. En allant à Paris ou Amsterdam, par exemple.

Mais j'écoute toujours Mozart, seul dans ma voiture et non plus sur un siège au paradis avec Connie. Des extraits choisis, les airs les plus connus. J'ai un très bon système stéréo, un truc dernier cri, mais c'est à peine si on entend la musique par-dessus le rugissement de l'air conditionné et de la circulation aux heures de pointe sur l'A34. Trop familière, elle est devenue une sorte de Valium audio, un bruit de fond plutôt que quelque chose que j'écoute activement et attentivement. Un gin tonic à la fin d'une longue journée. C'est dommage, je trouve, parce que si toutes les notes sont restées les mêmes, je ne les perçois plus comme autrefois. Elles me semblaient plus belles alors.

62. un nouveau départ en belgique

Mais n'était-ce pas excitant ? Un nouveau jour et un nouveau départ dans une toute nouvelle partie du monde ? Le train nous emmènerait de Paris à Amsterdam en un peu plus de trois heures, en passant par Bruxelles, Anvers et Rotterdam. Connie a fait remarquer qu'on raterait les Bruegel et les Mondrian, sans compter un célèbre retable à Gand et la ville si pittoresque de Bruges, mais le Rijksmuseum nous attendait et j'étais toujours en transe devant les transports ferroviaires européens et cette possibilité qu'ils offraient de monter dans un train à Paris et d'en descendre à Zurich, Cologne ou Barcelone.

— C'est miraculeux, hein ? Des croissants au petit déjeuner, des toasts au fromage pour le dîner, ai-je dit en embarquant à bord de celui de 09 h 16 à la gare du Nord.

Puis, peu après, lorsque nous avons émergé de la gare sous le soleil :

— Bye bye, Paris ! Ou peut-être devrais-je dire *au revoir** ?

Et plus tard encore, au moment de franchir la frontière :

— D'après la carte sur mon téléphone… ça y est, nous sommes en Belgique !

C'est une terrible manie, mais le silence dans un espace confiné me rend nerveux, raison pour laquelle je tire et tire le fil de la conversation comme si je voulais démarrer une tondeuse à gazon.

— Ma première visite en Belgique ! Bonjour, la Belgique ! ai-je encore dit, tirant, tirant et tirant toujours sur le fil.

— Le wifi ne marche pas, a râlé Albie.

J'ai souri et regardé par la fenêtre. J'avais décidé de chasser mon ennui de la veille et de m'amuser par la seule force de ma volonté.

Ma gaieté contrastait avec le paysage qui, pour l'essentiel, se composait d'une alternance de fermes industrielles et de petites villes proprettes, les flèches des églises semblables à des punaises ponctuant la carte. L'orage de la nuit m'avait tenu éveillé et j'étais encore un peu nauséeux après toute la bière que j'avais bue, mais mon œil avait désenflé et bientôt, nous serions à Amsterdam, une ville dont j'avais toujours eu une image civilisée et, contrairement à Paris, décontractée. Peut-être que ce côté « relax » déteindrait en partie sur nous. J'ai incliné mon siège.

— J'adore ce train. Pourquoi est-ce que les trains continentaux sont tellement plus confortables que chez nous ?

— Que d'observations fascinantes, a soupiré Connie en reposant son roman. D'où te vient cette énergie ?

— Je suis content, c'est tout. Traverser la Belgique avec ma famille, c'est une joie pour moi.

— Super ! Mais lis ton livre maintenant, sinon on finira par te jeter par la fenêtre.

Et ils se sont replongés dans leur bouquin. Connie avait choisi *Un sport et un passe-temps*, de James Salter. Sur la couverture en noir et blanc, une femme nue faisait sa toilette en courbant le dos devant un lavabo mal fichu, et la quatrième de couverture annonçait un roman « sensuel et évocateur, un tour de force en matière de réalisme érotique ». Associer le réalisme et l'érotisme me paraissait contradictoire, mais au moins était-ce de bon augure pour notre hôtel à Amsterdam. Albie, lui, lisait *L'Étranger,* d'Albert Camus, qui en anglais portait le titre du cinquième album studio de Billy Joel, même si je doutais qu'il y ait un rapport entre les deux. C'était un cadeau de Connie, qui lui avait soumis une sélection d'œuvres d'auteurs européens traduits en anglais – et affublés pour la plupart de noms contenant une succession de W, de Z et de V. Une liste intimidante, avais-je pensé, et Albie partageait de toute évidence mon avis au vu de sa progression laborieuse. Pourtant, même ainsi, il restait meilleur élève que moi.

63. aspects du roman

Dans les premiers temps de notre relation – lors d'un voyage en Grèce, je crois –, j'ai oublié de prendre un livre pour l'avion. C'était une erreur que je ne commettrais plus jamais par la suite.

— Qu'est-ce que tu vas faire pendant deux heures ?

— J'ai des journaux, quelques documents de travail. Et aussi le guide.

— Mais tu n'as pas de roman ?

— Je n'ai jamais été si passionné que ça par la littérature.

Elle a secoué la tête.

— Je me suis toujours demandé qui étaient ces gens bizarres qui ne lisent pas de romans. Mais tu en fais partie ! Espèce de tordu.

Elle n'a cessé de sourire, mais j'ai senti une faille incrémentale, un affaiblissement de mon emprise sur son affection, comme si j'avais avoué sans façon une forme d'intolérance raciale. Puis-je vraiment aimer un homme qui ne voit pas l'intérêt des intrigues fictives, un homme qui s'intéresse davantage au monde réel autour de lui ? Depuis, j'ai appris à ne jamais m'asseoir dans les transports publics sans un livre quelconque à la main. Si c'est un roman, il est probable qu'il m'aura été fourni par Connie et qu'il aura reçu quelque récompense, sans être trop compliqué pour autant. L'équivalent littéraire, je suppose, du « bon rythme et de l'air entraînant » de mon père.

Mais je dévore beaucoup de documents, qui m'ont toujours paru faire un meilleur usage des mots que les conversations inventées de personnes n'ayant jamais existé. En dehors des articles sur des travaux de recherche, je lis des ouvrages de vulgarisation plus poussés sur les sciences et l'économie et, comme beaucoup d'hommes de ma génération, des monographies sur l'histoire militaire – mes livres sur « le fascisme en marche », ainsi que les appelle Connie.

Je ne sais pas au juste pourquoi le sujet nous attire. Peut-être parce qu'on aime se projeter dans les situations catastrophiques auxquelles nos pères et nos grands-pères ont dû faire face, imaginer comment on se comporterait une fois mis à l'épreuve, se demander si on montrerait notre vraie personnalité, et quelle serait celle-ci. Obéir ou commander, résister ou collaborer ? J'ai exposé cette théorie à Connie un jour, mais elle a éclaté de rire en affirmant que j'étais le type même du collabo.

— Ravi de vous rencontrer, Herr Gruppenführer ! avait-elle dit en se frottant les mains de manière obséquieuse. Si je peux faire quoi que ce soit pour vous…

Et elle avait ri de plus belle. Connie me connaissait mieux que quiconque, mais j'avais la très nette impression qu'elle s'était trompée sur moi ce jour-là. D'accord, ça ne sautait pas aux yeux de prime abord, mais j'étais un résistant pur jus. Je n'avais pas eu l'occasion de le prouver, voilà tout.

64. la bataille des ardennes

Tandis que le train poursuivait sa route vers Bruxelles, j'ai pris mon propre livre, une histoire dense mais intéressante de la Seconde Guerre mondiale. J'en étais à mars 1944, et les préparatifs de l'opération Overlord étaient déjà bien avancés.

— Mon Dieu ! me suis-je exclamé en le reposant.

— Quoi encore ? a soupiré Connie avec un brin d'impatience.

— Je viens juste de me rendre compte… c'est un peu plus loin dans cette direction que se trouvent les Ardennes.

— Et ? a dit Albie.

— C'est là que ton arrière-grand-père est mort. Tiens...

J'ai rouvert mon livre à une page, plus au milieu, où figurait une carte de la bataille des Ardennes.

— On est à peu près ici. La bataille a eu lieu là.

Je lui ai indiqué les flèches rouges et bleues sur la carte, si peu représentatives de la chair et du sang qu'elles symbolisaient.

— Ça, c'était le « Saillant », l'ultime contre-attaque des Allemands contre les forces américaines. Une bataille terrible, l'une des pires du conflit, menée dans la forêt en plein cœur de l'hiver. Une sorte d'horrible convulsion finale. Elle a surtout opposé des Allemands et des Américains, mais un millier de Britanniques y ont été mêlés, et ton arrière-grand-père était parmi eux. Un foutu carnage, autant que le D-Day, à une demi-heure d'ici seulement, ai-je précisé en montrant l'est.

Albie a regardé par la fenêtre avec l'air de chercher une preuve de mes dires dans le paysage, des colonnes de fumée ou des avions de combat piquant sous le soleil dans le hurlement de leur moteur, mais il n'y avait que des terres agricoles, placides et sereines, prêtes pour la récolte. Il a haussé les épaules, comme si j'avais tout inventé.

— J'ai ses médailles de guerre dans le tiroir de mon bureau. Rappelle-toi, tu demandais à les voir quand tu étais petit. Il est enterré quelque part par là, aussi, dans une petite commune du nom de Hotton. Mon père n'y est allé qu'une fois, enfant. Quand il a pris sa retraite, j'ai proposé de l'y emmener – tu te souviens, Connie ? Mais il n'a pas voulu faire renouveler son passeport. J'ai trouvé ça si triste, moi, qu'il n'ait vu la tombe de son père qu'une seule fois. Il a dit qu'il préférait ne pas verser dans la sensiblerie.

J'étais devenu inhabituellement volubile, et un peu émotif, aussi. Mon histoire familiale ne m'avait jamais inspiré de nostalgie particulière et je ne connaissais guère que les branches les plus basses de mon arbre généalogique, mais n'était-ce pas intéressant ? Notre legs familial, notre petit rôle dans l'histoire. Terence Petersen avait combattu à El Alamein et en Normandie. Étant notre fils unique, Albie hériterait de ses médailles. N'aurait-il pas dû au moins prendre la mesure de leur signification et du sacrifice de ses ancêtres ? Mais il semblait surtout se soucier de vérifier la présence d'un réseau sur son téléphone portable. Si je m'étais comporté ainsi, mon propre père m'aurait arraché l'appareil des mains avant de l'envoyer valser par terre.

— Peut-être aurais-je dû y aller malgré tout, ai-je continué. Avec vous. On aurait pu descendre à Bruxelles et louer une voiture. Pourquoi n'y ai-je pas pensé plus tôt ?

— Ce sera pour une autre fois, a dit Connie, qui avait refermé son livre et m'observait avec une certaine inquiétude. Quelqu'un veut un café ?

Trop tard. J'avais perçu le grondement distant d'une dispute et je voulais que l'orage éclate.

— Ça te dirait, Poussin ? Ça te dirait de venir ?

Je savais que la réponse était non, mais je tenais à l'entendre.

— Peut-être, a-t-il répondu avec indifférence.

— Ça n'a pas l'air de te passionner.

Il s'est ébouriffé les cheveux.

— C'est de l'histoire ancienne. Je n'ai jamais rencontré personne qui ait participé à ces événements.

— Moi non plus, mais…

— Waterloo est par là, et la Somme par là-bas. Il y a probablement eu d'autres Petersen impliqués dans ces batailles. Et des Moore aussi.

— Il s'agit de *mon* grand-père, quand même.

— Tu l'as dit toi-même, tu ne l'as pas connu. Je ne me souviens déjà pas de papy, alors ton grand-père à toi… Désolé, mais je ne peux pas avoir de lien émotionnel avec des trucs qui remontent à si loin.

Un lien émotionnel. Quelle expression stupide.

— C'était il y a soixante-dix ans seulement, Albie. Deux générations avant nous, les nazis occupaient Paris et Amsterdam. Et Albie, c'est un prénom qui fait très juif…

— Bon, cette conversation est sinistre, s'est interposée Connie avec une gaieté factice. Qui veut du café ?

— Tu aurais pu être appelé sous les drapeaux. Tu t'es déjà demandé comment tu l'aurais vécu ? Comment ç'aurait été de te retrouver terrifié dans une forêt en Belgique, en plein hiver, comme mon grand-père ? Et sans wifi, Albie !

— Pourriez-vous baisser la voix, tous les deux, s'il vous plaît ? Et changer de sujet, aussi ?

J'avais seulement haussé le ton pour me faire entendre par-dessus le bruit ambiant du train. C'était Albie qui criait.

— Pourquoi est-ce que tu essaies de me faire passer pour un ignare ? Je sais tout ça. Je sais ce qui est arrivé à l'époque. Et non, je ne suis pas… aussi obsédé que toi par la Seconde Guerre mondiale. Désolé, mais c'est comme ça. On a tourné la page.

— « On » ?

— Oui, on a tourné la page, on ne voit pas la guerre partout. Quand on regarde une carte, on n'y projette pas toutes… toutes ces flèches. Et où est le

184

problème ? C'est quand même plus sain, non, d'aller de l'avant et d'être européen, plutôt que de lire des livres à n'en plus finir sur le sujet et de se complaire dans le passé ?

— Je ne me complais pas…

— Désolé, papa, mais je n'ai pas la nostalgie des batailles avec des tanks dans les bois et je n'ai pas l'intention de faire semblant d'avoir quelque chose à battre de ces histoires qui ne signifient rien pour moi.

Des histoires qui ne signifiaient rien pour lui ? On parlait du père de mon père. Mon père avait grandi sans papa. Peut-être qu'Albie jugeait ça parfaitement acceptable, et même souhaitable, mais se montrer aussi distant et méprisant, pour moi, c'était… déloyal, lâche. J'aime mon fils, j'espère que cela ne fait aucun doute, mais à cet instant-là, je me suis surpris à vouloir lui claquer méchamment la tête contre la vitre du train.

Au lieu de quoi, j'ai attendu une minute. Puis :

— Eh bien, franchement, je trouve ton attitude minable.

Ce qui, dans le silence qui a suivi, a paru une réaction à peine moins violente.

65. la suisse

Les points de vue alternatifs s'apprécient plus facilement avec un certain recul. Le temps nous permet de faire un zoom arrière et de porter sur les événements un regard plus objectif, moins chargé d'affect, et quand je repense à cette conversation, il m'apparaît clairement que j'ai poussé le bouchon trop loin. Mais bien que je sois né à peu près quinze ans après l'armistice, l'ombre de la guerre a plané sur tous les aspects de mon enfance : les jouets, les bandes dessinées, la musique, les distractions, la politique. Elle était partout. Dieu sait ce qu'ont dû éprouver mes parents en voyant les traumatismes et les angoisses de leurs jeunes années reproduits dans des comédies et des jeux de cour de récré – encore qu'ils ne m'aient pas donné l'impression d'être trop effrayés ou affectés. Les nazis comptaient même parmi les rares sujets qui amusaient mon père. Si penser à la perte de son propre père le bouleversait, il le cachait bien, tout comme il cachait n'importe quel sentiment vif à l'exception de la colère.

Mon fils, à l'inverse, faisait partie d'une génération pour qui les pays ne se définissaient plus comme Alliés ou membres de l'Axe, et qui ne jugeait pas les gens en fonction des allégeances de leurs grands-parents. En dehors de ses jeux vidéo où il pouvait flinguer des ennemis à tout-va, l'idée de la guerre ne lui avait jamais traversé l'esprit, et peut-être que oui, c'était *sain*. Peut-être que c'était un progrès.

Mais je ne l'ai pas perçu ainsi sur le moment. Je n'ai vu dans son comportement que du mépris, de l'ignorance et de la suffisance, et c'est ce que je lui ai dit – à la suite de quoi il a jeté son livre sur la tablette, marmonné quelque chose dans sa barbe, puis enjambé Connie pour s'éloigner dans l'allée centrale.

Nous avons attendu que les autres passagers se replongent dans leurs journaux.

— Ça va ? m'a demandé Connie tranquillement, avec la même intonation que si elle avait dit : « Tu es devenu fou ? »

— Je vais très bien, merci.

Nous avons gardé le silence durant deux ou trois kilomètres.

— Manifestement, tout était ma faute, ai-je enfin déclaré.

— Pas tout, non. J'attribuerais 80 % des torts à l'un et 20 % à l'autre.

— Pas la peine de préciser qui.

Nous avons parcouru deux autres kilomètres. Connie a repris son livre, mais n'a tourné aucune page. Des champs ont défilé derrière la vitre, puis des entrepôts, puis encore des champs, puis des maisons.

— J'entendais par là que tu pourrais parfois me soutenir dans ces disputes, ai-je continué.

— Je le fais. Quand tu as raison.

— Je ne me rappelle pas une seule fois…

— Douglas, je suis neutre. Comme la Suisse.

— Vraiment ? Parce qu'il est évident que tes allégeances…

— Je n'ai prêté allégeance à personne. Ce n'est pas une guerre, même si on peut vraiment s'interroger par moments !

Nous avons traversé Bruxelles, mais je serais bien incapable de vous décrire cette ville aujourd'hui. Dans un parc sur ma gauche, j'ai entraperçu l'Atomium, la structure en acier inoxydable construite pour l'Exposition universelle, une version *fifties* de notre présent que je serais volontiers allé voir. Sauf qu'il n'était pas question pour moi de le mentionner.

— Son attitude m'a contrarié, ai-je seulement réussi à articuler.

— D'accord, je comprends, a répondu Connie. Mais il est jeune et tu as l'air si… *pontifiant*, Douglas. On dirait un vieux croûton qui exigerait le rétablissement du service militaire. En fait, tu sais à qui tu me fais penser ? À ton père !

On ne me l'avait encore jamais sortie, celle-là. Je n'y étais pas du tout préparé, et j'aurais besoin de temps pour l'encaisser, mais Connie n'en avait pas fini :

— Pourquoi tu ne peux jamais lâcher prise ? Il faut toujours que tu pinailles sur tout, et encore plus si ça concerne Albie. Je reconnais que les choses ne sont pas faciles en ce moment, et pour moi non plus, je t'assure, mais tantôt tu es tout joyeux, tantôt tout démoralisé, tu passes d'une phase maniaque où tu n'arrêtes pas de parler à une autre où tu pars en furie. C'est… c'est dur, très dur. Je te repose donc la question, a-t-elle dit en baissant la voix. Est-ce que tout va bien ? Sois franc. Te sens-tu capable de continuer ce voyage ou vaut-il mieux qu'on rentre tous à la maison ?

66. pourparlers de paix

Je l'ai retrouvé au moment où notre train arrivait à Anvers. Assis sur un tabouret du wagon-bar, il terminait un petit tube de Pringles – les yeux un peu rouges, ai-je remarqué.

— Te voilà !

— Me voilà, oui.

— Je marche depuis Bruxelles ! Je commençais à penser que tu étais descendu.

— Comme tu le vois, je suis là.

— Il est un peu tôt pour attaquer les Pringles, non ?

Albie a soupiré, mais j'ai décidé de ne pas y accorder d'importance.

— La guerre est un sujet sensible, ai-je repris.

— Ouais, je sais.

— Je crois que j'ai perdu mon sang-froid.

Sans répondre, il a vidé le tube de Pringles directement dans sa bouche.

— Ta mère estime que je devrais m'excuser.

— Et il faut que tu fasses ce que maman dit.

— Non, je le veux. Je veux m'excuser.

— Pas grave. C'est du passé, maintenant.

Il s'est léché le bout du doigt et a tapoté le fond du tube.

— Tu nous rejoins, Poussin ?

— Un peu plus tard.

— D'accord, d'accord. Tu es content d'aller à Amsterdam ?

Il a haussé les épaules.

— J'ai trop hâte.

— Oui, moi aussi. Moi aussi. Bon, eh bien…

J'ai posé une main sur son épaule, puis l'ai retirée.

— À tout à l'heure.

— Papa ?

— Oui ?

— Je t'accompagnerai au cimetière militaire, si tu y tiens tant que ça. C'est juste qu'il y a d'autres endroits où je préférerais aller d'abord.

— Très bien. J'en prends note, ai-je dit, avant de chercher autour de moi un moyen de sceller notre trêve. Tu veux manger autre chose ? Ils ont des gaufres. Ou un Kinder Bueno ?

— Non. Je n'ai pas six ans.

— C'est vrai, tu as raison.

Je suis retourné à ma place.

Et c'est à peu près tout ce qui s'est passé en Belgique.

67. la grachtengordel

J'étais déjà venu à Amsterdam – une fois avec Connie, et aussi à l'occasion de conférences –, si bien que j'en avais une certaine expérience, mais sa réputation de ville du péché restait aussi incongrue à mes yeux que si on m'avait annoncé la découverte d'un immense repaire de camés au cœur d'une station thermale bourgeoise comme Cheltenham. Les deux visages de la ville, le raffiné et le peu recommandable, s'étalaient devant nous lorsque nous avons traîné bruyamment nos valises le long des canaux qui partaient en zigzag de la gare centrale en direction de l'ouest et du Keizersgracht : de belles et grandes maisons de ville du XVIIᵉ siècle laissant entrevoir des salons élégamment décorés et des cuisines avec des casseroles en cuivre, une petite boutique de souvenirs vendant des bloc-notes et des bougies, une prostituée en bikini qui assurait le premier service de la journée et qui buvait du thé dans un mug sous une lumière rose, une boulangerie, un café rempli de skaters défoncés, un magasin spécialisé dans les vélos à pignon fixe. Amsterdam était l'ancêtre branché des villes européennes, un architecte peut-être, pieds nus et pas rasé, qui aurait lancé à ses gosses : « Hé, les gars, je vous l'ai dit, appelez-moi Tony ! » avant de servir une bière à tout le monde.

Nous avons traversé le pont de la rue Herenstraat.

— Notre hôtel est dans la Grachtengordel, où nous entrons à cet instant même. Grachtengordel, littéralement : la ceinture de canaux !

J'étais un peu essoufflé, mais soucieux de préserver la dimension pédagogique de notre visite.

— Sur une carte, c'est magnifique à voir, toute cette série de cercles concentriques. On dirait les anneaux de croissance sur le tronc d'un arbre. Ou des fers à cheval, des fers à cheval nichés…

Mais Albie n'écoutait pas, trop distrait et trop occupé qu'il était à tout dévorer des yeux.

— Mon Dieu, Albie, a fait remarquer Connie. C'est le paradis des hipsters !

On a ri, même si j'aurais été bien en peine de définir le terme « hispter » – à moins peut-être qu'il n'ait désigné ces jolies filles affublées de grosses lunettes inutiles et de robes vintage qui avançaient haut perchées sur des vélos branlants. Pourquoi les jeunes des autres villes apparaissaient-ils toujours si attirants ? Les Hollandais qui se promenaient dans les rues de Guildford ou de Basingstoke pensaient-ils, eux aussi, *mon Dieu, regardez-moi ces gens* ? Peut-être pas, mais Albie, lui, était bel et bien bouche bée. Malgré sa grâce et son élégance, j'ai soupçonné que Paris avait été pour lui une destination un peu dure et sévère, alors que là, *là*, il tenait une ville avec laquelle il se sentait en phase. La question, comme dans tout voyage à Amsterdam, était de savoir combien de temps s'écoulerait avant que le sexe, la drogue et toutes les complications qui allaient de pair pointent le bout de leur nez.

Un peu moins de huit minutes, en fait.

68. le cachot sexuel

L'hôtel, qui se prétendait « de charme » et qui paraissait tout à fait charmant sur internet, avait été décoré de façon à évoquer un bordel haut de gamme. Notre réceptionniste, un travesti aussi séduisant que courtois, nous a appris à notre arrivée que nous avions été surclassés, Connie et moi, et qu'on nous avait

attribué la suite des jeunes mariés – la suite « Ironie »,
ai-je ruminé. Sur ses indications, nous avons longé
plusieurs couloirs tapissés de soie, de satin et de PVC
de couleur noire, et découvert au passage de grandes
affiches représentant une dominatrice corsetée assise
à califourchon sur une panthère nerveuse, une langue
pop art qui léchait une paire de cerises sans raison
aucune et une Japonaise à l'air inquiet entravée par
un ensemble complexe de cordes nouées.

— Elle va avoir des fourmis dans les jambes, a
dit Connie.

— Papa, tu nous as réservé des chambres dans un
hôtel de passe ? a demandé Albie.

Et tous deux se sont mis à rire convulsivement
pendant que je me débattais avec la clé de notre
chambre – une suite baptisée « La Vénus à la
fourrure », celle d'Albie, juste à côté, répondant quant
à elle au doux nom de « Delta de Vénus ».

— Ce n'est pas un hôtel de passe ! ai-je insisté.

— Et ça, Douglas, a dit Connie en tapotant le
poster de la Japonaise ligotée, c'est un nœud demi-
clé ou un nœud de chaise ?

Je n'ai pas répondu, mais c'était un nœud de chaise.

La suite des jeunes mariés était de la couleur d'un
rein. Il y flottait une odeur de lis et de produit désinfectant au citron, et un immense lit à baldaquin la
dominait, mais dépourvu de ciel, si bien que je me
suis interrogé sur l'intérêt des quatre montants dans la
mesure où ils ne remplissaient aucune fonction struc-
turelle. Des draps noirs, des traversins rose vif, des
coussins pourpre et des oreillers rouge foncé s'empi-
laient jusqu'à des hauteurs vertigineuses apparemment
*de rigueur** de nos jours, et qui dans le cas présent
devaient surtout chercher à créer une sorte d'aire de
jeux à tendance pornographique. Contrastant avec tout

l'acajou et le velours du lit, un énorme appareil en bakélite blanc cassé se dressait juste à côté sur une estrade, semblable à ces baignoires spéciales qu'on trouve dans les maisons des personnes âgées.

— C'est quoi, ça ? s'est écriée Connie, toujours hilare.

— Notre jacuzzi privé !

J'ai appuyé sur l'un des boutons usés du panneau de commande. Des lumières roses et vertes ont illuminé la baignoire par en-dessous. Une pression sur un autre bouton, et l'engin s'est mis à turbiner comme un hovercraft.

— Ça me rappelle notre lune de miel ! ai-je crié par-dessus le vacarme.

À ce stade, Connie riait de manière quasi hystérique, et Albie n'était pas en reste lorsqu'il est entré par la porte communicante pour se moquer de notre chambre.

— Tu sais choisir les hôtels, papa.

Cela m'a mis sur la défensive. C'était moi qui avais effectué la réservation et l'hôtel était censé être une jolie surprise, mais j'ai fait de mon mieux pour conserver ma bonne humeur.

— Oserais-je te demander comment est ta chambre, Poussin ?

— Ce sera comme dormir dans un vagin.

— Albie, s'il te plaît !

— Il y a une énorme photo de lesbiennes qui s'embrassent au-dessus de mon lit. Elles me foutent les jetons.

— Nous, on a ce chef-d'œuvre, a répliqué Connie en montrant une grande toile teintée représentant une femme aux cheveux en pétard qui faisait une fellation à une sorte de néon. Je ne connais pas grand-chose à l'art, mais je sais ce que j'aime.

— Elle va finir électrocutée à force de lécher ça, ai-je commenté.

— Quelle horreur. C'est si sordide. J'ai envie de tout astiquer avec des lingettes nettoyantes.

— Regarde, il y a un nécessaire à thé.

— Olé-olé, le nécessaire... a dit Albie. Je suis curieux de voir ce qu'il y aura au buffet du petit déjeuner !

— Des huîtres. Et des grands rails de coke sur un plateau.

— Eh bien, moi, j'aime, ai-je affirmé. C'est un hôtel de charme !

Et j'ai fait de mon mieux pour rire avec eux.

Une fois tout le monde calmé, on est allés dans un charmant café du Noordermarkt où on s'est assis en terrasse, à l'ombre d'une belle église. Tout en mangeant des toasts au fromage et en buvant de petits verres d'une bière délicieuse, on a essayé de reproduire l'accent hollandais, qui ne ressemble à aucun autre.

— On dirait un peu l'anglais cockney, a expliqué Connie. Une langue mélodieuse. Et les « s » se prononcent « ch ». « Bienvenue dans notre hôtel du chexe. Si vous avez bechoin de quoi que ce choit – menottes, pénichilline... »

— Personne ne parle comme ça, ai-je répliqué, même si le rendu n'était pas mauvais.

— Foutaiches. Ch'est parfait.

— On croirait entendre Sean Connery, a plaisanté Albie.

— Parce que c'est exactement ça, Poussin. Un accent cockney germanique à la Sean Connery.

Était-ce la bière de notre déjeuner, le soleil sur nos visages ou le charme de ce coin particulier ? En tout cas, nous semblions avoir décidé qu'Amsterdam nous plaisait beaucoup et que la ville, au bout du compte, conviendrait très bien à la famille Petersen.

69. la visiteuse du soir

Jusqu'alors, je n'avais vraiment vu la ville qu'en hiver, sous la pluie. Il avait plu lors de notre premier voyage, en novembre, neuf mois environ après notre rencontre, alors que notre couple était encore en pleine période d'essai prolongé. Connie s'efforçait de m'intégrer à sa vie sociale, avec la prudence réservée d'ordinaire au lâcher dans la nature d'un animal ayant toujours vécu en cage. Dans le cadre de ce programme, nous étions allés à Amsterdam avec Genevieve et Tyler, deux de ses amis de fac qui s'étaient récemment mariés. J'avais supposé que, en bons artistes, ils auraient très envie de voir les Rembrandt et les Vermeer, mais ils préféraient apparemment dodeliner de la tête dans divers coffee-shops. Fumer du cannabis ne m'attirait guère, moi. J'avais pourtant joué le jeu, jusqu'à ce que ma première bouffée de Purple Haze – ou de Cherry Bomb ou de Laughing Buddha – m'instille une angoisse et une paranoïa remarquables même pour moi. Ce qui est sûr, c'est que je n'avais éprouvé aucune envie de rire lorsque mon visage s'était vidé de son sang et que la peur m'avait saisi. Après ça, j'avais décidé de les laisser continuer sans moi et passé un après-midi solitaire dans la maison d'Anne Frank.

C'était peu de temps avant que Connie et moi commencions à cohabiter, et ma nostalgie de ce premier printemps et de ce premier été reste intacte. Nous nous voyions tous les jours, tout en ayant des appartements, des familles, des amis et des vies sociales séparés. Il y avait nos excursions culturelles, d'accord, mais lorsque Connie ressentait le besoin de « veiller tard » avec ses copains des beaux-arts, ou d'aller dans un night-club où les choses pouvaient « déraper », selon sa formule énigmatique, je lui suggérais d'y aller seule. Elle insistait rarement pour que je vienne, et si je me surprenais de temps à autre à le regretter, je ne protestais pas. La soirée terminée, elle rentrait chez moi à 2, 3 ou 4 heures du matin avec sa propre clé – quel jour heureux que celui où je lui avais fait fabriquer ce double ! –, grimpait dans mon lit sans un mot, le corps chaud, des traînées de maquillage sur la figure, l'haleine empestant le vin, le dentifrice et les cigarettes « sociales », et elle se blottissait contre moi. Parfois, nous faisions l'amour, et parfois aussi elle s'agitait, se tortillait et transpirait avec une nervosité que j'attribuais à l'alcool ou à quelque drogue, même si j'avais la sagesse de ne pas lui faire la morale ni de la questionner. Et lorsqu'elle ne parvenait pas à dormir, on discutait un peu, Connie faisant de son mieux pour paraître sobre.

— La soirée était sympa ?

— Comme d'hab. Tu n'as rien raté.

— Il y avait qui ?

— Des gens. Rendors-toi.

— Angelo était là ?

— Je ne crois pas. Ou peut-être que si, quelque part. On n'a pas beaucoup parlé.

Ce qui ne faisait guère sens, quand on y pense.

— Tu l'aimes toujours ?

Bien sûr, je me retenais de lui poser cette question, bien qu'elle fût la plus présente dans mon esprit, parce que j'accordais trop d'importance à mon sommeil. La plupart des gens qui entament une relation traînent avec eux un dossier sous-divisé en toquades, flirts, grand amour, premier amour et liaisons purement sexuelles. Comparé au mien – une page A4 lignée –, celui de Connie remplissait tout un meuble de rangement, mais je n'avais aucune envie de feuilleter ces visages. Après tout, elle était avec moi, non ? À 2, à 3 et à 4 heures du matin, durant tout ce merveilleux premier printemps et ce magnifique premier été.

Mais il était impossible d'échapper à Angelo. Elle avait cru un jour qu'ils étaient des âmes sœurs, m'avait-elle confié, jusqu'à ce qu'elle comprenne qu'il en avait beaucoup d'autres éparpillées dans Londres. Et en dehors de ses infidélités fragrantes, ses autres torts étaient légion. Il avait sapé sa confiance en elle, moqué son travail, fait des commentaires sur son physique et son poids, il lui avait crié dessus en public, jeté des trucs à la tête et même volé de l'argent. Elle avait fait une allusion heureusement brève à son « côté sombre au lit », et tous deux s'étaient battus aussi, ce qui m'avait choqué et mis en colère, même si elle lui avait « rendu coup pour coup », selon elle. C'était un alcoolique et un toxico, quelqu'un de pas fiable, d'agressif, de puérilement provocateur et de grossier. « Quelqu'un d'intense », avait-elle dit. En somme, tout ce que je n'étais pas. Dans ces conditions, que pouvait-elle bien encore lui trouver ? Tout ça, c'était des histoires d'étudiants, affirmait-elle. Et puis il avait une nouvelle copine, une belle fille sympa, et ils avaient tant d'amis en commun qu'ils ne pouvaient manquer de se croiser, non ? Rien de méchant à ça, pas de quoi s'inquiéter. Je le rencontrerais moi aussi, un jour, bientôt.

70. velours côtelé

Et ce jour était enfin arrivé, au mariage de Genevieve et Tyler, une de ces fêtes férocement anti-conventionnelles – les mariés arrivant à la réception à moto, je m'en souviens, et sautant dans tous les sens sur du punk français au moment de la première danse. Pas de marquise blanche pour eux. La fête, organisée dans une usine de prothèses vouée à la démolition aux abords du tunnel de Blackwall, était bien plus avant-gardiste et nihiliste que les mariages dont j'avais l'habitude. Je n'avais jusqu'alors jamais vu autant d'individus anguleux dans un lieu industriel, tous âgés de moins de trente ans – pas la moindre trace de tantes joviales à chapeau – et tous savourant les kébabs d'un buffet très second degré. Je m'étais risqué à mettre un nouveau costume en velours côtelé, et ce lourd tissu porté par une chaude journée de septembre, ajouté à ma gêne, me faisait transpirer de manière ahurissante. Sous ma veste, des cercles sombres s'étaient formés. Mes contorsions sous le sèche-mains n'avaient eu quasiment aucun effet, et voilà comment je me suis retrouvé planté dans un coin, en nage, à observer Connie discuter avec des gens séduisants.

Je crois pouvoir affirmer en toute honnêteté n'avoir jamais rencontré de biochimiste antipathique. Mes amis et mes collègues n'étaient peut-être pas particulièrement glamour, mais ils étaient ouverts, généreux, drôles, gentils, modestes. Et accueillants. Pas grand-chose à voir avec la clique de Connie, des gens bruyants, cyniques, excessivement préoccupés par les apparences. Lors des rares occasions où je lui avais rendu visite dans son studio – un garage à Hackney, en fait – et où j'avais assisté avec elle à des vernissages, je m'étais senti mal à l'aise, exclu et en retrait, comme un chien attaché devant un magasin. J'avais voulu m'impliquer dans son travail, montrer de l'intérêt et de l'enthousiasme, parce qu'elle était vraiment un excellent peintre. Or côtoyer ses amis artistes attirait l'attention sur des différences que j'étais soucieux de minimiser.

Ce n'était pas tous des monstres, bien sûr. Les artistes sont des êtres excentriques et capricieux, avec des habitudes qui leur vaudraient d'être rapidement virés de la plupart des laboratoires. Ça, il ne faut pas s'en étonner. En revanche, certains d'entre eux étaient, et sont toujours de bons amis, et plusieurs ont fait un effort durant ces soirées. Mais dès que la question « Sur quoi tu bosses ? » surgissait dans la conversation, ils étaient tous pris d'une envie soudaine et pressante « d'aller pisser ». Et c'est ainsi qu'à ce mariage, j'ai joué le rôle d'un diurétique humain, tout en transpirant comme un malade atteint de paludisme.

— Regarde-toi, mon vieux, tu as besoin de sels minéraux, m'a dit Fran, l'ancienne colocataire de Connie.

Je n'étais pas sûr des sentiments qu'elle me portait réellement, et je ne le suis pas davantage aujourd'hui, alors même qu'elle est la marraine d'Albie. Elle a toujours eu le don particulier de m'étreindre et de me tenir à distance en même temps, comme des aimants qui se repoussent lorsqu'on les plaque l'un contre l'autre. Elle a reculé d'un pas en époussetant les cendres de sa cigarette qu'elle avait fait tomber sur ma manche.

— Pourquoi tu n'enlèves pas cette veste ?

— Je ne peux pas pour l'instant.

Elle a commencé à tirer sur les boutons.

— Allez, ôte-moi ça !

— Impossible, ma chemise est trempée.

— Ah, je vois. Toi, mon ami, a-t-elle dit en appuyant un doigt sur mon sternum et en pesant de tout son poids dessus, tu es pris dans un cercle vicieux.

— Tout à fait. C'est un cercle vicieux.

— Ahhh, a-t-elle continué en me frottant le bras cette fois. Le charmant, charmant petit copain de Connie. Si charmant et si drôle aussi. Tu la rends tellement heureuse, hein, Dougie ? Tu prends soin d'elle, vraiment. Et elle le mérite, après toutes les saloperies qu'elle a endurées !

— Où est-elle, au fait ?

— Près du DJ. Elle parle à Angelo.

Effectivement, il était là, penché sur elle, ses bras l'encerclant comme pour l'empêcher de s'enfuir. Mais bon, à la voir rire, jouer avec ses cheveux et effleurer son visage, on ne pouvait pas dire qu'elle semblait avoir très envie de partir. J'ai pris deux bouteilles de bière et me suis approché. En l'honneur de ce jour très spécial, Angelo avait donné un coup de fer à sa salopette de mécanicien et s'était rasé le crâne. Tout en suivant le regard de Connie vers moi, il a passé ses mains dessus.

— Angelo, je te présente Douglas.

— Hey, Douglas.

— Ravi de te rencontrer, Angelo.

Pour ne pas paraître gauche ou rancunier, j'avais décidé d'adopter une attitude aimable, amusée et ostensiblement décontractée, mais il m'a pris les mains, encombrées l'une et l'autre d'une bouteille de bière, et m'a attiré plus près de lui. Il était aussi grand que moi, quoique nettement plus carré, et ses yeux très bleus et un peu fous – d'où cette « intensité » tant vantée, je suppose – me fixaient sans ciller, transformant notre conversation en affrontement visuel.

— Qu'est-ce qu'il y a, mon vieux ? Tu es nerveux ? a-t-il dit alors que je détournais la tête.

— Non, pas du tout. Pourquoi veux-tu que je sois nerveux ?

— Parce que tu transpires comme un porc.

— Oui, je sais. C'est à cause de ma veste. Un mauvais choix, j'en ai peur.

Il me tenait par les revers à présent.

— Du velours côtelé. On dit aussi *corduroy* chez nous, un mot qui vient du français « corps du roi ».

— Je l'ignorais.

— Ah, je t'ai appris quelque chose. Un tissu noble, royal. Et il est toujours bon d'entendre son pantalon quand on marche. Comme ça, les gens savent qu'on arrive. On ne peut pas s'avancer vers eux discrètement pour leur faire BOUH !

J'ai sursauté, ce qui l'a fait rire.

— Angelo…, a soupiré Connie agacée.

J'avais conscience d'être dominé par cet homme, et de le détester avec une force inédite et revigorante pour moi.

— C'est sûr, Connie a beaucoup de chance, a-t-il continué. Elle a de la chance d'être débarrassée de son humble serviteur, du moins. J'imagine qu'elle t'a parlé de moi.

— Non. Non, je ne crois pas.

Angelo a souri et a saisi le nœud de ma cravate.

— Attends, tu es tout débraillé.

— Angelo, s'il te plaît, laisse-le, s'est interposée Connie.

Il a reculé en éclatant de rire.

— Hé, on devrait se faire des sorties ensemble, qu'est-ce que vous en dites ? Tous les quatre. Avec ma copine, là-bas. Su-Lin.

Il nous a montré une fille un peu plus loin qui dansait en soutien-gorge avec une chapka sur la tête.

— Tiens…

Il a épongé mon front avec une serviette graisseuse, puis l'a fourrée dans ma poche de poitrine et s'est éloigné à grands pas en se gondolant.

— Il est complètement bourré, a dit Connie. Il devient toujours un peu cinglé dans ces cas-là.

— Il me plaît bien. Il me plaît même *beaucoup*.

— Douglas…

— J'aime cette façon qu'il a de ne pas ciller. C'est très séduisant.

— Ne commence pas, s'il te plaît.

— Ne commence pas quoi ?

— Ce combat de coqs. Il a occupé une place importante dans ma vie il y a très, très longtemps. Les mots à retenir, c'est « il a occupé ». Au passé. Il était ce dont j'avais besoin à ce moment-là de ma vie.

— Et de quoi as-tu besoin aujourd'hui ?

— Je ne répondrai pas à cette question. Viens, a-t-elle enchaîné en me prenant la main. Allons te sécher sur le toit.

71. les premières fois

Les débuts de n'importe quelle relation sont ponctués d'une série de premières fois – première vision de l'autre, premiers mots, premiers rires, premier baiser, premier déshabillage, etc., tous ces jalons partagés s'espaçant et se banalisant à mesure que les jours, puis les années passent, jusqu'à ce que, pour finir, il ne reste plus que la première visite d'un quelconque site historique classé par le National Trust.

Ce soir-là, nous avons eu notre première grande dispute, un jalon important là encore pour tous les couples, mais néanmoins déstabilisant, parce que tout jusqu'alors n'avait été que, eh bien… que du bonheur. Je m'en suis déjà expliqué, je crois. Un bonheur absolu.

Comme d'habitude, Connie avait bu – moi aussi – et elle dansait sans aucune intention manifeste de s'arrêter un jour. Elle a toujours été une danseuse exceptionnelle, l'ai-je déjà dit ? Affranchie, assez distante. Avec l'expression particulière de celle qui se concentre et se replie sur elle-même. Les lèvres entrouvertes, les paupières lourdes. Franchement, elle dégageait un truc assez sensuel. Un jour, lors d'un mariage dans ma famille, ma sœur m'avait expliqué que je lui faisais penser à un type crispé et nerveux qui luttait contre une diarrhée. J'avais décidé après ça de ne plus illuminer le moindre dance-floor, raison pour laquelle je me suis appuyé contre le mur ce soir-là en passant mentalement en revue la liste de tout ce que je regrettais de ne pas avoir dit à Angelo. Il était toujours là, bien sûr, et il se déhanchait avec une bouteille de champagne à la main, Su-Lin accrochée à son dos.

Il était temps pour moi de quitter la fête. J'ai traversé la piste vers Connie.

— Je crois que je vais y aller, ai-je crié par-dessus le fracas de la musique.

Elle a assuré son équilibre en s'appuyant sur mon bras.

— D'accord.

Son maquillage avait bavé, ses cheveux collaient à son front et des cercles sombres se dessinaient sur sa robe.

— Tu rentres avec moi ?

— Non, a-t-elle répondu en pressant sa joue contre la mienne. Vas-y.

Et j'aurais dû partir à cet instant et l'attendre à la maison. À la place…

— Tu sais, tu pourrais au moins essayer de me faire changer d'avis, juste pour une fois.

Elle eu l'air perplexe.

— D'accord. Reste, s'il te plaît.

— Je n'ai pas envie de rester. Je ne parle à personne. Je m'ennuie. J'ai envie de rentrer.

— Eh bien, rentre. Je ne vois pas où est le problème.

J'ai secoué la tête et me suis éloigné. Elle m'a suivi.

— Douglas, si tu ne me dis pas ce qui ne va pas, j'en serai réduite à faire des suppositions.

— Parfois, j'ai l'impression que tu es plus heureuse quand je ne suis pas là.

— Comment peux-tu dire ça ? Ce n'est pas vrai.

— Pourquoi est-ce qu'on ne sort jamais avec tes amis ?

— On est avec eux ce soir, non ?

— Mais pas ensemble. Tu m'emmènes ici, et ensuite tu me laisses tout seul.

— C'est toi qui as envie de partir !

— Mais tu ne cherches pas franchement à me retenir.

— Douglas, tu es autonome. Pars si tu veux, on n'est pas enchaînés l'un à l'autre.

— Et il ne faudrait surtout pas qu'on devienne aussi proches, hein ?

Elle s'est efforcée de rire.

— Désolée, je ne comprends pas. Tu es en colère parce que je m'amuse ? C'est à cause d'Angelo ? Ne t'en va. pas, explique-toi !

On avait atteint une cage d'escalier bétonnée, qu'on descendait furieusement en passant devant des invités qui s'embrassaient, fumaient ou faisaient je ne sais quoi à la dérobée.

— Pourquoi tu ne me présentes jamais à tes amis ?

— Je le fais !

— Pas si tu peux l'éviter. Quand on sort vraiment ensemble, c'est juste toi et moi.

— D'accord, mais tu ne prendrais aucun plaisir à m'accompagner. Tu n'aimes pas sortir en boîte ni rester debout toute la nuit, tu t'inquiètes trop pour ton travail. C'est pour ça que je ne t'invite pas.

— Tu penses que je gâcherais l'ambiance.

— Je pense que ce ne serait pas marrant pour toi, et pour moi non plus par conséquent.

— Il y a une autre raison, à mon avis.

— Laquelle ?

— Je crois que tu as parfois honte de moi.

— Douglas, c'est ridicule. Je t'aime, pourquoi veux-tu que j'aie honte de toi ? Est-ce que je ne rentre pas chez toi tous les soirs ?

— Quand il n'y a personne d'autre dans les parages.

— Et ce n'est pas mieux comme ça ? Juste nous deux ? Tu n'aimes pas ça, toi ? Parce que moi, oui ! Merde, je tiens à ces moments-là, et je croyais ne pas être la seule.

— Si, j'y tiens, moi aussi.

On a atterri dans la rue – une zone désolée, en fait, ponctuée d'immeubles à des stades de démolition plus ou moins avancés. Sur le toit de l'usine au-dessus de nous résonnaient des rires et de la musique. Quelques invités nous observaient de là-haut, et peut-être Angelo était-il parmi eux et ne perdait-il rien de notre dispute, déjà en perte de vitesse et un peu ridicule au milieu des parpaings et des pavés.

— Tu veux que je vienne chez toi un peu plus tard ?

— Non. Pas ce soir.

— Tu veux que je rentre avec toi maintenant, alors ?

— Non, profite de la soirée. Je suis désolé si je t'en ai empêchée jusque-là.

— Douglas…

Je suis parti. Le ciel s'assombrissait. L'été était fini, l'automne arrivait. C'était la dernière belle journée de l'année et, pour la première fois depuis notre rencontre, j'ai éprouvé cette vieille tristesse indicible, celle de la vie sans elle.

— Douglas ?

Je me suis retourné.

— Tu te trompes de direction. Le métro est par-là.

Elle avait raison, mais j'étais trop fier pour repasser devant elle, et ce n'est qu'après avoir erré parmi les décombres, escaladé des barrières avec des bergers allemands à mes trousses et agrippé les glissières de sécurité de routes à quatre voies en me faisant doubler par des camions lancés à vive allure – bref, ce n'est qu'après m'être complètement perdu que j'ai pris conscience de cette autre première fois masquée par notre dispute.

Connie m'avait dit qu'elle m'aimait.

Jamais on ne m'avait fait cet aveu sans l'assortir d'une nuance quelconque. L'avais-je imaginé ? Je ne pensais pas. Non, elle avait bien prononcé ces mots. De joie, j'aurais pu faire claquer mes talons l'un contre l'autre – un comportement pour le moins inédit dans ce quartier – mais, trop empêtré dans ma colère, trop occupé à m'apitoyer sur moi-même, trop enfumé par la jalousie et l'alcool, j'avais gâché cet instant et ne lui en avais même pas été reconnaissant. Je me suis arrêté, j'ai examiné les alentours en essayant de me repérer, puis je suis revenu sur mes pas.

Si grande fût-elle, l'usine s'est révélée difficile à retrouver et, au bout d'une demi-heure à déambuler dans ces rues à l'abandon, j'ai fini par craindre d'arriver trop tard, après la fin de la soirée. Juste quand je m'apprêtais à renoncer et à chercher la station de métro la plus proche, trois éclats lumineux ont fendu le ciel nocturne, suivis d'un boum sonore. Un feu d'artifice, une fusée qui explosait au-dessus de l'usine comme un signal de détresse. J'ai couru vers lui.

Des slows incongrus passaient en boucle désormais, et notamment « Three Times a Lady » lorsque je suis entré, si je me souviens bien. Connie était assise seule à l'autre bout de la piste de danse, les coudes sur les genoux. En m'approchant d'elle, je l'ai vue sourire, puis plisser le front.

— Je suis désolé, ai-je dit sans lui laisser le temps de placer un mot. Je suis un idiot.

— Parfois, en effet.

— Je m'excuse. Je fais des efforts pourtant.

— Fais-en davantage, a-t-elle répliqué.

Mais elle s'est levée et nous sommes tombés dans les bras l'un de l'autre.

— Comment as-tu pu penser des choses pareilles, Douglas ?

— Je ne sais pas. Je deviens… nerveux. Tu ne comptes pas partir, hein ?

— Ce n'était pas dans mes projets, non.

On s'est embrassés, et au bout d'un moment, j'ai ajouté :

— Au fait, moi aussi.

— Quoi ?

— Je t'aime moi aussi.

— Eh bien, je suis contente que la question soit réglée.

En janvier de l'année suivante, environ onze mois après notre rencontre, j'ai conduit Connie de Whitechapel à Balham dans une camionnette de location, en vérifiant dans le rétroviseur que personne ne nous poursuivait, et avec l'espoir et l'intention qu'elle reste toujours à mes côtés.

72. réalisme érotique

Nous avons passé une nuit tranquille dans notre suite pour jeunes mariés. Après avoir dîné tôt dans un café du quartier de Jordaan, j'ai rempli le jacuzzi en me disant que, avec un peu de chance, Connie se joindrait à moi.

— Voyons ce que ce truc a dans le ventre ! ai-je dit en grimpant dans la baignoire.

Mais j'ai plutôt eu la sensation d'être jeté contre les hélices du ferry reliant Portsmouth à Cherbourg, et le bruit a dérangé Connie, qui s'était mise au lit avec un livre.

— Tu viens, baby ? ai-je crié d'un ton aguicheur.

— Non, amuse-toi sans moi.

— Je mets le mode turbo !

Le jacuzzi a fait entendre le rugissement d'un moteur d'avion.

— C'EST TRÈS RELAXANT !

— Douglas, éteins-ça, j'essaie de lire ! a répondu sèchement Connie, avant de se replonger dans sa lecture.

Malgré une journée agréable, nous n'avions pas complètement chassé le souvenir de la scène dans le train, et je me suis de nouveau fait la réflexion que nos disputes semblaient avoir un effet prolongé ces jours-ci. Comme les rhumes et les gueules de bois, il leur fallait une éternité pour se dissiper, et la réconciliation, lorsqu'elle se produisait, n'avait pas le même caractère définitif qu'autrefois. Je me suis extrait de la machine infernale, nous avons viré les piles d'oreillers en velours et de coussins en soie, puis nous avons fermé les yeux. Le Rijksmuseum nous attendait le lendemain matin, et j'aurais besoin d'être en forme pour cette visite.

73. saskia van uylenburgh

Pour qui veut éprouver un vrai sentiment de rectitude et d'invulnérabilité, rien ne vaut une promenade en vélo à Amsterdam. Ici, les rapports de force traditionnels avec les voitures sont inversés. Vous faites partie d'une tribu rassemblant un nombre écrasant d'individus et, du haut de votre selle, au milieu du peloton, vous toisez les capots de ceux qui ont eu la stupidité ou la faiblesse de prendre le volant. Les cyclistes roulaient avec une arrogance intrépide, en parlant au téléphone, en mangeant leur petit déjeuner, et par cette belle journée ensoleillée du mois d'août, nos vélos ronronnant et cliquetant le long d'Herengracht en direction du centre, il paraissait impossible de trouver plus bel endroit sur Terre.

Puis le Rijksmuseum s'est dressé à notre droite. Il n'existe pas de norme établie en matière de musée national, je suppose, mais même ainsi, j'ai été frappé... pas par son aspect quelconque, mais par son absence de prétention. Pas de colonnes ni de marbre blanc, pas d'aspiration au classicisme, pas de cette splendeur palatiale propre au Louvre. Juste une sorte de fonctionnalité municipale, à l'image d'une belle gare ou d'un hôtel de ville ambitieux.

À l'intérieur, le hall central était immense et lumineux, et j'ai senti – comme nous tous, je crois – un regain d'enthousiasme pour notre Grand Tour. Même Albie, qui avait les yeux rouges et empestait la fumée depuis notre banale sortie de la veille, a repris vie devant ce décor.

— Sympa, a-t-il dit, emballé.

On s'est avancés vers les galeries.

Ç'a été une belle matinée. Connie m'a même pris la main par moments – un geste que j'associe d'ordinaire soit à la jeunesse, soit à la sénilité, mais qui semblait signifier dans le cas présent que j'étais pardonné. Nous sommes passés de salle en salle avec la même lenteur qu'au Louvre, sans que cela me dérange, cette fois. En plus des œuvres d'art, le musée présentait une maquette de galion aussi grande qu'une berline familiale, des vitrines remplies d'armes redoutables, et, dans la Galerie d'honneur, la plus extraordinaire série de tableaux qui soit. Je l'ai déjà dit, je n'ai rien d'un critique d'art, mais ce qu'il y a de saisissant dans l'art hollandais, c'est son caractère familier et domestique. Les dieux grecs et romains, les crucifixions et les madones laissaient place ici à des cuisines, des jardins, des allées, des leçons de piano, des lettres écrites et reçues, des huîtres qui avaient l'air humides au toucher, du lait en train de couler et rendu avec une telle précision qu'on en devinait presque le goût. Et je n'y voyais rien de banal ou de terne. C'était plutôt de la fierté, de la joie même, qui émanait de ces scènes du quotidien et de ces portraits de personnalités authentiques, imparfaites et vaines, confuses et ridicules. Replet, les traits grossiers, le vieux Rembrandt n'était pas bel homme, et son *Autoportrait en apôtre Paul* allait jusqu'à le présenter comme un type au bout du rouleau avec ses sourcils haussés et son visage ravagé et plissé par une lassitude que je ne connaissais que trop bien. Je n'avais jamais éprouvé une telle proximité devant les saints, les dieux et les monstres du Louvre, si splendides soient-ils. Non, vraiment, c'était du grand art, et je m'attendais déjà à dépenser une fortune en cartes postales.

Dans une salle bleu sombre imposante, on s'est assis tous les trois serrés en rang d'oignons devant *La Ronde de nuit*, qui selon mon guide était probablement le quatrième tableau le plus célèbre au monde.

— Quels sont les trois premiers, à votre avis ? ai-je demandé.

Mais personne n'avait envie de jouer à ce jeu, et je me suis concentré sur la toile de Rembrandt. Il s'y passait beaucoup de choses. Comme disait mon père, il y avait là un bon rythme, un air entraînant, et j'ai pointé tous les petits détails signalés dans mon guide – les expressions drolatiques, les farces, le coup de feu tiré accidentellement –, au cas où Albie n'y aurait pas fait attention.

— Vous saviez que Rembrandt n'avait jamais donné ce titre à cette toile ? La scène n'est pas vraiment nocturne. C'est le vernis qui la recouvre qui lui a donné son côté sombre en noircissant. D'où *La Ronde de nuit*.

— Tu es une mine de renseignements passionnants, a dit Connie.

— Et vous saviez que Rembrandt s'était représenté dans ce tableau ? C'est le type tout au fond, là, celui qui regarde par-dessus l'épaule de cet homme.

— Pourquoi tu ne ranges pas ton guide, Douglas ?

— Si j'avais juste une critique à formuler…

— Oh, ça promet, a ironisé Albie. Papa a pris des notes.

— Si j'avais une critique à formuler, elle concernerait la petite fille en jaune doré.

Éclairée par un rai de lumière et un peu décalée vers la gauche par rapport au centre du tableau, une fillette de huit ou neuf ans joliment vêtue d'une robe exquise portait un poulet incongru à la ceinture.

— Moi, je dirais : « Écoute, Rembrandt, j'adore ton tableau, mais tu aurais peut-être intérêt à observer de plus près la petite fille au poulet. Elle fait vraiment très vieille. Elle a le visage d'une femme de cinquante ans, et c'est très perturbant, ça détourne l'attention du centre du...

— C'est Saskia.

— Qui est Saskia ? a demandé Albie.

— La femme de Rembrandt. Il s'est servi d'elle comme modèle féminin pour une bonne partie de ses tableaux. Il lui était très attaché, paraît-il.

— Oh. Vraiment ?

Mon guide ne faisait aucune mention de ce détail.

— Vous croyez qu'elle a trouvé ça bizarre ?

— Peut-être. Ou peut-être aussi qu'elle aurait aimé savoir que son mari l'avait imaginée telle qu'elle était plus jeune, avant leur rencontre. De toute façon, elle n'a jamais dû voir ce tableau. Elle est morte pendant qu'il le peignait.

Tout cela me semblait hautement improbable.

— Donc, soit il l'a représentée pendant qu'elle mourait...

— Soit il l'a peinte de mémoire.

— Sa femme âgée, habillée en petite fille.

— En souvenir d'elle. Pour lui rendre hommage après son décès.

Je ne savais pas quoi en penser, mais tout de même, me suis-je dit, les artistes sont vraiment des gens très étranges.

74. le vrai amsterdam

Nous sommes sortis du Rijksmuseum en début d'après-midi seulement, épuisés mais exaltés, et dans les temps par rapport à notre programme. Assis sur la grande place devant le musée, j'ai listé plusieurs options possibles pour notre déjeuner – en pure perte. Absorbé par une conversation électronique, Albie ricanait devant l'écran de son téléphone, et je n'ai compris pourquoi qu'en sentant deux doigts se planter dans ma colonne vertébrale.

— Ne bougez pas, Petersen ! Police des buffets ! Nous vous soupçonnons de cacher sur vous un pain au chocolat.

— Cat, quelle surprise ! a dit Connie d'une voix un peu tendue. Albie, quel farceur.

Albie nous a décoché un grand sourire déplaisant, ravi de voir sa brillante petite blague faire son effet.

— Je vous ai suivis depuis Paris ! J'espère que je ne vous ai pas fait peur, monsieur Petersen. Albie m'a dit où vous étiez et je n'ai pas pu résister. Viens là, beau gosse !

Et elle a attrapé la tête de notre fils entre ses mains pour lui donner un baiser sonore qui a résonné sur toute la place.

— Alors, vous trouvez ça comment, Amsterdam ? Vous vous éclatez ? Quelle ville géniale, hein ?

— On passe un très bon séjour, merci…

— Ouais, Albie m'a raconté que vous lui aviez pris une chambre dans une sorte de bordel bien cochon. Du délire.

— Ce n'est pas un bordel, ai-je expliqué patiemment. C'est un hôtel de charme.

— Et qu'est-ce que vous avez fait ? Vous êtes allés où ? Vous avez prévu quoi ? Dites-moi tout !

— On a découvert le marché aux fleurs et on s'est un peu promenés à vélo. Demain, on ira visiter le musée Van Gogh et faire un tour en bateau sur les canaux si on a le temps.

— Des trucs de touristes, quoi. Il faut que vous voyiez l'*autre* Amsterdam. Je sais, si on se baladait tous ensemble ? Vous faites quoi, là ?

D'instinct, j'ai senti mon programme menacé.

— À vrai dire, on voulait aller à la maison d'Anne Frank, et ensuite au musée Rembrandt.

— On n'y est pas obligés, non plus, est intervenue Connie. On peut reporter ça à demain.

— Vous n'avez qu'à continuer sans nous, a proposé Albie d'un ton plein d'espoir. Cat et moi, on aimerait explorer la ville.

Clairement, l'idée de « se balader » tous ensemble lui apparaissait aussi improbable et gênante qu'à moi.

— Je tiens vraiment à t'emmener visiter la maison d'Anne Frank, Albie. Je pense que tu devrais la voir.

— Je suis trop fatiguée pour faire grand-chose d'autre aujourd'hui, Douglas, a dit Connie traîtreusement. On pourrait peut-être y aller demain matin ?

— Non ! Demain, on va au musée Van Gogh. Et on part dans l'après-midi.

— Vous ne préférez pas voir le *vrai* Amsterdam ?

Non, Cat, non ! Je n'avais aucune envie de voir le vrai Amsterdam. La vraie nature des villes, on l'avait chez nous, dans le Berkshire, et ce n'était pas pour la retrouver qu'on était venus là. Ça ne nous intéressait pas du tout. Mon programme de visites parfaitement coordonné se délitait sous mes yeux.

— Si on ne va pas à la maison d'Anne Frank aujourd'hui, tout notre planning tombera à l'eau.

Je sentais ma voix monter dans les aigus.

— Allons au moins grignoter un truc, le temps de se calmer, hein ? J'ai un vélo, et je connais un petit café végétarien extra dans le quartier De Pijp…

75. buffet à volonté

Des pois chiches pareils à de petites boules de calcaire. Une sorte de fromage au lait caillé, insipide et spongieux. Des épinards semblables à des algues échouées sur une plage chinoise et une soupe de gombos froide qui m'évoquait un seau de limaces. Des avocats nécrotiques, du couscous sableux, des courgettes molles dans une sauce gris-vert très liquide. Et des haricots rouges ! De simples haricots rouges, servis froids et tout droit sortis – ô délice ! – de leur boîte de conserve.

— Incroyable, hein ? Qui a besoin de viande avec tout ça ? a dit Cat – celle-là même qui, la dernière fois que je l'avais vue, avait farci son sac à dos de bacon comme une taxidermiste folle.

— Nous avons mangé beaucoup de viande à Paris. Beaucoup, a répliqué Connie en changeant audacieusement de camp.

— Mais pas de foie gras, j'espère, a menacé Cat, un doigt pointé vers moi.

— Non, juste du canard, des steaks, du canard, du pâté, du canard, des steaks…

— Et c'était délicieux, a renchéri Connie.

— Papa refuse de manger un truc qui n'a pas de tête.

— Je ne crois pas avoir entendu quelqu'un se plaindre sur le moment.

— C'est très difficile de trouver des restos végéta-riens vraiment top à Paris, a déploré Cat. Et puis, à force, leurs plats deviennent bourratifs. Surtout avec toutes leurs baguettes. Au moins, ce pain-là a une certaine valeur nutritive.

Le pain en question était caoutchouteux, dense comme du mastic et saupoudré avec le contenu de la poubelle du boulanger.

— J'y retourne ! Qui veut encore de ces délicieux légumes ?

Et Albie et elle sont repartis d'un pas léger vers le buffet, où des bougies chauffe-plats placées sous des trémies argentées gardaient la nourriture agréablement tiède.

Je me suis penché sur mon assiette en soupirant.

— Il n'y a rien là-dedans qui n'adhérerait pas au mur si on l'y projetait et qui ne glisserait pas ensuite très lentement vers le sol.

— Sauf le pain, a plaisanté Connie.

— Il ricocherait et éborgnerait quelqu'un.

— Tu voulais tester de nouvelles choses, non ?

— Seulement celles dont je sais qu'elles vont me plaire, ai-je répondu, ce qui a fait rire Connie. Elle ne mange que lorsqu'elle peut se servir à volonté ou quoi ?

— Laisse-la. Je l'aime bien, moi.

— Ah oui ? Tu n'as pas toujours dit ça.

— Elle est sympa quand elle se calme. Et regarde-les. Ils sont mignons.

Épaule contre épaule devant le buffet, Albie et Cat hésitaient entre le norovirus et la listéria.

— Les amours de jeunesse… Est-ce qu'on a été comme eux, nous aussi, Douglas ?

— Il est 15 h 15. Si on veut visiter la maison d'Anne Frank, il faut qu'on y aille.

— Douglas, on peut oublier ça ? Même la Gestapo ne tenait pas autant que toi à aller là-bas.

— Connie !

— On passe du temps avec Albie, on fait ce dont il a envie. N'est-ce pas ce que tu souhaitais ?

Nous avons donc fini notre fromage liquide, réglé l'addition et, durant tout l'après-midi, nous avons sillonné à vélo les canaux extérieurs d'Amsterdam, guidés par Cat qui attirait notre attention sur des petits bars sensationnels, des squats où elle avait séjourné, des rampes de skate-board, d'énormes blocs HLM et des marchés de rue. Dans l'ensemble, je dois avouer que cette promenade s'est révélée très plaisante, et il était sans doute intéressant de voir où vivaient les communautés marocaines, surinamiennes et turques de la ville. Mais alors qu'on revenait vers le centre, notre destination suivante s'est profilée clairement devant nous.

— Et voici mon coffee-shop préféré ! a annoncé Cat.

Il fallait s'y attendre, je suppose. Depuis notre arrivée, Albie n'avait cessé de lorgner ces établissements de la même façon qu'il regardait autrefois les magasins de jouets. À présent, planté devant le Nice Café, il baissait les yeux en souriant.

— Vous verrez, c'est un endroit divin. Un petit bar très animé et super sympa, nous a rassurés Cat. Je connais le gérant, il s'occupera bien de nous.

— Non, je ne pense pas, Cat.

— Allez, monsieur Petersen. Il faut savoir respecter les coutumes…

— Non, merci, l'ai-je coupée. Ce n'est pas pour moi.

— Comment peux-tu le savoir si tu n'as jamais essayé ? a dit Albie en reprenant l'argument que j'avais utilisé un jour pour lui faire manger du chou.

— J'ai déjà essayé, évidemment. J'ai été jeune, moi aussi, Albie.

— J'ai raté ça, a commenté Connie.

— C'était justement avec toi, Genevieve et Tyler. Et j'ai fait un méga malaise, si tu te souviens bien.

— Un « méga malaise » ? a ricané Albie.

— Monsieur Petersen, petit cachottier. Pourquoi ne pas retenter votre chance ?

— Non, merci, Cat.

— Bon, papa est hors jeu, a déclaré Albie sans vraiment se donner la peine de cacher son soulagement.

— Et vous, madame Petersen ?

Tous les yeux se sont tournés vers Connie.

— Maman ?

Connie a réfléchi un instant.

— D'accord. Je vous suis.

Et elle est allée garer son vélo.

76. de l'eau dans son vin

À plusieurs reprises durant l'adolescence d'Albie, je me suis retrouvé dans la même situation, confronté à ces « dilemmes existentiels » qui nourrissent les journaux du week-end. Comment faut-il réagir en tant que parent devant un vol à l'étalage, un copain indésirable ramené de la cour de récré, une haleine qui sent l'alcool ou le tabac, de l'argent qui disparaît de la commode ou un historique de navigation ésotérique sur l'ordinateur familial ? Combien d'eau faut-il mettre dans son vin ? Une petite amie doit-elle être autorisée à passer la nuit à la maison ? Quelle politique adopter concernant les portes fermées à clé, les gros mots, les comportements inacceptables ou les mauvaises habitudes alimentaires ? Depuis quelques années, ces dilemmes se multipliaient et me laissaient totalement désorienté. Pourquoi ne nous fournissait-on pas une série de directives claires à suivre ? Avais-je fait subir le même supplice éthique à mes parents ? J'étais persuadé que non. L'acte le plus illicite de ma jeunesse avait consisté à regarder parfois ITV. Et voilà que c'était reparti pour un tour. J'allais avoir droit au dernier épisode de cette série sans fin.

— Tu es sûre de vouloir y aller ? ai-je demandé à Connie pendant qu'elle fixait la chaîne antivol de son vélo.

— Tout à fait certaine, merci bien, Douglas.

— Et tu crois vraiment qu'on devrait l'encourager dans cette voie ?

— Je ne l'encourage pas, j'évite juste d'être hypocrite. Regarde-le ! Il est avec sa copine à Amsterdam et c'est encore un ado. Franchement, je m'inquiéterais plus s'il n'avait pas envie de faire ça.

— De là à cautionner sa conduite...

— En quoi est-ce que je la cautionne, Douglas ?

— En l'accompagnant !

— Je garde un œil discret sur lui. Et il se trouve que j'ai très envie de fumer un joint, moi aussi.

— Ah oui ? Vraiment ?

— Ça te paraît si bizarre, Douglas ?

Cat et Albie nous observaient.

— Bon, bon. Mais s'il laisse tomber ses études pour finir vendeur de cannabis dans un coffee-shop, tu en seras seule responsable.

— Il ne finira *pas* vendeur de cannabis.

— Je te laisse gérer ça.

— Tu n'es pas obligé de partir.

— Vous vous amuserez plus sans moi.

— D'accord, a-t-elle dit avec un haussement d'épaules. À plus tard, alors.

Et, là encore, j'ai pensé : *Tu sais, juste pour une fois, tu pourrais au moins essayer de me faire changer d'avis.*

On a rejoint nos jeunes pleins d'espoir.

— Je m'en vais. Ta mère reste avec vous, Albie.

— Yessss ! a-t-il dit en pliant le bras, le poing serré – la plus grande manifestation d'enthousiasme dont il était capable.

— Mais ne mangez pas de space-cookie. On ne peut pas contrôler le dosage.

— C'est vrai. Sage conseil, monsieur Petersen, a dit Cat. Ces paroles nous guideront à jamais.

— Je te retrouve à l'hôtel, peut-être pour le dîner, m'a soufflé Connie à l'oreille.

Et ils sont partis tous les trois au Nice Café.

77. un océan de sollicitude

Je n'étais plus du tout d'humeur à visiter la maison d'Anne Frank. Sans Albie, je n'en voyais pas l'intérêt, et le musée Rembrandt avait beau être un lieu chargé d'histoire et très instructif, notamment concernant les extraordinaires exigences et innovations techniques de la gravure au XVIIe siècle, je m'y suis senti distrait et mal à l'aise.

Parce que c'était drôle, hein, parce que c'était cool de passer un après-midi entier à fumer des joints avec sa mère ? Quelle bonne blague ! Que de souvenirs à partager ! Mais je voulais que mon fils ait de l'ambition, je voulais qu'il ait de la volonté, de l'énergie, une tête bien faite et du caractère. Je voulais qu'il contemple le monde avec curiosité et intelligence, pas avec le solipsisme horrible et la stupidité des camés. Indépendamment des risques médicaux – perte de la mémoire, apathie, psychose, addiction ou passage aux drogues dures –, à quoi rimait cette obsession ridicule pour la détente ? Il ne me semblait pas avoir jamais été détendu, moi. C'était comme ça, et alors ? Être attentif, réactif, conscient des dangers autour de soi… cela n'aurait-il pas dû susciter l'admiration ?

Telles étaient mes pensées tandis que j'allais et venais à vélo le long des canaux à l'est de la ville, plus utilitaires et moins pittoresques que ceux de la Grachtengordel. Oh, je ne doutais pas qu'ils s'amusaient bien tous ensemble à s'auto-lobotomiser au Nice Café. À coup sûr, ils étaient affalés sur des poufs dans ce foutu bar ranci, à manger des space-cakes à la banane, à rire sans raison et à se moquer de ce vieux ringard et de sa peur de vivre de nouvelles expériences. Mais pourquoi n'acceptaient-ils pas ma réticence pour ce qu'elle était vraiment ? Pas une marque d'étroitesse d'esprit, de conservatisme ou de prudence, mais de sollicitude à leur égard – une dose énorme, un océan de tendre sollicitude. Je désapprouvais leur comportement parce que je me souciais d'eux. Pourquoi ne le voyaient-ils pas ?

Je me suis surpris brusquement à détester Amsterdam. Tout d'abord, il y avait bien trop de vélos. Tout ça était devenu totalement ingérable, les ponts, les rues et les réverbères étouffaient sous leur nombre comme sous de mauvaises herbes extraterrestres. Beaucoup étaient dans un sale état, du reste, et j'en suis venu à imaginer comment, si j'étais maire de la ville, je ferais le ménage dans ce bazar en appliquant une règle stricte : une personne, un vélo. Toute bicyclette abandonnée, tout engin qui ne serait pas en état de rouler serait enlevé – avec des tenailles si nécessaire – et fondu. Dans mon amertume, je me suis laissé gagner par cette idée. Je les défierais tous, les cyclistes d'Amsterdam, avec leur éclairage inadéquat, leur manie de tenir le guidon d'une main, leur selle haute et leurs airs supérieurs. Tel Caligula, impitoyable et sans peur, j'allumerais un feu de joie et jetterais toutes ces foutues bécanes dans les flammes. Au bûcher, les vélos, au bûcher !

78. de wallen

J'ai atterri dans le quartier rouge.

Je ne voudrais pas avoir l'air de me justifier, mais il y avait un restaurant chinois où je tenais à retourner. Connie et moi y étions allés il y a longtemps, et j'étais décidé à avaler un canard laqué tout entier pour me venger de ma soupe de gombos. Il faisait encore chaud et bien jour en ce début de soirée. Des groupes de jeunes, des couples gênés et des cyclistes se déversaient des bars jusque sur le pont qui enjambe le canal dans une ambiance d'happy hour. Les femmes dans leur vitrine aux rideaux rouges m'ont fait signe de la main et souri comme de vieilles copines tandis que je tentais de dénicher une place où garer mon vélo au milieu de tout un tas d'autres qui formaient un enchevêtrement absurde de ferraille et de caoutchouc. Je me suis bientôt retrouvé cerné par ces fichus engins, contraint de démêler des pédales et des chaînes, des guidons et des câbles de freinage. Puis j'ai baissé ma béquille d'un coup de pied et me suis contorsionné afin de fixer l'antivol. Je me redressais enfin pour m'extirper de ce fatras quand j'ai heurté de la hanche le vélo à ma gauche – un choc à peine perceptible, mais dans une sorte d'étrange ralenti quasi hallucinatoire, j'ai vu ce tout petit mouvement faire basculer le vélo en question contre son voisin, qui a versé à son tour contre le suivant, provoquant une réaction en chaîne semblable à un tombé de dominos ingénieux et ambitieux, et cette énergie cinétique allait grandissant à mesure qu'ils s'écroulaient, quatre, cinq, six, jusqu'à ce que le dernier atteigne un groupe de motos vintage. Elles étaient au nombre de quatre, immaculées, rutilantes, et garées juste devant le bar où leurs propriétaires étaient en train de boire, afin de rester sous bonne garde. Afin qu'il ne leur arrive rien.

Dans un crissement métallique, la poignée de freinage du dernier vélo a imprimé une profonde éraflure sur le réservoir rouge brillant de la première moto, qui s'est écrasée par terre dans un gros fracas, suivie de la deuxième, de la troisième, de la quatrième. Après quoi le silence s'est fait. C'est une chose très curieuse que d'entendre le silence dans une rue bondée. Surnaturelle, presque, même si ça n'a pas duré longtemps. Un rire a fusé.

— Oh, merde, a juré quelqu'un.

Du bar des motards – le Valhalla, ai-je noté – s'est élevé un rugissement, et des armoires à glace au teint rouge ont fendu la foule en direction de leurs chères motos, qui gisaient désormais par terre en un amas de chrome brillant.

La scène n'avait pas dû excéder dix secondes, et, mû par un réflexe absurde, je me suis demandé s'il m'était encore possible de partir. Après tout, je n'étais pas vraiment responsable. C'était la faute de la gravité, du vélo, d'une réaction en chaîne. Rien à voir avec moi. Si je m'éloignais tout simplement, et si je prenais la tangente en sifflotant, comme dans un dessin animé, peut-être que personne ne remarquerait rien.

Mais j'étais seul au milieu du carnage, et les hommes n'ont pas tardé à foncer vers moi, le regard haineux, soudés par l'envie d'en découdre. L'accent néerlandais a soudain perdu de son amabilité pour m'apparaître dur et guttural. J'ai vite été encerclé et des mains ont agrippé mes épaules comme pour me maintenir en équilibre en prévision du coup de poing qui, je le savais, n'allait sûrement pas tarder. L'homme dont le nez touchait le mien avait la blondeur d'un Viking, un visage semblable à un bas morceau de viande, des dents manquantes – jamais un bon signe, ça – et le souffle imbibé de bière.

— Pas parler néerlandais. Pas parler néerlandais, ai-je répété en partant du principe qu'un anglais approximatif se comprend mieux qu'un anglais correct.

Mais on peut repérer les jurons dans presque toutes les langues, et quatre autres mains ont attrapé mon bras pour m'entraîner – ou me porter – à travers la foule qui s'était rassemblée autour de nous. Trois motos ont été redressées et inspectées. La plus proche en revanche est restée sur le flanc, étendue là à la manière d'un cheval à l'agonie. Accroupi à côté, le propriétaire de cette créature adorée gémissait doucement en passant son pouce sur l'horrible cicatrice qui zébrait le réservoir si bien poli. Fait inhabituel pour un Néerlandais, il maîtrisait très mal l'anglais, et les seuls mots que j'ai réussi à distinguer ont été :

— Tu paies, tu paies.

Puis, à mesure que sa confiance en ses dons linguistiques se renforçait, il a précisé sa pensée.

— Tu paies beaucoup.

— Ce n'est pas moi qui ai fait ça !

— Ton vélo, si.

— Pas du tout. Le mien est là-bas.

Et j'ai agité la main en direction de mon vélo, toujours parfaitement droit à l'autre bout de cette scène de désolation. Sans doute y avait-il là de quoi nourrir un débat intéressant sur la causalité et la notion de « faute », l'intention et le hasard, mais j'ai supposé que sortir tout de suite mon portefeuille me ferait gagner du temps. Je n'avais jamais repeint une moto à la bombe. Combien cela pouvait-il coûter ?

J'ai entamé les négociations.

— Je suis prêt à vous donner… quatre-vingts euros.

Ils ont éclaté d'un rire désagréable. Une grosse patte m'a arraché mon portefeuille et a commencé à fouiller les divers compartiments.

— Excusez-moi, vous voulez bien me restituer ça ?

— Non, mon ami, a dit le blond. On va aller à la banque !

— Rendez-lui son argent ! a tonné une voix sur le côté.

Par-dessus mon épaule, j'ai vu une femme se frayer un chemin à travers la foule – une femme noire imposante dotée d'une improbable chevelure blonde et vêtue d'un peignoir qu'elle s'employait à fermer sur une sorte de body blanc en résille. Elle a récupéré mon portefeuille et me l'a remis.

— Tiens. C'est à toi. Garde-le jusqu'à nouvel ordre.

Une vive discussion a ensuite éclaté en néerlandais, durant laquelle elle a martelé le torse du chef des motards de son doigt tendu – attirant ainsi l'attention sur ses ongles incroyablement longs, incurvés et vernis. Elle s'est s'avancée vers lui, tous seins dehors, en se servant de sa poitrine comme d'autres l'auraient fait d'un bouclier anti-émeute, sans cesser de me montrer et de gesticuler, et elle a fini par crier quelque chose qui a fait rire la foule. Le motard a haussé les épaules, gêné. Brusquement, elle a changé de ton et s'est mise à flirter avec lui en l'enlaçant. Il a ri et plissé le nez. Puis m'a examiné de la tête aux pieds. Je semblais faire l'objet d'un marchandage.

— Il y a combien dans ton portefeuille ? m'a demandé la femme qui, à en juger par son body, était soit une prostituée, soit quelqu'un de très extraverti.

Allait-elle m'accompagner à la banque, elle aussi ? Était-ce mon alliée, au bout du compte ? Peut-être qu'ils allaient tous me dévaliser et me jeter dans le canal.

— Environ deux cent cinquante euros, ai-je répondu, nerveux.

— File-m'en cent cinquante.

Elle a agité deux doigts vers moi. J'ai hésité.

— Donne-les-moi et tu t'en sortiras peut-être, a-t-elle insisté vivement à voix basse.

Je lui ai remis quelques billets, qu'elle a roulés en boule et fourrés dans la main du motard. Sans lui laisser le temps de les compter, elle m'a pris par le bras et a retraversé la foule. Derrière nous, des protestations ont retenti.

— Tu paies plus ! Plus !

Mais elle a fait signe aux gars de déguerpir en crachant quelque chose au sujet de la police, avant de m'entraîner vers les marches d'une maison au seuil éclairé par une lampe rouge.

79. paul newman

Ma sauveuse avait pour nom Regina – ou était-ce
une fausse identité ? – et elle était incroyablement
gentille.

— Comment s'appelle mon nouvel ami ?

— Paul, ai-je dit.

Et, fatalement, il a fallu que j'ajoute :

— Newman. Paul Newman.

Je ne sais pas d'où m'est venu ce pseudo. D'abord
il n'était guère plausible, et en plus il ne s'imposait
même pas. Après tout, je n'avais rien fait de mal.
Mais trop tard. Pour l'heure, j'étais Paul Newman.

— Hello, Paul Newman. Viens…

J'ai pris place sur une sorte de plate-forme en
vinyle. La chambre, si toutefois on pouvait la qualifier ainsi, comportait un lavabo ainsi qu'une douche
rudimentaire, et l'éclairage rouge ambiant m'a fait
penser durant un moment que c'était l'endroit rêvé
pour développer des photos. J'ai noté un ventilateur
de pacotille qui tournait sans produire un grand effet,
une bouilloire posée dans un coin, et aussi un four
micro-ondes. Sans oublier une forte odeur chimique
qui ressemblait plus ou moins à de la noix de coco.

— J'ai suivi toute la scène depuis ma fenêtre. Tu
n'as vraiment pas de chance, Paul Newman, m'a lancé
Regina en riant. Ces types étaient balèzes. Je crois
qu'ils auraient pu te tuer, ou au moins vider ton
compte en banque.

— Qu'est-ce que vous avez dit à leur chef ?

— De faire jouer son assurance. Il en a une, autant
qu'il s'en serve ! Tu trembles, a-t-elle constaté en
secouant les mains pour illustrer son propos. Tu veux
du thé ?

— Un thé serait le bienvenu. Merci.

Pendant que l'eau de la bouilloire chauffait, j'ai pris très nettement conscience de ses fesses nues, larges et pleines de cellulite – et jamais très éloignées de mon visage. Alors que je me tournais vers la fenêtre donnant sur la rue, intrigué de voir la pièce sous cet angle, je me suis aperçu qu'elle avait exactement le même fauteuil pivotant que celui que j'avais eu un jour dans mon labo. Préférant garder ça pour moi, j'ai reporté mon attention sur la télé.

— Ah, *Downton Abbey* passe aussi chez vous !

— Tu veux mettre autre chose ? a-t-elle répliqué avec indifférence en me montrant une petite pile de DVD pornos.

— Non, non. *Downton*, c'est très bien.

Sans me demander mon avis, elle a mis deux sucres dans ma tasse et me l'a tendue. Mes mains tremblaient, en effet. Je me suis servi de ma paume gauche comme d'une soucoupe en cherchant comment relancer la conversation.

— Et, euh… vous travaillez ici depuis longtemps ?

Regina m'a raconté qu'elle faisait ça depuis six ou sept ans. Ses parents étaient nigérians, mais elle-même était née à Amsterdam et avait commencé à travailler là grâce à une amie. Les hivers la déprimaient et, faute de touristes, elle avait du mal à payer le loyer de cette petite loge – une chance pour elle qu'elle eût quelques clients réguliers sur lesquels elle pouvait compter. Les étés, en revanche, étaient très chargés. Trop, même. Elle a secoué la tête, désabusée.

— Ah, les enterrements de vie de garçon ! a-t-elle dit en agitant vers moi un doigt réprobateur qui semblait me désigner comme seul responsable du phénomène.

Apparemment, beaucoup d'hommes buvaient pour s'armer de courage, puis se découvraient incapables de faire quoi que ce soit.

— Mais ils doivent quand même me payer ! a-t-elle précisé d'un air menaçant.

J'ai ri, hoché la tête et convenu que ce n'était que justice. Connaissait-elle ses collègues ? ai-je ensuite demandé. Elle m'a expliqué qu'elles étaient sympa pour la plupart, même si quelques filles avaient été bernées et attirées là depuis la Russie et l'Europe de l'Est, ce qui l'attristait et la mettait en colère.

— Elles s'imaginent qu'elles vont devenir danseuses. Non mais, tu le crois, ça ? Comme si le monde avait besoin d'autant de danseuses !

Il y a eu un silence.

— Et toi, Paul Newman. Qu'est-ce que tu fais dans la vie ?

— Je travaille dans les assurances, ai-je dit, pris de vertige devant les envolées saugrenues de mon imagination. Je suis en vacances ici avec ma femme et mon fils.

— Moi aussi, j'ai un fils.

— Le mien a dix-sept ans.

— Le mien n'en a que cinq.

— Cinq ans, c'est un âge charmant, ai-je commenté, bien que ce genre de remarque m'ait toujours paru stupide.

À partir de quand cet adjectif, « charmant », cessait-il de s'appliquer ? « Cinq ans, c'est sympa, mais cinquante-quatre, c'est l'enfer » devrait-on dire en toute logique. Enfin bref, le fils de Regina, ai-je compris, vivait à Anvers avec ses grands-parents parce qu'elle ne voulait pas qu'aucun d'eux la voie à son travail. À ce moment-là, l'atmosphère s'est assombrie dans la petite pièce, et nous sommes restés silencieux quelques instants en suivant le quotidien des domestiques de *Downton Abbey* et en méditant les angoisses propres aux parents.

Dans l'ensemble, ç'a été une conversation intéressante et instructive – certes pas de celles que je m'attendais à avoir ce soir-là –, et il me semblait qu'un lien s'était créé entre nous. Mais je me rendais compte aussi que je lui faisais perdre son temps et qu'elle était pratiquement nue. Je me suis donc levé en ressortant mon portefeuille.

— Regina, vous avez été très gentille, mais cela fait un moment qu'on discute et j'aimerais vraiment vous dédommager…

— D'accord. C'est cinquante pour le service complet.

— Oh, non ! Non, non, non ! Je n'ai pas besoin d'un service complet.

— Très bien, Paul Newman, qu'est-ce qu'il te faut, alors ?

— Mais rien du tout ! Je suis ici avec ma famille.

Elle a haussé les épaules et m'a repris ma tasse.

— Tout le monde a une famille.

— Oui, mais on est venus pour le Rijksmuseum.

— Ouais, je l'entends souvent, celle-là.

— Ma femme est sortie avec mon fils. Je ne suis passé dans le quartier que parce que je cherchais un restaurant chinois.

Cela l'a carrément fait rire, cette fois.

— S'il vous plaît, ne vous moquez pas de moi, Regina. C'est la vérité. Je cherchais juste un endroit où… je voulais juste…

Je suppose qu'à ce stade, j'ai subi comme un choc à retardement qui s'est ajouté au stress et aux tensions de ces derniers jours parce que, sans raison apparente, des sanglots absurdes et convulsifs m'ont secoué, et je me suis mis à pleurer sur la banquette en vinyle, une main pressée sur mes yeux.

J'aimerais pouvoir raconter ici que Regina m'a dit de ranger mon argent et qu'elle m'a serré contre son sein doux et chaud en caressant mon front, ce genre de scène qui n'arriverait que dans un film ou un roman prétendument « d'auteur ». La rencontre de deux âmes perdues, ou une connerie du genre. Mais dans la vraie vie, les âmes perdues ne se rencontrent pas, elles ne font qu'errer sans but, et je pense en toute honnêteté que Regina était aussi embarrassée que moi. Une crise de nerfs dans la loge éclairée de rouge d'une prostituée, ça ne se faisait pas, voilà tout, et c'est avec une brusquerie palpable que Regina a pris mes cent derniers euros, avant de se lever et de m'ouvrir la porte.

— Au revoir, Paul Newman, a-t-elle dit, une main sur mon épaule. Va retrouver ta famille.

80. mellow times

Le Mellow Times Café passait les plus grands tubes de Bob Marley – un choix un peu trop facile, même à mes yeux. Le maître des lieux, Tomas, un grand gaillard à la barbe éparse, m'a demandé ce que je voulais d'une voix flûtée et zézayante. Quelque chose de pas trop fort qui me calmerait et me remonterait le moral tout à la fois, ai-je expliqué. Une telle substance existait-elle ? Apparemment, oui. Il m'a donné un truc qui s'appelait Pineapple Gold, et, comme un bon médecin, m'a conseillé de ne pas boire d'alcool avec – mais c'était trop tard, parce que j'avais déjà fait la tournée des bars.

De retour dans ma suite pour jeunes mariés, j'ai sorti mon téléphone et vu que Connie m'avait envoyé

une série de SMS qui illustraient vraisemblablement
la spirale de la folie.

> Où es-tu ?
> Appelle-moi !!!
> On s'amuse, ici !! Rejoins-nous
> Viens t'éclater
> tt va bi1, chéri ?
> vieux farceur appelmoi !!!
> t'aime fort fort fort

Mais même son dernier message ne m'a pas
déridé. Si « Je t'aime » est une expression intéressante, des altérations a priori sans importance – la
disparition du « je » et l'ajout de mots comme
« fort » ou « beaucoup » – suffisent à lui ôter tout
son sens. J'ai ouvert grand la fenêtre, mis le jacuzzi
en mode massage et posé mon « matos » sur le
rebord, dans une soucoupe, avant de grimper dans
la baignoire.

Moi qui rêvais d'une odyssée psychédélique, j'en
ai été pour mes frais. Je n'ai expérimenté que cette
mélancolie exacerbée que j'associe d'habitude au
lendemain de Noël. Mon Dieu, les gens allaient-
ils vraiment en prison pour ça ? Ma tête résonnait
d'un bourdonnement déplaisant, comme lorsqu'on
prend un bain trop chaud – une sensation amplifiée par le fait que j'étais bel et bien dans un bain
trop chaud, qui bouillonnait résolument à la manière
d'un horrible ragoût. La drogue ne m'apportait pas
l'amnésie à laquelle j'aspirais tant. Au contraire, elle
me rendait plus douloureusement conscient de mes
espoirs déçus. Malgré mes efforts, ou peut-être à
cause d'eux, les Petersen vacillaient. Si nous avions
été deux, ou bien quatre, peut-être aurions-nous pu
trouver un certain équilibre. Mais ensemble, nous

avions la grâce d'un chien à trois pattes qui se dépla-
çait en boitillant.

Je me sentais à présent très mal en point. On aurait
dit que des épices brûlaient dans la chambre, alors
même qu'il était interdit de fumer, et cela n'a fait
qu'amplifier ma paranoïa. Mon cœur battait bien trop
vite. Je me suis persuadé qu'il allait éclater comme
celui de mon père et que j'allais expirer là, sur le sol
d'une maison de passe d'Amsterdam, telle une star
du rock, après avoir bu trois bières et aspiré deux
bouffées d'un joint faiblement dosé. Une main sur
la poitrine, je me suis laissé tomber tout trempé
sur notre lit grotesque et j'ai attendu le retour de
Connie sous les draps mouillés.

Elle est rentrée à 3 heures du matin, ainsi qu'elle
le faisait durant notre premier été ensemble. J'avais
eu la ferme intention de bouder, mais elle a appuyé
la tête sur mon épaule, mi-affectueuse, mi-comateuse,
avec ses cheveux qui sentaient la fumée, son haleine
imprégnée d'un alcool inhabituel et son corps qui
dégageait une légère odeur de transpiration pas
désagréable.

— Wouahou, a-t-elle murmuré. Quelle soirée !

— C'était bien ?

— On s'est éclatés comme des ados. On est allés
écouter des concerts ! Tu as reçu mes textos ? Tu
nous as manqué. Où étais-tu ?

— J'ai rencontré une prostituée. Regina. Et après,
j'ai fait une overdose dans le jacuzzi.

— Vraiment ? a-t-elle dit en riant.

— Où est Albie ?

— À côté. Je crois qu'il a ramené quelques amis.

Et ça n'a pas raté : des rires ont filtré à travers la
porte de communication de nos deux chambres, tandis
qu'un accordéon entonnait « Brown Eyed Girl ».

81. un plancher mis à nu

Désormais, finis, les retours de soirée à 3 ou 4 heures du matin. On se couchait et on se levait ensemble, on se brossait les dents devant le lavabo, on façonnait les habitudes, les tics, les gestes, tout le ballet d'une vie à deux, entamant ce processus au terme duquel ce qui paraît excitant et nouveau devient peu à peu familier, usé et chéri. Et notamment…

Connie dort toujours quand le réveil sonne, ce qui n'est pas mon cas. Elle enfile son soutien-gorge avant tout autre chose, je m'habille en commençant par le bas. Elle aime les brosses à dents manuelles, je ne jure que par les électriques. Elle parle des heures au téléphone, je suis bref et vais droit au but. Elle découpe un poulet rôti comme un chirurgien, je fais d'excellents ragoûts. Elle arrive en retard à l'aéroport quand elle doit prendre l'avion, j'aime être là deux heures avant le décollage – car pourquoi nous le demanderait-on si cela n'avait pas d'importance ? Elle a un don pour imiter les gens et pour danser, moi non. Elle n'aime pas les mugs, mais prend rarement une soucoupe avec sa tasse de thé. Elle fait en général brûler ses toasts, elle a horreur qu'on lui chuchote à l'oreille ou même qu'on touche cette partie-là de son anatomie, elle lèche la confiture sur son couteau, mâche des glaçons et parfois, j'en suis choqué, avale des morceaux de bacon cru directement pris sur la planche à découper. Elle aime regarder des films dramatiques sans concession, du genre primés ici ou là, ainsi que de vieilles comédies musicales, et aussi vociférer contre les politiciens aux infos. Moi, je préfère les documentaires sur les conditions climatiques extrêmes. Elle déteste les tulipes et les roses, le chou-fleur et le rutabaga, et mange des tomates comme si c'était des pommes, en essuyant le jus sur son menton avec son pouce. Elle se vernit les ongles des doigts de pied devant la télé le dimanche soir, en levant chaque jambe tour à tour de la façon la plus merveilleuse qui soit, abandonne une quantité impressionnante de cheveux dans la bonde de la douche sans jamais les ôter et cache un trou terrifiant dans son cuir chevelu qu'elle appelle « sa plaque métallique », fruit d'une mésaventure survenue dans son enfance sur un plongeoir. Elle a également un nombre surprenant de plombages noircis, un grain de beauté épais sur l'épaule gauche et deux piercings dans chaque oreille. Elle laisse un certain parfum sur son oreiller, préfère le vin rouge au blanc, trouve le chocolat surestimé et possède une inépuisable capacité à dormir, même debout si elle le voulait. Chaque jour apportait ainsi son lot de nouvelles découvertes, et le soir, nous nous déshabillions chacun de notre côté du lit – ce lit dans lequel nous avons fait l'amour 90, puis 80, puis 70 % de nos nuits. Chacun a été témoin des petites maladies, des maux de ventre et des infections pulmonaires, des ongles abîmés, des poils incarnés, des furoncles et des rougeurs cutanées qui ternissaient l'image initiale de l'autre. Pas grave, pas de panique, ces choses-là arrivent. On a fait les courses ensemble, en poussant le caddie un peu timidement au début, en testant cette domesticité nouvelle. De nos voyages à l'étranger, on a rapporté des liqueurs aux couleurs éclatantes que l'on rangeait dans ce qu'on appelait ironiquement notre « bar ». On s'est disputés pour une histoire de thé, Connie préférant les breuvages odorants et vaguement médicinaux aux sachets classiques. On a recommencé lorsqu'elle a fichu mon frigo en l'air en dégivrant le compartiment freezer avec un tournevis, lorsqu'on a discuté de l'efficacité de la médecine chinoise et lorsque mon canapé-lit parfaitement décent a été remplacé par son truc mou en velours qui empestait la fumée. Ma moquette, choisie pour sa neutralité et sa robustesse – une moquette de bureau, disait Connie – a été arrachée et nous avons repeint le plancher ensemble, comme il convient à un jeune couple.

Il y a eu d'autres changements aussi. À cette époque, Connie était maladivement désordonnée. Elle n'est plus comme ça aujourd'hui, et je suppose que c'est l'un des points sur lesquels j'ai réussi à la faire changer. Dans les premiers temps de notre relation, elle semait derrière elle tout un tas de capuchons de stylo, de papiers de bonbon, de peignes, de barrettes et d'épingles à cheveux, d'élastiques, de bijoux fantaisie, d'attaches de boucles d'oreilles, de paquets de mouchoirs, de chewing-gums esseulés dans leur emballage, de petites pièces de monnaie en provenance du monde entier. Il n'était pas rare qu'en plongeant la main dans la poche volumineuse d'un manteau pour y chercher ses clés, elle en sorte une petite clé anglaise, un cendrier volé, un trognon de pomme desséché ou le noyau d'une mangue. Elle laissait ses livres ouverts sur le réservoir des toilettes, repoussait dans un coin les habits abandonnés par terre comme des feuilles mortes. Et elle aimait « faire tremper la vaisselle » – une forme d'aveuglement que j'ai toujours détestée.

Mais, dans l'ensemble, tout ça ne me dérangeait pas. La lumière se déplace différemment dans une pièce où se trouve une autre personne que vous. Elle se reflète, elle se réfracte, si bien que même lorsque Connie dormait ou gardait le silence, je savais qu'elle était là. J'aimais les preuves de sa présence passée et la promesse de son retour, la manière dont elle avait changé l'odeur de ce sinistre petit appartement. J'étais malheureux avant, mais cette période-là était révolue. Je me sentais guéri d'une sorte de maladie débilitante et j'exultais. « La félicité domestique » – l'association de ces mots faisait parfaitement sens pour moi. Et sans vouloir introduire ici une fausse note, je crois que peu de choses m'ont rendu plus heureux dans la vie que la vue des sous-vêtements de Connie séchant sur mon radiateur.

82. kilburn

Londres aussi avait changé. Cette ville qui m'avait toujours paru mesquine et grise, mal fichue, peu pratique et austère, s'est parée de couleurs nouvelles. En vraie Londonienne, Connie la connaissait aussi bien qu'un chauffeur de taxi. Les marchés, les bars, les boutiques, les restaurants et les bouis-bouis chinois, turcs et thaïlandais. C'était comme découvrir que la maison un peu morne dans laquelle vous aviez grandi comportait en fait une centaine de pièces supplémentaires, chacune menant à la suivante, chacune tout à fait bizarre, belle ou bruyante. La ville où je vivais devenait intelligible parce que Connie Moore s'y trouvait.

Après dix-huit mois de vie commune, nous avons vendu mon appartement de Balham, raclé nos fonds de tiroir et dégoté un crédit immobilier pour acheter un endroit où nous nous sentirions chez nous. Au nord de la Tamise cette fois, au dernier étage d'un immeuble de Kilburn, un espace plus grand, plus lumineux, plus commode pour organiser des soirées – des critères dont je ne m'étais jamais préoccupé jusque-là –, et doté d'une pièce additionnelle petite, mais agréable, à la fonction encore floue. Des invités de passage pourraient éventuellement y dormir, à moins que Connie ne se remette à peindre – elle ne l'avait pas fait depuis un moment, malgré mes encouragements, et avait renoncé au studio qu'elle partageait avec ses amis pour travailler à temps plein dans la galerie de St. James. Les artistes, disait-elle, n'avaient que quelques années après leur sortie des beaux-arts pour percer, et elle avait le sentiment de ne pas y être arrivée. Elle vendait toujours des tableaux, mais de moins en moins souvent, et elle ne les remplaçait pas par de nouveaux. Ma foi, peut-être aurait-elle désormais l'espace dont elle avait besoin.

— Et voici… la nursery ! a-t-elle dit à Fran en ouvrant grand la porte, le jour où elle lui a fait visiter l'appartement.

Et elles ont bien ri toutes les deux.

Là aussi, on a arraché la moquette, puis on a organisé une pendaison de crémaillère – une première pour moi. Mes amis laborantins et ses amis artistes se sont dévisagés à la manière de bandes rivales adolescentes dans une discothèque, mais il y avait des cocktails, un musicien a fait office de DJ, et les gens n'ont pas mis longtemps à danser tous ensemble – des gens dansaient chez moi ! –, les deux clans s'émulsifiant en quelque sorte après avoir été vigoureusement agités. À minuit, les voisins sont venus se plaindre. Connie leur a collé un verre dans les mains et leur a dit d'aller s'habiller, si bien qu'eux aussi se sont vite joints à la danse.

— Tu vois ça ? a dit ma sœur Karen, ivre et très contente d'elle, en nous tenant par le cou, Connie et moi. C'était mon idée !

Elle nous a serrés un peu plus fort encore.

— Non mais, tu imagines, D, si tu étais resté chez toi ce soir-là. Tu imagines ?

Une fois le dernier invité parti, on s'est fait un café serré et, debout devant l'évier, on a lavé les verres dans l'aube de cette fin d'été, les fenêtres grandes ouvertes sur les toits du nord-ouest de Londres. Il me fallait bien admettre que je devais beaucoup à ma sœur. Sans être spécialiste du sujet, je connaissais le concept des réalités alternatives, mais je n'avais pas l'habitude de vivre dans celle qui me plaisait le plus.

83. deux lits simples, rapprochés

Tant de choses avaient changé durant ces années que je ne pouvais plus cacher la vérité à mes parents. À Pâques, nous avons pris la direction de l'est. Connie possédait une antique Volvo déjà bien fatiguée, avec de la mousse qui poussait sur les joints des vitres et un sol tapissé de sachets craquants, de boîtiers de cassette fissurés et de vieux plans de circulation. Trop sûre d'elle au volant, elle conduisait avec une sorte de désinvolture agressive, en changeant plus souvent de musique que de vitesse, de sorte que la tension entre nous était palpable lorsque nous nous sommes garés devant la maison de mon enfance, une construction victorienne tout en briques rouges, à la pelouse soigneusement tondue et au gravier ratissé.

J'avais rencontré la famille de Connie à de nombreuses reprises. Il aurait été impossible de ne pas le faire, au vu de leurs liens étroits, et d'une manière générale on s'entendait très bien. Ses demi-frères se pressaient autour de moi lorsqu'on se retrouvait tous ensemble, me donnaient du « Professeur » et insistaient pour que je passe chez divers traiteurs du nord-est de Londres en me répétant : « Tu prendras ce que tu veux, c'est la maison qui offre. » Kemal, le beau-père de Connie, me considérait comme un vrai gentleman, et un bien meilleur parti que les voyous qu'elle leur présentait d'ordinaire. Seule Shirley, sa mère, restait sceptique.

— Comment va Angelo ? demandait-elle. Que fait Angelo ? Tu as vu Angelo ?

— C'est parce qu'il flirtait avec elle, m'a expliqué Connie, mais sans jamais laisser supposer que j'avais intérêt à le faire moi aussi.

En arrivant chez mes parents, j'étais curieux de voir si elle allait flirter avec mon père, et peut-être le faire sortir de sa carapace. Cela valait-il la peine d'essayer ? Les rideaux ont bougé. La main de mon père s'est levée à la fenêtre et ma mère est apparue à la porte. Bonjour, cela vous ennuierait-il d'ôter vos chaussures ?

Connie a été charmante, bien sûr, mais j'avais toujours considéré qu'on n'usait avec les parents que du ton poli et très articulé réservé aux douaniers et aux agents de police, et que les conversations ne devaient pas sortir d'un périmètre restreint. Quelle jolie maison, nous vous avons apporté des fleurs, je ne reprendrai pas de vin ! Connie, cependant, s'y est ostensiblement refusée et leur a parlé comme à des gens normaux.

Sauf que ce n'était pas des gens normaux, c'était mes parents. Connie se montrait amène et enjouée, mais mon père a perçu son côté exagérément artiste et cela l'a rendu nerveux. Ma mère, elle, semblait déroutée. Qui était cette créature séduisante, glamour et très directe qui tenait son fils par la main ?

— Elle est très exubérante, m'a-t-elle murmuré pendant que la bouilloire chauffait.

On aurait dit que je m'étais présenté chez eux vêtu d'un grand manteau de fourrure. Nous imposer de dormir dans des chambres séparées aurait été trop radical, mais malgré leur grand lit d'appoint en parfait état, mes parents nous ont installés dans la chambre d'amis meublée de deux lits simples, et ma mère en a ouvert la porte avec l'air de dire : « Voici votre tanière de dépravés. » Connie n'avait jamais été du genre à fuir un affrontement, et j'ai imaginé mes parents dans la salle à manger en dessous de nous, les yeux levés vers le plafond, leur cigarette suspendue devant leur bouche lorsqu'ils nous ont entendus rapprocher les lits en riant. Une rébellion adolescente à l'âge de trente-trois ans.

La révolution s'est poursuivie durant le dîner. Même s'ils fumaient comme des pompiers, mes parents nourrissaient des réserves vis-à-vis de l'alcool et ne gardaient qu'un maigre assortiment de vieilles bouteilles dans la remise du jardin, au milieu des araignées. Le sherry était servi pour les petites occasions, le brandy pour les gros chocs. L'alcool vous libérait de vos inhibitions, or les inhibitions nous tenaient bien en laisse, chez nous. Lorsqu'il est devenu évident qu'ils ne déboucheraient pas la bouteille que nous leur avions apportée et qu'elle rejoindrait la petite flasque de whisky et la liqueur d'Advocaat coagulée au fond du jardin, Connie est sortie en annonçant ouvertement son intention « d'aller chercher encore un peu de vin ». Elle est revenue avec deux bouteilles et, je l'ai constaté plus tard, une fiole de vodka cachée dans son manteau.

J'aimerais pouvoir dire que l'alcool a détendu l'atmosphère. Devant un rôti de porc bien gras, la conversation a dévié sans que je sache comment vers les politiques d'immigration, parce que, et c'est de notoriété publique, rien ne rapproche autant les gens que ce sujet-là. On avait tous bu, surtout Connie et mon père, et ma mère a posé une question sur la relative mixité raciale de Kilburn comparée à celle de Balham. Y avait-il toujours beaucoup d'Irlandais là-bas par rapport aux Indiens ou aux Pakistanais ? Le sous-entendu étant, j'imagine, que les Irlandais valaient d'une certaine façon « un peu mieux que les autres ». Connie a répliqué d'un ton mesuré qu'il y avait toutes sortes de communautés dans notre quartier, que les gens employaient souvent le mot Pakistanais pour parler des Bangladais, ce qui revenait à confondre l'Italie et l'Espagne, et que la mixité raciale faisait partie du plaisir de vivre à Londres. Mais se sentait-elle en sécurité le soir ? a demandé mon père.

Il n'est probablement pas nécessaire de retranscrire la dispute qui a suivi. Pour leur défense, mes parents avaient des opinions largement partagées, mais ils les ont exprimées avec une colère inappropriée, mon père martelant une vitre invisible de son doigt recourbé à chaque nouvelle « donnée concrète » fallacieuse.

— Mon beau-père est un Chypriote turc, a bientôt crié Connie. Doit-il retourner là-bas ? Et mes demi-frères, ils sont à moitié anglais et à moitié chypriotes. Quant à ma mère, elle est à la fois anglaise, irlandaise et française, mais elle est mariée à l'un d'eux. Elle aussi, il faudrait qu'elle parte ?

— Si on changeait de sujet ? ai-je proposé.

— Pas question ! a-t-elle répliqué avec emphase. Pourquoi veux-tu toujours changer de sujet ?

Et cela a continué ainsi. Connie laissait entendre – et peut-être même l'a-t-elle dit franchement – que mes parents étaient des bigots provinciaux. Eux, de leur côté, lui reprochaient de vivre « en dehors de la réalité » et faisaient valoir qu'elle avait de la chance de ne pas être en attente d'un logement social avec trois enfants sur les bras et de ne pas risquer de perdre son travail dans une galerie d'art huppée au profit d'un Polonais tout juste débarqué de son bateau.

— Les Polonais ne viennent pas ici en bateau, a-t-elle craché. Ils prennent l'avion.

Le silence est retombé et nous avons contemplé notre dîner gélatineux.

— Tu ne dis rien, toi, a fait remarquer ma mère d'un ton blessé.

— Eh bien… Je suis d'accord avec Connie.

Et en effet, j'étais en grande partie d'accord avec elle. Mais aurait-elle prétendu que la lune était un gros fromage que je l'aurais soutenue aussi. Dorénavant, je serais toujours de son côté. Mes parents l'ont bien compris et en ont été un peu attristés, je crois. Mais avais-je le choix ? Dans une dispute, on prend le parti de ceux que l'on aime. C'est comme ça.

84. les énormes montres

Les trois messieurs présents avec nous au petit déjeuner, un Néerlandais, un Américain et un Russe, étaient de forte carrure et sûrs d'eux. Bien habillés, ultra bronzés et inondés d'eau de Cologne, ils semblaient faire partie de ces hommes adeptes des notes de frais. Le genre capable de se laisser raser par quelqu'un. Le genre que l'on voit sur des yachts. Avec leurs énormes montres, ils appartenaient à une espèce différente de la nôtre, et nous faisions pâle figure à côté d'eux. Connie et moi avions mal dormi, Cat et Albie pas du tout – et à cela s'ajoutait le fait qu'ils étaient encore ivres, ou défoncés, ou un mélange des deux. S'ils empestaient la bière et les alcools forts, j'empestais quant à moi la réprobation. Une petite discussion s'imposait avec Albie. Le personnel de l'hôtel s'était plaint de la fête de la nuit et je guettais l'occasion d'annoncer que non, je ne paierais pas le contenu du minibar, et que non, je n'étais pas ravi d'avoir raté la majeure partie de notre dernière matinée à Amsterdam à cause de leurs gueules de bois. Nous nous sommes donc retrouvés à sept dans la salle souterraine sinistre du petit déjeuner, assis à des tables trop rapprochées, à boire du café amer et à manger des croissants servis sous cellophane. À côté de nous, les hommes d'affaires discutaient bruyamment.

— Les gens se plaignent des coûts de production, disait le bel Américain, trente ans tout au plus au compteur, le menton pas rasé et les muscles saillants sous une chemise coupée sur mesure. On n'est pas stupides, on fait gaffe à ça, mais quels seraient les bénéfices si on avait un produit merdique ? Avec nos fabricants actuels, on renvoie 10 à 15 % de la marchandise parce qu'elle est défectueuse ou de mauvaise qualité.

— C'est une fausse économie, a approuvé le Néerlandais.

Moins imposant et sûr de lui que les deux autres, il jouait apparemment le rôle d'intermédiaire ou de conciliateur. Peut-être y avait-il une conférence ou une foire commerciale quelconque en ville.

— Exactement. Une fausse économie. Ce que vous nous offrez, vous – et la raison pour laquelle nous sommes si intéressés –, c'est votre régularité, votre efficacité, vos réseaux de transport…

— Notre fiabilité…, a ajouté le Russe.

— C'est une situation gagnant-gagnant, a conclu le Néerlandais, qui semblait avoir une expression idiomatique commerciale adaptée à chaque situation.

Ils ont continué sur ce ton assez effronté, et j'ai tenté de ramener notre propre conversation sur l'heure à laquelle il fallait libérer les chambres, l'endroit où entreposer les bagages, l'importance de bien faire nos valises. Nous devions prendre un train de nuit pour Munich ce soir-là, puis traverser les Alpes en direction de Vérone, Vicence, Padoue et Venise – un trajet à première vue très romantique lorsque j'avais fait les réservations, mais qui m'apparaissait à présent plein de dangers.

L'air hypnotisés par les hommes à notre droite, Albie et Cat échangeaient des regards consternés en secouant la tête et en émettant des bruits moqueurs devant tous ces beaux discours sur les délais à respecter, les marges de profit et les marques.

— Tenez, prenez ce modèle…, a dit l'Américain.

Une brochure luxueuse a surgi sur la table des trois hommes, assez près de nous pour qu'on en distingue le contenu.

Elle portait sur une arme à feu, une sorte de fusil d'assaut, et n'était que l'un des nombreux autres documents sur papier glacé étalés entre leurs tasses de café. Nous aurions pu en ramasser un rien qu'en tendant la main, et l'espace d'un instant, j'ai cru qu'Albie allait le faire. Ici figurait le fusil tendrement photographié en gros plan, là sa version démontée, bercée dans les bras d'un mercenaire. Je ne suis pas expert en armes de combat, mais je trouvais cet objet assez absurde. Agrémenté de lunettes télescopiques, de chargeurs amovibles et de baïonnettes, il ressemblait au type de pistolet qu'aurait pu dessiner un ado. De ceux qui servent dans l'espace. Du reste, nos voisins avaient enchaîné sur les loisirs spécialisés et la chasse, les accessoires qu'ils voulaient acheter, les gadgets et tout le bazar. Intéressant, ai-je pensé. Ce sont des fabricants d'armes. Et j'ai fini mon café.

— Bien, Cat. J'ai peur qu'il faille nous dire au revoir.

Mais personne ne m'écoutait. Ils étaient trop occupés à dévisager les trois hommes, à faire de leur mieux pour que leur désapprobation soit le plus visible possible. Cat se dévissait le cou vers eux, les épaules en arrière, les yeux écarquillés, dans le style très typique du théâtre de rue. Il était déjà scandaleux que ces types soient des capitalistes, mais qu'ils osent en plus discuter d'un tel commerce en public, en plein jour, et assez fort pour faire trembler nos tasses ? C'était inadmissible.

— Bon, le musée ouvre à 10 heures ! ai-je dit en me levant.

— Vous êtes ici en vacances ? a demandé le Néerlandais, incapable d'ignorer plus longtemps les regards posés sur eux.

— Seulement deux jours, hélas, ai-je répondu d'un ton que j'estimais assez neutre. Venez, vous autres. Il faut qu'on libère nos chambres.

Albie a repoussé sa chaise en la raclant sur le sol et a planté ses poings fermement sur la table de nos voisins.

— Les toilettes sont par là, a-t-il dit d'une voix plus claire qu'à son habitude.

L'Américain a roulé les épaules.

— Et pourquoi veux-tu qu'on aille aux toilettes, gamin ?

— Pour laver le sang sur vos mains.

Après ça, plusieurs choses se sont déroulées en même temps, de façon un peu confuse à mes yeux.

Je me souviens que l'Américain s'est redressé, qu'il a attrapé Albie par la nuque et approché sa tête de la paume ouverte de sa main.

— Où ? a-t-il tonné. Montre-moi le sang, gamin ! Où est-il ?

J'ai vu Connie s'accrocher à son bras en le traitant de connard et en s'efforçant d'éloigner sa main de notre fils, j'ai vu une tasse de café se renverser, le Néerlandais gesticuler furieusement dans ma direction – vous ne pouviez pas vous mêler de vos affaires ? –, le serveur traverser rapidement la salle, d'abord amusé, puis alarmé, le Russe s'égayer devant tout ça, du moins jusqu'à ce que Cat saisisse un verre de jus d'orange, le vide sur une brochure et recommence avec un autre, et encore un autre, tant et si bien que le jus a formé une mare sur les pages en papier glacé et a fini par tomber en cascade sur les genoux du Russe, qui s'est levé à son tour, dévoilant sa très grande taille, comme dans une comédie bouffonne, devant quoi Cat aussi s'est mise à rire, un gloussement théâtral et si horripilant que le type l'a traitée de stupide garce, de stupide garce cinglée – autant d'insultes qui l'ont seulement fait rire encore plus fort.

Enfin, tel est le souvenir que je garde de cette scène. Ce n'était pas exactement une bagarre générale – il n'y a pas eu de coup de poing, mais plutôt un enchevêtrement d'empoignements, de huées et de ricanements, tous très laids et inutiles, à mon avis. Quant à moi, j'avais eu l'intention de jouer le rôle du pacificateur, de séparer les adversaires et d'appeler au calme. C'était vraiment ça que je voulais, apaiser la situation, et j'ai ceinturé Albie à un moment pour le retenir, mais cela a permis à l'Américain de lui donner un coup sur l'épaule – pas très fort, juste une petite bourrade humiliante. Je n'ai pas lâché Albie et l'ai tiré en arrière, résolu à faire de mon mieux pour les éloigner l'un de l'autre et reprendre le programme que j'avais prévu pour ma famille ce jour-là. Je le répète, tout ça était très confus. Ce qui est indéniable, en revanche, tout le monde s'en étant souvenu après coup, c'est qu'en traînant Albie à l'écart, j'ai prononcé ces mots :

— J'aimerais m'excuser pour le comportement de mon fils.

85. encore les tournesols

Albie n'est pas venu au musée Van Gogh ce matin-là, et Connie a failli faire de même tant elle était ulcérée. Tête baissée, rageuse, elle pédalait sans vraiment se donner la peine de signaler ses changements de direction par des gestes de la main.

Devant les *Tournesols*, une des nombreuses versions peintes par Van Gogh, je me suis rappelé l'affiche que j'avais autrefois accrochée sur mon mur.

— Tu te souviens ? Dans mon appartement de Balham ? Je l'avais achetée pour t'impressionner.

Mais Connie n'était pas d'humeur à sombrer dans la nostalgie, et toutes mes autres remarques concernant l'épaisseur de la peinture sur la toile et la riche palette de couleurs n'ont absolument pas entamé le mur de mépris qu'elle m'opposait. Elle était même trop en colère pour rapporter des cartes postales. Au temps pour le pouvoir apaisant des grandes œuvres d'art...

Comme il fallait s'y attendre, l'explosion a eu lieu lorsque nous sommes sortis.

— Tu sais ce que tu aurais dû faire quand ce type s'est jeté sur Albie ? Tu aurais dû lui coller ton poing sur la figure, et pas retenir notre fils pour qu'il puisse le frapper.

— Il ne l'a pas frappé. Il l'a juste un peu bousculé.

— Ça ne fait aucune différence.

— C'est Albie qui a commencé ! Il était imbuvable et prétentieux.

— Ça ne fait aucune différence, Douglas.

— Tu penses que cela aurait tout arrangé ? Ce type m'aurait mis K-O. Me faire tabasser devant tout le monde, pour toi, c'était la solution ? C'est ça que tu aurais voulu ?

— Oui ! Oui, il t'aurait cassé le nez et fendu la lèvre, mais moi, j'aurais eu envie de *t'embrasser*, Douglas, parce que tu te serais dressé devant quelqu'un pour défendre ton fils ! À la place, tu n'as fait que minauder : « Nous passons un très bon séjour ici, juste deux jours malheureusement. »

— Cette dispute était ridicule ! Bon sang, mais tu as quel âge, neuf ans ou quoi ? Ils fabriquent des armes, et alors ? Tu crois qu'on n'a pas besoin d'armes ? La police, l'armée ? Il faut bien que quelqu'un les produise, non ? C'est puéril d'insulter des gens qui font un commerce légitime, même si tu n'es pas d'accord…

— Douglas, tu as une capacité sidérante à être à côté de la plaque. Tu veux bien m'écouter, juste pour une fois ? Le sujet de la dispute, on s'en fout. Ce n'est pas le problème. Albie a peut-être été naïf, ridicule, pompeux, ou tout ça en même temps, mais *tu t'es excusé.* Tu as dit qu'il te faisait honte. Tu as pris le parti d'une bande de trafiquants d'armes ! Tu as pris le parti de ces connards contre ton fils – *notre* fils –, et c'était une faute, une faute majeure : dans une bagarre, on défend les gens qu'on aime. C'est comme ça, un point c'est tout.

86. des rêves de catastrophes imminentes

Lorsque j'ai senti pour la première fois mon fils s'éloigner de moi – il devait avoir neuf ou dix ans le jour où ses doigts ont commencé à se tortiller dans l'étau compulsif de ma main –, je me suis laissé aller à une rêverie particulière. Je sais que cela va paraître pervers, mais j'ai espéré à ce moment-là qu'un accident survienne, qu'on frôle une catastrophe quelconque, afin de pouvoir me montrer héroïque, à la hauteur de la situation, et lui prouver ainsi la force de mon attachement.

Dans les Everglades, en Floride, Albie est mordu par un serpent qui se faufile dans sa chaussure, et j'aspire le venin de son talon crasseux. Au cours d'une randonnée dans le parc national de Snowdonia, une tempête soudaine s'abat sur nous, Albie glisse, se fracture la cheville, et je le ramène à bon port en le portant à travers le brouillard et la pluie. Une vague exceptionnelle l'arrache à la jetée de pierres de Lyme Regis et, sans hésitation, sans même penser à ranger d'abord mes clés de voiture et mon téléphone dans un coin sûr, je saute dans la mer déchaînée, plonge et plonge encore dans les eaux grises jusqu'à ce que je le retrouve et le hisse sur le rivage. Nous découvrons qu'Albie a besoin d'un nouveau rein. Le mien convient parfaitement – sers-toi, je t'en prie. Prends-en deux, même ! S'il avait dû courir un jour le moindre danger, je n'avais aucun doute sur le courage instinctif et la loyauté dont je ferais preuve alors.

Mais mettez-moi dans la salle du petit déjeuner d'un hôtel à Amsterdam…

J'allais m'excuser. Oui, voilà. Je l'emmènerais dans un endroit tranquille et lui expliquerais que j'étais fatigué, que je n'avais pas fermé l'œil de la nuit, et qu'il ne l'avait peut-être pas remarqué, mais la situation était un peu tendue entre sa mère et moi, ce qui me mettait légèrement à cran, que pour autant je l'aimais beaucoup, et pouvait-on maintenant aller de l'avant, au propre comme au figuré ? Notre train pour Munich partait deux heures plus tard. Encore deux jours et nous serions en Italie.

Mais lorsque je suis rentré à l'hôtel, j'ai trouvé Connie appuyée contre la réception, les mains pressées sur ses yeux pleins de larmes. Sans lever la tête, elle a glissé vers moi une lettre griffonnée de la main d'Albie au dos de mon itinéraire.

> *Maman, papa,*
> *On peut dire qu'on s'est bien marrés !*
> *J'apprécie vos efforts et tout l'argent dépensé, mais je ne crois pas que ce Grand Tour soit une réussite. J'ai l'impression de me faire engueuler en permanence, et, ô surprise, figurez-vous que ce ne sont pas vraiment des vacances pour moi. Je pars donc de mon côté, et je vous laisse vous engueuler entre vous. Au moins maintenant, tu arriveras à suivre ton programme, papa !*
> *Je ne sais pas où je vais aller. Peut-être que je resterais avec Cat – ou peut-être pas. J'ai récupéré mon passeport dans votre chambre et je vous ai pris un peu d'argent – ne t'inquiète pas, papa, je te rembourserai, et pour le minibar aussi. Mets-le sur ma note.*

S'il vous plaît, épargnez-moi les mails, les textos et les coups de fil. Je vous contacterai quand je le jugerai bon. En attendant, j'ai besoin d'un peu de temps pour faire le point et réfléchir à certaines choses.

Maman, ne t'inquiète pas. Et papa, je suis désolé si je te déçois.

À un de ces jours,
Albie

partie 4

ALLEMAGNE

Quand on se donne à fond, on est forcé de réussir, non[1] ?

Penelope Fitzgerald,
L'Affaire Lolita.

1. Traduction de Michèle Lévy-Bram. Quai Voltaire/La Table ronde, Paris, 2006.

87. train-couchette

Nous avions déjà pris un train-couchette une fois, pour aller à Inverness et, de là, faire un circuit à vélo sur l'île de Skye, à l'automne de notre deuxième année ensemble.

Ce voyage était un cadeau d'anniversaire. Retrouve-moi à tel endroit et à telle heure, prends ton passeport et un maillot de bain – le genre de surprise un peu folle qui constituait une nouveauté pour moi. Si Connie a été déçue de voir qu'elle n'aurait besoin ni de son passeport, ni de son maillot de bain, elle n'en a rien montré, et on a beaucoup ri, je me souviens, dans la toute petite couchette du train au départ de la gare d'Euston. Dans les films de mon enfance, ces trains portaient en eux la promesse de grivoiseries sophistiquées. En réalité, comme les saunas et les jacuzzis, les compartiments couchettes sont loin d'être le terrain de jeu sensuel que l'on nous fait croire, et cela illustre en quoi la fiction peut être menteuse. Il est facile de reproduire cette expérience : il suffit de payer 200 £ pour faire l'amour dans une penderie fermée à clé à l'arrière d'un camion roulant à vive allure. Mais nous avons quand même persévéré, en dépit de nos multiples fous rires et de nos crampes, et quelque part entre Preston et Carlisle, nous avons eu un petit souci de contraception.

Nous avions toujours été très vigilants sur ce point, et même si aucun de nous n'a paniqué, nous avons été forcés d'envisager les concepts théoriques de paternité et de maternité, ce que l'on pouvait bien éprouver en vivant ça, et comment c'était au juste. On y a pensé en parcourant à vélo une île de Skye balayée par les vents, on y a pensé dans les lits confortables des divers B&B où on a dormi, l'haleine chargée de whisky, on y a pensé en étudiant les cartes en quête d'un endroit où nous abriter de la dernière averse. On en a même plaisanté, disant que si c'était une fille, on l'appellerait Carlisle, et que si c'était un garçon, ce serait Preston, et on a trouvé cette idée… pas désagréable. On parle souvent de la peur suscitée par les grossesses non désirées, et pourtant on n'a pas du tout eu peur, ce qui était la marque d'une nouvelle étape importante pour nous.

Dans le train qui nous ramenait à Londres, on s'est serrés sur une couchette de la taille d'un grand lit de camp et Connie m'a appris qu'elle n'était pas enceinte finalement.

— C'est une bonne nouvelle, ai-je dit. Non ?

Elle a soupiré, puis s'est retournée et est restée allongée, une main en travers du front.

— Je ne sais pas. Je crois, oui. On a toujours trouvé ça préférable jusqu'à maintenant. Mais pour être honnête, je suis un peu déçue.

— Moi aussi.

Nous avons gardé le silence un moment sur notre couchette partagée, le temps d'assimiler les implications de cet aveu.

— Ça ne signifie pas qu'on devrait essayer en s'y mettant sérieusement cette fois, a-t-elle repris. Pas encore.

— Non, mais si ça arrive…

— Exactement. Si ça arrive… Ça ne va pas ?

— Juste une crampe.

En fait, je ne sentais plus mes jambes, mais je ne voulais pas me détacher d'elle à un tel moment.

— Mon avis ne vaut que ce qu'il vaut, Douglas, mais…

— Oui ?

— Je pense qu'on serait très doués. En tant que parents, je veux dire.

— Oui, moi aussi. Moi aussi.

Et j'ai regagné ma couchette en ayant la conviction qu'elle n'avait peut-être pas tout à fait tort.

88. train-couchette 2

Nous n'avons pas beaucoup parlé dans le train-couchette à destination de Munich. Nous sommes restés immobiles, rangés l'un au-dessus de l'autre dans nos box blanc crème en plastique moulé – ces box nettoyables d'un simple coup de chiffon et dotés d'une foule de prises pour recharger divers appareils. Tout cela était bien beau et fonctionnel, mais le bourdonnement de la climatisation et l'obscurité derrière la vitre me donnaient l'impression d'être un récent détenu dans la cellule d'une prison intergalactique.

On aurait pu prendre l'avion pour aller en Italie, évidemment, mais je voulais qu'on pose au moins le pied en Allemagne et en Autriche – « on », c'est-à-dire Connie, Albie et moi – et n'est-ce pas que ce serait plus drôle, plus romantique, d'être un petit point rouge glissant sur la carte à travers cette grande masse centrale enclavée. De jouer aux cartes et de savourer un verre de vin dans notre couchette pré-réservée au prix raisonnable, pendant qu'Albie grattait sa guitare et lisait Camus juste à côté, puis de nous promener tout frais et dispos à Munich, une ville qu'aucun de nous ne connaissait. Il y avait des Raphaël et des Dürer à l'Ancienne Pinacothèque, des Monet et des Cézanne dans la Nouvelle, sans compter un célèbre Bruegel et un Turner – Connie adorait Turner. On irait boire des bières avec Albie à la terrasse des cafés et on s'assiérait sous le soleil d'août, un peu assommés par l'abus d'alcool et de viande. Notre séjour à Munich serait merveilleux.

Mais Albie était parti se perdre en Europe avec une accordéoniste folle, et nous poursuivions notre voyage à deux, Connie rongée par l'inquiétude, moi par la culpabilité. Pendant qu'elle faisait mine de lire sur la couchette supérieure, j'ai regardé dehors par la vitre.

— Il s'amusera probablement plus sans nous, ai-je dit pour la énième fois.

Et, pour la énième fois aussi, je n'ai pas eu de réponse.

— Peut-être que je devrais l'appeler.

— Pour quoi faire ?

— Je te l'ai dit… M'excuser, discuter un peu. Et m'assurer qu'il va bien.

— Écoute… laisse tomber, Douglas. D'accord ?

Elle a éteint sa lampe et le train a poursuivi sa route. Quelque part au-dehors s'étendaient Düsseldorf, Dortmund, Wuppertal et Cologne, le cœur industriel de l'Allemagne, le puissant Rhin, mais je ne distinguais rien d'autre que les lumières d'une autoroute.

89. margaret petersen

Ma mère est morte peu de temps après notre retour de l'île de Skye. C'était la première fois qu'une tombe s'ouvrait sur le chemin de ma vie. Une étape importante de plus, je suppose.

Apparemment, elle a fait une crise cardiaque alors qu'elle était tranquillement assise à son bureau, en plein cours de biologie, et il a fallu un certain temps à ses élèves toujours bien obéissants pour réagir et donner l'alerte. Mon père s'est précipité à l'hôpital, mais a découvert sur place qu'une nouvelle attaque l'avait emportée pendant qu'elle gisait sur un brancard en attendant un diagnostic. Arrivé deux heures plus tard, j'ai observé sa réaction étonnamment rageuse, sa colère contre ces foutus élèves restés stupidement assis sur leur chaise, contre ces foutus enseignants et ce foutu personnel de l'hôpital, contre quiconque était censé commander toutes ces foutues histoires de destinées. La mort de ma mère était « une foutue aberration », selon lui – encore deux ans et elle aurait été en retraite ! Sa douleur s'est manifestée sous forme de fureur, puis d'indignation, comme si une erreur administrative avait été commise, comme si quelqu'un, quelque part, avait vraiment déconné et perturbé l'ordre des choses, et lui, il allait devoir en payer le prix en continuant à vivre, mais seul. La solitude, pour un homme, c'était tout bonnement injuste.

Moi aussi, j'ai souffert de cette perte, et à un point qui m'a étonné, parce que ce serait altérer la réalité que de prétendre que ma mère et moi étions particulièrement proches ou affectueux l'un envers l'autre. Il y avait eu des moments où nous l'avions été, bien sûr. Elle avait toujours adoré la nature et une fois à la campagne, elle s'adoucissait, devenant plus joviale et de meilleure humeur. Elle identifiait les arbres et les oiseaux sans rien trahir ou presque de l'enseignante en elle, elle m'offrait son bras et me racontait des histoires. Mais à la maison, c'était une femme réservée et assez conservatrice. Quand j'observais les autres mères qui patientaient devant l'école à la fin des cours, je me demandais pourquoi la mienne n'était pas plus chaleureuse, plus vive, pourquoi elle ne contrebalançait pas la sévérité de mon père. Mais peut-être était-ce le secret de leur couple. Peut-être étaient-ils parfaitement assortis, comme les deux baguettes d'un tambour.

Reste que je ne voyais aucun lien évident entre la peine immense que j'ai éprouvée au moment de sa mort et la force – ou plutôt l'inconsistance – de nos liens dans la vie, et je suis parvenu à cette conclusion que le chagrin se compose peut-être autant de regret pour ce que nous n'avons jamais connu que de tristesse devant ce que nous avons perdu. Pour me consoler, j'ai pu m'appuyer sur Connie, merveilleuse de bout en bout durant cette épreuve, depuis le premier appel d'urgence jusqu'aux préparatifs de l'enterrement, en passant par le tri des habits, les allers et retours vers les boutiques des œuvres de bienfaisance, la gestion lugubre des comptes bancaires et du testament, la vente d'une maison désormais trop grande et l'achat d'un petit appartement pour mon père. Bien qu'elle ne se soit jamais entendue avec ma mère et qu'elles aient eu plus d'une franche dispute toutes les deux, elle a su voir que cela ne comptait plus et s'est montrée présente, respectueuse et tendre, mais pas doucereuse, mélodramatique ni indulgente. Une bonne infirmière, en somme.

Ma mère a été inhumée un matin de décembre, et la maison de mes parents – désormais celle de

mon père – m'a paru froide et sombre lorsque nous
sommes rentrés et que nous avons de nouveau rapproché les deux lits simples. Connie a ôté sa robe de
funérailles et nous nous sommes allongés sous les
couvertures en nous tenant la main, conscients que
trois autres enterrements similaires nous attendaient
encore, quatre à supposer que son père fantôme
refasse un jour surface, et que nous traverserions ces
épreuves ensemble.

— J'espère que tu ne mourras pas avant moi, ai-je
dit – une remarque bien mièvre, je sais, mais autorisée
dans de telles circonstances.

— Je ferai de mon mieux.

Quoi qu'il en soit, les semaines ont passé, les
marques de compassion et les condoléances ont été
présentées et acceptées, la sensation de picotement
salé derrière mes yeux a cessé. Avec le temps, j'ai
perdu ce statut particulier qu'acquièrent les éplorés
pour retrouver ma condition de civil, et nous avons
poursuivi notre route à deux.

Vingt ans plus tard, le beau-père de Connie reste en
bonne santé, et son père biologique aussi pour ce que
nous en savons. Shirley, sa mère, est manifestement
immortelle et témoigne comme personne des vertus
des petites cigarettes roulées à la main et du rhum.
Fumée et saumurée, elle vivra sans doute éternelle-
ment, et peut-être que Connie n'aura jamais besoin
de moi au bout du compte.

90. merci et au revoir

À Munich, il s'est avéré que j'avais très bien choisi
notre hôtel pour une fois – un petit établissement
familial et plaisant près du Viktualienmarkt, confor-

table, simple, un peu désuet mais pas kitsch. Une vieille dame semblable à celles qui se font manger par les loups dans les contes nous a ouvert la porte.

— Et l'autre personne qui devait vous accompagner ? M. Albie… ?

J'ai senti Connie se raidir à côté de moi.

— Notre fils. Il n'a pas pu venir, malheureusement.

Il ne supportait pas de venir. Il ne le pouvait pas. *J'aimerais m'excuser pour le comportement de mon fils…*

— J'en suis désolée, a dit la femme en plissant le front avec compassion. Et je suis désolée aussi de ne pas pouvoir vous rembourser en étant avertie aussi tard.

— *Danke schön*, ai-je répondu sans savoir pourquoi.

Dankeschön et *Auf Wiedersehen* étaient les seuls mots d'allemand que je connaissais, ce qui me condamnait à passer mon temps ici à remercier les gens, puis à partir.

Même si nos chambres ne devaient officiellement pas être disponibles avant plusieurs heures, nous avons été conduits jusqu'à la nôtre, qui avait le charme des contes de Grimm avec sa débauche de meubles rustiques bavarois, vieux et assez sinistres. J'espérais que ce style plairait à Connie, mais elle avait mal dormi dans le train et s'est contentée de s'allonger sur le lit immense en se roulant en boule à la manière d'une petite fille, comme elle le fait encore parfois.

— Les oreillers sont très fins en Allemagne, ai-je remarqué.

Pas de réponse. Elle avait déjà fermé les yeux. Je me suis assis sur un rocking-chair et me suis servi un peu d'eau avant de lire quelques informations sur Bruegel. Le bord de mon verre dégageait une odeur de moisi, mais ce détail mis à part, tout était tip-top.

91. le pays de cocagne

Il existe un nombre consternant de Brueg(h)el, un éventail ahurissant de Jan et de Pieter, d'Anciens et de Jeunes, et leur manque de flair dans le choix de leurs prénoms n'arrange rien.

Sur l'ensemble de la dynastie, cependant, Bruegel l'Ancien – notez l'absence de « h » – est le premier et le meilleur. Il ne reste de lui que quarante-cinq tableaux environ, et l'un des plus célèbres se trouve dans l'imposante Ancienne Pinacothèque, que nous avons visitée cet après-midi-là. Nous avons croisé quantité de jolis Jan et Pieter en cours de route, des fleurs disposées dans des vases et des foires paysannes pleines de tout petits détails – le genre de toile qui fait de très bons puzzles –, mais le Bruegel sans « h » sortait vraiment du lot, bien qu'il fût accroché sans beaucoup d'égards dans une salle qui n'avait rien de remarquable.

Le Pays de cocagne représente une terre mythique où le lait et le miel coulent à flots. On y voit un toit recouvert de tartes, une barrière faite de saucisses et, au premier plan, trois hommes à la panse bien remplie : un soldat, un paysan et une sorte de clerc ou d'étudiant, tous entourés par des restes de nourriture, le pantalon ouvert, trop repus pour travailler. Le tableau compte parmi ces œuvres dites « dérangeantes » – il comporte un cochon qui court partout avec un couteau planté dans le dos, un œuf à la

coque avec des petites pattes, ce genre de choses –,
et j'étais assez versé dans les arts pour reconnaître
une allégorie quand j'en voyais une.

— Manger de plus petites portions.

— Pardon ? a dit Connie.

— Le sens du tableau. Quand on vit dans un
pays où les toits sont recouverts de tartes, il faut
apprendre à garder le sens de la mesure. Bruegel
aurait dû appeler sa toile *Les Glucides du déjeuner*.

— Douglas, je veux rentrer.

— Mais… et le musée d'Art moderne ?

— Je ne parle pas de rentrer à l'hôtel, mais en
Angleterre. Je veux repartir maintenant.

— Oh. Oh, je vois, ai-je bafouillé, les yeux
toujours rivés sur le tableau. Il pleut littéralement
de la nourriture !

— Est-ce que… Est-ce qu'on peut s'asseoir
quelque part ?

On est passés dans une plus grande salle consacrée à des scènes de crucifixion et des représentations d'Adam et Ève, et on s'est assis à une certaine
distance l'un de l'autre sur une banquette en cuir,
la présence d'un gardien du musée ajoutant à cette
ambiance particulièrement pesante, digne d'une visite
au parloir d'une prison.

— Je sais ce que tu espérais. Tu pensais que si tout
se passait bien, on aurait peut-être encore un avenir
ensemble. Tu voulais me faire changer d'avis, et je
tiens à te dire que j'adorerais être capable de le faire.
J'adorerais être certaine de pouvoir être heureuse avec
toi. Mais ce voyage ne me rend pas heureuse, justement. C'est… C'est trop dur, et on ne se sent pas
en vacances quand on a l'impression d'être enchaîné
à quelqu'un. J'ai besoin d'air pour réfléchir. Je veux
rentrer à la maison.

J'ai souri malgré ma terrible déception.

— Tu ne vas quand même pas laisser tomber le Grand Tour, Connie !

— Tu peux continuer si tu veux.

— Pas sans toi. Quel plaisir aurais-je à voyager seul ?

— Alors rentre avec moi.

— Que dira-t-on aux gens ?

— Est-on obligés de leur dire quoi que ce soit ?

— Écourter nos vacances de douze jours parce que notre fils s'est fait la malle, c'est humiliant !

— Eh bien… On prétextera une intoxication alimentaire ou la mort d'une tante quelconque. On racontera qu'Albie est parti retrouver des amis et vivre sa vie. Ou on s'enfermera chez nous, on tirera les rideaux et on restera cachés en prétendant être toujours en voyage.

— On n'aura aucune photo de Venise et de Rome…

Cela l'a fait rire.

— Jamais dans toute l'histoire de l'espèce humaine quelqu'un n'a demandé à voir ces photos.

— Je ne les voulais pas pour les montrer aux autres. Je les voulais pour nous.

— Dans ce cas… on n'aura qu'à dire la vérité aux gens.

— Que tu ne pouvais pas supporter de passer une minute de plus ici avec moi.

Elle s'est rapprochée de moi et a appuyé son épaule contre la mienne.

— Ce n'est pas vrai.

— Quel est le problème, alors ?

— En fait, on n'a peut-être pas choisi le meilleur moment pour être tout le temps fourrés ensemble.

— L'idée vient de toi.

— Oui, mais c'était avant… Je suis désolée. Tu as tout organisé et j'apprécie le mal que tu t'es donné, mais ce voyage… il exige aussi des efforts. Il y a trop de choses à encaisser. C'est trop compliqué.

— On ne récupérera pas les arrhes qu'on a versées. Tout est déjà pré-réservé.

— L'argent n'est peut-être pas ce qu'il y a de plus important à cet instant, Douglas.

— Bon, bon. D'accord. Je vais me renseigner sur les horaires des avions.

— Il y a un vol à destination d'Heathrow à 10 h 15 demain. On sera rentrés chez nous pour le déjeuner.

92. schweinshaxe mit kartoffelknödel

Ainsi s'est déroulée notre dernière journée en Europe.

Nous avons parcouru les autres salles du musée, mais Albie n'étant plus là pour parfaire son éducation, le Grand Tour semblait perdre sa raison d'être. Nos yeux se posaient sur des Dürer, des Raphaël et des Rembrandt sans les voir et sans que nous ayons rien à dire. Nous n'avons pas tardé à partir, et pendant que Connie rentrait faire ses valises et lire un peu, j'ai déambulé dans les rues.

Munich présente un étrange double visage – une ville pompeusement solennelle d'un côté, bruyante et imbibée de bière de l'autre, à l'image d'un général ivre, et je crois qu'on aurait pu tous passer un bon moment ici par une douce soirée du mois d'août. À la place, je me suis rendu seul dans une grande brasserie près du Viktualienmarkt, où, accompagné par un orchestre de cuivres bavarois, j'ai tenté de me remonter le moral en commandant une chope de bière aussi grosse qu'un tonneau et du jarret de porc rôti. Comme pour beaucoup de choses dans la vie, le goût en a d'abord été délicieux, mais très vite, la viande a pris des allures de cours d'anatomie répugnant lorsque j'ai ouvert les yeux sur les groupes musculaires, les tendons, les os et le cartilage qui la composaient. J'ai repoussé mon assiette, abattu, j'ai vidé mon seau de bière et je suis retourné en titubant jusqu'à notre chambre d'hôtel, où je me suis réveillé peu après 2 heures du matin, fleurant le jambon, telle une coquille desséchée et à moitié cinglée...

93. l'extincteur

... parce que, qu'avais-je offert à Connie, quand on y réfléchissait bien ? Les bénéfices pour moi étaient évidents, mais durant toute notre vie ensemble, j'avais lu cette question sur les visages de nos amis, des serveurs, des membres de notre famille et des chauffeurs de taxi : que lui trouve-t-elle ? Que voit-elle en lui qui a échappé à tant d'autres ?

C'était une question que je ne souhaitais pas lui poser moi-même, au cas où elle serait restée perplexe, sans aucune réponse à m'apporter. J'ai cru – car elle me l'a dit – que je lui offrais une sorte d'alternative aux hommes qu'elle avait connus avant. Je n'étais pas vain, ronchon, indigne de confiance, caractériel, je n'avais pas de problème avec la drogue ou l'alcool, je ne la volerais pas et ne la tromperais pas non plus, je n'étais ni marié, ni bisexuel, ni maniaco-dépressif. Bref, je n'avais aucune des qualités qui, de son adolescence jusqu'aux abords de la trentaine, lui avaient paru irrésistibles. Je ne risquais guère de lui proposer de fumer du crack, et quand bien même cela me semblait une exigence relativement élémentaire dans le choix d'un partenaire, c'en était au moins une que je pouvais remplir. Premier bon point en ma faveur : je n'étais pas un psychopathe.

Il était également clair pour tout le monde que je l'aimais à en être ridicule, et tant pis si la dévotion n'est pas toujours très attrayante – je le savais par expérience. Et puis il y avait notre vie sexuelle qui, je l'ai déjà mentionné, était à mon sens plus que satisfaisante.

Connie s'était toujours intéressée à mon travail. Malgré les frustrations, je gardais foi en la recherche scientifique, et je crois qu'elle m'admirait pour cette raison. Elle m'a toujours répété que je n'étais jamais si séduisant que lorsque j'évoquais ma profession, et elle m'encourageait à le faire longtemps après avoir cessé de comprendre de quoi on parlait.

— Les lumières s'allument, disait-elle.

Avec mon changement de poste, ces lumières avaient quelque peu vacillé, mais elle chérissait au début ces nombreuses différences entre nous – l'art et la science, la sensibilité et la raison. Après tout, qui souhaite tomber amoureux de son propre reflet ?

D'un point de vue plus terre à terre, j'étais quelqu'un de pragmatique, très doué pour effectuer de menus travaux de plomberie, de menuiserie et même d'électricité, et il ne m'est arrivé qu'une seule fois de recevoir un sale coup de jus dans la cuisine. J'étais capable en entrant dans une pièce de repérer le mur porteur. Décorateur méticuleux, je nettoyais mes pinceaux au White Spirit, les frottais et les rinçais toujours. Lorsque nous avons mis nos finances en commun, j'ai veillé scrupuleusement à ce que tout soit en règle : plans de retraite, plans d'épargne, assurances. Je préparais nos vacances avec une rigueur toute militaire, j'entretenais la voiture, purgeais les radiateurs, remettais les horloges à l'heure au printemps et à l'automne. Tant qu'il y aurait un souffle de vie en moi, Connie ne serait jamais à court de piles AA. Ces exploits peuvent bien paraître quelconques et prosaïques, mais ils contrastaient fortement avec les esthètes écervelés et égocentriques qu'elle avait fréquentés avant moi. Il émanait de tout ça une sorte de douce virilité à la fois nouvelle et réconfortante pour elle.

Dans un registre plus palpitant, je me révélais extrêmement fiable face aux situations de crise. Je pouvais changer une roue sur la bande d'arrêt d'urgence de la M3 en pleine nuit et sous la pluie, ou porter secours à un épileptique sur la Northern Line alors que les autres passagers du métro restaient assis, bouche bée. Un héros du quotidien, en somme, dans un genre très mineur. Quand on marchait sur un trottoir, je me plaçais toujours du côté le plus proche de la chaussée, et même si cela la faisait rire, elle aimait aussi. Être avec moi, disait-elle, c'était comme se promener en permanence avec un grand extincteur démodé, et j'en tirais une certaine satisfaction.

Quoi d'autre ? Je crois que j'ai permis à ma femme d'échapper à un style de vie qui n'était plus tenable. La Connie Moore que j'avais rencontrée était une fêtarde, toujours à danser sur les tables, et je lui ai tendu la main pour l'aider à redescendre. Elle a renoncé à l'idée de gagner sa vie en tant qu'artiste, du moins pour quelque temps, et a commencé à travailler à temps plein à la galerie. Cela a dû être difficile, j'imagine, de promouvoir les œuvres des autres au lieu de produire les siennes, mais je me disais qu'elle ne perdrait pas son talent et qu'elle pourrait toujours se remettre à peindre une fois qu'on serait installés, une fois que son style reviendrait à la mode. En attendant, on s'amusait, on s'amusait énormément. On faisait des dîners avec des amis et beaucoup de soirées qui se finissaient tard. En revanche, il y avait moins de gueules de bois, moins de regrets au petit matin, moins d'hématomes mystérieux. J'étais le port d'attache le plus sûr qui soit, même si je tiens à souligner que je pouvais être marrant, aussi. Pas en présence d'une compagnie nombreuse, peut-être, mais quand la pression retombait, quand on n'était plus que tous les deux, je ne crois pas qu'il y ait eu un seul endroit sur terre où on aurait préféré se trouver.

On met beaucoup l'accent aujourd'hui sur l'importance de l'humour dans les relations modernes. Tout ira bien, nous serine-t-on, dès lors qu'on arrivera à faire rire l'autre et à transformer un mariage heureux en un demi-siècle d'improvisations. Pour quelqu'un qui se sentait à cours d'inspiration – comme moi durant cette longue nuit déshydratée de l'âme –, il y avait de quoi s'inquiéter. J'avais toujours aimé faire rire Connie – c'était à mes yeux quelque chose de satisfaisant et de rassurant, parce que le rire repose à mon avis sur la surprise, et il est bon de surprendre l'autre. Mais tel un athlète en perte de vitesse, mon temps de réaction s'était allongé et il n'était pas rare désormais que je trouve la parfaite réplique spirituelle à une remarque avec plusieurs années de retard. En conséquence, j'avais recours à de vieux trucs, de vieilles histoires, et j'avais parfois l'impression que Connie avait passé nos trois premières années ensemble à rire de mes plaisanteries, et les vingt et une suivantes à soupirer en les écoutant. Quelque part en cours de route, j'avais égaré mon sens de l'humour, au point de n'être plus bon qu'à faire des jeux de mots, ce qui n'est pas du tout pareil. « Je crains le *beer* ! » Cette blague m'était venue à l'esprit dans la brasserie, et je me suis demandé si je l'utiliserais au petit déjeuner. J'apporterais à Connie une petite chope de bière et, lorsqu'elle refuserait, je lui dirais :

— Le problème avec toi, Connie, c'est que tu crains toujours le *beer* !

Elle était bien bonne, mais ça ne suffirait peut-être pas à sauver notre mariage.

On ne pouvait pourtant pas nier qu'il fut un temps où je faisais constamment rire Connie, et en devenant père, j'avais espéré développer davantage ce talent d'amuseur. Je me voyais sous les traits d'un Roald Dahl excentrique et sage qui aurait créé des personnages et des histoires à partir de rien, et nos enfants auraient été suspendus à mes lèvres, le visage illuminé par la joie, le ravissement et l'amour. Je n'y suis jamais vraiment parvenu, je ne sais pas pourquoi. Peut-être à cause de ce qui est arrivé à notre fille. Il est certain que cet événement m'a changé, qu'il nous a changés tous les deux. La vie a été un peu plus pesante après.

De toute façon, je ne crois pas qu'Albie ait jamais apprécié cette facette plus légère de ma personnalité. Je faisais de mon mieux, mais je me sentais un peu emprunté et mal à l'aise, comme un comique qui se rend compte que son numéro ne produit aucun effet. Je pouvais faire disparaître la partie supérieure de mon pouce, puis la remettre en place, mais à moins d'avoir pour public un enfant particulièrement bête, ce genre de tour ne marchait jamais bien longtemps. Et Albie n'avait jamais été bête. Quand j'adoptais de drôles de voix pour lui lire une histoire, il était évident que cela le gênait. D'ailleurs, quand j'y repense, j'ai du mal à me souvenir d'une seule occasion où j'aurais amusé mon fils autrement qu'en me faisant mal, et je regrettais parfois que Connie ne lui dise pas : « Tu ne t'en rends peut-être pas compte, Poussin, mais autrefois, ton père me faisait tellement, *tellement* rire. On discutait toute la nuit en riant à en pleurer. Autrefois. »

À présent, je craignais le *beer*.

94. soft mints

On a hélas quitté l'hôtel avant le petit déjeuner et pris un taxi matinal pour traverser la ville endormie jusqu'à l'aéroport de Munich, sur lequel il n'y a pas grand-chose à dire. Représentez-vous un aéroport.

Je redoutais l'Angleterre. Comme une équipe de foot humiliée après un match perdu 9 à 0, on s'est assis dans le hall des départs, incapables de prononcer un mot ou même de lever les yeux. *J'aimerais m'excuser pour le comportement de mon fils.* Je garderais gravée à jamais en moi l'image de son visage, son choc et sa honte, aussi cuisante que si je l'avais frappé – ce que j'avais fait d'une certaine façon. Et c'était là, je suppose, que s'arrêtait l'analogie avec l'équipe de foot. Nous ne formions pas une équipe. J'étais le gardien de but qui avait laissé le ballon entrer à neuf reprises dans ses filets.

Retournerais-je au bureau près de deux semaines plus tôt que prévu ? Que diraient les autres ? Sentiraient-ils quelque chose ? Les vacances de cet homme ont été si pourries que cela a détruit sa famille. Sa femme et son fils l'ont fui, littéralement – l'un en Hollande, l'autre en Allemagne. Et même si je ne reprenais pas le travail tout de suite, même si Connie et moi restions à la maison avec les rideaux tirés, nous serions tourmentés par l'absence d'Albie. Comme je l'avais fait remarquer plus d'une fois, il se pouvait très bien qu'il vive une belle escapade parfaitement civilisée. Il avait un passeport, un téléphone, de l'argent disponible, Camus et une petite amie très portée sur le sexe. À certains égards, sa situation était enviable. Mais parce que je n'en étais pas certain, parce que ces mots flottaient toujours entre nous, il m'était impossible de ne pas me ronger les sangs. *J'aimerais m'excuser pour le comportement de mon fils.* Se trouvait-il dans un repaire de camés à Berlin ? Ivre sur une ligne ferroviaire secondaire en République tchèque ? Défoncé dans un squat à Rotterdam ? Tabassé dans une ruelle à Madrid ? Reviendrait-il en septembre, en octobre, à Noël… ou bien jamais ? Et l'université ? Renoncerait-il à la formation pour laquelle il s'était battu, quoique modérément ? Et si l'Europe… l'engloutissait ?

Je ne pouvais rester immobile plus longtemps.

— Je vais faire un tour, ai-je annoncé.

— Maintenant ?

— On a de la marge.

Connie a haussé les épaules.

— OK, on se rejoint à la porte d'embarquement. Prends ton sac avec toi.

Il faut une certaine dose d'optimisme pour se promener dans les aéroports. Que peut-on bien espérer y découvrir – quelque chose de nouveau et d'enchanteur ? J'ai déambulé ici et là et suis allé voir à quoi ressemblait un kiosque à journaux allemand. Guère de différences avec un kiosque à journaux anglais, au final. Je m'apprêtais à acheter des Soft Mints avec mes derniers euros quand mon téléphone a sonné.

Je l'ai cherché à tâtons dans ma poche. C'était peut-être Albie. Le numéro affiché comportait l'indicatif +39. L'Espagne ? L'Italie ?

— Signore Petersen ?

— *Oui, c'est moi**, ai-je répondu, désorienté.

— *Buongiorno*, j'appelle au sujet de votre réservation à la *pensione* Albertini.

— *Ja, ja*, ai-je dit cette fois en me bouchant l'autre oreille du doigt.

— J'ai fait de mon mieux, mais j'ai peur de ne pas pouvoir avancer la date de votre réservation aussi tardivement. Toutes mes excuses.

— Ma réservation ?

— Vous souhaitiez la modifier. Vous serez bien à Venise demain soir ?

— Non, non, pas du tout. Pas avant trois ou quatre jours.

Tel était notre plan – traverser les Alpes en train, passer une nuit à Vérone, une autre à Vicence, puis à Padoue, et ensuite seulement arriver à Venise.

— Quand a-t-il... enfin, je veux dire, quand vous *ai-je* contacté ?

— Il y a un quart d'heure peut-être.

— Par téléphone ?

Silence devant ce fou au bout du fil.

— *Sì*...

— J'avais réservé une chambre simple et une chambre double. Laquelle ai-je demandé à modifier ?

— La chambre double.

— Je la voulais pour demain ?

— *Sì*, demain. Mais nous en avons parlé il y a tout juste un quart d'heure...

— Vous ai-je dit par hasard où j'étais ?

— Je ne comprends pas...

— Êtes-vous sûr d'avoir eu un Signore Petersen au téléphone ?

— *Sì*.

Albie ! Ce devait être lui qui avait appelé pour bidouiller mon programme et essayer d'économiser de l'argent en détournant notre réservation. Cat et lui faisaient route vers Venise, finalement.

— Bien, *grazie mille* d'avoir essayé.

— Nous vous accueillerons donc bien à Venise dans quatre jours, comme cela était prévu au départ ?

— *Sì, Sì, Sì.* Dans quatre jours.

— Magnifique.

— Vous avez été très serviable. *Auf Wiedersehen ! Ciao !*

Je m'étais éloigné du kiosque à journaux durant cette conversation sans avoir payé mes Soft Mints, qui se réchauffaient dans ma main. Moi, un voleur en cavale ! J'ai consulté le tableau des départs. L'embarquement commençait. J'ai fouillé mes poches. Portable, passe-port, portefeuille – tout ce dont j'aurais besoin. Mon bagage à main contenait un chargeur de téléphone, un livre, une tablette informatique et une histoire de la Seconde Guerre mondiale. De retour dans le hall où se trouvait Connie, j'ai aperçu un escalier qui menait à une plate-forme surélevée au-dessus de la salle. Je suis monté et l'ai observée sans être vu.

Je l'ai contemplée ainsi durant un quart d'heure tandis que le départ approchait, en avalant tous mes Soft Mints de contrebande, en vrai bandit que j'étais désormais. C'est là que, ivre d'amour pour elle malgré son irritation et son impatience palpables devant mon absence, je suis parvenu à une décision.

Je ne perdrais pas ma femme et mon fils.

Puisque cette idée m'était inacceptable, je ne l'accepterais pas. Je ne rentrerais pas en Angleterre pour passer notre dernier été ensemble à démanteler lentement notre foyer, à regarder Connie se détacher de moi, séparer notre couple en deux et faire des projets d'avenir dont je serais exclu. Je refusais de vivre dans une maison où tout ce que je verrais ou toucherais – M. Jones, le radioréveil, les photos sur le mur, les tasses dans lesquelles on buvait notre thé le matin – serait bientôt divisé entre elle et moi. Nous avions traversé tant d'épreuves, ce n'était pas tolérable – tout comme il n'était pas tolérable que mon fils erre sur ce continent en croyant que j'avais honte de lui. Je ne pouvais pas y consentir et je n'y consentirais jamais.

J'ai fini mes bonbons volés. Un dicton cité dans une chanson populaire dit : lorsqu'on aime une personne, on doit savoir la laisser partir. Foutaises ! Quand on aime quelqu'un, on l'enchaîne solidement à soi, et plutôt deux fois qu'une.

95. dernier appel pour le vol à destination de heathrow…

Connie s'était levée et me cherchait nerveusement du regard, un coup à droite, un coup à gauche, en pensant sans aucun doute, *c'est bizarre, ça ne lui ressemble pas du tout, il est toujours là deux heures avant le départ, avec son ordinateur portable à part et tous ses produits liquides et en gel dans un petit sachet refermable.* Eh bien, plus maintenant, mon amour ! Le nouveau moi a composé son numéro et l'a observée qui farfouillait dans son sac à main, trouvait son téléphone, fixait l'écran d'un œil noir et décrochait…

— Douglas, qu'est-ce que tu fous ? L'embarquement se termine dans cinq…

— Je ne prends plus l'avion.

— Où es-tu, Douglas ?

— Dans un taxi. En fait, j'ai déjà quitté l'aéroport. Je ne rentre plus en Angleterre.

— Ne sois pas ridicule, ils sont en train d'appeler nos noms…

— Alors monte dans l'avion sans moi. Dis-leur bien que je ne viens pas. Je ne veux causer de désagrément à personne…

— Je ne monterai pas dans cet avion sans toi, c'est de la folie.

— Écoute-moi, Connie, tu veux bien ? Je ne peux pas rentrer avant d'avoir corrigé mes erreurs. Je vais d'abord rejoindre Albie, m'excuser en face, et ensuite je le ramènerai à la maison.

— Douglas, tu n'as aucune idée de l'endroit où il est !

— Je le trouverai.

— Comment ? Il pourrait être n'importe où en Europe à cette heure-ci, n'importe où dans le monde, même…

— Je me débrouillerai. Je suis un scientifique, ne l'oublie pas. Méthode, résultats, conclusion, ça me connaît.

Elle s'est rassise sur son siège.

— Douglas, si tu fais ça pour… pour me prouver quelque chose… Eh bien, c'est très touchant, mais le problème n'est pas vraiment là.

— Je t'aime, Connie.

Elle a appuyé une main sur son front.

— Je t'aime aussi, Douglas, mais tu es fatigué, tu as été très stressé ces derniers temps et je ne pense pas que tu sois en état de réfléchir…

— S'il te plaît, n'essaie pas de me faire renoncer à mon idée. Je vais continuer le voyage seul.

Un moment s'est écoulé, puis elle s'est redressée.

— C'est ce que tu veux, tu en es sûr ?

— Oui.

— Que dirai-je aux gens ?

— Je m'en fiche.

— Tu m'appelleras, au moins ?

— Quand je l'aurai retrouvé. Pas avant.

— Je ne peux vraiment pas te faire changer d'avis ?

— Non.

— Très bien. Puisque tu y tiens…

— J'ai peur que tu sois obligée de porter la valise. Prends un taxi à l'arrivée, d'accord ?

— Mais qu'est-ce que tu mettras ?

— J'ai mon portefeuille et ma brosse à dents. Je m'achèterai des habits en cours de route.

Sa tête a roulé en arrière – l'angoisse peut-être de m'imaginer choisir moi-même mes tenues.

— D'accord. Si tu es sûr… Achète de jolies choses. Et prends soin de toi, a-t-elle ajouté. Ne craque pas, OK ?

— Promis. Je suis désolé de ne pas revoir Venise avec toi, Connie.

— Moi aussi.

— Mais je t'enverrai des cartes.

— S'il te plaît, oui.

— Embrasse M. Jones pour moi. Ou secoue-lui la patte.

— OK.

— Ne le laisse pas dormir sur le lit.

— Cela ne me viendrait même pas à l'esprit.

— Je suis sérieux. Parce que s'il en prend l'habitude…

— Douglas, il ne dormira pas sur le lit.

— Je t'aime, Connie. Je te l'ai déjà dit ?

— Tu l'as mentionné comme ça, en passant.

— Je suis désolé si je t'ai laissée tomber.

— Douglas, tu ne m'as jamais…

— Ça ne se reproduira pas.

Elle n'a rien dit.

— Tu ferais mieux d'embarquer maintenant, ai-je repris.

— Oui, c'est vrai. Porte… ?

— Porte 17.

— Porte 17.

Elle a remonté la lanière de son sac sur son épaule et a fait quelques pas.

— Tu as oublié ton livre. Sur le siège.

— Merci.

Elle l'a ramassé, avant de marquer une hésitation. Il ne lui a pas fallu longtemps pour me chercher sur la plate-forme au-dessus d'elle. Elle a levé la main, j'ai levé la mienne en retour.

— À un de ces jours, ai-je dit.

Mais elle avait déjà raccroché. Je l'ai suivie des yeux un instant, puis je suis parti sauver mon fils – et tant pis si c'était à son corps défendant.

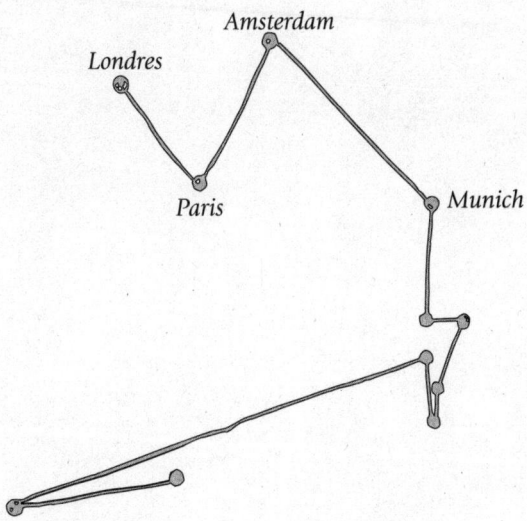

livre 2

la renaissance

partie 5

VENISE ET LA VÉNÉTIE

Parfois, la jeune fille allait jusqu'à souhaiter se trouver un jour dans une situation critique pour s'offrir le plaisir d'être aussi héroïque que les circonstances l'exigeraient[1].

Henry James, *Portrait de femme.*

1. Traduction de Claude Bonnafont. 10/18, Paris, 1996.

96. demande en mariage

À Venise, j'ai demandé Connie en mariage.

Ce n'est pas le scénario le plus original qui soit, je sais. En fait, il n'y avait rien de très original dans ce voyage entrepris en février de cette année-là pour le troisième anniversaire de notre rencontre. On est entrés dans la ville en bateau-taxi, en fendant les eaux de la lagune par une belle et froide journée, nichés sur des sièges de cuir rouge sombre, puis debout sur le pont, fouettés par le vent, lorsque la ville est apparue. Deux pensées s'affrontaient en moi : y avait-il rien de plus beau au monde, et y avait-il rien de plus cher au monde ? Tel était mon état d'esprit vénitien. L'admiration respectueuse d'un côté, l'anxiété de l'autre, comme quand on fouine dans un merveilleux magasin d'antiquités où d'innombrables panneaux vous rappellent que le moindre objet brisé devra être payé.

On a fait ce que font tous les touristes à Venise en hiver. On s'abritait de la pluie, et quand le soleil réapparaissait, on buvait du chocolat chaud et amer sur des places glaciales à la grâce et à la beauté stupéfiantes, ou on sirotait des Bellini dans des bars

287

mal éclairés et hors de prix en nous armant de courage en prévision de l'addition.

— C'est une taxe sur la beauté, disait Connie en sortant nos billets au compte-gouttes. Si la vie était bon marché ici, personne ne partirait jamais.

Elle connaissait bien la ville, évidemment. Le truc à Venise, selon elle, c'était de voir une fois la place Saint-Marc, puis de s'éloigner du centre. D'être spontané, curieux. De se perdre. D'instinct, je m'opposais à cette idée. Venise lançait une série de défis muets à un lecteur de cartes aussi accompli et enthousiaste que moi, et j'ai passé beaucoup de temps à repérer notre itinéraire, jusqu'à ce que Connie m'arrache mon plan, m'appuie un doigt sous le menton et m'ordonne de lever les yeux, pour une fois, et d'apprécier la belle mélancolie des lieux.

Voilà du reste ce qui m'a le plus surpris à Venise : combien cette ville pouvait être mélancolique, avec tous ces touristes qui prenaient des photos et pensaient à la mort. Venise était mon premier aperçu de l'Italie, mais où étaient les mammas aux mains pleines de farine et les vauriens aux tignasses emmêlées auxquels je m'attendais ? À la place, je découvrais une cité aux portes closes, dont les citoyens assiégés fixaient d'un air mauvais et rancunier – tout à fait compréhensible – les cohortes sans fin de visiteurs présents, y compris en hiver, semblables à des invités qui ne voudraient pas voir qu'il est l'heure de partir. Même les fêtes étaient lugubres. Pour les Vénitiens, elles consistaient à se déguiser en squelettes. Peut-être était-ce dû au souvenir de la peste, au silence ou aux ombres, aux canaux sombres ou à l'absence d'espaces verts, mais en me promenant le long des allées désertées et des esplanades cinglées par la pluie, j'ai trouvé cette mélancolie écrasante, et en même temps curieusement agréable. Je ne crois pas avoir jamais été aussi triste et heureux à la fois dans ma vie.

Cette ambiguïté ne faisait peut-être pas de Venise le meilleur endroit où demander Connie en mariage. Tant pis, il était trop tard pour douter. La bague de fiançailles était emballée, cachée dans le doigt d'un gant, et j'avais réservé une table au restaurant. Après une joyeuse matinée sur l'île cimetière de San Michele, où Connie a pris la pose dans son manteau et photographié les tombes, nous avons marché d'un bon pas de Cannaregio au Dorso-duro, bras dessus, bras dessous, en nous réfugiant en chemin dans des églises mal éclairées et des cours sinistres. Durant tout ce temps, je n'ai cessé de m'interroger : valait-il mieux que je m'age-nouille au moment fatidique ? Serait-ce amusant ou embarrassant pour nous deux ? Préférerait-elle un simple « Veux-tu m'épouser » ? Ou bien le côté formel, digne d'un drame historique, de « Veux-tu me faire l'honneur de devenir ma femme » ? Ou encore, sur un mode plus décontracté : « Hé, si on se mariait ! » On est repassés se changer à l'hôtel, on est sortis se régaler d'un carpaccio de thon et de poissons grillés, mais durant tout le dîner, ma main est régulièrement venue se poser sur la poche de mon costume, où se trouvait la bague en argent sertie d'un solitaire.

— Indigestion ? s'est inquiétée Connie.

— Un trop-plein d'émotion, plutôt.

On a pris des glaces en dessert, puis une sorte de digestif à base d'amandes, après quoi, un peu étourdis, on a émergé dans la nuit claire et froide.

— Allons jusqu'à la basilique de La Salute ! ai-je suggéré avec désinvolture.

Là, devant la grande église en marbre qui irradiait autant que du magnésium sous la lune, et avec pour toile de fond la place Saint-Marc tout illuminée de l'autre côté du Grand Canal, j'ai sorti la bague de ma poche et j'ai demandé à Connie :

— Veux-tu être ma femme ?

Vous imaginez comme cela aurait été romantique si elle avait dit oui ? Au lieu de quoi, elle a ri, elle a juré, elle a froncé les sourcils, elle s'est mordu la lèvre, elle m'a serré dans ses bras, elle a juré de nouveau, elle m'a embrassé, elle a ri et juré encore, avant de lâcher enfin :

— Je peux y réfléchir ?

Ce qui était somme toute raisonnable, je suppose. Peu de décisions sont autant de nature à altérer le cours d'une vie. Mais je ne voyais pas pourquoi cela avait été une telle surprise pour elle. L'amour menait au mariage, et n'étions-nous pas amoureux ?

Heureusement, le « oui » est bel est bien arrivé, même s'il s'est fait attendre plusieurs mois. Et alors que la question avait été posée au clair de lune, près du Grand Canal, la réponse est venue au rayon épicerie fine du Sainsbury's de Kilburn High Road. Peut-être fallait-il l'imputer aux olives que j'avais choisies. Dans tous les cas, il y a eu beaucoup de jubilation et de soulagement devant les viandes fumées et les fromages ce jour-là et, pour finir, un passage en caisse pour le moins ému et larmoyant.

Peut-être aurais-je dû ramener Connie là-bas, au Sainsbury's de Kilburn. Je suis sûr au moins qu'on serait arrivés à destination.

97. hannibal

Mais j'avance et je recule d'un même élan dans le temps. Revenons en Allemagne, où, après avoir regardé ma femme s'éloigner, je suis monté dans un taxi afin de retourner à Munich. Au milieu du chaos de la gare centrale, j'ai pianoté sur l'écran tactile d'un distributeur de billets et me suis jeté dans un train qui me ferait traverser les Alpes via Innsbruck jusqu'à Vérone, où un changement me permettrait de gagner Venise, le tout avec juste un sac et mon passeport sur moi. Un vrai Jason Bourne.

De fait, mon compartiment était de ceux qu'affectionnent les espions et les assassins, et ce voyage est devenu encore plus excitant lorsque nous avons quitté la banlieue et pénétré dans une vaste plaine en direction des montagnes. En l'espace de quelques centaines de mètres, eût-on dit, nous nous sommes retrouvés dans les Alpes. Étant né et ayant grandi à Ipswitch, je n'ai jamais toisé les montagnes avec suffisance, et ce massif m'a paru extraordinaire. Des sommets semblables aux canines d'un chien, des précipices à vous donner le vertige – le genre de paysage qu'aurait pu créer un dieu ou l'ambitieux responsable des images de synthèse d'un film. Mon Dieu, ai-je murmuré. Sans réfléchir, j'ai pris une photo avec mon téléphone – le style de photo médiocre et anecdotique que personne ne voit jamais et qui ne sert à rien, et cela m'a fait penser à mon fils. Même si une météorite avait arraché le sommet de la plus haute montagne en tombant du ciel, il n'aurait pas sorti son appareil.

Après Innsbruck, le paysage est devenu encore plus spectaculaire. Ce n'était pas une nature sauvage, loin de là – on apercevait des supermarchés, des usines, des stations-service –, mais même en plein été, il y avait quelque chose de fou dans le fait que des gens puissent vivre et travailler sur un tel terrain, et de surcroît y construire une voie ferrée. Le train a contourné un nouvel escarpement, dévoilant sous nos pieds une vallée prolongée par des prés du même vert citron que les maquettes de chemins de fer que je construisais encore à l'adolescence, bien après avoir passé l'âge de le faire. J'ai songé à Connie, qui serait bientôt chez nous, je l'ai imaginée disant bonjour à M. Jones, lisant le courrier, ouvrant grand les fenêtres pour aérer la maison, tirant sur la porte du frigo vide et sentant le rance, remplissant la machine à laver, et j'ai regretté qu'elle ne soit pas là pour voir tout ça. Mais il est difficile de rester admiratif et impressionné des heures durant, et bientôt, l'ennui m'a gagné. Au buffet, j'ai mangé un croissant au pastrami et à la mozzarella qui, d'un point de vue gastronomique, satisfaisait tous les besoins élémentaires. Puis, de retour dans mon compartiment, je me suis assoupi. À mon réveil, Brenner était devenu Brennero. Les flèches des églises avaient changé, les montagnes avaient pris la forme adoucie de collines, les pins avaient cédé la place à des vignes à perte de vue. L'Allemagne et l'Autriche se trouvaient désormais loin derrière moi. J'étais dans les Alpes italiennes et, avant longtemps, j'arriverais à Vérone.

98. ... où nous avons planté le décor

Une jolie ville dans des tons brun-roux et vieux rose, qui cuisait sous le soleil du mois d'août. J'étais si impatient d'attraper ma proie que je ne m'étais gardé que deux heures pour parcourir les belles places

et les ponts médiévaux de cette cité en les cochant
sur ma liste des attractions touristiques à admirer
– une façon vraiment consternante de visiter un lieu,
qui trahissait l'esprit de ce Grand Tour tel que nous
l'avions envisagé au départ. Peu importe, il y avait
des choses plus importantes que la culture à présent.
J'ai noté le bel amphithéâtre romain, le troisième
plus grand au monde – ça, c'est vu –, j'ai jeté un
œil à la Torre dei Lamberti, au marché de la Piazza
delle Erbe, à la raffinée Piazza dei Signori – vu,
vu, vu. Puis j'ai longé au pas de course une rue
commerçante dallée de marbre et j'ai suivi la foule
dans une ruelle qui débouchait sur une cour bondée
et bruyante où les gens se pressaient sous un balcon
de pierre – celui de Juliette, disait-on. Il avait l'air
d'avoir été collé au mur et, ça n'a pas loupé, mon
guide m'a informé avec une pointe de mépris qu'il
avait été construit en 1935, ce dont on se moquait un
peu dans la mesure où Juliette était un personnage de
fiction. « Roméo, Roméo, pourquoi es-tu Roméo ! »
criaient des petits farceurs venus du monde entier.
Au beau milieu de l'après-midi, cette cour était un
vrai piège à touristes, mais j'ai regardé sagement les
visiteurs prendre la pose à tour de rôle près d'une
statue en bronze un peu kitsch de l'héroïne de Shake-
speare, au sein droit lustré par toutes les mains qui
l'avaient caressé. Cela portait chance, apparemment.
Un Japonais m'a donné un petit coup de coude et
a mimé un appareil photo, ce qui, dans le langage
des signes international, signifie : « Voulez-vous que
je vous prenne ? » Mais j'avais du mal à imaginer
qu'un portrait de moi pelotant le sein d'une statue
en bronze puisse ne pas paraître avilissant, et j'ai
poliment refusé avant de me frayer un chemin vers la
sortie, ne m'arrêtant que pour déchiffrer les graffitis

sur les murs, une superposition sans fin de *Simone & Veronica, Olly + Kerstin, Marco e Carlotta*. J'aurais pu y ajouter *Connie et Douglas pr tjrs. Je t'aime*, ai-je lu. *Ti amo, ik hou van je* – des déclarations si nombreuses, si denses, qu'elles faisaient penser à un tableau de Jackson Pollock.

Jackson Pollock.

— Tu vois, Connie ? J'apprends, ai-je dit à voix haute. *Ik hou van je.*

99. ferrovia

La meilleure façon d'approcher Venise consiste à prendre un bateau-taxi tôt le matin et de traverser la lagune. Moi, j'ai débarqué en train, tard le soir, avec des routards et des étudiants qui, enchantés et hébétés, se sont déversés hors de l'étrange gare, sorte de dalle de marbre assez élégante au plafond peu élevé qui m'évoquait ces tables basses sur lesquelles on se brise les tibias. J'avais déniché la dernière chambre libre de la ville dans une *pensione* distante et peu engageante du quartier de Castello, et j'ai entrepris de faire ce long chemin à pied en remontant la Strada Nova, toujours animée à cette heure-ci, afin de scruter le visage des jeunes que je croisais au cas où Albie aurait déjà été là. Venise au plus fort de l'été était une expérience nouvelle pour moi, et j'ai été frappé par l'humidité de l'air et l'odeur saumâtre des canaux, jusqu'à ce que je me rende compte, non sans une certaine gêne, que ce parfum d'eau stagnante émanait de moi. Quelque part entre Munich et Venise, j'en étais arrivé à dégager la même odeur qu'un canal, et j'ai résolu de régler ce problème dans le confort de ma chambre d'hôtel.

Mais pour la première fois de ma vie, le sens de l'orientation m'a fait défaut et j'ai tourné en rond entre les *fondamente*, les *rive*, les *salite* et autres *salizzade*, si bien qu'il était minuit passé lorsque j'ai atteint la *pensione* Bellini, un bâtiment étriqué et croulant situé dans l'ombre de l'Arsenal.

Se présenter à l'accueil d'un hôtel après minuit a quelque chose de subreptice et d'indécent. Mécontent et suspicieux, le réceptionniste m'a fait monter je ne sais combien d'étages jusqu'à une chambre sous les combles grande comme un lit double et meublée d'un lit simple. Le mur était si fin que j'entendais la chaudière de l'hôtel gargouiller et s'éveiller dans un bruit fracassant. J'ai contemplé mon reflet dans le miroir à la lueur aveuglante d'une ampoule nue. La chaleur et l'humidité ambiantes étaient dignes de l'Amazonie, et en frottant la peau de mon front mouillé de sueur, j'ai fait apparaître des petits amas de peau gris semblables à ceux laissés par une gomme – la crasse cumulée de sept nations. Je ne m'étais pas rasé depuis Paris, j'avais à peine dormi depuis Amsterdam, je ne m'étais pas changé depuis Munich. Le soleil de Vérone avait donné à mon nez – et à lui seul – une sorte de vernis écarlate, tandis que la peau sous mes yeux était devenue gris-bleu sous le coup de la fatigue. Il me fallait bien admettre que j'avais l'air hagard d'un otage sur le point d'enregistrer un message filmé. Albie prendrait sûrement peur en me voyant, mais j'étais trop épuisé pour remédier à ça à une heure si tardive, ou même pour parcourir le chemin jusqu'à la salle de bains commune située dans le couloir. Je me suis juste lavé les aisselles avec un savon que l'on aurait cru en plastique et l'eau brunâtre qui coulait dans mon tout petit lavabo, j'ai rincé mes habits malodorants et les ai étalés comme des algues sur le rebord de la fenêtre, avant de m'effondrer sur le matelas défoncé et de m'endormir aussitôt, bercé par les grondements et les gargouillements de la tuyauterie de l'hôtel.

100. une expérience avec des souris

Imaginez, si vous le voulez bien, une maquette de Venise. Une ville pas très grande, tant s'en faut – guère plus que Reading –, mais plus complexe que celle-ci et dotée de limites mieux définies. Maintenant, imaginez deux personnages ramenés à la même échelle, qui tourneraient de façon aléatoire à gauche et à droite dans ce labyrinthe des heures durant, ainsi que pourraient le faire des souris dans, euh… un labyrinthe. Un labyrinthe irrégulier, où de larges artères et d'immenses places alternent avec des ruelles étroites et des ponts qui font office d'entonnoirs. En admettant que ces personnages se déplacent en permanence pendant, disons, quatorze heures, quelle est la probabilité pour qu'ils arrivent en vue l'un de l'autre ?

Sans être statisticien, je sentais d'instinct que mes chances étaient faibles. Mais cela ne voulait pas dire qu'elles étaient nulles, et je misais sur le fait que chacun à Venise a tendance à suivre certains chemins bien balisés qui vont de la gare à la place Saint-Marc, et de la place Saint-Marc au marché aux poissons, à l'Académie, et de nouveau à la gare. On a beau vouloir se présenter comme des explorateurs anticonformistes, on arpente Venise de la même façon qu'on arpente un supermarché, un aéroport ou une galerie d'art, c'est-à-dire en étant guidé par toutes sortes de facteurs, conscients et inconscients. Valait-il mieux s'engager dans cette ruelle sombre qui puait l'urine ou se diriger vers cette charmante petite boulangerie ? Des études ont été faites pour expliquer ce genre de comportement. Nous pensons être indépendants et pleins d'imagination, mais nous ne sommes pas plus libres de vagabonder que des wagons sur leurs rails.

Le labyrinthe était donc plus petit qu'au premier abord, et je partais du principe que je devais probablement chercher deux personnes, que celles-ci étaient peu susceptibles de se déplacer en permanence et que le bruit d'un accordéon ne passait pas tout à fait inaperçu, ce qui me rendait modérément certain de les retrouver. En fait, je reconnais volontiers que j'étais assez enthousiasmé par cette entreprise lorsque je me suis assis devant un petit déjeuner italien deux étoiles composé d'un cake spongieux, d'une orangeade et d'un ananas dur comme la pierre. Par certains aspects, ma mission ressemblait à celle d'un espion, et je me suis amusé à tracer mon itinéraire avec un stylo feutre effaçable sur la même carte plastifiée que j'avais apportée toutes ces années plus tôt pour pouvoir l'annoter, puis tout faire disparaître à la fin de chaque journée.

— C'est une très bonne idée que vous avez eue là, a dit la seule autre occupante de la salle, une femme souriante, allemande peut-être, ou bien scandinave.

— Merci.

J'avais à peine ouvert la bouche en vingt-quatre heures, et le son de ma voix m'a paru étrange.

— S'il y a bien une ville où on a besoin d'une carte, c'est celle-là, a repris l'inconnue.

J'ai souri par politesse.

— Il est important de ne pas faire l'impasse sur une carte de bonne qualité, ai-je dit mystérieusement.

Elle a avalé une gorgée de son thé.

— Vous connaissez bien Venise ?

— Je suis déjà venu une fois. Il y a plus de vingt ans.

— Ç'a dû beaucoup changer depuis.

— Non, presque pas… Oh, je vois. Oui, la ville est transformée ! Tous ces nouveaux immeubles !

Sa blague était très bonne, et je me suis dit que je pouvais peut-être essayer de rebondir dessus.

— À l'époque, les rues n'étaient pas inondées !

Je n'avais rien trouvé de mieux. Devant son air perplexe, j'ai glissé dans mon sac la carte que j'avais si longuement étudiée, une banane et un sachet de biscottes volé au buffet, puis je me suis éclipsé. Oh, oui, Cat, j'étais devenu un vrai hors-la-loi.

Mais d'abord, il fallait que je m'équipe. En tant qu'insulaires, les Vénitiens ont un choix limité de vêtements pour hommes. J'ai acheté trois paires de chaussettes identiques, trois slips, trois tee-shirts – un bleu pâle, un gris et un blanc –, plus deux chemises et un pull léger au cas où il ferait frais le soir. Pour protéger mon crâne vulnérable au soleil, j'ai également pris une casquette de base-ball, la plus neutre possible et la première que j'aie jamais possédée, même si elle ne me serait pas forcément utile dans les profondeurs ombragées des quartiers de San Paolo et Santa Croce. Et parce que je marcherais presque toute la journée, j'y ai ajouté des baskets très classe en plastique moulé, des chaussures ridiculement démesurées censées prendre la forme de mes pieds à la manière d'un gadget futuriste, ainsi que des lingettes nettoyantes et une bouteille d'eau que je comptais remplir au fur et à mesure de mes besoins. Après quoi je suis retourné à la *pensione* Bellini afin d'organiser mes achats. Je me suis alors de nouveau aperçu dans le miroir.

Le sommeil avait réparé une partie des dégâts. Je ne m'étais toujours pas rasé et j'arborais un début de barbe poivre et sel séduisante, de celles que les acteurs hollywoodiens se laissent pousser lorsqu'on exige d'eux qu'ils paraissent moins beaux qu'en réalité. J'aimais assez le résultat. J'avais l'air… d'un inconnu. J'ai mis mes nouvelles lunettes de soleil, baissé ma casquette sur mon front. Ainsi paré, je suis parti vers les canaux.

101. la forme du temps

Imaginez le temps comme une longue bande de papier.

Ce n'est pas la forme du temps, bien sûr. Le temps n'a pas de forme, puisqu'il est une dimension ou, on peut aussi l'envisager ainsi, une direction, un vecteur. Mais imaginez quand même pour les besoins de la métaphore qu'il puisse être représenté comme une longue bande de papier, voire une bobine de film. Et imaginez que vous puissiez couper cette bande en deux endroits et réunir les extrémités pour former une boucle continue. La bande de papier sera aussi longue ou aussi courte que vous le souhaitez, mais cette boucle tournera à jamais.

Pour moi, le premier coup de ciseaux saute aux yeux. Il s'est produit à peu près au milieu du London Bridge, le soir où j'ai rencontré Connie Moore. Le deuxième, lui, est plus difficile à repérer, mais n'est-ce pas le cas pour tout le monde ? Les limites du malheur sont en général un peu plus floues et échelonnées que celles de la joie. Néanmoins, je sens mes ciseaux planer, planer…

Mais pas tout de suite. Nous ne sommes même pas encore mariés.

102. apprendre à dire « ma femme »

On s'est mariés, et ç'a été une chouette journée. On avait été invités à tant de mariages, Connie et moi, qu'on avait parfois eu l'impression de suivre une formation en trois ans et à temps partiel sur la manière de préparer un tel événement. Nous avons tous deux été très clairs sur ce que nous ne voulions pas – ce qui n'a pas été sans poser problème. On se marierait en ville, civilement, et on déjeunerait ensuite dans un restaurant italien de notre quartier avec la famille proche et les bons amis. Des noces en petit comité, mais de bon goût. Connie se chargeait de la liste des invités, des lectures, du décor, du menu, de la musique et des distractions. Moi, je me chargeais d'être là le jour J.

Et de faire un discours, bien sûr. Durant la période précédant le mariage, je n'ai cessé de le peaufiner, me donnant au final plus de mal que pour presque n'importe quel autre texte en prose depuis ma thèse sur les interactions protéines-ARN – encore que le débat reste ouvert pour savoir lequel des deux était le plus drôle. Parce que je voulais que tout soit couché mot pour mot sur le papier en Arial 14, j'avais été obligé de transcrire mes émotions plusieurs mois avant de les éprouver. J'avais prévu que Connie serait belle, que je me sentirais heureux et fier – non, jamais plus heureux, jamais plus fier que lorsque je me tiendrais près d'elle – et ces prédictions n'ont pas manqué de se réaliser. Elle était renversante ce jour-là, vêtue d'une robe noire moulante et décolletée, telle une star dans un vieux film – un contrepoint ironique à la traditionnelle robe blanche virginale. Des années plus tard, elle regretterait son choix.

— Qu'est-ce qui m'a pris ? dirait-elle. J'ai l'air d'une prostituée dans un film de Fellini.

Pour info, je l'ai trouvée magnifique, moi. Et j'étais assurément heureux et fier, empli de gratitude et soulagé. Quelle émotion sous-estimée que le soulagement. Personne n'offre de bouquet en prononçant ces mots : « Je suis tellement, *tellement* soulagé ! » Mais il est vrai que je ne m'étais jamais attendu à me marier, et encore moins à une femme comme celle-là…

Durant la brève cérémonie, Fran, l'amie de Connie, a lu un poème de T. S. Eliot a priori très beau, même si je défiais quiconque de le traduire dans un anglais simple et intelligible, puis ma sœur a interprété une version pesante d'« In My Life », des Beatles, sur un orgue électronique, en souriant bravement à travers un torrent de larmes et de mucus qui aurait pu se justifier si Connie et moi avions récemment péri dans un accident d'avion, mais qui avait quelque chose de si morbide en notre présence que Connie a été prise d'un fou rire qui m'a vite gagné moi aussi. J'ai jeté un coup d'œil à mon père afin de recouvrer mon sérieux. Assis les coudes en appui sur les genoux, il se pinçait l'arête du nez avec l'air de vouloir l'empêcher de saigner.

Ont suivi l'échange des « oui », celui des alliances, la pose pour les photos. J'ai apprécié tout cela, mais les mariages transforment les époux en acteurs, et nous étions je crois un peu gênés l'un vis-à-vis de l'autre, aucun de nous n'ayant l'habitude d'être au centre de l'attention. Sur les photos, j'apparais timide, préoccupé, comme si j'avais été poussé sur le devant de la scène depuis ma place dans les coulisses. On semblait heureux, évidemment, et amoureux aussi – quelle que soit la manière dont cela transpire sur les clichés –, mais d'aucuns pourraient espérer que les conversations des mariés ce jour-là se résument à des termes affectueux, des perpétuels « Je me sens comblé avec toi », alors que non, il faut prévoir les taxis, les plans de table et la sono, sans oublier les discours. Ma sœur, qui s'était très tôt portée volontaire pour être mon « garçon d'honneur », a livré un discours fanfaron d'où il ressortait essentiellement que tout notre bonheur présent et futur découlait d'une idée à elle, qu'on ne pourrait jamais s'acquitter de cette immense dette à son égard et qu'on n'avait même pas intérêt à essayer. Kemal, le beau-père de Connie, a fait quant à lui un discours amusant qui insistait lourdement sur la silhouette de ma femme, au point que c'en est devenu embarrassant. Puis mon tour est venu.

J'ai raconté quelques-unes des anecdotes déjà citées ici sur notre première rencontre, sur Jake le trapéziste, sur le « oui » prononcé par Connie au rayon épicerie fine du Sainsbury's de Kilburn. Je ne suis pas un conteur né, mais j'ai suscité des rires décents, auxquels se sont ajoutés un certain nombre de marmonnements et de « ça suffit ! » à la table des amis de Connie.

Eh oui, Angelo était là, ai-je omis de le préciser ? Durant les mois précédant le mariage, la question de sa présence avait nourri quelques discussions entre nous, mais il aurait été paranoïaque et conventionnel de ma part de bannir tous les anciens petits amis de Connie – sans compter que cela aurait réduit de moitié la liste des invités. Ce bon vieux Angelo était donc là, qui buvait beaucoup et ne se privait sans doute pas d'ironiser sur notre mariage. Pour sa bande, j'étais clairement une sorte de Yoko Ono. Tant pis. Je me suis concentré sur ma femme. « Ma femme. » Comme ces mots sonnaient bizarrement. M'habituerais-je jamais à les prononcer ? J'ai conclu mon discours sur une note sentimentale, mais sincère, j'ai embrassé ma femme – encore ces mots – et j'ai porté un toast en son honneur.

Nous avons dansé sur le « Night and Day », d'Ella Fitzgerald, un titre choisi par Connie. Ma seule exigence avait été que notre première danse ne soit pas trop rapide ni trop délurée, et nous avons tournoyé lentement, à la manière d'un mobile pour enfants. Mais le spectacle ne devait pas être fameux, parce que, au bout de quelques tours, Connie a commencé à improviser des mouvements en tous sens qui nous ont momentanément embrouillés, au grand amusement des invités. Puis on a coupé le gâteau et on a circulé parmi nos proches. De temps à autre, je la cherchais du regard par-dessus l'épaule d'un collègue ou d'un oncle, et on échangeait un sourire, une grimace, ou tout simplement un joyeux clin d'œil. Ma *femme*. J'avais une femme.

Mon père, qui semblait plus frêle depuis la mort de ma mère, est parti tôt. J'avais proposé de lui trouver un hôtel pour la nuit, mais une telle dépense l'horrifiait. Les hôtels, selon lui, étaient bons pour les membres de la famille royale et les imbéciles.

— J'ai un lit tout à fait convenable à la maison et, de toute façon, je n'arrive pas à dormir ailleurs que chez moi.

À ce stade, il était impatient d'attraper le train pour Ipswich, « au cas où ta sœur se remettrait à chanter ». On a ri, et il a posé une main sur mon épaule.

— Bien joué, a-t-il dit, comme si j'avais réussi à décrocher mon permis de conduire.

— Merci, papa. Au revoir.

« Bien joué » a également été l'expression employée par Angelo lorsqu'il m'a serré contre lui d'un air malveillant, avant d'épousseter les cendres de cigarette qu'il avait fait tomber sur mon épaule.

— Bien joué, mec. Tu as gagné. Traite-la bien, OK ? Connie est une fille super. Une fille en or.

J'en suis convenu et je l'ai remercié. C'est alors que ma sœur, cette impitoyable critique devant l'Éternel, s'est pendue à mon cou, ivre et larmoyante, pour me donner son avis.

— Super discours, D, mais tu as oublié de dire à Connie qu'elle est carrément renversante.

L'avais-je vraiment oublié ? Je ne pense pas. Je crois au contraire que cela avait été très clair.

Peu après minuit, épuisés et la bouche rougie par le vin, on a pris un taxi pour aller dans un hôtel chic de Mayfair, notre unique concession au luxe. On n'a pas fait l'amour cette nuit-là, mais je suis rassuré de savoir que cela n'est pas inhabituel chez les couples tout justes mariés. À la place, on s'est allongés l'un face à l'autre, l'haleine imprégnée de champagne et de dentifrice.

— Salut à toi, mon mari.

— Salut à toi, ma femme.

— Tu te sens différent ?

— Pas particulièrement. Et toi ? Tu te sens soudain désabusée ? Piégée, enfermée ? Oppressée ?

— Voyons voir…

Elle a roulé les épaules et plié ses poignets.

— Non, non, je ne crois pas. Mais il est encore tôt.

— Je t'aime.

— Je t'aime aussi.

Cette journée a-t-elle été la plus belle de notre vie ? Probablement pas, ne serait-ce que parce que les plus belles journées n'impliquent pas en général une telle organisation et sont rarement aussi publiques ou coûteuses. Elles arrivent sans prévenir. Mais pour moi, celle-là a marqué en quelque sorte l'apogée de nombreuses belles journées, et la première d'une longue série à venir. Rien n'avait changé, mais rien n'était tout à fait comme avant, et juste avant de m'endormir, j'ai éprouvé la même impatience qu'aujourd'hui encore à la veille d'un long voyage compliqué. Tout est prêt, les billets, les réservations et la monnaie étrangère, les passeports posés sur la console de l'entrée. Quand on donne le meilleur de soi-même en permanence, ou du moins quand on s'efforce de le faire, il n'y a aucune raison pour que tout le monde ne passe pas un merveilleux moment.

Mais si jamais quelque chose tournait mal en cours de route ? Si jamais les moteurs de l'avion tombaient en panne, ou si je venais à perdre le contrôle de ma voiture ? Et s'il se mettait à pleuvoir ?

103. *il pesce*

Vue du dessus, Venise ressemble à un gros poisson à la gueule béante, une brème ou un loup de mer peut-être, dont le Grand Canal serait l'intestin. Je suis parti de la queue du poisson, l'extrémité est de la ville, le Castello, avec ses vieux quais et ses longues enfilades de maisons accolées – les plus jolies maisons d'ouvriers en Europe. Puis je suis remonté vers la rive nord, la nageoire dorsale, et j'ai traversé le Cannaregio, où les rues présentaient un aspect plus ensoleillé, presque côtier. J'ai enchaîné avec le Ghetto, poussant jusqu'à la gare avant de redescendre la principale artère touristique – un vrai chemin de croix –, où les touristes patientaient pour se presser sur le pont du Rialto. *De combien de masques une ville a-t-elle besoin ?* me suis-je demandé en longeant une autre rue commerçante si sombre que j'ai eu l'impression de refaire surface à l'air libre en arrivant sur la place Saint-Marc – cette place immense et lumineuse qu'aucune foule de touristes ne pourrait jamais remplir, même si celle du jour tentait de le faire. Près du Grand Canal – la vessie natatoire du poisson, en quelque sorte –, je me suis accordé un instant de repos. Ce matin-là, j'avais croisé des guitaristes nasillards, entendu la « Danse de la fée Dragée » interprétée à l'aide de verres à vin frottés du doigt et vu un jongleur étonnamment inepte dont le numéro semblait consister à laisser tomber des objets, mais les artistes de rue étaient moins nombreux que je ne m'y attendais. Une recherche associant ce thème à Venise sur mon téléphone m'a appris que la ville était considérée comme un territoire hostile. Internet grouillait de statues vivantes furieuses et pleines de rancœur envers la *polizia municipale* zélée qui les avait obligées à s'animer. Un permis était requis, et je ne doutais pas que Cat soit trop indomptable et anticonformiste pour se soumettre à la bureaucratie italienne. Il me fallait donc chercher une accordéoniste franc-tireuse, quelqu'un capable de frapper vite et fort, puis de disparaître dans la foule. En clair, l'heure n'était pas au repos. J'ai mangé ma banane talée pour reprendre des forces et je me suis remis en route, traînant les pieds à travers la foule en direction de la Fenice, où un artiste en costume de Pierrot chantait « *La donna è mobile* » d'une voix chevrotante. J'étais fatigué à présent. C'était trop pour moi, il y avait trop de monde. Je me suis frayé un chemin vers le sud en pressant le pas devant des

Africains qui vendaient des sacs à main et je me suis dirigé vers le Dorsoduro, le ventre du poisson.

104. la macadamia

Après toutes ces vieilles pierres, le pont en bois de l'Accademia avait quelque chose d'agréablement léger et temporaire, et j'ai pris le temps de me tourner vers l'est pour embrasser du regard l'entrée du Grand Canal. Une drôle d'expression, ça, « embrasser du regard », qui dénote une sorte d'étreinte, un enlacement. Si je pouvais admirer l'élégance et les proportions de la scène, j'avais avant tout conscience de la masse de touristes autour de moi, et aussi de l'extraordinaire confiance des architectes vénitiens qui avaient construit leurs plus beaux bâtiments tout au bord de l'eau, à deux doigts de basculer. Que faisaient-ils de l'humidité ? Des inondations ? N'aurait-il pas été judicieux de prévoir une petite pelouse ou un jardin pour créer une sorte de zone tampon entre les édifices et toute cette eau ? Venise ne serait plus Venise dans ce cas, m'a soufflé la voix de Connie dans ma tête. Elle ressemblerait à une banale ville de banlieue.

J'ai continué à marcher jusqu'à ce que j'entende une autre voix.

— Alors, cette carte, elle vous sert ?

À l'étranger, je suppose toujours que les gens qui m'adressent la parole veulent de l'argent, et j'ai donc fait encore quelques pas avant de me retourner et de découvrir la femme qui avait pris son petit déjeuner en même temps que moi à la *pensione*. J'ai rebroussé chemin vers elle.

— Elle m'est très utile, oui. Vous allez visiter l'Accademia ? ai-je demandé – une question un peu stupide dans la mesure où elle faisait la queue à l'entrée du musée.

— L'Accademia, a-t-elle dit.

— Pardon ?

— *Acca*d*emi*a, pas Ac*cademi*a. Le réceptionniste de l'hôtel a corrigé ma prononciation. L'accent est sur la première et la troisième syllabe. *Acca*d*e*mia. Comme la noix.

— Excusez-moi, quelle noix ?

— La noix de macadamia.

— Ah, vous voulez parler de la noix de m*acada*m*i*a.

Je ne suis pas sûr que ces mots écrits rendent bien compte du caractère éblouissant de ma répartie. J'étais si content de moi que j'ai émis un petit couinement rauque, et la femme a souri devant la première blague de l'histoire de l'humanité portant sur la prononciation d'une variété de noix. Comme il me semblait peu probable que l'un de nous fasse encore mieux, j'ai conclu là cet échange.

— Bonne visite ! ai-je lancé.

— On se reverra au petit déjeuner !

J'ai marché ensuite jusqu'au Campo Santa Margherita, où je me suis jeté sur une part de pizza grasse et délicieuse et un litre d'eau fraîche pétillante, avant de reprendre ma route, avec un rot discret, vers les gaz des pots d'échappement et l'agitation de la Piazzale Roma, dans la gueule du poisson. Il m'avait fallu un peu moins de trois heures pour remonter vers celle-ci depuis la queue. Mais c'est le ventre de ce poisson – les quartiers de San Paolo et Santa Croce – qui m'a achevé. Toutes ces impasses, toutes ces circonvolutions, tous ces crochets me déboussolaient. Ma carte ne me servait à rien ici, et lorsque j'atterrissais dans une charmante cour déserte où il faisait frais, ma réaction n'était pas de me dire « quelle grâce, quelle beauté », mais « quelle perte de temps ». Au bout d'une heure de déambulations, découragé, j'ai bifurqué vers le sud et la promenade dégagée du Zattere, la nageoire centrale du poisson. Les touristes y mangeaient des glaces sur des pontons flottants, mais j'avais pris du retard dans mon programme et mon moral était au plus bas le temps que j'arrive en vue de La Salute, où je me suis avachi sur les marches en marbre près de l'endroit où j'avais demandé Connie en mariage par un soir d'hiver, vingt-deux ans plus tôt. Un jeune chanteur de l'âge d'Albie y interprétait une chanson d'Oasis écrite avant sa naissance et visiblement apprise phonétiquement tant il écorchait les consonnes.

— *Un mayee, ure gonna be uh-un uh safe mee...*

Ma femme me manquait, et j'ignorais combien de temps encore je pourrais l'appeler ainsi. Mon fils aussi me manquait, lui que je désespérais de jamais retrouver et ramener à la maison. J'ai pressé la paume de mes mains contre mes yeux.

— *An after awwww, ure my wunnerwaw.*

J'ai ramassé mon sac à dos, pris un vaporetto pour retourner à l'extrémité de la queue du poisson, puis j'ai refait le même parcours en entier, et encore une fois après ça.

105. le plateau

Quand j'étais petit, voici comment j'imaginais la vie conjugale.

Le lendemain du mariage, vous commencez à marcher main dans la main sur un vaste plateau en sachant qu'au loin, devant vous, le terrain est parsemé d'obstacles, mais aussi de plaisirs, de petites oasis, si vous voulez bien – les enfants en bonne santé, aimants et forts que vous aurez et que vous élèverez ensemble, les petits-enfants, les matins de Noël, les vacances, la sécurité financière, la réussite au travail. Des échecs vous guettent aussi, mais rien de mortel. Il y a donc des hauts et des bas, un chemin quelque peu vallonné, mais dans l'ensemble, vous voyez ce qui vous attend et vous avancez dans cette direction, main dans la main, pendant trente, quarante, cinquante ans, jusqu'à ce que l'un de vous glisse dans le vide au bord du plateau et que l'autre le suive peu de temps après. De mon point de vue d'enfant, c'était à ça que ressemblait le mariage.

Eh bien je peux vous dire que la vie conjugale n'est pas un plateau, pas du tout. Elle se compose de ravins, de grands sommets déchiquetés et de crevasses cachées qui vous envoient tous les deux tâtonner dans le noir. Puis viennent les longues étendues mornes et interminables, que l'on parcourt pour une bonne part dans un silence crispé, où on ne distingue parfois plus du tout l'autre, et où parfois aussi cette personne s'éloigne très loin de vous. Et là, la route est dure. Elle est carrément très, très, très dure.

Six mois après notre mariage, ma femme a eu une liaison.

106. le type du boulot

Je n'ai pas grand-chose à dire sur cette liaison, vu que je n'étais pas là. Les parties concernées sont beaucoup plus à même de parler de l'infidélité. Elles connaissent les regards, les sourires, les caresses secrètes, les cœurs qui s'affolent, l'excitation et la culpabilité. Celui qui est trahi n'est au courant de rien, lui, il ne fait qu'assumer son rôle dans une joyeuse ignorance jusqu'à ce qu'il découvre le pot aux roses.

Je ne peux pas non plus décrire un écheveau complexe et mystérieux d'allusions, d'indices et de prise de conscience progressive. Il n'y a pas eu d'appels bizarres, pas de reçus de carte bleue provenant de restaurants où je n'étais jamais allé, pas d'enquête de ma part. Je l'ai su parce que Connie me l'a dit, et si elle ne l'avait pas fait, je n'aurais jamais rien soupçonné. Elle me l'a appris un samedi matin, sans crier gare, la tête appuyée contre le placard, en m'expliquant qu'elle était paumée.

— Comment ça, paumée ?

— Je ne sais pas quoi faire maintenant.

— À quel sujet ?

— Angus.

— Angus ?

— Angus, mon ami. Ce type à mon boulot.

Apparemment, il y avait un type à son boulot – elle en parlait toujours comme d'un « type », ce qui m'agaçait –, un artiste qui avait récemment exposé ses œuvres à la galerie où elle était désormais employée à temps plein. Un soir qu'ils travaillaient tard, ils avaient bu un peu de vin, s'étaient embrassés, et elle avait beaucoup pensé à ce baiser, de même que cet Angus, ce *type*. Résultat, la semaine suivante, ils étaient allés à l'hôtel.

— Un hôtel ? Je ne comprends pas. Tu es là tous les soirs, tu es toujours là ! Quand as-tu…

— Un après-midi, il y a quinze jours. Merde, Douglas, tu ne t'es vraiment douté de rien ? Tu n'as vu aucun changement ?

Non, je n'avais rien vu. Peut-être étais-je inattentif ou insensible ou complaisant. On ne faisait plus l'amour aussi souvent qu'avant, mais cela n'avait rien d'anormal.

N'était-ce pas la bonne blague que le mariage faisait à tout le monde depuis toujours ? Même si on était censés vouloir un bébé, fallait-il vraiment s'étonner qu'on ait perdu une partie de notre zèle initial ? Et bien sûr que si, il y avait eu des moments où Connie m'avait paru un peu distante, renfermée sur elle-même, distraite, des moments où on allait et venait devant l'évier de la cuisine comme des collègues partageant une pause-thé matinale, des moments où je m'endormais au son de sa respiration irrégulière sans lui demander ce qui n'allait pas. Il faut dire que je travaillais beaucoup à ce moment-là, énormément même, parfois des nuits entières pour boucler un projet tout en assurant le financement du suivant, et tout un tas d'obligations monopolisaient mon temps et mon attention.

Pour le coup, on pouvait dire qu'elle avait su la capter, mon attention. Je ne suis pas un homme particulièrement passionné. Des mois, des années peuvent s'écouler sans que je hausse le ton, et je crois que certaines personnes y voient par erreur une forme de docilité. Mais lorsque je perds mon sang-froid... Une analogie adéquate serait la différence entre l'énergie cinétique et l'énergie potentielle, ou entre le débit d'un fleuve et un barrage prêt à éclater. Bon sang, je revois encore ce week-end cauchemardesque – les cris, les larmes, les coups de poing dans le mur, et cette dispute atroce qui tournait en rond. Pourquoi avait-elle fait ça ? Elle l'aimait ? Non, pas vraiment. M'aimait-elle encore ? Oui, bien sûr que oui. Alors pourquoi ? Elle l'aimait ? Non, pas vraiment, et ainsi de suite jusque tard dans la nuit. Les voisins se sont plaints, mais pas parce qu'on dansait cette fois. Le deuxième jour, le choc et la rage s'étant quelque peu dissipés, on passait d'une pièce à l'autre d'un pas chancelant, insensibles et incohérents. On est sortis marcher le long du canal Regent, histoire d'être malheureux dans un cadre différent. Pourquoi avait-elle fait ça ? S'ennuyait-elle ? Non, ou seulement de temps en temps. Était-elle malheureuse ? Non, ou seulement de temps en temps. Parfois, disait-elle, elle aurait voulu se sentir plus jeune, elle aurait voulu quelque chose de nouveau. Un changement. Voulait-elle que l'on reste mariés ? Oui, absolument ! Voulait-elle toujours des enfants ? Oui ! Avec moi ? Oui, plus que tout. Alors pourquoi avait-elle… ?

Le dimanche soir, nous étions épuisés, comme si une fièvre de cheval nous avait assommés durant deux jours, et sans doute espérions-nous qu'à la fin, tout danger serait écarté. Mais j'ai tout de même insisté pour que Connie aille dormir ailleurs et je l'ai envoyée chez Fran. N'était-ce pas la règle d'usage ? La valise, le taxi qui attendait ? Je ne voulais pas qu'on se revoie ni qu'elle me donne de ses nouvelles tant qu'elle n'aurait pas fait son choix.

Mais à peine le taxi s'était-il éloigné que j'ai eu envie de courir après lui et de lui faire signe de s'arrêter. Parce que j'étais terrifié à l'idée que, une fois bannie, elle ne revienne plus jamais.

107. un appel de connie

— Je te réveille ?

— Un peu.

— Je ne pense pas qu'on puisse réveiller « un peu » quelqu'un, non ?

— J'étais juste assoupi. Il y a le décalage horaire, tu sais.

— Il n'est que d'une heure, Douglas. Je suis désolée, tu préfères dormir ?

— Non, non, je veux te parler.

Je me suis redressé un peu plus sur mon lit, où je me sentais comme embourbé. Il était 23 heures.

— Je sais que je n'étais pas censée te téléphoner, mais…

— Connie, il y a du nouveau ?

— Rien de rien. J'en déduis que tu ne l'as pas encore retrouvé.

— Non, mais j'y arriverai.

— Comment peux-tu en être sûr, Douglas ?

— J'ai mes méthodes.

Elle a soupiré.

— Je lui envoie un texto par jour. Pas de messages mélodramatiques, simplement : « Appelle, s'il te plaît, tu nous manques. »

Elle s'exprimait d'une voix trop articulée pour être naturelle – signe qu'elle avait bu. C'était l'équivalent vocal de l'ivrogne qui s'efforce de marcher droit devant un policier.

— J'ai précisé qu'on était tous les deux en Angleterre. Il ne m'a pas répondu, Douglas.

— On ne peut pas en déduire qu'il a des problèmes. Il continue juste à me punir.

— À *nous* punir, Douglas. Tous les deux.

— Tu n'as rien fait de mal. C'est moi, ai-je répondu – et elle n'a pas protesté. S'il t'appelle, ne lui dis pas que je suis ici. Demande-lui où il est, mais sans préciser que je le cherche.

— J'ai consulté sa boîte mail et son compte Facebook aussi. Rien, pas un mot.

— Comment as-tu fait ? Je croyais qu'ils étaient privés.

— Oh, Douglas, je t'en prie ! a-t-elle répliqué en riant. Je suis sa mère.

— Où es-tu, toi ?

— Sur le canapé. J'essaie de lire.

— Quelqu'un sait que tu es rentrée ?

— Seulement les voisins. Je fais profil bas. Comment est ton hôtel ?

— Un peu glauque, un peu humide. Tu te souviens de ce vieil aquarium qu'Albie refusait de nettoyer ? Eh bien, ma chambre a la même odeur.

J'ai deviné son sourire au bout du fil.

— Et le matelas t'aspire comme une ventouse.

— C'est quoi ce bruit ?

— La chaudière de l'hôtel. Ce n'est rien, je ne l'entends que lorsque quelqu'un fait couler de l'eau.

— Oh, Douglas, rentre à la maison.

— Je vais bien, je t'assure.

J'ai observé un bref silence. Puis :

— Comment va notre stupide chien ?

— Il n'est pas stupide, c'est un être complexe. Et il va bien. Il est heureux de me revoir.

— Quel temps tu as, chez nous ?

— Un temps pluvieux. Et toi ?

— Chaud. Humide.

— C'est drôle, je n'arrive à me représenter Venise qu'en hiver.

— Oui, moi aussi.

— Je suis désolée de ne pas être là.

— Tu pourrais prendre l'avion et me rejoindre, non ?

— Je ne pense pas.

— Je suis tombé sur notre coin à nous aujourd'hui. Celui où je t'ai demandée en mariage. Tu te rappelles ?

— Ça me dit quelque chose.

— Je ne l'ai pas cherché. Ce n'était pas un pèlerinage. Il se trouvait juste sur ma route.

— Tant mieux. Encore une fois, je suis désolée de ne pas avoir été là avec toi.

— C'est vrai qu'on aurait pu déposer une gerbe.

— Douglas...

— Je plaisante. C'est de l'humour noir, comme on dit.

Il y a eu un blanc.

— Tu ne regrettes pas, n'est-ce pas ? ai-je repris.

— Quoi ?

— D'avoir dit oui.

— Je ne crois pas avoir dit oui ce jour-là.

— Tu as fini par le faire. Je t'ai eue à l'usure.

— En effet. Et non, je ne l'ai pas regretté un seul instant. Ne parlons pas de ça pour le moment. Je t'ai seulement appelé pour te dire que tu me manques.

— J'en suis ravi. Et maintenant, il faut que je dorme.

— Douglas ? J'apprécie ce que tu fais. Je trouve ça un peu fou, mais aussi... admirable. Je t'aime.

— On continue à se dire ces mots-là ?

— Uniquement si on les pense.

— Dans ce cas, je t'aime aussi.

108. la douleur

Je ne me suis pas endormi avant 6 heures et j'ai rouvert les yeux dès 7 heures, tout ça pour découvrir que les articulations de mes genoux s'étaient pétrifées. Mes hanches me faisaient également mal, comme si j'avais été renversé par une voiture, de sorte qu'il m'a fallu un certain temps et beaucoup de grognements et de soupirs pour m'arracher à la force d'aspiration de mon matelas et m'asseoir au bord du lit. J'avais transpiré abondamment durant la nuit, et les draps étaient à présent si humides qu'on aurait pu y faire pousser du cresson. J'ai vidé le verre d'eau posé sur la table de chevet, puis, le dos voûté, je me suis approché d'un pas incertain de mon tout petit lavabo pour boire et boire encore. Après examen, il s'est avéré que mes pieds étaient devenus monstrueux, aussi moites, pâles et osseux que des pieds de cochon emballés sous vide. De méchantes ampoules remplies d'eau s'étaient formées sur mes talons et mes orteils. Je ne pouvais clairement pas espérer parcourir trois fois le même circuit aujourd'hui – ni même une fois. J'allais devoir modifier mes plans, trouver les principales artères de la ville et me poster là. Le Rialto, le pont de l'Accademia, l'entrée ouest de la place Saint-Marc – Albie passerait sûrement par un de ces endroits à un moment ou à un autre. J'ai posé des pansements inutiles sur les cors et les ampoules les plus douloureux, puis, raide comme un robot, je suis descendu dans la salle du petit déjeuner, où j'ai rempli un bol de pêches au sirop et un autre de muesli poussiéreux avant de m'abaisser avec précaution sur une chaise.

— Aïe... aïe... aïe...

— Alors, vous avez réussi ? m'a demandé la femme de la veille.

— Pardon ?

— Vous avez réussi à voir tout Venise en un jour ?

— Je crois. Raison pour laquelle je ne peux plus bouger mes jambes. Et vous, qu'avez-vous pensé de... l'*Acca*de*mia* ? Je l'ai bien prononcé ?

— À la perfection. Je n'y suis pas allée finalement. Des cars de touristes sont arrivés avant moi et je déteste avoir à regarder des œuvres par-dessus l'épaule des gens. Il y avait tout simplement trop de monde. Mais cela m'inclut moi aussi, bien sûr.

— C'est le paradoxe du touriste : comment trouver un endroit totalement dépourvu de gens comme nous.

— Même si, en bonne touriste, je me prends pour une *voyageuse*.

Nous avons échangé un sourire.

— J'étais peut-être naïve, mais je ne m'attendais vraiment pas à une telle cohue.

— Je comprends. Jusqu'ici, je n'avais vu Venise qu'en hiver.

— Choisir le mois d'août n'était peut-être pas très judicieux. C'était pareil à Vérone.

— Oui, il y avait foule là-bas.

— Vous êtes allé à Vérone ?

— Je n'y suis resté que deux heures. Le temps de changer de train.

Elle a soupiré et secoué la tête.

— J'ai commis l'erreur d'aller voir le balcon de Juliette. Je ne crois pas avoir jamais été plus déprimée de toute ma vie.

— Moi aussi ! J'ai éprouvé exactement la même chose.

— J'avais presque envie de me jeter dans le vide du haut de ce balcon.

Sa remarque m'a fait rire. Encouragée, elle s'est penchée en avant.

— Et aujourd'hui vous comptez aller… ?

Je suis à la recherche de mon fils, qui m'est devenu étranger.

— Je ne sais pas encore. Je… je suis mon flair.

Le silence est retombé entre nous.

— Je me sens ridicule de crier comme ça depuis l'autre bout de la salle, a-t-elle soudain déclaré. Cela vous ennuie si je me joins à vous ?

— Pas du tout, ai-je répondu en repliant ma carte pour lui faire de la place.

109. freja kristensen

Je suppose que cette possibilité de rencontrer de nouvelles personnes poussait certains à voyager, mais pour moi, les choses à ce niveau-là avaient toujours été compliquées. Faire la conversation, se mettre progressivement à nu, dévoiler ses petites manies et ses particularités, ses opinions et ses croyances – que de stress et de gêne en perspective. De nous deux, Connie avait toujours été la plus grégaire, et je la laissais en général lier connaissance avec les gens à ma place. Mais cette femme s'était assise en face de moi, et je n'avais guère d'autre choix que de lui tendre la main.

— Je m'appelle Douglas. Comme le sapin.

Une blague pathétique, je sais, mais peut-être trouverait-elle un écho particulier chez une Scandinave.

— Moi, c'est Freja. À prononcer « Frai-yeuh ». J'ai peur hélas de ne pas pouvoir faire un jeu de mots avec ça.

— Et pourquoi pas « j'ai eu une grosse fra-yeur ! » ai-je lancé, juste avant qu'une voix dans ma tête ne crie « Non ! ».

Un silence quelque peu choqué s'est abattu sur nous. Paniqué, je me suis senti obligé de commenter son menu.

— Du fromage ? J'ai toujours considéré que c'était une manie propre aux Européens de prendre du fromage et du salami le matin.

— Vous ne faites pas ça en Angleterre ?

— Non. Quel tabou on briserait là ! De même, nullement le concombre et la tomate n'ont leur place à notre table au petit déjeuner.

Bon sang, exprime-toi normalement, espèce d'imbécile.

319

— En toute franchise, on ne peut guère appeler ça du fromage, a-t-elle commenté en laissant pendouiller un morceau pâle et transpirant entre son index et son pouce. Chez moi, c'est la même substance qui a servi à poser le carrelage de ma salle de bains.

— On dirait qu'il y a des morceaux de chocolat dans mon muesli.

— Le monde est devenu fou.

— Ce n'est pas le meilleur hôtel de Venise, n'est-ce pas ?

Elle a ri.

— Je pensais que ce serait amusant de voyager avec un budget serré, mais vivre à la dure est toujours plus appréciable en théorie qu'en pratique.

Vivre à la dure. Elle maîtrisait très bien ma langue.

— On m'a dit que ma chambre était climatisée, mais le système fait autant de bruit qu'un hélicoptère à l'atterrissage. Malgré ça, je ne peux pas m'en passer si je ne veux pas me réveiller avec des draps tout humides qui me collent à la peau le matin.

Puis, jugeant que cette information avait quelque chose de légèrement lubrique, j'ai vite enchaîné :

— D'où venez-vous, Freja ?

— De Copenhague.

— Vous parlez très bien anglais.

— Vous trouvez ? a-t-elle dit en souriant.

— Mieux que mon fils en tout cas ! me suis-je exclamé – précisément le genre de petite pique inutile qui m'avait conduit ici.

— Merci. J'aimerais pouvoir prétendre que j'ai beaucoup lu Jane Austen, mais j'ai surtout appris l'anglais en regardant de mauvais programmes télévisés. Des séries policières surtout. À neuf ans, tous les écoliers danois savent dire : « On a découvert un autre corps, commissaire. » Et il y a la musique aussi – on est bombardés dès notre plus jeune âge, et ça vaut pour toute la Scandinavie. C'est absurde, franchement, de voir que je parle mieux l'anglais que le suédois. Mais bon, comme dit la chanson : *Knowing me, knowing you, there is nothing we can do*[1] *!*

— J'aimerais pouvoir vous répondre en danois.

— Ne soyez pas gêné. Il y a longtemps qu'on a abandonné tout espoir que le monde apprenne notre langue.

— Ma femme aime vos programmes télévisés énormément.

À ce rythme-là, j'évoquerai bientôt les harengs et les Lego. Je me suis demandé si c'était une particularité britannique, ou plutôt anglaise, de jouer avec des clichés comme celui-là.

— C'est notre don à l'humanité, a-t-elle commenté, amusée, avant de repousser sa chaise. Douglas, le bon sens devrait m'en dissuader, mais je vais reprendre un peu de ce jus de fruits dégoûtant. Je peux vous rapporter quelque chose ? Il y a du cake…

— Non, merci.

Je l'ai regardée s'éloigner. *Ma femme aime vos programmes télévisés énormément.* Voilà que je m'emmêlais encore les pinceaux avec la syntaxe. Et pourquoi me forçais-je à mentionner Connie ? Je n'avais aucune envie de nier son existence, mais aucune raison non plus de m'accrocher une pancarte « homme marié » autour du cou – à moins que je n'aie agi ainsi parce que j'avais conscience que Freja était une femme très séduisante. Cinquante ans environ, des

---

1. Reprise d'un passage d'une chanson d'Abba, *Knowing me, Knowing you* : « Telle que je me connais, et tel que je te connais, on ne peut rien changer à la situation. »

traits assez plats et une bonne mine qui faisait surgir des images de pain noir et de baignades dans des lacs glacés. Un teint clair, des veines qui affleuraient sous la peau au niveau des joues. Des pattes d'oie rieuses autour de ses yeux très bleus, des cheveux bruns peut-être teints – un châtain sombre quelque peu improbable qui faisait penser à une couleur de cirage. Elle m'a souri par-dessus son épaule, et je me suis surpris à me redresser sur ma chaise et à passer ma langue sur mes dents.

— Vous voyagez seul ? a-t-elle demandé en revenant.

— Oui. Pour le moment. J'espère retrouver mon fils d'ici un jour ou deux, ai-je répondu – ce qui était vrai, même si j'omettais une partie de l'histoire. Et vous ?

— Moi aussi. Je viens de divorcer.

— J'en suis désolé.

— Cela valait mieux pour nous deux, a-t-elle commenté d'un ton blasé. Enfin, c'est ce qu'on dit toujours dans ces cas-là, non ? Et vous ? Votre femme n'est pas avec vous ?

— Elle est en Angleterre. Elle a dû rentrer plus tôt. Une histoire de famille.

— Et vous n'avez pas voulu la suivre ?

Là, mon imagination m'a lâché.

— Non. Non.

— Vous aimez voyager seul ?

— Ce n'est que mon troisième jour.

— Pour moi, c'est la deuxième semaine.

— Et ça vous plaît ?

Elle a réfléchi un instant.

— Je croyais que l'Italie me remonterait le moral. Je prévoyais de marcher toute la journée dans des ruelles médiévales et de m'installer le soir avec un livre dans un petit restaurant pour y prendre un dîner léger accompagné d'un verre de vin, tout ça avant d'aller me coucher. Je pensais que ce serait *tellement* sympa. Mais la plupart du temps, on me donne la table près des toilettes, les serveurs n'arrêtent pas de me demander si j'attends quelqu'un, et j'en arrive à garder en permanence ce sourire très détendu pour faire savoir à tout le monde que je vais bien.

Elle a joint le geste à la parole en affichant un sourire crispé que j'ai tout de suite reconnu.

— Un jour, à Berlin, j'ai fait un tour tout seul au zoo, ai-je avoué. Grossière erreur.

Freja a éclaté de rire et plaqué une main devant sa bouche.

— Mais pourquoi avoir fait ça ?

— J'étais venu assister à une conférence et j'avais entendu dire que c'était un très beau zoo, alors…

— Moi, je suis déjà allée au théâtre toute seule. Le cinéma, ça va, mais le théâtre… On y est mal à l'aise.

Nous avons échangé un sourire et poursuivi cet échange enjoué sur les endroits où il ne faudrait jamais se rendre seul. Les terrains de paint-ball ! Les montagnes russes ! Les trampolines ! Le pire, sommes-nous convenus, c'était le cirque. *Un billet pour le spectacle, s'il vous plaît. Non, juste un. Un adulte, oui.* À la fin, on était déchaînés.

— Je me sens mieux ! s'est exclamée Freja en s'essuyant les yeux. La table pour une personne au restaurant ne me semble plus si terrible, maintenant.

— Hier soir, j'étais si épuisé que j'ai mangé un sandwich dans ma chambre, la tête passée par la fenêtre pour ne pas faire de miettes.

— Félicitations ! a-t-elle dit en me tendant le sucrier d'un geste faussement cérémonieux. Vous remportez pour aujourd'hui le prix international de la solitude.

— Merci, merci !

J'ai accepté le trophée et effectué un petit signe de tête en réaction aux applaudissements. Puis, me sentant un peu bête, j'ai reposé le sucrier.

— Je dois y aller, maintenant.

J'ai tenté de me lever en grognant et me suis appuyé sur le bord de la table pour garder l'équilibre.

— Mince, j'ai l'impression d'être un vieux…

— Mais qu'est-ce que vous vous êtes fait ?

— J'ai trop forcé hier. J'ai réalisé un tour complet de Venise, et j'ai remis ça deux fois.

— Quelle drôle d'idée. Quel plaisir peut-on y prendre ?

— Après le premier tour, aucun.

— Alors pourquoi ?

— Je cherche… C'est une longue histoire, je préférerais…

— Désolée, je suis indiscrète.

— Non, non, pas du tout. Mais je dois partir.

— Ma foi, si vous avez besoin de faire une pause…

Je me suis retourné vers elle.

— Je ne sais pas si vous aimez visiter les musées tout seul, a-t-elle continué, mais moi, pas vraiment.

— Euh…

— Je compte commencer par l'Accademia ce matin. Elle ouvre à 8 h 30 et ce n'est pas très loin. On pourra avancer lentement et s'asseoir sur les banquettes de temps en temps. Si ça vous dit.

Avais-je une chance de tomber sur Albie, là-bas ? Était-il du genre à faire la queue à l'ouverture d'un musée dédié à l'art vénitien ? Pas vraiment, à mon avis, mais serait-ce si grave de consacrer une heure au Grand Tour ?

— Je vous retrouve ici dans un quart d'heure.

Et c'est ainsi que Freja et moi avons longé la Riva degli Schiavoni, encore fraîche et tranquille sous le soleil matinal, et que, chose pour le moins paradoxale, je me suis surpris à espérer ne pas croiser mon fils.

110. voir des œuvres d'art avec d'autres personnes

Freja et moi avons beaucoup aimé l'Accademia. Elle exprimait le sens de l'art propre à une ville qui, comme en témoignaient bon nombre de toiles, avait à peine changé en sept cents ans. Il y avait des Bellini saisissants aux couleurs vives, des Carpaccio exquis et lumineux, et, dans une salle, un immense tableau de Véronèse de la taille d'un panneau publicitaire qui figurait trois grandes arches sous lesquelles grouillait une vingtaine de personnages, peut-être même une trentaine, tous bien individualisés et vêtus de manière anachronique à la mode vénitienne, avec au centre une représentation peu conventionnelle du Christ en tenue biblique, prêt à manger ce qui ressemblait à un succulent gigot d'agneau.

— *Le Repas chez Levi*, a lu Freja en consultant la légende sur le mur et en tombant sans le faire exprès dans mon piège.

— C'est comme ça que Véronèse a fini par appeler son tableau, mais au départ, il avait choisi *La Dernière Cène*. L'Inquisition ne l'a pas aimé, elle le trouvait irrévérencieux avec tout ce monde qui s'agitait autour du Christ, ces Allemands, ces enfants, ces chiens, ces

Noirs. Vous voyez le chat sous la table, près des pieds du Christ ? Il a été jugé blasphématoire. Mais plutôt que d'effacer les animaux et les nains, Véronèse a simplement changé son titre, et *La Dernière Cène* est devenue *Le Repas chez Levi*.

Freja m'a regardé de la tête aux pieds. Je sais que c'est un cliché, mais ses yeux m'ont vraiment sondé de bas en haut, puis de haut en bas.

— Vous avez une très bonne connaissance des arts.

— Non, c'est ma femme la spécialiste, ai-je protesté modestement. J'ai juste retenu deux ou trois trucs au fil du temps.

… que j'ai lus sur Internet, aurais-je dû préciser. *Mon savoir repose entièrement sur ma manie de me renseigner*. Mais j'ai gardé le silence et j'ai continué à avancer, les mains jointes dans le dos, tel un docte professeur.

— Que faites-vous dans la vie ?

— Je suis un scientifique, biochimiste de formation. Rien à voir avec l'art, j'en ai peur. Et vous ?

— Je suis dentiste. Autant dire que pour moi, la biochimie apparaît fascinante. L'odontologie n'a pas grand-chose à voir avec l'art, elle non plus.

— Mais elle est nécessaire.

— Peut-être, sauf qu'elle ne laisse pas beaucoup de place à la libre expression.

— Vous avez des dents superbes, ai-je dit un peu bêtement.

— C'est drôle, j'ai remarqué que, dès l'instant où vous leur apprenez que vous êtes dentiste, les gens commencent à inspecter votre bouche. Comme s'ils voulaient vérifier que vous mettez vos sermons en pratique.

— « Que vous mettez vos sermons en pratique. » Vous voyez ? Votre anglais est incroyable.

— Vous voulez dire que je connais beaucoup de clichés ?

— Pas des clichés. Des idiomes. Vous vous exprimez de façon très idiomatique.

— Que de compliments !

— Je suis désolé.

— Non, ça ne m'ennuie pas. Pourquoi voulez-vous que ça m'ennuie ?

Dans la dernière galerie, nous avons vu une stupéfiante série de tableaux de Carpaccio qui occupait une pièce entière et qui racontait la légende de sainte Ursule sous forme de bande dessinée. S'il y avait bien une chose que j'avais retenue concernant l'art de la Renaissance, c'était que les histoires de saints se terminaient rarement par un happy end. Dans le cas présent, la vertueuse Ursule faisait ses adieux à son prétendant et quittait la Bretagne pour effectuer un pèlerinage avec dix mille autres vierges, et toutes finissaient décapitées par les Huns à Cologne. Une des toiles montrait ainsi une flèche tirée à bout portant vers sa poitrine. Quel message pouvait-on en tirer ? me suis-je demandé.

— Moralité : n'allez pas à Cologne, a ironisé Freja.

— J'ai participé à une conférence là-bas, un jour. J'ai trouvé la ville charmante.

— Mais y avait-il des vierges parmi vous ?

— Eh bien, vu qu'on était tous biochimistes… oui, j'en suis quasiment certain.

Elle s'est approchée plus près du tableau en inclinant la tête.

— Cette pauvre sainte Ursule. Et ces pauvres dix mille vierges… Enfin bon, c'est réconfortant de savoir que quelqu'un passe des vacances plus pourries que les vôtres.

Malgré les détails sanguinaires des derniers tableaux, la fresque était magnifique, pleine de couleurs, de vie et de cités étranges et imaginaires sous des cieux bleu cobalt. Et elle exprimait ce sens précis de la perspective qui est si flagrant dans les œuvres du début de la Renaissance, comme si elles avaient toutes été produites avec de fabuleux instruments géométriques.

— Je ne voudrais pas paraître présomptueux, mais je suis presque sûr que si j'avais vécu à cette époque, j'aurais pu inventer la théorie de la perspective.

— Oui ! s'est écriée Freja en saisissant mon bras. Je me suis toujours demandé pourquoi personne n'avait compris ça plus tôt. « Écoutez-moi, tout le monde ! Je viens juste de me rendre compte que les objets ont l'air plus petits lorsqu'ils sont vus de loin. »

J'ai ri, puis me suis souvenu de mon nouveau rôle d'historien de l'art.

— Évidemment, c'est un peu plus compliqué que ça.

— Évidemment.

— J'adore la vision que Carpaccio a de l'Angleterre.

— En effet. On dirait Venise.

— Mais quand on a passé sa vie ici, il est sans doute normal de s'attendre à ce que toutes les autres villes ressemblent à Venise.

— Comment pourrait-on souhaiter autre chose ?

Puis nous sommes ressortis dans la lumière bleue et limpide de cette matinée, le cadre autour de nous paraissant en quelque sorte rafraîchi et plus net à présent que nous l'avions admiré sur de vieux tableaux. Les étranges cheminées coiffées d'un chapeau étaient toujours là, de même que la géométrie marquée des bâtiments aux teintes roses, orange et jaune pêche, dignes d'une coupe de fruits, et la perspective forcée qu'offrait le pont de l'Accademia vers l'est de la cité lacustre. Nous avons embrassé la scène du regard.

— Quelle ville, s'est extasiée Freja. Elle ne devrait pas exister, et pourtant elle est là.

— Il y a un café sympa sur la place Santa Margherita. Si vous n'êtes pas pressée...

111. ponte dei pugni

Nous nous sommes dirigés vers l'ouest. Freja était séparée de son mari depuis deux ans et divorcée depuis six mois.

— Une histoire banale. Elle mérite à peine que je la raconte encore. Il m'a trompée, j'ai entamé une liaison stupide pour le punir, il m'a de nouveau trompée – c'était comme une partie de poker ridicule. Sauf qu'il est tombé amoureux, et pas moi. Au début, c'était horrible, une vraie catastrophe. Le quotidien devenait chaotique, choquant et triste. On avait ouvert un cabinet dentaire ensemble, et les disputes, les cris et les accusations se succédaient à longueur de journée. Croyez-moi, personne n'aime voir sa dentiste pleurer, en tout cas pas pendant qu'elle travaille. Non mais, vous imaginez ? Une hystérique qui s'affaire sur vous avec sa roulette et qui laisse goutter ses larmes dans votre bouche ? Sans compter que nos filles étaient furieuses contre nous.

— Vous en avez combien ?

— Deux. Mais elles avaient déjà quitté la maison pour entrer à l'université, alors peut-être que ç'aurait pu être pire.

— Et vous pensez que ç'a été un facteur déclenchant de votre rupture ? ai-je dit en adoptant un ton décontracté.

— Le fait qu'elles soient déjà parties ?

— Et que vous ayez en quelque sorte… fini votre boulot.

Elle a haussé les épaules.

— Pour lui, peut-être. Pas pour moi. J'adorais notre famille, j'étais fière de nous. Jamais je n'ai vu ça comme un travail. Mon mari me rendait folle, bien sûr, mais ça n'entrait pas en ligne de compte. On était mariés et on devait le rester jusqu'à notre mort.

Elle s'est tue un instant.

— Au début, entre les cris et les pleurs, on vivait un cauchemar, et les filles ont un peu déraillé. Mais ensuite, quand vous vous retrouvez par terre au milieu de l'épave de votre mariage – pour filer la métaphore de l'accident –, vous palpez vos jambes, vous constatez qu'elles sont toujours là, et vos bras et votre crâne aussi. Vous voyez, vous entendez. Là, vous comprenez que vous pouvez encore vous lever. Et c'est ce que vous faites. Vous vous levez, vous inspirez un bon coup et vous vous éloignez en titubant. Je parle beaucoup, mais c'est parce que je n'ai rien dit d'autre à part « *grazie* » et « une table pour une personne » depuis trois semaines.

— Ça ne me gêne pas, je vous assure.

Nous avions émergé d'une série de ruelles sombres pour déboucher sur le Campo San Barnaba, avec son église à la devanture éclatante, élégante et toute simple.

— Je n'étais encore jamais passée par cette place. Elle me plaît beaucoup, a dit Freja – ce dont j'ai été assez fier, moi, son guide attitré.

— Il faut que je vous montre quelque chose, ai-je dit en jouant de nouveau les spécialistes.

Sur le pont à l'autre bout du *campo*, quatre empreintes de pied en marbre blanc avaient été incrustées dans le sol.

— Les gens se livraient à des combats ici. Quand on avait un différend avec quelqu'un, on le réglait sur ce pont. C'était une sorte de ring public, en somme. Les empreintes marquaient l'endroit où l'affrontement commençait.

— Vous êtes un véritable historien, Douglas.

— J'ai lu les guides touristiques. Ça énerve beaucoup ma femme. Elle me dit toujours de les ranger et de lever les yeux. Lève les yeux !

Nous avons posé nos pieds sur les empreintes dans le marbre.

— Peut-être aurais-je dû emmener mon mari ici, a observé Freja.

— Vous vous entendez bien maintenant ?

— Pour autant qu'on puisse s'entendre avec une personne qu'on a détestée. Nous avons des rapports « cordiaux » – ça se dit, oui ? Des rapports cordiaux, a-t-elle répété en brandissant ses poings en l'air.

112. musique hivernale

Au Rosso, nos cafés ont été extraits d'une énorme machine en cuivre qui sifflait et fumait autant que la chaudière d'une locomotive. Nous les avons emportés dehors, sur la terrasse ensoleillée donnant sur le superbe campo Santa Margherita et le *campanile* de l'église à l'extrémité ouest, si raboté qu'il semblait avoir été découpé par des ciseaux géants.

— Que lui est-il arrivé ?

— Je n'en ai aucune idée.

— Douglas, vous n'avez pas une histoire intéressante à raconter à son sujet ? Je pensais que vous saviez tout.

— Je n'ai pas eu le temps de faire la recherche. Désolé.

Dans le silence qui a suivi, j'ai senti qu'elle attendait davantage. Elle s'était confiée à moi, et c'était à mon tour de lui expliquer pourquoi un homme d'âge mûr arpentait Venise dans une tenue débraillée, avec aux pieds des baskets d'adolescent. Mais mon attention a été attirée vers un jeune violoniste de l'autre côté de la place qui avait commencé à jouer un air mélancolique en mode mineur. Bach, aurais-je dit. S'il y a bien un compositeur qui me déprime au plus haut point, ce doit être Bach.

— Alors, Douglas. Votre femme et vous, vous êtes ensemble ou séparés ?

J'ai reposé ma tasse de café, sur le point de répondre à sa question, mais je me suis ravisé.

— J'espère que vous ne m'en voulez pas d'être si directe, a-t-elle continué. Je vous ai ennuyé un bon moment avec mes histoires et j'ai pensé que vous aimeriez avoir l'occasion de m'ennuyer en retour.

— C'est tout à fait normal. Et si je savais ce qu'il en est, je vous le dirais. Nous sommes dans une phase… transitoire. J'entends par là que nous sommes physiquement séparés, mais toujours ensemble. Le processus n'a pas… nous avons une relation fluctuante. Je ne suis pas très clair, n'est-ce pas ?

— Vous voulez dire que vous n'avez pas encore décidé si vous vouliez rester ensemble.

— Oh, non. Pour moi, tout est très clair. C'est elle qui n'a pas encore décidé.

— Je vois. Enfin, je crois. Vous voulez dire que… ?

— Freja, j'espère que vous ne m'en voudrez pas, parce que je me rends compte que vous avez été très franche avec moi, et je ne voudrais pas jouer les faux timides, mais la raison pour laquelle je suis à Venise est plus compliquée que… Ce n'est pas tout à fait… Pour être honnête, je préférerais la garder pour moi. Cela fait-il sens ?

— Bien sûr. Je m'excuse.

— Non, il ne faut pas. Surtout pas, je vous en prie.

Nous avons écouté le jeune violoniste interpréter une séquence répétitive d'accords mineurs avec des trilles et des variations complexes. Les chaussures usées, la chemise sortie du pantalon, il avait cet air détaché du monde réel que les musiciens partagent parfois avec les scientifiques et les mathématiciens. Peut-être qu'Albie aurait mieux fait d'étudier le violon au lieu de la guitare. Peut-être aurait-on dû l'y pousser.

— Il est doué, a commenté Freja. Mais je trouve sa musique beaucoup trop triste.

Moi aussi, je me sentais triste. Triste et puni.

— C'est une musique hivernale, a-t-elle ajouté.

J'aimerais m'excuser pour le comportement de mon fils. J'avais perdu de vue mon objectif et oublié pourquoi j'étais là. Je m'étais laissé distraire par un flirt absurde et hors de propos. Tous ces regards en coin, ces confidences, cette culture et ce raffinement que j'affectais de manière pathétique – j'étais ridicule. Il était temps de partir.

— De toutes les places que j'ai vues, a poursuivi Freja, celle-ci est ma préférée. J'essaie depuis un moment de comprendre ce qui les différencie les unes des autres, et je dirais les arbres, finalement. Les voitures ne me manquent pas du tout à Venise, mais la couleur verte en revanche…

— Je dois partir, ai-je annoncé en me levant brusquement.

— Oh. Oh, vraiment ?

— Oui, oui, c'est impératif. J'ai pris du retard, il faut… que je me remette en route.

— Je peux peut-être vous accompagner ?

— Non, j'ai un long chemin à parcourir. C'est difficile à expliquer.

Mon rythme cardiaque s'accélérait. Trop de café peut-être, à moins que ce ne soit la peur.

— Mon problème, Freja, c'est que mon fils a disparu. Dit comme ça, on pourrait croire qu'il a été enlevé, mais en fait, il s'est enfui et j'ai dans l'idée qu'il est ici à Venise. Je dois le retrouver. Et donc…

— Je vois. C'est horrible. Je suis désolée, j'imagine que vous êtes très inquiet.

— En effet. Je m'excuse.

— Pourquoi les Britanniques s'excusent-ils toujours lorsqu'ils sont angoissés ? Ce n'est pas votre faute.

— Mais si, justement ! C'est bien le problème !

La panique montait en moi, et j'ai vivement fouillé mon portefeuille.

— Je suis désolé, je n'ai que vingt euros.

— Laissez, c'est pour moi.

— Non, j'aimerais vous inviter. Tenez…

— Douglas, s'il vous plaît, asseyez-vous.

— Non, non, je dois continuer à…

— Deux minutes ne changeront rien.

— Tenez, prenez ces vingt…

— Douglas, je pars demain matin.

— Ce n'est pas grave, je ne veux pas de la monnaie. Mais il faut vraiment que…

— Douglas, je viens de vous dire que j'allais partir. Je vais quitter Venise. Je ne vous reverrai probablement pas.

— Oh. Je vois. C'est vrai ? Je suis désolé, je…

Peut-être aurais-je dû me rasseoir à ce moment-là, mais je suis resté debout et lui ai tendu la main.

— Eh bien, ça été un plaisir de vous rencontrer, Freja.

— De même, a-t-elle répondu en la serrant sans grand enthousiasme. Bonne chance. J'espère que vous trouverez ce que vous cherchez.

Mais je m'enfuyais déjà.

113. la serpentine

Nous n'avons plus été les mêmes après cette infidélité.

Pas tristes, mais plus guindés, toujours à vouloir paraître sous notre meilleur jour. À mesure que Connie devenait plus silencieuse et renfermée, je devenais excessivement attentionné envers elle, comme un serveur qui vous demande en permanence si la nourriture est à votre goût. Tu as passé une bonne journée ? Qu'as-tu envie de faire ce soir, que veux-tu manger, que pourrions-nous regarder à la télé ? Mais prétendre que rien n'a changé constitue un changement en soi. Le fait était que l'un d'entre nous avait commis une faute, que l'autre en avait souffert, et ma détermination à ignorer cette réalité m'avait transformé en un juge d'application des peines particulièrement mielleux et flatteur.

J'avais posé des conditions à son retour, une sorte de « mise à plat des règles à respecter », mais rien de trop pénible ou de déraisonnable. Bien sûr, elle ne reverrait pas ce « type » et ne lui adresserait plus la parole. On essaierait d'exprimer plus ouvertement et plus franchement ce qui nous frustrait et nous agaçait. On sortirait plus souvent ensemble, on se parlerait davantage, on serait plus gentils l'un envers l'autre, et je m'efforcerais pour ma part de ne pas mentionner cette liaison. Elle ne serait pas oubliée – comment aurait-elle pu l'être ? – mais elle ne deviendrait pas non plus une arme, un instrument de négociation ou un moyen pour moi de justifier une éventuelle liaison adultère – une condition que j'ai volontiers acceptée.

Plus important encore, nous avons décidé de nous consacrer pleinement à notre projet de fonder une famille et, ça n'a pas loupé, quelques mois après que nous avons failli rompre, j'ai reçu un coup de fil.

— Tu as déjà déjeuné ? m'a-t-elle demandé avec une décontraction forcée.

— Pas encore.

— Viens me retrouver au parc, près de la Serpentine. On pique-niquera.

Derrière la fenêtre, le vent soufflait en rafales en cette fin octobre. Pas franchement un temps à pique-niquer.

— D'accord, d'accord. J'arrive, ai-je dit.

Puis j'ai compris. J'ai compris pourquoi elle voulait qu'on se voie. J'ai raccroché et suis resté assis un moment à mon bureau, sans bouger, en riant doucement en mon for intérieur. Nous allions être parents. J'allais être père – mari *et* père. Pour moi, quelle merveilleuse promotion. J'ai prévenu mes collègues que je rentrerais tard.

À Hyde Park, je l'ai aperçue au loin qui attendait près de la Serpentine, les mains dans les poches, le col relevé. Le grand sourire qu'elle s'efforçait de réprimer a confirmé mes soupçons, et en m'approchant j'ai éprouvé un tel… le mot « amour » est très vaste, et si élastique dans sa définition qu'il en perd presque toute utilité, mais il n'y a pas d'autre terme qui convienne, sauf peut-être adoration. « Adoration » aussi ferait l'affaire, à la rigueur.

On s'est embrassés – un baiser bref, désinvolte. J'avais décidé de jouer les demeurés.

— Eh bien, quelle agréable surprise.

— Marchons un peu, tu veux ?

— Je n'ai rien apporté à manger.

— Moi non plus. Marchons simplement.

Et c'est ce que nous avons fait.

— À quelle heure faut-il que tu sois de retour au labo ?

— Rien ne presse. Pourquoi ?

— Parce que je voulais t'annoncer quelque chose.

— Que de mystères…

Peut-être me suis-je frotté le menton, je ne m'en souviens pas. Je n'ai jamais eu à choisir entre la science et une carrière de comédien, moi.

— Douglas, je suis enceinte !

À partir de là, il n'était plus nécessaire de feindre quoi que ce soit. On a ri, on s'est enlacés, on s'est embrassés. Puis elle m'a pris par le bras, et nous avons fait trois fois le tour de la Serpentine, peut-être même quatre, en discutant, en spéculant et en échafaudant toutes sortes de projets, jusqu'à ce que le ciel s'assombrisse et que les réverbères s'allument. Elle serait une mère formidable, je n'avais aucun doute à ce sujet, et quant à moi… ma foi, je ferais de mon mieux. La maxime selon laquelle ce qui ne vous tue pas vous rend plus fort est clairement stupide, mais après avoir frôlé le naufrage et survécu à la tempête, ma femme et moi étions prêts à embarquer pour cette nouvelle aventure avec un enthousiasme retrouvé. Plus rien ne nous séparerait jamais.

114. la vie domestique

Un petit malin a cru bon de dire un jour que les couples mariés ne faisaient des enfants que pour avoir un sujet de conversation. C'est une vision assez cynique, mais il est vrai qu'en tombant enceinte, Connie a induit une sorte de renaissance dans notre couple. Les hauts et les bas de la grossesse ont été si bien dépeints au cinéma et à la télévision qu'ils méritent à peine que je les évoque ici, si ce n'est pour confirmer que oui, elle a expérimenté les nausées matinales, les insomnies, les pieds douloureux et les sautes d'humeur radicales. Sans compter les obsessions alimentaires comiques et les moments où le simple effort requis pour porter son fardeau toujours plus lourd provoquait chez elle des crises de rage et de larmes. Face à ses exigences irrationnelles et ses colères soudaines, j'ai endossé le rôle d'un majordome attentif, dur à cuir, stoïque et compétent, capable de préparer de bons petits repas, de gérer les visites et de faire du thé. Et cela me convenait.

Cela convenait aussi à Connie, qui grossissait et s'épanouissait superbement. Les soirées enfumées, les couchers tardifs et les gueules de bois ont été remisés avec une facilité surprenante – presque avec soulagement –, et on ne la voyait plus que très rarement sans un sachet de fruits séchés ou quelque horrible jus de fruits verdâtre à portée de main. Je ne dis pas qu'elle était devenue dévote ou éminemment vertueuse pour tout ce qui touchait à sa grossesse. Non, elle se montrait de nouveau amusante, feignant de temps à autre l'agacement, voire la fureur devant sa charge encombrante.

— Tu as vu ce que tu m'as fait ! Non mais, tu as vu ?!

On restait à la maison désormais, et c'est ainsi qu'on a hiberné tout l'hiver jusqu'au printemps. On regardait des films et des jeux télévisés banals. On lisait sur le canapé. La chambre d'amis a enfin été reconnue pour la chambre d'enfant qu'elle était, et nous l'avons meublée et décorée dans un style unisexe provocant, tout en écoutant de la musique classique comme de vrais adultes. Le soir, je pressais mes pouces sur la plante de ses pieds douloureux. On menait une vie très domestique – une vie ennuyeuse et terre à terre pour tout le monde à part nous –, et on était heureux.

Lors de notre rendez-vous à l'hôpital pour la deuxième échographie, nous n'éprouvions qu'une petite pointe d'impatience, juste assez pour ne pas paraître blasés. Après tout, nous étions des adultes responsables et en bonne santé à la fin du XXe siècle, dans un pays développé sur le plan médical. Les probabilités pour que quelque chose se passe mal tendaient vers zéro, et, en effet, notre enfant était bien là à l'écran, petite virgule floue de chair et d'os tendres animée de mouvements saccadés qui m'évoquaient une marionnette à tiges. Magnifique, avons-nous dit. Objectivement bien sûr, l'image tirée d'une échographie n'a rien de magnifique. Ce n'est qu'une mauvaise photocopie d'un vertébré qui, soyons francs, pourrait figurer au nombre des créatures vivant dans un lac souterrain. Mais tous les parents ne trouvent-ils pas ça magnifique ? Il y avait le cœur, gros comme une framboise, qui battait résolument. Il y avait les doigts. Existe-t-il des parents capables de rester indifférents et de refuser qu'on leur imprime une telle image ? Nous, nous avons ri en nous tenant la main.

Mais le genre indéterminé de cet être nous troublait. Aimerions-nous connaître son sexe ? Oui, s'il vous plaît, avons-nous répondu. Les yeux plissés devant l'écran, je n'ai rien distingué, mais a priori c'était une fille. J'allais avoir une fille. Bien que je n'aie jamais exprimé de préférence, je dois avouer que j'étais secrètement ravi. J'avais éprouvé et je continuais d'éprouver la gaucherie d'une relation père-fils, mais toutes les filles n'aimaient-elles pas leur papa, et vice versa ? Sans doute ai-je ressenti un certain soulagement aussi. Notre enfant se tournerait forcément vers Connie lorsqu'elle aurait besoin de conseils, non ? Sa mère serait son modèle, sa meilleure amie, et celle aussi avec qui elle aurait ses plus grosses disputes. Elles s'échangeraient des habits, se feraient des confidences, et lorsque surviendrait l'adolescence, les portes claqueraient au nez de Connie, pas au mien. Moi, en tant que père, je n'aurais rien d'autre à faire que jouer pour elle les chauffeurs de taxi, lui donner de l'argent de poche, lui offrir une oreille compréhensive et la serrer fièrement dans mes bras le jour de sa remise de diplômes. Je n'aurais rien d'autre à faire que m'inquiéter pour elle – mais ça, c'était tout à fait dans mes cordes.

On est rentrés chez nous avec le cliché flou de l'échographie, qu'on a accroché à un tableau en l'entourant de Post-it sur lesquels figuraient les noms que nous aimions bien – ou plutôt ceux que Connie aimait bien, car mon imagination regimbait devant trop d'ésotérisme et préférait s'arrêter à Emily, Charlotte, Jessica ou Grace. Mais Connie s'est fait un malin plaisir de trancher en faveur de Jane, un prénom si ordinaire qu'il en devenait presque avant-gardiste. Nous frottions son ventre avec de l'huile de massage. Elle a cessé de travailler et s'est employée à préparer l'appartement pendant que je passais de longues heures sur un nouveau projet – des dard-perches, cette fois – en attendant le coup de fil.

C'est un peu à contrecœur que je dois reprendre ici cette notion du temps perçu comme une boucle. Le premier coup de ciseaux s'était produit sur le London Bridge le soir où j'avais rencontré ma femme, mais qu'en était-il du deuxième ? Si la liaison de Connie avait été un traumatisme pour moi, je l'aurais volontiers encaissé encore, ne serait-ce que pour le bonheur qui a suivi, cet hiver et ce printemps durant lesquels, grâce à sa grossesse, notre mariage a de nouveau fait parfaitement sens.

Mais certaines choses ne peuvent être vécues deux fois, et si on me demandait mon avis, j'aimerais que le deuxième coup de ciseaux survienne à peu près là, s'il vous plaît.

115. pompidou paris accordéon cat stupéfiant

Existait-il un indicateur plus flagrant du rythme étourdissant des évolutions technologiques que le trépas des cafés internet ? Autrefois révolution-naires, à la pointe du progrès, ils incarnaient une porte ouverte sur un monde de savoirs et de rêves – du moins jusqu'à ce que l'avènement du wifi bon marché et des smartphones les rendent obsolètes et aussi désuets et anachroniques que les bureaux télégraphiques ou les vidéoclubs.

Il ne restait qu'un seul café internet à Venise, dans une petite galerie commerçante sinistre à proximité d'un ensemble d'immeubles d'habitation du Cannaregio. Éreinté et éclopé après un deuxième tour complet de la ville, je me suis réfugié dans cette salle sombre et fraîche en me frayant un chemin devant une rangée de cabines téléphoniques où des Indiens, des Pakistanais, des Arabes et des Africains parlaient d'un ton pressant. Plus loin, dans le coin des ordinateurs, les pauvres et les désespérés se mêlaient aux escrocs, aux maîtres chanteurs et aux harceleurs, tous ayant l'air de vouloir se cacher, tous le dos courbé sur leur fauteuil pivotant dont le rembourrage jaune s'échappait par des trous dans la lueur malsaine des écrans. Des explosions et des coups de sabre laser résonnaient à ma gauche, où un gamin de neuf ans martelait son clavier pour dégommer des aliens à tout bout de champ, tandis qu'à ma droite, un jeune homme très sérieux fixait avec la plus grande concentration une page densément remplie de caractères arabes. Je les ai salués d'un sourire et me suis tourné vers mon ordinateur. La console et le clavier en bakélite couleur crème étaient vieux et crasseux, mais je ne tenais plus debout, j'avais presque épuisé le forfait de ma tablette et j'étais donc bien content de pouvoir m'installer là, dans cette pièce qui sentait le carton mouillé et le café instantané, pour y mener mes recherches.

Des doutes avaient commencé à m'assaillir. Je savais grâce à l'appel d'Albie à l'hôtel que Cat et lui avaient eu l'intention de venir ici, mais supposons qu'ils aient changé d'avis, ou qu'ils soient déjà partis ? Parce que j'avais besoin d'être rassuré, j'ai tapé :

accordéon venise	

artistes des rues venise	

cat jouer accordéon	

venise artistes des rues cat accordéon	

Tel un alchimiste qui aurait jeté des ingrédients dans un chaudron avec l'espoir vain de produire de l'or, j'ai enchaîné avec :

cathy albie italie artiste des rues	

catherine venezia rock accordéoniste	

italie accordéon cat	

J'ai vu des choses qu'aucun homme ne devrait jamais voir, mais pas mon fils. Optant pour une approche plus directe, j'ai effectué une recherche sur Albie Petersen. Avec son éternel esprit de contradiction, il n'était pas esclave des médias sociaux, et ses comptes étaient de toute façon bloqués par un mot de passe. Mais ses amis ne se montraient pas aussi méfiants et discrets, et j'ai découvert que je pouvais facilement faire apparaître à l'écran des photos de mon fils – dans des soirées, la moue boudeuse et la clope au bec ; sur scène avec ce groupe catastrophique de lycéens (j'étais allé les écouter mais, incapable de supporter leur musique, je m'étais esquivé pour vérifier que la voiture était bien fermée et j'avais patienté à l'intérieur) ; grimé en nazi dans la comédie musicale *Cabaret* (j'avais travaillé tard cette semaine-

là) ; avec une petite amie dont je me souvenais vaguement, celle d'avant celle d'avant, une fille charmante
et réservée, le cœur probablement brisé à présent
par mon fils, son premier amour. Ici on l'apercevait
étendu sur la rive d'un fleuve quelconque, maigre,
pâle et frissonnant sous un ciel nuageux, au cours
d'un été remontant à je ne sais pas combien d'années.
Là, une série de clichés en rafale le montrait qui
agitait les bras et les jambes en tous sens juste après
avoir lâché une corde pour sauter dans un fleuve.
J'ai éclaté de rire, et les yeux de mon voisin se sont
posés tour à tour sur mon visage et sur l'écran de
mon ordinateur. J'ai rapidement changé de page en
cliquant sur quelques-unes des photos prises par Albie
pour une exposition en ligne : une remise délabrée
dans un jardin ouvrier, un gros plan sur un arbre et
un assez bon portrait en noir et blanc très contrasté
de deux hommes âgés dans le même jardin. Leurs
visages extraordinairement tordus, plissés et creusés
de profonds sillons n'étaient pas sans rappeler l'écorce
de l'arbre – un effet voulu, je suppose. J'aimais bien
cette photo, et j'ai décidé de le lui dire lorsque je le
retrouverais, si toutefois j'y arrivais.

Mais je ne le retrouverais jamais, je m'en rendais
bien compte. Cette quête absurde n'était qu'une
tentative illusoire pour redonner un peu de dignité
à ce voyage désastreux, pour compenser toutes
ces années de tâtonnements et de marmonnements
incohérents. Les gens qui voyagent en Europe ne se
rencontrent pas par hasard, ce n'est tout simplement
pas possible. Si Albie rentrait un jour à la maison
– et nul doute qu'il le ferait –, ce serait au moment
où il le jugerait bon. L'image que j'avais chérie,
celle où je le ramenais à ma femme en le portant
dans mes bras comme un soldat du feu émergeant

d'un bâtiment en flammes, relevait d'un fantasme vaniteux et complaisant. Je ne restais en Europe que parce que j'étais trop effrayé et humilié pour repartir chez moi et affronter l'avenir.

J'ai refermé la page contenant les photos d'Albie, mais mes recherches sur YouTube étaient demeurées ouvertes dans une autre fenêtre. Allez, encore un essai. J'ai tapé *pompidou paris accordéon cat artiste des rues*, avant de faire défiler des pages entières de flûtistes-percussionnistes vocaux, de chats siamois sur des pianos et de clips déprimants consacrés à des statues vivantes, jusqu'à ce que, dans les mornes tréfonds inexplorés de la quatrième page de résultats, je découvre soudain Cat qui jouait « Psycho Killer » sur le parvis du centre Pompidou, un chapeau haut de forme en velours pas vraiment de saison vissé sur la tête.

— Bingo !

J'ai écouté la vidéo – ainsi que l'avaient déjà fait quatre cent quatre-vingt-cinq personnes avant moi – en lisant les commentaires qui l'accompagnaient.

musicienne Gnial vu à Paris. Une meuf d'enfR, total ouf HT son Cd Kat joue du rock à l'accordéon – la class !

Plus bas, un autre contributeur se montrait d'humeur plus critique :

haha elle chante comme tu écris... c-à-d que ça fait trèèèès trèèèès mal aux oreilles où t'as appris l'anglais crétin hahaha

Et ce débat socratique se poursuivait ainsi. La vidéo, ai-je noté, datait d'il y a deux ans. Aucune importance. J'avais fait un petit pas en avant. Cat était en réalité Kat.

Encouragé, je me suis lancé dans de nouvelles recherches : *kat accordéon reprise, kat artiste des rues*, et je l'ai retrouvée, assise sur un lit dans une pièce bondée éclairée par des bougies. À Melbourne, apparemment. La vidéo avait été mise en ligne environ six mois plus tôt. Vue quarante-six fois – un score modeste –, elle donnait à entendre une reprise entraînante de « Hey Jude », entonnée pendant que les autres invités de la soirée entrechoquaient des bouteilles de bière, jouaient du bongo, etc. Le clip durait vingt-deux minutes et ne semblait pas près de faire le buzz. Si j'avais été mortel, je l'aurais regardé jusqu'au bout, mais la description qui figurait en dessous m'a épargné cette peine :

Notre vieille copine Catherine Kilgour, dite Kat, de la Theatre Factory, qui continue à chanter et à vivre sa vie. Bisous Kat chérie, Holly

Kat Kilgour. J'avais un nom de famille, et un nom autrement plus rare que Smith ou Evans. En le tapant dans mon moteur de recherche, je suis tombé cette fois sur un vrai filon qui m'a mené d'une vidéo à une autre jusqu'à ce que je tape enfin dans le mille.

Perchés en plein soleil sur les marches d'une église très décorée, avec pour toile de fond une place au style italianisant, Kat et Albie interprétaient « Homeward Bound », une vieille chanson de Simon and Garfunkel. Un choix désuet assez curieux, temporellement aussi éloigné de mon fils que le charleston l'était de moi, mais qui faisait partie du tout petit bagage culturel que je lui avais légué. Si ma femme n'avait jamais aimé ces deux chanteurs, trop convenus à ses yeux, Albie les adorait lorsqu'il était petit, et on reprenait leurs plus grands tubes en chœur durant nos longs trajets en voiture – ce qui exaspérait Connie. Avait-il suggéré cette chanson à Kat, ou vice versa ? Y pensait-il comme à quelque chose qu'il tenait de moi ? Souhaitait-il rentrer à la maison ?

— Baissez le son ! m'a lancé le jeune *gamer* à ma gauche.

Sans m'en apercevoir, j'avais commencé à fredonner les paroles de la chanson. Je me suis excusé et, après avoir mis des écouteurs graisseux, je me suis de nouveau concentré sur la vidéo, postée deux jours plus tôt et visionnée seulement trois fois. Le texte qui l'accompagnait, s'il était rédigé correctement, ne m'aidait pas du tout. « J'ai vu ce couple pendant notre voyage en Italie et je suis allé leur parler à la fin. La fille s'appelle Kat Kilgour, elle est carrément douée !!! » Et Albie, hmm ? En vérité, leurs accords en étaient encore au stade expérimental, et seuls quelques badauds indifférents les avaient écoutés. Mais tout de même, cela me faisait plaisir de revoir mon fils. Il avait l'air d'aller bien. Enfin, peut-être n'allait-il pas tout à fait « bien » – je le trouvais maigrichon, voûté et pas très frais –, mais il ressemblait à n'importe quel routard étudiant et il ne lui était rien arrivé.

Où était-il ? J'ai regardé une nouvelle fois la vidéo, tel un inspecteur en quête d'indices. L'église, le café, les pigeons, la place, les touristes – la scène pouvait avoir été filmée n'importe où en Italie. J'ai fait des arrêts sur image, des captures d'écran, puis des zooms sur Albie, ses habits, son visage, en cherchant je ne sais quoi. J'ai scruté les quelques touristes impassibles, les devantures des magasins et les murs au cas où le nom d'une rue y aurait figuré. Je me suis repassé la vidéo encore et encore, en interrompant la lecture à des moments-clés, jusqu'à ce que mon attention soit attirée par deux personnes entrées dans le cadre dans les dernières secondes. Un homme se baissait près d'une table à la terrasse d'un café pour s'entretenir avec un touriste. Un homme en tee-shirt rayé, avec un chapeau orné d'un ruban noir.

Un gondolier.

— *Yes ! Yes, yes, yes !*

116. vivaldi

Profitant pleinement de mon anonymat sur la toile, j'ai rédigé ce commentaire : « Vous êtes excellents ! Surtout le garçon ! S'il vous plaît, restez à Venise ! » Puis je me suis envoyé par mail le lien vers cette vidéo et j'ai regagné vivement la *pensione*, toujours en boitillant, mais d'excellente humeur. C'était à partir du lendemain que j'avais réservé et prépayé des chambres à l'hôtel. Albie se laisserait-il appâter par la possibilité de résider gratuitement dans un bel établissement choisi pour son confort, sa commodité et son charme ? Des draps propres, une douche, pas de parents, une occasion d'impressionner sa petite amie avec un de ces buffets qu'elle affectionnait au petit déjeuner… Pouvait-il renoncer à ça ? J'étais certain que non. Tout ce que j'aurais à faire, c'était m'asseoir à la terrasse d'un café à proximité et attendre. Je ne savais pas encore ce que je lui dirais à part « désolé » et « rentre à la maison », mais pour une fois, j'aurais fait ce qu'il fallait.

En arrivant à la *pensione*, je me suis arrêté à la réception, le temps d'écrire un message au dos d'un prospectus sur un circuit découverte de Venise consacré à Vivaldi.

Freja, je m'excuse pour ma grossièreté aujourd'hui. Vous devez me prendre pour un déséquilibré, et vous n'êtes pas la seule, du reste.

S'il vous plaît, laissez-moi me faire pardonner en vous invitant à dîner ce soir. Peut-être pourrai-je m'expliquer un peu. Au cas où vous ne seriez pas horrifiée par cette idée, j'occupe la chambre 56, le placard à balais surchauffé sous les toits. Et si je n'ai pas de vos nouvelles avant 20 heures, sachez que j'ai pris plaisir à faire votre connaissance. J'ai beaucoup apprécié notre visite à l'ACCaDEMia ! Bien sincèrement, Douglas.

Avant de pouvoir changer d'avis, j'ai tendu ce mot au réceptionniste afin qu'il le remette à cette dame danoise qui voyageait seule. Freja Kristensen ? *Grazie mille*. Puis j'ai monté les escaliers d'un pas raide jusqu'à ma chambre et je me suis assis lourdement sur mon lit. Mes baskets ont produit un infâme bruit de succion lorsque je les ai retirées. Qu'était devenu leur confort tant vanté ? Malgré tout le mal que j'étais donné, malgré les pansements et les sparadraps, mes pieds paraissaient avoir été mangés par des crabes. Les ampoules sur les jointures des orteils avaient éclaté, les frottements avaient laissé la chair à vif en dessous et des lambeaux de peau morte pendaient comme des drapeaux déchirés sur la plante de mes pieds. Ces derniers étaient si gonflés que je ne pouvais envisager de porter mes autres chaussures, une paire de richelieus très pratique, aussi ai-je tenté de panser au mieux mes blessures en attendant la visite de mon amie.

117. un rendez-vous non galant

Ce n'était pas un rendez-vous galant, bien sûr. Nous étions juste deux voyageurs qui puisaient un réconfort temporaire dans la compagnie l'un de l'autre. Mais au moment de déballer une nouvelle chemise et de me peigner, je me suis rendu compte que je n'avais pas partagé de repas avec une autre femme que Connie depuis vingt ans peut-être. C'était très bizarre pour moi, et j'ai décidé d'aborder ce dîner d'une manière on ne peut plus flegmatique, en sélectionnant par avance une petite trattoria sans prétention que j'avais repérée lors de mes pérégrinations autour de la ville. Un endroit agréable, mais fonctionnel, et pas trop saturé de bougies rouges et de violons manouches.

Contrairement à moi, Freja semblait s'être préparée avec soin. Elle patientait dans le hall d'entrée, subtilement mais parfaitement maquillée, et vêtue d'une jupe assez moulante et du genre de haut en satin blanc cassé que l'on ne peut désigner que par le nom de « corsage ». Elle était élégante, fraîche et dispose, et pourtant j'ai tout de suite eu envie de refermer un peu son décolleté. Étais-je le seul homme au monde à avoir habillé une femme du regard ?

— Hey ! ai-je dit en prononçant ce mot avec un petit accent scandinave.

— Bonsoir, Douglas.

— Vous êtes très jolie, l'ai-je complimentée d'une voix suave.

— Merci. J'aime beaucoup vos chaussures. Elles ne passent pas du tout inaperçues !

— « Flambant neuves » est l'expression qui convient, je crois.

— Vous avez joué au basket ?

— En fait, elles étaient destinées à la marche, mais elles se sont collées à mes pieds comme une sorte d'horrible parasite extraterrestre. Résultat, je ne peux plus rien porter d'autre, maintenant.

— Je les aime bien, moi, a-t-elle dit doucement. Vous êtes très chic.

— Mon skate-board est garé dehors.

Je lui ai pris le bras et suis sorti avec elle en boitillant dans cet air chaud et brumeux du soir que l'on qualifie parfois de « voluptueux ».

Nous avons traversé le *sestiere* du Castello – la queue du poisson – vers l'est en suivant des rues secondaires et en savourant le sentiment d'être enfin chez soi qu'éprouvent les vrais voyageurs une fois que les excursionnistes sont remontés dans leurs bus et leurs bateaux de croisière.

— Vous n'avez même plus besoin de carte.

— Non, je suis pratiquement devenu vénitien.

Nous sommes arrivés devant l'immense porte de l'Arsenal, cet édifice aux murs crénelés qui m'évoquait un château fort miniature. J'avais lu quelque chose à ce sujet dans mon guide.

— La grande innovation des Vénitiens a été de produire des navires en kit et à la chaîne, en assemblant des pièces standardisées. C'est ici que des armateurs ont étonné Henri IV en construisant tout un galion...

— ... durant le temps qu'il lui a fallu pour manger son dîner. Et voilà comment sont nées les lignes de production modernes, a complété Freja. Sauf qu'il s'agissait du roi Henri III, je crois. Nous avons le même guide.

— Mince, vous devez me trouver barbant.

— Pas du tout ! Je suis comme vous. Je pense qu'il est bon de vouloir s'instruire. Ça vient peut-être du fait d'avoir des enfants. Avec mon mari – mon ex-mari plutôt –, on essayait de distraire nos filles en les emmenant visiter des ruines, des cimetières et des vieilles galeries poussiéreuses. « Voici la

tombe d'Ibsen, voici la chapelle Sixtine… Regardez ! Regardez ! Regardez ! », alors qu'elles, tout
ce qu'elles voulaient, en réalité, c'était aller à la
plage et flirter avec des garçons. Maintenant qu'elles
sont plus âgées, elles apprécient nos efforts, mais à
l'époque…

— On comptait justement faire ça cet été. Ma
femme et moi, on avait prévu une tournée des grands
musées européens avec notre fils.

— Et à la place ?

— Mon fils nous a laissé un message avant de
s'enfuir avec une accordéoniste. Quant à ma femme,
elle est rentrée en Angleterre et envisage de me
quitter.

Freja a éclaté de rire.

— Je suis désolée, mais ce sont vraiment des
vacances désastreuses.

— Ç'a été à la fois un plaisir et une torture.

— Que pourrait-il encore vous arriver maintenant,
je me le demande.

— Il y a des requins dans la lagune ?

— Je ne devrais pas rire, excusez-moi. Pas étonnant
que vous soyez dans tous vos états. Je vais essayer
de ne pas ajouter à vos infortunes ce soir.

Elle a saisi mon bras en disant cela et, à cet instant
précis, comme si elle avait activé une alarme, mon
téléphone a sonné.

118. un vrai sac de nœuds

— Allô ?
— Salut. Où es-tu ?
— Oh, je marche. Je marche dehors. Comme
d'habitude.

— Rien de nouveau, alors.

— Pas encore.

Désolé, une minute, ai-je articulé en silence à l'intention de Freja, avant de lui faire signe d'avancer.

— Mais je brûle, ai-je repris en m'adressant cette fois à Connie.

— Comment ça, tu brûles ?

— Je veux dire que j'ai une piste sérieuse. L'étau se resserre !

— On croirait entendre un détective privé.

— À cet instant même, je porte un imperméable. Non, je plaisante.

— Évidemment. Bon, raconte-moi.

— Tu verras.

— Tu as eu de ses nouvelles ? Tu lui as parlé ?

— Tu verras.

— Pourquoi tu ne veux rien me dire ?

— Fais-moi confiance, je dispose d'un élément matériel prouvant qu'il va bien et qu'il est en pleine forme.

— Faut-il que je prenne l'avion pour te rejoindre ?

— Non ! Non, je te le répète, je le ramènerai à la maison.

— Parce que ça fait cinq jours déjà, et j'aimerais vraiment savoir où il est, Douglas.

— Je préfère te rappeler quand j'en serai sûr et certain.

Il y a eu un blanc au bout du fil.

— Tu devrais rentrer, a-t-elle dit.

— Je le ferai quand je l'aurai retrouvé.

— Sauf que tu ne le cherches pas vraiment, n'est-ce pas ?

L'espace d'un instant, j'ai éprouvé une panique irrationnelle, au point presque de tourner le dos à Freja, qui m'attendait patiemment près d'un pont.

— Mais si ! C'est précisément ce que je fais en ce moment !

— Ce n'est pas ce que je voulais dire. Je pense que tu as autre chose en tête.

Faut-il qu'on tourne à gauche ou à droite ? m'a demandé Freja en mimant sa question.

— Je suis sur le point de manger. Je peux te rappeler plus tard ?

Une minute, ai-je fait comprendre à Freja.

— Oh. Très bien. J'espérais qu'on pourrait discuter un peu, mais si tu es trop occupé…

— Je suis assis à une table et mon plat est sur le point d'arriver. Non, pas le plat, le menu. Le menu est sur le point d'arriver.

— Je croyais que tu étais en train de marcher.

— Oui, mais maintenant je suis assis à une table. Je déteste parler au téléphone dans les restaurants, c'est très impoli. Le serveur me regarde d'un air mauvais.

J'étais allé trop loin en mentionnant ce dernier détail et j'ai senti sa perplexité.

— Où es-tu au juste ?

— Dans le Castello, près de l'Arsenal. Je suis assis en terrasse et le serveur est à côté de moi. Je peux t'envoyer une photo si tu veux.

Connie a observé un silence qui m'a semblé durer une éternité.

— Je m'inquiète pour toi, Douglas, a-t-elle dit en baissant la voix. J'ai peur que tu…

— Je dois te laisser, l'ai-je coupée.

Et j'ai raccroché. Jamais je n'avais fait ça, raccrocher au nez de Connie. Et j'ai été encore plus stupéfait lorsque j'ai ensuite éteint mon portable et rejoint Freja en boitant.

— Désolé. C'était Connie, ma femme.

— Quand votre téléphone a sonné, j'ai cru que vous alliez sauter dans le canal.

— J'ai été surpris, c'est tout. J'ai besoin d'un verre. Tenez, on y est presque.

Nous avons bifurqué vers un tout petit *campo*. Là, pas de masques de carnaval ni de cartes postales en vente, mais des habits qui pendaient entre les bâtiments comme autant de drapeaux festifs, des télévisions et des radios allumées au premier étage des immeubles, et, à l'angle de la place, une petite trattoria qui, malgré toutes mes bonnes intentions, paraissait indéniablement romantique.

— Qu'en pensez-vous ?

— Ça m'a l'air parfait.

119. ses filles

Nous étions assis dehors l'un à côté de l'autre, face à la place. Le restaurant ne proposait aucun menu, mais un petit homme âgé aux cheveux d'un noir improbable nous a apporté deux verres de prosecco, puis des bols de calamars, de pieuvres et d'anchois marinés, épicés, huileux et absolument délicieux. Comme pour nous rassurer tous les deux sur la nature platonique de cette soirée, Freja m'a montré des photos de ses filles sur son téléphone, deux gamines aux yeux très bleus et à la beauté saisissante, nées à un an d'intervalle, que l'on voyait grandir et se transformer en jeunes femmes élancées, aux cheveux longs et aux dents blanches, incarnations vivantes de la santé et de la vitalité, avec pour toile de fond des plages de l'Atlantique balayées par les vents, des palmiers thaïlandais, le Sphinx, ou encore un glacier quelque part. Un montage habile permet parfois de créer un joyeux diaporama même à partir d'une enfance sinistre à la Dickens, mais à en juger par l'album photo de Freja, ses filles avaient été particulièrement gâtées par la vie. Elles renvoyaient l'image d'une famille équilibrée et heureuse, de celles dont les membres ne verraient pas d'inconvénient à partager la même brosse à dents. Freja était trop bien élevée pour se vanter, mais je n'ai pu m'empêcher de remarquer qu'elle apparaissait en général avec sa photogénique progéniture serrée contre elle, alors que je ne pouvais pas me rappeler un seul cliché de mon fils et moi. Peut-être lorsqu'il était petit, mais quid des huit ou dix dernières années ? Aucune importance. J'ai eu sous les yeux Anastasia Kristensen nageant avec des dauphins. Puis Babette Kristensen effectuant une mission bénévole dans un village africain. Et, pour finir, notre plat de pâtes et un nouveau verre de vin.

— Anastasia réalise des films documentaires maintenant, et Babette est devenue militante écologiste. Je ne vous étonnerai pas en disant que je suis très fière de mes filles. J'ai même une capacité prodigieuse à assommer les gens en leur parlant d'elles. Je vais donc me taire avant que vous ne piquiez du nez dans vos linguine.

— Vous ne m'assommez pas du tout. Vos filles ont l'air charmantes.

— Elles le sont, a-t-elle dit en rangeant son téléphone dans son sac à main. Bon, évidemment, elles se comportaient parfois comme de vraies petites pestes quand elles étaient plus jeunes. Oups, s'est-elle reprise en plaquant une main sur sa bouche. Je ne devrais pas vous raconter ça, mais bon sang, je vous assure, qu'est-ce qu'on a pu se disputer ! Heureusement, ces choses-là s'arrangent avec le temps. Attendez, j'ai encore une photo…

Elle a ressorti son téléphone.

— J'ai hésité à vous la montrer, vous allez comprendre pourquoi…

C'était une photo de Babette à vingt ans. Assise toute nue sur un fauteuil d'hôpital, les cheveux collés au front par la transpiration, elle serrait contre son sein un nourrisson de la couleur d'une aubergine.

— Oui, je suis devenue grand-mère cette année. Vous le croyez, ça ? Je suis une *mormor* à cinquante-deux ans ! Seigneur !

Secouant la tête, elle a soulevé son verre de vin.

— Et là, qui est-ce ? ai-je demandé.

À gauche du fauteuil se trouvait un homme mince très distingué, sorte de sénateur romain ridiculement beau malgré son sourire stupide et sa tenue de bloc opératoire.

— Mon ex-mari.

— On dirait une star de cinéma.

— Il en a bien trop conscience, hélas.

— Et quels yeux !

— Ils ont causé ma perte.

— Attendez… Il était présent au moment de la naissance ?

— Oui, bien sûr.

— Il a vu sa petite-fille… sortir… ?

— Oui. Nous l'avons vue tous les deux.

— C'est très scandinave, ça.

Elle a ri, et j'ai de nouveau étudié la photo.

— C'est vraiment un très bel homme.

— Mes filles lui doivent leur physique.

— Je ne suis pas sûr que ce soit tout à fait vrai, ai-je dit obligeamment – ce qui m'a valu un petit coup de coude. Elles s'entendent bien avec leur père ?

— Oh oui, elles l'adorent. Je leur répète sans arrêt de ne pas le faire, mais elles s'obstinent à le vénérer.

Mon fils ne me vénérait pas, et c'était tout aussi bien. Faire l'objet d'une vénération m'aurait mis mal à l'aise. Idem avec l'« adoration ». Mais « une bonne entente », ça, je m'en serais pleinement satisfait.

— J'ai toujours pensé que les filles se montraient plus indulgentes avec leur père. Cette relation me paraît plus simple que celle entre un homme et son fils. Je me demande à quoi ça tient.

— À mon avis, c'est parce que vous êtes libéré de l'obligation d'être un exemple pour elles. Ou disons que la comparaison est moins directe. Alors qu'avec un fils…

— Peut-être. Je n'avais jamais songé à ça.

Albie avait-il aspiré un jour à être comme moi ? Sur quel plan ? Peut-être une réponse me viendrait-elle lorsque je prendrais le temps d'y réfléchir, mais pour l'heure, Freja me resservait du vin.

— J'éprouve la même chose que vous vis-à-vis des garçons. J'aurais adoré avoir un fils. Un beau garçon un peu vieux jeu que j'aurais pu façonner et habiller, et dont j'aurais ensuite détesté les petites amies. Et puis, il ne faut pas idolâtrer les filles. Si vous en aviez eu une, vous auriez connu d'autres problèmes.

— J'ai eu une fille.

— Ah oui ?

— Ma femme et moi. Notre premier enfant était une fille. Elle s'appelait Jane, mais elle est morte.

— Quand ?

— Peu après sa naissance.

Un moment s'est écoulé sans que l'on dise un mot. Au fil des ans, j'ai noté que certaines personnes semblent presque furieuses en apprenant qu'on a perdu notre bébé, comme si on venait de leur jouer un sale tour. D'autres tentent d'écarter le sujet d'un haussement d'épaules, suggérant par là que ce n'était pas bien grave – mais par chance, cela n'arrive pas souvent. Dans l'ensemble, les gens se montrent délicats et compatissants, et quand la situation se présente, ainsi qu'elle le fait parfois, j'ai pour habitude de me fabriquer un masque, une sorte de sourire – Connie en a un, elle aussi – pour rassurer mes proches et leur faire savoir que nous allons bien. Et c'est justement ce sourire que j'ai adressé à Freja.

— Douglas, je suis désolée.

— C'était il y a longtemps. Plus de vingt ans maintenant.

Ma fille aurait eu vingt ans cette année.

— Tout de même... C'est la pire épreuve que puisse traverser un couple.

— J'évite de trop en rajouter dans le drame, mais Connie et moi avons aussi pour principe de ne jamais éviter le sujet. On ne veut pas que ce soit quelque chose de secret ou de tabou. On préfère... on préfère en parler franchement.

— Je comprends, a dit Freja, les yeux soudain rougis.

— Je vous en prie, Freja, ne gâchons pas cette soirée...

Non, pas vingt ans. Dix-neuf. Tout juste dix-neuf. Elle s'apprêterait à entamer sa deuxième année à l'université.

— D'accord, mais...

— Je ne veux pas plomber l'atmosphère.

Elle aurait peut-être fait des études de médecine ou d'architecture. Ou peut-être serait-elle devenue actrice ou artiste. Ça ne m'aurait pas dérangé...

— Donc, votre fils...

— Albie est notre fils unique, mais notre deuxième enfant.

— Et c'est pour ça que vous êtes ici ? À cause de lui ?

— Oui.

— Il a disparu ?

— Il s'est enfui.

— Quel âge a-t-il ?

— Dix-sept ans.

— Ah, a-t-elle dit en hochant la tête, comme si tout s'expliquait. Il est raisonnable ?

Sa question m'a fait rire.

— Pas toujours. Rarement, pour être honnête.

— Ma foi, il a dix-sept ans. Pourquoi voulez-vous qu'il le soit ?

— J'étais très raisonnable à dix-sept ans.

— Pas moi, a-t-elle répliqué, amusée. Vous êtes très proches, tous les deux ?

— Non. C'est même tout le contraire – voilà pourquoi je suis ici.

— Vous vous parlez ?

— Pas vraiment. Vous le faites avec vos filles, vous ?

— Bien sûr. On se parle de tout !

— Pour nous, la conversation ressemble plutôt à un talk-show embarrassant, avec Albie dans le rôle de la jeune pop-star boudeuse qui n'a pas envie d'être là. « Alors, comment ça va ? Qu'est-ce que tu fais ? Tu as des projets pour l'avenir ? »

— Cela doit vous préoccuper, cette absence de communication.

— Oui, en effet.

— On devrait peut-être changer de sujet. Simplement, sans vouloir sous-juger… ce mot existe-t-il ? Sans vouloir sous-estimer ou minimiser votre inquiétude, il peut retirer de l'argent et il a un téléphone en cas d'urgence, n'est-ce pas ?

— Oui.

— Et il est adulte, enfin plus ou moins. Pourquoi ne pas le laisser tranquille ?

— J'ai promis à ma femme de le retrouver.

— La femme dont vous êtes séparé.

— Pas encore, ai-je dit, sur la défensive. On n'est pas encore séparés. On n'est pas dans la même ville en ce moment, c'est tout. On est… géographiquement séparés.

— Je vois.

Nous avons gardé le silence jusqu'à ce que le serveur vienne débarrasser nos assiettes.

— Le fait est aussi que nous nous sommes disputés, mon fils et moi, et j'ai prononcé des paroles dont j'aimerais m'excuser. En personne. Cela vous paraît insensé ?

— Pas du tout. C'est une noble attitude, au contraire. Mais si je devais m'excuser auprès de mes filles pour toutes les choses stupides que je leur ai dites, on ne parlerait jamais de rien d'autre. En tant que parents, je crois qu'on a le droit de commettre certaines erreurs et d'être pardonné. Vous n'êtes pas d'accord ?

120. ma fille

Assurément, je me sentais coupable quand je pensais à Jane. C'était irrationnel, mais bon, la culpabilité l'est bien souvent. On nous a certifié je ne sais combien de fois qu'on n'aurait rien pu faire, que le sepsis qui avait tué notre fille ne résultait pas de notre comportement ni de notre style de vie, et que Jane n'en souffrait pas déjà *in utero*. Quoiqu'un peu prématurée, elle était a priori en parfaite santé à la naissance. Mais parce que la colère était préférable à la culpabilité, j'ai cherché à qui, à quoi je pouvais m'en prendre. Le suivi prénatal, le suivi postnatal, le personnel soignant. Le mot « sepsis » suggérait une infection. Quelqu'un en était-il responsable ? Mais il est bientôt devenu évident que le personnel soignant avait été irréprochable – et même mieux que ça – dans sa gestion de la situation. Ce sont des choses qui arrivent, nous a-t-on dit. Très rarement, mais ça arrive. C'était bien gentil, seulement qu'étions-nous censés faire de toute cette colère, de toute cette culpabilité ? Connie les a dirigées contre elle-même. Fallait-il blâmer ses habitudes passées ? Avait-elle trop bu, trop fumé ? Avait-elle péché par excès de confiance ? Elle avait forcément été négligente à un moment ou à un autre. On ne pouvait pas subir un tel châtiment sans avoir commis un crime quelconque. Mais non, nous n'avions rien fait de mal, et en aucun cas nous n'aurions pu empêcher une telle issue. Ce sont des choses qui arrivent, voilà tout.

Nous n'avions eu conscience d'aucun danger à la naissance. Tout s'était bien passé, l'expérience avait été éprouvante, mais excitante aussi, à la fois familière et totalement nouvelle. Connie avait perdu les eaux durant la nuit. Au début, nous en croyions à peine nos yeux – elle n'en était qu'à sa trente-quatrième semaine de grossesse –, mais le matelas trempé ne laissait pas place au doute et nous nous sommes aussitôt rendus à l'hôpital, où nous avons fait les cent pas, et attendu, et attendu encore, l'ennui le disputant à l'euphorie et à l'anxiété. Puis les contractions ont démarré au milieu de la matinée, et tout s'est enchaîné très vite. Sans surprise, Connie s'est montrée forte et intraitable, et à 11 h 58, Jane était avec nous, piaillant et criant, battant l'air de ses tout petits poings et agitant les jambes. Elle pesait à peine deux kilos, mais elle était si pleine de vie. Oh, et si belle. Sa perfection et la joie de cette naissance ont effacé toute angoisse et toute douleur. Elle était en bonne santé et nous pouvions la serrer contre nous, comme nous l'avions espéré. Des photos ont été prises, des promesses secrètes ont été faites. Je prendrais soin d'elle et la protégerais autant que possible. Connie l'a mise au sein et, bien qu'elle n'ait pas tété au début, tout semblait normal. Il ne serait pas nécessaire de l'installer dans un incubateur, une simple vigilance suffirait. Nous sommes retournés dans la salle des accouchées.

Cet après-midi-là, je suis resté à leur chevet et je les ai regardées dormir. Malgré sa pâleur et son épuisement, Connie était magnifique. Allez savoir pourquoi, j'avais été choqué et stupéfait par la violence de la salle d'accouchement, le sang et la sueur, l'absence de toute délicatesse. À sa place, j'aurais demandé non pas du gaz analgésique et de l'oxygène, mais une anesthésie générale et six mois de convalescence. Pour elle en revanche, rien n'avait été plus évident que de donner la vie, et je me sentais très fier d'elle.

— Tu as été incroyable, ai-je dit lorsqu'elle a ouvert les yeux.

— J'ai beaucoup juré ?

— Beaucoup, oui. Vraiment beaucoup.

Elle a souri.

— Tant mieux.

— Mais tout avait l'air si naturel pour toi. Tu m'as fait penser… à une lavandière viking.

— Merci. Elle te plaît ? Elle est si petite…

— Elle est parfaite. Et je suis ravi.

— Moi aussi.

L'équipe médicale a voulu que Jane et Connie passent la nuit à la maternité. Il n'y avait prétendument pas de quoi s'inquiéter, nous ne l'avons donc pas fait. Malgré une certaine réticence de la part de Connie, on m'a suggéré de rentrer chez moi afin de préparer le retour de la mère et de l'enfant. J'ai effectué ce trajet – certainement l'un des plus étranges qu'un homme puisse faire – jusqu'à notre appartement, qui était exactement tel que nous l'avions laissé. Il y a eu quelque chose de l'ordre du rituel dans ces quelques heures, dans cette préparation à un changement monumental, comme si ces instants étaient les derniers de ma vie où je serais seul. La tête dans le brouillard, j'ai lavé, nettoyé et rangé des affaires, j'ai rempli le frigo, j'ai organisé parfaitement tout l'attirail du bébé. J'ai envoyé des textos, passé des coups de fil rassurants, la mère et l'enfant se portaient bien. J'ai changé les draps de notre lit, et quand tout a été en ordre, j'ai parlé à Connie et suis allé me coucher…

… avant d'être réveillé par un coup de fil, peu après 4 heures, ce moment sinistre. Je ne devais pas paniquer – quels mots terribles –, mais bébé Jane était un peu apathique. Comme elle avait du mal à respirer, on l'avait transférée dans un autre service et mise sous antibiotiques. Les médecins ne doutaient pas que cela la soulagerait, mais voulais-je bien venir sans tarder ? Pas en voiture de préférence. Je me suis habillé et suis sorti de chez moi à la hâte en me raccrochant aux éléments positifs de cette conversation – inutile de paniquer –, mais sans pouvoir oublier cette phrase, « elle avait du mal à respirer », car que pouvait-il y avoir de plus fondamental que le besoin de respirer ? Respirer et vivre, n'était-ce pas la même chose ? J'ai couru dans Kilburn High Road jusqu'à ce que je croise un taxi, je me suis jeté dedans, j'en ai émergé tout aussi vite pour m'engouffrer à l'intérieur de l'hôpital, je me suis précipité vers la salle où se trouvait Connie, mes pieds martelant lourdement le sol, j'ai vu le rideau tiré autour de son lit, j'ai entendu ses pleurs... et j'ai compris. Ouvrant le rideau, je l'ai découverte roulée en boule, le dos tourné vers moi – oh, Connie –, et j'ai compris.

Le lendemain matin, on nous a conduits dans une pièce à part et on nous a laissés passer un peu de temps avec Jane. Je préfère ne pas rentrer dans les détails. Sans que je sache comment, j'ai été capable de prendre quelques photos, ainsi que des empreintes de ses mains et de ses pieds. Cela peut paraître curieux, mais on nous l'avait conseillé en nous expliquant que nous serions peut-être contents plus tard de les avoir, et c'était vrai. Puis nous lui avons dit adieu et nous sommes repartis chez nous, les mains vides, si vides.

121. après

Ainsi, de même que nous avions informé les gens de cet heureux événement, nous avons entrepris de nous dédire. Le bruit s'est répandu, bien sûr, les mauvaises nouvelles circulant plus vite que les bonnes, et nos amis et nos collègues n'ont pas mis longtemps à se rassembler autour de nous. Tous étaient gentils, et leurs condoléances, sincères et bien intentionnées, mais je devenais irritable et hargneux dès qu'ils employaient des euphémismes absurdes pour parler de la mort de notre fille.

Non, elle ne s'était pas « éteinte ». « S'éteindre », « rendre l'âme », « partir » – ces expressions me révulsaient, de même que « perdre votre enfant ». Nous ne savions que trop bien où elle était. Dire qu'« elle nous avait quittés » impliquait une volonté de sa part, et prétendre qu'« elle avait été rappelée à Dieu » supposait un dessein, une finalité. Je corrigeais sèchement mes amis, qui s'excusaient bien sûr – qu'auraient-ils pu faire d'autre ? Entamer un débat sur le sujet ? Évidemment, je regrette aujourd'hui mon intolérance, parce que l'instinct qui pousse à adoucir le langage est un instinct bon et humain. Le médecin avait employé le terme « collapsus » en précisant que tout était allé très vite, et ça, je pouvais l'entendre. Mais je crois que j'aurais frappé quiconque nous aurait dit qu'elle était partie « vers un monde meilleur ». Elle nous avait été « enlevée » – voilà qui correspondait plus à la réalité. Enlevée ou arrachée.

Enfin bref, ma hargne était désagréable et déraisonnable, et le sentiment prévalait à mon avis que « je réagissais mal ». On compare parfois la douleur à un engourdissement, mais nous ne l'avons pas du tout vécu ainsi au début. L'engourdissement aurait été le bienvenu. À la place, on était comme des écorchés vifs, tourmentés et furieux de voir que la Terre continuait, semblait-il, à tourner. Connie en particulier était sujette à des crises de rage, même si elle leur donnait plutôt libre cours en privé, parfois en les dirigeant contre moi parce que cela restait alors sans conséquence.

— Les gens n'arrêtent pas de me dire que je suis jeune, se plaignait-elle dans les moments d'accalmie qui suivaient l'une de ces explosions de rage. Ils disent que j'ai tout le temps devant moi et que je pourrai avoir un autre bébé. Mais je ne voulais pas d'un autre bébé. Je voulais celui-là.

Voilà comment nous avons remisé toute amabilité et toute sagesse. Nous n'avons rien appris. Les yeux rouges et la morve au nez, odieux, colériques et fous, nous nous sommes coupés du monde. Des amis nous écrivaient des lettres que nous lisions avec gratitude avant de les jeter. Qu'aurions-nous dû en faire ? Les poser sur le manteau de la cheminée comme des cartes de Noël ? L'émotivité excessive de certaines des amies de Connie était particulièrement pénible. Voulez-vous qu'on passe vous voir ? demandaient-elles d'une voix pleine de larmes et compatissante. Non, ça va, leur disait-on. On a décidé ensuite de laisser le téléphone sonner, jusqu'à ce qu'on soit obligés de ressortir à la lumière du jour pour l'enterrement. La cérémonie a été brève et déchirante – quelles histoires, quelles tendres anecdotes pouvions-nous raconter sur une personnalité si peu formée ? –, et il m'est apparu une fois de plus qu'il y a dans la douleur autant de regrets pour ce que l'on n'a jamais eu que de tristesse pour ce que l'on a perdu. Mais enfin, nous avons réussi à tenir jusqu'au bout. La mère de Connie était là, quelques-uns de ses proches amis aussi, sans oublier ma sœur. Mon père avait dit qu'il viendrait si je le souhaitais, mais j'avais répondu non. Après l'inhumation, on est tout de suite rentrés chez nous, on a enlevé nos habits de deuil et on s'est couchés. Durant la semaine qui a suivi, on n'a presque pas bougé de notre lit. On dormait la journée, on avalait de piteux repas dont on ne sentait même pas le goût et on regardait la télévision en fixant toujours un point vaguement sur le côté. À ce moment-là, oui, l'engourdissement a pris le dessus. Je n'ai jamais été somnambule, si bien que je ne suis pas sûr de la comparaison, mais on s'asseyait, on se levait, on marchait et on mangeait sans être vraiment vivants.

Parfois, Connie se réveillait en pleurant durant la nuit. Il est déjà atroce de voir souffrir une personne que l'on aime, mais ses sanglots étaient ceux d'un animal abandonné, et je voulais plus que tout les faire cesser. Je la serrais dans mes bras jusqu'à ce qu'elle se rendorme, ou bien on renonçait à rester couchés et on se plantait ensemble devant la fenêtre – c'était l'été, les journées étaient cruellement longues. Durant ces heures du petit jour, je me répétais une promesse solennelle.

Je sais, les serments faits dans de telles circonstances sont bien trop souvent ridicules. Un athlète décrète qu'il remportera une course, tout ça pour finir huitième. Un enfant se flatte de jouer une partition au piano sans la moindre fausse note, puis s'emmêle les pinceaux dès la première mesure. Ne m'étais-je pas juré dans la salle d'accouchement de prendre soin de ma fille et de faire en sorte qu'il ne lui arrive jamais rien ? Ma femme et moi avions échangé des vœux qui n'avaient pas tenu six mois. Être plus gentil, travailler plus dur, être plus à l'écoute, ranger ses affaires, faire son devoir – autant de résolutions qui s'écroulent toujours. À quoi bon y ajouter une nouvelle promesse brisée ?

Et pourtant. Je me suis juré de veiller dorénavant sur Connie du mieux que je le pourrais. Je répondrais au téléphone et ne lui raccrocherais au nez sous aucun prétexte. Je ferais tout ce qui était en mon pouvoir pour la rendre heureuse, et jamais, jamais je ne la quitterais. Un bon mari. Je serais un bon mari et je ne la laisserais pas tomber.

122. une déprime

Le temps a passé. J'ai repris le travail et enduré la compassion des autres pendant que Connie restait à la maison et s'enfonçait dans un état que nous hésitions à qualifier de « dépression ». Peut-être était-ce tout simplement le deuil. Optant pour un euphémisme plutôt attachant, nous en parlions comme d'une « déprime ». Elle était « déprimée », voilà tout. Je l'appelais depuis le labo en sachant qu'elle était là et qu'elle ne décrocherait pas. Les rares fois où elle le faisait, elle marmonnait des réponses monosyllabiques, quand elle ne se montrait pas irritable ou en colère – auquel cas j'en arrivais à regretter qu'elle n'ait pas laissé le téléphone sonner. « Tu te sens déprimée ? » « Oui, un peu. » J'essayais de me remettre au travail, malade d'inquiétude, j'assistais sans rien dire et sans rien entendre à des réunions départementales, et le soir, je montais l'escalier jusqu'à notre appartement, je captais le bruit beaucoup trop fort de la télévision, et, la clé à la main, j'hésitais. Il y a eu des jours, je dois l'avouer, où j'ai envisagé de faire demi-tour, de redescendre les marches et d'aller… n'importe où, à vrai dire, plutôt que chez nous.

Mais je ne l'ai jamais fait. Je prenais une profonde inspiration et, ouvrant la porte, je trouvais Connie allongée sur le canapé, vêtue de vieux habits, les yeux rouges. Parfois je remarquais une bouteille de vin entamée, voire vide, ou bien je constatais que, en proie à une sorte de folie furieuse, elle s'était lancée dans une tâche purificatrice – peindre tous les placards en jaune, faire un grand ménage en jetant un tas d'objets –, avant d'abandonner son projet en cours de route. Je faisais de mon mieux pour réparer les dégâts, je préparais un bon petit plat et je la rejoignais sur le canapé.

J'aimerais pouvoir retranscrire ici un discours que j'aurais préparé pour la sortir de son affliction, un discours sur le retour à la vie, la nécessité de réapprendre à être au monde. Peut-être se serait-il terminé par une petite coquetterie – j'aurais pu ouvrir les fenêtres en grand par exemple, ou puiser mon inspiration dans la nature. Qui sait si des mots bien choisis n'auraient pas réussi à lui faire plus ou moins « tourner la page ». J'y ai souvent réfléchi, étendu dans mon lit, la nuit. Je cherchais des variations poétiques sur des idées banales, sur l'optimisme, sur le fait de profiter de l'instant présent, sur les saisons. Mais les discours ne sont pas mon fort – je n'ai pas l'éloquence ni l'imagination requises –, et bien que vingt ans se soient écoulés, nous n'avons jamais été près de tourner purement et simplement la page. Et même si cela était possible, je ne suis pas sûr que nous ayons un jour aspiré à ça. Oublier cet épisode ? Ne plus nous en soucier ? Qu'en aurait-on tiré ?

À défaut de mieux, j'ai attendu avec elle que s'achève cette période noire. On a fini par revenir à la vie, et c'est à peu près à ce moment-là que notre mariage tel que je le vois aujourd'hui a commencé. Relevant la tête, on est sortis de chez nous pour aller voir des films et des expositions ensemble, et dîner ensuite au restaurant. On s'est de nouveau parlé. On ne riait pas vraiment, pas au début. C'était assez de réussir à répondre au téléphone. Quelques-uns de nos amis, plus superficiels que d'autres, s'étaient éloignés durant notre réclusion, mais ce n'était pas grave. D'autres avaient fondé leur propre famille et préféraient ne pas étaler leur bonheur devant nous. On le comprenait et on ne demandait pas mieux que de rester à l'écart. Dorénavant, on mènerait une vie plus simple, plus centrée sur nous-mêmes.

Encore incapable de peindre, Connie a entrepris une reconversion professionnelle. Parce qu'elle n'avait jamais été très heureuse ou satisfaite dans sa galerie commerciale, elle a entamé une formation à temps partiel qui lui a beaucoup plu dans le domaine de la gestion des organismes culturels, tout en travaillant en parallèle dans un musée. C'est là qu'elle a découvert les rouages du département éducatif qu'elle dirige aujourd'hui avec tant de succès. À l'automne, un an jour pour jour après que nous avons fait plusieurs fois le tour de la Serpentine, nous avons pris un train-couchette pour retourner sur l'île de Skye, un endroit sans aucune signification particulière pour nous en dehors du fait qu'on l'avait adoré et qu'on y aurait peut-être emmené Jane. Un matin, on s'est levés tôt et, sous une pluie battante, on a marché de notre hôtel jusqu'à la plage afin d'y éparpiller ses cendres.

Les quelques photos prises d'elle ont été rangées dans un tiroir de notre chambre, d'où on les sortait à l'occasion pour les regarder. Chaque année depuis, on se remémore la date fatidique. De temps à autre, Connie imagine la vie qu'aurait eue notre fille – à quoi elle aurait ressemblé, quels auraient été ses centres d'intérêt, ses dons. Elle le fait sans aucun sentimentalisme, sans larmes ni mièvrerie. Il y a presque un côté bravache dans cette attitude, autant que si elle avait placé sa main au-dessus d'une bougie. Elle veut juste montrer à quel point elle est devenue forte. Moi, je n'ai jamais aimé ces spéculations, ou en tout cas je n'aime pas les formuler à voix haute. J'écoute celles de Connie, mais je tais les miennes.

En mai de l'année suivante, dans un hôtel de la rue Jacob, à Paris, notre fils a été conçu. Dix-huit ans plus tard, je suis parti à sa recherche afin de le ramener à la maison.

123. une séparation géographique

Il était peu probable que je le trouve là où j'étais, dans ce charmant petit restaurant d'un quartier populaire de Venise, mais je dois avouer qu'Albie m'était plus ou moins sorti de l'esprit. Je passais un trop bon moment, assis épaule contre épaule avec une Danoise aussi séduisante qu'aguicheuse. À ce stade, on était tous les deux un peu ivres et complètement repus après un merveilleux plat de pâtes aux fruits de mer servi avec du vin blanc très frais, puis du poisson qui nous a d'abord été présenté tout frais – et qui m'a empli d'un sentiment irrationnel de culpabilité.

— Pourquoi ?

— Parce qu'on vous montre ce beau poisson argenté arraché à la mer et que vous, vous le transformez en un tas d'arêtes pendant que ses yeux vous fixent avec l'air de dire : « Regarde, regarde ce que tu m'as fait ! »

— Douglas, vous êtes un homme très étrange.

Ont suivi des fraises en dessert, une liqueur sirupeuse et, soyons fous, un café. Un café ! Un soir de semaine !

— Je crois que je vais devoir marcher pour digérer tout ça, a déclaré Freja.

— Bonne idée.

On a partagé l'addition, très raisonnable pour Venise, et j'ai laissé un pourboire royal à notre serveur. Hochant la tête à n'en plus finir, il nous a serré la main et s'est même dressé sur la pointe des pieds pour embrasser Freja sur la joue, sans cesser de clamer en italien que j'étais un homme très chanceux, très *fortunato*.

— Là, je crois qu'il me félicite d'avoir une si belle femme.

— Je suis sûre que c'est le cas. Simplement, ce n'est pas moi.

— Je ne sais pas comment le lui expliquer.

— Il serait peut-être plus simple de ne pas le détromper.

Et c'est ce que nous avons fait.

Nous sommes rentrés en longeant la jolie Via Garibaldi, encore très animée avec toutes les familles italiennes qui mangeaient à la terrasse des restaurants, et nous avons ensuite bifurqué vers une large avenue bordée d'arbres et de majestueuses villas. Était-ce l'effet du vin, le charme de cette soirée ou mes pansements antiseptiques, mais j'avais à peine conscience des ampoules sur mes orteils et des lambeaux de peau qui se détachaient de la plante de mes pieds. J'ai informé Freja de ma découverte du jour et de mon projet de me poster en embuscade devant mon hôtel le lendemain.

— Et s'il ne vient pas ?

— Vous pensez qu'il renoncerait à un hôtel gratuit à Venise sans sa maman et son papa ? Non, je suis sûr qu'il viendra.

— D'accord, admettons. Que ferez-vous alors ?

— Je lui proposerai d'aller boire un verre. Je m'excuserai. Je lui dirai qu'il nous a manqué et que j'espère que les choses s'arrangeront entre nous à l'avenir.

Je n'avais pas plus tôt exposé mon plan que j'ai senti combien il était improbable. Qui étaient ces deux personnages dont je parlais, ce père et ce fils qui discutaient en toute franchise de leurs émotions ? On n'avait pratiquement pas eu une seule conversation détendue depuis l'époque de « la vache fait meuh », et voilà que je nous imaginais bavardant tranquillement devant une bière.

— Qui sait, peut-être que si on arrive à se réconcilier, je pourrai persuader Connie de nous rejoindre en avion pour qu'on reprenne le Grand Tour tous ensemble ? Il nous reste encore Florence, Rome, Pompéi et Naples à voir. Albie n'aura qu'à venir avec sa petite amie s'il le souhaite. Et sinon, je le ramènerai en Angleterre.

— Mais imaginons qu'il ne veuille pas vous suivre ?

— J'ai un mouchoir imbibé de chloroforme et une corde solide. Il me suffira de louer une voiture, de l'enfermer dans le coffre et de rentrer en Angleterre par la route.

Freja a ri.

— S'il veut continuer à voyager sans nous, tant pis, ai-je ajouté d'un ton désabusé. Au moins, nous serons rassurés sur son sort.

Nous étions parvenus au point le plus haut d'un pont élevé d'où l'on apercevait le Lido, à l'est.

— Je regrette presque de ne pas pouvoir l'attendre avec vous, a plaisanté Freja. C'est juste que je ne saurais pas vraiment comment lui expliquer ma présence.

— « Albie, je te présente ma nouvelle amie, Freja. Freja, voici Albie. »

— Oui, ce serait peut-être délicat.

— En effet.

— Sans raison aucune !

— Non, sans raison aucune.

Mais lorsque j'ai baissé les yeux, j'ai constaté qu'elle m'avait pris la main, et nous avons marché ainsi le long de la Riva degli Schiavoni.

— Et vous, où partez-vous demain ? ai-je demandé.

— À Florence. En train. J'ai déjà mon billet pour la Galerie des Offices après-demain. Je passerai ensuite trois nuits à Rome, avant d'enchaîner avec Pompéi, Herculanum, Capri et Naples. Presque le même itinéraire que vous. Et dans deux semaines, je rentrerai à Copenhague en avion depuis Palerme.

— Des vacances comme on n'en vit qu'une fois.

— J'espère bien ! a-t-elle répliqué en riant.

— C'était si terrible ?

— Non, non, non. J'ai découvert des choses magnifiques, merveilleuses. Tenez, regardez cette vue. N'est-elle pas extraordinaire ?

Nous avons contemplé l'horizon, du Lido jusqu'à la Giudecca, où un gigantesque bateau de croisière illuminé prenait le large vers l'Adriatique, tel un vaisseau intergalactique.

— Il y a aussi les œuvres d'art et les bâtiments, les lacs et les montagnes – tous ces sites fabuleux que je ne reverrai jamais. Seulement c'est la première fois que je n'ai personne avec qui partager mes impressions. Je n'arrête pas d'ouvrir la bouche et de me rendre compte aussitôt après que ce n'est pas nécessaire. J'ai beau me répéter que ça fortifie l'âme, je ne suis pas certaine que nous soyons faits pour être seuls. Nous autres humains, je veux dire. J'y vois trop une mise à l'épreuve, comme quand il faut survivre dans la nature. C'est une bonne expérience, on est content d'avoir réussi, mais ce n'est quand même pas génial. La compagnie des autres me manque. Mes filles et ma petite-fille me manquent. Je serai contente de rentrer à la maison et de les serrer dans mes bras.

Elle a soupiré et fait rouler sa tête et ses épaules avec l'air de vouloir se débarrasser d'un fardeau.

— Je n'avais pas parlé autant depuis trois semaines. Ce doit être le vin ! J'espère que ça ne vous ennuie pas.

— Pas du tout.

Nous n'avons pas mis longtemps après ça à regagner la *pensione*. Arrivés devant l'entrée, nous nous sommes fait face.

— Cette journée a été la plus belle de mon voyage, a dit Freja. Le musée, ensuite ce dîner… Quel dommage qu'on se soit rencontrés si tardivement.

— Je suis bien d'accord.

Il y a eu un silence.

— J'espère que le plafond ne tournera pas lorsque je m'allongerai, a-t-elle repris.

— Moi aussi.

Nouveau silence.

— Eh bien…

— Ma foi…

— Nous devons tous les deux partir tôt demain. Nous ferions mieux d'aller dormir.

— Malheureusement.

J'ai ouvert la porte, mais voyant que Freja ne bougeait pas, je l'ai refermée. Elle a ri, secoué la tête, puis s'est lancée précipitamment :

— Je déteste utiliser l'alcool comme prétexte pour quoi que ce soit, mais je n'oserais peut-être pas vous dire ça si j'étais sobre. Étant donné votre situation, mon idée risque de ne pas vous plaire, seulement… je déteste vous savoir dans cet horrible petit cagibi, alors si vous voulez vous joindre à moi, juste pour cette nuit, dans ma chambre… il n'y aurait aucun sentiment là-dedans… enfin, pas nécessairement. Ce serait juste pour qu'on s'apporte un peu de chaleur – enfin non, pas de la chaleur, elle est déjà bien assez présente… disons, un peu de compagnie, un abri, un havre de paix… c'est le mot juste ? Parce que si vous pensez pouvoir le faire sans culpabiliser ni stresser, j'en serais extrêmement ravie.

— Oui, ai-je répondu. Ça me plairait beaucoup.

Et aussitôt dit, aussitôt fait.

124. « wild nights, wild nights »

C'était une erreur.

Malgré une fatigue pathologique, je n'ai pas fermé l'œil de la nuit – mais pas pour les raisons que l'on pourrait croire. La caféine, le vin et un cerveau en ébullition m'ont tenu bien plus éveillé que n'importe quelle ardeur érotique. En fait, Freja s'est endormie sur mon épaule en quelques minutes, l'haleine imprégnée d'alcool et d'un dentifrice qui ne m'était pas familier, et, si elle n'a pas tout à fait ronflé, elle m'a gratifié d'un certain nombre de reniflements, et de gargouillements, et de raclements gutturaux. La pudeur et la timidité nous avaient poussés à garder tous deux un tee-shirt, si bien qu'on avait trop chaud, je ne cessais de me tortiller pour échapper à la simple pression du drap en coton sur mes pieds, et au fil des heures – c'était couru d'avance –, les plaisirs indubitables de la soirée se sont estompés pour céder la place à la gêne, à la culpabilité et à l'anxiété. Même avec la meilleure volonté du monde, je voyais mal en quoi le fait d'être étendu sous cette femme pourrait sauver mon mariage, et j'avais une conscience aiguë de mon téléphone resté éteint dans la poche de mon pantalon plié sur la chaise. Connie m'avait-elle rappelé ? Et si elle avait eu des nouvelles d'Albie ? Si elle avait besoin de moi ? Était-elle incapable de trouver le sommeil elle aussi ? Lorsque le radioréveil a affiché 4 heures, j'ai abandonné tout espoir de dormir et j'ai dégagé mon épaule de sous la tête de Freja afin de récupérer mon portable.

La lumière vive d'un écran à 4 heures du matin est un stimulant plus efficace que n'importe quel espresso, et quelques instants plus tard seulement, j'avais les idées bien claires. Je n'avais reçu aucun message, aucun texto, aucun mail. Pour me rassurer, et parce que j'éprouvais une envie sentimentale de revoir le visage animé et souriant de mon fils, j'ai ouvert le lien de la vidéo qui le montrait chantant « Homeward Bound » avec Kat sur cette place vénitienne inconnue. Leur performance était meilleure avec le son coupé, et j'ai même noté entre eux un regard un peu bête, mais plein de désir, qui m'avait échappé jusque-là. « Peut-être que vous devriez les laisser tranquilles, avait dit Freja. Fichez-lui la paix. »

Impossible. J'ai encore tapé *kat kilgour* et, après avoir suivi un ou deux liens sans intérêt, je suis tombé sur un site de partage d'images où figurait un journal virtuel et visuel de ses voyages. Des photos, beaucoup, beaucoup de photos. Kat et Albie joue contre joue sur le pont du Rialto, la tête levée vers le fish-eye de leur portable selon la pose de rigueur de nos jours. Un portrait mélancolique en noir et blanc d'un Albie maussade appuyé contre le manche de sa guitare, avec la légende « mon amant et ami, Albie Petersen », et une série de commentaires piètrement ponctués fournis par les copines et fans de KK – *canon ! bas les pates salop il est à moi, je valide à donf, amène le à sydney, pas mal du tout la vache kel beau gosse*. Une étrange fierté le disputait en moi à la perplexité devant ce nouveau monde sans gêne où vivait mon fils, ce monde où tout était évalué, y compris l'attrait sexuel de parfaits inconnus, et où aucune opinion n'était gardée pour soi. Pas d'inhibitions, pas de censure. *Je ne dirais pas non !* clamait l'un des commentaires. Simplement ça, *je ne dirais pas non*. Qu'étaient devenues les conversations pleines de sous-entendus et les confidences alcoolisées que l'on se murmurait dans des trattorias à l'écart des foules ? Et comment m'en serais-je sorti, moi, si j'avais grandi dans une société où les gens étaient libres de dire tout ce qu'ils ressentaient ?

Encore une photo d'Albie, sur un lit quelque part, son torse maigre offert aux regards, la cigarette au bec, façon star de cinéma française. D'autres commentaires personnels l'accompagnaient. J'aurais pu en ajouter un sans craindre d'être percé à jour – pourquoi pas « Fumer est mauvais pour la santé », assorti d'un fichier Jpeg montrant un poumon cancéreux –, mais je préférais continuer à avancer. Je suis passé rapidement sur des photos de Kat dormant sur un quai de gare, puis debout devant la tour de Pise qu'elle faisait mine de vouloir redresser. J'ai ri – mais alors franchement ri – en voyant qu'Albie avait succombé à la tentation de la prendre ainsi. Puis je me suis ressaisi et j'ai pensé…

La tour de Pise. Ça ne va pas, ça.

La tour de Pise n'est pas à Venise. Elle est… eh bien, à Pise.

J'ai cherché la date de la photo. Ce jour-là. Enfin non, la veille. J'ai laissé échapper un juron devant cette p… de tour avant de plaquer une main sur ma bouche.

Je suis revenu au cliché précédent, celui de Kat sur un quai de gare. Le panneau au-dessus de son banc indiquait Bologne. Et la légende :

Venise, tu nous as flingués, ma vieille. Trop de touristes. On taille la route !

J'ai de nouveau juré, plus fort cette fois, et Freja s'est agitée en marmonnant dans son sommeil. La panique montait en moi. Du calme. Peut-être était-ce une excursion à la journée ! Où était Pise, au juste ? Un guide de l'Italie traînait sur la valise de Freja. Bologne se trouvait au centre de la botte italienne, mais Pise était en… Toscane ? Non seulement je n'étais pas dans la bonne ville, mais je n'étais pas non plus sur la bonne côte.

J'ai refait défiler les photos jusqu'à ce que je tombe en arrêt devant un Albie maussade qui semblait s'ennuyer sur la longue promenade bordant l'Arno, la tête appuyée gauchement sur l'étui de sa guitare. *petit coup de déprime pour Albie. avance, avance. parfois c'est dur de voyager, mon vieux. claqués. besoin d'un coin où se poser*. Alors rentre à Reading, espèce d'idiot ! La photo suivante, prise de nuit, le montrait un sourire mauvais aux lèvres, en pleine dispute avec un *carabiniere* dont les yeux étaient masqués par l'ombre de sa casquette. « C'est un policier, Albie ! » ai-je eu envie de crier. « Ne discute pas avec un policier ! » *Virés par des fascistes* était tout ce que Kat avait jugé bon d'écrire sur le sujet. Que me réservait-elle encore ? Albie ensanglanté après un coup de matraque ? Non, un chat errant buvant de l'eau dans le capuchon d'une bouteille. *Bonne nuit les petits*, disait la légende. *Demain, on sera à Sienne !*

Demain. C'est-à-dire aujourd'hui, ce matin même. Il était 4 h 08. J'ai ramassé mon pantalon et mes saletés de baskets et, tenant celles-ci du bout des doigts, je me suis dirigé sans bruit vers la porte.

125. lettre à freja kristensen, postée sous sa porte

Chère Freja,

J'ai bien peur de « filer à l'anglaise » – partir sans dire au revoir. Peut-être avez-vous déjà entendu cette expression, vous qui semblez connaître tous nos idiomes. Il y a là quelque chose de dramatique, je sais, voire d'un peu impoli, mais j'espère que vous ne serez pas vexée. Vous aviez l'air si sereine dans votre sommeil que je n'ai pas voulu vous réveiller.

La raison de ce départ précipité est que j'ai eu ce que nous autres détectives appelons « un tuyau » sur l'endroit où se trouve mon fils et qu'il me faut traverser l'Italie d'est en ouest avant le déjeuner. J'ignore si j'arriverai à temps, ou si ce voyage se révélera futile, mais je me sens le devoir d'essayer. Ayant vous aussi des enfants, vous me comprendrez sans doute.

Je n'ai pas non plus voulu vous réveiller parce que je ne savais pas comment je pourrais m'expliquer, et j'ai estimé qu'il me serait plus facile de traduire mes pensées par écrit, même à cette heure si matinale. J'ai longuement hésité à laisser un numéro de téléphone ou une adresse en haut de cette page, mais à quoi bon ? Si j'ai beaucoup apprécié notre conversation hier soir, elle m'a également rappelé pourquoi je suis venu ici, et toutes les promesses et les obligations que je porte en moi.

Il est peu probable que nos routes se croisent de nouveau un jour, mais je tiens à vous dire que cela ne reflète en rien la douceur de mes sentiments pour vous, ni ma gratitude. Vous êtes une femme extrêmement intéressante, intelligente et compatissante, dotée qui plus est d'un superbe vocabulaire. Et bien que je ne croie ni au sort, ni au destin, j'ai eu beaucoup de chance de vous avoir rencontrée à un moment difficile de mon périple. Votre compagnie m'a été très agréable, et permettez-moi de vous avouer combien vous êtes séduisante à mes yeux, grand-mère ou pas ! Une partie de moi aurait aimé vous accompagner à Florence, Rome et Naples, mais c'est hélas impossible.

J'espère que vous passerez de bonnes vacances jusqu'à votre retour et que vous trouverez le bonheur à l'avenir, seule ou avec quelqu'un d'autre, tout en continuant à savourer la compagnie de vos charmantes filles et de vos petits-enfants. Pour ma part, je garderai en mémoire cette journée que nous avons passée ensemble, et je penserai toujours à vous avec tendresse, reconnaissance, et aussi, je suppose, un certain regret.

Bien sincèrement,
Douglas Petersen

126. départ à l'aube

Le soleil s'est levé sur la ville abandonnée. J'ai longé des rues et des places silencieuses d'un bon pas sans croiser âme qui vive jusqu'à la Strada Nova, où des femmes de ménage, des employés d'hôtel et des serveurs chargés du premier service avançaient tête baissée, insensibles à la lumière rosée, à la beauté des lieux. Je n'avais plus qu'une idée en tête – partir.

Je suis monté dans le premier train pour Florence trois minutes avant le départ, en m'ébouillantant les doigts avec les deux double-espressos que j'avais jugé essentiel d'emporter pour ce voyage – ça, et aussi une sorte de pâtisserie grasse comme un sachet de chips. Je me suis essuyé les mains sur une minuscule serviette qui s'est aussitôt désintégrée, puis le train s'est mis en branle dans la lumière surprenante du jour, en glissant avec précaution sur la voie qui relie Venise au reste de l'Italie comme un cordon ombilical. À ma gauche, le spectacle le plus étrange qui soit : des voitures.

La banlieue de Venise sur la terre ferme était morcelée et triste, aussi ai-je réglé mon réveil afin qu'il sonne deux heures plus tard, avant de fermer les yeux dans l'espoir de dormir. Mais mes quatre doses inconsidérées de café ont sabordé cette ambition, et les mots que j'avais écrits à Freja ont commencé à tourner en boucle dans ma tête. Elle devait être en train de se réveiller à cet instant, de trouver le message sous sa porte, de le lire et d'éprouver… quoi ? De l'embarras ? Des regrets ? De l'agacement ? De l'amusement devant ma mauvaise interprétation des événements ? Rangerait-elle mon message avec un sourire entendu et narquois entre les pages de son guide, ou le déchirerait-elle promptement en deux ? Peut-être aurais-je dû lui dire au revoir en personne, après tout. Puis une pensée m'est venue.

Contrairement à ce qui s'était passé avec Albie, je savais exactement où Freja serait aujourd'hui. Dans deux heures, elle serait assise dans le même train que moi et contemplerait par la fenêtre ces jardins de banlieue desséchés, ces bâtiments industriels et ces immeubles de bureaux tous identiques, en regrettant elle aussi d'avoir commandé cette seconde bouteille de vin. Je pourrais facilement l'attendre à la gare de Florence, peut-être avec un petit bouquet de fleurs. On échangerait quelques mots et une adresse mail – « restons en contact, juste en tant qu'amis » – et cela ne m'empêcherait pas d'être à Sienne dans l'après-midi.

Ou, plus fou encore, je pourrais renoncer complètement à ma quête et rester avec Freja le temps que ça durerait entre nous. Jeter mon téléphone dans la lagune, abandonner Albie à son sort, laisser ma femme faire ce qu'elle voulait. De nous deux, Connie n'avait-elle pas toujours eu la personnalité la plus instinctive, la plus passionnée ? Et n'avais-je pas gagné le droit, après toutes ces années de zèle et de fiabilité, à un dernier élan de spontanéité égoïste ?

Mais le problème quand on vit dans l'instant présent, c'est que cet instant disparaît vite. L'impulsivité et la spontanéité ne prennent pas en compte le long terme, les responsabilités et les obligations, les dettes à payer, les promesses à tenir. J'avais perdu de vue les êtres que je chérissais, et il était vital à présent que je me concentre de nouveau sur ma mission, à savoir sauver mon fils et reconquérir ma femme.

C'est ainsi que j'ai décidé d'oublier Freja Kristensen et de poursuivre mon voyage.

partie 6

TOSCANE

Richard vit soudain son père encore jeune, débordant de projets ambitieux pour son fils, et il se demanda si Percy, lui aussi, avait fait sauter son enfant sur ses genoux, pressé de rentrer chez lui à l'idée de cet instant privilégié ; s'il avait éprouvé cette farouche envie de le protéger. Richard n'avait jamais eu d'idées aussi saugrenues que celle-ci, et cela le mettait mal à l'aise[1].

Elizabeth Taylor,
La Bonté même.

1. Traduction de Nicole Tisserand. © 1994, Éditions Payot & Rivages, Paris, 1994.

127. florence en trente-six minutes top chrono

Trente-six minutes. Tel était le temps que je m'étais accordé pour visiter le joyau de la Renaissance sans risquer de rater ma correspondance pour Sienne. Un sacré défi, j'en avais bien conscience, mais qu'il serait amusant de relever et qui me permettrait de me vider la tête de Venise et de ma soirée de la veille. J'ai donc sauté hors du train et laissé mon sac au *deposito bagagli*, une appellation qui, franchement, semblait inventée de toutes pièces. Après avoir réglé l'alarme de mon téléphone, je suis sorti sur la place de la gare, dans le brouillard des gaz d'échappement, et j'ai longé des boutiques de souvenirs, des snack-bars miteux, des hôtels louches et des cohortes de pharmacies et de bureaux de change – qui peut avoir encore besoin d'un bureau de change à l'ère des distributeurs de billets ? Enfin peu importe. Au bout de la rue, j'ai aperçu l'éclat argenté du célèbre Duomo, impressionnant par sa taille et sa complexité même vu de loin, mais je n'avais pas le temps, absolument pas le temps, déjà huit minutes s'étaient écoulées, j'ai filé vers la droite en gardant un œil sur mon plan touristique, je suis passé devant des boutiques de téléphonie mobile et des échoppes vendant des articles en cuir de mauvais goût sous de gracieuses arcades, et j'ai avancé en zigzag vers une grande place – la Piazza della Signoria, m'a informé ma carte – dominée par une forteresse aux murs créne-lés, de celles qu'un enfant pourrait réaliser avec une boîte en carton, avec sur la droite un amas de statues immenses semblables aux pièces d'un jeu d'échecs un peu fou : des dieux, des lions et des dragons, des guerriers brandissant des épées et des têtes tranchées, un soldat nu agonisant de manière outrancière dans les bras de son camarade, des femmes hurlantes, un cinglé à poil qui tabassait un centaure avec une matraque, et, toisant toute cette ultraviolence irréelle avec un dégoût bizarre, le *David* de Michel-Ange. Quinze minutes de passées. Mon guide m'ayant appris que cette statue n'était qu'une reproduction, j'ai juste noté la taille disproportionnée de ses mains avant de me diriger vers la Galerie des Offices. Il n'était pas 10 heures et, déjà, une immense queue s'étirait sous les colonnades, les gens s'éventant avec les dépliants fournis par les hôtels pendant que des statues vivantes, dont une statue de la Liberté et un pharaon égyptien totalement incongrus, prenaient la pause sur des caisses devant les portraits sculp-tés dans le marbre de Giotto, Donatello et Pisano. Dix-neuf minutes. Place ensuite à une femme en justaucorps rose et longue perruque blonde, plantée sur une coquille Saint-Jacques en papier mâché pour amuser les touristes fatigués pendant que, tentatrice, la vraie Vénus trônait dans les élégantes galeries au-dessus de nos têtes, accrochée entre des tableaux signés Uccello, Caravage et de Vinci, sans oublier la

célèbre *Vénus d'Urbin* de Titien et trois – trois ! –
autoportraits de Rembrandt. Connie, qui était venue
à la Galerie des Offices lorsqu'elle était étudiante,
parlait avec envie d'y retourner. C'était un petit bijou,
disait-elle, un lieu magnifique et très agréable. En
voyageur finaud que j'étais, j'avais réservé des billets
pour visiter le musée quatre jours plus tard, et juste
quand mon téléphone a indiqué dix-neuf minutes,
j'ai songé que si mes retrouvailles avec Albie se
passaient bien cet après-midi-là, il nous serait encore
possible d'y aller ! Mon fils et moi pourrions peut-
être découvrir quelques-unes des villes nichées dans
les collines toscanes, puis donner rendez-vous à
Connie à cet endroit même. « On devrait appeler ça la
Galerie des Supplices », plaisanterais-je en doublant
le troupeau des touristes moins futés, moins avisés.
« Tu as précommandé les billets – très bonne idée,
papa ! » me féliciterait Albie, et, debout devant *Le
Printemps*, Connie me prendrait la main. « Merci,
Douglas », dirait-elle, me récompensant ainsi de
mes préparatifs soigneux. Pas le temps de rêvasser
cependant. Vingt minutes au compteur. J'ai filé vers
le fleuve en espérant pouvoir jeter un œil au Ponte
Vecchio, mais l'alarme de mon téléphone a retenti,
ce qui signifiait qu'il me restait quatorze minutes
pour regagner la gare. Pour cette fois, je devrais me
contenter d'avoir aperçu la file d'attente devant les
Offices, une infime portion du grand Duomo, un
David factice et une Vénus vivante. Faire le tour de
Florence en vingt-deux minutes, c'était comme voir
un Botticelli reproduit sur un petit magnet de frigo et
rangé dans un sac à main en cuir, mais aucune importance, on reviendrait ici en famille. J'ai rebroussé
chemin, et à la vingt-neuvième minute, la gare était
devant moi. Essoufflé, éprouvé par le manque de

sommeil et en nage, j'ai décidé de ne plus alterner le café fort et l'alcool et de me reposer dans le train pour Sienne, où je me suis installé confortablement à 10 h 10 avec trois bonnes minutes d'avance. J'ai écouté l'annonce diffusée dans le wagon. Montelupo-Capraia, Empoli, Castelfiorentino, San Gimignano. Même les noms étaient pittoresques. L'arrivée à Sienne était prévue à 11 h 38, à peu près à l'heure où Albie se lèverait. J'ai fermé les yeux, incliné mon siège au maximum – ah, le confort des trains en Europe – et regardé défiler les faubourgs de la ville en sentant mes paupières s'alourdir... jusqu'à ce que je sursaute en prenant conscience que j'avais oublié toutes mes affaires à la consigne de la gare Santa Maria Novella.

128. le train pour sienne

Je n'avais aucune tenue ni aucune paire de chaussures de rechange. Pas d'argent en dehors des billets et des pièces dans ma poche, soit vingt-trois euros et quatre-vingts centimes. Pas de passeport, pas de guide, pas de brosse à dents ni de rasoir, pas de tablette ni de chargeur de téléphone. J'avais mon portable, bien sûr, mais parce que je n'avais pas dormi dans ma chambre cette nuit-là, il ne lui restait plus que 18 % d'autonomie – tout ça au moment où une flopée de textos envoyés par Connie m'arrivait brusquement en rafale.

où es-tu ? pourquoi m'as-tu raccro-ché au nez ?

tu avais l'air bizarre je m'inquiète pour toi D. s'il te plaît appelle-

moi je ne suis pas en colère je suis
inquiète. D'abord poussin maintenant
toi.

je viens te chercher. s'il te plaît
dis-moi juste où tu es. dis-moi que
tu vas bien.

s'il te plaît dis-moi que tout va
bien pour toi.

J'ai commencé à lui répondre, avant de me raviser.
Je n'étais plus très sûr d'aller bien.

129. un verre plein à ras bord

On peut le comprendre, nous avons vécu les mois
précédant la date du terme avec anxiété, et, dans
le cas de Connie, en proie à toutes sortes de peurs
irrationnelles concernant sa santé et ses capacités.
J'ai fait de mon mieux pour la rassurer, pour la
convaincre que tout irait bien. Elle était détermi-
née, forte, apte, courageuse ; qui mieux qu'elle
était taillé pour ça ? Mais notre confiance et notre
arrogance ayant déjà cruellement éclaté au grand
jour, nous avons poussé la prudence jusqu'à la
paranoïa. Vitamines, huiles de massage et tonifiants,
régime bio, méditation, yoga – tout y est passé.
C'était du grand n'importe quoi bien sûr, fondé sur
la conviction erronée que nous – elle – avions fait
quelque chose de mal avec Jane. Parce que cela
apaisait Connie, je ne disais rien, seulement, au
final, cette grossesse ne s'est pas déroulée dans la
même bonne humeur tapageuse que la précédente.
Imaginez-vous devoir porter un verre plein à ras
bord pendant trente-six semaines sans renverser une

goutte. Cela suppose de la prudence, de l'attention, une sérénité forcée et fragile. Une certaine tristesse, aussi.

Mais il est difficile de rester triste ou serein face au choc et au chaos plein de sueur et de sang d'un accouchement. Les contractions ont débuté à 2 heures du matin – la première fois, mais pas la dernière, où Albie nous réveillerait en pleine nuit.

— Jure-moi que tout ira bien, a exigé Connie en enfonçant ses ongles dans la paume de ma main pendant que nous faisions les cent pas dans la salle de travail.

— Tout ira bien, ai-je répondu.

Qu'aurais-je pu dire d'autre ?

Mais tout s'est parfaitement passé, oh oui. Il aurait été trop cruel qu'un autre drame se produise, et Albie est né sans problème, presque avant qu'on s'en rende compte (même si Connie a peut-être un avis différent sur la question). À 9 heures, j'étais le père d'un petit garçon, lui aussi magnifique, évidemment. Même avec le teint violacé, même barbouillé d'une substance infâme, il était adorable, avec des traits marqués et les cheveux noirs, si noirs de sa mère. À mesure que sa peau perdait sa couleur effrayante, à mesure qu'il se détendait et que ses yeux curieux s'ouvraient, un nouveau mot s'est imposé à moi : beau. Un beau garçon, aussi beau que sa sœur avait été belle. Je l'ai gardé dans mes bras toute la matinée pendant que Connie dormait, assis sur une chaise en vinyle à côté de son lit. Le soleil d'hiver illuminait le visage d'Albie et, oh, que d'amour j'ai éprouvé pour lui. Mon père m'avait-il tenu ainsi ? Il faisait partie de cette génération d'hommes qu'on encourageait plutôt à lire des magazines et à fumer dans la salle d'attente et à qui on ne présentait leur progéniture qu'une fois la bataille terminée. J'étais assez grand lorsque ma sœur était rentrée à la maison après sa naissance pour me rappeler la gaucherie avec laquelle il l'avait prise, sa réticence, sa manière de faire passer sa cigarette d'une main à l'autre, impatient de confier sa fille à quelqu'un. Dire qu'il était médecin. Il aurait dû manipuler la chair et le sang avec aisance, et les siens plus que tout autre. Eh bien moi, je ne serais pas comme ça, ai-je décidé. J'observerais un comportement détendu devant mon fils – bon Dieu, « mon fils », j'avais un fils – et nous serions de grands amis tous les deux.

Nous l'avons ramené à la maison avec un luxe de précautions névrotiques, presque tout enveloppé de ouate. Les mêmes personnes qui nous avaient présenté leurs condoléances sont revenues fêter cette naissance, et nous avons accepté de bonne grâce les cartes de vœux, les cadeaux et les félicitations teintées de consolation. Nous avons écouté Albie pleurer la nuit avec soulagement et lassitude. La mère de Connie s'est installée chez nous pour nous aider et ma sœur, en pleine régression, s'est imposée comme une nouvelle présence constante qui roucoulait, gargouillait et tricotait d'horribles petits gilets. Quant à moi, j'ai assumé le rôle qui m'était dévolu, à savoir maintenir la bouilloire constamment allumée, ranger l'appartement, faire le ménage et les courses, enfiler de nouveau le costume du majordome infaillible, me lever la nuit à tour de rôle avec Connie et laisser Albie hurler à mes oreilles. Je me donnais des instructions. Reste positif, enthousiaste, aimant et attentionné. Ouvre l'œil et veille à ce qu'il ne leur arrive rien. Encore et toujours des résolutions.

130. les professions de santé

Quand Albie a été assez robuste, nous avons pris la voiture et roulé sous la vitesse limite autorisée jusqu'au petit appartement où mon père avait emménagé après la mort de ma mère. Bien qu'assez agréable au début, l'endroit était devenu sombre et presque sinistre avec son odeur de cendres froides et son frigo vide. Il y avait encore des cartons à déballer, des cadres à accrocher, si bien qu'on se sentait davantage dans l'entrepôt d'une ancienne vie que dans un foyer tourné vers l'avenir. Retraité précoce, mon père passait ses journées à lire des thrillers ou à regarder de vieux films en noir et blanc en se nourrissant de café instantané, de cigarettes et, à l'occasion, de plats plus ou moins pour enfant – des œufs brouillés, des haricots blancs à la sauce tomate, des soupes toutes faites. En tant que médecin généraliste, il n'avait jamais été du genre à donner l'exemple à ses patients.

Il n'avait jamais été non plus particulièrement vigoureux, mais dès l'instant où il a ouvert la porte, il est apparu évident qu'il dépérissait dans sa solitude. Il avait les dents gâtées, le teint pâle, le visage mal rasé, et des poils frisottants ponctuaient ses joues, ses oreilles et le bout de son nez. Pour la première fois de ma vie, j'ai eu conscience d'être plus grand que lui. Il a souri à son petit-fils, bien sûr, il s'est extasié devant lui et a fait des commentaires sur la taille de ses ongles, ses cheveux et ses yeux.

— Heureusement, il vous ressemble, Connie ! a-t-il dit en riant.

Mais il n'était pas à l'aise. Il a pris Albie dans ses bras comme pour évaluer son poids, puis nous l'a redonné, et j'ai retrouvé cette circonspection, cette gêne que je connaissais si bien.

Il est vrai que mon père n'avait jamais été un candidat naturel à l'exercice des professions de santé. Il avait tendance à voir dans tous les maux – à l'exception des plus graves – des preuves d'inattention ou de négligence, et je crois qu'il a guéri beaucoup de ses patients simplement en leur faisant peur. Je me souviens d'un jour où, alors qu'on était en vacances en famille à Anglesey, je me suis égratigné le mollet contre un morceau de fer rouillé. Baissant les yeux, j'ai vu un bout de peau pendouiller, parfaitement blanc, semblable à du papier sulfurisé, juste avant que le sang se mette à couler. Mon père a soupiré, comme si j'avais éraflé la peinture de la voiture familiale. Que cela fût un accident n'entrait pas en ligne de compte – rien ne serait arrivé si je n'avais pas été en train de jouer. Il dispensait sa compassion avec la même réticence qu'il prescrivait des antibiotiques.

Je ne me sentais pas défavorisé pour autant. Mon père correspondait exactement à l'image que je me faisais des papas : un professionnel compétent, sûr de lui et quelque peu réservé, qui prenait au sérieux son devoir de subvenir aux besoins matériels de sa famille. Les papas avaient leur fauteuil préféré sur lequel ils s'asseyaient, tels des capitaines de vaisseaux spatiaux, donnant des ordres, recevant des tasses de thé et criant devant les infos sans peur d'être contredits. Les papas contrôlaient la télévision, le téléphone et le thermostat, ils décidaient de l'horaire des repas, de celui du coucher, des vacances. Élevés dans une république anarcho-socialiste, Connie et les siens parlaient de musique, de politique, de sexe et de leur digestion en s'invectivant et en braillant en permanence. À l'inverse, mon père et moi n'avons jamais eu ce que l'on pourrait appeler une conversation intime, et je ne suis pas vraiment certain de l'avoir jamais souhaité. Il m'a appris à me servir d'une règle à calcul et à changer la chambre à air d'un vélo, mais il n'était pas plus susceptible de me serrer dans ses bras que de se mettre à faire des claquettes.

Nous avons passé chez lui un après-midi pénible et interminablement long. J'étais fier comme un paon de notre nouvelle famille. *Regarde*, avais-je envie de lui dire, *regarde, j'ai trouvé cette femme merveilleuse – ou plutôt, c'est elle qui m'a trouvé. On a vécu des choses ensemble, des choses atroces, mais on se tient toujours la main, assis là sur ton canapé. Admire la manière dont je porte mon fils, et l'assurance et la facilité avec lesquelles je change ses couches ! Je te suis profondément reconnaissant, mais sans vouloir te vexer, je ne te ressemble pas.*

Oh, la suffisance et l'arrogance des nouveaux parents ! Voyez comme nous sommes *doués* ! Laissez-nous vous montrer comment il faut faire ! Je suis persuadé que mon père et ma mère avaient voulu donner des leçons similaires à mes grands-parents, qu'il en a toujours été ainsi avant eux, et qu'il en sera toujours ainsi. Et je ne doute pas qu'Albie sera un jour impatient de régler ses comptes avec moi et de pointer quelques-unes de nos – de *mes* – erreurs. Sans doute chaque génération se pense-t-elle plus futée que la précédente. Mais si c'était le cas, la sagesse parentale irait grandissant avec le temps, à l'image des puces électroniques, toujours plus puissantes et sophistiquées, et on vivrait aujourd'hui dans un monde utopique où régneraient l'ouverture d'esprit et la compréhension.

— Bon, on ferait bien d'y aller, ai-je dit à mon père ce soir-là après avoir refusé sa proposition de dormir dans la chambre d'amis, encombrée de boîtes en carton et éclairée par une unique ampoule nue.

— J'allumerai le radiateur, a-t-il lancé pour nous convaincre de rester.

— Non, on a beaucoup de route à faire.

Nous savions tous que ce n'était pas vrai. Peut-être ai-je imaginé ça pour apaiser ma conscience, mais il m'a semblé soulagé et il a mis les infos à la télé avant notre départ. *Au revoir, papa ! Au revoir ! Albie, fais coucou à papy ! Au revoir, à bientôt !*

Mon père est décédé six semaines plus tard. Je ne crois pas à la vie après la mort, et surtout pas à celle décrite dans les bandes dessinées humoristiques des journaux, mais à supposer que, du haut de quelque nuage, il m'ait contemplé dans le train pour Sienne, il aurait bien été en droit de m'assener une de ses piques préférées :

Tu vois ? Tu vois ? On fait moins le malin maintenant !

131. acide tartrique

J'ai eu une sorte de passage à vide.

Ce n'était pas seulement dû à la perte de mes affaires – elles étaient après tout dans un endroit sûr où je pouvais les récupérer –, mais au fait que je contrôlais de moins en moins la situation. Je n'avais pas parlé à Connie depuis un moment. Sa voix me manquait, mais je ne faisais pas vraiment confiance à la mienne. Certain que Sienne marquerait un tournant dans ma quête, j'ai résolu de ne l'appeler que lorsque j'aurai de bonnes nouvelles à lui annoncer. Sauf que… s'il n'y avait pas de bonnes nouvelles, justement, comment rentrerais-je chez moi ?

À Empoli, j'ai été rejoint à ma table par un petit garçon vêtu d'un gilet rayé, âgé de trois ans peut-être, qui voyageait avec ses grands-parents. Le couple, imposant et jovial, n'a cessé de sourire avec fierté en le regardant étaler devant lui le contenu d'un petit sachet de sucreries, douze bonbons gélifiés, artificiellement colorés, quatre rouges et huit bleus, tous saupoudrés de cet acide tartrique qui les fait crépiter sur la langue. Il les a comptés et recomptés. Il les a divisés en rangées et en colonnes, trois par quatre, deux par six, avec ce plaisir instinctif qui semble disparaître dès qu'on met sur ce jeu le nom de mathématiques. Il a léché ensuite le bout de son doigt et tapoté le sucre à la fois doux et acidulé qui s'était détaché des bonbons pour choisir avec ostentation celui qu'il mangerait en premier. Je l'ai observé ouvertement, peut-être un peu trop pour notre époque. Il faisait son petit numéro, il le savait, mais lorsqu'il s'est enfin décidé pour un bonbon rouge, qu'il l'a enfourné dans sa bouche et fait la moue devant son acidité, j'ai éclaté de rire, et il a ri avec moi, et ses grands-parents aussi, qui hochaient la tête en souriant.

Il m'a adressé quelques mots dans un italien indistinct.

— *Inglese*, ai-je répondu. *No parlo italiano*.

Il a acquiescé, comme si cela faisait sens, puis il a poussé vers moi un bonbon bleu en tendant le bras de tout son long, et ce geste m'a paru si généreux, si familier, que j'ai pensé *Oh mon Dieu, c'est Albie. C'est Albie tout craché au même âge.*

132. le bouton « enregistrer »

Parce que oui, c'était un charmant petit garçon, pareil à ceux qu'on voit dans les bandes dessinées, tout pleins d'une gentille malice. Et pourtant, il y avait eu des moments difficiles, surtout les premiers mois. Le croup ! Il a attrapé le croup, une maladie inventée exprès par la nature pour terrifier les parents. Et nous avons connu de nombreux accès de panique devant de mystérieuses éruptions cutanées et des pleurs inexplicables, le manque de sommeil mettant en permanence nos nerfs à rude épreuve. Mais nous avons supporté tout ça avec joie et seulement une petite perte de sang-froid de temps à autre. Après tout, n'avions-nous pas aspiré à ce chamboulement dans notre vie ? J'ai repris le travail, un peu à regret, un peu heureux aussi de ce répit, et en rentrant à la maison le soir, je faisais de mon mieux pour donner son bain à Albie et le nourrir. Voilà comment les jours, les semaines et les mois ont passé.

C'est à peu près à cette époque qu'il a dû acquérir ses premiers souvenirs – du moins je l'espère, car il est difficile d'imaginer un garçon plus adoré et choyé par ses parents, qui eux-mêmes s'entendaient incroyablement bien la plupart du temps. Comme il est frustrant de ne pouvoir contrôler la mémoire d'un enfant. Je sais que mes propres parents ont fait de leur mieux en m'emmenant certains jours pique-niquer au soleil ou jouer dans des pataugeoires, mais je me rappelle surtout les jingles publicitaires, les chaussettes mouillées sur les radiateurs, les génériques débiles à la télé, les disputes sur la nourriture gaspillée. Avec mon fils, il y avait des moments où je pensais *n'oublie pas ça* – lorsque Albie était tombé à la renverse dans les hautes herbes d'un pré en été, lorsqu'on avait paressé tous les trois au lit par un dimanche d'hiver, ou bien encore dansé dans la cuisine au son d'une chanson stupide –, et je regrettais de ne pouvoir appuyer sur un bouton « enregistrer », parce que, pour l'essentiel, nous étions plutôt bien ensemble tous les trois. Nous formions une famille.

133. le fondement scientifique de l'amour inconditionnel

Un soir que nous prenions notre bain ensemble, avec Albie étendu entre les jambes de sa mère, la tête appuyée sur son ventre, j'ai fait remarquer que si nous sommes tous susceptibles d'envier la vie des autres, leur carrière, leur épouse (je ne convoitais la femme de personne, mais je savais par expérience que d'autres convoitaient la mienne), il est très rare – inouï, même, et certainement tabou – de préférer leur progéniture à la nôtre. Tout le monde trouve son enfant adorable, alors même que tous les enfants ne le sont pas. Pourquoi est-ce que cela ne change rien pour les parents ? Comment expliquer un lien aussi figé et inébranlable ? Est-il d'origine neurologique, sociologique, génétique ? Peut-être que nous sommes programmés pour ça et qu'il s'agit d'un mécanisme de survie visant à assurer la propagation de l'espèce, ai-je suggéré.

— Tu veux dire que ton amour pour ton fils n'est pas réel ? Que ce n'est que de la science ? a dit Connie, l'air perplexe.

— Pas du tout. Il est réel *parce qu'il* est scientifique ! Ce que tu éprouves pour tes amis, tes amants ou même tes frères et sœurs dépend de leur comportement. Avec les enfants, ce critère ne tient plus. Peu importe ce qu'ils font. Les parents dont les enfants sont malpolis ne les aiment pas moins, n'est-ce pas ?

— Non, ils leur apprennent à être polis.

— Et c'est là la différence – ils ne les laissent pas tomber, et même s'ils n'arrivent pas à rectifier le tir, même si leurs gosses restent mal élevés, ils seraient toujours prêts à donner leur vie pour eux.

— Albie n'est pas mal élevé.

— Non, il est adorable. Mais les gens pensent tous que leurs enfants sont adorables, y compris lorsqu'ils ne le sont pas.

— Et ils ont tort ?

— Bien sûr que non ! Cela illustre ce qu'on entend par l'« amour inconditionnel », voilà tout.

— Qui est apparemment répréhensible selon toi ?

— Non…

— Ou qui n'est qu'une illusion, un « instinct comportemental ».

— Non… Je réfléchissais juste à voix haute.

Nous sommes restés silencieux un moment. Notre bain refroidissait, mais sortir aurait donné à chacun l'impression de concéder un point à l'autre.

— Quelle remarque stupide à faire devant Albie !

J'ai éclaté de rire.

— Il a dix-huit mois ! Il ne comprend pas de quoi on parle !

— Parce que tu es spécialiste de ces choses-là, aussi ?

— Je réfléchissais à voix haute, c'est tout.

— Quel éminent pédopsychiatre, a-t-elle ironisé en prenant Albie dans ses bras et en se levant brusquement.

— Je ne faisais que réfléchir à voix haute ! C'était juste une théorie.

— Eh bien, je n'ai pas besoin d'une *théorie*, Douglas.

Sur ce, elle a enveloppé Albie dans une serviette et l'a emporté comme un petit baluchon. Ma femme a toujours eu un don pour effectuer des sorties théâtrales accompagnées de répliques bien senties. Je suis resté seul dans le bain encore quelques instants. L'eau devenait de plus en plus tiède autour de moi. *Elle est fatiguée*, ai-je pensé. *Ce n'est rien*. D'ailleurs, nous avons tout de suite oublié ce débat – enfin, pas moi, mais elle, oui.

Du moins je suppose.

134. l'incident avec les lego

Mais dès le début, il n'a fait aucun doute qu'elle était meilleure que moi pour tout ce qui touchait aux enfants. Elle se montrait tellement plus compétente, douce et patiente. Elle ne s'ennuyait pas sur le vieux terrain de jeu, elle, et ne prenait jamais aucun journal pour s'occuper. Au contraire, elle regardait joyeusement la vingtième, vingt et unième, vingt-deuxième descente d'Albie sur le toboggan. Y a-t-il rien de plus ennuyeux que de pousser une balançoire ? Pourtant, elle ne semblait pas lui en vouloir – ou alors seulement à l'occasion – des heures, des jours et des semaines qu'il lui volait, de l'attention qu'il exigeait, de ses larmes irrationnelles, des objets brisés, des pots de peinture renversés et des purées de carottes qu'il semait dans son sillage, de même qu'elle n'était jamais écœurée ni excédée par le vomi qui tachait notre nouveau canapé ou le pipi qui se frayait un chemin entre les lames du parquet et qui, à mon avis, doit encore subsister là sous une forme moléculaire quelconque. La dévotion d'Albie pour sa mère devenait de plus en plus éclatante et extrême au fur et à mesure qu'il grandissait. Les toutes premières années, ce schéma est si répandu qu'il mérite à peine qu'on s'y arrête. Malgré tous ses efforts, même le plus fervent des pères ne peut nourrir son enfant au sein, et notre lien se formerait plus tard, n'est-ce pas, par le biais de petites expériences de chimie, de maquettes d'avions, de nuits en camping et de leçons de conduite ? Il me battrait au badminton et, en retour, je lui montrerais comment faire une pile avec un citron. Dans l'intervalle, il n'y avait a priori rien à faire, si ce n'est attendre patiemment le jour où nous serions proches l'un de l'autre.

Sauf que j'avais de plus en plus le don de l'énerver, et je restais tout empoté pendant qu'il se tortillait et se débattait dans mes bras jusqu'à ce que Connie me délivre. Sans elle, nous étions tous les deux à cran. Le passage de l'état de nourrisson à celui de petit enfant implique un certain nombre de mésaventures, mais quelque chose dans l'absence de sa mère semblait le faire trébucher, si bien qu'aujourd'hui encore, il garde des cicatrices et des traces visibles qu'elle peut m'attribuer. Ça, c'est la table basse ; ça, c'est quand il est tombé de l'arbre ; ça, c'est le ventilateur au plafond. Et toujours, toujours, les bras de mon fils se tendaient vers Connie lorsqu'elle rentrait parce qu'il savait qu'il serait en sécurité avec elle.

Toutes mes bonnes intentions paraissaient se retourner systématiquement contre moi, et même les surnoms aimants que je lui donnais ne prenaient pas. Connie a inventé Poussin, en partant d'Albie/albumen/blanc d'œuf/œuf/poussin, et ce joli sobriquet a eu l'air de convenir. Notant la manière quelque peu simiesque dont il s'accrochait à la hanche de sa mère, j'ai fait un essai avec « petit singe », mais là encore sans succès, et j'ai abandonné au bout d'une semaine ou deux. Puis il y a eu l'incident avec les Lego, un épisode entré dans la légende des Petersen comme une illustration de… je ne sais pas quoi au juste, parce que j'ai toujours estimé avoir agi de manière tout à fait sensée. Inutile de dire que j'ai grandi avec des Lego, un jeu un peu plus rigoureux et austère à mon époque qu'aujourd'hui, mais qui s'apparentait à un vice secret pour moi avec ses petits clics si gratifiants, sa symétrie, son pavage net et précis. Les maths, l'ingénierie et le design étaient réunis là, sous un couvert ludique, et j'avais hâte qu'on puisse s'asseoir épaule contre épaule devant un plateau, Albie et moi, pour ouvrir un sachet en cellophane, tourner la première page du livret d'explication et nous mettre à l'œuvre.

Mais Albie n'avait tout simplement pas la technique. Incapable de suivre la moindre instruction, il prenait grand plaisir à assembler au hasard des pièces de différentes couleurs, à les mâchonner de telle sorte qu'elles devenaient inutilisables, à les remplir de pâte à modeler, à les laisser tomber derrière le radiateur et à les jeter contre le mur. Lorsque je construisais quelque chose pour lui – par exemple, un poste de police ou un vaisseau spatial élaboré –, il le réduisait en miettes en quelques minutes et fabriquait à la place une chose informe et innommable qu'il fourrait dans le dossier du canapé. Mes réalisations subissaient le même sort tragique les unes à la suite des autres, chaque ouvrage parfaitement assemblé se transformant en détritus bon pour l'aspirateur.

Un soir, motivé par le seul désir d'offrir à mon fils un jouet solide et durable, j'ai attendu que Connie et lui soient couchés, puis je me suis servi un grand verre de scotch, j'ai versé un peu de colle dans le couvercle d'un pot de confiture, j'ai étalé des instructions devant moi et monté avec soin un bateau pirate, un château de trolls et une ambulance. D'une boîte de petits blocs en plastique coûteux, j'avais fait trois jouets géniaux qui le resteraient longtemps. Je les ai posés bien en évidence sur la table de la cuisine et suis allé me coucher en anticipant un concert de louanges.

Les larmes et les vagissements qui m'ont réveillé le lendemain matin m'ont donc quelque peu déçu, et je les ai jugés disproportionnés par rapport à mon crime en tout cas. Mais regarde, ai-je dit à Albie, maintenant tu les as pour toujours ! Ils ne se briseront pas ! Mais il n'a pas envie de les avoir pour toujours, a répliqué Connie en le consolant. Il a envie de les briser, justement ! C'est ce qu'il y a de créatif dans ce jeu. Que détruire des objets puisse être perçu comme un acte créatif relevait pour moi de ces grands axiomes parfois assenés par les artistes, mais je n'ai pas discuté et je suis parti au laboratoire, amer et frustré. Le plaisir des Lego était loin derrière nous désormais. Les objets du délit ont été rangés dans un placard en hauteur, et cette histoire a resurgi des années plus tard sous forme d'anecdote dans les dîners pour démontrer... quoi exactement ? Mon manque d'imagination ou de créativité, je suppose. Mon manque de fantaisie. Oh, *ça*, ils s'en souvenaient.

Cette histoire a toujours beaucoup amusé les gens, et j'ai appris en tant que père à me forger une carapace et à apprécier les plaisanteries faites à mes dépens. Personne n'aurait jamais osé rire ainsi de mon propre père. En soi, ce devait être un léger progrès.

135. sienne

Il est certain en tout cas que le garçon du train me trouvait d'assez bonne compagnie, lui, et le temps d'arriver à destination, nous étions devenus bons amis, chacun hochant la tête à n'en plus finir en regardant l'autre. Je lui étais reconnaissant du bonbon qu'il m'avait donné, et je n'aurais pas demandé mieux que d'engloutir tous les autres, car qui savait quand je pourrais de nouveau manger ? Mais notre train entrait en gare. *Ciao, ciao !* Dis au revoir au gentil monsieur dérangé. J'ai serré la main collante de l'enfant et suis sorti dans la chaleur toscane abrutissante de ce milieu de journée.

Le bus qui faisait la navette avec la vieille ville était bondé, et j'avais conscience de l'image suffisante que je renvoyais, moi le voyageur sans bagage au milieu de tous les sacs à dos et autres valises, aussi libre et insouciant qu'un fou échappé de son asile. Nous avons passé une porte médiévale, nous sommes descendus du bus, et tandis que des valises roulaient avec fracas derrière moi, j'ai filé tout droit et franchi une autre porte. Sans m'y attendre, j'ai émergé dans la lumière vive d'une immense place en forme d'éventail. Neuf parties effilées la composaient, semblables à la queue d'un paon ou à des biscuits écossais, toutes rayonnant à partir d'un grand palais gothique, et toutes d'un rouge brique qui donnait l'impression qu'elles avaient été cuites au four. Une vue franchement stupéfiante, et réconfortante aussi, parce que Sienne était une ville fortifiée, compacte, contenue entre ses murs. Si je m'étais senti à Venise comme dans un labyrinthe, je serais ici dans une boîte à chaussures. La Piazza del Campo constituait un passage obligé dans la ville, avec un point focal évident à sa base. Telles des fourmis sous une loupe, Kat et Albie devraient forcément transiter par là. Optimiste, sur le qui-vive, j'ai choisi un point sur les briques en chevrons, à peu près au milieu de la pente, et j'ai baissé ma casquette de base-ball sur mes yeux. En moins de deux, je dormais.

136. les retrouvailles

À mon réveil, peu après 15 heures, j'ai poussé un juron si grossier que des touristes se sont tournés vers moi. Comment avais-je pu être aussi stupide ? Je me suis relevé avec difficulté, mais je tenais à peine debout. Sous le coup de la fatigue, ma tête avait roulé sur un côté et la partie droite de mon visage et de mon cou présentait cette rigidité familière qui précède les coups de soleil. J'ai trébuché, puis me suis rassis sur les briques brûlantes. J'avais dormi trois heures ! Trois heures durant lesquelles j'étais quasi certain qu'ils étaient passés devant moi. J'imaginais parfaitement Albie m'enjamber comme si j'étais un ivrogne avachi. J'avais la bouche sèche, mes habits dégoulinaient de transpiration – j'avais même laissé une tache humide sur le sol à l'endroit où les briques avaient absorbé l'humidité restante de mon corps – et ma tête m'élançait à un point qui laissait présager une insolation. De l'eau, il me fallait de l'eau. J'ai tenté une nouvelle fois de me redresser et suis resté un instant en appui sur mes orteils avant de remonter d'un pas chancelant les flancs de cette immense arène rouge terracotta, tel Lawrence d'Arabie escaladant une dune.

Dans un kiosque à la lisière de la place, j'ai déboursé une somme exorbitante pour deux bouteilles d'eau. J'ai vidé d'un trait la première, puis la moitié de la seconde, avant de m'arrêter en découvrant mon reflet dans un grand miroir. Une ligne verticale divisait mon visage et mon cou en deux moitiés, écarlate d'un côté, blanche de l'autre, tandis que l'ombre projetée par la visière de ma casquette avait créé sur mon front une ligne équatoriale. En gros, le soleil m'avait imprimé le drapeau danois sur la figure. J'ai touché ma peau, dont la sensibilité m'annonçait que le pire était à venir, et, tout en éclatant de ce rire qui précède les gros sanglots, je suis reparti dans la chaleur de cet après-midi-là.

Je me sentais faible, nauséeux, confus. Regagner la fournaise de la piazza était inconcevable, mais je n'avais aucune chambre d'hôtel où m'allonger et il ne me restait que douze euros en poche, même pas de quoi retourner à Florence pour y récupérer mon portefeuille et mon passeport, qui accumulaient à cet instant même des pénalités de retard. À la place, j'ai avancé en titubant au milieu de la foule avec ma bouteille d'eau à la main, toujours du côté ombragé de la rue, comme un vampire pris de vertiges, hagard et à peine capable d'une pensée rationnelle, jusqu'à ce que je débouche sur une place où se dressait la façade à rayures et aux riches ornements du Duomo. Le carillon soudain du *campanile* a attiré tous les regards vers le ciel. C'est alors que, dominant même les cloches de l'église, les notes célestes de « Beat it » ont retenti, jouées à l'accordéon par Kat Kilgour en personne.

J'ai attendu les derniers accords pour m'approcher d'elle et la serrer dans mes bras.

— Kat Kilgour ! ai-je articulé entre mes lèvres fendillées. Je suis tellement content de vous voir !

Elle a eu un petit mouvement de recul.

— La vache, monsieur Petersen, vous avez vraiment une sale tête.

Oh oui, ces retrouvailles ont été pour moi pleines d'émotion, mais j'aurais tout de même préféré que la police ne s'en mêle pas.

137. sweet child of mine

Je répugne à employer à tout bout de champ des termes comme « brutalité ». C'était un malentendu, ou peut-être une réaction excessive de leur part – et de la mienne aussi. Si j'avais pris le temps de réfléchir, j'aurais géré la situation différemment. Néanmoins…

— Kat, vous n'avez aucune idée de ce que j'ai traversé.

J'étais indéniablement ravi de cette rencontre inattendue – beaucoup plus qu'elle-même ne l'était en tout cas parce qu'elle attaquait déjà son morceau suivant, « Sweet Child of Mine ». La chanson étant exigeante d'un point de vue vocal, j'ai patienté jusqu'à la partie instrumentale. Puis :

— Kat, j'ai besoin de voir Albie. Il est avec vous ?

— Je ne peux pas parler, monsieur Petersen.

— Non, bien sûr, mais j'ai besoin de savoir s'il va bien. Plus tard peut-être ?

— Je ne peux pas parler.

— Oh. D'accord. D'accord. Désolé, vous jouez votre solo, mais si vous pouviez seulement me dire où…

— Il n'est pas ici.

— Mais il n'est pas très loin ? N'est-ce pas ? N'est-ce pas ?

Elle a entonné le couplet suivant, et j'ai pensé qu'il serait bienvenu de ma part de laisser tomber quelques pièces dans son chapeau.

— Si vous pouviez juste m'indiquer où aller ?

Un billet de cinq euros, puis un autre de dix ont suivi, soit tout l'argent qu'il me restait. J'ai fouillé mes poches en quête de monnaie supplémentaire.

— Kat, je vous ficherai la paix après ça. C'est juste que j'ai fait beaucoup de chemin et…

La chanson s'est achevée, mais elle a enchaîné aussitôt avec « Riders on the Storm ». Autant dire que je risquais de ne jamais en voir le bout si je la laissais continuer.

— Kat, je vous paie en fait pour que vous arrêtiez de jouer ! ai-je crié.

C'est là que j'ai plongé la main dans le soufflet de son accordéon. J'y suis allé un peu trop fort, je le reconnais aujourd'hui, mais de son côté, sa réaction a été pour le moins violente. Oubliant sa chanson, elle m'a menacé de son doigt tendu.

— Ne touchez PAS à ça ! Si votre fils a envie de vous fuir, ça ne vous regarde pas…

— Euh, si, un peu quand même…

— Je sais trop bien ce que c'est de vivre avec un père tyrannique et étouffant…

— *Tyrannique* ? Je ne suis pas tyrannique !

— … et même si je ne porte pas particulièrement Albie dans mon cœur en ce moment, je ne le trahirai jamais. Jamais !

— Pas dans votre cœur… quoi, vous vous êtes disputés ?

— Ça me paraît une bonne appréciation de la situation.

— Vous avez… vous avez rompu ?

— Oui, nous avons rompu ! Cachez votre joie, monsieur Petersen.

— Quand ?

— Hier soir, puisque vous tenez tant à le savoir.

— Mais alors, où est-il ? Où est-il allé ? Kat, s'il vous plaît, dites-moi…

Là, j'ai posé une main sur son bras, ce qui était également une erreur.

— Lâchez-moi ! a-t-elle crié.

J'ai commencé à sentir l'hostilité de la petite foule qui avait tant apprécié « Sweet Child of Mine ».

— Je vous le répète, ce que fait Albie ne vous regarde pas et... oh, merde, a-t-elle juré en fixant un point par-dessus mon épaule. C'est reparti pour un tour.

Notre conversation avait apparemment attiré l'attention de deux grands et beaux *carabinieri* en chemisette bleue pâle qui se dirigeaient tout droit vers nous. Kat s'est agenouillée pour rassembler à la va-vite ses quelques affaires et les fourrer dans les poches étroites de son jean coupé.

— Ne vous inquiétez pas, je vais leur parler.

— Ce n'est pas vous qui les intéressez, c'est moi.

Et en effet, les deux hommes l'ont tout de suite encadrée et se sont adressés à elle en s'exprimant rapidement. Les gens se massaient autour de nous à présent. J'ai saisi des allusions à des permis, des réglementations locales. Kat répondait aux policiers d'une voix plus forte que la leur, et en usant d'un ton désabusé et impertinent – ce qui, à mon sens, était vraiment la chose à ne pas faire lorsqu'on s'adressait à des officiers en service.

— Ouais, je suis au courant, il me faut une autorisation... Non, je n'en ai pas, et vous le savez. D'accord, d'accord, vous vous êtes bien fait comprendre, je vais remballer mes affaires et filer...

Elle a pris son accordéon comme un enfant contre sa poitrine et a baissé la tête pour s'échapper, mais le plus grand des *carabinieri*, un gros balèze au crâne lisse et rond, l'a retenue d'une main tout en sortant un calepin.

— Comment voulez-vous que je paie une amende si vous ne me laissez pas gagner... ? Non, je ne viderai pas mes poches ! Non ! Allez vous faire foutre, connards ! Et ne me touchez pas !

La foule s'est écartée tandis que les policiers entraînaient Kat vers la voiture qui allait l'emmener au loin, et avec elle toutes les informations sur l'endroit où se trouvait Albie.

— Non ! Non, non, non, non, vous ne pouvez pas faire ça !

J'ai couru après eux.

J'aimerais être en mesure d'affirmer que c'est la galanterie seule, et non pas mon intérêt personnel, qui m'a poussé à intervenir, mais Kat était mon dernier espoir, mon seul lien avec Albie, et voilà pourquoi je me suis interposé entre elle et les policiers, agrippant un bras, essayant de desserrer un étau – pas de façon agressive, mais plutôt enjôleuse, selon moi. Pour quelqu'un d'extérieur à la scène, en revanche, cela devait ressembler fort à une mêlée, et il faut bien avouer que je n'étais pas calme.

— Restez en dehors de ça, monsieur Petersen ! m'a lancé Kat.

Mais il était trop tard.

— Ce n'est pas nécessaire ! ai-je crié. Vous dramatisez la situation. Pas nécessaire, pas de drame !

Tout en tirant sur le bras du plus grand des policiers, j'ai noté incidemment que, à l'instar de beaucoup de chauves, il avait des bras très, très poilus, et aussi une montre sophistiquée dotée de quatre petits cadrans, ainsi qu'on en voit au poignet des plongeurs, et je me suis demandé, au moment où il me faisait pivoter sur moi-même pour fixer et serrer autour de mes poignets des liens en plastique pas très différents de ceux que j'utilise à la maison pour rassembler les câbles derrière la télé, s'il faisait de la plongée le week-end.

138. le taulard

Enfant, je m'interrogeais parfois sur la manière dont je réagirais dans un environnement carcéral. C'est une préoccupation qui m'a suivi jusqu'à l'âge adulte, et je suis arrivé à cette conclusion : pas bien. Évidemment, il était peu probable que la situation se présente un jour. J'avais certes volé un paquet de Soft Mints dans un kiosque à journaux à l'aéroport de Munich, mais cela ne relevait sûrement pas de la justice italienne et, de toute façon, les preuves avaient disparu depuis longtemps. J'avais donc l'esprit à peu près tranquille lorsque je me suis assis au bureau d'accueil du poste de police principal de Sienne. Après tout, quel crime avais-je commis ?

Néanmoins, je semblais provoquer un certain émoi. Qui était cet homme mystérieux ? Quel genre de touriste se promenait sans passeport, sans permis de conduire, sans portefeuille, sans argent, sans clés et sans réservation d'hôtel ? Être dépourvu de papier d'identité faisait de moi une sorte de désespéré aux yeux des policiers – en quoi ils ne se trompaient pas, même si mon histoire n'était pas celle qu'ils supposaient. J'ai expliqué que tout s'arrangerait si je pouvais juste emprunter un peu d'argent à quelqu'un pour retourner à Florence, que je paierais volontiers toute amende qu'ils voudraient bien m'infliger, et celles de Kat par la même occasion, mais personne n'avait l'air disposé à m'avancer le prix du billet de train et je n'ai pas non plus été autorisé à partir. Un lien avait été établi entre Kat et moi. Malgré mes protestations, ils s'obstinaient à la considérer comme ma petite amie. Je n'ose imaginer comment elle l'a pris.

Peu à peu, le personnel de l'accueil s'est désinté-
ressé de moi. On m'a indiqué une chaise dans une
salle adjacente et on m'a laissé là. Kat était quelque
part dans les bureaux au fond du poste, et ma punition
consistait selon toute évidence à l'attendre des heures
et des heures durant sur une chaise en plastique
dure, pendant qu'un cortège de touristes – des vrais
touristes, eux, bien bronzés et détenteurs d'un passeport – entraient pour signaler la disparition de leurs
bagages, de leur portefeuille ou de leur appareil photo
afin de pouvoir faire jouer leur assurance. Bien sûr
que j'allais attendre – que pouvais-je faire d'autre ?
Au moins, je n'étais plus en plein soleil.

Mais ce n'est qu'en début de soirée que j'ai enfin
retrouvé ma « petite amie », à qui on a aussi ordonné
de s'asseoir et de patienter. Kat m'a d'abord ignoré
un moment avant de daigner m'adresser la parole.

— Jolies baskets, monsieur Petersen.

— Merci.

— Qu'est-ce qui est arrivé à votre visage ?

— Hein ? Oh, ça. Je me suis endormi au soleil.

— Ç'a l'air douloureux.

— Ça l'est, je vous le garantis.

— Vous leur avez dit que j'avais volé un croissant
au buffet de l'hôtel ?

J'ai écarté les mains, les paumes vers le haut.

— Hé, je ne suis pas un indic ! ai-je plaisanté, en
vrai comique que j'étais.

Elle a souri.

— Vous n'auriez pas dû vous mêler de ce qui
s'est passé tout à l'heure.

— Je trouvais qu'ils en faisaient un peu trop.

— Ce sont les risques du métier. On est censé
avoir une autorisation, mais vous parlez d'un *cauchemar* bureaucratique pour l'obtenir. Et puis, ils me

connaissent bien, ici. Je suis ce qu'on peut appeler une multirécidiviste, alors…

— J'ai eu peur qu'ils vous jettent en prison.

— Un noble geste de votre part, je n'en doute pas.

— Je pensais surtout à moi, en fait.

— Ne le prenez pas mal, monsieur Petersen, mais vous ne sentez pas très bon.

— Non, non, j'en ai bien conscience. Je garderais mes distances, si j'étais vous.

Elle a de nouveau souri et s'est rapprochée d'une chaise.

— Malgré ça, je ne peux toujours pas vous dire où il est.

— Mais pouvez-vous au moins m'assurer qu'il va bien ?

— Précisez ce que vous entendez par « bien ». Il est du genre tourmenté, votre Albie.

— Ça, c'est certain.

— Il est très… sombre.

— Je le sais…

— Très en colère. Très, très en colère. Il a beaucoup de problèmes à régler. Beaucoup. Avec vous, je veux dire. Il parle souvent de vous.

— Ah oui ?

— Et pas en termes positifs.

— C'est pour ça que je suis ici. Je voulais m'excuser, Kat, pour la scène… enfin, vous étiez là.

— C'était vraiment pas sympa, ce que vous avez fait. Vraiment pas.

— Je sais. Voilà pourquoi il faut que je le voie.

— Ce n'est pas si facile. Ça remonte à beaucoup plus loin.

— Je n'en doute pas.

Elle a plissé les yeux.

— Vous avez vraiment collé tous ses Lego ?

— *Quelques-uns*. Juste quelques-uns, pas tous.

— Et vous l'avez traité de stupide ?

— Quoi ? Non, pas du tout ! Il vous a raconté ça ? Ce n'est pas vrai !

— Il dit qu'il vous déçoit.

— Ce n'est pas vrai non plus !

— Qu'il a l'impression que vous n'êtes jamais satisfait de lui…

— Pas du tout !

— Il dit aussi que Mme Petersen et vous, vous risquez de vous séparer.

Là, je ne pouvais pas le nier.

— Eh bien, c'est… c'est possible. C'est dans l'air, en tout cas. Sa mère lui en a parlé ?

— Il dit qu'elle n'a pas besoin de le faire, que vous ne vous entendez plus depuis des années. Mais ouais. Ouais, elle lui en a parlé.

J'ai senti quelque chose se serrer dans ma poitrine.

— Elle a dit qu'on se séparait ou qu'on allait peut-être le faire ?

— Que vous alliez peut-être le faire.

— Bien, bien…

— Mais Albie pense que c'est sûr.

— Oh.

J'ai observé un silence avant de réussir à reprendre :

— Ma foi, les relations de couple ne sont jamais simples.

J'avais exprimé au mieux une platitude, mais Kat a paru y voir une remarque d'une profonde sagacité.

— Ça, vous pouvez le dire ! s'est-elle écriée.

Elle s'est brusquement mise à pleurer, et j'en ai été réduit à poser une main sur son épaule pendant que l'officier à l'accueil lui jetait un regard compatissant.

— Je l'aimais vraiment, monsieur Petersen.

— Je suis désolé, Kat…

— Mais on se disputait tout le temps. C'est un vrai petit con, hein ? a-t-elle dit en reniflant et en riant en même temps.

— Parfois, oui. À quel sujet vous êtes-vous disputés ?

— Sur tout ! La politique, le sexe...

— Euh...

— L'astrologie ! On s'est même disputés sur l'astrologie !

— Que vous a-t-il sorti au juste ?

— Il est complètement parti en vrille. Pour lui, c'est des conneries de supposer que les planètes peuvent influencer la personnalité des êtres humains et il faut être débile pour croire à ça...

— J'en suis navré, ai-je soupiré – tout en songeant avec fierté *bravo mon garçon.*

— Il trouvait aussi que j'étais trop vieille pour lui. Merde, je n'ai que vingt-six ans ! Et il a dit que je l'étouffais et qu'il avait besoin de passer un peu de temps seul.

Elle avait la tête sur mon épaule à présent, et j'avais enroulé un bras autour d'elle. Je l'ai réconfortée ainsi quelques instants avant de retenter ma chance.

— Peut-être que si je lui parlais, je pourrais glisser un mot en votre faveur ?

— Pour quoi faire ? À quoi ça servirait, hein ?

— Mais quand même, si vous vouliez bien m'indiquer simplement le nom de son hôtel...

— Il n'est pas descendu à l'hôtel.

— Une auberge de jeunesse, alors.

— Non plus.

— Kat, où est-il ?

Elle a reniflé, puis s'est raclé la gorge. Son nez coulait et, chose plutôt inappropriée, me semble-t-il, elle l'a essuyé sur mon bras nu en laissant une trace de larmes et de mucus que j'ai vue luire sous la lumière au-dessus de nous.

— En Espagne.

— En Espagne ?

— À Madrid.

— Albie est à Madrid ?

— Il en avait marre des églises et voulait voir *Guernica*. Il y avait un vol pas cher, ça doit faire un moment qu'il a filé maintenant.

— Où est-il allé à Madrid, Kat ?

— Aucune idée.

Albie était parti. Ce n'était pas normal, ni juste, ai-je pensé. Quand on se donne à fond dans une tâche, vraiment à fond, on ne peut que réussir… n'est-ce pas ?

Mais il fallait croire que non. À cet instant, il m'est apparu que j'avais perdu non seulement mon fils, mais peut-être aussi ma femme, et c'est Kat cette fois qui a dû jouer les consolatrices lorsque je me suis effondré.

139. la cellule

J'ai passé la nuit dans une cellule, mais cela n'a pas été une expérience désagréable.

Conséquence ou pas de mon effondrement, les employés du poste, jusque-là inactifs, se sont soudain remués et m'ont séparé de Kat en m'emmenant dans une pièce à l'écart. Après avoir attendu que je me calme, ils m'ont fait comprendre par des signes compliqués qu'aucune charge ne serait retenue contre moi. Mais où irais-je ? Il était près de minuit et je n'avais pas de passeport ni d'argent ; le sergent de l'accueil m'a conduit dans une cellule avec l'air un peu contrit d'un gérant d'hôtel qui n'a vraiment rien de mieux à proposer. Il flottait dans la petite pièce dépourvue de fenêtre une odeur de désinfectant citronné, chose rassurante dans ce contexte, et le matelas de vinyle bleu était délicieusement frais au toucher. Par contre, les toilettes en acier inoxydable étaient dépourvues de lunette et se trouvaient plus près du lit que je ne l'aurais souhaité. Et il y avait l'oreiller aussi, dont je me méfiais. En prison, les oreillers ne sont pas comme les autres. Mais peut-être que si je l'enveloppais dans ma chemise et que j'essayais de ne pas aller aux toilettes, tout irait bien. Après tout, j'avais déjà payé jusqu'à cent quarante euros pour des chambres moins confortables que celle-là, et l'autre solution, à savoir dormir dans les rues de Sienne, ne me tentait que très moyennement. J'ai donc accepté la proposition avec joie, à la seule condition que la porte de la cellule reste entrebâillée.

— *Porta aperta, sì ?*
— *Sì, porta aperta.*
Puis on m'a laissé seul.

La grande vertu de la défaite, dès lors qu'on l'a admise, est qu'elle permet au moins de se reposer. L'espoir m'avait tenu éveillé bien trop longtemps. Désormais libéré du fantasme d'un happy end, j'ai pu sombrer dans un sommeil qui s'est avéré remarquable par son absence totale de rêves.

140. la liste

— Je crois que notre fils ne m'aime pas beaucoup, ai-je dit un soir à Connie, alors que nous étions au lit.

— Ne sois pas ridicule, Douglas. Qu'est-ce qui te fait dire ça ?

— Je ne sais pas. La manière dont il pleure dès que tu sors de la pièce. Ah, et il me le répète aussi.

Elle a ri et s'est rapprochée de moi.

— Il est dans une phase où il n'y a que sa maman qui compte. Tous les garçons passent par là – et toutes les filles aussi. Dans quelques années, tu verras, c'est toi qui seras son idole.

J'ai donc attendu de devenir son idole.

Il est entré à l'école et il me semble qu'il s'est plu là-bas, mais il était souvent déjà couché à mon retour du travail. Lorsqu'il dormait, j'allais le regarder, je repoussais ses cheveux en arrière et je l'embrassais sur le front. J'adorais cette odeur qui émanait de lui à la sortie du bain, mélange de savon et de dentifrice à la fraise. Et lorsqu'il était encore éveillé :

— Tu veux que je te lise une histoire ce soir ?

— Non, c'est maman.

— Tu es sûr ? Parce que j'aimerais beaucoup…

— Maman ! MAMAN !

— D'accord, je vais la chercher, cédais-je en refermant la porte. Mais tu ne devrais pas te coucher avec les cheveux mouillés, Albie. Tu vas prendre froid.

Je disais ça tout en sachant pertinemment que les études scientifiques sur le sujet laissaient pour le moins dubitatif. Simplement, je ne pouvais pas m'en empêcher, de même que, pendant les vacances, je ne pouvais m'empêcher de lui déconseiller d'aller nager tout de suite après avoir mangé de peur qu'il n'ait des crampes. Mais qu'est-ce qui, dans le contact de l'eau avec la peau, était de nature à provoquer des contractions et des spasmes intestinaux ? Pourquoi voulait-on que cela en provoque ? Aucune importance – c'était l'une des expressions qui figuraient sur ma liste.

Durant toute mon enfance et mon adolescence, en effet, je m'étais constitué une liste de remarques banales et agaçantes que je me jurais de ne jamais, jamais, prononcer lorsque je serais père. Tous les gamins font cette liste, et toutes les listes sont uniques, même si, à n'en pas douter, elles se recoupent souvent. *Ne touche pas à ça, c'est sale ! Écris tes cartes de remerciement, sinon tu n'auras plus de cadeaux ! Comment peux-tu jeter la nourriture alors que des gens meurent de faim ?* Durant toute l'enfance d'Albie, donc, je n'ai cessé de laisser échapper de telles injonctions. *Ça suffit, les biscuits, tu n'auras plus faim après ! Range ta chambre ! Il est* LARGEMENT *l'heure d'aller te coucher ! Ne redescends pas ! Oui, il faut que tu éteignes les lampes ! De quoi as-tu peur à la fin ? Ne pleure pas ! On dirait un bébé. Encore une fois, arrête de pleurer.* ARRÊTE DE PLEURER.

141. conversation pendant la vaisselle

— Je peux te poser une question ?

— Vas-y.

— À ton travail, combien de personnes ne savent pas nouer leurs lacets ?

— Aucune.

— Et combien d'adultes parmi tes connaissances sont incapables de se servir d'un couteau ou ne mangent jamais de légumes ?

— Connie...

— Combien y en a-t-il qui parlent de pipi et de caca à dîner, qui ne remettent pas le capuchon de leur stylo-feutre ou qui ont peur du noir ?

— Je vois où tu veux en venir, mais...

— Nous pouvons donc supposer qu'Albie finira par apprendre toutes ces choses et que le temps que tu passes à le houspiller, c'est-à-dire toute la sainte journée, pourrait être mieux employé ?

— Ton argument ne tient pas la route.

— Pourquoi ?

— Parce que le but n'est pas seulement de lui apprendre à nouer ses lacets, à manger des brocolis ou à tenir des propos sensés. Il est de lui apprendre à exécuter des tâches correctement, à faire preuve d'application, de persévérance et de discipline.

— De discipline !

— Je veux qu'il comprenne que tout n'est pas facile ni amusant dans la vie.

— Pour ça, on peut dire que tu lui fais bien passer le message, a soupiré Connie en secouant la tête.

Étais-je trop autoritaire ? Certainement moins que mon propre père en tout cas, et jamais à l'excès. Connie était de cette école qui pense qu'un certain degré d'insolence, d'irrévérence et de rébellion – les coups de crayon sur le mur, les morceaux de chou-fleur cachés dans la chaussure – n'appelait rien d'autre qu'un signe de tête indulgent, un clin d'œil, une main ébouriffant les cheveux. Mais je n'étais pas comme ça, ce n'était pas dans ma nature ni dans mon éducation, et je n'appartenais pas non plus à cette école qui estime que les louanges n'ont pas à être méritées et que les « je t'aime » devraient être dispensés à tout bout de champ, au même titre que l'on dit « bonsoir », « bravo » ou « à plus tard », ou que l'on se racle la gorge. J'aimais mon fils, évidemment, mais pas quand il essayait de mettre le feu à des objets, pas quand il refusait de faire ses devoirs de maths, pas quand il renversait du jus de pomme sur mon ordinateur portable, pas quand il geignait parce que j'avais éteint la télé. Il me remercierait plus tard, et si parfois j'allais trop loin, si je perdais mon calme et que je m'énervais au lieu de me forcer à sourire, eh bien c'est parce que j'étais très, très fatigué.

142. les opportunités professionnelles

À l'époque, je faisais la navette tous les jours entre notre domicile et mon travail, prenant mon petit déjeuner avant le lever du soleil, avançant à contre-courant parmi la marée des banliesards qui se déversaient à la gare de Paddington, tout ça pour rejoindre le poste de chef de projet que j'occupais dans des laboratoires de recherche juste à la sortie de Reading. Un métro, un train, un autre train, un peu de marche. Et le soir, le même trajet en sens inverse. Autant dire que mes journées de travail étaient épuisantes, infernales, mais je ne pouvais m'en prendre qu'à moi-même.

J'avais quitté le monde universitaire. Peu après qu'Albie était entré à l'école, on m'avait proposé un nouveau poste dans le secteur privé, au sein d'une multinationale dont vous avez sans doute entendu parler aux infos ou dans des documentaires, une très grosse boîte aux activités réparties dans les industries pharmaceutique et agrochimique, qui par le passé n'avait peut-être pas toujours placé les considérations éthiques au cœur de sa stratégie.

Seulement voilà, d'un côté il y avait cette offre, faite par un ancien collègue bronzé en super costard, et de l'autre il y avait ma famille qui vivait dans un appartement tout à fait plaisant, mais sans économies, sans plan de retraite, et avec un gros prêt immobilier sur les bras. Avant la naissance d'Albie, je touchais un salaire correct – rien d'extravagant non plus –

pour gérer une série de projets à court terme, et cela nous suffisait pour payer les billets de cinéma, les vodkas et les tonics qui constituaient l'essentiel de nos dépenses. J'étais devenu attaché d'enseignement, des étudiants travaillaient pour moi et j'avais a priori de bonnes chances d'accéder au grade de professeur en quelques années. Sauf que désormais, entre les frais de crèche, les chaussures à renouveler en permanence et le salaire amputé de Connie, qui n'était employée qu'à temps partiel au musée, notre budget était beaucoup plus serré. Il y avait d'autres frustrations aussi : l'avenir incertain, les exigences administratives, l'impératif incessant de publier des articles dans des revues « à fort impact », les démarches humiliantes pour trouver des financements. Au début de mes études, j'avais supposé – naïvement peut-être – que les politiciens se mettraient en quatre pour favoriser l'approfondissement du savoir humain. Aucun gouvernement, indépendamment de sa couleur politique, ne pouvait manquer de voir que les innovations scientifiques et technologiques menaient à la richesse et à la prospérité. D'accord, toutes les recherches n'avaient pas une application commerciale immédiate, elles n'étaient pas toutes « translationnelles » à première vue, mais qui sait sur quoi pouvait déboucher une simple idée ? Tant de grandes découvertes avaient d'abord été entraperçues du coin de l'œil, et tout ce qui ajoutait à notre somme de connaissances devait être considéré comme précieux, non ? Plus que précieux même – essentiel.

Mais pas à en juger par les moyens mis à notre disposition. Nous étions de plus en plus contraints de racler tous les fonds de tiroir pour réunir de quoi payer nos assistants de recherche au salaire le plus bas possible. Le futur de la nation ne reposait apparemment pas sur l'innovation et le développement, mais sur la finance mondiale et les ventes par téléphone, sur l'industrie du spectacle et les cafés. La Grande-Bretagne voulait s'élever au premier rang mondial du lait moussant et des drames historiques télévisés.

Au milieu de tout ça, placez cette grande multinationale, avec sa sécurité, ses plans épargne retraite et son salaire à la hauteur de mes réalisations et de mes qualifications, ses laboratoires bien équipés et ses jeunes diplômés, les plus brillants qui soient. Et il y avait ma famille aussi. J'ai éprouvé de plus belle – est-ce fréquent chez les nouveaux pères ? – cette obligation de subvenir aux besoins des miens. Cela peut paraître atavique et primitif, mais c'est comme ça. Bien sûr, je ne pouvais pas prendre cette décision tout seul. Connie et moi avons passé de nombreuses soirées à en discuter jusque tard dans la nuit. Elle avait entendu parler de mes employeurs potentiels, elle avait repéré leur nom dans la presse et aux informations, et si elle n'avait jamais prononcé le mot à voix haute, il lui brûlait les lèvres : *vendu*. Sa réaction devant les grandes entreprises était instinctive, émotionnelle et, de mon point de vue, naïve. De mon côté, je rationalisais les problèmes : ce n'était qu'en travaillant pour une grande organisation que l'on pouvait changer les choses en profondeur, non ? Ne valait-il pas mieux être à l'intérieur du système qu'à l'extérieur pour y arriver ? La notion de « profit » était-elle si répugnante ? Et que faisait-elle de la sécurité financière, de l'argent supplémentaire que cela nous apporterait ? N'avait-elle pas envie d'avoir une pièce de plus, un jardin, une maison près d'une bien meilleure école – pourquoi pas en dehors de Londres, même ? Et un studio pour elle ? Elle pourrait

425

de nouveau peindre ! Et avait-elle pensé aux frais de scolarité d'Albie ?

Mes arguments la hérissaient.

— Je n'ai pas envie de tout ça…

— Maintenant, peut-être…

— Et ne prétends pas que tu le fais pour nous !

— Mais si, je le fais pour vous ! Si j'acceptais, ce serait dans une certaine mesure…

— Tu ne devrais pas prendre une décision fondée uniquement sur des considérations financières, voilà tout.

Quel noble principe. Ça lui ressemblait bien de dire ça, elle, l'artiste maternelle. Mais échangez « l'argent », ce mot glacial, contre « la sécurité », échangez-le contre « le confort », « la sérénité » ou « le bien-être », « une bonne éducation », « des voyages », ou tout simplement « une famille heureuse ». Ces termes n'étaient-ils pas souvent – pas toujours, mais souvent – équivalents ?

— Non. Pas du tout.

— Que voudrais-tu que je fasse alors, si ça ne dépendait que de toi ?

— Ça ne dépend pas que de moi. C'est ton boulot, ta carrière…

— Mais si ça ne dépendait que de toi ? ai-je insisté.

— Je refuserais ce poste. Tu perdras ta liberté. Tu travailleras pour des comptables, pas pour toi. Si tu ne leur rapportes pas d'argent, ils te couperont les vivres et tu détesteras ça. Tu ne t'amuseras pas non plus. Tu n'y prendras aucun plaisir. Trouve quelque chose de mieux payé ou de plus sûr, ça ne me pose pas de problème, mais moi, je n'accepterais pas ce job.

Je l'ai accepté.

Elle ne me l'a pas reproché, ou du moins très rarement – à l'inverse d'Albie, qui ne manquerait pas de le faire au cours des années suivantes. Mais elle ne compatissait pas non plus lorsque je rentrais épuisé à 20, 21 ou 22 heures, et il ne faisait aucun doute selon moi que j'avais baissé dans son estime. C'est un sentiment très désagréable que celui de glisser sur un éboulis et de tâtonner dans la poussière sans parvenir à se raccrocher à quoi que ce soit. Cette aura – cet idéalisme, je suppose – qui avait capté l'attention de Connie le soir de notre rencontre s'était estompée. Elle ne pouvait pas se prolonger indéfiniment, bien sûr, mais je l'ai tout de même regrettée. Connie m'avait toujours répété que je n'étais jamais si attirant que lorsque je parlais de mon travail. « Les lumières s'allument », avait-elle dit un jour. J'allais désormais devoir trouver un autre moyen de briller à ses yeux.

143. un homme libre

Peu avant 7 heures, j'ai été réveillé par un gardien porteur d'un excellent café. Je n'avais rien mangé depuis le bonbon que m'avait offert le petit garçon dans le train pour Sienne, et si le liquide corsé m'a brûlé la bouche et donné des aigreurs d'estomac, il n'en était pas moins délicieux. Assis sur le bord de ma couchette, j'ai bu la tasse en plastique à petites gorgées, puis je me suis frotté les yeux en me forçant à admettre l'ampleur de ma déroute.

D'humeur lugubre, j'ai envisagé mon pitoyable retour à Londres. J'allais me rendre à pied à la gare de Sienne, me renseigner sur le prix d'un billet simple pour Florence et supplier l'employé – en anglais ? – de prendre ma montre et mon téléphone en gage en échange d'un billet de train.

Une fois à Florence, je récupérerais les affaires que j'avais laissées à la consigne, je retirerais de l'argent, je retournerais à Sienne racheter ma montre et mon téléphone, et j'essaierais enfin de monter dans le premier avion pour Londres au départ de Pise. C'était un plan triste et démoralisant, qui supposait une certaine indulgence de la part des services ferroviaires italiens, mais l'alternative – joindre Connie pour lui demander de me transférer de l'argent – était inacceptable. Qu'est-ce que cela voulait dire, de toute façon, « transférer de l'argent » ? Encore un de ces trucs que les gens ne font que dans les films.

J'ai allumé mon téléphone. La batterie n'affichait plus que 2 % d'autonomie. Sans réfléchir à ce que j'allais lui raconter, j'ai décidé d'appeler Connie. J'ai imaginé sa silhouette endormie et son téléphone au sommet de sa pile de livres, je me suis remémoré le parfum réconfortant des draps, et j'ai pensé à ce qui se serait peut-être passé si tout s'était déroulé selon mes plans. Le bruit d'une voiture dans l'allée. Connie s'approche de la fenêtre, nous voit sortir du taxi, Albie et moi. Notre fils, sourire contrit aux lèvres, lève la main vers elle, tandis que je le rejoins pour enrouler un bras autour de ses épaules. En larmes, mais emplie de gratitude, ma femme court vers la porte. Je lui ai ramené Albie sain et sauf, comme je le lui avais promis.

— Tu l'as retrouvé ! Au milieu de toute l'Europe ! Douglas, comment as-tu fait ? Quel homme brillant et intelligent…

Puis elle a décroché, et je suis brutalement redescendu sur terre.

— Allô ?

— Chérie, c'est moi…

— Il est 6 heures du mat', Douglas !

— Je sais, je suis désolé, mais je n'ai presque plus de batterie et je voulais te dire…

J'ai perçu le froissement des draps lorsqu'elle s'est redressée dans son lit.

— Douglas, tu es avec lui ? Il va bien ?

— J'ai perdu sa trace. Il s'en est vraiment fallu de peu, de très peu, mais il m'a échappé.

Un soupir.

— Oh, Douglas.

— Il ne faut pas t'inquiéter, il va très bien, ça je le sais…

— Comment peux-tu en être certain ?

— J'ai vu Kat.

— Mais comment… ?

— C'est une longue histoire et mon téléphone va bientôt couper. Enfin bref, je suis désolé, j'ai échoué.

— Douglas, tu n'as pas « échoué ».

— Je ne suis pas parvenu au résultat que j'espérais, donc si, j'ai échoué.

— Mais au moins, on sait qu'il ne lui est rien arrivé. Où es-tu ? Il y a des gens avec toi ? Tu vas bien ?

— Je suis dans un hôtel à Sienne, ai-je répondu en tapotant mes toilettes en acier inoxydable du bout de mon orteil. Un hôtel très sympa.

— Tu veux que je vienne ?

— Non, non, j'ai envie de rentrer à la maison.

— Bonne idée. Rentre, Douglas. On attendra Albie ensemble.

— Je prendrai l'avion ce soir, demain au plus tard.

— D'accord. Et… Douglas ? Au moins, tu as essayé. Je t'en suis reconnaissante…

— Rendors-toi.

— Et quand tu seras là…

Un bip a retenti, puis mon téléphone s'est éteint. Je l'ai rangé dans ma poche, j'ai attaché ma montre à mon poignet et, après avoir plié soigneusement ma couverture sur la couchette, j'ai quitté ma cellule en tirant la porte derrière moi.

C'était un matin d'été lumineux, frais et limpide. Le poste de police se trouvait dans les quartiers périphériques modernes de la ville, sous les fortifications. Je m'apprêtais à descendre la colline en direction de la gare lorsque j'ai entendu de la musique, le thème du *Parrain* joué à l'accordéon – par Kat, bien entendu, qui se tenait perchée avec insolence sur le capot d'une voiture de police.

— Salut, a-t-elle dit en me présentant son poing fermé, que j'ai obligeamment frappé avec le mien.

— Bonjour, Kat. Que faites-vous ici ?

— Je vous attendais. Comment était votre première nuit derrière les barreaux ?

— Plus agréable que dans certains hôtels où j'ai séjourné. Je regrette le tatouage cependant.

— Quel tatouage vous a-t-on fait ?

— Juste un truc de gang. Un gros dragon.

— Votre coup de soleil s'est atténué. Sur votre visage. Vous avez moins l'air d'un panneau de signalisation.

— C'est toujours bon à prendre, je présume.

Elle a souri sans répondre.

— Bon, eh bien, je dois y aller. J'ai été ravi de vous…

— Vous avez essayé de lui envoyer un texto ?

— Bien sûr. Je l'ai appelé aussi. Mais il avait dit qu'il ignorerait tous mes messages et il l'a fait.

— Alors il faut lui en écrire un qu'il ne sera pas en mesure d'ignorer. Tenez-moi Steve une minute.

Elle a glissé au bas du capot et m'a confié son accordéon afin de pouvoir sortir son portable de sa poche. Tête baissée, elle a tapé quelque chose.

— Je ne devrais pas faire ça. Je trahis sa confiance, monsieur Petersen, et je m'en veux. Et je ne vous parle pas de ce qu'il en coûte à ma dignité personnelle et à mon intégrité. Mais étant donné tout le chemin que vous avez parcouru…

— Que lui dites-vous, Kat ?

— … et « Envoi » ! Là. C'est réglé. Regardez.

Elle m'a tendu son téléphone, sur lequel j'ai lu ces mots :

```
Albie j'ai besoin de te parler.
Urgent. Dois te voir en personne alors
ne m'appelle pas. Rdv demain 11 h sur
les marches du prado, ne sois pas en
retard !!! Je t'aime toujours kat
```

— Et voilà. Je vous le livre.

— Mon Dieu, je ne sais pas quoi dire.

— Ne me remerciez pas.

— Mais… est-ce que ce message ne laisse pas plus ou moins supposer… ?

— Qu'il m'a mise enceinte ? Vous voulez qu'il vienne à ce rendez-vous oui ou non ?

— Euh, oui, mais…

Elle m'a repris le téléphone des mains.

— Je peux toujours lui dire que je plaisantais.

— Non, non, non, je crois… laissons tomber. Mais demain matin ? Je peux être à Madrid d'ici demain ?

— En courant bien, oui.

J'ai éclaté de rire et, après lui avoir fourré son accordéon asthmatique dans les bras, je lui ai donné une petite accolade circonspecte – aucun de nous ne sentait vraiment la rose. Je commençais à traverser le parking lorsque je me suis figé.

— Kat, je sais que j'abuse, mais l'argent que je vous ai laissé hier... pourriez-vous me le rendre ? Mon portefeuille est à Florence, vous comprenez...

Elle a secoué lentement la tête en soupirant, s'est accroupie et a fouillé son sac à dos.

— Et accepteriez-vous aussi de me prêter vingt, ou peut-être trente euros de plus ? Si vous m'indiquez vos coordonnées bancaires, je vous rembourserai...

J'avoue que je lui ai fait cette proposition en anticipant un refus, mais elle a pris le temps de me noter son numéro de compte et d'y ajouter les codes IBAN et SWIFT. Je lui ai promis de régler mes dettes dès mon retour, puis je suis parti et j'ai dévalé la colline en courant, courant, courant à toutes jambes vers l'Espagne.

partie 7

MADRID

Il n'existe rien de tel que la reproduction. Lorsqu'un couple décide de faire un bébé, il s'engage dans un acte de production, et l'emploi répandu du mot « reproduction » pour désigner cette activité, en sous-entendant que les deux personnes concernées se contentent de s'entremêler, n'est dans le meilleur des cas qu'un euphémisme pour rassurer les futurs parents avant qu'ils ne soient complètement dépassés.

Andrew Solomon,
Far From the Tree

144. la guerre des paillettes

Le temps étant ce qu'il est, on a vieilli. On s'est épaissis, nos chairs se sont relâchées d'une façon qui nous aurait paru improbable, comique même, lorsque nous étions jeunes, tandis que notre fils, lui, s'allongeait de plus en plus sous nos yeux. On accumulait des objets, d'énormes quantités de pièces en plastique moulé, de livres d'images, de trottinettes, de tricycles, de vélos, de chaussures, d'habits et de manteaux – un vaste bric-à-brac qui ne servait plus à rien, mais que l'on gardait malgré tout. Connie et moi sommes entrés à bref intervalle dans la quarantaine, et même si nous nous doutions que nous n'aurions plus jamais besoin d'un stérilisateur de biberons ni d'un cheval à bascule, nous ne pouvions nous résoudre à les jeter. Résultat, un piano s'est encore ajouté à tout ce fatras, suivi d'un petit train, d'un château et d'un cerf-volant tout emmêlé.

Grâce à mon nouveau salaire, le frigo semblait plus rempli et le vin était meilleur. On s'est acheté une plus grosse voiture, on a emmené Albie en voyage à l'étranger, mais à la fin, on regagnait toujours le même petit appartement acquis avant notre mariage, devenu entre-temps exigu et miteux. On aurait dû déménager, on le savait, seulement l'effort requis était trop grand pour moi. Je commençais à sentir les effets de cinq années passées à emprunter chaque jour les transports en commun à contre-courant de la foule. J'étais sans cesse fatigué, sans cesse tendu et de mauvaise humeur, au point que mes retours à la maison le soir ne réjouissaient personne, ni Albie, ni Connie, ni même moi.

Prenez par exemple la célèbre guerre des paillettes, qui a laissé une profonde cicatrice sur le mois de décembre de la neuvième année d'Albie. Connie et lui faisaient des cartes de Noël à la table de la cuisine, tête contre tête, comme souvent, en écoutant des chansons de Noël de Phil Spector – une de ces activités pseudo artistiques et créatives auxquelles ils s'adonnaient le soir pendant que je m'efforçais de rester éveillé dans le train de 19 h 57 pour Paddington, en pratiquant l'automédication avec un gin-tonic chaud pris au buffet de la gare, puis un autre dans le train, pressant ensuite le pas sous la pluie pour rejoindre un appartement qui me paraissait trop petit, et où je suis entré ce soir-là sans que personne ne fasse attention à moi, sans baiser aimant, sans étreinte filiale, juste le chaos le plus complet : musique à fond, papier de soie et ouate partout, table maculée de gouache. J'avais devant moi ma femme et mon fils, repliés dans leur petit monde à eux, riant devant une blague qui n'amusait qu'eux. Occupé à faire tomber des paillettes sur de la colle blanche, Albie en renversait aussi sur la table, et sur le sol, et sur son pyjama. Quiconque a déjà essayé de nettoyer ces trucs-là sait qu'il s'agit d'une substance pernicieuse et infâme, le genre d'amiante festive qui s'accroche aux habits et s'enfouit dans les tapis, qui adhère à la peau et n'en bouge pas, et voilà qu'une tempête de ces immondes paillettes soufflait sur la table.

— Qu'est-ce que c'est que ce foutoir ? ai-je tonné.

Enfin, ils ont remarqué ma présence.

— On fait des cartes de Noël, a répondu Connie, toujours souriante. Tu as vu ? C'est chouette, non ?

Elle a brandi l'une des réalisations d'Albie, et une pluie dorée et argentée s'est déversée sur le sol.

— Ton fils est un artiste !

— Regarde ! Non mais regarde ce que tu as foutu ! Il y en a partout ! Merde, Connie !

J'ai lâché mon attaché-case et suis allé mouiller une lavette à l'évier.

— Ce serait trop te demander d'étaler d'abord des journaux sur la table ?

— Ce sont des paillettes, Douglas, a-t-elle dit en se forçant à rire. Ce sera bientôt Noël, tu l'as oublié ?

— Et moi, j'en repêcherai dans mon assiette et mes habits jusqu'en juillet ! Regarde cette peinture ! De la peinture et de la colle sur la table ! Ça se nettoie, au moins ? Non, quelle question stupide. Bien sûr que non, ça ne se nettoie pas…

J'ai arrêté de frotter et jeté la lavette par terre.

— Regarde ! Regarde ! J'en ai sur les mains !

Je les ai tendues vers la lampe pour leur montrer combien elles scintillaient.

— Je vais devoir assister à des réunions dans cet état, maintenant. J'ai des présentations à faire, moi ! Regarde ! Comment veux-tu qu'on me prenne au sérieux si je suis couvert de ces foutues…

Mon fils fixait la table à présent, le front plissé, les lèvres en avant. Tiens, mon chéri, encore un beau souvenir pour toi.

— Poussin, tu peux aller à côté, s'il te plaît ? a dit Connie.

Il est descendu de sa chaise.

— Désolé, papa.

— J'aime beaucoup ta carte de Noël ! ai-je lancé dans son dos.

Mais il était trop tard. Connie et moi sommes restés seuls.

— Eh bien, tu as l'art de plomber l'ambiance, en ce moment, m'a-t-elle asséné.

Mais je n'étais pas prêt à m'excuser, et la guerre qui a éclaté après ça – toutes ces petites prises de bec qui se sont succédé au fil des jours et des semaines précédant Noël – s'est révélée trop douloureuse et pénible pour que je la relate ici en détail. Comme je l'avais prédit, les paillettes se sont frayé un chemin jusque dans mes habits, mes cheveux et le bois des meubles de la cuisine. Leur scintillement attirait mon attention quand j'avalais mon petit déjeuner en solitaire dans le noir, et les silences, les critiques et les disputes se sont poursuivis jusqu'à Noël.

Quand ma mère me surprenait à faire des grimaces, à bouder ou à ricaner, elle me lançait cette mise en garde : si le vent tourne, tu resteras à jamais comme ça. Cela me laissait sceptique à l'époque, mais à mesure que les années passaient, j'en suis venu à m'interroger. Mon visage de tous les jours, celui que j'affichais au repos ou lorsque j'étais seul, s'était durci et figé, et ce n'était plus un visage que j'affectionnais beaucoup.

145. noël

Nous avons passé cette journée chez les parents de Connie – une journée bruyante, tapageuse et alcoolisée dans leur toute petite maison mitoyenne où se pressait un nombre sidérant de neveux et de nièces, d'oncles et de tantes, chypriotes, londoniens ou un mélange des deux, les enfants semblant se multiplier à l'infini, et tout le monde riant, plaisantant et se disputant dans une pièce enfumée avec la télé allumée. Plus tard viendraient des danses ridicules durant lesquelles quatre générations piétineraient les coques de noix et les emballages de bonbons Quality Street qui joncheraient le sol. Il avait été un temps où ces Noëls me changeaient agréablement des fêtes glaciales et guindées de mon enfance, mais depuis la mort de mes parents, ils se teintaient à mes yeux d'une certaine mélancolie. C'était moi, l'étranger, ici ; c'était moi, l'orphelin âgé, la pièce rapportée, et les tensions dans mon couple ne faisaient qu'accentuer ma morosité. J'avais du travail qui m'attendait à la maison dans mon attaché-case – peut-être pourrais-je m'éclipser tôt et m'y atteler ? Non, juste de la limonade pour moi. Non merci, je ne fume pas. Et non merci, je n'ai pas envie de faire la chenille.

Sans surprise, Albie s'amusait comme un fou – il sirotait des cocktails crémeux pendant que personne ne faisait attention à lui, flirtait avec ses cousines, dansait sur les épaules de ses oncles. Moi, assis dans mon coin, j'observais les gens et je rongeais mon frein. On est rentrés peu après minuit. Albie s'étant endormi sur la banquette arrière, je l'ai porté jusqu'à notre appartement au dernier étage – ce serait la dernière année où j'arriverais à le faire –, avant de me laisser tomber avec lui et Connie sur notre lit. On est restés là tous les trois, trop épuisés pour nous déshabiller. Je sentais le souffle chaud et doux de mon fils sur ma joue.

— Tu n'es pas heureux ? m'a demandé Connie.

— Non, c'est juste une petite déprime.

Encore ce mot stupide.

— Peut-être qu'on a besoin d'un changement.

— Quel genre de changement ?

— Un nouveau cadre de vie. Pour que tu ne sois pas tout le temps fatigué.

— Tu veux dire… quitter Londres ?

— S'il faut en passer par là. Il suffirait qu'on trouve une maison quelque part à la campagne, histoire que tu puisses aller au travail en voiture. Un endroit avec une bonne école publique à proximité. Qu'en penses-tu ?

Ce que j'en pensais ? Pour être honnête, je n'aimais plus Londres. On ne s'y sentait plus aussi bien qu'avant. Je n'aimais pas devoir expliquer à Albie pourquoi il y avait des bouquets de fleurs attachés aux grilles, ni lui dire d'éviter le vomi sur le trottoir quand on allait faire les courses le samedi matin. J'en avais assez des travaux de voirie et des chantiers de construction – finiraient-ils jamais ? Pourquoi ne pouvait-on pas laisser les choses telles qu'elles étaient ? Quand je rentrais le soir, Londres me faisait l'effet d'une ville déstabilisante et agressive. Ma main serrait plus fort la poignée de mon attaché-case lorsque je sortais du métro, tandis que l'autre se refermait sur mes clés. Toutes les sirènes, toutes les menaces terroristes semblaient plus aiguës et dirigées contre nous. Certes, il y avait à Londres de grandes œuvres d'art et une fabuleuse programmation théâtrale, mais depuis quand Connie n'était-elle pas allée voir une pièce ?

Et si la campagne était en effet la solution ? Au risque de paraître sentimental, ne serait-ce pas génial pour Albie de reconnaître d'autres oiseaux que la pie et le pigeon ? Quand j'étais petit et qu'on se promenait ensemble, ma mère et moi, elle me nommait les herbes, les fleurs, les oiseaux et les arbres devant lesquels on passait – *Quercus robur*, le chêne pédonculé, *Troglodytes troglodytes*, le troglodyte mignon. Ce sont les plus tendres souvenirs que je garde d'elle, et aujourd'hui encore, je me rappelle les doubles noms de tous les oiseaux communs britanniques, même si personne ne me les a encore demandés. Mais Albie ne connaissait de la nature que ce qu'il avait appris durant des excursions dans une petite ferme urbaine, et sa perception des saisons se bornait aux variations du chauffage central. Peut-être que découvrir la campagne le rendrait moins maussade, lunatique et rancunier envers moi. Je l'imaginais filer sur un vélo avec un filet de pêche et un manuel du parfait observateur, les joues rosies et les cheveux en bataille, puis rentrer au crépuscule avec un pot rempli d'épinoches accroché à son guidon – le genre d'enfance dont j'avais rêvé. Un biologiste en devenir. Rien à voir avec les sciences dures, mais ce serait un début.

Il m'était beaucoup plus difficile en revanche de me représenter Connie en dehors de Londres. Elle était née, avait fait ses études et travaillé ici. On était tombés amoureux et on s'était mariés ici. On avait élevé Albie ici. Londres m'épuisait et me rendait fou, mais Connie portait la ville en elle. Les pubs, les bars, les restaurants, les foyers des théâtres, les parcs, la plate-forme supérieure des bus 22, 55 et 38. Elle ne détestait pas la campagne, mais même dans une crique de Cornouailles ou sur une lande du Yorkshire, je crois qu'elle aurait été capable d'agiter le bras pour héler un taxi.

— Alors ?

— Désolé. J'essaie juste de t'imaginer dans un champ par un mardi pluvieux en février.

— Ouais, moi aussi, a-t-elle répondu en fermant les yeux. Pas facile, hein ?

— Et ton travail ?

— C'est moi qui ferai des allers et retours, pour changer. Je dormirai chez Fran s'il le faut. On s'arrangera. Le principal, c'est de savoir si tu penses pouvoir être heureux là-bas.

Devant mon silence, elle a continué :

— Moi, je crois que oui. Tu serais plus heureux, ou moins stressé. Ce qui veut dire qu'on le serait tous. Sur le long terme.

Albie a remué dans son sommeil et s'est roulé en boule vers sa mère.

— J'aimerais que tu sois de nouveau heureux. Et si ça suppose de démarrer une nouvelle vie dans une autre ville… ou un village…

— D'accord. On va y réfléchir.

— Très bien.

— Je t'aime, Connie. Tu le sais.

— Oui, je sais. Joyeux Noël, mon chéri.

— Joyeux Noël.

146. le miracle des voyages en avion

Madrid en août. La chaleur sèche et la poussière. En survolant les vastes plaines du centre de l'Espagne cet après-midi-là, je ne me suis jamais senti si loin de la mer.

Comparé au chaos des derniers jours, le trajet jusqu'en Espagne a été d'une merveilleuse simplicité. Le train de 7 h 32 au départ de Sienne m'a ramené à Florence en un peu moins de quatre-vingt-dix minutes, lentement mais agréablement, en longeant de grandes étendues de vignes et de *zone industriale*, et je l'ai d'autant plus apprécié que je me suis gavé d'un excellent sandwich, comme un homme de Cro-Magnon, avant d'enchaîner – à bref intervalles – avec une banane, une pomme et une délicieuse orange dont le jus a dégouliné sur mon menton. Pas rasé, pas encore douché, j'ai peur d'avoir renvoyé une image quelque peu bestiale, ainsi voûté sur mon siège en coin, le visage collant. Les voyageurs qui sont montés à Empoli m'ont observé avec méfiance, en tout cas. J'ai soutenu leurs regards. Qu'est-ce que j'en avais à battre ? Tel un taulard tout juste sorti de prison, j'étais de nouveau libre, et je me suis avachi pour rêver de bains chauds, de nouvelles lames de rasoir, de draps blancs et propres, etc.

Arrivé à Florence en pleine heure de pointe, j'ai eu une altercation avec un employé de la consigne au sujet de la restitution de mes biens, le tout dans un anglais excessivement articulé. *Comment je paie pour une nuit supplémentaire alors que portefeuille être dans sacoche ? Rendez mes affaires et je paierai !* *Le panneau dit* « assistenza alla clientela ». *Je suis* clientela – *pourquoi vous pas aider moi ?* Oh, oui, j'étais devenu un dur à cuire, un vrai de vrai.

À 9 h 20, j'étais en possession de mon passeport, de mon portefeuille, de mon chargeur de téléphone et de ma tablette. Je les ai serrés contre mon cœur en me sentant de nouveau pleinement moi-même. Au café de la gare, j'ai déniché une place près d'une prise de courant et je me suis jeté sur l'électricité et le wifi comme un nageur revenant à la surface afin de respirer. Pas de vol Iberia pour Madrid au départ de Florence ou de Pise. En revanche, il y en avait un à 12 h 35 à Bologne. Où était Bologne ? Hélas, les Apennins semblaient se dresser entre ce vol et moi. Mais attendez… on pouvait s'y rendre en trente-sept minutes, disaient les horaires des services ferroviaires. Quel était ce train capable d'accomplir un tel miracle ? Je pouvais même arriver en avance ! J'ai acheté mon billet d'avion en ligne – un siège près du hublot, juste un bagage à main –, et je suis monté à bord du train pour Bologne, où, dans les toilettes, je me suis badigeonné de déodorant aussi généreusement que si j'avais encollé un mur, avant de me brosser les dents en savourant comme jamais cette sensation.

Le truc qui permettait de traverser les Apennins consistait à passer en dessous. Une grande partie du trajet s'effectuait dans un très long tunnel d'où l'on émergeait de temps à autre en plein jour pour découvrir un flanc de montagne boisé qui se détachait sur un ciel lumineux et qui disparaissait ensuite, donnant l'impression que des rideaux avaient été tirés et refermés brusquement. Très vite, presque trop vite, nous sommes entrés en gare de Bologne, une de ces villes dont l'aéroport se situe étonnamment près du centre, si bien que l'on peut y aller à pied sans problème avec son shopping. Échaudé par ma mésaventure à Florence, j'ai tout de même préféré prendre un taxi. Mon guide chantait les louanges de cette cité, mais le chauffeur a contourné la vieille ville en empruntant la rocade nord, et je n'ai vu que des édifices trapus, modernes et plaisants, le fragment d'une ancienne muraille au milieu d'un rond-point, puis les hangars sans charme de l'aéroport. Aucune importance, on reviendrait une autre fois. Pour l'instant, j'étais heureux de me retrouver dans le terminal et de pouvoir m'enregistrer avec une heure et quart d'avance. Les voyages en avion ne m'avaient jamais paru si glamour, si génialement efficaces, si pleins d'espoir.

Nous avons décollé sans aucun retard et, comme un enfant, j'ai tendu le cou pour regarder le paysage par le hublot. Tout était bien visible, le ciel parfaitement dégagé, sans l'ombre d'un nuage, et j'ai songé combien cette possibilité d'observer la Terre sous cet angle représentait une expérience nouvelle dans l'histoire de l'humanité, et combien nous faisions preuve de condescendance à cet égard. Pourquoi les gens lisaient-ils des magazines alors qu'il y avait tant de choses à admirer ? Ici les montagnes que j'avais traversées deux heures plus tôt seulement, là la Corse, vert mousse sur fond bleu, avec ses contours si nets. Une fois la Méditerranée derrière nous, des plaines arides se sont déroulées sous nos pieds, véritable désert en Europe. L'Espagne avait l'air si vaste. Pas étonnant qu'on y ait filmé des westerns autrefois. À quoi ressemblait-elle vue du sol ? Je me le demandais. Le découvrirais-je un jour ? À présent que je savais mon périple presque terminé, l'idée de voyager m'enthousiasmait de nouveau. Je n'étais pas sûr de vouloir rentrer à la maison, même si je le pouvais.

Se sont succédé ensuite une autoroute, des banlieues, puis la ville tentaculaire, si éloignée de la mer. Après le terminal de l'aéroport, semblable au décor d'un film de science-fiction, j'ai émergé dans l'air étouffant de l'après-midi espagnol et pris un taxi, direction la ville à moitié abandonnée. Nous avons longé une autoroute bordée de chantiers de construction déserts et de grands ensembles neufs sans nulle âme qui vive. Madrid était une surprise pour moi. Je n'avais pas de guide, pas de carte, aucune connaissance et aucune attente particulière.

Un coin de Paris ne pouvait appartenir qu'à Paris. Idem avec New York ou Rome. Madrid, elle, était plus compliquée à définir, tant les bâtiments qui encadraient les larges avenues formaient un curieux mélange compact d'immeubles de bureaux des années 1980, d'imposants palais et de résidences élégantes. La passion européenne pour les pharmacies était là encore bien présente, et une grande partie de la ville affichait un style très années 1970 qui n'était pas sans rappeler les lampes à lave de cette époque, tandis que d'autres édifices apparaissaient absurdement décorés et pompeux. Si Connie avait été avec moi, elle aurait su qualifier ce style. Baroque ? Était-ce le bon terme ? Ou néobaroque ?

— Qu'est-ce que c'est ? ai-je demandé à mon chauffeur en montrant un palais aux motifs sculptés très élaborés, dont le blanc cristallin évoquait le glaçage d'un gâteau.

— Un bureau de poste.

J'ai essayé d'imaginer quelqu'un achetant un carnet de timbres dans un tel endroit.

— Là-bas, a-t-il poursuivi en tendant la main vers un bâtiment couleur pêche de style néoclassique (Connie, c'est bien ça ? néoclassique ?) que l'on distinguait derrière les arbres d'un parc à la française, c'est le Prado. Très célèbre, très beau. Vélasquez, Goya. Il faut y aller.

— C'est prévu, ai-je répondu. Je retrouve mon fils là-bas demain matin.

148. les clés dans la boîte aux lettres

Durant l'été précédant la rentrée d'Albie à « l'école des grands », nous avons quitté le petit appartement sans jardin de Kilburn où il avait grandi pour emménager à la campagne. J'avais bien essayé de lui faire croire à « une grande aventure », mais il n'était pas convaincu. Connie ne l'était pas forcément, elle non plus, mais au moins n'a-t-elle pas boudé, geint et fait la tête.

— Je vais m'ennuyer, disait-il – annonçant ainsi sans détour ce qui nous attendait. Je vais quitter tous mes amis !

— Tu t'en feras d'autres, rétorquions-nous, comme si des amis se remplaçaient aussi facilement que des vieilles chaussures.

Pour Connie aussi, ce départ était un crève-cœur. Elle avait passé des soirées et des week-ends entiers à « faire le tri » dans nos affaires, c'est-à-dire à bazarder des choses avec une dureté qui confinait à la colère : de vieux calepins, des journaux intimes, des photos, des projets de son école des beaux-arts, son matériel pour peindre.

— Et ces tubes ? Tu ne peux plus les utiliser ? Ou Albie, peut-être ?

— Non, c'est bien pour ça que je m'en débarrasse.

Parfois aussi, je trouvais ses dessins dans la poubelle des déchets à recycler, sous des bouteilles et des boîtes de conserve. Je les récupérais et les brandissais devant elle.

— Pourquoi tu jettes ça ? Ils sont beaux !

— Ils sont affreux. J'en ai honte.

— J'adore celui-là. Je l'avais vu le jour de notre rencontre, je me souviens.

— Ce n'est rien que de la nostalgie, Douglas. On ne l'accrochera jamais nulle part. C'est du papier brouillon, vire-moi ça.

— Je peux le garder ?

Elle a soupiré.

— À condition que je ne l'aie pas sous les yeux.

J'ai pris ses croquis et ses dessins, j'en ai accroché certains dans mon bureau et j'ai rangé le reste.

Presque tout ce qui touchait à l'enfance d'Albie est parti à la poubelle et certains habits pour bébé aussi – des habits qu'on avait achetés pour notre fille et conservés soigneusement pliés au fond d'un tiroir, pas par mièvrerie ou en guise d'étrange totem, mais pour des raisons pratiques. Et si on avait un autre enfant, une fille peut-être ? Nous avions essayé durant quelque temps, mais c'était fini. Il était un peu trop tard pour ça maintenant.

Aucune importance, parce que le changement et l'aventure nous tendaient les bras. Le samedi qui a suivi la fin du dernier trimestre d'Albie à l'école primaire, le pas lourd des déménageurs a résonné dans les escaliers. Près de quinze ans plus tôt, deux jeunes gens s'étaient installés dans cet appartement, et toutes leurs possessions tenaient largement à l'arrière d'une camionnette de location. Mais nous étions entre-temps devenus une famille, avec des meubles, des photos bien encadrées, des vélos, des masques et des tubas, des guitares, une batterie et un piano droit, un service de table et des casseroles en fonte, et bien trop d'affaires pour ce qui n'était en réalité qu'un logement d'étudiant. Les nouveaux propriétaires étaient un couple d'une vingtaine d'années dont le premier enfant devait bientôt naître. Des jeunes sympathiques à première vue. Nous leur avons laissé une bouteille de champagne au milieu du plancher que nous avions décapé et verni. Puis, pendant qu'Albie attendait dans la voiture, Connie et moi avons fait le tour des pièces en refermant tout. On n'avait pas le temps de donner dans le sentimentalisme – pas avec le camion de déménagement qui bloquait la rue.

— Prête ? ai-je demandé.

— Je suppose, a-t-elle murmuré, déjà dans les escaliers.

J'ai tiré la porte derrière moi et glissé les clés dans la boîte aux lettres.

149. une aventure

Sur la Westway, je n'ai pas cessé de déblatérer, de rabâcher quelle belle aventure nous vivions, combien notre nouvelle maison – notre nouveau *foyer* – serait spacieuse et majestueuse, combien ce serait agréable d'avoir un jardin l'été. On aurait l'impression de desserrer notre ceinture après un gros repas. Enfin, on respirerait ! Albie et Connie ne soufflaient mot. En plus des clés et des instructions concernant la chaudière, nous avions laissé quelque chose d'intangible derrière nous. Nous avions été extraordinairement heureux dans ce petit appartement, et aussi plus tristes que nous ne l'aurions jamais cru possible. Rien de ce que nous réservait l'avenir ne pourrait se mesurer à ces extrêmes.

Nous avons pris la direction de l'ouest sous un ciel couvert. La ville a cédé la place à ses banlieues, puis à des zones industrielles et des plantations de sapins. Nous avons assez vite quitté l'autoroute, dévié des abords de Reading et longé des champs de blé et de colza – un cadre plaisant, quoique pas aussi éloigné et pittoresque qu'il ne m'avait semblé lors de mes visites avec l'agent immobilier. J'ai noté le nombre consternant de pylônes et de haies élevées, la succession rapide des voitures roulant en sens inverse, sans compter les camions. Pas grave. Nous avons suivi les déménageurs dans une allée gravillonnée, *notre* allée, et sommes parvenus devant la maison, une bâtisse du début du XXe siècle avec des poutres imitant le style Tudor. C'était la plus grande du village ! Il y avait une excellente école à proximité, mon bureau n'était qu'à vingt minutes en voiture et on disposait de bonnes liaisons ferroviaires. Et une heure de route seulement nous séparait de Londres – du moins les bons jours. En tendant l'oreille, on distinguait même le bruit de la circulation sur la M40 ! Il y avait quelques travaux à faire, bien sûr, juste de quoi occuper nos week-ends, mais je ne doutais pas qu'on pourrait être heureux ici. Devant la maison – où il restait de la place pour trois voitures de plus –, j'ai serré ma femme et mon fils contre moi, comme un entraîneur de patinage artistique. Regardez, dans les arbres ! Des pies ! Des corneilles ! On est restés plantés là un moment, jusqu'à ce qu'ils se libèrent de mon étreinte.

Dans la grande cuisine familiale – avec des dalles et un fourneau Aga, s'il vous plaît –, j'ai débouché une bouteille de champagne, déballé des coupes enveloppées de papier journal et servi un fond de verre à Poussin afin que nous puissions trinquer tous les trois à cette nouvelle vie qui commençait. Mais une fois les cartons déchargés et les déménageurs partis, il est devenu évident qu'une erreur de jugement avait été commise. On aurait beau faire, jamais on ne remplirait cette maison à nous seuls. On ne possédait pas assez de photos pour décorer les murs ni assez de livres à mettre sur les étagères. Même la batterie et la guitare d'Albie ne nous permettraient pas de faire assez de bruit pour donner le sentiment que ces pièces hautes de plafond étaient habitées. J'avais voulu que ce lieu symbolise la prospérité et la maturité, qu'il soit un havre de paix rural, avec une bonne desserte ferroviaire pour rejoindre le chaos de la ville, mais on s'y sentait – et on s'y sentirait toujours, je crois – comme dans une maison de poupées à moitié vide qui manquait cruellement d'occupants.

Plus tard ce soir-là, j'ai trouvé Connie dans une petite chambre dotée d'une fenêtre en pignon, au dernier étage. Le papier peint fleuri et démodé était couvert de gribouillis – des fourmis dessinées au stylo Bic et des papillons réalisés au feutre sur les tiges et les pétales des roses. Je la connaissais assez bien pour deviner ses pensées, mais nous avons choisi de les taire.

— Je me disais que cette pièce ferait un bon studio pour toi. Tu as vu cette lumière ! Tu pourrais te remettre à peindre, non ?

Elle a appuyé la tête sur mon épaule sans répondre.

On a acheté un chien.

150. schweppes !

Je n'ai pas prévenu Connie de mon changement de programme. À Sienne, je lui avais dit de m'attendre à la maison le lendemain. Ne valait-il pas mieux l'appeler avec Albie à mes côtés ? *Je ne suis pas à Heathrow, je suis à Madrid ! C'est une longue histoire. Ne quitte pas, j'ai près de moi quelqu'un qui veut te parler...* Tel était mon plan, en tout cas. Je me sentais donc ridiculement joyeux et optimiste ce soir-là, et la suite somptueuse – une suite ! deux pièces ! – au tarif étonnamment raisonnable que j'avais réservée dans un hôtel sur un coup de tête me remontait encore plus le moral. À la réception, tout en marbre et en dorures, le personnel a nourri des doutes évidents sur le fait qu'un client pour le moins débraillé et épuisé puisse se permettre une telle extravagance. Pas de bagage ? Y aurait-il d'autres personnes avec moi ? Non, j'étais seul, mais il y avait un canapé-lit pour Albie. Enfin, s'il le souhaitait.

Ma chambre – pardon, ma *suite* –, où le marbre blanc le disputait au cuir crème, offrait une vision de la vie moderne telle qu'on la rêvait en 1973. Sitôt la porte refermée, j'ai entrepris de réparer les dégâts des jours précédents. J'ai immergé mon corps partiellement brûlé par le soleil dans la belle baignoire en onyx, je me suis lavé les cheveux, rasé, et j'ai pansé les blessures de mes pieds. Puis j'ai enfilé mes derniers habits propres et donné les autres à nettoyer. Dans les rues commerçantes près de l'hôtel, j'ai trouvé un grand magasin où j'ai acheté une nouvelle chemise, une cravate et un pantalon. De retour dans ma chambre, je les ai étalés sur une chaise comme si je me préparais à un entretien d'embauche. Pris de vertige, surexcité, j'ai violé le grand principe directeur de ma vie en me servant une vodka-tonic au minibar, et j'ai enchaîné avec les cacahuètes, étourdi par tant de décadence. Tel un nouveau Caligula, je me suis assis sur le balcon pour observer la circulation sur la Gran Vía, quatorze étages plus bas. À un carrefour un peu plus loin se dressait un bâtiment moderne, semblable à une cale arrondie – de style art déco, Connie, c'est ça ? – avec un énorme panneau lumineux au dernier étage. Alors que le soir tombait, j'ai surpris le moment où le néon s'allumait par saccades et s'exclamait *Schweppes !* sur un fond aux couleurs de l'arc-en-ciel, donnant à la rue des airs de Times Square, version édulcorée et décontractée.

Les Espagnols, je le savais, avaient la réputation de dîner tard, et j'ai envisagé de faire « une sieste pré-disco », comme aurait dit Albie, avant de sortir explorer la ville. Mais le lit était si large et confortable, et les draps blancs si frais et d'une telle qualité que j'ai baissé les volets mécaniques et me suis couché à 21 h 15. J'aurais largement le temps de manger des tapas le lendemain, une fois que j'aurais revu mon fils. C'est ainsi que je me suis endormi, bercé par une merveilleuse et inébranlable foi en l'avenir.

151. l'avenir

Je n'ai jamais manqué de sujets pour me tenir éveillé la nuit, mais à l'adolescence, c'était surtout la perspective d'une guerre nucléaire qui me hantait. Les documentaires publics censés éduquer et rassurer la population provoquaient chez les gens, et chez nous autres enfants en particulier, tout un tas de délires morbides, et j'étais persuadé que tôt ou tard, que ce soit à Washington, Pékin ou Moscou, quelqu'un appuierait sur un bouton – un vrai bouton, gros et rouge, comme ceux qui servent à arrêter les escalators – et que ma mère, mon père et moi serions obligés de chasser des rats mutants dans les décombres fumants du centre-ville d'Ipswich. Il n'y aurait plus de « ne touche pas ça, c'est sale » dans la grotte familiale post-apocalyptique des Petersen. Une seule question se poserait encore : qui manger en premier, Douglas ou Karen ? J'étais si inquiet à cette idée que, rompant avec mes habitudes, j'ai confié mes terreurs nocturnes à mon père.

— Ma foi, si jamais ça se produit, tu n'auras pas le temps de faire quoi que ce soit. Après trois minutes de panique, tu seras réduit à l'état de bacon crous-tillant, a-t-il déclaré pour me réconforter.

Avec trois minutes devant nous, que nous dirions-nous, ma famille et moi ? Mon père se précipiterait sans doute pour éteindre le chauffage central.

À tort ou à raison, cette peur-là s'est estompée. Seulement l'angoisse ne m'a jamais quitté, et le visage qui m'apparaissait dorénavant dans ces lendemains dévastés n'était pas le mien, mais celui d'Albie.

Au fil des ans, j'ai lu beaucoup, beaucoup de livres sur le futur – des livres à la sauce « on est tous foutus », ironisait Connie.

— Tous tes bouquins parlent soit des horreurs du passé, soit de celles qui nous pendent au nez. L'avenir ne sera pas forcément aussi catastrophique, Douglas. Peut-être aussi que tout ira bien.

Mais ces études bien documentées et plausibles parvenaient à des conclusions très convaincantes, et je pouvais devenir très prolixe sur le sujet.

Prenez par exemple le sort de la classe moyenne dans laquelle Albie et moi sommes nés, et à laquelle Connie appartient aujourd'hui à son corps légèrement défendant. Livre après livre, je découvre que la classe moyenne est condamnée. La mondialisation et la technologie ont déjà bien fragilisé des professions autrefois sûres, et l'impression en 3D fera bientôt disparaître les dernières industries manufacturières. Internet ne permettra pas de compenser la perte de ces emplois, et quel rôle pourra encore jouer la classe moyenne si douze personnes suffisent à faire tourner une grande entreprise ? Je n'ai rien d'un agitateur communiste, mais même les libéraux les plus enragés reconnaîtront que le capitalisme et la loi du marché, au lieu de répandre la richesse et la sécurité parmi la population, ont amplifié de manière caricaturale le gouffre entre les riches et les pauvres, obligeant une main-d'œuvre mondiale à accepter des emplois dangereux, non réglementés, précaires et mal payés, tout en ne récompensant qu'une infime élite de businessmen et de technocrates. Les professions prétendument « sûres » semblent l'être de moins en moins. Il y a d'abord eu les mineurs et les employés des chantiers navals et de la sidérurgie. Bientôt, ce sera le tour des employés de banque, des bibliothécaires, des enseignants, des commerçants, des caissiers dans les supermarchés. Les scientifiques survivront peut-être, à condition d'avoir choisi la bonne branche, mais où iront tous les chauffeurs de taxi du monde quand leurs voitures se conduiront toutes seules ? Comment feront-ils pour nourrir leurs enfants ou chauffer leur maison, et que se passera-t-il lorsque la frustration se transformera en colère ? Ajoutez à ça la menace terroriste, le problème a priori insoluble du fonda-mentalisme religieux, la montée de l'extrême droite, le chômage des jeunes et les faibles retraites des vieux, les systèmes bancaires fragiles et corrompus, l'incapacité de l'État-providence à prendre en charge tous les malades et toutes les personnes âgées, les répercussions environnementales des élevages indus-triels portés à une échelle sans précédent, les luttes pour s'assurer le contrôle des stocks limités de nourri-ture, d'eau, de gaz et de pétrole, le cours changeant du Gulf Stream, la destruction de la biosphère et la probabilité statistique d'une pandémie mondiale, et je ne vois vraiment pas comment quiconque pourrait encore dormir sur ses deux oreilles.

Le temps qu'Albie ait mon âge, je serais mort depuis longtemps ou, dans le meilleur des cas, barricadé dans un module d'habitation avec suffisamment de rations alimentaires pour tenir jusqu'à la fin de mes jours. Mais au-dehors, je me représente d'immenses usines n'obéissant à aucune loi, un monde où les travailleurs s'estimeront heureux de trimer dix-huit heures par jour pour un salaire de misère, où ils enfileront leur masque à gaz avant de se frayer un chemin à travers la foule des chômeurs occupés à faire du troc avec des poulets génétiquement modifiés et des vieilles boîtes de conserve, tout ça pour regagner de minuscules cabanes bondées dans une vaste mégalopole dépourvue de tout arbre, mais saturée de drones policiers et trop habituée aux attentats à la voiture piégée, aux typhons et aux averses de grêle apocalyptiques pour y prêter encore attention. Pendant ce temps, dans des tours faites littéralement d'ivoire qui culmineront à des kilomètres au-dessus de ce brouillard cancérigène, des businessmen, des célébrités et des entrepreneurs – le 1 % privilégié de la population – toiseront ce spectacle derrière des vitres pare-balles en acceptant avec un rire cristallin les cocktails servis dans d'étranges verres par des robots serveurs. Mais c'est quelque part dans le monde du bas, dans cet enfer débordant de violence, de pauvreté et de désespoir, que se trouvera mon fils, Albie Petersen, troubadour ambulant muni de sa guitare et de sa passion pour la photographie – et toujours farouchement opposé à l'idée de porter un manteau décent.

152. de l'hérédité
des traits de caractère

— En clair, a dit Connie en levant les yeux de son roman, tu penses que le futur ressemblera à l'univers de *Mad Max* ?

— Pas exactement. Mais il pourrait y avoir quelques points communs entre les deux.

— *Mad Max* serait donc une sorte de documentaire, en fait...

— Ce que je veux dire, c'est que le monde à venir ne sera peut-être pas aussi hospitalier que celui dans lequel toi et moi avons grandi. Le rêve d'un progrès constant est mort. Nos parents imaginaient des camps de vacances sur la Lune. Nous... il faut qu'on s'habitue à une vision différente.

— Et tu veux qu'Albie choisisse les matières qui conditionneront son passage au lycée en s'appuyant sur cette vision du futur à la Mad Max.

— Ne te moque pas. Je veux qu'il étudie des sujets utiles et pragmatiques. Je veux qu'il fasse quelque chose qui lui permette de trouver du travail.

— Tu veux qu'il vive dans la tour d'ivoire. Tu veux qu'il ait un robot majordome.

— Je veux qu'il réussisse. C'est si bizarre que ça d'avoir une telle ambition pour mon fils ?

— Notre fils.

— Notre fils, oui.

À l'époque, Albie n'allait pas bien. Au lieu de l'apaiser, la campagne le faisait enrager. Il ne montrait aucun désir d'apprendre le double nom des oiseaux communs britanniques, et les œufs de grenouille que je lui trouvais ne présentaient à ses yeux aucun intérêt. Ses amis lui manquaient, tout comme les sorties au cinéma, les bus à impériale et les frites qu'il mangeait autrefois sur les balançoires de son terrain de jeu. Mais la campagne ne lui offrait-elle pas un magnifique terrain de jeu géant ? Apparemment non. Albie n'allait se promener qu'en traînant les pieds, en fusillant du regard les fauvettes et en shootant dans les fleurs. S'il avait pu réduire ce paysage en cendres, il l'aurait fait. À l'école, ses notes étaient invariablement mauvaises, de même que les comptes-rendus sur son comportement. Il ne travaillait pas, ne se concentrait pas et, parfois, ne venait pas du tout. Bien qu'inquiète, Connie acceptait tout ça sans sourciller, alors que j'étais pour ma part furieux et scandalisé. Je ne m'attendais pas à ce que l'obéissance soit génétique, mais je n'avais pas non plus anticipé ces coups de fil du directeur de l'école ni ces lettres envoyées à la maison. Mon propre fils me prenait au dépourvu. Il n'était pas tel que je l'avais espéré, il n'était pas du tout comme moi. Et le plus dur, c'est qu'il semblait en tirer une fierté mauvaise.

Je ne perdais pas mon calme, ou alors seulement de temps à autre, et ce n'était pas *lui* qui me décevait, mais seulement son *comportement* – une distinction sémantique qui échappait sans doute à un garçon de treize ans. Il était intelligent, vif et capable, il avait juste besoin d'être cadré et suivi avec application. Après avoir évalué les principaux problèmes à traiter, j'ai pris les choses en main et, malgré ma fatigue, j'ai passé mes soirées et mes week-ends avec lui à la table de la cuisine pour l'aider à réviser ses cours de chimie, de physique et de mathématiques d'une manière paternelle et – je l'espère – encourageante, pendant que Connie tournait autour de nous tel un arbitre dans un match de boxe.

— Comment peut-on ne pas savoir faire une division longue, Albie ? C'est pourtant assez simple.

— Si, je sais, mais pas avec ta méthode.

— Tu poses le quatre ici et tu abaisses le trois là.

— Cette histoire d'« abaisser le trois », ça a disparu aujourd'hui.

— Mais c'est une division longue. C'est ainsi qu'on procède !

— Plus maintenant. On fait autrement.

— Il n'y a qu'une façon d'effectuer une division, Albie, et c'est celle-là.

— Pas du tout !

— Alors montre-moi ! Montre-moi une autre méthode magique…

Le stylo flottait au-dessus du papier, avant d'être jeté sur la table.

— Pourquoi on n'utilise pas simplement une calculatrice ?

J'ai honte d'avouer qu'un certain nombre de ces séances de coaching se sont soldées par des éclats de voix et des yeux rougis. La majorité, peut-être. Un jour, Albie a même fait un trou dans le mur de sa chambre en y donnant un coup de poing. Pas un mur porteur bien sûr, juste une cloison en Placoplâtre, mais cela m'a choqué, surtout lorsque je me suis fait la réflexion qu'il avait dû rêver de me frapper.

Mais je ne voulais pas le laisser tomber, ça non. Tous les soirs, on travaillait ensemble, et tous les soirs on se disputait. Je recollais les morceaux du mieux que je le pouvais, puis j'allais me coucher, sans réussir à fermer l'œil tant j'étais obnubilé par cette vision d'un garçon de l'âge d'Albie, chinois ou sud-coréen, qui veillait tard sur son algèbre, sa chimie organique ou son code informatique – ce garçon avec lequel mon fils devrait un jour rivaliser afin d'assurer sa subsistance.

153. coloriage

Les progrès incertains d'Albie ont coïncidé avec un refroidissement accru de nos relations. Le lien physique ténu que nous avions autrefois partagé, les chatouilles, les marches main dans la main, tout cela s'est envolé en même temps que grandissait notre gêne, et j'ai été surpris de voir combien je le regrettais, surtout le fait de ne plus pouvoir le tenir par la main. Je n'avais jamais été un grand adepte des batailles de polochon – je craignais trop les fractures du crâne et les foulures du poignet –, mais même un simple bras passé autour de ses épaules était à présent repoussé avec une grimace ou un grognement. Les portes de sa chambre et de la salle de bains étaient fermées à clé et, au lieu de lui ordonner d'aller se coucher le week-end, c'était moi désormais qui disais au revoir à ma femme et à mon fils avant de les laisser tous les deux sur le canapé du rez-de-chaussée, la tête d'Albie sur les genoux de Connie ou vice versa. *Bonsoir, tout le monde ! J'ai dit bonsoir ! Bonsoir ! Bonsoir !*

Je m'étais armé de courage en prévision de l'adolescence d'Albie, mais son arrivée s'est apparentée pour moi au déclenchement d'une guerre civile qui couvait depuis longtemps. On s'affrontait souvent. Un exemple suffira : je défendais l'idée selon laquelle les sciences et les mathématiques offraient des qualifications supérieures aux arts visuels et scéniques. Une discussion banale, je sais, de celles que toutes les familles ont un jour, mais Connie était à Londres, ce qui rendait le sujet dangereux.

— Voilà mon raisonnement. Prends un individu lambda et mets-le dans une pièce avec des pinceaux, un appareil photo, une estrade ou un crayon et du papier. Il réalisera forcément quelque chose, un truc maladroit, laid ou mal fichu, ou à l'inverse un truc qui dévoilera un potentiel, voire un talent caché, mais tout le monde, *tout le monde*, peut pondre un tableau, un poème, une photo ou je ne sais quoi. Par contre, mets cette même personne dans une pièce avec une centrifugeuse, quelques appareils de laboratoire et des produits chimiques, et elle ne créera rien, rien qui ait la moindre valeur, rien que… des bouses. Parce que la science est méthodique, elle exige de la rigueur, de l'application et du travail. Elle est plus ardue. C'est comme ça, c'est tout.

— Si je te suis bien, être un scientifique fait de toi quelqu'un de plus intelligent que les autres ?

— Dans mon domaine, oui ! Et c'est normal ! C'est pour ça que j'ai étudié, c'est pour ça que j'ai veillé tard pendant dix ans. Pour être bon dans mon boulot.

— Donc, si j'abandonne un sujet que je déteste et qui me dépasse complètement, tu auras une moins bonne opinion de moi ?

— Je penserai que tu n'as pas persévéré. Je penserai que tu as renoncé trop vite.

— Et que j'ai choisi la voie de la facilité ?

— Peut-être…

— Et que je suis lâche…

— Je n'ai pas dit ça. Pourquoi est-ce que tu déformes mes propos… ?

— … de faire ce pour quoi je suis doué, et non pas ce pour quoi *toi*, tu es doué.

— Non, de fuir la complexité pour aller vers ce qui est simple. Ça ne fait pas de mal d'être mis à l'épreuve, de sortir de sa zone de confort.

— Ce que moi je sais faire, n'importe qui en est capable, si je comprends bien ? Ça n'a aucune valeur particulière ?

— Si, peut-être, mais tu ne pourras pas en vivre pour autant. La réussite vient à ceux qui travaillent dur et qui s'acharnent malgré la difficulté. Et je veux que tu réussisses.

— Comme toi ?

Il avait prononcé ces mots d'un ton un peu railleur et j'en ai ressenti une pointe de colère.

— Le futur est… il est terrifiant, Albie, et à un point que tu n'imagines même pas. Je veux que tu y sois bien préparé. Je veux que tu aies les compétences et les connaissances qui te permettront de prospérer, de réussir et d'être heureux à l'avenir. Mais faire du coloriage à longueur de journée ne t'aidera pas beaucoup, malheureusement.

— En résumé, a-t-il dit en clignant rapidement des paupières, tu estimes que je devrais chier de trouille dans mon froc…

— Albie !

— … et fonder toutes mes décisions sur la peur parce que je n'ai aucun talent.

— Non, il se peut que tu aies un talent, mais un talent partagé par des millions d'autres personnes. Des millions ! C'est tout !

Peut-être avais-je mal choisi mes mots. Peut-être cet exemple ne me présente-t-il pas sous mon meilleur jour – je l'admets volontiers. Mais m'accuser de vouloir qu'il soit autre qu'il était… ma foi, évidemment que c'était vrai. À quoi *servent* les parents si ce n'est à façonner leur enfant ?

154. ce que devrait être un père

Je me disputais avec Connie aussi. Élever Albie accentuait les différences entre nous, des différences qui avaient paru juste amusantes à l'époque insouciante où nous n'étions que tous les deux. Je la trouvais ridiculement flegmatique et adepte du laisser-faire. Pour emprunter une analogie à la botanique, elle se représentait un enfant comme une fleur non éclose, et la mission des parents consistait selon elle à lui apporter de l'eau et de la lumière, puis à rester en retrait en se contentant de l'observer.

— Il pourra faire tout ce qu'il veut, disait-elle, du moment qu'il est heureux et bien dans ses baskets.

À l'opposé, je ne voyais pas pourquoi j'aurais dû m'interdire d'attacher cette fleur à un tuteur, de la tailler et de l'exposer à une lumière artificielle. Si cela la rendait plus forte et plus résiliente, il aurait été bête de s'en priver, non ? Certes, Connie jouait aussi de son pouvoir de persuasion avec Albie, elle l'encourageait et lui faisait faire ses devoirs, mais elle pensait que ses qualités et ses talents naturels se révéleraient sans aucune aide. Sauf que je ne croyais pas à de tels talents. Pour moi, rien n'avait jamais été inné, pas même la science. Il m'avait fallu travailler dur, souvent sous l'œil vigilant de mes parents, et je jugeais normal qu'Albie en fasse autant.

Et puis tout de même, il se montrait parfois très, très exaspérant, et aussi enclin à s'apitoyer sur son sort, et irresponsable, et paresseux. Étais-je vraiment si autoritaire et rabat-joie, si colérique et de mauvaise humeur ? Lorsque je rencontrais d'autres pères lors de fêtes scolaires, de journées sportives ou de barbecues organisés pour lever des fonds, je notais leur aisance avunculaire et leur ton taquin dignes d'un entraîneur de foot essayant d'amadouer un jeune joueur prometteur. J'étudiais leur comportement en quête de tuyaux.

Le meilleur ami d'Albie, Ryan, était le fils d'un ouvrier agricole séduisant et mal rasé, qui se promenait souvent torse nu sans que cela se justifie et qui sentait en permanence la bière et l'huile de moteur. Veuf, Mike habitait avec Ryan dans un pavillon miteux à la périphérie du village. Albie s'est complè-

463

tement entiché d'eux. Après l'école, il filait jouer à des jeux vidéo violents dans cette maison aux rideaux toujours tirés dont les occupants faisaient leurs courses hebdomadaires à la station-service. Je suis allé le chercher là-bas un soir. Contournant la caravane, les chiens qui aboyaient et un tas de voitures et de motos en pièces, j'ai trouvé Mike occupé à fumer autre chose que du tabac, assis sans chemise sur un transat.

— Bonjour, Mike ! Vous avez vu Albie ?

Il a pointé une canette vers moi pour me saluer.

— Aux dernières nouvelles, il était sur le toit.

— Sur le toit ?

— Là-haut. Ils s'entraînent à viser.

— Oh. D'accord. Ils ont une arme ?

— Seulement mon vieux fusil à air comprimé.

Pile à cet instant, j'ai perçu un mouvement dans l'air près de mon oreille, et un plomb a ricoché sur une bétonneuse avant de se perdre dans les hautes herbes. J'ai levé les yeux à temps pour voir le visage hilare d'Albie disparaître derrière la gouttière.

— Que voulez-vous, a dit Mike. C'est ça, les garçons.

La maison de Ryan est devenue un paradis pour Albie cet été-là, et son père une sorte de Dieu. Mike les laissait conduire sa fourgonnette, grimper dans de très grands arbres et pêcher la nuit. Il les emmenait dans des carrières, tous deux ballottés à l'arrière d'un pickup, et les balançait dans des plans d'eau noirâtres depuis de hauts rochers. Plus un objet était rouillé et tranchant, plus il comportait de fils et de lames à nu, plus les garçons étaient invités à jouer avec. De la soudure ! Il les a laissés faire de la soudure ! Mike ne s'asseyait jamais avec son fils pour lui expliquer patiemment la classification périodique des éléments,

464

tout comme il ne lui disait jamais « au lit, demain il y a école ». Oh non, pour lui, la vie se consumait par les deux bouts.

— Je pense qu'Albie passe trop de temps chez Ryan, ai-je déclaré après qu'une nouvelle séance désastreuse de révision s'était achevée dans les larmes, le chantage et l'acrimonie.

— On ne peut pas le lui interdire, a répondu Connie. Il serait encore plus tenté d'y aller.

Cette logique m'était totalement étrangère. Quand mon père m'interdisait telle ou telle chose, celle-ci devenait interdite, point barre.

Parfois, Mike ramenait Albie chez nous à des heures pas possibles, et Connie et lui s'attardaient devant la maison pour discuter à n'en plus finir.

— Il est très charmant, disait-elle ensuite en rougissant légèrement. Il est plein de vie et on sent un truc qui pétille chez lui. Je trouve admirable la façon dont il élève Ryan tout seul.

Admirable ! Qu'y avait-il d'admirable à laisser son enfant faire tout et n'importe quoi, sans se soucier de son avenir ? Et mon travail alors ? Et toutes ces années d'études qu'il m'avait fallu pour en arriver là ? Albie n'avait aucune envie de visiter mon laboratoire et de rencontrer mes collègues. Il affichait même un vague mépris vis-à-vis d'eux – mépris qui découlait d'une « conscience politique » grandissante dont il refusait de débattre avec moi.

— Que fait le père de Ryan, au juste ? lui demandais-je.

Albie l'ignorait, mais il était au courant des filles – à peine sorties de l'adolescence – que le père de son ami ramenait du pub. Et aussi de la liasse de billets qu'il gardait dans la poche de son jean graisseux.

155. grabuge au gymnase

Une confrontation était inévitable, et elle a eu lieu lors du Grand Jeu annuel de questions-réponses qui réunissait parents et professeurs dans le cadre des réjouissances sans fin organisées pour financer la construction d'un nouveau théâtre (parce que c'est toujours un nouveau théâtre dont on a besoin, ou bien un four à céramique ou un piano, jamais une centrifugeuse ou une sorbonne).

J'aime à penser que je ne suis pas trop mauvais à ces jeux de culture générale. J'ai mémorisé des choses, des faits, des équations – c'est ainsi que mon esprit fonctionne et qu'il a toujours fonctionné, et pas seulement dans les domaines scientifiques. Adolescent, j'étais si fasciné par le *Livre Guinness des Records* que j'en ai appris des parties entières par cœur. La température du Soleil, la vitesse du guépard, la longueur d'un diplodocus – toutes ces données constituaient mon petit numéro à moi, même si j'avais rarement l'occasion d'en faire étalage dans les soirées. Aucune importance, parce que si quelques-unes de ces connaissances s'étaient estompées, d'autres savoirs fondamentaux – le nom des montagnes les plus hautes, des océans les plus profonds, la vitesse de la lumière et du son, le nombre pi assorti d'une flopée de décimales, les drapeaux du monde – demeuraient gravés en moi, aussi indélébiles que des tatouages. Connie étant également là pour répondre aux questions sur l'art et la culture, je crois que les Petersen se sentaient sereins et sûrs d'eux à leur arrivée dans le gymnase.

— Désolé, les conjoints ne peuvent pas faire partie de la même équipe ! a dit Mme Whitehead, qui m'avait informé quelques jours plus tôt seulement qu'Albie n'avait toujours pas acquis les compétences arithmétiques de base.

— Hé, Connie ! Par ici ! a crié Mike, resplendissant dans un bleu de travail ouvert jusqu'au nombril.

Je n'ai pu m'empêcher de remarquer que, soudain toute guillerette, Connie a pratiquement traversé le gymnase d'un bond pour le rejoindre. Pendant qu'Albie allait s'asseoir avec Ryan sur un banc, j'ai cherché du regard une équipe potentielle, avant d'arrêter mon choix sur un groupe de parents esseulés qui traînaient les pieds près de la porte, l'air prêts à déguerpir. Pas franchement les compétiteurs les plus engageants qui soient, mais tant pis. J'ai fait un signe de la main à mon fils en m'autorisant à imaginer la conversation dans sa classe le lendemain. « Ton père avait la patate hier soir ! » « Il portait son équipe à bout de bras. » « Ton père, il maîtrise son sujet ! » Je comprends très bien, peut-être mieux que quiconque même, que l'intelligence n'est pas la qualité qu'un fils apprécie le plus chez son père – Mike, pour ce que j'en voyais, était con comme un manche à balai –, mais cela ne ferait pas de mal à Albie de me voir gagner quelque chose, et en public par-dessus le marché. On nous a servi des bières et un assortiment d'en-cas, puis nous avons pris place devant des tables sur tréteaux.

Peu de situations dans la vie me sont plus pénibles que de devoir trouver un nom amusant pour une équipe de joueurs. J'ai subi des interventions chirurgicales moins douloureuses. Pourquoi ne pouvions-nous pas être l'équipe « rouge », « bleue » ou « verte » ? Après de longues délibérations, il a été décidé, pour des raisons dont je n'arrive pas à me souvenir, que nous serions l'équipe des « Kasse-Krânes » et que j'en serais le capitaine – ou vraisemblablement le Kapitaine. Celle de Mike et Connie a été baptisée les « Tous à vos portables ! », ce qui a fait rire les gens, mais m'a rendu nerveux parce que je ne supporte tout simplement pas ce genre d'anarchie. J'ai chassé ça de mon esprit pour me concentrer sur les lacs les plus profonds, les fleuves les plus longs, les sommets les plus hauts, jusqu'à ce qu'un coup de sifflet retentisse et que la partie commence.

C'était à prévoir, ce jeu était une parodie de ce que j'entends par « culture générale ». Les questions sur la musique étaient lourdement orientées vers la scène pop actuelle, celles sur le sport ne concernaient pour ainsi dire que le foot, celles sur l'actualité s'avéraient triviales et relevaient de la presse à scandale. Rien sur la science, la géographie, les inventions ou le calcul mental. Nous avons fait de notre mieux, mais Mike et ses coéquipiers, les « Tous à vos portables ! » susmentionnés, ne cessaient de se concerter en murmurant et en gloussant, serrés les uns contre les autres, avec Mike et Connie tête contre tête au milieu.

— Oui ! s'exclamaient-ils. Bravo ! Notez-le !

Apparemment, Mike n'était pas aussi inculte que je l'avais cru, du moins lorsqu'il était question de paroles de chansons et de tatouages de célébrités, et Connie ne lâchait pas son avant-bras.

— Oui, Mike, oui ! Vous êtes génial !

Ailleurs, d'autres équipes trichaient dans un esprit prétendument bon enfant – on entendait le tap-tap-tap de doigts courant sur des mini-claviers, des téléphones qui bipaient dans les poches –, et mon indignation a grandi à mesure que la soirée avançait, amplifiée par toutes les bières qu'on nous encourageait à acheter, toujours pour financer ce foutu théâtre. Nos chances s'amenuisaient. Je me suis avachi sur ma chaise.

— Et maintenant, a annoncé l'animateur, l'avant-dernière manche : les drapeaux du monde !

Enfin ! Je me suis redressé. Pendant que les autres équipes se grattaient la tête, j'ai répondu à toutes les questions, puis j'ai levé mes pouces en direction d'Albie – mais il était distrait et ne m'a pas vu. Après quoi – non, je ne rêvais pas –, ç'a été le tour des fleuves, puis des lacs ! J'ai mobilisé mon équipe, les bonnes réponses se sont enchaînées, et l'heure est venue ensuite de compter les points.

Nous avons échangé nos feuilles avec l'équipe de Mike et Connie, et je les ai regardés rire et huer nos réponses sur la musique pop. À mon tour, j'ai secoué la tête devant leurs suggestions concernant les drapeaux. Le Venezuela ? Oh, Mike, désolé, tu n'y es pas du tout. Je suis resté rigoureusement impartial dans notre notation, mais le processus s'est avéré brouillon et mal conçu. Fallait-il attribuer un ou deux points pour une question bonus ? À la fin, Mike nous a rendu nos feuilles avec un sourire suffisant, et j'ai tout de suite remarqué plusieurs erreurs. Nous avions clairement été traités avec mépris et privés de quelques points pour avoir mis URSS à la place de Russie, alors que le premier terme était en réalité plus précis. Trop tard, cependant. Nos scores avaient déjà été inscrits et les résultats commençaient à être proclamés.

Sixième, cinquième, quatrième, troisième. À la deuxième place, les Kasse-Krânes. L'équipe des Tous à vos portables ! nous avait battus de deux points. J'ai regardé Mike et Connie se jeter dans les bras l'un de l'autre sous les hourras et les applaudissements. Sur leur banc, Ryan et Albie serraient les poings en criant de joie comme deux petits singes.

Mais un détail me tracassait toujours. Un point pour chaque question bonus, alors que nous leur en avions accordé deux ? Et rien pour l'URSS ? J'ai calculé et recalculé mentalement notre vrai score. Pas de doute, on nous avait volé notre victoire, et je me suis senti dans l'obligation de m'approcher de l'animateur pour demander un recomptage.

Durant un instant, le public et les joueurs ont paru déroutés. La soirée était-elle finie ? Pas tout à fait, pas tant que je ne me serais pas entretenu avec le professeur principal d'Albie, M. O'Connell, pour lui faire part de ce problème de notation.

M. O'Connell a posé une main sur le micro.

— Vous êtes sûr de vouloir faire ça ?

— Oui. Je crois, oui.

L'ambiance dans le gymnase était entre-temps devenue comparable à celle d'un tribunal jugeant des crimes de guerre. J'avais espéré que mon intervention serait prise avec bonne humeur, mais les parents remettaient leurs manteaux d'un air consterné, et, pendant ce temps, le recomptage des points se poursuivait, jusqu'à ce que, au bout d'une éternité semblait-il, justice soit rendue et que l'animateur proclame dans le gymnase à moitié vide que les Kasse-Krânes s'étaient montrés à la hauteur de leur nom en remportant la victoire avec un demi-point d'avance !

Je me suis tourné vers mon fils. Il n'a pas sauté de joie. Il n'a pas frappé l'air de son poing. Il est resté assis sur son banc en s'arrachant les cheveux pendant que Ryan enroulait un bras autour de ses épaules. En silence, mes coéquipiers se sont répartis les gains, 10 £ de bons d'achat à valoir dans la jardinerie locale, et nous avons regagné le parking de l'école.

— Félicitations, Doug, m'a lancé Mike en souriant près de son Transit. Vous nous avez montré qui était le chef !

Puis, s'adressant à mon fils avec un clin d'œil odieux, il a ajouté :

— Ton père, c'est presque un génie !

À une autre époque, on se serait battus avec des battes et des cailloux. Et peut-être que cela aurait été préférable.

Après ça, on est rentrés à la maison en silence.

— Aussi longtemps que je vivrai, je ne veux plus jamais, *jamais*, entendre parler de cette soirée, a déclaré tranquillement Connie en déverrouillant la porte.

Et Albie ? Il est monté dans sa chambre sans un mot, en méditant probablement l'intelligence de son père.

— Bonne nuit, fiston, à demain !

Planté au pied de l'escalier, je l'ai regardé disparaître et j'ai songé, ni pour la première, ni pour la dernière fois, combien il était horrible de tendre la main vers quelque chose et de s'apercevoir qu'on n'attrapait que du vide, rien que du vide.

156. rendez-vous

Je me suis réveillé brusquement, en nage et tout tremblant. Les stores opaques avaient trop bien rempli leur office et je me sentais enfermé dans une boîte noire au bord de l'océan. J'ai cherché l'interrupteur à tâtons près du lit. Les volets métalliques se sont ouverts, laissant entrer un soleil matinal si aveuglant qu'on se serait cru en plein midi. J'ai plissé les yeux devant ma montre : pas tout à fait 7 heures. J'étais à Madrid, sur le point de revoir mon fils, et bien en avance par rapport à mon rendez-vous. Je me suis rallongé, le temps que mon cœur retrouve un rythme normal, mais les draps moites étaient devenus froids et j'ai fini par me lever pour m'approcher de la fenêtre à petits pas. Découvrant le ciel bleu, le trafic sur la Gran Vía de ce début de matinée et la belle journée qui commençait, je suis allé prendre une longue douche et j'ai enfilé mes tout nouveaux habits.

Au petit déjeuner, je me suis repu d'un délicieux jambon accompagné d'œufs brouillés agglutinés et j'ai lu les nouvelles anglaises sur ma tablette tout en regrettant le sentiment d'isolement que procuraient autrefois les voyages. « L'étranger » semblait telle-ment plus lointain alors, et aussi coupé des médias britanniques, tandis que là, tout était en ligne, le mélange habituel de rage, de ragots, de corruption, de violence et de mauvais temps. Bon sang, pas étonnant qu'Albie se soit enfui. Soucieux de ne pas ternir mon humeur, j'ai fait quelques recherches sur Madrid et j'ai consulté l'article de Wikipédia sur le *Guernica* de Picasso, au cas où Albie et moi irions le voir plus tard. 11 heures sur les marches du Prado. Il n'était pas encore 8 heures. J'ai décidé d'aller me promener.

J'ai plutôt bien aimé Madrid – une ville somptueuse-ment décorée par endroits, bruyamment et anarchi-quement commerciale à d'autres, débraillée et sans prétention, comme un beau bâtiment ancien couvert d'autocollants et de graffitis. Il n'était pas difficile de comprendre pourquoi Albie avait choisi cette desti-nation. Je me trompais peut-être, mais on aurait dit que des gens ordinaires vivaient ici, pile au centre de la capitale, chose qui n'était plus possible depuis longtemps à Londres et à Paris. Muni seulement du plan offert par mon hôtel, j'ai parcouru un bon chemin jusqu'à 9 h 45, heure à laquelle je me suis dirigé vers le Prado.

Comme des acheteurs au moment des soldes de janvier, un petit groupe de touristes attendaient déjà que les portes s'ouvrent, visiblement excités à la perspective d'admirer toutes les œuvres d'art conservées entre ces murs. Je me suis joint à la queue en essayant de chasser l'inquiétude qui me gagnait. « Que lui direz-vous lorsque vous le verrez ? » J'avais rayé la question de Freja de mon esprit, mais la réponse demeurait assez floue pour moi et se limitait pour l'instant à un fatras d'excuses et de justifications. Et puis, la rancœur rôdait aussi derrière tous les reproches que je m'adressais. Nos vacances – potentiellement les dernières que nous passerions ensemble – avaient été gâchées par la disparition d'Albie. Toujours pas un mot de sa part, pas un seul ! Cherchait-il délibérément à nous inquiéter ? À l'évidence, oui, mais était-ce trop lui demander de décrocher son téléphone ? Se souciait-il si peu de notre tranquillité d'esprit ? La voix dans ma tête devenait de plus en plus indignée, or il était vital que je reste calme et conciliant. Histoire de m'apaiser, je suis entré dans le Prado afin de résoudre une question qui me trottait dans la tête depuis quelque temps.

157. le jardin des délices

— Faut-il dire le Prah-do ou le Prey-doh ? me suis-je enquis auprès de la dame au guichet.

J'hésitais jusque-là entre les deux et j'ai été ravi de m'entendre confirmer que la prononciation correcte était la première. « Prah-do », ai-je répété mentalement, comme pour tester le mot. « Prah-do. Prah-do. »

J'ai tout de suite vu que ce musée sortait du lot. Il y avait là *Le Jardin des délices*, de Bosch, un tableau qui m'avait enchanté lorsque j'étais enfant par ses détails délirants. En vrai, c'était plus un objet qu'une peinture, une grosse boîte en bois qui se dépliait pour dévoiler son sujet et faisait penser aux pochettes d'album ouvrantes de quelques groupes de rock progressif que j'avais appréciés dans les années 1970. Sur le panneau de gauche se trouvaient Adam et Ève, si nets et colorés qu'ils semblaient avoir été peints la veille. Le centre offrait une vision d'un paradis où d'innombrables personnages nus au ventre bien rond, comme des enfants, grimpaient sur des fraises géantes ou chevauchaient des chardonnerets. Et tout à droite venait l'enfer, malsain et cauchemardesque, éclairé de grands feux dont le combustible n'était autre que ces mêmes petits personnages ventrus. Une épée enfoncée dans un cou, une plume entre des oreilles désincarnées, un géant sinistre, mi-cochon, mi-arbre. Le terme n'est pas académique, je sais, mais je qualifierais cette œuvre d'« hallucinée ». C'était le genre d'image horriblement fascinante qui plairait à un ado, et j'espérais bien que lorsqu'il aurait accepté mes excuses, Albie et moi reviendrions là pour examiner tous ces détails psychédéliques.

Mais je n'avais pas le temps. Au premier étage du musée, je suis passé devant des Greco et des Ribera, puis entré dans une pièce spectaculaire abritant une incroyable collection de portraits d'aristocrates à moustache – les Habsbourg peints par Vélasquez. Un homme au visage allongé et aux lèvres humides réapparaissait régulièrement parmi eux, ici sous les traits d'un jeune prince timide aux joues roses dans son armure flambant neuve, là dans une tenue ridicule et extravagante de chasseur, là encore en monarque triste aux yeux de cocker à l'aube de la vieillesse. Je me suis demandé comment Philippe IV avait réagi à l'époque, et s'il avait cillé comme nous le faisons tous devant une image fidèle de nous. « Je m'interroge, Señor Diego. N'y aurait-il pas un moyen de réduire un peu mon menton ? »

Ces tableaux étaient déjà extraordinaires, mais un autre dominait toute la salle, un portrait tel que je n'en avais encore jamais vu, d'une petite fille de quatre ou cinq ans engoncée dans une robe rigide en satin aussi large qu'une table au niveau des hanches – une robe très étrange pour une enfant. *Las Meninas*, s'appelait-il, ce qui signifie les demoiselles d'honneur. La princesse était entourée de courtisans, d'une bonne sœur, d'une naine élégamment vêtue et d'un petit garçon, peut-être un autre nain, qui donnait un coup de pied à un chien. Sur la gauche, un peintre arborant une moustache espagnole comique – une représentation de Vélasquez lui-même, je suppose – prenait la pose devant une énorme toile, tourné de façon à faire croire que ce n'était pas la petite fille qu'il peignait, mais le spectateur, et plus particulièrement moi, Douglas Timothy Petersen. L'illusion était si réussie que j'ai eu envie de tendre le cou devant cette toile pour voir comment il avait rendu mon nez. Un miroir sur le mur du fond montrait deux autres personnages – probablement les parents de la fillette, Marie-Anne d'Autriche et Philippe IV, le gentleman au menton en galoche dont un portrait figurait à ma gauche. Bien que distants et flous, ils semblaient le véritable centre d'intérêt du tableau, alors même que l'artiste, la petite fille et la naine avaient tous l'air de me fixer, moi, qui étais extérieur à la scène, et ce avec une telle intensité que j'ai commencé à me sentir mal à l'aise. J'étais dérouté de voir qu'une œuvre picturale pouvait comporter tant de sujets : la petite princesse, ses suivantes, l'artiste, le couple royal et moi. C'était aussi désorientant que de s'avancer entre deux miroirs et de se découvrir un nombre infini de reflets qui s'étiraient vers, euh, l'infini, ma foi. C'est sûr, il s'en passait des choses dans *Les Ménines*, et là encore, j'ai espéré revenir bientôt avec Albie.

J'ai rebroussé chemin vers le hall d'entrée, traversant les salles les unes à la suite des autres, apercevant çà et là des trésors magnifiques. Et j'aurais regagné les marches au-dehors pour y attendre mon fils si un panneau annonçant les « Peintures noires » ne m'avait pas intrigué à la manière d'un vieux film d'horreur.

158. francisco goya

Les toiles en question se trouvaient dans une salle sombre du musée, comme s'il s'agissait de quelque sinistre secret de famille, et on comprenait pourquoi au premier coup d'œil. Ce n'était même pas des tableaux, mais des fresques peintes sur les murs d'une maison par Goya – de toute évidence, un homme profondément dérangé. Sur l'une d'elles, une femme souriante levait un poignard pour décapiter quelqu'un. Sur une autre, des silhouettes grotesques se tenaient assises en cercle autour de Satan, symbolisé par un bouc monstrueux. Enfoncés jusqu'aux genoux dans une boue immonde, deux hommes au visage ensanglanté se frappaient à coups de bâton. Un chien au regard triste s'enlisait dans des sables mouvants, seule sa tête émergeant encore à la surface. La peur et le mépris suintaient même des sujets les plus innocents – des femmes qui riaient, deux vieillards mangeant de la soupe –, mais le pire restait à venir. Dans une sorte de grotte, un géant fou déchiquetait la chair d'un cadavre avec ses dents. Si le tableau s'intitulait *Saturne dévorant un de ses fils*, ce dieu ne ressemblait en rien aux belles représentations que j'avais contemplées en France et en Italie. Vieux, flasque et gris, il avait tout d'un dément, et une telle haine de lui-même se dégageait de ses horribles yeux noirs…

Mes oreilles se sont soudain mises à bourdonner, je me suis senti oppressé et envahi par une telle angoisse que j'ai dû sortir vivement de la salle. Je regrettais d'avoir vu ce tableau et j'estimais qu'il aurait mieux valu le laisser sur les murs d'une maison délabrée, loin de moi. Sans être superstitieux, je trouvais qu'il y avait quelque chose de l'ordre de l'occulte dans ces fresques. Il ne me restait plus que dix minutes avant le rendez-vous, mais j'avais besoin d'une sorte d'antidote et je me suis dépêché de remonter à l'étage et de longer l'axe principal du musée en quête d'un endroit au calme où je pourrais me reposer et mettre de l'ordre dans mes idées. Sur ma droite s'ouvrait la salle des Vélasquez. J'ai décidé d'aller m'asseoir devant la petite fille des *Ménines*, le temps de me ressaisir.

Mais le musée s'était bien rempli depuis mon arrivée, et l'œuvre était à présent masquée par un groupe de touristes. Malgré tout, je me suis laissé tomber sur un siège et j'ai tenté de recouvrer mon calme en appuyant mes doigts sur mes yeux – raison pour laquelle il m'a fallu un moment avant de sentir une présence devant moi. Levant la tête, j'ai découvert mon fils et j'ai entendu ces mots que tous les pères rêvent d'entendre :

— Putain, papa, tu pourrais pas me foutre la paix ?

159. paseo del prado

— Bonjour, Albie. C'est moi !

— Je vois ça, papa.

— Je t'ai cherché partout. Comme c'est bon de te…

— Où est Kat ?

— Kat ne viendra pas, Albie.

— Elle ne viendra pas ? Mais elle m'a envoyé un texto…

— Oui, j'étais là.

— Pourquoi elle ne vient pas ?

— Eh bien, pour être honnête, elle n'a jamais eu l'intention de le faire.

— Je ne comprends pas. Elle m'a tendu un piège ?

— Non, elle ne t'a pas tendu un *piège* à proprement parler…

— Quoi, c'est toi, alors ?

— Elle ne t'a pas piégé, elle m'a aidé. Voilà, c'est ça. Kat m'a aidé à te retrouver.

— Je ne voulais pas que tu me retrouves !

— Non, je m'en rends bien compte. Sauf que ta mère s'inquiétait et je tenais à…

— Si j'en avais eu envie, je t'aurais dit où j'étais.

— On s'inquiétait pour toi, ta mère et moi…

— Mais ce texto… j'ai cru… J'ai cru que Kat était enceinte !

— Oui, elle pouvait donner cette impression…

— J'ai cru que j'allais être papa !

— Elle le sous-entendait plus ou moins, en effet. Désolé.

— Non mais tu sais ce que ça fait d'apprendre un truc pareil ?

— Euh, oui.

— J'ai dix-sept ans ! Je devenais dingue, moi !

— Oui, je comprends que tu aies éprouvé un léger choc.

— C'était ton idée ?

— Non !

— Qui est le con qui a imaginé ça, alors ?

— Hé, Albie, ça suffit !

Les gens nous dévisageaient et un garde du musée a fait mine de s'approcher.

— On devrait peut-être aller ailleurs… ai-je ajouté.

Albie devait y avoir pensé parce qu'il s'éloignait déjà à vive allure, tête baissée face à la marée des touristes qui affluaient soudain dans l'atrium. J'ai fait de mon mieux pour le suivre, jetant des *scusi* et des *por favor* autour de moi jusqu'à ce qu'on émerge à l'extérieur dans une chaleur suffocante et une lumière presque trop vive pour être naturelle. Dévalant les marches, nous avons pris la direction de l'avenue bordée d'arbres qui longe le musée.

— Il me serait vraiment plus facile de tout t'expliquer si on pouvait s'asseoir.

— Qu'y a-t-il à expliquer ? Je voulais être seul pour réfléchir et toi, tu m'en empêchais.

— On s'inquiétait !

— Tu t'inquiétais parce que tu ne me fais pas confiance. Tu ne m'as jamais fait confiance…

— On voulait juste savoir où tu étais et être sûrs que tout allait bien. Ça n'a rien d'anormal. Tu préférerais qu'on ne tienne pas à toi ?

— Tu répètes toujours ça, papa ! Quand tu me cries dessus et que tu m'accuses de toutes les tares, c'est toujours parce que « On tient à toi ! ». Même en m'appuyant un oreiller sur la figure, tu me le dirais encore !

— Pas la peine d'être mélodramatique, Albie ! Quand ai-je… ? Albie…

Il avançait d'un bon pas et je commençais à avoir du mal à parler.

— S'il te plaît, peut-on… ce serait beaucoup plus facile si on pouvait…

Je me suis arrêté, les mains sur les genoux, en espérant qu'il ne disparaîtrait pas. Mais non, il était toujours là, à taper le sol avec son talon.

— Je voulais… m'excuser… pour ce que j'ai dit à Amsterdam…

— Qu'est-ce que tu as dit à Amsterdam, papa ?

J'ai compris à cet instant que mon fils n'avait pas du tout l'intention de me faciliter la tâche.

— Je suis certain que tu t'en souviens, Albie.

— Mais juste pour vérifier…

La sueur dégoulinait de mon front sur le chemin. J'ai vu des gouttes tomber par terre et je les ai comptées, une, deux, trois.

— J'ai dit que j'avais… honte de toi. Et je voulais t'assurer que ce n'est pas vrai. Je trouve que tu es allé trop loin, qu'il n'était pas nécessaire de te battre, mais je ne me suis pas bien exprimé et je voulais m'en excuser. En personne. Pour ça. Et pour toutes les autres fois où j'ai peut-être réagi de manière excessive. J'ai été très stressé ces derniers temps… au travail et, euh… à la maison également, et… Bref, il n'y a pas de justification qui tienne. Je suis désolé, ai-je déclaré en me redressant. Acceptes-tu mes excuses ?

— Non.

— Je vois. Puis-je te demander pourquoi ?

— Parce que tu n'as pas à t'excuser de ce que tu penses au fond de toi.

— Et qu'est-ce que je pense au fond de moi, Albie ?

— Que je te fais honte.

— Comment peux-tu dire ça ? Je tiens beaucoup à toi et je suis désolé si ça n'a pas toujours été clair, mais tu peux bien comprendre que…

— Dans tout ce que tu fais, papa, dans tout ce que tu me dis… il y a ce… ce mépris, cette pointe constante de dégoût et d'énervement…

— Vraiment ? Ça m'étonnerait…

— Tu me rabaisses, tu me critiques…

— Oh, Albie, ce n'est pas vrai. Tu es mon garçon, mon garçon chéri…

— Putain, on pourrait croire que je ne suis même pas ton enfant préféré !

— Comment ça ?

Il a inspiré brusquement par le nez, les traits tordus, comme quand il était petit et qu'il essayait de ne pas pleurer.

— Les photos que vous cachez… je vous ai vus les regarder, maman et toi, d'un air tout triste.

— On ne les cache pas, Albie. On te les a montrées.

— Et ça ne te semble pas bizarre ?

— Pas du tout ! Absolument pas. On a toujours été honnêtes au sujet de ta sœur. Elle n'est pas un secret – ce serait horrible. On a aimé Jane quand elle est née, ensuite on t'a aimé, toi aussi, et tout autant qu'elle.

— Sauf qu'elle n'a jamais rien merdé, hein ? Elle ne t'a jamais fait honte en public et elle n'a jamais foiré dans aucune matière à l'école. Elle, elle était parfaite, alors que moi, le raté, le dégénéré…

Là, je dois avouer que j'ai ri. Pas par méchanceté, mais parce que je ne pouvais m'en empêcher devant tant de mélodrames, tant de jérémiades adolescentes.

— Albie, tu t'apitoies un peu trop sur toi-même…

— Ne te moque pas de moi ! Arrête ! Tu ne comprends pas ? Tout ce que tu fais prouve que tu me trouves stupide !

— Je ne te trouve pas stupide...

— Tu me l'as dit ! Tu me l'as dit en face !

— J'ai fait ça, moi ?

— Oui, papa !

Et je suppose que oui, j'ai dû le lui cracher à la figure, une ou deux fois peut-être.

J'ai fermé les yeux. Je me sentais soudain fatigué, triste et loin de chez moi. La futilité de cette expédition m'a brusquement accablé. Je m'étais persuadé qu'il n'était pas trop tard, que je pouvais encore faire amende honorable pour toutes les occasions où j'avais élevé la voix et montré les dents, pour mon indifférence et mes remarques irréfléchies. Je regrettais certaines paroles, certains actes, bien sûr, mais derrière tout ça, il y avait toujours eu... n'était-il pas évident qu'il y avait toujours eu...

Je me suis laissé choir lourdement sur un banc de pierre. Je n'étais plus que ça, un vieillard sur un banc.

— Ça va ? m'a demandé Albie.

— Oui. C'est juste que... je suis vanné. Le voyage a été long.

Il est venu devant moi.

— C'est quoi, ces baskets ?

J'ai tendu un pied et l'ai tourné dans un sens et dans l'autre.

— Tu les aimes ?

— Tu es ridicule avec ça.

— Oui, je m'en rends compte. Albie, Poussin... tu veux bien t'asseoir une minute ? Juste une minute, ensuite tu pourras partir.

Il a regardé à droite et à gauche, planifiant déjà sa fuite.

— Je ne te suivrai pas cette fois, je te le promets.
Il s'est assis.

— Je ne sais pas quoi te dire, Albie. Je pensais
que les mots viendraient tout seuls, mais je me suis
apparemment très mal exprimé. Tu sais, j'espère, que
j'ai des regrets, qu'il y a des paroles que je voudrais
n'avoir jamais prononcées, et d'autres que je n'aurais
pas dû passer sous silence – c'est souvent ça, le pire.
Mais j'espère que toi aussi, tu as des regrets. Tu ne
nous as pas toujours facilité la tâche, Albie.

Il a voûté le dos.

— Non, je m'en doute.

— L'état de ta chambre… c'est comme si tu le
faisais exprès pour me contrarier.

— C'est vrai, a-t-il reconnu en riant. Mais bon,
tu peux la récupérer maintenant.

— Tu comptes toujours aller à la fac en octobre,
alors ?

— Tu veux m'en dissuader ?

— Bien sûr que non. Si c'est ce qui t'intéresse…

— Oui.

— OK. Tant mieux. Je suis ravi que tu y ailles.
Enfin, je ne suis pas ravi que tu quittes la maison,
mais que tu…

— J'ai pigé.

— Ta mère est terrifiée à l'idée de ce qu'on va
devenir sans toi.

— Je sais.

— Au point qu'elle envisage de partir elle aussi.
De me quitter. Mais vous avez toujours été si proches
que tu dois être au courant.

— En effet.

— Elle te l'a dit ?

— Je l'ai plus ou moins deviné, a-t-il répondu en
haussant les épaules.

— Ça t'ennuie ?

Nouveau haussement d'épaules.

— Elle n'a pas l'air très heureuse.

— Non, n'est-ce pas ? Elle n'est pas heureuse. J'essaie d'y remédier. J'avais espéré qu'on passerait de bons moments cet été – notre dernier été ensemble. J'avais espéré l'amener à changer d'avis. Peut-être que j'en ai trop fait. Je le découvrirai bientôt. Enfin bref. Je m'excuse pour les propos que j'ai tenus. Ce n'est pas ce que je pense. Quoi que j'aie pu dire, je suis très fier de toi, même si je ne le montre pas, et je suis sûr que tu accompliras de grandes choses plus tard. Tu es mon fils, et je ne voudrais pas que tu prennes ton envol sans savoir que tu nous manqueras, qu'on tient à ce que tu te sentes bien et qu'on t'aime. Pas seulement ta mère – tu n'ignores pas combien elle t'aime –, mais moi aussi. Je t'aime, mon garçon. Là. Je crois que c'est ce que j'étais venu te dire, en fait. Maintenant, tu peux filer. Fais ce que tu veux, du moment que c'est sans danger. Je ne te suivrai plus. Je vais juste rester assis là un moment. Rester assis et me reposer.

160. museo reina sofia

Plus tard cet après-midi-là, on est allés voir *Guernica*. On s'était tous les deux calmés entre-temps, et si on n'était toujours pas très à l'aise – le serions-nous jamais ? –, au moins pouvions-nous garder le silence sans être aussi gênés qu'avant. En parcourant les salles du musée Reina Sofia, j'ai jeté des coups d'œil en coin à mon fils. Pour ce que j'en voyais, il portait les mêmes habits qu'à Amsterdam : un tee-shirt taché qui laissait voir son torse osseux, un jean qui réclamait désespérément une ceinture et des sandales à ses pieds noircis. Sa barbe rabougrie était sale et hérissée, ses cheveux ternes et gras, et il me paraissait très maigre. En d'autres termes, il n'avait pratiquement pas changé, et je m'en suis réjoui.

Nous sommes arrivés devant *Guernica*. J'ai trouvé le tableau saisissant, beaucoup plus grand que je m'y attendais, et, chose étonnante à mes yeux, très émouvant pour une œuvre abstraite (non mais, tu entends ça, Connie ?). J'aurais aimé m'en imprégner tranquillement, mais j'ai laissé Albie m'exposer le contexte et l'importance historique de cette œuvre – des explications de toute évidence glanées dans le même article Wikipédia que moi. Je l'ai observé. Il parlait de manière volubile, en me montrant des choses évidentes même pour ceux qui ne possédaient qu'une connaissance approximative des arts. Il voulait m'éduquer, je suppose. En fait, il était assez barbant, mais je me suis tu en puisant un certain réconfort dans ce vieux dicton à propos des chiens qui ne font pas des chats.

Dans un café en face de la gare d'Atocha, nous avons commandé des *churros con chocolate*. Les lumières vives au-dessus de nous se réfléchissaient sur les tables en zinc et des serviettes graisseuses jonchaient le sol. L'heure et le jour semblaient on ne peut plus mal choisis pour manger cette pâte frite trempée dans du chocolat chaud, mais il était agréable d'échapper un instant à la chaleur accablante de l'après-midi. Albie m'avait assuré que tout le monde faisait ça en Espagne, et bien que le café fût vide, j'ai préféré ne pas le contredire.

— Où loges-tu ?

— Dans une auberge de jeunesse.

— C'est comment ?

— Comme toutes les auberges de jeunesse, a-t-il répliqué avec indifférence.

— Je n'ai jamais dormi dans ce genre d'endroit, moi.

— Quoi, un voyageur aussi chevronné que toi ?

— Alors, c'est comment ?

Il a ri.

— C'est sinistre. Hostile. Un vrai coupe-gorge.

— J'ai pris une suite dans un hôtel sur la Gran Vía, si tu veux.

— Une suite ? T'es devenu millionnaire ou quoi ?

— Je sais. Le décor est somptueux.

— J'espère que tu ne vides pas le minibar, papa.

— Albie, je ne suis pas *fou*. Et ce n'est pas où je voulais en venir, de toute façon. J'ai une chambre à part qui pourrait être plus confortable pour toi. Avec un canapé-lit. Le temps que tu décides où tu veux aller.

Il n'a pas répondu tout de suite, trop occupé à essuyer le sucre sur sa barbe de trois jours.

— Tu ne manges pas tes *churros* ? a-t-il dit pour finir.

J'ai poussé mon assiette vers lui.

— Comment fais-tu pour manger autant et rester aussi maigre ?

Il a roulé les épaules et enfourné un nouveau beignet dans sa bouche.

— Faut croire que je dépense mon énergie nerveusement.

— Bienvenue au club.

161. petit futé

Après être allés chercher ses affaires, nous sommes retournés à l'hôtel en fin d'après-midi. Je me suis allongé un moment pendant qu'Albie passait un temps insensé sous la douche. Cela faisait vingt-quatre heures que je n'avais pas consulté mon téléphone, et je l'ai allumé avec une certaine appréhension. Connie m'avait envoyé plusieurs textos qui trahissaient une impatience de plus en plus agacée.

Quand rentres-tu ? J'ai hâte de te voir.

Des nouvelles svp. Tu es toujours en vie ?

Rentres-tu aujourd'hui, demain, jamais ?

Suis folle d'inquiétude. Douglas, s'il te plaît appelle-moi.

J'avais un message de ma sœur aussi, que j'ai écouté en tenant le téléphone éloigné de mon oreille.

— Pourquoi tu ne réponds pas ? Tu réponds toujours d'habitude. Douglas, c'est Karen. Que se passe-t-il, à la fin ? Connie est dans tous ses états. Elle dit que tu parcours l'Europe à la recherche d'Albie. Je lui ai juré de ne pas te le répéter, mais elle pense que tu fais une sorte de dépression nerveuse. Ou une crise de la cinquantaine. Ou les deux !

Puis elle a soupiré et j'ai souri.

— Laisse tomber, Douglas. Albie reviendra quand il en aura envie. Bref, appelle-moi. Appelle-moi, D. C'est un ordre !

Au même instant, Albie a émergé de sa chambre, enveloppé dans un peignoir de l'hôtel, en démontrant une fois de plus sa capacité prodigieuse à avoir toujours l'air sale, même après s'être douché pendant vingt minutes.

— Je peux t'emprunter ton rasoir ?

— Je t'en prie.

— C'était qui au téléphone ?

— Ta tante Karen.

— J'ai cru entendre des cris.

— Je vais appeler ta mère, Albie. Tu voudras bien lui parler ?

— Évidemment.

— Maintenant ?

Il a hésité un instant.

— OK.

J'ai aussitôt composé le numéro.

— Allô ? a dit Connie.

— Bonjour, chérie.

— Douglas, tu étais censé rentrer à la maison ! Je t'attendais ce matin. Tu es à l'aéroport ?

— Non, non, je n'ai pas pris l'avion.

— Tu es toujours en Italie ?

— En fait, je suis à Madrid.

— Qu'est-ce que tu fabriques à… ?

Elle a marqué une pause et s'est ressaisie, avant de poursuivre sur le ton dont on use pour convaincre les gens de ne pas sauter dans le vide.

— Douglas, tu avais admis comme moi qu'il était temps que tu rentres…

J'ai essayé de ne pas rire.

— Connie ? Connie, tu peux patienter deux secondes ? Il y a quelqu'un près de moi qui aimerait te parler.

J'ai tendu le téléphone à Albie, qui l'a pris après une nouvelle hésitation.

— *Hola*, a-t-il dit en allant dans sa chambre.

J'ai ramassé un magazine espagnol qui portait exactement le même titre et j'ai contemplé les photos de stars inconnues, une fois, deux fois. La conversation de Connie et Albie se prolongeait tellement que mon angoisse grandissante devant le coût de la communication a peu à peu douché mon sentiment de triomphe. J'ai envisagé de les interrompre pour demander à

Connie de nous rappeler, mais en allant jeter un œil par l'entrebâillement de la porte, j'ai remarqué qu'Albie avait les yeux rouges, ce qui signifiait que Connie pleurait elle aussi et qu'elle ne serait pas d'humeur à discuter du tarif des appels internationaux. J'ai également noté que, fidèle à lui-même, Albie avait réussi à utiliser les huit serviettes de l'hôtel, les grandes comme les petites, et à les semer dans toute la pièce – dont une sur un abat-jour, là où elle pouvait facilement prendre feu. Respire à fond. Laisse courir. Ne pense pas aux serviettes en flammes. J'ai feuilleté le magazine une troisième fois, jusqu'à ce qu'une main s'insinue dans l'ouverture de la porte et agite mon téléphone.

— Ramasse les serviettes, s'il te plaît, Poussin, ai-je dit en récupérant mon portable.

— Tu te crois à l'hôtel ou quoi ? a-t-il rétorqué en me renvoyant un reproche que je lui faisais souvent à la maison.

Puis il s'est enfermé dans sa chambre.

J'ai attendu un moment avant de coller le téléphone à mon oreille.

— Allô ?

Silence.

— Allô, Connie ?

J'ai perçu sa respiration.

…

…

— Connie, tu es là ?

— Petit futé, a-t-elle dit avant de raccrocher.

162. chueca

J'ignore ce que Connie a dit à Albie durant cet appel, mais plus tard, bien plus tard – à une heure indécente de la nuit, en fait –, alors que nous commandions un énième verre dans une *taberna* du quartier gay de Madrid, j'ai abordé timidement avec mon fils la question de ses projets pour les jours suivants. Le bar était sombre, lambrissé de bois et bondé de *Madrileños* bruyants et séduisants qui buvaient... du sherry ? du vermouth ? servi avec du jambon serrano, des anchois et du chorizo huileux.

— C'est délicieux ! ai-je crié en essuyant la graisse sur mon menton. Mais j'ai peur qu'ils ne mangent pas assez de légumes. En tant que nation, je veux dire.

— Je pars demain, a répondu Albie. Pour Barcelone ! Et très tôt !

J'ai tenté de masquer ma déception. Pour être honnête, je n'avais pas tout à fait abandonné l'idée que Connie nous rejoigne et qu'on reprenne le Grand Tour tous ensemble, peut-être en revenant à Florence. Nos réservations étaient toujours valables et les billets pour la Galerie des Offices...

— Oh. D'accord. C'est dommage, je pensais qu'on aurait pu retourner...

— Si tu venais avec moi ?

Le bruit dans la salle était vraiment assourdissant et je lui ai demandé de répéter. Il a approché sa bouche de mon oreille :

— Tu veux venir avec moi ?

— Où ça ?

— À Barcelone. Juste deux ou trois jours.

— Je ne suis jamais allé à Barcelone.

— C'est bien pour ça que je te le propose.

— Barcelone ?

— C'est sur la côte.

— Je sais où est Barcelone, Poussin.

— Je me disais que ce serait sympa de se baigner dans la mer.

— C'est une bonne idée, oui.

— Tu pourras parfaire ton bronzage. Colorer un peu ton côté gauche.

— Ça se voit toujours ?

— Un peu.

J'ai éclaté de rire.

— D'accord, d'accord ! Je te suis. On ira se baigner dans la mer.

partie 8

BARCELONE

— Ce n'est rien de venir en Europe, expliqua-t-elle à Isabel. Il ne me semble pas que l'on ait besoin de tant de raisons pour cela. En revanche, c'est vraiment quelque chose de rester chez soi ; c'est autrement important[1].

Henry James, *Portrait de femme*.

1. Traduction de Claude Bonnafont. 10/18, Paris, 1996.

163. courir vers la mer

Non sans un certain soulagement, j'ai découvert que Barcelone ne comptait presque aucun musée d'art.

Ce n'était pas tout à fait vrai, bien sûr. Il y avait un musée Picasso et un musée Miró, et peut-être aurais-je dû mettre un pied dans le monde de l'art abstrait et non figuratif après tant d'œuvres signées de grands maîtres. Mais il n'y avait pas d'institution monolithique comparable au Louvre ou au Prado, et par conséquent aucune pression. À la place, Barcelone nous offrait la possibilité de « glandouiller ». Pour un jour ou deux, on allait glandouiller. Juste… glandouiller.

Le projet d'Albie n'allait pas plus loin que ça en tout cas, et il avait déjà démontré un sens admirable de l'organisation en nous faisant arriver à la gare d'Atocha de Madrid à temps pour prendre le train de 9 h 30. Un vrai spectacle, cette gare, plus proche d'un jardin botanique que d'un gros centre ferroviaire conventionnel avec sa vaste jungle de plantes tropicales au milieu du hall central, mais je l'aurais davantage apprécié si je n'avais pas souffert de la pire gueule de bois de ma vie.

Notre soirée à Chueca s'était transformée en l'un de ces moments qu'Albie qualifiait d'« éclate totale ». On était restés des heures et des heures dans ce bar, perchés sur des tabourets hauts, savourant des mets succulents vers lesquels je m'aventurais rarement : des rillettes de poissons, des calamars, des poulpes débités en morceaux et des piments verts frits, le tout très salé et déshydratant, ce qui nous a poussés à boire encore plus de vermouth – j'y avais pris goût –, et, de là, à discuter joyeusement avec de parfaits inconnus de l'Espagne, de la crise économique et de l'euro, d'Angela Merkel et de l'héritage de Franco. Les sujets de conversation habituels dans les bars, quoi. Gentiment ivre, Albie ne cessait de me présenter aux gens comme « mon père, le célèbre scientifique », avant de dériver ailleurs, mais tout le monde était très amical et ça me changeait d'avoir de vraies conversations avec les habitants d'un autre pays au lieu d'acheter simplement des billets et de commander à manger. La soirée s'est donc très bien passée – si bien même que nous sommes sortis du bar dans une aube brumeuse, au son des oiseaux qui chantaient sur la Plaza de Chueca. J'associais le petit matin à l'anxiété et à l'insomnie, mais les fêtards et les noctambules qui rentraient chez eux semblaient tous de très bonne humeur. *¡Buenos Días! ¡Hola!* L'ambiance était très ouverte et chaleureuse, ce qui nous a fait dire que nous aimions vraiment beaucoup Madrid, et le quartier de Chueca en particulier. Quelques mois après, lorsque Albie nous a annoncé à Connie et à moi qu'il était gay et engagé dans une relation sérieuse avec un autre étudiant de sa promo, j'ai enfin compris que cette soirée avait été son premier gros sous-entendu. Cela m'avait échappé à l'époque. J'avais juste pensé qu'il était incroyablement sociable.

Quatre heures plus tard, je traversais le grand hall de la gare au pas de course derrière lui. J'avais la nausée et un arrière-goût rance de vermouth et de paprika dans la bouche. D'une constitution plus solide que la mienne, Albie m'a pris par le coude pour m'aider à monter dans le train. Une fois à l'extérieur de Madrid, nous avons traversé la même plaine que j'avais survolée deux jours plus tôt, mais je n'ai fait que l'entrevoir à travers mes paupières papillonnantes, et j'ai dormi ensuite durant tout le trajet jusqu'à la côte. À mon réveil, j'ai découvert qu'Albie avait déjà réservé une chambre double dans un grand hôtel moderne juste au bord de la mer.

— J'ai mis ça sur ta carte. J'espère que ça ne t'ennuie pas.

Ça ne m'ennuyait pas, non.

164. barceloneta

L'hôtel faisait partie de ces établissements au goût du jour qui avaient à peine changé depuis 2003 – meubles modulaires, cuir beige, écran plat géant et bambou omniprésent.

— La classe ! ai-je dit en prenant le lit de gauche.

— Tu es sûr que tu ne préfères pas avoir ta propre chambre ?

— De peur que tu sois un boulet pour moi ? Non, je crois qu'on sera bien ici.

Je suis sorti sur le balcon : nous avions vue sur la Méditerranée et, derrière une quatre-voies, sur une plage a priori aussi grouillante de monde que n'importe quelle rue commerçante.

— Tu veux qu'on aille chercher quelque chose à manger, papa ? Ou on va direct à la plage ?

Je le trouvais extrêmement conciliant, ce qui ne lui ressemblait pas du tout. J'ai mis ça sur le compte de sa conversation téléphonique de la veille avec Connie. *Prends soin de ton vieux père. Sois gentil avec lui pendant un jour ou deux, et après, renvoie-le à la maison* – ce genre de recommandations. Il obéissait à des instructions strictes. Ça ne durerait pas, mais j'ai décidé de profiter de cette bonne compagnie qu'il m'offrait pour la première fois. Aucun de nous ne se montrait sous son jour habituel, et peut-être que cela valait mieux. J'ai remonté mes jambes de pantalon, pris une serviette dans la salle de bains et acheté des maillots parmi la maigre sélection proposée par la boutique de souvenirs de l'hôtel – des Speedos couleur pêche, deux tailles en dessous de la nôtre. Ainsi équipés, nous nous sommes dirigés vers le bord de mer.

Les plages m'ont toujours paru un environnement d'une rare hostilité. Grasses, rêches, trop lumineuses pour pouvoir y lire, trop brûlantes et inconfortables pour y dormir, dépourvues d'ombre à un point alarmant, et aussi de toilettes publiques décentes – sauf à tenir compte de la mer, bien sûr, ainsi que le font hélas beaucoup de baigneurs. Sur une plage bondée, même l'océan le plus bleu vous donne l'impression de barboter dans l'eau du bain d'un étranger, et notre plage à nous était vraiment très, très bondée, le béton, les gaz d'échappement et les grues au-dessus de nous lui conférant l'allure d'un chantier de construction étonnamment laxiste. Les jeunes Barcelonais était beaux, musclés, crâneurs et bronzés, et les jeunes Barcelonaises parfois seins nus, même si on a fait bien attention de ne pas y faire trop attention, Albie et moi.

— On est loin de Walberswick[1], hein ? ai-je déclaré avec nonchalance lorsque plusieurs gamines à peine vêtues se sont installées non loin de nous – et Albie a convenu avec moi que, en effet, on était loin de Walberswick.

J'avais abandonné mes baskets mutantes à Madrid et je manquais singulièrement d'une tenue de plage, aussi ai-je dénoué les lacets de mes richelieus et entamé la série de contorsions requises pour enfiler ma saleté de maillot sous une serviette – un exercice délicat qui me rappelait mes tentatives pour faire le nœud d'un ballon gonflable. Puis je me suis étendu un peu timidement sur le sable brûlant. Malgré son enthousiasme initial, Albie semblait rechigner à aller nager, mais la chaleur de l'après-midi était telle que je me sentais comme dans un four. J'avais de plus en plus conscience de la vulnérabilité de mon crâne, et lorsque je n'ai plus été capable de le supporter, je me suis assis et tartiné la tête de crème solaire.

— Poussin, je peux t'emprunter tes lunettes de natation ?

165. pelagia noctiluca

L'eau était trouble près du bord, la crème solaire des baigneurs lui donnant l'aspect graisseux d'un évier après qu'on y a lavé le plat du rôti dominical. Les gens agglutinés là restaient immobiles, déconcertés, les mains sur les hanches, comme s'ils essayaient de se souvenir où ils avaient mis leurs clés. Des poissons filaient vivement entre nos mollets, mais si près du rivage ce n'était que des poissons ternes à l'air mal

1. Petit village isolé du Suffolk, sur la côte est de l'Angleterre.

en point, des charognards qui se nourrissaient de je ne sais quoi. Je me suis avancé un peu plus. À mesure que le sol s'enfonçait, l'eau est devenue plus claire et d'une teinte bleue remarquable, et j'ai repris plaisir à être là. J'ai calé les lunettes d'Albie sur mes yeux avant de plonger. Aussitôt, les derniers effets des vermouths de la veille ont disparu. Étant bon nageur et sûr de moi, je me suis vite retrouvé presque seul. J'ai fait face à la ville et contemplé les antennes relais, les grues, les tramways et les collines indolentes à l'arrière-plan. Comme il était étrange d'avoir zigzagué, crapahuté et couru dans toute l'Europe, tout ça pour atteindre la mer à cet instant seulement. De là où j'étais, Barcelone renvoyait l'image d'une ville agréable et moderne, et je me réjouissais de l'explorer avec mon fils. Quelque part parmi la masse des corps avachis sur la plage, il était sain et sauf. Mon voyage était parvenu à sa conclusion naturelle, et dans deux ou trois jours je rejoindrais Connie pour plaider ma cause, quelle qu'elle soit. Inutile de s'en inquiéter pour le moment. J'ai fermé les yeux et fait la planche en tournant mon visage face au soleil.

Ce qui s'est passé ensuite reste un peu flou, même si je me rappelle très nettement le choc de la première piqûre sur mon pied – une sensation incroyablement douloureuse, comme si j'avais été tailladé par une lame. La cause aurait dû m'apparaître évidente, mais j'ai d'abord pensé que j'avais touché du verre brisé. Ce n'est qu'en mettant la tête sous l'eau et en voyant les fonds sableux loin, très loin de moi, et les nuages roses et bleus de méduses qui m'entouraient – un essaim de méduses, il n'y avait pas d'autre mot – que j'ai compris dans quel pétrin j'étais. J'ai tenté de réguler mon souffle et de me persuader que, à condition de prendre mon temps, il devrait m'être tout à fait possible de me frayer un chemin au milieu de ce champ de mines et de regagner le rivage. Mais y en avait-il vraiment autant que j'avais cru en voir ? J'ai inspiré, remis la tête sous l'eau et me suis étranglé. Je me faisais l'effet du premier témoin d'une invasion d'extraterrestre, ou d'un débarquement, et pour ne rien arranger, j'occupais une position très reculée derrière les lignes ennemies – une impression renforcée par une vive douleur au bas du dos, presque un coup de fouet. J'ai tendu la main derrière moi, senti quelque chose d'aussi doux qu'un mouchoir en tissu trempé, puis de nouveau une douleur cuisante, sur mon poignet cette fois. Remontant à la surface, j'ai examiné la blessure. Elle avait déjà pris une teinte rose vif et la trace des tentacules se détachait nettement sur ma peau. J'ai juré et essayé de ne pas bouger, mais cela n'a eu pour résultat que de me faire couler à pic, tel le flotteur d'un pêcheur, et j'ai inspiré au lieu d'expirer lorsque, à quelques centimètres de mon visage, j'ai vu une autre de ces sales créatures qui semblait chercher à m'intimider. Je lui ai donné un coup de poing – un geste absurde, parce que rien ne blesse plus une méduse, rien n'insulte plus sa dignité qu'un coup de poing en pleine face. Échappant à une nouvelle piqûre, je me suis reculé et stabilisé en décrivant de petits cercles avec mes mains et mes pieds. Puis j'ai regardé autour de moi. Le nageur le plus proche était à près de cinquante mètres de distance, et alors que je l'observais, il a poussé un cri de douleur et s'est mis à nager comme un dératé en direction du rivage. J'étais seul.

J'ai voulu crier moi aussi. Peut-être aurais-je dû appeler au secours, mais les mots restaient bloqués dans ma gorge. Ils me paraissaient soudain si grotesques. « Au secours ! » Qui osait encore les prononcer ?

Quel cliché ! Et comment disait-on ça en espagnol, de toute façon – ou était-ce en catalan ? « *Aidez-moi** » servirait-il à quelque chose ? Les Français qui se noyaient se sentaient-ils stupides lorsqu'ils hurlaient « *aidez-moi* » ? Et même si quelqu'un m'entendait, comment pourrait-on bien me porter assistance, cerné comme je l'étais par toutes ces méduses ? Il aurait fallu m'extraire de l'eau au moyen d'un hélicoptère, avec la grosse masse gélatineuse de ces monstres accrochée à mes jambes blafardes. « Désolé », voilà plutôt ce que j'aurais dû crier. « Désolé ! Désolé d'être si foutrement ridicule ! »

J'ai scruté la plage en essayant de repérer Albie, mais je m'étais trop éloigné et je m'agitais inutilement. La douleur dans mon pied, mon dos et mon bras ne s'estompait toujours pas. Je me suis de nouveau retrouvé sous l'eau, les yeux bien fermés cette fois pour ne plus voir ce qui m'entourait, jusqu'à ce que je reçoive un coup de fouet sur l'épaule. C'est pas vrai, ai-je ruminé. Je vais mourir là, je vais me noyer, m'évanouir et sombrer au fond de la mer, assommé par toutes ces piqûres venimeuses. J'étais certain que j'allais mourir, plus certain que je ne l'avais jamais été. Et puis brusquement, j'ai ri en silence à la perspective de cette mort si pathétique qu'elle serait peut-être évoquée par la presse britannique. Je me suis rappelé mon maillot de bain, trop proche de la couleur chair pour que je sois à l'aise dedans, et de taille S alors que j'aurais eu besoin d'un M, voire d'un L. S'il vous plaît, mon Dieu, ai-je imploré, ne les laissez pas repêcher mon cadavre dans ce caleçon trop serré. Je ne veux pas que Connie ait à m'iden-tifier dans cette tenue pour enfant. *Oui, c'est mon mari, mais ce maillot appartient à quelqu'un d'autre.* Pourvu qu'on ne soit pas obligé de m'enterrer avec.

— Oh, merde, ai-je dit à voix haute.

Et j'ai ri encore tout en toussant et en recrachant une gorgée d'eau de mer.

— Merde, Connie, je suis désolé.

Je me suis sciemment projeté une image d'elle dans ma tête, celle à laquelle je pense toujours et qui provient d'une photo. Cela peut paraître mièvre, je sais, mais on a bien le droit de l'être dans de telles circonstances. Alors voilà, j'ai pensé à Connie, et à Albie aussi, à notre petite famille, puis j'ai inspiré profondément et j'ai nagé de toutes mes forces vers le rivage en essayant du mieux que je le pouvais de raser la surface de la mer.

166. medusa, medusa

Je suis sorti de l'eau encore moins élégamment que j'y étais entré, et c'est à quatre pattes que j'ai débarqué au beau milieu d'une partie de beach-volley, comme la victime d'un naufrage. Dans ma panique, j'avais mal évalué la direction à suivre et j'avais atterri à une centaine de mètres d'Albie, à un endroit où il n'y avait personne pour m'aider à me relever ou me demander ce qui n'allait pas. La partie de volley a tout simplement repris pendant que je m'agenouillais le temps de retrouver mon souffle.

Lorsque, enfin, j'ai été capable de marcher, je suis parti en quête d'Albie. Le soleil me faisait l'effet d'une loupe qui concentrait tous ses rayons sur moi. L'eau m'avait rafraîchi. Là, sur le sable, j'avais l'impression de griller. Le simple souffle de l'air sur mes piqûres attisait la douleur, mais au moins n'étais-je pas seul dans ma détresse. La nouvelle s'était entre-temps répandue sur toute la plage, et j'ai entendu les mots « medusa, medusa » retentir autour de moi tandis que je cherchais Albie.

Au bout d'un bon moment, je l'ai aperçu. Il dormait à poings fermés.

— Albie ! Albie, réveille-toi.

— Papa ! a-t-il protesté en se protégeant les yeux de la lumière aveuglante. Qu'est-ce qu'il y a ?

— Je me suis fait sauter dessus par des méduses.

Il s'est redressé.

— Dans l'eau ?

— Non, sur terre. Elles m'ont pris mes clés et mon portefeuille.

— Tu trembles.

— Ça fait mal, Albie, ça fait super mal.

Voyant dans quel état j'étais, il a vivement réagi en se jetant sur son téléphone pour googler « piqûre de méduse » pendant que je m'abritais sous une serviette en grimaçant au contact du tissu-éponge avec mes blessures.

— Je ne vais quand même pas être obligé de te pisser dessus, hein ? Parce que ce serait carrément trop chelou, comme truc. Je serais bon pour cinquante ans de thérapie, moi.

— Je crois que cette histoire d'urine n'est qu'un mythe.

— Exact, m'a-t-il confirmé en se référant à son téléphone. Il est dit ici qu'il faut juste retirer les tentacules et cellules urticantes encore présents, et ensuite prendre des antalgiques. Où tu vas ?

J'ai enfilé péniblement ma chemise, gagné par une nausée épouvantable.

— M'allonger à l'hôtel. J'ai du paracétamol dans mes affaires.

— OK, je viens avec toi.

— Non, reste ici.

— Je veux…

— Sérieusement, Albie, amuse-toi. Une fois que j'aurai dormi un peu, ça ira mieux. Évite d'aller nager, par contre. Au fait, quel est l'indice de ta crème solaire ?

— C'est un indice 8.

— Avec un soleil pareil ? Tu es fou ! Il te faut au moins du 30.

— Papa, je crois que je suis assez grand pour décider…

— Tiens, ai-je dit en lui lançant mon tube. Et n'oublie pas le haut des oreilles. On se retrouve à l'hôtel.

Mes chaussures et mon pantalon à la main, les bras écartés sur le côté, j'ai fendu la foule et suis rentré en titubant.

Ma tenue n'était pas convenable au vu du monde présent à la réception, mais je m'en moquais. Le temps que j'atteigne ma chambre, ma nausée avait empiré. La douleur s'était un peu atténuée en revanche et me paraîtrait bientôt négligeable comparée à la série d'infarctus qui m'ont frappé à brefs intervalles, comme de puissants coups de massue assenés sur le sternum, le premier m'envoyant d'emblée rouler à terre avec le souffle coupé.

167. sous l'armoire

Il y a dans les histoires d'épouvante un retournement de situation classique que je savourais secrètement lorsque j'étais gamin – ce moment où on découvre que le personnage principal était mort depuis le début. J'ai retrouvé ce coup de théâtre dans des films aussi et, en dehors des suppositions qui en découlent sur la conscience et la vie après la mort, il m'est toujours apparu comme un procédé un peu trop facile. Je me dois donc de vous avertir tout de suite que je ne suis pas mort et que je n'ai pas non plus été invité à marcher vers la moindre lumière blanche.

C'est mon fils qui m'a sauvé la vie. A-t-il été mû par un sentiment de culpabilité ? par l'inquiétude ? Toujours est-il qu'il n'a pas réussi à se détendre sur la plage et qu'il m'a suivi quelques minutes plus tard. En entrant dans la chambre, il a découvert mes pieds qui dépassaient d'entre les deux lits simples. La douleur s'était répandue dans ma poitrine, mes bras, mon cou et mes mâchoires, j'avais du mal à respirer et je paniquais aussi car, jusqu'à ce qu'il arrive, je me demandais bien comment j'allais pouvoir m'en sortir. Contraint de rester étendu sur le plancher, cloué là comme si une grosse armoire ancienne m'était tombée dessus, je n'avais vue que sur les moutons de poussière sous le lit et, au-delà, sur les chaussettes de mon fils, ses baskets et ses serviettes de toilette. Puis, miraculeusement, ses pieds crasseux et bénis ont surgi sur le pas de la porte.

— Papa, à quoi tu joues ?

— Viens ici, s'il te plaît.

Il a grimpé sur le lit et baissé les yeux sur moi, en triste posture contre la table de nuit. Je lui ai expliqué ce dont je pensais avoir été victime. Cette fois, il n'a pas tapé « crise cardiaque » dans Google, mais décroché le téléphone et appelé la réception en adoptant un ton clair et posé que je ne lui avais encore jamais entendu. Un ton admirablement calme, pile comme je l'aurais fait. Une fois certain que les secours étaient en route, il m'a enjambé et a glissé ses mains sous mes aisselles pour tenter de me mettre en position assise. Mais j'étais coincé, et trop faible pour ça, si bien qu'il y a renoncé pour venir à la place se nicher contre moi, entre les lits.

— Tu vois ? a-t-il lâché en me tenant la main. Je t'avais dit que ce maillot de bain te serrait trop.

J'ai grimacé.

— Ne me fais pas rire, Albie.

— Tu as mal ?

— Oui. Oui, j'ai mal.

— Je suis désolé.

— Une aspirine me ferait du bien.

— On en a ?

— On a du paracétamol.

— Ça te soulagera vraiment, papa ?

— Je ne pense pas.

— OK. Restons tranquilles, alors.

Un certain temps s'est écoulé, peut-être trois ou quatre minutes, et même si j'essayais de garder mon calme, je ne pouvais m'empêcher de songer que mon propre père s'était probablement retrouvé dans la même situation, seul dans son appartement sans personne pour s'étendre auprès de lui ou plaisanter bêtement. Sans personne ? Sans moi. « En gros, son cœur a explosé », avait dit le médecin avec une satisfaction déplacée. J'ai cillé en sentant un nouveau spasme dans ma poitrine.

— Ça va ?

— Je vais bien.

— N'arrête pas de respirer, papa.

— Je n'en ai pas l'intention.

Le temps a continué à passer, mais lentement, si lentement.

— Qu'arrivera-t-il si tu perds connaissance ?

— On devrait peut-être parler d'autre chose, Poussin.

— Désolé.

— Si je perds connaissance, ça voudra dire que je fais un arrêt cardiaque. Tu devras effectuer une réanimation cardio-pulmonaire.

— Quoi, un bouche-à-bouche ?

— Je crois.

— Oh, putain. Ne tombe pas dans les vapes, hein ?

— Je fais de mon mieux.

— Bien.

— Tu sais comment réanimer quelqu'un, Poussin ?

— Non, mais je chercherai sur internet. Peut-être que je devrais le faire maintenant, d'ailleurs.

J'ai de nouveau ri. S'il y avait bien une chose capable de m'achever, c'était la vue d'Albie tentant désespérément de lire comment pratiquer une réanimation.

— Non, reste allongé avec moi. Je vais m'en sortir. Tout ira bien.

Albie a respiré lentement et pressé ma main en frottant mes jointures avec son pouce. Quel dommage, ai-je songé, de ne retrouver cette intimité qu'à un tel prix.

— Albie…

— Papa, tu ne devrais pas parler, tu sais.

— Oui, mais…

— Tout va bien se passer.

— Juste au cas où… Si jamais je ne…

D'aucuns, j'imagine, auraient volontiers saisi cette occasion d'adresser au monde une ultime déclaration sans appel, et diverses formules m'ont ainsi traversé l'esprit. Mais toutes semblaient assez empesées et mélodramatiques, et nous sommes restés là, immobiles et silencieux, coincés entre nos deux lits, main dans la main en attendant l'arrivée de l'ambulance.

168. *ataque al corazón*

Je ne saurais trop louer le système de santé espagnol. Les secouristes étaient très professionnels, du genre un peu « macho », mais dans un sens rassurant, et j'ai été soulevé par des bras poilus et transporté sur une courte distance jusqu'à l'hôpital local où, après des examens, une radio et l'administration d'anticoagulants, une certaine Yolanda Jimenez, médecin de son état, m'a annoncé dans un anglais parfaitement intelligible que j'allais subir une opération. J'ai tout de suite imaginé le vrombissement des scies chirurgicales et ma cage thoracique écartelée comme la carapace d'un homard, mais elle m'a expliqué que l'intervention serait beaucoup plus localisée. On m'insérerait un tube dans la cuisse sous anesthésie locale et, si improbable que cela puisse paraître, on le ferait ensuite remonter jusqu'à mon cœur afin de permettre l'élargissement d'une artère grâce à la pose d'un stent. Aussitôt, j'ai eu en tête des images de cure-pipes, de fil dentaire, de porte-manteaux métalliques démontés. L'opération aurait lieu le lendemain matin.

— Ma foi, ça n'a pas l'air si grave que ça, ai-je dit gaiement après le départ du médecin.

En vérité, je ne me réjouissais pas à l'idée qu'un cathéter inséré dans ma cuisse sonde mes artères en passant devant mes organes internes, mais je ne voulais pas qu'Albie s'inquiète.

— S'ils vont trop loin, je suppose que ce machin ressortira par l'oreille !

Il s'est forcé à sourire.

Albie est retourné à l'hôtel me chercher une tenue de rechange. Mon maillot de bain obscène a fini à la poubelle, et nous avons été transférés dans une chambre pour la nuit. J'aimerais pouvoir décrire une atmosphère barcelonaise à nulle autre pareille, où tout le monde aurait déambulé dans les couloirs et mangé des calamars plantés sur des bâtonnets jusqu'à l'aube, mais cet hôpital était en fait aussi angoissant et déprimant que n'importe quel autre à travers le monde, à ceci près que les jurons, les grognements et les sanglots y résonnaient avec un accent différent. N'ayant jamais mis les pieds dans un tel endroit depuis sa naissance, Albie paraissait ébranlé.

— Papa, si c'est un coup tordu pour me faire arrêter de fumer, c'est bon, tu as gagné.

— Eh bien, c'est toujours ça de pris, je suppose. Albie, tu peux me laisser ici, si tu veux.

— Quoi, et aller faire la fête ?

— Rentre au moins à l'hôtel. Tu n'arriveras pas à dormir sur une chaise.

— J'irai plus tard. Il faut d'abord qu'on appelle maman.

— Je sais.

— Tu préfères que ce soit toi qui le fasses ou bien moi ?

— Je vais lui parler et je te la passerai ensuite.

Je l'ai donc appelée et le lendemain, le temps que l'opération soit terminée et que je me réveille après un petit somme, ma femme était à mes côtés.

169. son visage

Connie reposait à moitié sur le lit, dans une posture un peu bizarre avec ses jambes dans le vide et son merveilleux visage tout près du mien.

— Comment te sens-tu ?

— Bien. Un peu endolori, un peu contusionné, c'est tout.

— Je croyais qu'il s'agissait d'une chirurgie micro-invasive.

— Mais qui ne fait pas dans la dentelle.

— Tu as mal ? Tu veux que je descende du lit ?

— Non, non, j'aime bien que tu sois là. Ne bouge pas. Et désolé si je pue.

Je ne m'étais pas lavé depuis ma baignade dans la Méditerranée et j'avais cruellement conscience de l'odeur rance de mon corps et de mon haleine.

— Je m'en fous. Ça prouve que tu es vivant. Comment était le… ?

— Un peu désagréable. J'ai senti une pression dans la poitrine, comme si quelqu'un m'avait enfoncé un doigt dans…

— Merde, Douglas !

— Mais je vais bien. Désolé que tu aies dû faire tout ce voyage.

— J'ai d'abord pensé, laisse courir, il n'a qu'à se faire opérer tout seul là-bas, mais il n'y avait rien à la télé, alors… me voilà, a-t-elle conclu, une main sur ma joue. Regarde-moi cette barbe. On dirait le rescapé d'un naufrage.

— Tu m'as manqué.

— Oh, bon sang, toi aussi.

Elle pleurait à présent, et peut-être bien que je n'étais pas en reste.

— Si on planifiait exactement les mêmes vacances l'année prochaine, qu'est-ce que tu en dis ? a-t-elle ajouté ensuite.

— Exactement les mêmes. Sans rien changer, surtout. Je veux passer des vacances comme celles-là tous les ans.

— Les plus belles vacances de notre vie.

— Oh oui.

170. au repos

Après un dernier angiogramme, les médecins ont décrété que mon opération était une réussite et que mon infarctus ne présentait « aucune gravité ». Il ne m'avait pourtant pas fait cet effet-là, à moi, lorsque j'étais étendu par terre entre les deux lits de ma chambre d'hôtel, mais je n'ai pas ergoté parce que la bonne nouvelle, c'était que je pourrais quitter l'hôpital le lendemain et qu'en suivant un traitement approprié, j'aurais l'autorisation de rentrer en Angleterre par avion une dizaine de jours plus tard.

Gérant la situation avec une belle efficacité, Connie et Albie ont déniché un appartement – une solution plus confortable puisque je m'y sentirais moins claustrophobe qu'à l'hôtel. Nous avons rempli des formulaires médicaux, pris rendez-vous pour divers examens, puis nous sommes allés en taxi à Eixample, un quartier résidentiel bourgeois aux immeubles imposants. Notre appartement, calme, agréable et rempli de livres, se trouvait au premier étage de l'un d'entre eux, ce qui m'épargnait un trop grand nombre de marches à monter. Occupé en temps normal par un universitaire, il possédait un balcon donnant sur l'arrière et nous permettait de rejoindre à pied plusieurs attractions touristiques – des bâtiments conçus par Gaudí, des restaurants, sans compter la Sagrada Família, située à quelques pâtés de maisons. Tout cela était très élégant et absolument hors de prix aussi, mais pour la première fois de ma vie peut-être, j'ai pu mesurer l'intérêt des formules complètes d'assurance voyage. Nous n'aurions pas à nous soucier de ces dépenses. Je ne devais m'inquiéter de rien.

La convalescence a quelque chose de luxueux, et j'ai été conduit d'un endroit à un autre avec une débauche de soins et d'attentions, comme un vase ancien. Albie en particulier se montrait extrêmement prévenant et curieux, à croire que jusqu'à cet instant la mortalité avait relevé à ses yeux d'une simple fable. Quelques mois plus tard, j'ai découvert que mon admission à l'hôpital lui avait fourni matière à une série de photos réalistes, des images saisissantes en noir et blanc de moi en train de dormir avec la bouche ouverte, ou encore des gros plans des différents moniteurs reliés à ma poitrine et de la canule qui me transperçait la peau. Pour un adolescent, toutes les catastrophes constituent un rite de passage, mais j'étais heureux de voir que, enfin, j'avais été pour lui une source d'inspiration. Au moins avait-il quelques photos de moi à présent.

Lorsqu'il est devenu évident que je ne mourrais pas de sitôt, son intérêt s'est émoussé, et il a été visiblement soulagé qu'on l'encourage à nous laisser seuls, Connie et moi. Ses amis devant se retrouver à Ibiza avant de suivre tous des chemins différents, il a pris l'avion pour les rejoindre avec un stock d'histoires dramatiques à raconter. Peut-être a-t-il embelli la vérité. Peut-être a-t-il prétendu avoir pratiqué un massage cardiaque. Peut-être qu'une partie de lui s'est interrogée sur ce qu'il aurait éprouvé si je ne m'en étais pas sorti – mystère. Cette crise avait été la mienne, mais je me réjouissais qu'il ait lui aussi sa dose d'attentions et de louanges. J'étais fier de lui.

Je ne saurai jamais ce qui lui est arrivé à Ibiza cet été-là, et c'est très bien comme ça. Il nous a appelés tous les jours pour nous assurer qu'il allait bien, qu'il était content. On ne lui en demandait pas davantage. Et en attendant son retour, ma chère femme et moi nous sommes retrouvés de nouveau en tête à tête.

171. hommage à la catalogne

Cela peut paraître tordu, mais ma convalescence à Barcelone figure selon moi parmi les périodes les plus heureuses de notre mariage.

Je faisais la grasse matinée sans me soucier de l'heure qu'il était pendant que Connie lisait sur le balcon avec des oranges et du thé. Une fois prêts, on sortait se balader en poussant parfois jusqu'à La Boqueria, un marché alimentaire qu'on adorait tous deux et où je buvais des jus de fruits – mais pas de café ni d'alcool. On discutait beaucoup de la nécessité pour moi d'adopter un régime méditerranéen, et si cette notion faisait frémir dans le Berkshire, elle n'a rien eu d'une corvée le temps de notre séjour. On achetait du pain, des olives et des fruits sur nos étals préférés, après quoi on repartait tranquillement.

Les Ramblas étaient un peu trop touristiques pour nous autres résidents, aussi a-t-on pris l'habitude de tourner à gauche ou à droite dans les ruelles de Raval ou du quartier gothique en faisant souvent des pauses dans les cafés. Connie avait déniché un exemplaire de l'*Hommage à la Catalogne* d'Orwell ainsi qu'une histoire de la guerre civile espagnole dans une petite librairie anglaise de Gràcia, et on s'asseyait à l'ombre pour lire tout en savourant du jus d'orange frais. On s'assoupissait en fin d'après-midi, puis on dînait tôt au restaurant, comme les autres touristes, en résistant à regret au chorizo, aux calamars grillés et à la bière fraîche. Après quoi, lentement, très lentement, on regagnait notre appartement.

Un matin, on a pris un taxi pour aller à la fondation Joan Miró, sur une colline dominant la ville. Connie est littéralement entrée en transe devant les œuvres de ce peintre, mais je suis resté pour ma part dubitatif, avec le sentiment d'avoir encore du chemin à parcourir en matière d'art abstrait. À la sortie, on est montés dans un téléphérique qui reliait le parc de Montjuïc à la partie basse de la ville – un superbe trajet d'où l'on dominait le port, les grues et les piscines, les entrepôts et les autoroutes, les bateaux de croisière et les porte-conteneurs. Vous voyez ? Là, la Sagrada Família. Là, l'hôtel où j'avais attendu les secours, main dans la main avec mon fils, persuadé que j'allais mourir. La cabine nous a descendus doucement vers la mer, et cela résume en fait le sentiment que m'ont procuré mes quelques jours à Barcelone : celui d'avoir été soulevé et promené en permanence avec précaution et affection. Ça me rappelait presque la petite enfance. Sauf que, comme elle, ça ne pouvait pas durer. Tôt ou tard, ma tête allait heurter le cadre de la porte et je serais violemment ramené à la réalité et aux conséquences de mon état de santé, avec toutes les angoisses que cela supposait, tous les examens médicaux et toutes les répercussions sur mon style de vie et ma carrière.

Mais pour l'heure, Connie et moi formions un couple harmonieux, comblé et à l'écoute l'un de l'autre, bref, un couple amoureux – faute d'un meilleur terme – comme jamais. De toute évidence, la clé de mon bonheur conjugal pour les quarante prochaines années consistait à avoir une crise cardiaque sans gravité tous les trois mois environ. Si j'y parvenais, tout irait peut-être parfaitement bien entre nous.

Un soir, étendu sur notre grand lit aux draps frais, je me suis tourné vers elle.

— Tu crois qu'on pourra coucher de nouveau ensemble à un moment ou à un autre ? Je veux dire, sans que je m'agrippe la poitrine et que je tombe raide mort sur toi ?

— Figure-toi que je me suis renseignée.

— Ah oui ?

— Oui. Il est recommandé d'observer quatre semaines d'abstinence, mais à mon avis, ça ne pose pas de problème à condition que je fasse tout le boulot et que tu ne t'emballes pas trop.

— Comme d'hab', quoi.

Elle a ri, ce qui m'a fait énormément plaisir.

— J'ai l'impression qu'on va s'en sortir, toi et moi, non ?

— C'est ce que je me disais aussi, a-t-elle répondu.

Et c'était vrai. On s'en était sortis.

172. à la maison

Au bout d'une semaine, on était devenus de parfaits *Barcelonés*, si toutefois le mot existe. Finis les cartes, les guides, les itinéraires. On a même appris quelques expressions en catalan. *¡Bona tarda! ¡Si us plau!* Tous les deux ou trois jours, on allait à l'hôpital et on s'asseyait confortablement dans la salle d'attente, jusqu'à ce que, enfin, les médecins me donnent leur feu vert pour partir et me renvoient vers le National Health Service de mon pays. Voyager ne présentait plus de danger pour moi. On pouvait rentrer à la maison.

— Eh bien, quelle bonne nouvelle, ai-je déclaré.

— N'est-ce pas ? a renchéri Connie.

Mais c'est avec une certaine réticence que nous avons fait nos valises, et j'ai regardé ma femme les porter vers le taxi sans être en mesure de l'aider. On s'est tenus par la main durant le trajet jusqu'à l'aéroport, chacun les yeux tournés vers son côté de la voiture, et on ne s'est pas non plus lâchés dans l'avion, où Connie a gardé un doigt posé sur mon poignet comme si elle voulait vérifier discrètement mon pouls. L'effort requis pour effectuer un voyage dénué de tout stress générait en fait une angoisse particulière, et nous n'avons pas beaucoup parlé pendant le vol. J'ai pris le siège près du hublot, le front appuyé contre la vitre.

Le soleil brillait sur toute l'Europe ce jour-là. J'ai contemplé l'Espagne, la Méditerranée et le centre verdoyant de la France. Puis l'Angleterre s'est déroulée sous nos pieds – les falaises blanches, les autoroutes, les champs bien ordonnés de blé et de colza, les mornes villes avec leurs rocades, leurs grands centres commerciaux, leurs rues principales et leurs ronds-points. À Heathrow, nous avons été accueillis par Fran, qui nous a ramenés chez nous en m'abreuvant de plaisanteries et de marques d'attention inhabituelles.

— Ça ira pour sortir de la voiture ? Ça ira pour monter l'escalier ? Tu as le droit de boire du café ?

J'ai bientôt trouvé insupportable cette sollicitude, cette main qui me guidait en me tenant le coude, cette tête inclinée, ce ton plein d'égards – autant de terribles aperçus d'une vie gériatrique que je ne pensais expérimenter que dans une trentaine d'années, voire plus –, et j'ai pris la résolution de tout faire pour me rétablir. Non, mieux que ça, pour être en meilleure santé et plus fort qu'avant. J'y suis en partie parvenu au cours de l'année suivante. Les médecins sont très contents de moi aujourd'hui. Je fais du vélo sur les routes de campagne. Je joue à une sorte de badminton avec des amis, toujours en double, même si j'ai perdu de ma férocité. Je cours de façon sporadique et empruntée, sans savoir quoi faire de mes mains. J'ai un bon pronostic vital.

Mais je vais trop vite dans mon récit. J'ai câliné M. Jones et l'ai laissé me lécher la figure. Toujours impotent, j'ai regardé Connie porter les valises à l'étage. Je l'ai aidée en revanche à déballer les affaires et à tout ranger – la brosse à dents dans le porte-brosse à dents, le passeport dans son tiroir. Puis Fran s'est enfin éclipsée et nous sommes restés seuls chez nous, en goûtant ce mélange de tristesse et de plaisir que l'on éprouve après une longue absence devant le courrier non ouvert, les toasts et le thé, le bruit d'une radio, la poussière en suspension dans l'air. Sur la console de l'entrée, les journaux s'entassaient sans avoir été lus, tous décrivant des événements dont on ignorait même qu'ils s'étaient produits.

— Tu as oublié de suspendre l'abonnement, ai-je dit en les jetant dans la poubelle des produits à recycler.

— J'avais d'autres préoccupations en tête, a répliqué Connie avec une pointe d'agacement. Je croyais que tu allais mourir, je te signale.

Nous avons sorti M. Jones en lui faisant faire sa promenade habituelle, un aller-retour jusqu'en haut d'une colline voisine. Il faisait bien trop frais pour un mois d'août, et on sentait autour de nous les prémices de l'automne, cette ébauche d'un changement de saison qui me faisait l'effet d'une tape sur l'épaule.

— J'aurais dû prendre mon manteau, ai-je dit alors que nous marchions lentement, bras dessus bras dessous.

— Tu veux que j'aille te le chercher ?

— Connie, non…

— Je me dépêcherai. Je n'en aurai que pour une minute…

— Je pense que tu ferais mieux de ne pas me quitter.

518

J'ai longuement évoqué tout ce que nous avions traversé. Je m'étais beaucoup interrogé sur ce qui avait déraillé entre nous et sur la manière d'y remédier. Peut-être pourrions-nous retourner à Londres, ou du moins trouver un pied-à-terre là-bas pour le week-end. Déménager dans une maison plus petite, vraiment à la campagne, cette fois. Sortir davantage. Voyager plus loin. Nous avons parlé de nouveaux départs, de notre passé commun, presque vingt-cinq ans déjà, de notre fille et de notre fils, de comment on s'en était sortis, de combien cela nous avait rapprochés. Je lui ai dit que nous étions inséparables, que la vie sans elle me paraissait inconcevable, impensable au sens propre du terme. Je ne pouvais me représenter un avenir où elle ne serait plus près de moi, et je croyais de tout mon cœur que nous pouvions être et que nous serions plus heureux tous les deux ensemble que chacun de notre côté. Je voulais vieillir avec elle. L'idée de le faire seul, de mourir seul, c'était… c'était inconcevable – oui, encore ce mot –, et non seulement inconcevable, mais monstrueux, terrifiant. J'avais entrevu comment ce serait, et cela m'avait horrifié.

— Tu ne devrais pas partir. Tout s'arrangera. Il n'y a plus que des bonnes choses devant nous maintenant, et je saurai te combler, je te le promets.

Malgré la fraîcheur de la soirée, nous nous sommes étendus dans les grandes herbes sur le flanc de la colline. Connie m'a embrassé et a posé sa tête sur mon épaule. Nous sommes restés ainsi durant de longues minutes, bercés par le bruit de la M40 à quelques pas de là.

— On verra, a-t-elle dit au bout d'un moment. Rien ne presse. On verra. Attendons de voir comment la situation évolue.

Lorsque nous avions entamé notre périple, je m'étais juré de la reconquérir, mais j'étais apparemment incapable de tenir cette promesse, ni – en dépit, ou bien à cause de tous mes efforts – de la rendre de nouveau heureuse, ou aussi heureuse qu'elle voulait l'être. En janvier de l'année suivante, deux semaines avant le vingt-cinquième anniversaire de notre rencontre, nous nous sommes fait la bise et dit au revoir, puis nous avons entamé des vies séparées.

partie 9

DE NOUVEAU L'ANGLETERRE

La maison est si triste. Elle est restée telle
qu'elle était au moment de son abandon,
Adaptée aux besoins du dernier à l'avoir
quittée
Comme pour l'inciter à revenir. À la place,
privée
De toute personne à charmer, elle se dégrade,
Sans avoir le cœur d'ignorer ce dépouillement

Et de redevenir ce qu'elle était à l'origine,
Une tentative joyeuse pour que les choses
soient comme il faut,
Mais qui a échoué si loin du but. On peut
voir comme c'était :
Il suffit de regarder les tableaux et les
couverts.
Les partitions de musique dans le tabouret
du piano. Ce vase[1].

Philip Larkin,
La Vie avec un trou dedans.

1. © Éditions Thierry Marchaisse, 2011 pour la traduction française.

173. points de vue

Voici la même histoire, telle que vous l'avez peut-être entendue, racontée sous différents points de vue.

Un jeune garçon grandit avec une mère qu'il idolâtre et un père dont il a du mal à croire qu'il puisse être le sien. Ils se disputent beaucoup, et lorsqu'ils ne se disputent pas, ils ne se parlent guère. Quoique bien intentionné, le père manque d'imagination, ou d'intelligence émotionnelle, ou d'empathie, ou d'un truc du genre. Par conséquent, les tensions et les rancœurs muettes se sont accumulées dans son couple, tant et si bien que le garçon n'aspire qu'à s'échapper. Comme beaucoup d'adolescents, il est un peu prétentieux et irresponsable, impatient de vivre sa vie et de découvrir qui il est *vraiment*. Mais il doit d'abord se coltiner de longues vacances ennuyeuses et la visite de plusieurs vieux musées poussiéreux en regardant ses parents se chamailler, puis faire la paix, puis se chamailler encore. Il rencontre une fille, une rebelle qui s'est enfuie de chez elle et qui partage ses opinions sur l'art ! la politique ! la vie ! Lorsque son père l'insulte publiquement, il part avec elle, ignore les appels angoissés de ses parents et vit de l'argent que sa copine et lui gagnent en jouant de la musique dans les rues. Mais leur odyssée tourne au vinaigre. La fille éprouve pour lui des sentiments qu'il est incapable de partager malgré tous ses efforts. Une question présente depuis des années dans un coin de son esprit ne cesse de le tarauder. Il sent qu'il doit impérativement y répondre, et pour ce faire, il s'envole vers une ville où il ne connaît personne et il s'interroge : mais qui suis-je à la fin ? De son côté, rongé par le remords, son père se lance à sa recherche. Une trêve fragile est conclue, puis consolidée lorsque le garçon parvient à lui sauver la vie – à la lui sauver *véritablement* – dans une chambre d'hôtel à Barcelone. Après avoir passé ce rite initiatique, le jeune homme charismatique à la personnalité complexe et non conventionnelle quitte ses parents reconnaissants et repart seul. Qui sait quelles aventures l'attendent sur son chemin, etc., etc., etc.

Je crois que de tels romans sont qualifiés de romans d'apprentissage, et je mesure l'attrait qu'ils peuvent exercer avec leur mélange d'idéalisme, de cynisme, de narcissisme et de suffisance morale, le tout saupoudré d'une pincée de sexe et de drogue. Ce n'est pas franchement ma tasse de thé – peut-être parce que je n'ai jamais compris cette question, « qui suis-je ? ». Même adolescent, j'ai toujours su qui j'étais, et tant pis si je me fichais plus ou moins de la réponse. Je vois bien par contre que les préoccupations d'Albie étaient un peu plus sérieuses que les miennes. Je vois bien en quoi cette histoire peut présenter un intérêt pour certaines personnes.

Pour les autres, que dites-vous de celle-là ?

Une jeune artiste – belle, spirituelle, pas très sûre d'elle – mène une vie débridée et irresponsable avec son petit ami, un type caractériel mais talentueux. Ils se disputent violemment, rompent pour de bon, et peu de temps après, lors d'une soirée, elle rencontre un autre homme, un scientifique cette fois, passablement séduisant, un peu conventionnel peut-être, mais assez gentil. Ils entament une relation. Lui est quelqu'un de fiable, d'intelligent, et, de toute évidence, il l'adore. Tous deux tombent amoureux. Elle hésite pourtant lorsqu'il la demande en mariage. Et son travail dans tout ça ? Et la passion, et la folle imprévisibilité de ses journées ? Balayant ces doutes, elle dit oui. Ils se marient et, durant quelque temps, ils sont heureux. Mais leur premier enfant meurt et le deuxième devient une source de tensions. Des questions commencent à l'assaillir. Qu'a-t-elle fait de ses ambitions de peintre ? De son ancienne existence ? Son mari est un homme bien et loyal, il l'aime beaucoup, mais elle mène maintenant une vie morne et provinciale. Le moment venu, elle rassemble tout son courage, le réveille en pleine nuit et lui annonce son intention de le quitter. Il a le cœur brisé, bien sûr, ce qui la rend triste. Puis elle constate comme lui que vivre seul n'est pas facile, et quand il lui dit de revenir, elle est tentée d'accepter.

Mais, malgré un sentiment occasionnel de solitude, elle trouve assez excitant son nouveau quotidien dans un petit appartement londonien et elle se réjouit de pouvoir se remettre à peindre. Elle résiste aux supplices de son mari. Il gardera le chien. Elle a cinquante-deux ans, et si elle ignore ce que lui réserve l'avenir, elle est heureuse.

Jusqu'au jour où – c'est là que survient le dernier rebondissement –, lors d'une soirée organisée par une vieille amie à Londres, elle croise son ancien amant. Ce n'est plus l'artiste arrogant et intenable d'autrefois. Installé dans les Landes au nord du Yorkshire, il gagne difficilement sa vie en tant que mécanicien, tout en continuant à réaliser des tableaux remarquables pendant son temps libre. Après des années de beuveries et de coucheries, il s'est assagi et transformé en homme plein de regrets et d'humilité. Qui plus est, il est resté beau et charismatique en dépit de son ventre bedonnant et de ses cheveux clairsemés. Elle a quant à elle la taille plus épaisse et les cheveux grisonnants, mais l'attirance mutuelle est toujours là. Le soir même, ils finissent au lit ensemble et retombent amoureux dans la foulée. Elle redécouvre le bonheur – juste à temps.

C'est ce que j'ai eu tant de mal à encaisser au début. L'histoire de Connie et Angelo était tellement plus belle que la mienne. Je les imagine la raconter aux gens dans le genre de soirées où ils vont désormais.

— Comment vous êtes-vous rencontrés ? leur demandent des inconnus en notant l'intensité avec laquelle ils s'accrochent l'un à l'autre, la manière dont ils s'embrassent encore et se tiennent la main, comme des amants deux fois plus jeunes.

Et, à tour de rôle, ils expliquent que leurs routes se sont croisées trente ans plus tôt, qu'ils se sont mariés chacun de leur côté, puis qu'ils se sont retrouvés telles des comètes suivant une longue trajectoire, ou je ne sais quelle autre connerie.

— Oh, soupire leur auditoire. C'est si charmant ! C'est si romantique !

Et pendant ce temps, toutes les années qui se sont écoulées au milieu, tout ce que nous avons traversé ensemble – tout notre *mariage* est réduit à une simple parenthèse.

174. techniquement

— C'est un peu plus compliqué que ça, Douglas, m'a dit Connie. On avance à tâtons. On... on voit ce qui se passe. Il prétend avoir changé, mais personne ne change autant que ça, non ? Même en ayant envie de le faire.

J'étais d'accord. Non, on ne changeait pas.

— De toute façon, je tenais à te l'annoncer. J'ai pensé qu'il valait mieux le faire tout de suite. J'ose espérer que tu me préviendras, toi aussi. Si, ou plutôt *quand* tu rencontreras quelqu'un. Parce que je souhaite que ça t'arrive.

Cette conversation a eu lieu durant notre déjeuner de juin à Londres – l'un de ces rendez-vous réguliers que nous nous étions promis d'avoir lorsque nous avons négocié notre séparation. Nous ne sommes pas divorcés et nous ne le serons peut-être pas avant un moment, même si nous ne pourrons pas y couper, je suppose. Pour l'heure, nous sommes techniquement encore mari et femme. Techniquement.

— Je ne suis pas pressée, avait-elle dit. Et toi ?

— Moi non plus.

Le restaurant de Soho – choisi pour sa cuisine espagnole en souvenir du bon vieux temps – était si à la mode que nous avons dû faire la queue pour entrer. Faire la queue est aussi très tendance de nos jours, apparemment. On est censé se sentir honoré et reconnaissant d'obtenir une place. À ce rythme-là, on nous dira bientôt de faire la vaisselle. Enfin bref, on a bu du vin en patientant, puis on s'est assis à notre table – sur des bancs, en fait – entre des couples beaucoup plus jeunes que nous. Tout cela était très civilisé, très plaisant. Quiconque nous aurait observés aurait pu nous prendre pour un couple marié depuis longtemps qui profitait d'une journée en ville – ce qui correspondait sans doute plus ou moins à la réalité. Détendus, intimes, on se prenait la main par-dessus la table. La seule différence était que Connie retournerait bientôt dans son appartement en sous-sol à Kennington pendant que je prendrais le train pour Oxford.

— Comment est ton appart ? a-t-elle lancé – probablement dans l'espoir que je la rassure. Tu t'y sens bien ? Tu as rencontré quelqu'un ? Tu es heureux là-bas ?

S'il te plaît, dis oui.

175. biens matériels

J'avais déménagé dans un appartement avec jardin, petit mais confortable, aux abords d'Oxford. Notre vieille maison familiale aurait été trop grande et déprimante pour que je continue à y vivre seul, et je n'avais pas envie de passer mes soirées à montrer à d'éventuels acheteurs la belle cuisine, les multiples lumières et les chambres spacieuses, toutes parfaites pour une famille qui s'agrandissait. J'ai donc pris une location en attendant qu'on la vende. N'ayant pas oublié l'expérience de mon père, j'ai veillé à ce que mon logement soit accueillant et joyeux. J'avais une chambre d'amis pour Albie lorsqu'il venait, un jardinet, des promenades à faire le long de la rivière et des amis à proximité. Et j'étais à trois quarts d'heure de mon travail. Il y avait des moments – les soirs pluvieux en semaine, ou à 15 heures le dimanche après-midi – où une horrible tristesse envahissait l'appartement, se frayant un chemin jusque dans les moindres recoins comme une sorte de gaz rampant, au point que j'embarquais M. Jones dans la voiture pour aller faire une balade vivifiante, mais dans l'ensemble, j'étais relativement heureux. Contraint de m'en tenir à l'essentiel, j'ai découvert que je n'avais pas besoin d'autant de biens matériels que je ne l'avais cru, et j'aimais l'ordre et la simplicité de cette vie. À l'image de la cabine de Darwin sur le *Beagle*, tout était à sa place. Je travaillais tard. Je mangeais des repas simples et équilibrés. Je regardais ce que je voulais à la télé. Je faisais de l'exercice. Je lisais. Je promenais M. Jones et ne mettais le lave-vaisselle en marche que deux fois par semaine.

176. le vendredi saint

Le premier jour de chaleur de l'année, Connie s'était rendue de Londres jusqu'à notre maison de famille au volant d'une camionnette de location (« Tu peux y arriver ? » « Bien sûr que oui. » « Tu veux que je vienne à Londres en train et que je la conduise ? » « Douglas, je peux le faire ! ») et nous avons passé ce long week-end de Pâques à démêler nos vies enchevêtrées. Nous avions invité Albie à se joindre à nous en lui promettant que cela n'aurait rien de lugubre et d'acrimonieux, qu'il y aurait presque une atmosphère de carnaval, mais il était prétendument occupé à photographier l'arrière de la tête des gens, ou quelque chose dans ce goût-là. Lorsque je lui ai téléphoné pour lui demander ce qu'on devait faire de ses affaires, toutes ses anciennes créations artistiques et ses jouets d'enfance, il a répondu :

— Brûlez tout. Mettez tout au feu.

Cela nous a beaucoup fait rire, Connie et moi. On a enfilé des gants en caoutchouc pour nettoyer sa chambre, et chaque fois qu'on tombait sur une vieille basket puante ou un vieux pantalon, on psalmodiait :

— Brûlons tout ! Brûlons tout !

On n'a rien brûlé, à vrai dire – on aurait trouvé ça un peu mélodramatique. Mais ce week-end a tout de même été empreint d'une atmosphère rituelle assez mélancolique. On a constitué cinq piles dans des pièces séparées : une pour Connie, une pour moi, une pour les affaires à jeter, une autre pour celles à vendre et la dernière pour celles à donner à des œuvres de charité. Il était intéressant de voir avec quelle facilité tout ce que nous possédions rentrait dans l'une de ces catégories. On a aussi fait de notre mieux pour travailler dans une ambiance joyeuse. Connie avait préparé une compilation de nouvelles chansons qu'elle avait découvertes – elle écoutait de nouveau de la musique – et le samedi, on a bu du vin et mangé des plats simples qui ne requéraient pas beaucoup de casseroles. Le dimanche matin, on a sacrifié à la tradition des œufs en chocolat, et plus tard cet après-midi-là, le visage couvert de poussière et des toiles d'araignées du grenier, on a fait l'amour pour la dernière fois. Je ne m'étendrai pas sur le sujet, si ce n'est pour souligner que, heureusement, il n'y a rien eu de déprimant là-dedans. En fait, les rires, la douceur et l'affection ont été de la partie. La tendresse aussi, je crois. Puis on est restés un long moment allongés dans la pièce vide, sans rien dire, on a dormi dans les bras l'un de l'autre, et au réveil, on s'est habillés et on est descendus au rez-de-chaussée vider les placards de la cuisine.

177. le dimanche de pâques

Parfois aussi, ce week-end a pris des allures de fouilles archéologiques, les vestiges devenant de plus en plus poussiéreux et miteux à mesure qu'on progressait. La plupart des affaires étaient faciles à répartir. Connie et moi avons toujours eu des goûts différents, et bien qu'ils aient quelque peu convergé au fil des ans, décider ce qui était à moi ou à elle tombait en général sous le sens. Au tout début de notre relation, chacun de nous – surtout Connie, à vrai dire – avait bombardé l'autre de cadeaux piochés parmi ses livres et ses albums de musique préférés, et il aurait été grossier de vouloir les récupérer. J'ai donc gardé les CD de John Coltrane et les nouvelles de Kafka, les poèmes de Baudelaire et un vinyle de Jacques Brel – je n'avais pas de tourne-disque, et en aurais-je eu un que je n'aurais pas écouté ça, mais j'étais heureux de ne pas me séparer de toutes ces choses qui me renvoyaient à la naissance de notre couple. À un moment donné, j'ai découvert cette dédicace sur la première page d'un recueil de poèmes de Rimbaud : « Joyeuse Saint-Valentin à un homme merveilleux. Je t'aime très fort. Signé : ??? » Je l'ai montré à Connie.

— Ça vient de toi ?

Elle a ri en secouant la tête.

— Non.

J'ai ajouté le livre à ma pile en sachant que je ne le lirais jamais, mais que je ne le jetterais pas non plus.

Seules quelques affaires nous ont posé problème. Dans le boîtier d'une vieille pellicule 35 mm – un objet d'un autre temps –, nous avons trouvé une dizaine de petits morceaux d'ivoire jaunis. Les dents de lait d'Albie, celles qu'il n'avait pas avalées ou perdues dans la cour de récré. Pour être honnête, elles étaient un peu macabres et répugnantes, à la manière de ces reliques qui vous font plisser le nez dans les salles égyptiennes d'un musée, mais il ne nous semblait pas correct non plus de nous en débarrasser. Devait-on en garder six chacun ? N'était-il pas ridicule de marchander des dents de lait ?

— Prends-les, ai-je dit.

Et Connie les a emportées.

Les photos en revanche nous ont vraiment mis dans l'embarras. Nous avions les négatifs, bien sûr, mais plus encore que les cassettes VHS et audio, ils nous apparaissaient comme des traces d'une civilisation disparue, et la plupart d'entre eux ont terminé à la poubelle. Le fin portefeuille contenant les clichés de notre fille est revenu à Connie, qui m'a assuré qu'elle m'en ferait faire des doubles de qualité dès qu'elle le pourrait – une promesse qu'elle a tenue depuis. On s'est ensuite assis par terre avec toutes les autres photos datant d'avant l'ère du numérique pour les répartir en deux tas, comme si on jouait aux cartes, en éliminant celles qui étaient floues et sans intérêt et en isolant les plus belles, dont on voulait tous les deux garder un tirage. Nous nous sommes revus à tout un tas de soirées et de mariages, mais aussi sur l'île de Skye, les pouces en l'air sous la pluie, à Venise, toujours sous la pluie, ou encore avec Albie, posé sur le sein de sa mère. Le tri avançait à une lenteur qui me mettait au supplice, chaque photo suscitant un nouvel accès de nostalgie. Qu'était devenu Untel ? Bon sang, tu te rappelles cette voiture ? Et là, c'était moi qui montais des étagères dans notre appartement de Kilburn, les joues lisses, l'air incroyablement jeune. Là, c'était Connie le jour de notre mariage.

— Cette robe, quelle horreur ! Mais qu'est-ce qui m'a pris ?

— Je te trouve superbe, moi.

— Regarde ton costume. Il sent tellement les années 1990.

— Tu veux un double de ces photos, n'est-ce pas ?

— Évidemment !

Il y avait aussi Albie apprenant à nager pendant ses vacances. Albie soufflant ses bougies le jour de son deuxième anniversaire – puis du troisième, du quatrième, du cinquième. Albie dans un hamac, endormi sur moi. Albie les matins de Noël, lors de compétitions sportives à l'école, à l'occasion de Pâques plus festives que celles-ci. Au bout d'un moment, cela m'est devenu insupportable. Du point de vue de l'évolution, la plupart des émotions – la peur, le désir, la colère – obéissent à un but pratique, mais la nostalgie ne sert à rien, elle ne consiste qu'à désirer quelque chose de perdu à jamais, et je ressentais brusquement toute sa futilité. Non sans amertume, j'ai jeté les photos restantes en jurant et j'ai dit à Connie qu'elle pouvait toutes les garder. Elle a marmonné une remarque au sujet d'un retirage et les a rangées dans la pile de ses affaires. Ce soir-là, nous avons fait chambre à part.

178. le lundi de pâques

Les lundis fériés ne sont au mieux que des jours déprimants, et celui-là, lugubre et grinçant, n'a pas dérogé à la règle. À midi, Connie avait fini de charger le Transit, qui n'était même pas rempli à moitié.

— Tu veux que je le conduise ?

— Je suis capable de le faire.

— La circulation sur l'autoroute va être cauchemardesque. Je peux te ramener et prendre un train
ce soir pour revenir ici.

— Douglas, ça va aller. On se reverra à Londres
la semaine prochaine. Je choisirai un restaurant.

On avait conclu un marché. Un déjeuner, une fois
par mois. Sans exception. Telle une thérapeute ou
une assistante sociale, elle ne plaisantait pas avec
ces rendez-vous. Elle voulait garder un œil sur moi,
je suppose.

— Sois prudente. N'oublie pas de surveiller tes
rétroviseurs.

— D'accord.

Il y a eu un silence.

— J'ai trouvé ça dur, ai-je dit.

— Moi aussi. Mais ç'aurait pu être bien pire,
Douglas.

— Sans doute.

— On n'a rien fracassé contre le mur, on n'a rien
déchiré.

— C'est vrai.

— Merci, Douglas.

— De quoi ?

— De ne pas me détester.

Franchement, il y avait eu des moments au cours
des mois précédents – ces mois dévastateurs et déchi-
rants – où, je l'avais détestée, oui. Mais plus maintenant. On s'est embrassés, et après qu'elle est partie
en faisant crisser le levier de vitesse, je suis rentré
dans la maison rincer les tasses, emballer la bouilloire, couper l'eau et le gaz. J'ai chargé le coffre et
la banquette arrière de ma voiture, puis j'ai fait le
tour de toutes les pièces afin de fermer les fenêtres
et les portes pour la dernière fois, notant au passage
combien une maison vide peut sembler... eh bien,

vide, justement. Malgré toutes les difficultés qu'on avait affrontées entre ces murs, je n'avais jamais souhaité qu'on s'en aille, et pourtant j'étais là, à verrouiller la porte d'entrée et à glisser les clés dans la boîte aux lettres. Je n'avais plus aucune raison de revenir et je le vivais comme une défaite qui me rendait honteux.

179. des rapports amicaux

Malgré tout, nos déjeuners des mois d'avril et mai ont été agréables et relativement joyeux. J'ai dit que la vie sans elle était pour moi inconcevable, mais à force de cajoleries, j'étais amené à me représenter un avenir où nous serions tous deux amis. Connie était clairement enchantée de se réinstaller à Londres. Son appartement de Kennington était minuscule, mais ça ne la dérangeait pas. Elle fréquentait ses amis, elle allait voir des expos, elle s'était même remise à peindre, et je devais reconnaître que cette nouvelle existence lui allait bien. Je percevais en elle une aura, une étincelle, une vivacité d'esprit, un petit côté canaille qui me rappelait la Connie que j'avais rencontrée, et cela me réjouissait et m'attristait à la fois, parce que si j'étais heureux de la voir retrouver son entrain, cela faisait mal de découvrir que j'avais été un frein à sa joie de vivre. On s'efforçait donc d'être enjoués et d'entretenir des rapports amicaux, et on y arrivait le plus souvent – du moins jusqu'à notre déjeuner de juin, où elle m'a annoncé qu'elle revoyait Angelo.

— Ç'a commencé avant qu'on se sépare ? Dis-moi.

— Non…

— Vous n'aviez jamais repris contact ?

535

— On l'a fait il y a trois semaines seulement.

— Tu le jures ?

— Il n'y a vraiment que ça qui compte pour toi ?

— Si c'est à cause de lui qu'on s'est séparés, bien sûr que oui !

— Il n'a joué aucun rôle là-dedans, tu le sais.

— Il doit être très content de lui, en tout cas.

— Pourquoi ?

— Parce qu'il a gagné, au bout du compte !

— Je t'emmerde, Douglas !

— Connie !

— Comment oses-tu ? Je ne suis pas un trophée qu'Angelo et toi pouvez vous disputer. Et il ne m'a pas « gagnée » non plus ! On se voit. On prend notre temps. J'estimais que tu avais le droit d'être au courant…

Mais je m'étais déjà levé et je cherchais mon portefeuille.

— Ne t'en va pas. N'en fais pas tout un drame, s'il te plaît.

— Connie, je comprends que tu veuilles une rupture tout en douceur, mais ce n'est pas possible, OK ? Tu ne peux tout simplement pas… briser quelque chose comme tu l'as fait et espérer ne pas causer la moindre douleur.

— Tu comptes vraiment partir ?

— Oui.

— Assieds-toi encore une minute. On demandera l'addition et je t'accompagnerai.

— Je n'ai pas envie que tu…

— S'il faut qu'on parte tous les deux en claquant la porte, on partira tous les deux en claquant la porte.

Je me suis rassis. En silence, on a partagé l'addition, puis on a marché de Soho vers Paddington, la mine sombre, en silence, jusqu'à ce qu'elle m'attrape brusquement par le bras dans Marylebone High Street.

— Tu te rappelles quand j'ai eu cette liaison ?

— Avec ce type à ton boulot ?

— Angus.

— Angus. Merde, ne me dis pas que tu le revois, lui aussi ?

— Ne me pousse pas à te jeter sous une voiture, Douglas. Ce mec était un crétin, mais le problème n'est pas là. Quand tu m'as fichue dehors – avec raison – et que tu m'as lancé cet ultimatum, j'y ai beaucoup, beaucoup réfléchi. Savoir que j'étais la femme de quelqu'un me donnait le vertige. Je ne m'étais jamais vue dans ce rôle-là, et je me demandais s'il fallait que je rentre ou pas, et si c'était une erreur de m'être mariée.

— Visiblement, oui !

— Non, pas du tout ! Tu ne vois donc pas ? a-t-elle répliqué, furieuse, en saisissant mon autre bras pour m'obliger à lui faire face. Ce n'était pas une erreur ! Voilà où je voulais en venir. Ce n'était pas une erreur ! Je ne l'ai jamais pensé, *jamais*. Je ne l'ai pas regretté depuis et je ne le regretterai pas un seul instant. Te rencontrer et t'épouser a été de loin ce qui m'est arrivé de mieux dans la vie. Tu m'as sauvée, et plus d'une fois même, parce que lorsque Jane est morte, j'ai souhaité mourir moi aussi, et la seule raison pour laquelle je ne l'ai pas fait, c'est parce que tu étais là. Toi. Tu es un homme merveilleux, Douglas. Vraiment. Et tu n'imagines pas combien je t'aime et combien j'ai aimé être ta femme. Tu m'as fait rire, tu m'as appris des choses et tu m'as rendue heureuse, et maintenant, tu vas être mon merveilleux et brillant ex-mari. Tu as un fils merveilleux lui aussi, qui est exactement aussi exaspérant et ridicule qu'un garçon de dix-huit ans devrait l'être, et c'est notre fils, le *nôtre*, le *mien* et le *tien* aujourd'hui. Ce n'est pas grave si notre couple n'a pas été éternel. Il faut que tu arrêtes de le vivre comme un échec ou une défaite. Tu souffres en ce moment, je le sais, mais tout n'est pas fini pour toi, Douglas. Absolument pas.

Ma foi, tout ça était très émouvant, plus émouvant qu'il ne seyait à une conversation en public, aussi sommes-nous allés nous installer dans un bar, où nous avons passé tout l'après-midi, riant et pleurant tour à tour. Plus tard, beaucoup plus tard, on s'est séparés, de nouveau amis, et on a échangé plusieurs textos affectueux sur le chemin du retour. Je suis rentré chez moi un peu après 21 heures. Il faisait frais dans l'appartement, tout était tranquille et M. Jones m'attendait à la porte. Il avait besoin de sortir, mais je me sentais soudain très las et, sans ôter mon pardessus, sans même allumer la lumière, je me suis assis lourdement sur le canapé.

J'ai embrassé du regard les objets familiers présents dans cette pièce encore si peu familière, les photos et les affiches que je n'avais toujours pas eu le temps d'accrocher, le jour qui déclinait derrière la fenêtre, la moquette que, personnellement, je n'aurais pas choisie, et le poste de télé éteint, bien trop imposant.

Après plusieurs minutes de silence, mon téléphone fixe a sonné – un bruit si nouveau qu'il m'a fait sursauter, et j'ai éprouvé une curieuse nervosité à l'idée de répondre.

— Allô ?

— Papa ?

— Albie, tu m'as fait peur.

— Il n'est que 21 heures.

— Non, c'est le téléphone fixe. Je n'y suis pas habitué.

— Je croyais que tu préférais ça au portable.

— Oui, mais c'est juste que… euh, je n'y suis pas habitué.

— Tu veux que je te rappelle sur l'autre ?

— Non, ça va. Il y a un problème ?

— Non, il n'y a pas de *problème*. Je voulais juste bavarder un peu, c'est tout.

Il a parlé à sa mère, ai-je supposé. *Elle a dû lui dire : « Passe un coup de fil à ton père. »*

— Comment ça va ? Tes études ?

— Ça va bien.

— Tu bosses sur quoi, en ce moment ?

Et il m'a exposé ses projets en me gratifiant d'une foule de détails incompréhensibles, avec cet égocentrisme éhonté qui le caractérise – rien que des réponses, pas la moindre question. Cette conversation tout à fait sympathique a atteint la durée remarquable de onze minutes et demie, soit un nouveau record pour nous. En parallèle, j'avais fait réchauffer mon assez bonne soupe de la veille. Après avoir dit au revoir à Albie, je l'ai mangée debout, puis je suis allé promener M. Jones.

En refermant la porte à mon retour, je me suis découvert très joyeux et content de moi, et comme je n'avais pas du tout sommeil, j'ai fait une chose à laquelle je pensais en secret depuis quelque temps. Je me suis assis devant mon ordinateur, j'ai ouvert une nouvelle fenêtre et j'ai tapé les mots suivants…

180. freja kristensen dentiste copenhague

Remerciements

J'aimerais remercier Hannah Macdonald, Michael McCoy, Roanna Benn, Damian Barr et Elizabeth Kilgarruff pour leurs conseils et leurs encouragements, ainsi que Paula Alexandre, Rhiannon Rose White, Malcolm Logan, Sadie Holland, Natalie Doherty, le Dr Claire Isaac, Alison Moulding, Grenville Fox, Jane Brook et Andrew Shennan pour leur expertise. Les éventuelles erreurs présentes dans le texte sont entièrement de mon fait.

Je suis également reconnaissant envers Jonny Geller, Kirsten Foster et toute l'équipe de Curtis Brown, mon éditeur Nick Sayers, Laura Macdougall, Emma Knight, Auriol Bishop et le personnel de Hodder & Stoughton. Je n'oublie pas non plus Amber Burlinson, Ayse Tashkiran, Sophie Heawood, ni surtout Erica Steward et Sands, l'association de bénévoles qui soutient les parents d'enfants mort-nés ou décédés à la naissance (https://uk-sands.org/).

L'Histoire de l'art, d'Ernst Gombrich, m'a été d'un grand secours, tout comme Wikipédia et Google Maps, et j'ai découvert la lettre de Nathaniel Hawthorne à Sophie Peabody dans le très beau roman d'Evan S. Connell, *Mr. Bridge*. L'épigraphe *Far From The Tree* est reproduite ici avec la permission de

The Random House Group, celles tirées des œuvres de Lorrie Moore et Philip Larkin avec la permission de Faber, celle tirée du roman de Penelope Fitzgerald avec la permission de Virago, une division de Little, Brown Book Group. J'ai veillé autant que possible à la précision des détails concernant le voyage de Douglas, mais j'ai parfois pris quelques petites libertés avec la réalité. Par exemple, il n'est pas possible de voir le Prado depuis la Plaza de Cibeles, et il n'y a pas non plus de banc devant les *Ménines*.

Enfin, j'aimerais exprimer mon amour et ma gratitude envers Hannah Weaver pour sa patience, son humour, ses encouragements et l'inspiration qu'elle fait naître en moi.

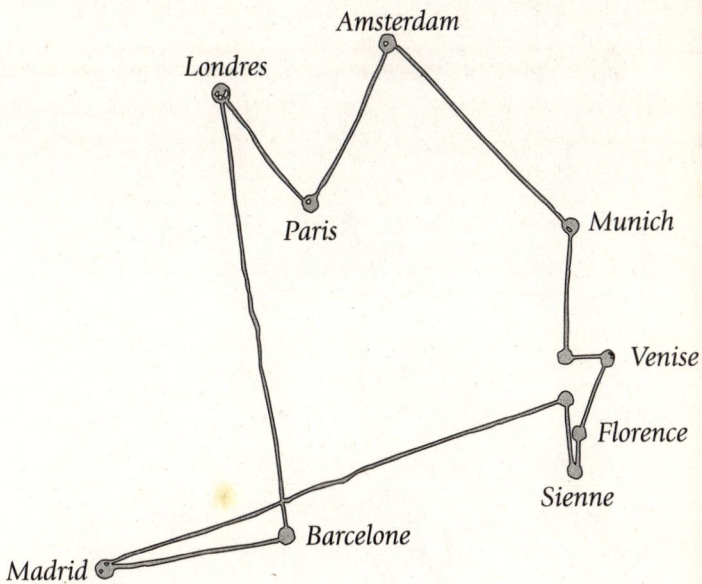

Le Grand Tour

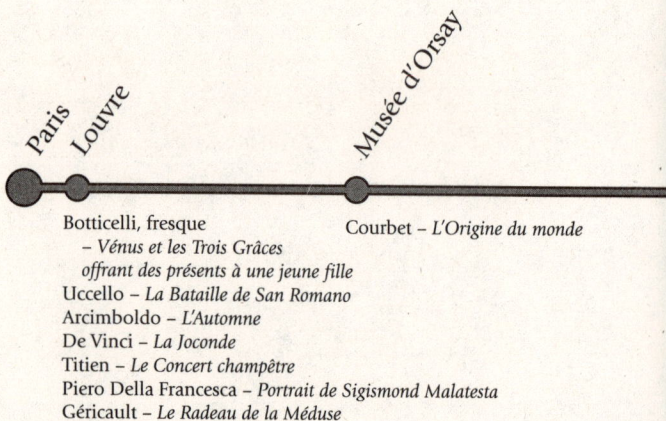

Paris — **Louvre**

Botticelli, fresque
– *Vénus et les Trois Grâces
offrant des présents à une jeune fille*
Uccello – *La Bataille de San Romano*
Arcimboldo – *L'Automne*
De Vinci – *La Joconde*
Titien – *Le Concert champêtre*
Piero Della Francesca – *Portrait de Sigismond Malatesta*
Géricault – *Le Radeau de la Méduse*

Musée d'Orsay

Courbet – *L'Origine du monde*

Munich — **L'Ancienne Pinacothèque**

Bruegel
– *Le Pays de cocagne*
Dürer
Raphaël
Rembrandt

Venise — **Accademia**

Véronèse
– *Le Repas chez Levi*
Carpaccio, fresque
– *Le Cycle
de sainte Ursule*

Florence — **Galerie des Offices**

Titien – *La Vénus d'Urbin*
Rembrandt – autoportraits
Botticelli – *Le Printemps*

Amsterdam
Rijksmuseum
Musée Rembrandt
Musée Van Gogh

Rembrandt
– *Autoportrait en apôtre Paul*
– *La Ronde de nuit*
Vermeer
– *La Laitière*

Van Gogh – *Les Tournesols*

Madrid
Musée du Prado
Musée Reina Sofia
Barcelone

Bosch
– *Le Jardin des délices*
Vélasquez
– *Les Ménines*
Goya
– *Saturne dévorant un de ses fils*

Picasso
– *Guernica*

« J'ai besoin de prendre l'air. Bonsoir. Bonsoir. Je retrouverai le chemin pour rentrer. »

FSC® www.fsc.org

MIXTE
Papier issu de
sources responsables
FSC® C003309

10/18, une marque d'Univers Poche,
est un éditeur qui s'engage pour
la préservation de son environnement
et qui utilise du papier fabriqué à partir
de bois provenant de forêts gérées
de manière responsable.

Imprimé en France par CPI

N° d'impression : 3015414
Dépôt légal : avril 2016
X06742/01